チャールズ・オルソン
マクシマス詩篇

THE
MAXIMUS
POEMS

CHARLES
OLSON

Edited by George F. Butterick

ジョージ・F・バタリック編
平野順雄訳

南雲堂

The Maximus Poems by Charles Olson
Edited by George F. Butterick

Published by arrangement with the University of California Press,
Berkeley, California, through Tuttle-Mori Agency, Inc., Tokyo

Slipcase photo (front) © Ann Charters
(spine) Courtesy of Thomas J. Dodd Research Center,
University of Connecticut Libraries

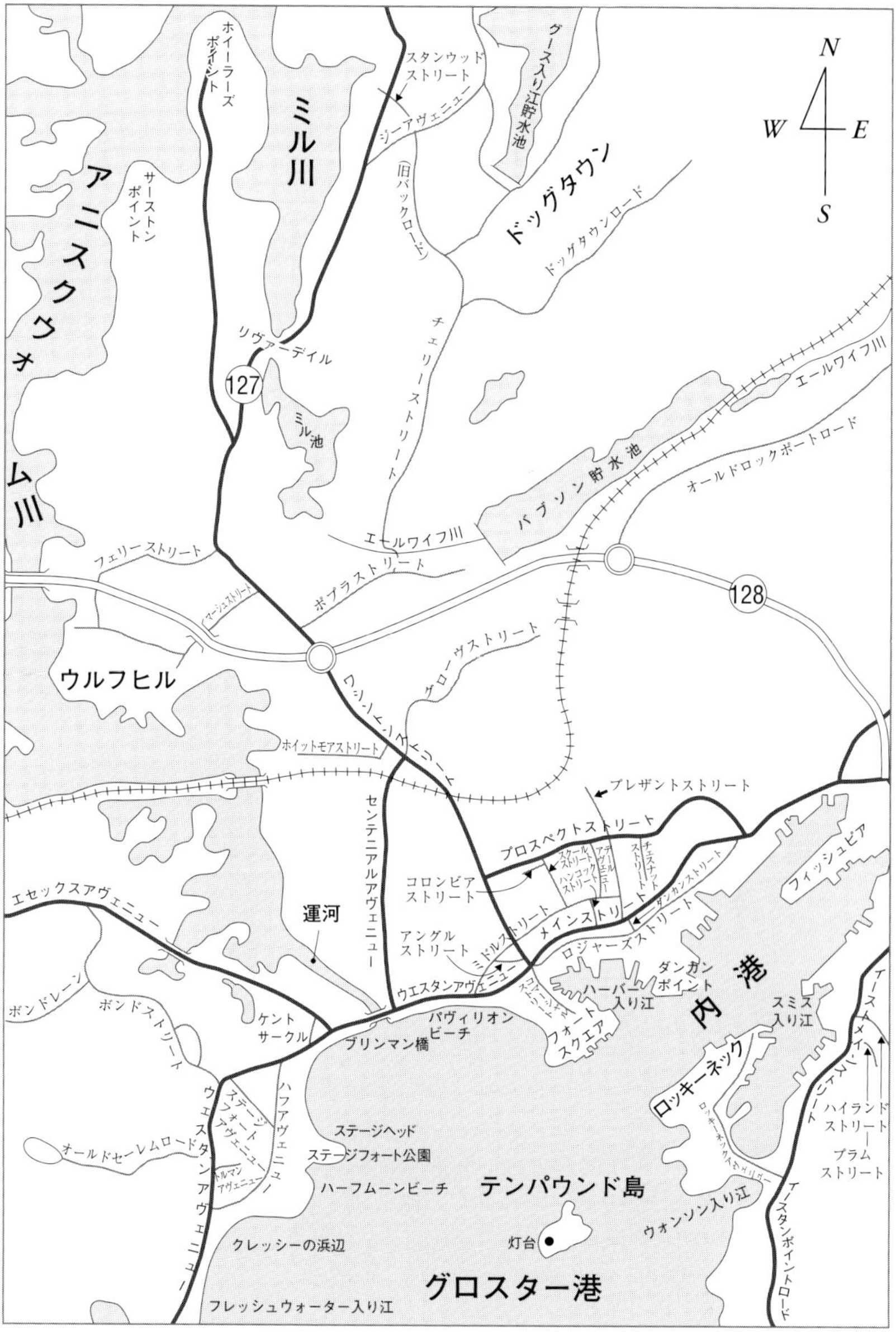

マサチューセッツ州グロスター市 市街図

アン岬（マサチューセッツ州）

アメリカ合衆国の東部にあり、大西洋に臨む。ボストンの北に位置する。

父の郵便カバンに入ったオルソン（1歳）
写真提供：コネティカット大学図書館附属トマス・J・ドッド・リサーチセンター

ブラック・マウンテン大学にて、執筆中のオルソン（ジョナサン・ウィリアムズ撮影）
写真提供：イェール大学バイネッキ図書館

ロバート・クリーリーに捧ぐ[1]
——外部世界の代表者に

生涯ワタシハ聞イテキタ
一ハ多ニナルト[2]

目次

マクシマス詩篇

マクシマス詩篇　第一巻

ぼく、グロスターのマクシマスより、きみへ[1]

はるか沖合い、血液の中に隠れた島々のそば
宝石と奇跡のそばで、ぼく、マクシマス[2]
沸き立つ海から生まれた熱い鋼《はがね》が、きみに語る
槍とは何か、現在の舞踏の姿に
従う者は誰かを

1

きみの求めるものは
巣の湾曲部あたりにあるのかも
しれない（瞬間、時の息の根が止まる、[3] 鳥！　あの鳥だ！
そこだ！　マストの（強い）一突き！　飛び
（去る鳥
おお、酒杯《キリクス》よ、おお
パデュアの聖アントニーよ[4]
すれすれに滑空し、祝福するのだ

つらなる屋根を、古い屋根を、棟木にカモメが止まり
飛び立つ、優しい切り立った屋根を、
それに魚干し棚を
ああ、ぼくの都市！

2

愛とはかたち、だから肝腎なのはなかみ
こいつがなければ、おだぶつ（体重は
ぼくらそれぞれ五十八カラット[5]といったところ、強いて
金細工師の天秤ではかるなら
羽毛に羽毛が加えられる
（鉱物といったものや
巻き毛、それにおまえが
せわしい嘴《くちばし》で運ぶ糸くず、こういうものが
量《かさ》をなし、ついには
総量となる

（実りある航海を見守る、おお聖母マリア様[6]
その御腕に、左腕に憩うのは
幼子ならぬ、念入りに刻んだ木、彩色した顔、一隻のスクーナーだ！
優美なマストは、船首斜檣《バウスプリット》同様
前進するため

3

下腹部は、船首材で補強済みとはいっても、やはり油断は
禁物、セックスがそうだし、お金だってそうだ、これが現実！[7]
立ち向かうしかない現実、それは海に劣らず要求するもの。
現実と渡り合うのは、渡り合える唯一のものは、渡り合う
べきものは、と奴は、[8] 冷ややかに言った、
耳だ！　と。

勘だ、と奴は言ったものだ。
だが肝腎なのは、主張して止まないのは、消え去らないものは、
それは！　おおわが民よ、どこでお前たちはそれを見つけるというのか、どうやって、
　どこで、どこでお前たちは耳を澄ますというのか

一切合切が広告と化し、何もかも、静寂にまで、スプレーが吹き付けられる御時世に？
ああつらなる屋根よ、鳥たちの囀《さえず》りすら、
聞こえぬ時代に

音にまでネオンが入り、おまえたちの囁《ささや》きさえ聞こえない今？

こんな時、海をみおろす丘の上で[9]
きまって、彼女は歌ったものだ、
海が真っ赤に燃え立ち、
黒い、黄金の潮が
外部を目指して流れて行く、夕暮れ時に

鐘の音がいくつも、油でねっとりした海面を
ボートさながらに渡ってきた、トウワタの
殻のように[10]

そして、男が一人
ぼんやりと
ピンクの看板にだらしなくもたれていた

おお、海の都市よ)

4

人が愛すのは、かたちだけ
そして、かたちが
あらわれるのは
ものが生まれるときだけ

おまえ自身から生まれるときだけ
干し草や綿毛の筋交《すじか》いから
道や波止場で拾ったものや、おまえが
運び込む雑草から、鳥よ、ものが生まれるときだけだ

魚の骨から
藁《わら》や、意志から
色彩から、鐘の音から
おまえ自身から、引き裂かれて[11]

5

愛は容易ならざるもの
だが、劣等政治《ベジョロクラシー》[12]がはびこるこの御時世に、
ニューイングランドよ、おお、どうして
お前にそれが分かろう
おおオレゴンよ、なぜ、路面電車どもは
午後になると、ピヨピヨ 囀《さえず》り立てて
黒い黄金の腰を苛立たせるのか？[13]

おお銛打ちよ、どうやってお前は
メカジキの紫の背を射抜くというのか
昨晩のお前の狙いが、
仲間の集うトランプならぬ
音ガク《ミュ・シック》、音我ク《ミュ・シック》、音ガ苦《ミュ・シック》[14]だったくせに？

（おおグロスターの男よ、
編み合わせるのだ
お前の鳥たちとお前の指を
新たに、お前の町の屋根屋根を、

アメリカンの上で
日乾しになった魚干し棚の上の
糞を清めるのだ[15]

編んで作れ
お前の同胞と共に、
一目で分かる表面文様を
ファウヌスや口承の
サテュルスやレスボスの壷の文様を[16]
おお、殺せ、殺せ、殺せ、叩き殺せ
お前を
宣伝に
使う奴らなど）

6

中へ！　中へ！　船首斜檣《バウスプリット》を中へ、鳥よ、嘴《くちばし》を差し
込め、湾曲部が、差し込め、次第に形になってくる
これがおまえの作るもの、持ちこたえるもの、それが

物体の法則、一つまた一つと筋交《すじか》いを運ぶ、今のおまえと、おまえがなるべきもの、
この力から生まれるものによってこそ、即座に立つのだ、
下文のような、[17] マストが、あのマストが、優美な
マストが！

ぼくは言おう、きみに、ぼくマクシマスが教えよう
巣は手近にあると、ぼくには見える、ぼくがいるこの
場所から見えるのだ、海の彼方に、耳をすますと
いまも聞こえる

ここから、きみのところへ、羽根を持って行こう
それは、まるで、素早く拾って
昼下がりにきみの許へ届ける
宝石のよう、
　　　　それは翼にもまして輝く
どんな古のロマンティックなものよりも
記憶よりも、場所よりも
どんなものにもまして輝くが、おまえが運ぶものは別格

それこそ確実に在るもの[18]
これを巣と呼ぶのだ、岬の突端あたりのこれをこそ

次の瞬間と呼ぶのだ
おまえに出来ることは
別格なのだ！

120

マクシマスより、グロスターへ

手紙　2[1]

……教えろだって？　ハハッ　笑っちまう！
教えられるものか
泳ぐすべなど

奴[2]の言ったとおりだ。人は
変わりはしない。次第に
正体が露わになるだけ。おれとて
同じこと

1

光が、ほら、その隅を（大きな楡《にれ》の木と
光をはねる家並みのせいで）冬も夏も照らしている
かれらが、道に断ち切られた家[3]に住んでいた頃と変わらず
家の壁は切り立ち

まるで断層のよう

やつらは隠していた。[4]いや、隠そうとしたのだ。船で運んできた積荷が
黒人だったことを（図書館を建てたのも、隠すためらしい）。大切なのは

光が、一方では、郵便局[5]の方へ向かいながら、
もう一方では、まったく逆のメイン・ストリートへ向かうこと。それだけではない。

海から、ミドル・ストリートを上がってくる光は、はるかに白い、ほんとうに真っ白になるのだ
灰色のユニテリアン教会[6]の前を通る時には。それが、プレザント・ストリート[7]に来ると
突然
漆黒の闇

（隠れた
都市

2

そんな家を建てる者はなく、
そんな木を植える者もいない、今、親たちの知らぬことを

知っているのは医者ひとり。妻さえ知らぬ夫のこと、夫も知らぬ
妻のことを、知っているのは医者ひとり。ひとは

これを、いまだに罪だと言って
劣等政治《ペジョロクラシー》をはびこらせる。真相を正しく掴《つか》んでいるのは

聖母マリア[8]ひとり。聖母が見つめる
方角は、わが住人の中でも
最高の者たちが見つめる一つの方角。彼らは知っている

男が立つのは暴風雨の真っ只中
聖母が、まさしく聖母が、
片足で踏みつけている、嘘っぱちの未来図に支えられたいくつもの
名前[9]の中などではないのだ、と。

（こんな奴[10]がいる
両足をなくしたうえに、オールを掴んだ両手を凍りつくにまかせて、
見事、岸辺にたどりついた奴
おれは、この男を知っていた。他ならぬこの男のやっている酒場で、
年配連にまじって飲み、店主に乾杯、とやったものだ

ボラード[11]で、頭のてっぺんをすっかりえぐり取られた奴[12]もいる。
事故から四日も経って、やっとチェルシー海軍病院[13]にかつぎこまれた奴だ。
話を聞かせてくれたのは、今年の春だったが、真新しい話も同じだった。
この男の海の話は、いつだって生きがいい。訪ねていった日、こいつは庭をぶらついて
丹精こめたサンタ・フェ薔薇[14]を眺めていた。帽子を脱いで見せてくれると
頭蓋骨だったところが、すっかり皮膚になっている
最新の金属でもおおい隠せない
でかいくぼみ

あるいは、ずっと前に死んだ無口な奴[15]（晩年は自分の船で港内を巡回していた）
人から聞いたのはもう何年も前だ
ある晩イースタン・ポイント[16]沖で
溺れていた二人を、この男が救い出した話を。
二人がゴム長を脱ぐ間もなく船は転覆。男が現場に着いた時、
あわや二人は船もろとも海の藻屑《もくず》。ブレース入り江[17]に引き入れたものの
岸など見えはしなかった。ひどい嵐で、海は猛り狂い
リリー池[18]が
入り江になった程だった。
最後に、声もでかいが筋肉もずば抜けた奴[19]のことを語ろう。

あのブリザードの中で
延縄《はえなわ》[20]を海底から引っ張り上げ、鱈《たら》針にかかった相棒を
救い出してやった凄い力。さすがに力尽き、雪の中へ、どうと倒れそうに
なった。海が荒れていたためではない。寒さと
白いもののせいだった。やがてドーリー[21]は転覆し、二人とも
海の中。そのうち一人はじっと
動かぬまま沈んで行った。驚嘆すべきは、この男、三マイルも離れた船を見つけたのだ。
あの猛吹雪の中で。そして、ずしりと重い人ひとり背負ったまま、船まで
泳ぎ切った。こういう眼こそ
後年、ブラウン浅瀬[22]の暗礁を
自分の掌のように察知する眼（クリスマスの朝、バウディッチ[23]がエピー・ソーヤー号を
ぴたりと波止場に横付けしたように）

3

こういう人間は、無論、ミルクで言うならクリーム部分。ミルクも
大部分、同じ成分なのに
こんな夜、クリームだけ紅茶に入れて、ひとりで飲む程度のことしかしない連中もいる
（聖母と同じ）
スクーナーを持ちながら

言い換えれば、不滅のものをだ。だが、その素晴らしい部分は
いまもある、いまもが
肝腎なのだ。

　　フォート[24]生まれの若い奴が
近頃、ロワー・ミドル・ストリートの小さな白い家[25]を買った
（筋向いの家[26]は立派な煉瓦造りで、ドアはブルフィンチ様式[27]）
その若い奴とおれが、日曜日に
おかしな船を、（そっくりの眼つきで）見ていたことがある。
二人とも、偶然その船に出くわしたのだ。船はガス会社の波止場[28]に繋《つな》がれていた。
マストが傾けてあり、台座から外して
甲板にゆったり据えてある。シャツの襟から首が突き出ているといった風情。
若い奴は、おれと同様、黙ってぼんやり眺めていたが、
だしぬけに、奴は、奇妙な船の傍らに停泊している
大男のグロスターマン[29]の方を振り返って、こう言った。
「いつか、こいつを手に入れてやる」

4

聖母の眼が、彩色した顔から、じっと見ている限り、
死の音が苦《ミュ・シック》がどんなに響こうと、この町の男と女の中には
奮い立つ者がいる
聖母の要求にこたえて

手紙　3[1]

ヨモギギク[2]の蕾、ぼくの町に
ヨモギギクを
鼻腔にヨモギギクを

ヨモギギクを町の人に、
ヨモギギクをグロスターに、この花を持つすべての人の
匂いを吸い込むように
匂いを

ヨモギギクは
ぼくらみんなの花

　言葉を軽んじる奴ら、おれたちを見くびる奴ら
　こんな奴らには、引っ込んでもらおう
　こんな連中に、町のためだなどと言わせてはならない

こんな奴らには、きれいさっぱり手を引いてもらおう。独立独歩で
白い家を買う、フォート[3]の住人やおれの邪魔をしないように

こんな奴らには、公の印刷物上での発言を遠慮してもらおう
奴らの言い草だと、おれたちは一人残らず出て行かざるを得なくなる、
　わがポルトガル住民も
自分が贈った聖母像を町に残して、出て行かざるを得なくなる。
船尾にグレイハウンドの飾りをつけたスクーナーを売り払う、
　金をつぎ込んだ
大型ディーゼル船を売るのだ。そして、グロスターを後にする他ない。
素晴らしいものが
所有権によって掠め取られる
現在の恥辱の中にグロスターを残したまま

子どもの頃、クレッシーの浜辺[4]で
ヨモギギクを摘んだけれど
知らなかった、それが
ヨモギギクだったとは

1

どんなに珍しいか、あなた分かってた?

そこで育ったあなたに、と聞く彼女。[5] 彼女の思い描いているのが、レイヴンズウッド公園[6]から

下ってくるあの長い野だと分かったのは、後になってからだった。
フレッシュ・ウォーター入り江[7]のこちら側で、
　陸地が不意に途絶えるところまで続く野が、
少年時代の驚きを投げかける。下ってきて海岸のすぐそばを
走る
緑

海岸では、労働祭《レイバー・デイ》のレースが催され、エンジン・チームのあげる
　水しぶきは、見事な円弧
　　　　緑は走る、夏とともに
ヨモギギクとともに

2

わたしは、そこで生まれたわけではない。多くの人々同様
よそから移って来たのだ、親父の代に。カナダの沿岸諸州[8]から来たのでも、
ニューファンドランドから来たのでもないが、遅く来た訳でもない。親父が来た時には、
三百隻の船があり、一度に入ると
港は一杯になった。国際漁師連盟のレース[9]の時や、

今だと、サン・ピエトロ祭[10]で、イタリア人の船が入港している時などだ。
こんなお祭り騒ぎの時には、タウン・ランディング[11]から、バンド・コンサートや
花火で町は沸き返る

それで、彼女にこう答えた。ああ、
分かっていたよ、と（頭の中で、そこと比べていたのは
ウースター[12]だった）

現在の地上の人間同様、グロスターは
雑多な混合。[13] だからこそ都市《ポリス》[14]が分かる
地方至上主義ゆえにではなく、あの音が苦《ミュ・シック》のせいでもない（インチキなのだ
会社も、新聞も、上っ調子の週刊誌も、映画館も、
船ばかりか、波止場まで、この町にいない奴の持ち物だ

奴らが、鼻を鳴らして町の住民にすり寄る、芸人どもや物売りどもが

奴らは、人の頑迷さにつけ入り（人の不安を食い物にする

こういう連中の　　厚かましいこと
待合所[15]の午後五時を、楽しいひと時と言うその神経
それは、マグノリア[16]方面からのバスが着く時刻、アル・レヴィ[17]が

巡回中（午後一時との
違いは、アニスクウォム＝レインズヴィル行き循環バス[18]から
女性連皆と郵便配達員が
降りてくること

五時四〇分、靴磨きの前で
たむろするのは、暇な連中だけ

こういう奴らは、人の鼻先にまともに（カモメの飛び方とは大違い
色んなものを突きつける、それでも飽き足らず、翌日には風に舞う
「タイムズ」紙[19]や、杭に引っ掛かったり、ランディング沖を漂っている「サマー・サン」
紙上でもしつこく宣伝だ。引き潮になると現れる
ぬらぬらした泥、そのひどい
臭いときたら

3

言葉で人は確かに縮み上がる。給料でも。
だが、どちらを使うのも、けちな奴らだ

おお、ヨモギギクの都市よ、根の都市よ
奴らに、おまえを
この国と同じにさせてはならない

わたしは、誰にでも語るが、すべての人には語らない。集団にも語らない、
　市民としてのきみたちに語るのでもない、
わがテュロスの哲人[20]ならそうしたろうが。都市《ポリス》は、いまや
わずか。まだ新しいとさえ言えない言葉だが、都市《ポリス》とは調和（この島の都市は
いまは誰の本土なのか？　誰が誰を
市民と言えるのか？

ひとつの言葉を聞く、ひとりの男かひとりの女だけだ
その言葉は、余分な意味をいっさいこめずに
語られる言葉（人に物を売ろうとか、どこかに引き止めておこうとかしない言葉、
たとえ、この
類まれな土地でも

　　根の土地の、根の人よ、聞くがよい、ヨモギギクに覆われた少年が、きみに語ることを
それは、町の物知りなら、たとえば、郵便配達員やあの医者なら
語れることだ——きみの値打ちを認め、おろそかに扱ってはならないと肝に銘じた上で、
あえて危険に身をさらす勇気を出せば……きみに語ってくれるだろう

水面下の実情を、人の水切り具合[21]を、その話には
厚かましくも
これこれの本は読まない方がいいよ
などと、きみにアドバイスする
連中の水切り具合も含まれるのだ

　町の物知りなら、きみに教えてくれるだろう（あの家に劣らず知っているのだから、
顔に白粉を塗り、羽目板の仮面をつけているあの家[22]に）次の号で
きみが腹を立てずに読める記事を書くのは誰か、きみを奴隷などにしようとしないのは誰かを、
心得顔で語ってくれるだろう

バスが出る時
きみが読む記事を
書いた男は奴隷なのだ

　こういう奴隷の御主人こそ
きみを海から引き離し、田舎者にする張本人なのだ
わがノヴァスコシア人よ
ニューファンドランド人よ
シチリア人よ
孤島である人びと《アイソラートス》[23]よ

4

マサチューセッツ州グロスターで、孤立した人よ、ぼく、マクシマスは、きみに語る
孤島である
男たちと女たちに

マクシマスの歌[1]

歌　1

　　　　　ありとあらゆる食品の
カラー写真。あくどい
絵葉書
　　　　それに、あらゆるものを覆う
ことば、ことば、ことば
　　　　　　眼も耳も
本来の力を発揮する余地がない（すべてが
侵され、盗み取られ、踏みにじられているのだ、すべての感覚が。
実在するものに働きかける精神までもが
　　　　　　　　　それに、どん底にいる人間を
みじめな、おれたち一人一人を慰めてくれる、あのもう一つの
感覚まで（油を塗られ
　　　　　　寝つかされてしまうのだ
路面電車の

歌さえも

歌　2

何もかも
狂っている
問われて——自問してみる（おれも、時代の腐肉に
覆われているではないか）ここから
どこへ行けばいいのだ、おれたちに何ができるというのだ
公共の交通機関さえ歌を歌う
御時世に？[2]
どこかへ行くことなど出来るのだろうか、
町を横切ることすら、おぼつかないのに
出て行くことなど出来るのだろうか（すべての
死体が
浅い墓に埋められているのに？[3]

歌　3

　雪の少ない今朝
幸せを数える。蛇口のしたたりが
時を刻む流し、水滴が
水に落ちる音の心地よさ。
懐かしいキッチンで
パンツ一丁の親父がネジを巻く
セス・トマス社の掛け時計のような音だ（いつも
親父は月末を忘れた。おれだって思い出したくはない
家賃なんて
　いまどきの家は
たいてい借家、
特に
床がコンゴリウム張りの家は
　あるいは、調子の悪い
水洗トイレ。おれは、こいつが気に入っている。紐はもちろん
クリップまで使って、ボールを吊り上げてある　流す時は
手で栓を抜く
　しかし、自動車は、こうは行かない。それに動く物が動く時には、
必ず耳障りな歌を歌うのだ。所有権のことごとくを主張する
あの騒音音ガ苦《ミュシック》を……

　　　　　　　穴だらけの
靴、これは構わない。ズボンのチャックが
口を開け、上着の肘は
みんな出ている。幸せ
　　　　　それは、幾つもの困難が、またしても訪れること

「ものの溢れかえる真っ只中を
裸に近い姿で
歩め
　　取り澄ました顔に
小便をかけろ
　　　　善良の時代には
おさらばして、進め
奴らを、叩き潰し、ぶちのめして、進め
（全力

疾走だ
ものの溢れかえる国で
豊かさと手を切って
　　　　　　ぎりぎりの道を
選べ、

お前の
脚も含めて、行け
正反対の道を、行け
　　　歌うのだ

歌　4

おれは知っている、編み枝と泥で造った家を、[4]
おれは知っている、ざっと縫っただけのドレスを
　　　　　　　　　　　　　　　（風で
綿のドレスが、彼女のからだに
ぴったり、まといついていた。それも
足首のあたりから
　　　　　そうだ！　この姿は
勝利の女神ニケ[5]
　　　　　ニケの足だ。すばらしい骨格
おれは涙が出そうだった
あの優しい学者[6]のように

スクーナーの甲板で、自分ではその覆いが取れず、船員に頼んで取ってもらった
　あの学者のように

そして彼は見た、
人類が行動を開始する時点を
もう一度見た最初の人間の眼だ（ほんの先週
三億年前を見たのだ[7]

　　　　　　彼女は[8]
すごい速さで
広場を横切って行った。この時期の、
水量は、ひどく
乏しいのだが

それに魚も

歌　5

おれは困窮した顔を見てきた、
だが、国連食糧農業機関《FAO》[9]を望んだことはなかった。アプルシードが[10]

ニューイングランドの
われわれ、皆のところへ
帰ってきたから

歌　6

歌うのは、きみ
同じく
困窮している、きみだ

手紙　5[1]

　　　　　　　（夏には、新聞、[2] いま、春には、雑誌[3]）

どのみちグロスターは大きな損失を知ることだろうが……ブラウン百貨店[4]のショーウィンドー
　にしか並べられていない……この季刊誌を
手に取る者はいないだろう

新聞を読む習慣が
（それに、おそらく「ナショナル・ジオグラフィック」を見るのが）
この町の教養の
限界
　　　　（みんなが知りたがるのは、誰が死んだとか、
　　　　ボストン市場へ運ばれたのは、どんな鱈の幼魚《スクロッド》だとか、
　　　　映画とか、ゴーリン百貨店[5]のバーゲン・セールや、ロックポート[6]の

いかがわしい商売だとか、そういったこと——あるいは、午前三時に
　チザム埠頭[7]から
救い上げられたアンチゴニッシュ郡[8]の男が、ぶつくさ言った文句は……
などというスクィッブズ[9]のたわけたコラム

夢にも思わなかった
この上まだ
読み物が要るとは。誰にだって
限界というものが
ある

糞の役にも立たないのは
住民の無知を嘆く
教養マニアの文句。しかし、ああ！
住民のなんと美しく、なんと無限であることか！[10]
考えてみるがいい、どんなことになるのか
　　　　　　　　　　　　　　（聖サンタ・
クロースよ！[11] 人びとが
ああ！　最新流行の物をどれほど必要としているのか、
心を痛めているのかを、可哀そうな

子供たちのために

1

グロスターの某季刊誌編集者[12]へ。きみをじろじろ見る眼はあっても
ブラウン百貨店のショーウィンドーの中を（その陳列品を）覗く眼はない。
待合所でバスを待つ間、退屈しのぎに、きみの雑誌[13]の表紙をじっと見る者はいない
（去年の夏、例の地方紙[14]に、きみの雑誌に対する馬鹿げた書評が載ったのを見て
心底ぞっとした一件を、ラフキン[15]の奴が
忘れているとしてもだ

　　だが、きみが今さらしている馬鹿さかげんも相当なものだ
　　こんな雑誌を公衆の生活の場に
　　持ち込むとは

ヘレン・スタインの眼、グロスター住民の眼、その眼は見ている、今も見ている。
きみの雑誌を、食い入るようにまっすぐ見ている。無神経にも、きみが大衆の往来に曝した
（大衆と同じ無神経ぶり）
雑誌の一頁一頁を貫くように

2

きみの始めたことに、関心を抱き
応援する人の数はわずか。
詩と物語をグロスターに贈るのが
「ハイスクール・フリッカー」誌[16]だけでは、確かに寂しい。

しかし、きみがこの町で出すのは
そんな子供じみた物ではないはずだ
多分、高校生の時に書いたような物では（おれにも、そういう物はある。[17]
ヘレン・スタイン[18]にも
ハーマン・メルヴィル[19]にだってある）
誰だってそうだろう
始める時には？

まさに、それこそ
きみの雑誌が求めるべき姿。かつて
カール・オールセン[20]船長が、百貨店ならぬブラウン浅瀬から
港に持ち帰った物にひけを取ってはならないのだ

オールセンは、海底の起伏を知りぬいていた（自分の仕事に
深い配慮をしたオールセンが、キャラハン船長[21]のもとに
弟子入りしたのは十七歳の時（キャラハンが
ブリーン船長[22]に弟子入りしたのも十七歳で、
ブリーンが弟子になったのはスミス船長[23]だった）オールセンは

畑に種まく農夫のように
ドーリーを海に放ち

大量のオヒョウを収穫する腕前の持ち主
レイモンド号の甲板から海を眺めた男には
グロスターの町は、ちがって見えたはず
　　仕事をやりとげてから
　町を歩いてみろ、そうしたら分かる

3

「四つの風」に居場所はあるのか、怪しいものだ
それに寄稿しているおれも、お笑い種かもしれない

腕利きの漁師が育つこの町で
きみの雑誌が魚に劣るとしたら

オヒョウが自分のすみかを知り（オールセンが
漁場を知る）そんな知識もないとしたら

掲載される物語が
おれたち一人一人の物語に
及ばないとしたら（スクィッブズの奴さえ知っているというのに
ドーリーに乗り込んだ男たちが、どんな仕事をしてきたか）

女たちもさんざんな目にあってきた
ひどく不安定な収入をやりくりし、子供を育てて

この町を棍棒がわりにして、きみを叩くのは、慰めるためではない。きみが
これまで二度出した雑誌に、グロスターのことを載せる必要は全くない。
そんなことをしなくとも、グロスターの雑誌になる。だが、表紙の装丁は
別だ（本当に好きだ。きみがつけた、きざな雑誌名より）
北緯四二度三七分、西経七〇度四〇分　グロスターの位置を示すには
それで十分だろう

きみにも、美しいものを出そうという意志があるなら
　　ヒレのように美しく
　　　　　引き締まった
鯖《さば》のように引き締まったものを
（水揚げしたばかりの）
　　　　　　手ごたえは
どんな買い手も舌を巻くほど確かで
（そうでなければ、海へ行くだろう）
　　　　　　しかも無防備
（おれと同じくらい無防備だ
故郷のメイン・ストリートに
つまらない仲間と一緒に並べられるおれと同じくらい

フェリーニよ、[24]きみは航海に失敗したのだ。このうえは、地下室にでも隠れるがいい
（そうせざるを得なかったポルトガル人の船長[25]がいた。嵐に遭って肝を潰し、
ドーリーに乗った部下を二人海に残したまま、生命からがら逃げ帰った男だ）

4

それが嫌なら、取るべき道を教えてやろう。いいか、
陸路だ。イースト・メインストリートで額縁屋を営み、
奥さんが教師をしている、きみたち夫婦には
育ち盛りの子供もいる。きみは
いまのグロスターに、おれよりずっと似ている
いにしえの都市《ポリス》に立ち返るおれより
港の時代や
　　　（おれの名は、いわれなくして
　　　マクシマスなのではない
ブルーベリーの時代としっかり繋《つな》がっているおれより
　　　（ハイブッシュ・ブルーベリーを摘みに、きみが

ドッグタウン[26]へ行っても、あるいは七月に
バケツを携えて、オールド・セーレム・ロード[27]を上って行っても
おれは、そこにはいない
　　　　　　　　昔は、おれも
蝶を追いかけたり、
日がな一日虫にかまれて、ニュー・エールワイフ川の
藪を切り払っていたものだったが[28]

フェリーニよ、あの日が境、
おれたちグロスター住民が
C＆R建設会社に雇われたことがあった
契約書に「土地の者を使うこと」と唱ってあったからだ

そして十二時間後には、全員解雇、
町の法律家連をまんまと騙し、
一日分の日当で
法律文書に眼をつぶらせたわけだ

新しいやり方で得をするのは

小賢しいやつ、法律を味方に
つけるやつ

きみは、おれの後を追いかけるが、
ブレース入り江[29]から這い上がった男たちのことなど
聞いたこともないだろう
(ゴム長靴をはいたままだぜ)

きみには、なかなか分かるまい
男の胸が輝くには、どうしても
灰色の瞳の女神[30]が必要なのだ

塩を身体から払い落とし
内海の汚物と、渡ってきた浅瀬の
泥を払うには

5

昔に戻れ、とは言わない。戻るなどは、まったく無意味。そんな感傷を入れる
余地は、グロスターのどこにもない

都市《ポリス》が
今も栄えるこの町には

戻れ、は進もうとしない奴らの合言葉（将来、も同じだ）
特に、きみには警告しておこう
それに「大衆」などと言う癖のある
奴にも——まるで、現在／と同じ／状況が、ありでもするかのように！

どこで待てばいいかは、任せておけ。きみに劣らず、この町には詳しいおれだ
　（いや、きみ以上かもしれない
おれには、郵便配達をした
強みがある。[31] 葉書きを読み、小切手を調べ、家々の裏口で
世間話をした強みが

どこだっていい。会う場所は、任せよう（ビールの飲める店がいい——樽がいつもきれいな——
錨亭《アンカー・イン》[32]はどうだ（昔かたぎの船長が、自分の酒場に
古風な名をつけたあの店だ）
知ってるだろ（アトランティック・サプライ社[33]の埠頭の先にある店だ。そう、社長の
ベン・パインが、「コリアーズ」誌を始めとする色んな雑誌に出るようになって、
　今では「パイニー埠頭」と呼ばれている埠頭の先だ

（しかし、おれは納得できなかった
ブルー・ノーズ号[34]の競争相手に
ベン・パインが最適だとは。
話は、第一回国際レース[35]に遡る
ピューリタン号[36]やエリザベス・ハワード号に。
そして、防波堤[37]を越えて港に入ったとたん、マーティ・キャラハンが
ヘンリー・フォード号[38]の帆桁《ほげた》と衝突した事件に

どうにも気になって仕方がない、分かるだろう。きみの雑誌には高揚感がない、
ヒュー・ヒル[39]のトライアングル詩群にも。
奴は上手いには違いないが、針路が
いまひとつ良くないから
勝ちどきを上げて帰港するのは無理だ（コロンビア号[40]亡き後、
ブルー・ノーズ号がしょっちゅう一等を取ったようなわけには行かないだろう
　　　　　　　　　　（ところで知っていたか

コロンビア号の沈没した場所が
セーブル島[41]沖だったことを。
何年か前、トロール船[42]に
鼻先が引っかかって

沈没船が浮上してきた。
トロール船の梁《はり》が折れる寸前、
船体の文字が見えた。確か、黒地に
金文字で、　**コロンビア号**と

6

どこで会うか、もう一度考えてみよう（スターリングのドラッグストア[43]は、どうだ？
ちょくちょく行くんだろ。図書館には行かなくても
だが、図書館で会うというのなら、「スクールボーイ・ルネサンス」[44]を筆頭に
色んなリトル・マガジン[45]が近頃さかんに載せている
修正済み作品くらいは見せてくれ
（きみも変な気を起こしたものだ。あんな風にしか未来を
描けない駄作をいくつも載せるとは。締まりのない
「探求」[46]やシュタイナー[47]の
神秘物なんかを
　　　　　　　フェリーニよ、
　　　　　　精神活動とは

寸分の狂いなく
腕を上げること
あるいは、測深おもり先端のバター状物質についた砂を調べて、
船の下の海底が、どんな状態なのかを精確に知ることなのだ

7

どこで会うといいか考えるのが嫌になってきた。きみの家は良かったな。
初めて訪ねていった時のことだ[48]（憶えているだろう、玄関先に立っていたおれを。
それもただ、きみが今から出そうとしている雑誌と同類のリトル・マガジンに載った
きみの詩を一篇読んだというだけの理由で

雑誌には、こんな（それ特有の）「生命」がある。雑誌の中には町があり、
明かりや、映画館や、酒場を見せてくれる。だから、時には
　グロスターの人々が、のびのびとグロスターで生きるように
出版物の中でこそ、水を得て生きるおれたちのような人種には

出会いがある
印刷された頁の上で
おれがきみに出会ったように

8

何を言っているか分かるな。「四つの風」だよ

（「島」に変えたらどうだ
あるいは、もっとはっきり――
「グロスター」に変えて、分かりやすくするんだ
そうしたら、おれの都市《ポリス》が手に入る

ロマンチックな名前でなくちゃ、と言うなら
「トルコ人の三つの首」[49]がいい
そうすれば、ジョン・スミス船長[50]の驚くべき所業を始めとする
この土地の本当の姿がいくらかでも浮かび上がるだろう

きみの雑誌も申し訳がたつかもしれない
生きとし生けるものにならって、自分の足で
歩くなら

つまり、肝に銘じなくてはならないのだ
文芸誌というものには、およそ
駆け引きの入る
余地はない、と

（私的な駆け引きもだ――
今度の号[51]で目障りなのは詩
よその文芸誌編集者の詩が
少なくとも四人分は載せてある

こんな馴れ合いを、見抜けないとでも
思っているのか？ 読むのは、限られた
小数の人間なんだぜ。

きみのイニシァルFをつけたくらいで
雑誌に生命が宿りはしない

ひどい劇[52]を出すものだ
神が船長だとは！
他ならぬグロスターの町で
きみは出版するんだぞ
木造りであれ、鉄製であれ
帆船であれ、動力船であれ
仕事で海に乗り出す男たちが
神の居場所を熟知している町で

フェリーニよ、海にあるのは潮の流れ
神々などではない

波の上にいるのは（波は
深海の流れとは別だ）

そして、男たちも、男たちの乗る船も
風のなすがままだ。風のだぜ、フェリーニよ。
風は四つどころではなく、とてつもなく危険な物だ（書くことと同じく）
嵐の規模は
やって来る方向によって
決まるのだから（書くことだってそうだ

嵐におとらぬ代物なら

9

駄目だ。
会える場所などありはしない。
きみは、グロスターから出て行ってしまったのだから。
きみは、グロスターにはいない、きみにとっては
どこでもいいんだ。作品を載せてくれるリトル・マガジンの
あるところなら、どこでも

手紙　6[1]

都市《ポリス》とは
眼

（モールトン船長[2]が、その日さけんだ
「どこでその眼鏡を買ったんだあ」と。
それは、おれが、いかにも素人らしく
ギラギラ光る海面からメカジキを三度見つけた時のことだった。
プロの漁師なら絶対しない
そんな海面で魚を探して、眼を痛めるような真似は。

この時の興奮が冷めやらず
いつまでも胸苦しい思いに悩まされた

　あのイギリス人
　登山家[3]を競争相手にして
　負けるものか、と

ブライト・エンゼル・トレール[4]を登ったあの日、
おれの心臓は快調そのもの
　　　　　　　　　　下りにかけては
こっちの方が達者と判明。冷たいコロラド川[5]に足を浸し
二人でチョコレートバーを味わった
　　　　　　　　　　登りでは完全に
息が切れた。一足ごとにつんのめりそうになって、やっとの思いで、
のそのそ登って行った。もっと賢い、金のある連中の乗った
ラバに砂岩が踏み潰されて
立てる砂埃《ほこり》の中を）

こんな愚かな真似をしても何にもならないのに、おれには分からなかったのだ
頭の切れる連中が自在なのは
自分の限界を無理やり超えようとするからではない、と
　　　　　　　　　　（モールトン船長が
舵輪《だりん》を操りながら大声で呼びかけた時、おれの頭上にいたのは
バーク。[6] マストのてっぺんで身体を丸めたバークの姿は、気象観測柱の先についた
球のようだった。帆索の中にうずくまっていたのだ
他の者は皆、捕鯨用のロープを引く位置に立っていた。われわれ全員が
鳥小屋の中の鳥で、バークが指導者のようだった

実際、指導者だった。優れたプロフェッショナルで、眼は
カモメなみ。あるいは、どんなポルトガル人の船乗りにも引けを取らなかった
われわれと同じ帽子でも
彼がかぶると、帽子の長いひさしが鳥の 嘴《くちばし》に見えたほどだ

困るのは、これほどの男が、陸へ上がるとただの酔っ払いに変わること（とはいえ、日曜日に
子どもをつれて波止場に来たバークは違った。ブルーのスーツに身を包み
古びてこわばった麦藁帽子をかぶって、子どもらに船を見せていた。こんなバークを見たのは
　後にも先にもこの時だけだった
居間に掛かっている
楕円形の肖像画のようなバークを
　　　　防水服に身を固め、海行く船の甲板に姿をあらわす時の
男の凛々しさとは、似ても似つかぬその姿（オールセン[7]も同じこと。一日間の外出日には
新しい白いシャツに身を包み、新調の中折れ帽という出で立ちで現われたものだが、
出航時刻が迫ると
手押し車に乗せられて
船まで担ぎ込まれる姿は、コンニャクに変わり果てたヒュペリオン[8]）
気持ちは分かるのだ、こういう男たちの

湿地の向こうの粗末な家で
バークは家族を養っていた。
オールセンは、ゴートン＝ピュー水産[9]の
魚運搬係をしているらしい、
新米の漁師がする
グロスターでは最低の仕事だ

ダグラスの息子[10]は、決して船に乗ろうとしない
変わり種、ゴートン＝ピュー水産の
総務部勤務、野球がずば抜けてうまかったので
見る見るうちに出世した。

この前帰郷した時、おれに
サバ缶をいくつも渡して「帰り道で食えよ」
と言ったが、おれは言えなかった。ピクニックなんかは
御免だ、とは
　　（「ピック・ニックだと」とパウンドは怒鳴った[11]
それは妻のコンが、[12]フライドチキンを持ってきたから
午後のひととき、聖リズ病院[13]の外へ出て、
アナコスティア川[14]を眺めながら、
テニスコートのそばで食べるのはどう、と提案した時のことだった

おれもコンの思いつきに反対だったが
理由はちがう。テニスコート脇だと、海軍軍用機の
轟音がうるさい、それに、この凄い男の背景には
入院患者たちのおしゃべりの方がふさわしい
黒外套に身を包み、大きな帽子をかぶった全人が
おぼつかなげに歩く、パウンドの
ゆらりとした動作

眼、
と都市《ポリス》
漁師、
と詩人
おれが知ったどんな人間の頭の中も
二つの事に
かまけていた。
すなわち、注意と
配慮に
おれたちそれぞれが
自分の血族や
集中する対象を

どんなに選りすぐろうとも

2

小数の者だけが——進むのだ。マクロ経済の
内部へさえ。たとえば、グロスターの漁業に関しても、
多数意見が基準になる、
というのは嘘だ
　（多くの人と変わらず、フェリーニが間違っているのは
　この点だ
眼の中に
都市《ポリス》を宿す者は
わずか
　頭の切れるポルトガル人の船主たちは
　合格だ。稼いだ金を、貯めておいてから
　発動機や船につぎ込む。
　どの家でもそうする。金を蓄えて
　おくのだ。船主になっても、忘れはしない
　マストの先で見張りをしていた時代を——バークたちのように

（その日、われわれは波止場に出て、ローラ・ダイサート号[15]を点検していた。
船首が深く裂け、前檣《フォアマスト》はちぎれていた。マゼラン号[16]が突き当たったところだ。
ダイサート船長本人が、不運な船を前にして事故の顛末《てんまつ》を語っていた。
ローズ船長と彼は互いに一歩も譲らず、同じ魚を追っていたんだ、と。
印象的だったのは、早くもないディーゼル・エンジンを積んだマゼラン号に
追いつかれたダイサート船長が、褒めていたことだ。
ダイサートは語っていた。ローズの奴、おれの船の後方にいたくせに、おれが魚を見つけると
すぐに魚を見つけおった。島で暮らす奴は、恐ろしく眼が利くもんだ。このダイサートと
船が、その証人ってわけだ。

こんな眼を必要とするのは、ごくわずか。
多くの人がこんな眼を
持つ必要はない（彼らには
不要だ）

だが、わずかの者たちは……
　　たまらないのは、ほかの奴らの考え方だ
　　眼が利くことを何だと
　　思っているのか？　天賦の才だと？　バカな　　自己愛のせいだと？　やって

みるといい　神様のおかげだって？　豆入り
サンドイッチにでも聞いてみろ

120

ヒエラルキーなどはなく、無限もなく、大衆という多数派もありはしない。あるのは、ただ
誰の顔にもついている、
外を見るための眼

手紙　7[1]

（マースデン・ハートレー[2]の
眼——とそっくりなスタイン[3]の
眼

あるいは、船を造るために
プリマス植民地[4]を後にして
グロスターに移り住んだ
あの船大工[5]の眼

彼は「運河」[6]あたりの土地を手に入れたが、
やがてグロスターが、よそと同じ鼻持ちならない町になると
グロスターを後にして、自分を守った
（かつてモートン[7]が出て行ったのも同じ理由。ウィンスロップ提督[8]が会った
マーヴェリック[9]のような連中は、いくらでもいた。
ボストンが、結局は、マサチューセッツ湾居住地区[10]に
なるしかなかった時代には）

この船大工こそ
ヨモギギクが根付くのを目の当たりにした
最初の人物にちがいない。当時、漁業の足場はクレッシー沖にあって、
船は何隻もハーフ・ムーン・ビーチ[11]に
乗り上げていた。

(町が奥地のドッグタウンに移ったのは
後のこと。
あるいは、フランス兵や海賊の
難を避けるために――ことによると
マイルズ・スタンディッシュ[12]の難を避けるためにも、
女子供だけはドッグタウンに移住させられたのだ。

1

あの船大工のことが頭から離れない。
彼こそ初代マクシマス

自然の恩恵に浴するだけではよしとせず、
とにかく、最初に物を造った男

しかも、彼の特質のいくつかは
記録の中に残っている。
並外れた振舞いがふさわしい、この男の特質から目が離せないのは
今の情況のせいだ

　　たとえば、欠くことのできない、自己の鍛練、
　　あの原料、あの木材

話をしよう、仕事に精を出してきたきみたちの
誰とでも。
髭をたくわえ、教養もある、
選りすぐりの年寄りや——髭剃り跡も見事な傭兵隊長とだけでなく

（その頃のことを言うなら、
ヴェロッキオ[13]の手になるロレンツォ・デ・メジチのひびの入った
木像を挙げたい。頭部の亀裂はミネソタのバックプレーヤー[14]か
百戦錬磨のスクーナーを思わせるのだ

「どうして、あの人が黒い帽子をかぶっていることにしたの、
それも、つば付きのを？」と妻は尋ねた。[15]

「テニスシューズを履いて、
ロープを
ベルト代わりにしているのに？」

（アル・ゴーマン[16]もロープをベルト代わりにしていた。
何年間も魚をたかり、砂糖壷にまで施錠して
妹に遺《のこ》した金が……六万ドル。物乞いすると
投げつけられる鯖《さば》やポラック、
オヒョウに鱈《たら》、これを塩漬けにして樽に詰め
売って儲けた金だった）

メイソン・アンドルーズ[17]という奴もいる、コンコード・アヴェニューの
大樽で寝起きしていた奴だ。ハーヴァード大学出で
人を驚かすのが趣味（初めて会った時は、
びっくりした）ダンカン・ストリート[18]のはずれにある国立銀行あたりで
籠をぬっと突き出すのだ。イヌハッカや
靴紐やオレンジやガムの入った籠を
　　　　　　　　　　こいつのでかい優しい顔は
白痴面だ、ゴーマンのネズミ面に比べれば。「波止場ネズミ」というゴーマンの
仇名を耳にしたのは、ゴートン＝ピュー水産で初めて働いた時のこと

裂け目がどれほど大切なものか、すなわち船の継ぎ目が。そして
ふくらみ（母親の）と、嵐の絶対値がどれほど大切か（機械部分にさえ
許容誤差はある

ただし、その範囲はぎりぎりの選択。隙間をふさぐ
精確さ、すなわち「あそび」は、ミリメートル単位
の世界

男の仕事に不注意の入る余地はない
おれがあの人にまとわせた、でたらめな衣裳にも

　　　　（彼[19]は、片方の耳に
　　　　トルコ石をつけていた。
　　　　ロンドンの奴らに教えるためだ、
　　　　ここにアメリカの野蛮人がいるぞ、と）

2

（手が眼の指令を受けるように

この岩は大地の
裂け目。鯨の顎《ホエールズ・ジョー》[20]の中に
親父が入った時の

写真がある。親父は、
鯨の歯を押し返して微笑むヨナ[21]
というよりエホバ[22]に近い。岩が裂けているのは
親父の仕業かと思えるほど
強い男に見える。それが、
マースデン・ハートレーの絵[23]だと、鯨の顎《ホエールズ・ジョー》が
ズック地の手袋に見える

(たとえば、オールセンの
ように魚を扱う者たちや、
庭師がはめる手袋に見えるのだ——フェリーニも
　こんな手袋をするといい、
駄作を扱う時には。

手だって
ずきずき痛むのだ

眼と同じく）
ハートレーは確かに勇気のある奴だったが、
ひどい失敗もした。
鯨の顎《ホエールズ・ジョー》を描こうとすると、
ドッグタウンから、なかなか帰れなくなるのだ。
夜とアビ[24]が恐くて仕方がない男なのに

それにしても、あの剥き出しの鯨の顎をどうしてしまったのだ。

（親父は親父で、鯨の顎《ホエールズ・ジョー》を好き勝手に利用した、
ただの自然として扱ったのだ。自説を曲げない男だったが、
とうとう、上司全員の袋叩きにあって潰された[25]）

何でもかんでも、奴は、こんな絵に変えてしまう。
奴の手にかかると、カモメ[26]は掌に、
メイン州の一枚岩は使徒に、
魚の食卓[27]は最期の晩餐になってしまう
――クレイン[28]もマルセイユ[29]の水夫にされてしまった

こんな実体変質《トランサブスタンシエイション》は
おれにも、親父にも
できない芸当。
鯨の顎《ホエールズ・ジョー》を、人が親しみやすい物に
もどそうともしない親父やおれは、働く人間だから
そんなことに夢中になれないのだ
(きみにだって出来ない芸当だぜ、フェリーニ、
他の手紙では、きみに対して
優しくしすぎたようだ)
ハートレーは自分のひらめきに従っただけのこと
(肺だよ、フェリーニ、肺なんだ。
きみに必要な仲間は、おれたちだけでたくさん、
すぐに話を聞いてくれる耳を求めて、
夜やビールを台無しにする必要はない
この町の大物は
(聖母像を彫ったのは誰であったか?)

決して
空論家などではない

3

（ハートレーと同じ手の男を一人だけ知っている。男の名はジェイク、
ラフォンド号の船員で、刺し網[30]師。
　　　　　　　　初めて会った時[31]この男の爪はすでに
一つ残らず無くなっていた。生涯、来る日も来る日も海水に手をつけていたために、爪が全部
はがれ落ちたのだ。
　　　　ハートレーの指も、そんなふやけた感じだった。指先がジェイクと似て
平たいうえに、一本一本の指が妙に太く、ばらばらな感じがした。ハートレーの手そのものが
手袋のようだった。
　　　　　　だが、布製ではない。ジェイクの手と同じく、塩でできた岩のような
手だった――比喩が成り立つなら、マシュマロみたいだった。ハートレーの手は
耐え抜いた。その手（指の一本一本）が専念したのは、生命の営み
六十年間、釣り針に餌をつけた
ジェイクの手

女のからだに触れなかったハートレーの手

140

テュロス人の仕事[1]

1

男らしく動くためには
ライオンの腰
しどけない動きがふさわしい
女には
乳房の重み
これが朝の訓練内容

2

どうやって踊ろう
座ったままで

3

あるいは、けた外れに野蛮な女[2]が悶える。頭の皮を剥いでよ、
私の髪をつかんで引きずり回して、と
　　　　誰も引きずり回してくれなかったので
女は、皆にそれをやらせたがる。本当にやらせるのだ。この女の要求は、清潔なシーツ
それも毎晩
　　　また別の女は、国際的な美女[3]で
絹のシーツでないと承知しない
　　　　（どうして我儘《わがまま》が通るのか？）
白い家で泊まる時には

4

鼻歌を歌う連中もいる。個性といった死んだ根拠や
意志の鼻歌、青白い正義の封印と
似たような歌を。しかし、肉体は殻にすぎず、精神とて
道具のひとつ[4]
　　　実に多くの、子供たちがいる
帰りたくて仕方がない子供たち、ティアマット[5]で

身を横たえたがる子供たちだ。歌う歌は
無上の幸福《ユーフォーリア》

5

こう言ってやるがいい。おむつはみんな
大地の息吹きで
木にかかったのだ、[6] と（音楽家の言う
中間態《ミドル・ヴォイス》[7]だ。仕事をする、とは
中間態を使うこと。
　　　　物の名は、物の数より多くはなかろう
　　　　動詞の数が、行為の数より多いわけがない[8]

今は、まだ
朝

Ⅱ

空洞の筋肉組織である。力強い収縮運動によって、……を維持する[9]

（勇気があるとは

（基部は輪生の緑色包葉[10]

（リン[11]

嵐の名で

知られる女が

やって来るのは大抵

転訳者《メタフラスト》[12]の

支持の下。

（浮力傾心M[13]が重心G[14]の上にあれば、万事
良好。下に来ると、
転覆だ。MとGが一致すると、
面白くも何ともない）

1

（葉が盾形の
ハナマガリこそ、おれの恋人。大好きな
トロフィー
熱帯アメリカに分布する蔓性植物。強烈な臭いを放ち、
葉は浅裂もしくは全裂で
けばけばしい。すなわち、色とりどりで、園芸向き。ハナマ[15]

2

トック[16]は
全蹼《ぜんぼく》の[17]鳥で　大変な見栄坊
綺麗な緑の紋が目立つように、尾から余計な羽根を
引き抜く　身づくろいが済むと、今度は、自分の姿を
うっとり眺めにかかる。その様子は、磨き上げた石に姿を写して
身支度の仕上げをするエジプトの貴婦人
さながら　（知り合いの男の叔父は農夫なのだが
ひどく逆上して

トックを狙い、手当たり次第に物を投げつけた。
あのキラキラした尻尾に、おれの顔が映ろうもんなら
この場ですぐに、おれは
おっ死んじまう、とわめきながら

3

苗木の
朝の仕事は、動くこと。問題は（夜の亡霊が退散した後の）初めの数時間
　奴[18]はとうの昔に気付いていた、
　一番簡単なのは綿摘みだと

　　　　おれの花も、
　　　　雨上がりには、見事な
　　　　冠をつける

　　　　　　人間は、自分の歯を糸でつないだ
　　　　　　ネックレスだ（虫の食った
　　　　　　歯を

かの人[19]は言った。白さに
眼を見張れ、
死んだ夜の
香りには目もくれるな、と

4

（ライオンの身体の中に蜜があり、[20]女の身体の中に
蜜がある

5

「幸福は
調和のとれた活動から生まれる」[21]
問題は、何との調和なのか、だ。
絶対布告「海に浮かぶ船の

　　浮力の中心を
通る垂線は、
　　風や
積荷の質や
潮の激しさによって
新たに生じる中心を……

通る垂線と

交差する

（あれが起こる前、針路を東にとって進んでいた時、ひどい雨風に
襲われた。三番目の当直を終えて船室に降りていくと
おれの顔が真っ青だと口々に言う。それも道理だ。稲妻がおれたちの船目がけて、海上を
どんどん近づいてきていたのだから。舵輪を握っていたおれにも分かった、次の稲妻が
落ちるのは、船首か、船尾か、それとも船のど真ん中か。

　気圧計は三日三晩二九・二を指しっぱなし。煙草でも食らって死んじまったら
いいようなものだ。「ホーズ」号[22]が、この暴風雨を乗り切れるとは、
到底思えなかったからだ。ちっぽけな上に、何しろスクリューが全然

駄目なのだ。モールトンが欲の皮を突っ張ったせいだ。他のスクーナーの甲板から、留め綱が切れて海に落ち、おれたちの船の前方に材木が浮いていた奴は、それを一つ残らず手に入れようとしたのだ。ロックポートで建設中の自分の倉庫用に。

気違いじみていた。動きもしない材木と交差するよう船で近づくなんて銛《もり》や、銛の影が近づいたとたんに、怯えて逃げる魚の群れを追うのとは、まったく話が違うのだ。銛が命中でもしようものなら、それこそ一目散に逃げ惑う魚とは。だからこそ、みんなドーリーに乗り換えて、魚たちと格闘するのだ。何時間も、たった独り、海上で。

だが、この作業は、冗談半分では済まなかった。仲間のうちで危険に気付いた者は一人もいなかったし、船長でさえ同じことだった。モールトンの奴、棚からぼたもち式に材木を欲しいばかりに、銛打ちを船首の壇に上がらせ、残るおれたちを右舷に立たせた。銛を打ち込まれたメカジキが、最初に逃げ去る時にできる綱のたるみを引き締める場所だ。

魚鉤《かぎ》で厚板を半ダースほど引き揚げたが、これは、くだらない仕事だった。——コックでさえ、うんざりして、調理室へ降りてしまっていた。事故が起こった時、調理室では、どんな音が聞こえたかを、後でコックが教えてくれた。何が起こったかというと、モールトンが船を厚板の真ん中へドカッとまともに乗り上げさせてしまったのだ。海面下に沈んだ厚板は、揺れはしたが、船腹の真ん中に食らいついたままだった。

この厚板が、竜骨《りゅうこつ》の端から端までドスンドスンと通っていく音が聞こえたが、
船の前進する速度があるせいで、モールトンがぶち当てた船腹から、厚板は
いっかな離れようとしない。
それから嫌な音がした——その途端、船は
見たこともない変な動きをした。スクリューの羽根が厚板に食い込んで、
一枚残らずぐしゃぐしゃに噛まれてしまったのだ！
針路から大きく外れ、船は死んだように
海に浮かんでいた。おれたちは、船尾の航跡に消えていくずたずたになった厚板を見つめた。
これが、けちの付き始めだった。この後の漁獲高は——わずか六十三匹。しかも
大部分は小型《ベビー》。そのうえ、かなりの数の大型魚が腐ってしまった。遅れを取り戻すために
おれたちは、ひどく長い間、漁を続けなければならなかった。速いポルトガルの船だけでなく
その七月、メカジキ漁に出ていた船隊のどのスクーナーより遅れていた。エドガータウン[23]から
出航したリトル・デーヴィッド号さえ、おれたちより先に帰港したほどだ。
モールトンが馬鹿な
真似をしたせいで、おれたちは五週間も海上にいた——その前にも、嵐を避けようとして四日間、
船は針路を外れていた。船隊は、散り散りになっていたが、おれたちの船が一番悲惨だった。
動力がなかったからだ。五週目になると、オールセン船長のレイモンド号からもらった鱈《たら》を
食べるはめになった。オールセンは、あの独特な声で叫んだ。「おおい、セシー、[24]
おれの船に来て鱈でも食え！」その声は、神の大砲さながらに海上を
轟き渡った。

おれはボートを漕いでモールトン船長をレイモンド号まで運んでやった。

6

定義。（今あげた例と
その他の実例における
幸福とは何か？
　　「湾曲した板材を[25]
そぎ継ぎで組み、船底の複合肋材《ろくざい》にするとき、
この板材を
中間肋材《ファトック》という
　　　しかし、卐型に
見える船底が
　　　言う自分の名は
（幸運

手紙 9[1]

「奴[2]をぶちのめすしかなかった。
慰めてやってくれ（許すに値する奴かどうかは
知らないが。感情を殺しても
やらなければならないことがある。
ただ、気に入らないのは
奴がわざわざ自分で墓穴を掘り、にっちもさっちも
行かなくなっていることだ。」

1

玄関の窓から
白い色を
おれの家に送り込む
花咲くプラムの木

アーモンドの花が満開だよ
というマリョルカ島[3]便りに
添えられていたのは
例の本[4]が出たとの知らせ
町の営みが停止すればいい
とおれは思ってしまうのだ
中身の大部分がこの町で生まれた
その本によって

（花のために
世の中の動きが止まることなどないと
ある年の春[5]
思い知らされたのだが

2

こんな事をきっかけにして
振り返ってみると分かる
自分がどんなに忙しくしているのか。とはいえ

それは、仲間たちとは違った種類の忙しさ
花咲く木々が
とりどりの緑に変わる忙しさだ
（灰色の幹には
緑の葉

この春を、届けてくれたのは
蕾の赤、
谷を輝かせる赤い色

（今、谷は果実で輝き
手元には一冊の本が届いている
純白の頁に
茶色の活字

おれは、眩暈《めまい》がした

本当に。そして大切なことなど
何にもありはしないと気付いたのだ
このプラムの
歓びの

瞬間《とき》のほかに

本来の
姿以上に
背伸びをしない
花々

3

物が本来の姿を現わすか否かは
（春がどんなものかを、おれたちは知っている）
人間の状態しだい
面白いことだ
かつてのように
ボンドの丘[6]の頂きで
今日、休んでみると

　グロスター港の、内港と外港の両方と
　大西洋、それに陸地の奥の方では、
　アニスクウォム川[7]とその湿地、さらにイプスウィッチ湾までの

すべてが、一目で見渡せる
あざやかな春の色彩に加えて、人の住む
家々も色とりどりだ。家によって
白さがちがい、
配する緑によって、整った感じも
さまざまなら、町を明るくする
煉瓦の色もそれぞれだ

何だか
きょうは
気取ってみたい
我こそは猪武者、アッシュダウンのアルフレッド大王[8]なるぞ、と
（イノシシノゴトク[9]とアサールは言う）

おのれの手首と
おのれの関節すべてに逆らい、文の連結語に逆らい、責務に逆らっても
おれが従うのは、
国ではなく、
歴史などでは全くなく、
建設することでもなく

花だ、とおれは言いたい。

こう思うのは、
波瀾万丈の出来事よりも
おれには、自然の方が近しい
からだ。

本来の目的を超えたどんな目的も抱かない、自己充足行為は
人類の歴史を
大幅に押し進める
アルフレッドらの行為より、
プラムのあり方に近い

（グロウシースター[10]を占領して勝ち誇るグズラム[11]を
アルフレッドは撃退した
エセルニー湿原に[12]
隠れていたアルフレッドが）

4

おれは自分の歌をはかる
自分の歌の源をはかる
おれ自身をはかり
自分の力をはかる

（おれは、ぶんぶん音を立てて動き回る。
プラムの木に
気付きもせず、
家の中に飛び込んで
窓から出られなくなった
蜜蜂のように

蜜蜂の羽のブーンという音が
タイプライターの音を
かき消す）

手紙 10[1]

ジョン・ホワイト[2]について／ 鱈《たら》、アイナメ、干し鱈《プアジョン》について

建国について――ピューリタニズムのためだったのか、
それとも、漁業のためだったのか？

だが、今、どうやって基礎を築くというのか、聖なる物と俗なる物の――両方が――使い果たされた時代に

嘴《くちばし》は、ほら
そこにある。それに胸筋も。
前進するための
ヒレも。

だが、新たに基礎を築くには、漁業さえ今は……

1

先ずは、漁業だった。ピューリタニズム（ナウムキアグ[3]）は、その後だ。だから、コナント[4]は
ピューリタニズムと関わるのを嫌って、ベヴァリー[5]へ、バス・リヴァー[6]へと居を移した。
　関わりたくなかったから
（おれも知っている、後の時代に生まれたコナント[7]は、正反対。大いに
関わった）

ロジャー・コナントの最初の家、ステージ・フォート[8]にあったあの館が、何よりの証拠。
　エンディコット[9]が、先ずやったのは、
自分の屋敷として使うために、あの館をセーレムに移したこと。大きな館で、
骨組みは実に頑丈で見事、昔の建築術ならではの館だ

（親しみを覚えるのは、家の建て方ではなく、家が建った後のこと。親しい気持ちが
湧いてきて、今日は歌にしたいほどだ。アン・ブラッドストリート[10]の家を始めとし、
ジョージタウン[11]やロウリー、[12]それにイプスウィッチ[13]の家々を。
羽目板に身を包んだ家々が、いかに住む人の秘密を守っていることか
そしてまた、いかに堂々としていることか。どんな建物にも
引けを取らず、力強く建っているその姿を）

　　　　コナントの館は

チューダー様式だった
　　　　　グロスターよ、最初に建ったお前の家は、イングランドの
エリザベス朝様式だったのだ
（だから、「生まれ変わった」[14] エンディコットは、この館を使ったはず
館の中で微笑みを浮かべて、ヒギンソン[15] らの誓約を祝福したはず……

昔、コナントの館が建っていたところに
わが家はあった（わたしの基礎は
そこで作られた

嵐の被害で漁は不振、水揚げ高は冒険商人[16] への支払いにも事欠くほど。三年のうちに
彼らの三千ポンド[17] が消え、今また同じ額が入り用に（家の近くで小銭を拾った、
サーカスの後のことだ。鞭と眼で、自在にライオンを操る
クライド・ビーティ[18] の技に釣り込まれ、野外観覧席から身を乗り出した客の
ズボンのポケットから滑り落ちた小銭だ

3[19]

エリザベスが死ぬと
チューダー王家は、ジェームズ[20]の手に
（その素早さは、コナントの館を
セーレムへかっさらった素早さ

グロスターよ、
お前はどこへも行かず、傾いただけ。お前こそ、われわれの
天秤《はかり》

（国や、国どうしの
ありとあらゆる堕落を
おれは、生涯
この眼で見てきた、
学問の堕落さえ。
学問を堕落させたのは、後代のコナント。祖先のコナントは、
チューダー様式の館を後にし、漁業も止めて
一切合切をエンディコットに委ねた。植民地を
腰抜けどもの親玉に

引き渡したわけだ

4

今や、すべての
真実が転倒している。
宗教で
エリザベスの時代は縮み上がり、われらの時代は
金で膨れ上がる。地元優先方式を
廃止した後

　　ハーヴァード大学には金があふれ
　　学長も濡れ手で泡（「うすら馬鹿」
　　呼ばわりされたのだ、町の公立学校出の
　　学生は）ピカ一の秀才を送ってくれと
　　オレゴン州に依頼して
　　ハーヴァード大学を駄目にしたのは学長コナント
ロジャー・コナントは、破滅をもたらした男ではなく、破滅させられた男、
　グロスターと同じく、一六二六年[21]に

その後は（ステート・ストリート[22]やワシントン[23]の）ボスどもに
　金を握らされて、学長から高等弁務官に御就任[24]
（傀儡《かいらい》州の総督[25]は、エンディコット

わがコナントの
移住先は　ただの「乞食村《ベガリー》」
セーレムの気取った奴らは――勝った奴らだ！――
ベヴァリーを軽蔑してそう呼んだ。だが、そこは、今でも
（自動車でルート一A[26]を走る時や、列車で行く時には
わたしの故郷の
始まるところ

マクシマスより、グロスターへ、手紙11[1]

岩[2]に書いてあるのは

　下腹でへばりつき、爪を裂いて知った岩、岩の銘板は大きく
　登れた時は、得意になって、座れたほど。
　頭から突っ込み
　岩の顔面を駆け上がって、浮き彫り細工の
　錨とロープをつかむ
　岩の浮き彫り細工を）そして、ブロンズ銘板の
　上に出る

　　　「町の歴史が始まる頃の
模範的仲裁を
忘れぬように」

　ちび煙突[3]は
漁師に撃たれて、その場でお陀仏《だぶつ》になっただろう
コナントが、ヒューズ船長[4]に向かって、銃を下ろして

プリマスから来た小男の言い分を聞いてやれ、と命じなかったならば
ミスター・スタンディッシュは
わたしの父親が眠る墓地[5]で、永眠する第一号になっただろう

　父がどこで眠っているかくらいは言っておこう、
その墓地で永眠してほしいから。あるいは
ドーリー[6]に父を乗せて、漕いで行こうか
防波堤[7]の向こうまで。そして、舟に火を放ち、葬ってやろう
　船乗りとして

男の生涯は
（とにかく、父の生涯は）
滅びない
それが伝統なのだ

少なくとも、わたしが見つけた伝統は。
こんなことをなぜ言うか、
教えてやろう

1

「トラガビグザンダ[8]」
という声が
岩の頂上付近にいるとき聞こえた。すぐに岩から滑り降りたぼくたちは
百戦錬磨のインディアン。声のする草むらに近づいていった
カップルとはち合わせして、びっくりしたこともあるにはあったが
どんなカップルより、草むらには詳しいぼくたちだ。木の銃で
撃ち合いをする時と同じくらい慎重に
草むらに分け入って行った

するとどうだ、そこにいたのはジョン・スミス
ひだ襟のついた服と鎧で身を固め、仁王立ちになって
叫んでいた。
「トラガビグ**ザンダアー**」と（声の大きさからすれば
ドラム奏者あがりの小海老大尉[9]スタンディッシュに扮した方がお似合いだ
誇らしげにニューイングランド提督スミス殿に扮するよりは。
得意になるのも無理はない、スミスはニューイングランドの湾という湾の
水深を測り、海岸線を実地調査し、アルゴンキン族を綿密詳細に
記述したのだから、つまり、マサチューセッツを。
だから、分かるのだ、わたしが住んでいた場所に、誰が先に住んでいたのかが。

先住民が天然痘で一人残らず倒れたおかげで
ピルグリムは
やすやすと上陸したが、
その前に誰が住んでいたかが分かるのだ

大声より、もっとびっくりしたのは
スミスに扮した男の腕に、気を失いかけたトルコの王女が
抱かれていたこと。
　　　　歴史が

ぼくらの遊びの真っ只中に

割り込んで来たのだ！　役者たちが。

一味ちがう芝居があるのだと、分かったのは

この時のこと

2

スミスも追い払われる憂き目にあった。一六二二年まで
（ステージ・フォート占拠は、一六二三年。上述のごたごたは、この年の終わりに
「ふさわしい」出来事だった。プリマスの連中には
漁師たちが先に来ていたことが面白くなかったのだ）スミスは、こんな事を書いていた。
「というのは、噂に聞いていた入植者たちの発見なるものは、
私の母豚から生まれた子豚どもにすぎないからです」[10]
「慎みを忘れて興奮している私をお許し下さい。
どんなことが起こるか百も承知していながら、私は……
「彼ら（入植者たち）は、私の妻であり、鷹であり、猟犬であり
手札であり、さいころでした。つまり、私の大部分でありました」
　　あるいは、スミスの女性的性格を露わに示す、こんなくだりが
彼の著書『海の文法』（一六二六年）[11]にある。
　　「というのも、私は知りたいからだ
船員の病気が重い時や、瀕死の時には、

少量のシナモンと砂糖を入れ
バターで炒めた米、
シナモンと砂糖を溶かした新鮮な水を缶一杯、
ミンチ肉またはローストビーフ少々と
プルーンの甘煮、青ショウガの根と
ホットケーキが

より良くはないのかどうかを。何より良いかと言えば、プア・ジョン
すなわち塩漬け鱈《たら》の
オイル・マスタードあえだ。
精進日[12]には、
ブリスケット[13]に、バターチーズか、オートミール・ポタージュ、
塩漬けビーフにポークとエンドウ
それに六シリングのビール。
船の暮らしでは、通常
これが精一杯だ。」

3

船長だった

スミス。彼の眼は見抜いていた
ニューイングランドが与えるのは何か、を
われわれが政教一致など
望んでいないことを。地中海の民が考える
われわれと、実際のわれわれが、なぜ
似ても似つかないのかを。われわれが、どれほど
酸素アセチレン化合物と同じで、侵入すると決めたら
いかに思い切り侵入するものなのかを

スミスは明言している。「操舵手は

「船倉の責任者として
荷の積み込み、
検査、積荷の配置を統括し、
船を安定させなければならない。
加えて、船隊を
警備しなければならない。
真鯛《まだい》やハガツオ、そしてシイラ用の大綱や
ヤスや銛《もり》に釣り針、
それにサバ用の
釣り糸を見張るのである[14]」

マクシマスより、自分自身へ[1]

最後になって、いちばん簡単なことをおぼえる
はめになった。それで、なおさら難しかった。
海に出た時でさえ、おれはのろまだった。手を差し出すのも、濡れた
甲板を歩くのも。
　　結局、海の仕事に向かなかったのだ。
だが、自分の仕事をしている時でも、おれは一番親しいものから
引き離されていた。[2]　後手に回っていたのだ。
そのくせ、あの男[3]のこんな言い草にも我慢ならなかった。
こうした先延ばしが
今や、服従の
本質なのである、とか
　　緩慢な時の中にいる
　　人間は、ひとしなみに遅れをとる、とか
　　われわれは大勢で育つので
　　なかなか
　　単独者が
　　分からないのだ、とか

その通りかもしれない。確かに他人には
おれの疎外感などより、ずっと
筋の通った
ピリッとしたところ（アキオテ[4]）があるにはある。そういう頭の切れを

　　世の中の仕事を
　　する連中や
　　自然の仕事をする連中は
　　毎日、見せてくれる
　　両方ともやって見たが
　　おれには、どちらもちんぷんかんぷん

おれは、対話篇を作り、
古代のテクストを論じ、
出来る限り解明し、
教え《ドケアット》[5]がゆるす楽しみを
すべて提供した
　　　　だが、すでに人が知っていることは？
それだ、おれは、それをこそもらわなければならなかった、

人生と愛を、そして一人の男[6]から
世界を。

手がかりを。
なのに、おれは
船乗りよろしく、ここに座って
外を眺めている。吟味しながらも
ある証拠を
見落としながら

おれは、嵐の方角を
知っている、嵐がどこからやって来て
どこへ去って行くのかを。なのにおれは、
どの方角がおれを歓迎し、どの方角が拒むかによって
自分の船首の向きを決めたのだ

だから、おれの思い上がり[7]は
減りも
増えもしなかった、
そんな関わり方では

2

今朝、語っているのは
仕事に失敗したこと。
おれの足元から
海が
広がって行く

歌と舞踏[1]

I

今のところは、
右へも左へも行かず、[2]
　　中間にも
留まらない。中間にいると奴らに、「ドイツ人」[3]に捕まってしまう。
もしお前が、野生のクレメンタインと粗い毛を真ん中に置き、ペヨーテの実を半分
入れて作った麻薬の包み[4]を、社交目的で
使うなら

　　アルトシューラー[5]は、
インディアンとどう戦うかを、ぼくらに教えた先生だが、バーバー
すなわちラルフ・ヘンリー[6]が用心しろと教えてくれたのは、
派手な奴とはどういう奴かだ、派手な奴の子供は
決まってブロンド。
そして見かけ倒しだと。

商売のうまい連中のことだ、

十二歳の時、コーンフレークの広告で
賞を取り、後には
大統領になる[7]
奴ら

　戦争で左翼の
　株が上がり、
　みごとな玉ネギ[8]が欲しくてたまらなくなる
　冷蔵庫や
　鞍山《アンヤン》[9]の
　鉄が

そして、花が、決まって
花なのだ、少女たちが
殺し屋に
差し出すのは（殺し屋は微笑んだりしない
写真家とは違って

　昔は、
　死んだギャングだけが
　どこかの土手に

埋められたものだが

1
結論は、こうだ
（凡百の本には書いてないことだが）人類は
進歩などせず、[10] ただ
保存状態が良くなるだけ

今、あらゆるものが
ミス・ハーロー[11] のように横たわる

日曜版に載るのは、氷漬けの
マンモス。かつては
蠟《ろう》人形が載ったものだが

その醜さは、ジェリコで見つかった
「最古の市民」[12] に劣らない。保存されていたのだ

頭蓋骨がいくつも、後頭部をピンクに塗って
モデルに似せた頭部像が。いかにも、
昔は民衆の指導者だったのじゃ、と言わんばかり

事実そのとおりだったのだが
眼の代わりに貝殻を入れた頭蓋骨は
ミス・ハーローの寝姿のように、どこもかしこも
白一色

Ⅱ

「陸地は常に
変わらぬ美観を呈し、
野は
したたる緑」[13]
　　　緑したたる
島々。[14] 当時のファラオーは
メネプタハ。[15] このカリブ人の祖先の時代に
初めて人々の心が
海に目覚めたのだ。キュプロス島[16]に。
あるいは、本当に緑なのは、どの島か？[17]

「果実の数は限りなく、
色は真紅。いたるところに
花々が
香り」[18]

　　まさに蓮食い人[19]の島
ホメロス時代のキレナイカ[20]だ。
ホメロスから生まれた男[21]が
語るのは
こういうこと。

「それに鳥のさえずりが
いとも甘美なのである」。[22]　男はさらに
鳩の吐息に注意を促し、
オレンジの花よりも
香しい、と言う。
というのも、オレンジが
ふんだんにとれるため

この男の言葉を聞け！　地中海の

男の言葉を
作家で、似たようなことを言った
者[23]がいた、愛は

オレンジの木のようだ、と
あるいは、オレンジの木のようでなくてはならない！　と

（かつて海だった土地でさえ
オレンジの木は育つ
鶏くらいしか、餌を
掻き集められない、あんな軽石の土地でさえ。

　だのに花が咲くときは
　香りの芳しいこと

冷凍貨車に載せられて、方々の町へ運ばれる
オレンジや、その写真などは足元にも及ばない
味のよい、美味しい、美味しいオレンジの実

太陽のようだ

（男は言った
太陽は、人々を
暖め、自分をも暖めて
くれると[24]

　だから、神経の末端は
開いたままになる[25]
熱い赤道直下の、この地塁《ホルスト》にいると
確かにそうだった
――古い枢軸を讃えた
最後のアメリカ人[26]が言った
確かにそうだ、と――あそこなら

昔のすべての祝祭が

発生した地なら、と

1

北方には、
ネックレスにして首にかける真珠はない。踏みつけて確かめる
価値もなく、奴隷はいず、
あるのはただ、まやかし
そして、氷と火山、それに
一日休みをもらって地獄から出てきた
ユダ[27]
　　　ヴィーナスは

この北方の海からは
誕生しない。誕生するのは
魚。
　　そして、この北の流れから獲れるのは、
毛皮。
おれの国を征服したのが、ラ・ロシェルの帽子屋連[28]と
ブリストルの魚食い連中だったことを忘れるな。それが夢想を捨てた
現在

マクシマスより、グロスターへ

手紙14[1]

ジョン・ホーキンズ[2]／欲望の本質という
難問／未知の国《テラ・インコグニタ》の
ずっと向こうにある既知の国々で
起こった事件／人間がそれぞれの一生を
どう送るかについて

I

「星々のように結び合って、
一つの光となること」[3]と定義されている
「夢」も
同じだろうか（?.）

ラード用の円筒型容器にアイスクリームを詰めた
爆弾、導火線は
電気プラグ[4]

あんまり馬鹿げた代物なので
結局、そこに放って置いた。
するとどうだ、こいつは、でんと腰を下ろしている
昼下がりの真っ只中
道の真中に

（妻がステーション・ワゴンをバックさせて
ポーチの下に入れた後も
下卑ていると思うから、おれは近づけないのだ。たとえば

トイレと娼婦が立ち並ぶ
狭い通路を抜けると
　　（ボストンの
あの映画館[5]に着くが、チケットを買いはしたものの

入る気になれないのと同じだ。ふと路地に
出ると
　　　　どこもかしこも
町は星明かりにおおわれていた。だが、昔のような
空の丸天井ではない。星のように
輝くとはいえ、ひどい代物。三文芝居に出てくる
洞窟のセットに穴をあけて、
頭上に夜空が
広がるようにしつらえたものだ

それでも、原風景は
お前のもの

2

「引っ張られるように
動く傾向があること」[6]
とも説明されている

こう言っているのだろうか
「真っ盛りの向日葵を
参考にせよ」と?

昔の人体図[7]は
そう間違ってはいない
アダムを
地球の方位にはめ込んだあれだ

手の指と
足の爪先でできる
円の中心に
だれもがいる、と教えてくれる

（大勢の時はどう立つかを
教わったことがある[8]
おれたち役者三人は、
タール鉄道[9]のロフトにいた
教える彼女の前で、パンツ一丁になって
稽古したものだ

「お尻を締めて、下げる、お尻を」
と命ぜられるままに

求めたのは
ユークリッド[10]と同じく
猿の身体の線、群衆に
ふさわしい立ち姿、パレードを
見物していても、決して、
疲れることのない姿勢

おれたちが考えていたのは
彼女がそこで教えてくれたこと。
その姿勢をとるには、
首から、その姿勢を
だんだん下へ伝えていき、
両膝を曲げるのだということ

腕を広げ、脚を開いて、跳躍している人体図とは違った

　　もう一人のアダム、下部

人間の姿勢

なるほど、この姿勢だと安定する。冗談好きは言う
爆発して
頭がすっきりした後の
感覚は
上げ下げ窓の錘《おもり》だと[11]

たしかに、上げ下げ窓の錘が
股間にぶら下がっている

お前が惹かれるなら、
結合するなら、
お前が確かに
ピテカントロプスなら

Ⅱ

アメリカがアゴラ[12]であるために、初めからアゴラであったために、道徳がせめぎあう

アメリカは二つのものだった。第一に、魚の獲れる浅瀬[13]
それを最初に知ったのは、おそらく、
バスク人。ピシアス[14]も
軟泥の深さを測りはしたが
海と大気と空の
すべてが

最果て《ウルティマ・テューレ》の島の一部だと勘違い

第二に、アメリカは宝の山だった。すべての財宝と
宝石と真珠の五分の一が
王の手に入るはずだった[15]

残ったのは魚

（他のものはほとんど残らなかった）
残って、今日まで
産業と労働を支えている
だが、分かったのは
黒人が
真珠だったということ[16]

西欧に売れた
品物で、島々からの
需要があり、

ジョン・ホーキンズが欲しがった品物。

ジョンの父親ウィリアム[17]は
昔かたぎ。シエラ・レオーネ[18]や
ブラジルで、現地人と
友だちになった。

こうした新しい土地での

彼の人望は絶大なもの
国王ヘンリーへの贈り物にインディアンを一人借り受けて
ロンドンへ連れて帰れたほど。
このインディアンは、ロンドンから船で帰る途中
死んでしまったが、現地人は
老ウィリアムの話を信用し、
人質を返してくれたばかりか、
船に品々を満載してくれた。

ウィリアムは、黒人から
象牙を買い、
黒人を
労働力として用いた。
物々交換で
支払いをし、
略奪はしなかった。
略奪したのは、息子のジョン、父ウィリアムの
七光りで、交易をしながら

ナイトの爵位をもらったのは
息子のジョン。だが、わたしが蘇らせるのは

父ウィリアムの方。息子は
「盾形紋《たてがたもん》の頂《いただ》き飾りに
「鎖で縛られた
　生粋の
ムーア人の半身像」[19]を賜った。息子は
スペインが支配する海域に乗り込んだ
功労者で

　　　その働きが
イングランドにも
アメリカにも有益だったからだ
白い家[20]を建てた者たちの
役にも立った

　　　　「サン・ファン・デ・ルーア[21]では、

最高の産物《オプティミ・ゲネリス》、すなわち黒人を五七名積んでいた。一人の値段が一六〇ポンドゆえ、
　総額は九、一二〇ポンドになる。
（「資産損失目録。『政府関係文書』、エリザベス女王統治下、五三章」）

2

次はジョンの息子リチャードの出番（ホーキンズ一族は、
新大陸発見以来、
ドーチェスター・カンパニー[22]の漁師が
アン岬[23]に入植するまでの、アメリカ史に深く関わる）

「ホーキンズの名――
フランス語で、ハキン
スペイン語なら、アキネスは、
イギリス海峡では
戦慄の響き」

サー・リチャードは[24]
おれたちのやり口を先取りしていた。なぜかと言えば
都合のいい事実だけを取り上げて
（おれたちは、どこか同じ穴のムジナで、身をかわすのが得意）

航海目的をこんな風に書いたから
　「寄港する全地域の徹底調査を旨とする
未知の地域と同様に、既知の地域も調査する。全地域の経度ならびに
緯度、海岸や岬の（アン岬よ、お前のことだ）形状、港や湾の（グロスターだ！）形状、
都市や（おお、アメリカよ）、町と人口（おお、お前たちアメリカ人よ）、それに
政治形態を調べ（ヘッ！）、国々が産する商品を調査し
（都市《ポリス》の市民よ、おまえの商品だとさ）、各地の住民が求める物、必要としているものは何かを
調べるのである」（必要としている？　わが仲間の市民たちよ、何を必要としているんだ？）
　奴の船の名は、最初
　「改悛号《ザ・リペンタンス》」だった——（おお！　悔い改めるがいい！）——
だがいいか、エリザベス女王が
船の姿の優美さに感じ入り、

（おれも感じ入る）
「可憐号《ザ・デインティ》」に改名なさい、とお命じになった

おお、改名せよ

そして、サン・マテオ湾[25]で
三日にわたる戦闘の後
船腹に撃ち込まれた砲弾は十四発、
船倉の浸水は、七フィートから八フィートにおよび
ポンプは壊れ、多くの死者が出た
負傷者の数はさらに多く、残りは狂ったように酩酊

リチャードは、この後の
三年間、スペインの
地下牢に幽閉される

Ⅲ

歯茎がなくなると、歯は

大きく見える。こうなると鼻は見る影もないが、
眼窩《がんか》は
そして今、床に落ちる
ラジエーターの影は
狼の乳房の形、[26] まっすぐ並んだ乳房は
野生の子らを
育むのにふさわしい。
おまえたちは、狼すべてを仲間とし、
狼に囲まれて生きるだろう、
法を知ることなく。おまえたちが、イギリス海峡で
耳にするのは狼の声

マクシマスより、グロスターへ

手紙 15[1]

　　真相はこうだった。[2] 船は「エピー・ソーヤー」号ではなく、「パトナム」号[3]で、
帰港したのは、クリスマスの朝ではなく、クリスマスの夜、暗くなってからだった。それに、
北東から吹き付ける、雪混じりの嵐だと思っていたものは、だからこそ、われわれは
バウディッチを凄腕の船乗りだと信じて育ったのだが、実は西から吹く突風だった。この突風は
バウディッチの一行を湾[4]から締め出した後、二十三日までには吹き止んでいた。

　　二十五日にバウディッチの前に立ちふさがった相手は霧。北東の風というのは
その通りだが、雪についての記述はない。午後四時、霧がわずかに薄らぎ、
イースタン・ポイントが見えた。それで七時にセーレムで錨を下ろさせたのだ。つまり、

帰港できたのは、ベイカー島[5]の灯台ではなく、グロスターの航路標識《ビーコン》の
おかげだった——何しろ一八三二年までイースタン・ポイントには灯台などなかったのだから——
　　われわれは、バウディッチの息子からすっかり話を聞いていたが、一般には話の全体が
　　　忘れられていた。
バウディッチの息子が、事件の三十五年後に事の一部始終を聞いたのは、当時父親の指揮する船に
乗っていた船乗りかららしい（スマトラ[6]やイル・ド・フランス[7]へ、向かう船で、積み荷は靴[8]）
その船乗りこそ（船長より二十歳年上で）、港に入航した夜、
「おれたちの大将、まるで昼日中みたいに、ずんずん船を進めるじゃないか」と言った男だ。
八十五歳にはなっていたはずのこの男は、話の終わりのところをこう語った——「あんなひどい
嵐の晩に」突然現われたバウディッチの姿を見て、船主たちは身の毛がよだった

始めのうちは、バウディッチが難破しなかったのだとは、どうしても
信じられなかったのだ、と。

1

「あんた、本題のまわりをぐるーっと回るね」と奴[9]が言った。「本＝題か、気にしてなかった」
　と答えるおれ。
「紆余曲折するんだね」と奴が言い、「そうさ」とおれは答える。他のことも聞かれたが
答えなかった。
おれに分かっている訳でもない
みんなが（あるいは何人かが）
乗るのが（ちょうどプルマン寝台車[10]に乗るように

このレールだと

その意味では、プルマン寝台車の宣伝文句――「心ゆくまで
おもてなし致します」――は嘘ではない。安らかに
眠れるどころか
揺すられっぱなし

そして、コンパートメントにでも乗ろうものなら
癪《しゃく》にさわる家族の一団がこぞって……
おれは答えた「ラプソディア[11]……

Ⅱ

ジョン・スミスが最後に出した本の名は[12]
『ニューイングランドおよび
その他の地域の
入植初心者向け

宣伝広告』（英国の
主席司教
カンタベリー大司教ならびに
ヨーク大司教に
献じる、とある（一六三〇年）

序詞《エピグラフ》は
スミス自身の手になる
詩（スミスは
案内役を買って出たが
ピルグリムらに断られ、[13]代わりに
スタンディッシュ[14]が選ばれた）

航路標識[15]

という詩の中身はこうだ（スミスが死んだのは
その年）。

「離れよ、離れよ、近づくことなかれ
　あまたの危険、立ち現われるがゆえ
わが破滅により
　汝ら、その危険を知るべし
余は、ひとり、この浅瀬に身を横たえ
　余の轍《てつ》を踏んで沈む
すべての船の標識とならん

わが身ひとりの他、何人も滅ばぬようにせんがため
「往路であれ、帰路であれ
水深を測ること忘るるなかれ
これを怠りしが、わが破滅の元
舵取りをば誤りぬ。
海は穏やか、風は順風
いかにも安堵していた余であった
然るに今は、好天であれ、嵐であれ
すべての天候を忍ぶ他なき身の定め

「傷負いし脇腹を
　かわるがわるに打つは
冬の冷気と夏の炎暑、脇腹は嘆く
　苦しみの和らぐ時の来ぬことが
あまりに明らかであるがゆえ
　されどなぜ、余が絶望せねばならぬというのか
最後の審判の日が来ると
あれほど公明正大に約束されているというに」

Ⅲ

では、次に歴史の分岐点と、経済学と詩学の話をしようか？

三人の男[16]の
意見は一致している。

　　おまえは見て取るだろう
ニューヨーク州エルバーサバーズヴィル[17]の
フラ・ディアヴォロー[18]に
ヴィヨン[19]の影響がおよんでいると。

　　そして、散文なら
ボストンのレイモンド・デパート[20]の広告か、
ラパロ[21]の
狐どん[22]の文を見ろ
イタリアの――海岸＝付近で＝十五世紀《クァトロチェントロ》ルネサンスが[23]始まるのは、＃
四二九年[24]

　　アメリカ特有のエポス[25]が活動を開始するのは、一九
○二年[26]だ（バートン・バートン・バートン・バートン・バートン・アンド・バートン広告社[27]の設立は
　確か、この年？）

それは、商品の素晴らしさを
ほめそやす言葉。パッドを入れた
履き心地のよいものであろうとなかろうと、ほめるのだ。おまえが無くして
見つけた、おまえの
スニーカー

　（おお、自由の女神像よ、

おお、合衆国よ、おお
幻想＝伝達＝機《テルアヴィジョン》よ。最高の品は
石鹸で、[28]本物の吟遊詩人は
CBS[29]だ。メロポエイア[30]は

コカ・コーラ社のコーラ[31]の味方
ほっと一息コカ・コーラ

Ⅳ

（おお、詩＝人たちよ、おまえたちも
仕事に
つかなくては

手紙　16[1]

「押し付けるつもりはないさ。しかし、自分の作品の他
おれたちに何がある？[2]

それに、こんな世の中で、仲間以外の誰が、おれたちの
作品を買うっていうんだ？

だから、物々交換より仕方がないのさ。ひどく
原始的だがな――ニューイングランドだって、初めは
そうだった。

　昨日の晩、面白い発見をした
マルサス[3]の人口論は
マサチューセッツ湾（交易）植民地で
出生率が高かった時期の統計に基づいていたんだ

1

バウディッチ[4]は（後に）ハーヴァード大学の経営陣に加わり、
敵を作った。カークランド追い出しに手を貸したせいだ。
だが、バウディッチこそ、大学を財政難から救った功労者だ、
という議論もある（バウディッチは、更に保険会社をいくつか作った。
数字に強かったし、
セーレムから出航する船の船荷監督を長年勤め
マサチューセッツの貿易商人が儲かるように取り計らった経験があった

つまり、バウディッチが体現しているのは、ニューイングランド・マネーの動き
初期の産業と売買から離れ、
様々な腐敗と結託して利潤を追求するニューイングランド・マネー。
アメリカが大国にのし上がったのは、アジャスタ[5]さながらの腐敗のおかげ。

もちろん、この間に、腐敗は
土地と労働を呑み込む。そして、今や
世界をも。

たとえば、バウディッチその人こそ
　　　　　　（四度目の航海に出る直前

バウディッチは未来の妻に手紙を書いた[6]
　一七九九年七月二十二日、ボストンにて
「乗組員の頭数をそろえるのに
大変苦労しました。
それが、変わった連中なのです。
鋳掛《いか》け屋、仕立屋、床屋に田舎
教師といった連中と、年老いたグリニッジの
年金生活者一名に、数名の黒人、白黒の混血に
スペイン人等々ですが、しかるべく訓練すれば
十分使いものになるでしょう」

他人から託された金を、自分の金ときっちり分けて
扱った「管財人」の第一号[7]だと言われている。
つまり、経済法則全体の中で、一番なおざりにされていたことに
注意をはらったのが彼だった。慈善の誕生こそ
（十九世紀のことだ、右派や左派の区別なく）
最大の悪。最悪の事態を引き起こし、こんな
世の中にした張本人だ。

　それは、最大の悪を駆逐した後に
たった一つの善が、多くの善を駆逐するということ[8]

こんな世の中を指す一語こそ
（他人の苦《ペイ》＝
雀《コック》を見て
あの男[9]がわめいた言葉だ
腐敗政治《ベジョロクラシー》と（わが町でのさばるのは、あらゆる町で今
のさばるのは、小便《ピー》＝顎《ジョー》＝岩《ロック》＝
クレッシー！[10]

　われわれが
　　戦う相手は、いつでも
殺し屋どもや、偽善者どもだ
いつも憎たらしいほど安全な
善人たちの相手をしている暇はない
（七月四日[11]さえ、奴らは別物に変えてしまった

この国の立役者たちもろとも
意味のないただの音に変えてしまったのだ
意味のないただの音に。

フランシス・ヒギンソンの子孫
スティーヴン・ヒギンソン[12]（一七四三年生まれ
は、一七七四年、英国滞在中に下院委員会の
査問を受けた。査問内容は
アメリカの漁業と植民に関するいくつかの
事柄。

フォース編アメリカ公記録、第四集、第一巻
一六四五年～一六四八年を参照せよ。いや、入手セヨ。

議会では、[13]ハミルトンに同調する
行動が頻繁に見られ——ロバート・モリスには激しく敵対していた
ヒギンソンはシェイズの反乱を鎮圧する

手先の長として活躍した人物で[14]
ハンコック[15]の政敵

『エセックス秘密結社』[16]の過激な連邦主義者ヒギンソンは、
連邦派の侵略に対する備えがいるぞ、とヴァージニア州民を脅し
ヴァージニア州の兵器庫に備える武器を売りつけた。そして、
承知しないのなら、政府に目をつぶってもらって、
トゥーサン・ルーヴェルテュール[17]に武器を売るとほのめかした。
そう脅しながら、一方では、そんなことは決してしませんと
国務長官に
確約している

　　手紙四十八[18]は、そんな内容

手紙四十九は、アダムズ[19]内閣軍事長官
ティモシー・ピカリング[20]宛て。この手紙で
例の武器が、プロシアから入手したものだと分かる。（一七九九年）、
武器の数は四千丁。しかし、ヴァージニア州民は、この武器が
使い物にならないと知るのである。

「首尾よくやれば、気付かれることなく
だましおおせよう。しかし、例の物の

密輸が発覚すれば
騒ぎになり、物議をかもすことになるだろう」
（この時、トゥーサンは、サント・ドミンゴ島で、
フランス軍総大将アンドレ・リゴー[21]相手に
熾烈な戦いを展開していた

2

国を動かすほどの人物が、どんなひどい間違いを犯すものか
その一例を挙げる
同じヒギンソン[22]が
アダムズに宛てた手紙を見るがよい。アダムズが副大統領の頃の
一七九〇年三月二十四日付けの手紙だ
「漁業のためであれ、外国貿易のためであれ、

独立戦争の後、講和条約が結ばれるとすぐに船を造った者たちは、船の価値が下落したため
仕事をしても儲けが出ず損をするばかりだった。古くからある町の人々は、
講和後の最初の数年間、漁業での儲けが並外れていたために
以前は縁がなかった消費に、儲けを費やしてしまった。他方、
コッド岬[23]を初めとする南の海岸沿いに住む人々は、昔からの
勤勉と節約の習慣を失うことなく、儲けを事業拡大にあてたのであった
……つい昨年でさえ、南の海岸では、鱈《たら》漁が
生きた事業であるのに比して、古い町の住人は、漁獲高を落とし、
消費を上回らせてしまったために、家族を養う金もほとんど残っていない。
上述の理由から、漁業は北の海岸から南の海岸へ移る
可能性が極めて高いと言える。これは、

国家的見地からすれば、さして重要な事ではないかもしれないが、
繁栄と幸福をもたらす、勤勉と節約の習慣を取り戻さない限り、マーブルヘッド[24]や
グロスターその他の町の住人は、大いに困窮することになるだろう」

糞ったれめ

115

3

手紙二十七[25]ピカリング宛て、一七九五年八月十六日[26]
「……セーレムとニューベリーポート[27]は
承認し……
「マーブルヘッドとアン岬の
住民は静まり返って
高く評価……

120

ポーツマス[28]では「最良の人々[29]全員が……
騒ぎはなし、
議論もなし。

125

初めてファン・デ・ラ・コーサの眼で世界を見て[1]

ベハイム[2]の地球儀には——新世界がまったく描かれていない
アゾレス諸島[3]と
チパング[4]（キャンディン島[5]も描いてある。スパイスがとれるから
の間には、何にもない

そうだ、大西洋に
浮島が一つある。デ
サン
　　　ブラン
　　　　　ダン島[6]が

1

だが、サン・マロー港[7]や
ビスケー湾[8]一帯、それにブリストル港[9]の
漁師たちが、どれほど
長いあいだ、話題にしてきた

ことか――
　海は荒れ[10]
雪と雹《ひょう》が降る。午前
八時、潮の流れが激しくなる。水深を測ると
二十尋《ひろ》あったが、次第に減じ
十五尋から十尋になる。下手に船を回す。

　（漁師たちは
ラズ岬[11]を知っていた

（わが町の、わが二つの町[12]の、男たちが
話す時、ガデス市[13]や、キャッシュ岩礁[14]の
話題になると、男たちは、

パン屑やビールを使って
テーブルに、指で
沿岸図を描いたものだ
　　　　とはいえ、ラ・コーサが出るまでは
　　　誰も世界地図を

手に入れる術がなかった

2

（カリュプソーのもとから去り、大熊座を頼りに進むヘラクレス[15]
これを描いた人物が、描く物

それは、今なら、セーブル島[16]の砕け波！
前方の、そこだ、すぐ先だ、そこでなら
バケツで魚が獲れる

（どんな岸辺にでも、お前は行ける
カリュプソーが教えた筏でなら
カリュプソーはヘラクレスに筏の作り方を教え、杉を与えた

それに、素晴らしい品々も。そんな彼女を後にして、ヘラクレスが旅立てたのは
ひとえに神々の思し召し。とはいえ、固く心に誓ったことを片時たりとも忘れはしなかった。
カリュプソーにもらった食べ物には決して手をつけまい、[17]神々の衣はまとうまい、
人間の食するものだけを食べるのだ、と

身にまとったのは

諸国の王と
漁師らが
大西洋に惹き付けられたのは
ちょうどこの頃
ヨーロッパからは
金が
流出[18]

Ⅱ

だが、鱈《たら》はいたのか？　新たな土地《ザ・ニューランド》は、
初めから、名前までも
鱈の土地《バカラオス》[19]
　　ほら、
泳いでいる、北の海《ノルテ》[20]を、霧の中から

（ピシアスの軟泥[21]の中から
人魚や怪物の中から
（ユダの国[22]から
鱈《ティエラ・ド・》の国《バカラオス》が、海の中から
現われる　　　　マサチューセッツよ
わがニューファンドランド人たちよ
わがポルトガル人よ。おまえたちなのか
（それともヴェラツァーノ[23]なのか
奇妙にも、その地を
泥の浅瀬《マッド・バンク》と記したのは
[24]「ジョージ浅瀬[25]の
水深を測る
二十五尋《ひろ》、海底は砂地。この時
郵便船ブリッグ・アルビオン号から交信あり、

ジョン・ドゲットが言うには
アン岬までの距離は
八〇リーグ

ニューファンドランドを知ったヴェラツァーノは
そこを新たな土地《テラ・ノヴァ》、あるいは鱈の国《リモ・リュー》[26]と記した
コルテ・レアール[27]だけが知っていた土地だ　（一人目は死んだことが分かった
それに、ベルトメッツ[28]が知っていた（カボット[29]のように？

おまえを見つけたのは誰なのか、
強い風の吹きすさぶ
土地よ？

1

地球のことを、コロンブスはこう言った、
洋梨の形だと。[30]あるいは、
女の乳首のような突起をもつ

丸い球で、この突起のところが
最も高く、したがって、空に
一番近い、と

船が表わすのは
決まって、大資本の投下と乗組員の募集、それに
支払う賃金[31]

フナクイムシの仕業だった[32]
一四九二年のこと。たった一度の航海で
船体は穴だらけになった（「虫に
あけられた穴で、船は
蜂の巣のようになった
と報告されている

紳士ならびに淑女のみなさん
彼は真珠を失い
インド諸島を失ったのです
一匹の虫のせいで

2

北へ？　泥に向かって。一四八〇年、イギリス全土で最も腕の良い船長ジョン・ロイド[33]は、
ジョン・ジェイ始めブリストルの商人のために、ブリストル港から
ブラジル島[34]目指して
出発した
海を渡ること

九週間。しかし、度重なる嵐に
押し戻されて断念。

　フナクイムシのせいではありません。嵐のせいでした、
　淑女ならびに[35]
　海の底へ沈んでいきます
　夫たちや妻たちが
　幼い子らが失なったのは

（四、六七〇名[36]もの漁師が、海で死んだと確認された。アニスクウォム川から

海へ出て行く潮に、毎年八月、[37]夏の盛りに
人々は花を投げる。花々は、運河の流れに運ばれて
港の水路に着き、そこから出て行く
いくつもの花束が（グロスターでは、花屋の売値で花を買える人は、わずか）
漂って
　　　　出て行くのが見えるだろう
大西洋へ

Ⅲ

死者ガ残スノハ
　　　真実《ラ・ヴェリテ》
ノミ[38]

トゥイスト[1]

路面電車こそ
わが内陸水路
（タトナック・スクエア[2]に着き、
　終点から徒歩で
パクストン[3]へ向かい、サンザシを摘む

あるいは旧道を通って、ホールデン[4]へ向かい
イギリス・クルミを集める

妻が新たに赤ん坊を生むのも
そんな線路の終点にある
家でのこと、出産した翌日には
家に帰れる状態。赤ん坊もそう、
ひときわ健康で発育も上々[5]

あるいは、高らかに歌うことと

物そのものに
歌をひそませることを
区別する、彼[6]とおれ。
彼に、おれは花を
（百日草）を植えてやる
彼の家の
中の、湿った土に[7]

最初の詩に書いたとおり[8]
潮が満ちると
アニスクウォム川は、ふくれ上がる。彼女が
バイアスに裁って、作ったフランス風
ドレスのように

　　　ああ　わが小潮
わが大潮、わが
流れよ

1

ニュートン・スクエア[9]からタトナック・スクエアまで、線路は
丘を登っていく。カーブにさしかかると
車両はガタゴト揺れる
やがて揺れは収まり、電車は
遠くの土地へ降りて行く
（日曜日の土地へ
　ぼくは小さく、みんなが
　どこへ行くのか、不思議で
　しようがない。みんなは大きくて
　父さんとぼくから離れて行く
　まるで、その風景の中にいる雌牛のように
　自分たちが何をしていて
　どこへ向かっているか
　分かっているのは、
　父さんとぼく二人だけのよう

今頃やっと分かった、セヴァーン川[10]だったのだ。
ウースターからグロスターを通って
ブリストー[11]とスミス[12]が呼んだ町に流れ込む川は。

今でも、約束の地としか思えない場所へ
幾組ものカップルは、向かって行ったのだった、われわれから
直角に離れて。グロスターとボストンとの間に
立ち現われる、あの風景の中へ
わくわくと、胸ときめかせ、わたしは入って行く
住居を下に見下ろして[13]

2

われわれ一家が着いた日の
グロスターは雨。[14]
それ以来、舟で港を巡るおれだが、
ジョニーズ・キャンディ・キッチン[15]店内から
窓ガラス越しに雨を透かして見たのが
海を見た
初め。

　　　　おれのもとを去った後、
妻が棲んでいた
アパートは

ケーキのよう[16]
　　　　　　　　居場所を突き止めた時、
――アパートの住人は、かつてチャールズ通り[17]で、おれの
一階下に住んでいたマコーマー[18]の手合い――隣の部屋から
山高帽を被った男が、そそくさと出て行った
妻のアソコに
弾丸をぶち込んだ奴だ

　　　　　　　　でなけりゃ、馬券屋
シュウォーツ[19]か。こいつの義母《おっかさん》となら
大はしゃぎで寝たものを

　　部屋の（建物は
お菓子の家《ドボシュトルテ》[20]）ドアは
ずいぶん高い所についていて
四十八号室と札がある
ドアは小さく
まるでオーヴンの扉

港は

聖ヴァレンタイン・デーの夜と同じ
嵐。[21] 空
海　陸　の区別なく、宙を乱舞する
氷と　風と　雪は　（ピシアス[22]よ）ひとつ
　　　　　　空からケーキが降ってくる
おれと同じくらい静かに
あの夜のブリザードと
同じくらい静かに

3

訪ねて行った[23]
おもちゃの家で目覚めた時、窓の
外の景色が
贈ってくれたのは、朝陽の
白と、シャベルを使う
人々の姿
　　　大あわてで

家に帰った

運河のあたり一帯は
ヴァンドラ伯母さん[24]がくれた
紙の村。伯母さんの
クリスマス・プレゼントは、どれも
こういうおもちゃ

一日の終りに訪れる夢のような
おもちゃ。ニューヨーク三番街の高架鉄道《エル》[25]は
取り壊しになるが、高さ数インチのわたしの高架鉄道は、
ボストンの高架同様、今もある。
モノレールに
列車を走らせると、
——幾晩も前のことではない——
虜《とりこ》になってしまうのだ、川[26]の姿に
まさしく、橋[27]のところで

流出し、流入する川の姿[28]に

はっきりと見えてくる

発見サレザル地、[29]
背後にひかえる湿地や、ブリンマン[30]の造った溝、潮に洗われ
唸り声を上げる犬岩[31]
　　　　　川の潮は、上流で唸っているが
出番が来ると、萼《がく》と花冠をはじき
犬岩をかすめて急行させる
　　　　　　　　　　　（八月、
花々は折れる
　　　　が、葯《やく》は
いまの花糸《かし》は、花の塊は
進み続け、
　　　　そのすべてが
この針先の一点に
達すると
回り出すのだ
　　　今日の陽ざしを浴びて

この真実の物語の中で
そこでは、砕けた花々の水路が幾筋もの道になり
ここでは、ブラックベリーが花をつける

マクシマスより、グロスターへ、手紙 19（牧師

書簡[1]

魂の導きに
関係する、
と書かれている）[2]

町でおれたちを見かけるたびに
微笑みを浮かべて尋ねる奴だった
赤ちゃんはいかがかな、と。むずかっている場合に備えて
奴は二セント持っていた、着ている
（自動車を持っていたうえに）
服も上等。
　　顔はピンクだった。

何もかも分かったのは
昨日のこと。初めの一手はこうだった
（おれたちの後について

奴が道路を渡った時だ）「あなたの
お名前を伺いたいのですが」と来た。教えてやると
はじめまして、と言う。
こちらこそ、はじめまして、と答える。すると続いて、
「失礼ですが、
どちらの教会に
属しておいでか
伺ってもよろしいでしょうか？」

すると、通りの全体が、町が、幾つもの都市が、この国が
午後の陽射しの中で、自分たちに向けられた銃を見て
眼をしばたたいた。おれの頭の中も
ぐらぐらした。

いいですよ、とおれは答えた。
どちらの教会で？　と奴が聞く。
どこにも、とおれは
答えた。

すると、光が戻った。

おれは商売人ではないから。
それに、あまり若くもないから、警戒しなくてはならないのだ
銃弾の込もった
微笑みには。

おれは神の顔を
知っていた。
だが、顔をそむけた
神が顔をそむけ
後ろ姿を見せた時、[3]
おれは顔をそむけたのだ。

2

そして、今は正午
曇り空の日曜日。
鳥が、甲高い声で
歌うと

裸でポーチにいる
おれの娘が、
精一杯じょうずに、声をはりあげて
歌い返す

娘の顔は、ありのままの顔
おれたちの顔とはちがう、
ありとあらゆる困惑の
雲が晴れないうちは[4]
ありのままの顔になれないおれたち。

おれたちを困惑させる奴らの
顔は、どれもこれも嘘の顔
神がそんな顔をしたことは一度もない、神の顔は
恐ろしい。完璧
なのだ

手紙　20――牧師

書簡ではないもの[1]

1

おまえの子供が、いかに目覚め
おまえは、いかに眠りこけていたか）
嵐の間、おれたちが、どんなにニューマン・シェイ[2]から
離れていたことか。行動の指針は、どれほどの名誉に
値するかなのだ、苦しい
時こそ
　　　　名誉こそが、攻撃に耐える
盾。それが近頃では、名誉を尊ぶのは
ギャンブラーだけ
　　　　　　　　だが、そう言えたのも五年前までのこと
五年前、彼女は

最後の一枚を
脱がされた

2

おれたちの中で、戦いの
樹[3]だの　腋の下の前当て《バレット》　中心点《フェス》　胴《ノンブリル》
下部《ベース》[4]だのという言葉を使う奴は
いない。学者のたわ言だ
と、レッド・ハナは、レッド・ライス[5]のおしゃべりを
決め付けた
　　　　だが、二人の間にあったのは
揺るがぬ信頼。
三〇歩の間をおき、
M一二小銃を手に
一〇〇ヤード地点で
　　　　踏みこたえた二人
真っ青になりながら、持ち場を死守しようとして

はからずも
互いの過失で
負傷した二人だった

3

（それに大家のスティーヴン・パパ[6]
家賃を
踏み倒すしかなかった。
　　　　おれたちは、本と
衣類とランプを、
鏡以外の一切合財を、
　　　　　　　　　運び降ろしたものだった
三つもある階段を
　　　何度も往復したが、一足ごとに
大家の頭上を通らなければならなかった
地下室でゲームを続ける

大家の
まんまと夜逃げは出来た。
とはいえ、
何でまた、よりによって、この男が大家だったのか

4

家賃の請求にどぎまぎし
やっとの思いで口に出す、
そんな男だったのに
家を持っているだけの男だった
そうなったのは、チンピラどもと
お巡り連に
山の手地区《アップ・タウン》から
追い出されたから
それほど、真っ直ぐな男だった。
なのに、今

この男にあるのは
ささやかなゲームと
エスプレッソだけ、
それが、この男の
すべて

5

シェイは
まるで逆
三〇年前か四〇年前に
乗組員の給料を着服した奴だが
事の真相は
確認しようがなく、
いつものように、
単なる噂として片付けられた

罪の実質ではない
形なのだ
罪を犯した者から生涯離れず
眼に現われるのは（おれたちの眼に、だ
ポール・ポスト[7]まで波がかぶった数日間
皆が皆
不安だった
次の
波が来たら
ホーズ号は、真逆さまに転覆しかねなかったから

6

とはいえ、帳簿をつけたのも、
航海が終わると賃金を
支払ったのもシェイ。皆の中で
年長だったから。まったく上手い

ペテンがあったもの

けれど、夜明けの
甲板で
一番よく、話し相手に
なってくれたのはシェイ。

　　皆の仕事が済み、
シェイの煙草で
空気が
和む頃
　（奴は、おれにカン＝ラッド[8]の
話をして、どんな本を読むといいか
尋ねるのだった

Ⅱ

ハナたち[9]の世界や
（アープ[10]の世界は）
ブルーベリーや

栗の実とよく似合った
　　　人を食い物にする奴らにも叩き潰せない
大らかさが似合っていた。そんな世界が、相変わらず歩き回り、路面電車に乗って
あちこちへ出かけていたものだ
そんな頃を懐かしんで
今が嘆かわしいと言うつもりはない。本物なら
いつでも、取り上げて
踏み潰してみる値打ちがある
それで、はっきりする。はっきり
させるのだ（新たに
名誉を着せるために

1

カッと熱くなるその一瞬

出るのは、お前の目か、おれの目か
一かばちかの勝負の時は、あの女[11]にいて欲しい
全身から輝きを放って

マクシマスより、テュロスとボストンにて[1]

盾形紋章で、名誉点《オーナーポイント》[2]とか色彩点《カラーポイント》と
呼ばれるのは、上部中央《ミドルチーフ》と
中心点《ハートポイント》との間
もし、キンレンカ[3]が
おれの盾なら、
　　　　そして、おれの歌が
確かな歌《カントゥス・フィルムス》[4]なら

1

それは変化だが、おれのふるった

識別の
刃は
それ以上でも
以下でもない。主義主張と

誤った
行動とは

別物なのだ

2

過《あやま》ちの色、
名誉、そして過った
点

3

ヒエラルキーを打ち倒し、

雑草の歴史が人間の歴史だ[5]と
主張するわれわれには
必ず
仲間がいる——いかにして輝きを
まとうかが、すべての。窮屈なものや
だぶだぶのものを着て、どんな活躍が
できよう。兜《ヘルメット》、
腋の下の前当て《バレット》、胸当て《ブレストプレート》、草摺りの小札《タスス》、前腿当て《トゥイール》[6]
こういうもので、われわれは裸身を包む、非の打ち所のない
裸身を。断じて
神の裸身ではなく。

Ⅱ

ある男[7]にとって、ヒソップ[8]は
肉の臭い。ヒソップを嗅ぐと
ある日、ボストン・コモンから漂ってきた一陣の風を思い出すのだ

一六八一年

徒弟奉公をしていた頃、

マリアという名の黒人女が
磔《はりつけ》にされ、生きたまま焼かれた時の臭いを

あるいは、エリザベス・タトル[9]
夫に離縁された女だが、
ジョナサン・エドワーズを孫に持ち、

この女の血筋から、バールをはじめ
グラント　クリーヴランド　などの学者や

将軍、それに聖職者らが輩出した
離縁されたのは不倫のため。エリザベスの女きょうだいは
わが子を殺し、男きょうだいも
人殺し

III

誰も、
自分が知るだけの人間

45

手紙　22[1]

（自動車の
故障だ。[2] 修理屋に一ドル渡すと
何かくれた
それを、おれは
食べていた！　つや出しの
布を。構わず食べ
続けると、こたえられないほど美味い。
厚手で、色は
オレンジと黒、けば付きだ——あの図体のでかい女[3]が
よく着る
波打つドレス

1

ある解釈では
まったく無視され、

雑草のごとく取り除かれてしまう事実がある
それは、人間が
混沌の中にはいないということ。[4]

そんな弛緩したものの中には。

　　　　　量の多さが
必ずしも名誉ではない。

　　　　大切なのは
われわれ一人一人の
注意力、他人のでも
完璧な人間のでもなく。時を待たず
美は
過ぎ去る

　　　人間が雑食動物《オムニヴォレ》だとすれば、
事実そうなのだが、人間はしばしば
何でも食べる。人間はまた
愛を食べる動物《アモルヴォレ》
でもある

（妻が指をなくした。[5]
祝いの会で
問題になったのは、
馴染みの無い客を、どの席に
座らせるか。
　　新顔の名は
グーメラニアン。
　　顔いっぱいに
微笑みを浮かべていた男

2

「満腹《サティ》です、十分いただきました」
顔いっぱいの微笑がそういった
　　満腹です、
十分いただきました

おれも顔いっぱいに微笑を浮かべて、
紋章にする
　　　　　　個別のもの[6]の間を
敵どもの間を
歩きながら

3

おれが書くのは
戦いを止めさせること、[7]
戦いの真っ只中へ
降りて行き、語るのだ
この兵士の行動を

乱闘中に、どう振舞い、あの兵士とどう
もみ合ったか、眼がどれほど
ぎらついていたか

そして讃えるのだ

（美は待ってくれない）
男たちと、

女たちを

（ハンドルを左に切ると[8]
視界いっぱいに丘が迫ってきた
丘の正面は貨物台の形で、その縁が
おれの顔を見つめて、にやにや笑っていた
だいたい
地面から五フィート
上がったあたりがそうなっていた

何とか切り抜けた。だが
その直後、自動車が
故障した。

自動車の
能力には
限界があるからだ。

70

手紙　23[1]

事実はこうだ[2]

入植第一期　一六二三／四年　エドワード・クリップ船長の（?——以下の
　　入植第三期参照）
三十五トン船、フェローシップ号が
アン岬に十四人の男たちを残留させた。
　　漁業監督にジョン・ティリーが当たり
トマス・ガードナーは「開墾」を指導[3]（狙いは
定住。とはいえ、豆を植えた畝一本と
トウモロコシがある程度。塩のほうが、はるかに

商売になった。）この二人が「ボス」で、任期は一年だった

だが、驚くべき事実がまず、ここにある。チャリティ号で（ライフォード[4]と家畜数頭、それにプリマス・カンパニーのアン岬入植特許状を携えたウィンスロー[5]が乗船していた）英国を出たプリマス住民の方が、前述のドーチェスターの漁師より先にアン岬に到着していたとあらゆる文書が語っているのだ。[6]ピルグリム達は、ウェイマス[7]を出て、五週間後に漁をする足場《ステージ》を作っていた。ドーチェスターの漁師が着いたのは、その後だった。次の入植期に争点となるのは、[8]この漁業の足場《フィッシング・ステージ》である。プリマス住民が戻ってみると、漁業の足場を、西部地方《ウェスト・カントリー》[9]の漁師らが我が物顔で使っていた。そこで、急遽マイルズ・スタンディッシュ[10]を呼び、漁業足場の

奪回を図ったのである。
資料によれば——まさに、うちの玄関先で起こった事件だ。[11]「フィッシャマンズ・フィールド」[12]に関して、最近の歴史家がどんな研究をしているのか、マーク[13]に聞いてみた時……おれは、詩に関心があるのだと言わなかった、そんなことを言おうものなら縮み上がってしまうだろうから。ピンダロス[14]以後、ミュソロゴス[15]には拠り所がない

頌歌詩人ピンダロスいわく、「詩は
偽りの物語《ミュトイ》によって
人間の判断力を奪い去る」（ホメロスの
美しい詩に向けられたこの皮肉）

「ゆえに、ほとんどの人の
心は盲目なのである。」これを見て
プラトンは、分割する思考を
正しいと支持した
ミュトスが
偽りで、ロゴスは
偽りではなく——事実だ、と認めたのだ。かくして
ツキュジデスの登場となる
だがおれは、伝えられていることの証拠を

自分で探すヘロドトスのような歴史家[16]
でありたい。オルサムによれば
ウィンスローが
アン岬に着いたのは、一六二四年の
四月のこと[17]

この原野で起こったグロスター住民とプリマス住民との諍《いさか》いは、
一つの植民地ともう一つの植民地との争いに
とどまらない。それは、全面戦争なのだ。敵は、まず（一）商業主義
（同じ頃、下院では、西部地方《ウェスト・カントリー》住民とサー・エドワードコーク[18]が
国王を相手に――ジョージズを相手に論戦を展開していた）。それに（二）生まれたばかりの

資本主義だ。ただし、個々の冒険商人と労働者が、分け前にあずかる段階に留まるなら、話は別――敵は、堕落する国家主義全体なのだ。所有権が共同体に割り込む、商工会議所や、神権政治、あるいは、市政担当官の形をとって

入植開始[1]

とある日曜日、おれは、灰色の海と一緒に
ここで、腰を下ろす。冬が
おれの顔をまともに睨《にら》む

「二ヶ月半にわたって
雪の厚さは、実に
一フィートのまま」[2]とジョン・ホワイトは

入植志望者に
警告している

十四人の追加入植者は、[3]最初の年
ハーフ・ムーン・ビーチ[4]の上で
うずくまっていた

あるいは、ステージ・ヘッド[5]の港側
一帯に、とにかく小屋らしいものを
密集するように建てて

潮風を防いだ
今、そこは恋人たちの
公園。母と

妻は、好奇心でいっぱい
自動車の後部座席で何をしているのかしら、と。
かんかんに怒ったのは

パット・フォリー[6]
もっとはっきり見ようとした
覗き屋が四つん這いになって

こそこそ動きまわっていたからだ
パットが座った姿勢で女を愛撫していた時に（今、そこは
海岸の行楽地

そこは、漁業が
初めて成立したところ。[7] 十四人の男が
とりえのないグロスターの土地や

港の全体にしたことは何だったのか？

男たちを載せてきた
船の名さえ、われわれは
知らず、[8] 男たちが当時

マスターと呼んでいた
船長の名さえ知らない。分かっているのは
この入植第一期、一六二三年に

グロスターの漁業成績が
申し分なかったこと。小型船（フェローシップ号？）は
積荷を満載し、ビルバオ[9]目指して出航した

この年、十四人の男を
上陸させ
細かい塵《ちり》しかない土地で
入植を試みるのに
ドーチェスター・カンパニーが要した額は
二〇〇ポンド（一〇、〇〇〇ドル）

毛皮との交換を企てたのだ
そこには、シャンプラン[10]が
一六〇六年に発見したインディアンがいたけれども

天然痘のせいで
犬のようにやせ細っていた。
十四人のイギリス人が

どうにか野営用の焚き火をおこすと
そこへ、ふらりとやって来て
あたりをうろついた

そこは、わたしが若い頃、軽舟《スキフ》[11]をとめて
岩を登ろうとした時に
両脚をざっくり切ったところだ

この出費は、この出費全部の
ねらいは、土地でも
ビーヴァーでもなく

魚、魚、魚

船の積荷が
スペイン市場で上げた利潤は
ドーチェスター・カンパニーが

ステージ・ヘッドに費やした
額とぴったり同じ、二〇〇
ポンド。[12] したがって

第一期は赤字。というのは
航海に出るには
船の航行費用が

別に要るからだ。それに
新しいフロンティア
開拓に乗り出した時

船そのものを買わなければならなかった
（フロンティア・ブームではなかったし、金《ゴールド》を狙ったのでも、

一攫千金を夢見たのでもなかった、

求めたのは仕事。漁業が
「始まった」と
スミスは言う、[13]「この年

海岸には
およそ五〇隻のイギリス
船が到着し

ドーチェスターの男たちが
アン岬から
入植を

開始した」五〇トンの
小型船一隻だけでも
新しい帆を一式備えると
三〇〇ポンドを上回る額に
なった。[14] 理由あって
船出が

遅きに失した
ために、総収益は
あまりに乏しく、

赤字
三〇、〇〇〇ドル
かかっているのだ

グロスターを
始動
させるのに

マクシマスより、グロスターへ[1]

わたしは、バブソン未亡人[2]のことを、簡単に
済ませるつもりはない。メイン・ストリート[3]や
ミドル・ストリート[4]に行けば、今でも子孫に会えるし、
地所もあるのだから。ジョッパ[5]や
ウェルズリー・ヒルズ[6]でもそうだ（ヴァンドラ伯母が
ローレル・アヴェニューの持ち家に住んでいたのは
バブソンが近くに研究所[7]を開く前からだった。一度、
もっと大きくなってから、女友だちの父親の自動車
ハプモービル[8]に乗って、そばを走り抜けたとき、
あっと驚いた。伯母の家が、記=憶=の中で
膨れ上がっていたからだ

また、歴史家バブソンが、運河の向こうに住んだ人だと明言している
ジェフリー・パーソンズ[9]のことも、なおざりにはできない。
わたしが、世界中で一番よく知っている、土地と小石のすべて、丘や窪地のすべてを
所有していたのがジェフリーだった、とバブソンは言うのだ。ステージ・フォート[10]とて、
バブソンがそう命名したのだが、岬のたった百エーカーの土地にすぎないこの場所が、[11]
サマセット[12]やドーセット[13]の男たちの愚かな願いに合致した可能性があるのだ

この岩だらけの海岸が、イギリスの思い描いていたニューイングランド
になるかもしれないという願いに

だが、問題は、まさにそこにある、あの「漁師の農場《フィッシャマンズ・フィールド》」に。
わたしが子どもの時分から、行楽用の公園になっている、そして今は、
（ステージ・ヘッド[14]はステージ・フォートに変わり、警官と泥棒、野球と消防士のホース、
ノース・エンド・イタリアン・サンディという名の食べ物屋や、夜のグロスターの
いかがわしい商売のための公園だ）そこは、今でも初めての地。イギリス人が
初めて光と風を感じたところ。今は町になっている
その光景から目を転じれば――カモメたちの姿は昔も同じ。だが、他の音は、ちがって
聞こえただろう、十四人のイギリス人には。海は、おそらく
もっと深く岸辺を浸食し、クレッシーの浜辺のずっと上で波が砕けていたはず（だからこそ、
十四人の男たちは、ステージ・ヘッド両側の比較的居心地のよい場所に身を潜め、
銘板岩《タブレット・ロック》で風雨から身を守ったのだ。わたしの家[15]から銘板岩《タブレット・ロック》へ向かって
真っ直ぐ伸びる尾根がある。ドーセットとサマセットの男たちが
カンパニーの家[16]を建てたのは、風下になる尾根のふもと。エンディコットは
その家を申し分なく立派だと見て取り、解体して、はるばるセーレムまで
運ばせ、領事館として使った。

アン岬に建った一軒の家[17]は
ウォルター・ナイトその他が言うには、
ドーチェスターの男たちのために建てた家だった

だが、肝心なのは、ドーチェスターの男たちが
結局、ベヴァリーに住んだことではない。
ベヴァリーの住人として、バブソン家やパーソンズ家が挙げているのは
コナント、ノーマン、アレン、ナイト
ボルチ、ポルフリー、ウッドベリー、ティリーとグレイだが[18]

肝心なのは、おれが
フォート・ポイントの
借家[19]で座っていると
一方の窓には
アン岬水産が見え、
もう一方の窓からは
ステージ・ヘッドが、おれの右眼を
まともに覗き込んでいること

（まるで、風景を
裏側から見るようだ
おれは、三十年間
反対の方角から見ていた[20]）

グロスターには見える
グロスターを
初めに見た
男たちが

やつは、やつを裸のまま置き去りにした[21]
と、その男が言った。
裸
とは

あらゆるものが
眼と魂に飛び込んでくること
まるで、そんな
体験をしたことがなかったかのように

その一年は
男たちにとっては初めての一年だったが
もう一人の男の心の中では、すでに
その地は誕生していた

ジョン・ホワイトは、その土地を
すでに自分の眼で見ていたのだ
だが、十四人の男たちのうち
われわれが知っている十一人の

眼は二十二
そこには、雪が舞っていた
今、カモメが白くおおう
空に

そこは、今も漁業が営まれるところ
そして、わが心のありか

それで、サッサフラスが[1]

金《きん》が流出していた当時のヨーロッパでは、[2] 梅毒が猛威をふるっていた。それで、サッサフラスを
手に入れたのは、ローリー、[3] ゴスノルド、[4] プリング[5] だけ。魚は薬にならなかった。
ジョン・スミスが、銀鱗の流れ[6] と呼んだ宝庫には、
魚が密集しすぎていて、船を乗り入れられないからだ。
スペインの北緯度地域を通り、セーブル島[7] への航路を避けるために
北へ二分向いて西へ進み、アン岬もしくはショール群島[8] に至るこの海路だと、七ヶ月で一人
一〇〇〇ドル[9] 稼げる。二十ヶ月雇われ仕事をするより実入りがいい。インディアンは
時に残虐、両手両足を切り落とす。むごい仕打を受けたジョン・ティリー、[10]
ジョン・オールダム、[11] それにブラッドフォード[12] がウェストンの部下と呼んだ屈強な六十九人の
　　男たちは[13]
辛い思いをした。ウィリアム・ブラッドフォードとジョン・ウィンスロップは、手強い西欧に
君臨するメディチ家[14] さながらに、ピューリタンの海岸に君臨。そこは毛皮と魚のフロンティアで
　　雌牛の町。
グロスターは魚の町の女王様、モンヒーガン島[15] や一六二二年のダマリスコーヴ島[16] などの。
皆がアン岬を欲しがった。ウェストンにトンプソン、[17] そしてピルグリムらが手を伸ばす
すると、リチャード・**ブッシュロッド**[18] が、一同を港の西側へ追い払うという具合
ジョージ・ダービー[19] はその手先。これを見て、牧師のジョン先生、**ジョン・ホワイト**は、
　　緑の物を

ぐいと突き出す、とにかく金《かね》に見えるものを。だが、間違ってはいけない、金などありはしない
のだ。おお、何と！　かのピルグリムらは、五年のうちに**百五十万ドル**も稼いでいた
毛皮と同時に**魚**を売って、スペインの金塊をことごとく巻き上げたのだ

金の儲かる所には、
サスパリラ[20]より
荒い波が　実りある航海《ボン・ヴィアへ》[21]を
見守るわれらの女神よ

女神が足蹴にする首は一つならず

　　　　　　（B親父[22]は
毒づいたことのない男。だが、
女房連に言わせれば、こんな悪態は
ついたそうな
　ごん畜生《ジーニー・クライニー》[23]と　　　Bが

逮捕されたのは数年後
それは、車回しが
舗装される前／舗装されていたのは
Bの管轄だった幹線道路

そいつの名はダディ・スコルピンズ[24]
美女ドッティを、おれたちの玄関先から
さらった男。近所の美女をさらって
いったダディ・ブラウン＝

ノーズ。こいつの鼻とBの鼻は
大型機関車。[25] 二人はイギ＝
リスの鱈《たら》王様[26]と呼ばれたはず

一六二三年、ステージ・ヘッドで財産を使い果たした
鱈王様と。だが、B親父は損をしていない
こっそりそれを丘から降ろし

タルヴィア[27]を剥がした、市が
金を払ったものなのに。それで、うちの暖炉は
道路舗装用の敷石で出来ているというわけだ。おお、金よ

おお、市
庁舎よ

2

ほっくほく東《ナス・ナスィースト》[28]に舵をとりゃ　おお　キャリオー[29]　ビルバオ　ビルボー[30]　セント・キッツ[31]
おれたちゃ稼ぐ、インディアン相手に商売し
スペイン人に
コアフィッシュ[32]売って

ステージ・ヘッドで九週間
ねばり、獲って獲って獲りまくる
ヴァージニアイ[33]やファイアル[34]やスリナム[35]目指して進むんだ
極上の品《オプティミス・ゲネリス》[36]を獲るために
フランス人が捕らえずに残しておいた野蛮人を
おれたちゃ売るんだ、引っつかむのさ
この地の天然痘なんかにゃ目もくれず
（オスクアントー[37]は死んだ、いまわの際に
イギリス人の神を求めつつ

船を検査しろ、[38]巣穴をつかめ、つかんで離すな
捕らえたものを
極上の魚を
ボストンへ

運び、駄目な魚はキャリ＝オー行きだ
　　おお、正貨よ、漁師にかかる金など
ごくわずか。食い物さえあればいい。それに……

とはいえ頑固で、無法者。
船大工もその類。教会通いと
鞭打ち刑のおかげで、どうにかまともに暮らせる手合い——銀行員どもが
市会議員選に出馬する。[39] 阿呆の
クランシー[40]まで
票欲しさに
智恵を絞る御時世に　　おお民よ
最後の一セントまで引き出すがいい
殴ってやれ
塩漬けにして、押し潰してやるがいい
お前たちを

北北西《ノー・ノーウェスト》に[41]
五〇マイルも歩かせる奴らを

歴史は時の記憶[1]

一六二二年から一六二六年、漁業熱が高まる
　　　　　　　　　　　　（ピルグリムたちとモルモン教徒[2]は
　　　　　　　　　　　　　別、別な賭けをしていた
十艘の小型船[3]がニューイングランドの海へ出たのが
一年前、そして**ドカーン**と始まった。

一六二二年、三十七隻の大型船が（ほとんどダマリスコーヴ[4]に？）出漁し
一六二三年には、四十五隻がピスカタクォー[5]とアン岬に出漁
一六二四年になると五十隻が——そしてスペインとの**戦争**

一六二五／二六年は、グロスターの年
当時グロスターは、雌牛の町であったはず、魚を追う男たちの
叫び声をよそに。

　　　　何隻の船と何人の船乗りが
　　　　港にいたのか？
　　　　　　　　　　　　一隻あたり四〇人から六〇人か？

するとニ〇〇人――それとも二〇〇〇人が港に？

漁業足場の争奪戦[6]があったのは、この年――西部劇さながらの
一幕。ヒューズの部下たちは、漁業の足場を補強していた、
プリマスの腑抜け連中《ファー・ジョンズ》[7]から実力で奪い取った足場を。プリマス住民は、その時期
まだ漁業を始める必要がなかった（ベッドで寝ていた）
　　　　　　　　　　　　　マイルズ・スタンディッシュが、
おそらく噂にたがわず、頭の上に石炭トロッコを載せているような男が、
愚かにもピストルの撃鉄を起こして、ヒューズの胸に突きつけた。切れ込みの入ったズボンが、
がに股を包んで風船のようにふくらむ
　　　　　　　　ヒューズとその部下たちは、海に面した足場を補強した、
ビヤ樽でバリケードを組んだのだ。ちび煙突スタンディッシュが、怒って
ぶすぶす煙りを上げている間にだ（ハバード牧師に言わせれば、「出来そこないのキリスト
　教徒」[8]には分からなかったのだ
鳥撃ち銃を向ければよいということすら
　　　　　　　　　　ヒューズには、退く
　　　　　　　　　　理由があった。三隻のプリマス船が
　　　　　　　　　　停泊していたから。まず、一〇〇トンのチャリティ号、

この船のピアス船長[9]こそ、スタンディッシュを
鎮めた人物。残る二隻は、
悪党アラートン[10]の指揮の下
ロンドンから来たドーチェスター・カンパニーの船である。
コアフィッシュ[11]を追う
リトル・ジェームズ号[12]
（荷を満載していた）
それに、三〇〇トンの
大型船ホワイト・エンジェル号だ。
荷を積んで
ビルバオやセバスチャンへ
リトル・ジェームズ号を曳いて
行った船だ。ただ、エンジェル号が
ほんの一瞬、ジェームズ号を
離した隙に、小型船はトルコの船に
奪われはしたが

この争奪戦が示すのは
件《くだん》の港が
交易の拠点となった時

どんな熾烈な戦いが
あったかだ

男も女も
子供も、現金払いでは
暮らせなかった
支払いは
三十三年計画の

クレジットで後払い、
各々の世代が
過ごした三十三年間は
安物買いと
身の安全が信条——生きているとは

とても言えたものではない。金まみれだった亡き
コナント国[13]とは大違い（コナント国にたむける言葉は

市のお偉方のせいで
銀行どうしが損のなすり合いをするせいで
泡のように消えて行く国家

どうやって、お前の子供に
もう一〇〇、〇〇〇ドル送るというのだ
貧しく、老いた
父ちゃんが
生涯かけても稼げない額を

70

記念碑を建てるべきだ
大樽の陰にうずくまり
干した魚を
守っていた漁師を讃えて

情況[1]

トマス・モートン[2]は、
アン岬一帯で
正確には、どういう身分だったのか
そして、いつその身分に——

モートンは、アンブローズ・ギボンズ[3]の
仲間だったから
ジョン・メイソン[4]の側に立って
行動したと考えられるが?

ともあれ、塩を盗んだジョン・ワッツ[5]の
申し立てによれば、モートンは、こう言ったそうだ
塩は私の物、管理を任されたのは
私なのだ、と。

モートンがニューイングランドに対してしたことは、
ヘイスティングズ[6]がカリフォルニアに対してしたことと同じ
(ヘイスティングズは、ドナー隊の道案内を誤った)

大ばか者だが、ピルグリム連が
こき下ろすような
悪人ではない。モートンがグロスターに着いた時には、
漁業熱はおさまり、魚は
市場を失ってしまっていた。下院と

冒険商人の心の中で、最初にグロスターが
注目の的となった年、
イギリスは二つの戦争に
突入した。一六二四年に

スペインとの戦争、一六二六年には
フランスとの戦争。物価高のせいで
グロスターの漁業基地が
利益をもたらす見込みは

消し飛んでいた。だから、テン・パウンド島[7]の
倉庫から塩（と小型帆船《シャロップ》[8]）を
盗んだ時、ジョン・ワッツと
モートンがしていたことは、

洪水の後の落穂
拾い――何にもありはしなかった

情況[9]

一六二三年　調査目的の航海。船名は不明、ブッシュロッドが後援
（代理人はジョン・ワッツか？）
一六二四年　入植第一期　ドーチェスター・カンパニーの船、フェローシップ号、
三五トン、入港。十四人がステージ・ヘッドに残留
一六二五年　入植第二期　三十二人が残留。船は二隻。フェローシップ号、ならびに
一四〇トンのピルグリム号入港（この船がイギリスに
戻った時、積荷は三分の一に減っていた）
一六二六年　入植最終期。フェローシップ号、ピルグリム号、および
三〇トンのアミティ号入港。船長アイザック・エヴァンズは
家畜六頭を運び込む

＆一六二七年　最終航海。前述したカンパニー内の
情熱家十一人が後援。船の名は不明だが、代理人は
ジョン・ワッツ。ロジャー・コナントとその信奉者のために
二〇頭を上回る家畜を運搬。ワッツが塩を盗む

結末。舞台はセーレムへ、次いでボストンへ移る。ボストンで漁業が再開されるのは十一年後[10]である。そして植民地騒動が起こり、舞台はル・ボー・ポール[11]に戻ってくる。

記録[1]

ウェイマス港記録簿、八七三番

ご覧の品々を——お納めください[2]——当方の港から、一六二六年に、
（イギリスの）ウェイマスへ向けてお送りいたします。商品は
　リチャード・ブッシュロッド商会ならびに
　ウィリアム・ダービー商会に委託いたしました

アン岬から着いたのは　干し魚（一）
コアフィッシュ（二）
トレイン油（三）
四つ切りオーク材と
獣皮——　キツネ

アライグマ
イワツバメ
カワウソ
ニオイガモ
ビーバー

アミティ号のウェイマス到着は、八月一日
フェローシップ号は続いて、九月十一日に到着
船長は、エヴァンズおよびエドワード・クリップ

（一）「この時期は猛暑であるから、太陽の熱で自然乾燥するよう広げておいた魚は毎日、裏返しにする必要がある。さもなければ、黒焦げになりかねない」沿岸漁業所[3]

（二）浅瀬の漁業で得られる。魚は大型で、干す土地がなく常に湿っているため髄魚《コア》もしくは、グリーン・フィッシュと呼ばれる——裂いて塩漬けにしてある[4]

（三）アザラシか鯨、あるいは鱈《たら》の油——ここでは、間違いなく鱈油[5]

一六二四年／二五年の冬、ステージ・ヘッドに残留した十四人

この男たちが必要としたものは

ビスケットパン　七ハンドレッドウェイト[6]　五ポンド　五シリング　〇ペンス
　百個で一五シリングのもの
ビールもしくはサイダーを七ハンドレッドウェイト、
　一トン当たり五三シリング四ペンスの物二〇ポンド　〇シリング　〇ペンス
牛肉　三分の二ハンドレッド　三ポンド　七シリング　二ペンス
ベーコン　片側半頭分を六塊　三ポンド　三シリング　〇ペンス
エンドウ　六ブッシェル[7]　一ポンド　一〇シリング　〇ペンス
バター　三分の二ファーキン[8]　一ポンド　〇シリング　〇ペンス
チーズ　三分の二ハンドレッドウェイト　二シリング　〇ペンス
カラシナの種　一ペック[9]　六シリング　〇ペンス
酢　一バレル　一〇シリング　二ペンス
蠟燭《ろうそく》　一五ポンド　一ポンド　〇シリング　〇ペンス
オートミール　三ペック　九シリング　〇ペンス
強い酒／三分の二ホグズヘッド[10]　三ポンド　〇シリング　〇ペンス
銅製ケトル　二　三ポンド　〇シリング　〇ペンス

真鍮《しんちゅう》製かめ　一　　一ポンド　○シリング　○ペンス
フライパン　一　　二シリング　○ペンス
砥石　一　　五シリング　○ペンス
良質な斧　二、鉈《なた》　四
柄の短い鉤《かぎ》　四、引き鉤　二、手斧　二　　一六シリング　○ペンス
腕引き鋸《のこぎり》　四、手鋸　四、坐引き鋸　四
木工錐《きり》　三、烏口　二、大型ハンマー　二、
鉄製シャベル　四、つるはし　二、根堀り鍬《すき》　四、
釘抜きハンマー　四、　　五ポンド　○シリング　○ペンス
ヘディングおよび縦裂きナイフ[11]　数丁　　一ポンド　五シリング　○ペンス
馬巣《ばす》織り衣類、下記金額相当分　　一ポンド　○シリング　○ペンス
小型帆船の帆　　二ポンド　一○シリング　○ペンス
漁船八艘分の鉄製部品　　二ポンド　○シリング　○ペンス
船一○艘分の錨およびロープ　　一○ポンド　○シリング　○ペンス
帆作製用キャンバス地および細身ロープ
引き網　二、大引き網と小引き網　　一二ポンド　○シリング　○ペンス
一本二六シリングの丈夫な網　一○　　一三ポンド　○シリング　○ペンス
　これに合う二五シリングの網を同数　　一○ポンド　○シリング　○ペンス
千本で一三シリング四ペンスの家屋建築用釘　二○○○本
　一ポンド　六シリング　八ペンス
千本で六シリング八ペンスの釘　四○○○本　　一ポンド　六シリング　八ペンス

百本で五ペンスの釘　二〇〇〇本　　八シリング　〇ペンス

右の数値は、リチャード・ホイットボーン船長[12]が
作成した、一六二二年ニューファンドランド
冬期駐留地用装備一式および食糧リストから
算出したものである。[13]これと、ドーチェスター・カンパニーの
十四人がアン岬で生命を維持するために要する額を
ジョン・ホワイト牧師が計算したものとを、較べてみる。

ホイットボーンの総額　　一一三ポンド　一二シリング　八セント
ホワイトの概算[14]　　　二二五ポンド

総額の差が示すのは、単なる駐留地と
ドーチェスター・カンパニーが乗り出した
入植事業との規模の違いであろう――より
恒久的な足場を作ろうとしたのだから小型帆船二艘と
スループ船八艘では、足りなかっただろう。それに、後にエンディコットの
手に渡ったとはいえ、広壮なカンパニー・ハウスも必要だった。

吉報[1]

いかにささやかなニュースであったことか[2]
アン岬の、港の西岸に
上陸した十四人の男たちによって
恒久的な変化がもたらされたという
知らせは

　　　前年の秋、ブラッドフォードが
ロンドンに向けて、賜りたいと申し出たのも
同じ港の西岸である。[3]
ニュー・プリマス[4]で
漁業を営むためだった

人が知る限りでは、イギリスにも
新大陸にも、この岬に匹敵する場所はなく、
将来性のある場所はない
この岬が
昔ながらの

北大西洋と（ビスケー地方[5]や
ブルトン地方[6]にとっての海だ、カボット[7]が
嗅ぎつけて行ったのはブリストル）
新しい――ジョージズ浅瀬[8]の間に位置していた
（この浅瀬は、早くも一五三〇年には

この名で呼ばれていた。誰がこの浅瀬に
自分たちの守護聖人の名をつけたのか――イギリス人なのか？
アラゴン人[9]か？　それともポルトガル人だろうか？）
あるいは、オールドマンズ・パスチャー[10]やティリーズ
浅瀬[11]との間に位置しており、どちらへ行くにも

アン岬が極めて
有利なのである。レヴィット[12]に
言わせれば、「余りの褒《ほ》め言葉」が
アン岬に浴びせられていた。
ニュースの伝えられた年、

新大陸にはニュー・プリマス、
イギリス本国にはドーチェスター
そして、レヴィット自身は

クアック[13]にあって、判断を
誤るまいと腐心していた。一六二三年、

誰もが、
突如、
注意しはじめる、
漁師たちが
（いつからかと言えば、一五〇〇年
以前から）ずっと

示してきたことに。あの動きが
（西へ向かう動きが）
この地に達し
上陸を開始する。駐留地といえば
（セーブル島[14]の羊や
ヤギの話に戻る。

駐留地は、地球上のありとあらゆる
砂嘴《さす》に設けられる。だが、恐怖に曝されていた。
吹き飛ばされるか、引きずられるか、陥没して、
地面が、いつ海中に没するか知れない

恐怖に——浅瀬は、岩場より
始末が悪い
風が吹くと位置が変わり、
測るたびに深さが変わる——
こんな油断のならない砂の上に
ポルトガル人は（いつのことか？）

漁業の足場を築いたのだ。
目新しいことではない、
アン岬で
起こったことは。その場所で、
その時

起こったのだ。スミスは
一六一四年に、モンヒーガン島に到着し、[15]
これを
本に著わした
一六一六年が、

時代の分かれ目（スミスこそ

航路＝標識！
有能さにかけては、過去に例をとれば
コロンブス[16]に匹敵し、未来に例をとれば
グラント将軍[17]に匹敵する、ジョン・スミスは

量を
正確に
述べる人。だが、量を正確に知ったとて
事は明らかになりはしない
だから、ゆっくり知っていく

まるで、足をひきずるようにして、
油断ならない
未知の
陸地を歩く時のように。地面は
陥没し、大自然の

恐ろしい
無為に飲み込まれる（神々しい
無為に。[18]欧米の
男たちの中でも

あの文人[19]は、

補給係の将校が
軍隊の必需品を知り尽くしているように
人間の密かな受動性を
見抜いていて、こう言った、
先行する

魂が
崩壊したところから
法廷の
皇子らが[20]
生まれ出ようとするなら、

受身が肝心、と。あまりに
時代に先んじていたため
誰にも理解できなかったが、スミスこそ
現在の
父たちの

指標——途方もない事を言う

漁師で、
アンドロギュノス。[21]
ホメロス気取りの
雄々しい文体を使いながら、

出自を隠して
気取る
タイム誌[22]（が大嫌い）
男が
格闘する相手は

シーザーの
夢、[23]
シーザーが見た夢は
母と情を交わす夢。
占い師が

慰めてこう言った――夢のお告げは、
あなた様が世界を征服するということに
他なりません。スミスは、
後のサム・グラント同様

役立たずでしかなかった

だが、場所と
時に火がついて
当人に劣らぬ熱気を帯びると
事態は一変した（どんな火が
ふさわしいのかを

語るのは、われわれの役目では
ないが、その火は、
コリントス[24]が
焼け落ちた時
ブロンズを生み出したような火[25]――

それとも、友だちのキャバッジ[26]と二人して
フィッシャーズ・ヒルで
ポテトを焼いた時の火か――あるいは、シーザーが
スペインで見た夢の火か――あるいはまた、鯨を獲ろうとして
モンヒーガン島にやって来て

鯨の代わりに鱈《たら》を、

そして、毛皮を見つけたスミスの
情熱の火か。フランス人たちが
スミスに先んじてはいた。[27] スミスの船の
西に来ていた船が。だが、

すべてを
一変させたのは
スミス。スミスが
アン岬を
指し示し、

そう命名したからこそ
アン岬の名は定着し、
乗り気に
なった
イギリス人たちが

やって来て、定住し
漁業を始めた。
彼らが住んだのは
ペマクイド[28]からコッド岬に至る

この海岸線。

必要なのは
わしづかみ、
物を買うなら
その気でやらねば。
大陸棚[29]は

ヨーロッパが知った
最初の西部、そこを
スペインの南と
考えてはならない。魚と
毛皮と

材木は、
財貨であって、
植物や
古くからの農作物とは
わけがちがった、

新石器時代や、鎌に遡《さかのぼ》る物とは。

自然は
卵を抱く親鳥で
金《きん》や殺人を
かえしはしない、といった類の

自然観は、もはや通用しない。
おれたちは殺し屋
漁師の
ナイフとなって豊富な資源を
切り裂く。

殺しは
平気でするものの
働いて仕事を手に入れる
わけではない（家父長制でも
女家長制でも）

仕事はすべて
量でやる、機械で
やる。主観は
姿を隠すか、暴走する

（「うぬぼれきった奴だ」[30]と
人々はスミスを罵り、
スタンディッシュを雇い入れる
結託して
人殺しをするために。邪魔者を一掃せよ、
軍事行動によって

爆弾を落とせだ。モンゴル人[31]を代わりに落とせ
という声があがる。だが、グラントは

今もなお、大殺戮の
代名詞、[32]
クロートー・リー[33]を叩き伏せ
最終的に勝利を収めた

やり口ゆえに。機織り女神《クロートー》を滅ぼし
ストッキング織り機を
破壊。グラントは、織物を

われわれを、南部を

北部を——世界を、

明日を破壊したのだ。だが、すべては
運命と無縁だったことになる。
明日、
もし、われわれが、気付かなければ、
老いた母スミスの始めた

所帯から生まれた
われわれが、
魚に劣らず輝き、
魚に劣らず豊かな
無為に

気付かなければ——無為によって
人間は動く、と
あの文人[34]は言った。隠れた場所から
殺し屋の
武器が
飛び出す

舵取りを兼ねる
殺し屋の手から。[35]
メカジキを打つ銛が
「百合＝銛《リリー・アイアン》」[36]と呼ばれていたのは
まだ、グロスターが

背の青い魚を
ブラウンズ浅瀬[37]で
追っていた頃だ（モンヒーガン島の
東、ジョージズ浅瀬の
北で

　　　西と
南に対する要求を
スミスはしたためた。
彼女[38]の用紙に
彼女の名前を書いて言った

「その
富は
世界を

変えるであろう」と。だが、われわれ同様
彼にも予測できなかった、

身動きが取れなくなるであろうとは。
そして、
この海岸で
沈み行く者すべての
指標になろうとは。

離れよ、離れよ[39]
近づくでない、と
われわれは叫ぶ。あるいは、難所を越える
われわれの後に続け、
諸君が

法廷の皇子なら、と（「くず魚」と
呼ぶ加工用の魚を
今のグロスターは
捕獲する。ジョージズ浅瀬の
底を始めとし、

海峡[40]や中央漁場、[41]
ブラウンズ浅瀬やポロック・リップ漁場[42]の
海底で生まれ、海で棲むよう大自然に定められた
生き物が、何でも
海面に出てくる

豊饒の角《コルヌコピア》[43]を
見るようだ
踏み子装置に運ばれて
船倉からゆるゆる出て来る、
くず魚を見ていると。魚は

トラックに移され、
デーハイ乾燥所[44]に運ばれて
キャット・フードや
肥料に姿を変え、大自然の
野にまかれる

海を出た魚の
行き着く先は、内陸だった。その頃から
――スミスから――吉報が届き

更に良い知らせが
後に続く

偉大な創始者たちの意志がこわばって[1]

デカルト[2]が三十四歳の時、ボストン[3]への入植が
始まる。ピュー
リタンの移民団が
大そう好んだ食べ物はいろいろあったが、
なかでも黄リンゴ[4]は

大変人気があった。ピューリタンは、また
（聞き知ったことだが）
ある種の精神的な事柄も
大そう好んだ——人を排斥するといったような
ことを。あるいは、感覚が激しすぎるために

宗教的情熱が進歩に
結びつかず、クエーカー教徒[5]を捕らえて
（デーヴィス夫人[6]の料理本の類だ）
奴隷として
売るか、ボストン・コモンで

焼き殺した。精神は
なかなか安定しないもの
性格の
（デカルトの単子《モナド》[7]の群れ）
度し難い鬱陶しさを

自然の風呂か泡風呂で
すっかり洗い流しでもしない限り。いくつもの事柄が
複雑な結び目となり、秩序が実例の影になって
隠れる時、そして誰も
羊のようには、走り出さない時

（あるいは、ジェリマイア・ダマー[8]が農場に
隠しておいた妾たちのようには、
ダマーとの乳繰り合いの最中に
ひょっこりダマーの友人が現われたものだから、
上を下への大騒ぎ。互いの身体を飛び越えて逃げた、

二度と見られぬ
跳ねっぷり！　いったい誰が
ジョン・ウィンスロップのように堂々と事件に介入し、

声を鳴り響かせて問うだろう、
アン・ハチンソン[9]に向かって

家事よりも
恩寵の方が大切だなどと
木曜ごとに
自宅で語り、婦人たちを
煽り立てる権利が、あなたにあるのか、家事は

現実との格闘であるのに、と
問い質した時のように（人間は
リンゴと同じだ、と言ったのは——
あるいは、神が最初に右手を造りたもうたなら[10]
なぜもう一方の手も

右手にせず、その代わりに
左手を作ったのか）「ご覧の通り、
私はすっかり公衆の眼に
曝されておりますので、
問題の点についてお話いたしましょう」

これが肝心な事なのだ。だが、変化が
起こったことに気付かなかったからといって
ウィンスロップを責めない事にしよう。ある冬の夜
ウィンスロップは、マーブルヘッド[11]から
森をぬけて、自宅に帰った

たった一本のアルゴンキン族[12]の道を通って帰る、
たった独りの荒野の男、
こんな真似は、イースト・アングリア[13]でなら
決してしなかった事は確か
（また別の男[14]は、若かりし頃、

野原を通ってショタリー[15]から
恋人の寝床から（愛しいハサウェイ[16]の寝床から）帰る道すがら
頭上のカシオペア座[17]に
ウィリアムと刻まれた文字を見た。
一六三〇年当時、

アメリカの空間を理解していたのは
まだ、船乗りだけ、ボストンの指導者の
理解はおよんでいなかった。ウィンスロップは言う「家庭は

小規模な
国家であり、国家は

大規模な家庭なのです[18]」そこで
ストップ、と時が制した。デカルトも
手を上げて
制している。お前が導く
この荒野の民は

野蛮人ではない。お前の主張には
思い込みが
入り込んでいる。テンヒル農園[19]の
木になるリンゴは
(「息子よ、

お前の母親と私の手に
毎年、取れたリンゴの三分の一が
渡るようにしなさい
土地は
お前に与えるが[20]」)今や、

すでに商品になっている。
種をまいて
収穫し、母屋や
離れを建て
用水を引き、見事なローザ牛を育てる

だけでは済まなくなった――カナーンの地[21]は
カイン[22]の手に落ち、
何もかもが堕落していった
偉大な創始者たちの
意志がこわばって――

この世界の
事物は（新＝
世界と、ルネサンスの精神が
名付けた国は
モーセ[23]の率いる一団が、無理にも
神との真の契約に立ち返らせようとした
国の名前）大陸内部の
あちこちで、干からびる。

外へ向かう動きが、内へ向かう動きになる
優しい心の持ち主が
行動を起こすのは、この地にいることによって、
内へと、外へが逆転してしまう

時だ。コリントス[24]では
冷えて血気＝
盛んになったが（勇み立った
男たちが通ってきた
道に、われわれは、今はじめて

足を踏み入れる、その空間さえ
人間の
手の内に
入って行く——はみ出しは
しないのだ

ボストンに閉じ込められた
魂とはちがって。この世界の
事物は
すでに入り込んでいた、準＝

備する
ために。これは改宗、
キリストの——とは種類が
違うが……成り立ったのだ、
このはるか遠い地点での
結合が。

ウィンスロップが
懸念したとおりの事を
大多数の者がしてしまった時（宗教的情熱は
誘惑です、[25] という科白をウィンスロップが
ハチンソン夫人の顔面に

放ったとき、汚しているのは
両親の名誉ですぞと言ったのだ。[26] 船乗りたちは、
陸に着くと／仕立て屋の
針仕事[27]を
ちがった観点で
話題にする。だが、針仕事は
針仕事。湿地は

感潮河川によって
はるか遠くの
土地まで広がっていく
（長い草は
家畜を太らせるのに適すのだ[28]

海の向こうの国では
そうではなかったが）少年や
少女は
長い脚に育ち、退屈な儀式に

出るのを嫌う、
白い牛や純白の聖職衣は
祈りや法悦にひたって、
盲目でいようとする魂の
欲望を表わすからだ。いくつもの

国家の
残骸の中に
われわれは

自分の道を探すのだ——公の
事実が確かなのも

個人の次元に
留まる限りでのこと。そして、望みは
時の
終わりに
魂が裸に

なること（トンネルの
鋭い叫び声は
言う
その方がよかろう、そうでなければ
このすべては

何のため

（ヨーク出身の）クリストファー・レヴィット船長[1]

レヴィットが判断基準
――十四人の男たちが
アン岬に
腰を据えたという文書は、
レヴィットの許へは
届かなかった、後にポートランド[2]となる

所へは。イギリスの
西部地方から、ロンドンへさえ
届かなかった。レヴィットは、ただこう言うだけである、[3]
一六二四年に、私自身が
何人かの男たちを残して来たが、プリマス

住民は魚を獲っていた……と。だが、
アン岬が
アメリカの礎となる一方、[4] メインが
メインのまま留まったことは、
ニュースではない。レヴィットが

伝えずにいられなかったニュースは
（コナントだって伝えたかったろう）
もっと簡単な事、
ある島が今では「ハウス島」[5]という
名前になっているといった事——確かにコナントの

館の古材は[6]
市の厩舎《きゅうしゃ》に使われている
何年も前
まだ子供の頃に、触ってみたが
分かりはしなかった、ある大陸で

人が手放した
最初の古材だったとは。
射抜こうとして[7]
何一つ捕らえられない
われわれの眼は

いちばん古い思想にすら
耐えられず、地方や

国家や新たな空間の思想にも
耐えられない。自分がしたことを
語る時のレヴィットの口調で
語る者は
（「私は、ニュー
イングランドに居住用の

土地を入手し、そこに
家を建て、理にかなった
防備を施した。
蛮族を迎え撃てるよう
十分強固な防備にしたのである」[8]）

と語る（新たな土地で
初めて見聞きし、行なったことを
逐一語るレヴィットさながらに）だから、
物や、事や、人間の
こんな哀れな終末に生きているわれわれは、

素材が、どれもこれも

粗末な時には、家から一歩出たが最後
食べることも、眠ることも、歩くことも
動くことも、進むことも、出来ない、
美質が汚れ

ちゃちな嘘が
世の中を覆うこの時代には。われわれは
家から出なくなるだろう、
同じ種類の人間が住む家の方を眺めては
人の姿を渇望するだろう、

ほんの少し足を伸ばせば
同種の人間が耕した
畑があって、仲間も
そこにはいるのだが。木々が海を臨む
海岸近くの岩の上に

魚干し棚と漁業足場のそばに
建っていたのは二軒の家
その家を二人の男が取り壊して以来――アメリカを想う時
人は否応なく一つの真相に

突き当たる。初代入植者がした

新しい体験は
第二次入植者のせいで
ほとんど最初から汚されていた。[9]という事実に。七年もすれば[10]
お前は、燃え殻を
片手で運べるだろう

アメリカの値打ちの燃え殻を。地獄に落ちればいい、
これほどの新たな試みを
たちまち汚してしまったアメリカなど。
アメリカの脇腹から生まれた
われわれは（アメリカのドラッグストアで平たくなった＝

丘の中腹の腸を、[11] われとわが手で切り裂いて、この世に出てきたのだ
ウォシュ・チン・ギーカが[12]
象の身体を切り裂いて、ウィニベゴ族を
取り出したように——　「われわれが
そこで見た魚には[13]」とレヴィットは言う

「羽根の生えたものがあるかと思えば、たてがみや

耳や頭のあるものがあった。口を開けて
互いに追いかけ合う様は、まるで
狩猟地の去勢していない馬のようであった」と——
われわれは有利なのだ。レヴィットも

スミスもコナントも知らなかったことを、われわれは
知っている、
人の頭にあるのは
金儲けだけだと。外へ、
と驚異の鎧[14]は叫ぶ

ジョージズ浅瀬に関する第一の手紙[1]

二月の夜と八月
ジョージズ浅瀬は[2]
波立ち、海面は
狭い。完全な
満月の時には、潮の流れが
最も速くなる

二月十四日の朝出発し、二十四時間後、
海底が岩だらけのジョージズ浅瀬の南側に到着。百隻もの船が
群れ集まり、半マイルか、船によっては一マイルの間を空けて、それぞれ
手釣り糸を垂らしていた、鱈《たら》が産卵する海域なのだ。
漁と天候は、幾日も良好。寒さは厳しいものの
船の手すりの同じ場所に、丸一時間たちっぱなしで

いることもあった。そして、オヒョウでも釣り上げようものなら、コックがお祝いにプラム入りのパンケーキを持って来たものだ。それにコーヒーも。

初めの一週間のうちに、船は停泊位置を二度変え、変えるたびに船団に近づいた。魚の数は増えたものの、動くたびに不安も増した。恐ろしいジョージズ南浅瀬[3]の東側に、船という船が一塊になっていたからだ。好天が続けば危険はないが、ひとたび強風が襲い、一隻でも錨を引きずろうものなら、あるいは錨鎖《ケーブル》が切れて漂い出そうものなら、すべての船がお陀仏になるからだ。

二十四日の日没後に突然、天候が変わり始めた。雲が重くのしかかり風が立ち始め、海が荒れた。午後八時、不安になった船長は空と水平線から目を離さなくなった。風はすでに北東に変わり、風力も増している。雪が降り出した、初めは静かに降っていたが、次第に激しくなっていった。

船長は船首へ行って錨鎖を調べ、十尋《ひろ》分鎖をゆるめよ、と指示を出した。日没以来、索具《さくぐ》[4]の照明を点していたので他の船の姿はまだ見えていた、この時、船長の警告があった今夜は全員、寝ずの当直をする、眠れる者は今のうちに眠っておくように、と。われわれは八時半頃、船室へ降りていった。

十一時頃になった。風は強風に変わり、雪は意地悪く降り続いていた。波はきわめて高く、上を向いても見えるのは波の横腹ばかり。われわれが閉じ込められているジョージズ浅瀬では波は、束の間おさまるが、突然襲いかかる時には、船の手すりを突破して甲板を洗い、何もかも風下へ押し流してしまう。最悪の場合とてつもない大波に、頭上から襲いかかられると、全員が波に埋まり、船は波の重さで窒息する。大波は、一撃で船も人も海中に沈めてしまうのだ。

真夜中に潮の流れが変わり、浅瀬に向かって流れ始めた。今や風と海と潮は、一丸となって北東からの動きになり、この夜を乗り切ろうとする全部の船は、最大の緊張を強いられた。われわれは甲板に出て、眼を皿のようにして見張りをした、錨が効かなくなって漂い、われわれの船に衝突してくる船がありはしまいかと。乗組員の中で最古参の水夫が鉈《なた》を手にして揚錨機《ウィンドラス》に張り付いていた。錨鎖《ケーブル》をゆるめても衝突してくる船をかわせない時には、錨鎖を切る構えだ。だが、そうなれば漂うのは、われわれの番。

一寸先も見えない闇夜になっていた。こんな陰惨な夜は、皆初めてだった。夜明けが待ち遠しかった。時折、嵐がわずかにおさまり、雪の降る激しさも和らいだ。そんな時には一番近くにいる船団の照明が見えたが、そんなことは、あまりなかった。この夜のうちに、大型船が、われわれの船のすぐそばを通過した。船の照明が見え、帆柱と帆が見えた、船は非常に速く流されていたのだ。その船がわれわれの船に衝突していたら、どんな事になったかを思うと、身体が震えた。そして、強風のせいで起こった身の毛もよだつ惨事を知った時、この船が惨事の一因になったのだと話し合ったものだ。

やっと東の空が白み始めた。朝が近づいていた。危険は去ったわけではなく、強風が吹き続いてはいたが、光が慰めとなった。恐ろしい闇とたまらない不安から解放されたのだ。今は、少なくとも、自分たちの位置が分かる。

交替で食べ物を口に入れていた時、九時頃のことだ、船長が大声で言った「前方間近に、漂流船あり」と。皆の眼は釘付けになった。船は真っ直ぐ近づいて来ていた。一瞬の後には、錨鎖《ケーブル》を切るしかなかった。だが、この時、漂流船はカモメのように素早く、われわれの船のそばを通り過ぎて行った、甲板に飛び移れるほど近くを通って行ったのだ。去って行く船を、皆じっと見ていた。われわれの船の船尾から少し離れたところで、漂流船は船団の一隻に衝突。二隻の船は海に呑まれ、ほとんどすぐに姿を消した。われわれが見ている間に姿を消したのだ。船が錨を引きずり、左右に揺れ出した。これは危険きわまることだ。錨がもう一度しっかり食い込まなければ、新たな海底を見つけなければ、

錨鎖《ケーブル》を切る他なく、いったん船が漂い出せば、行く手に待つのは漂流船と同じ末路。幸い
錨が海底を噛み、船の足場を見つけた。それで、再び無事に停泊できた。

二十五日は、終日全員で見張りをした。さらに船が二隻、われわれの船に衝突しかけたが、
事なきを得た。助かったのだ。日没頃、強風は和らぎ
ジョージズ浅瀬の上を、おそろしく荒れ狂っていた嵐の恐怖は去った。

翌日、われわれは漁に戻り、一週間魚を獲った。
上々の漁獲高をあげ、帰路についた。イースタン・ポイントの灯台が見え始めた時きれいだなと
思ったが、フォート・ポイントのそばを通って港に入ると、それぞれの船の名を確かめようと
港で待ち構えている人々の群れが眼に入り、嵐の海の恐ろしさがまざまざと蘇った。数人が
甲板に上がって来て、しかじかの船を嵐の後、見ていないかと尋ねた。町は
騒然としていた。こんな不安な有様を、二度と目撃したくないものだ。波止場は
破砕した船の残骸で埋まっていた。被害を蒙《こうむ》らずに済んだ家は一軒たりとも
なかった。陰鬱な空気が、何日も町を覆っていた。あの一昼夜で
百二十人が溺死し、十五隻の船が沈没したのだ。
すべて、ジョージズ浅瀬で
　ジョージズ浅瀬の
　北と西と南で

［ジョージズ浅瀬に関する第二の手紙］[1]

　　　　フロスト[2]はハイランズ[3]沖二十五マイル地点だと言う
ジミー・グッドウィン船長のスクーナー、エラ・M・グッドウィン号が一九〇五年一月四日に
　遭った災難を、ボストン・ポスト紙[4]は——　「南浅瀬[5]沖合い」？
　　　　　　　　　　　　　　　　　「南海峡[6]で」と報じる
　　マイルズ[7]はジョージズ浅瀬南東の端だったと言う

マイルズによると——　　冬にグロスターから出航した、正月頃
　　　　　　　　　だった。シカゴの劇場が火事になった年の
マックには　　　　前年のことだ。この航海で、ジョニー・マッケンジーは
ベヴァリーで服屋を　帰らぬ人となった。町でばったり出くわした時、ジョニーは
営む兄がいた。マック　こう言った、「リンへ行こうぜ。兄貴に会わせてやるから」と。
は兄に会いに行った、　それで行くには行ったが、「家には入らないよ」と俺は言った。
船乗りを辞めて　　だが、ジョニーの兄はボストンへ出かけていて留守。当時
陸で仕事をするつもり　荷物は路面電車で運ぶのが普通だった。それで
だったのだ。だが、　ジョニーには、なすすべがなかった、兄に会える
ベヴァリーへ着くと　最後の機会だったのに。
あいにく、兄は
ニューヨークへ　　それで、おれたちは出航した。海に出て一週間たった時

出かけていて留守
だったので、マックは
船乗りを辞める前に
もう一度だけ海に
出ようと決めた。

テン・パウンド島の
そばまで曳航すれば
そこから
港を
出られる

マイルズによると**午前六時**。
ちょうど明るむ頃——
フロストが言うには
船長は朝を
待った、前檣帆《フォースル》を
二段階縮帆《ダブルリーフ》に
するための
光が欲しかった

風が南東に変わり、雪も降り出した。おれたちは船を針路から
そらせては、元に戻した。だがその頃には、風が向かい風に
変わり始めたので、測鉛[8]を投下すると、水深
六尋《ひろ》の海上にいることが分かった。それで、主帆《メーンスル》を畳み、
船尾三角帆《ライディング・スル》と前檣帆《フォースル》と船首三角帆《アウター・ジブ》で
航行することにした。
（八尋だった、とフランクは言う）

　風がひどく強くなってきたので、カルティヴェイター浅瀬[9]
まで流されるのではないかと懸念した。もう一度
測鉛を投下すると、水深十二尋の海上にいることが分かったので、
おれたちは、再びジグザグに進んだ。エド・ローズが舵輪《だりん》を握り、
下の船室では皆、つくねんと床に坐っていた。当直をするために
甲板に上がっていくと、船は傾き、船室の中まで海水が
入りそうだった。こんなところで帆を上げすぎなのだ。それで
おれは下の船室に向かって叫んだ「ジミー、上がって来て
船を見たらどうだ」と。船は、まるで進んで
いなかったのだ。ジミーは、前檣帆《フォースル》を二段階縮帆《ダブルリーフ》に、と
指示。それで、おれたちは、前檣帆《フォースル》を下し、また上げた。今や
なすべき事は、帆桁《ブーム》を固定することだけだ。それで、おれは

のだ、と。それに
舵輪《だりん》を握っていた
男も船を
針路からそらせ
過ぎた、と。

一九〇五年一月七日
土曜発行のボストン・
ポスト紙
第二頁[11]

エド・ローズが主帆《メーン》の帆脚索《シート》
テークル[12]に絡まり
船尾手すりを越えて
海に引きずり
込まれた――マイルズ談

風下の方へ降りて行った。

波が襲うと、エド・ローズの両肩にロープが絡まり
身体が舵輪にくくりつけられた。
ローズを含めて、九人が甲板にいたが、おれたち
四人は風下に向かい、船首倉《フォーピーク》[10]の上で帆を引き揚げていた、
ジョニーにフランク・マイルズ、ボブ・リーとおれの四人だ。
滑車装置《ジグ》の上で、振り向いてみて良かった。というのは
ひどく高く波が砕けるのが見えたからだ。波はやすやすと
右舷を突破して襲いかかった。おれは声を張り上げた
「気をつけろ」と。だが、声を上げると同時に船は沈んで行く。
マッケンジーの片腕は索具《さくぐ》に絡まり、もう一方の腕は
滑車装置にはさまれていた。おれは右手で滑車をつかみ
もう一方の手で、そばを流されていく二人の仲間の
防水服を掴んだ。
帆尖端動索《ピーク・ハリヤード》[13]には、おれの他に、マッケンジーと

マイルズとリーがいた。動索《ハリヤード》の上で、手を上から当てて
帆をたぐっている真っ最中に、波に襲われ、風下に押し流された、
あらがいようもない激流で海中へ投げ出されたのだ。
風上に立っていたもう一人、レスリー・ショルズも
海へ投げ出された。波が逆流したおかげで、おれたちは
甲板に戻れたが、マッケンジーは戻れなかった。

再び甲板に戻った時、ベン・フロストは
船のそばを防水帽が三つ流れて行くのを数え、測程索《ログライン》[14]を
投下した。防水帽の下に誰かいないか確かめる
ためだ。測定索を投げ、防水帽をぴしゃりとはじいて
裏返す。

波で、当直仲間のエド・ローズは
船尾からまともに海へ投げ出された。ロープが
一方の肩から外れ、首に巻きついていた。
それからドーリーの相棒は、[15]波で風下の索具《さくぐ》の上に
押し上げられ、魚のあら箱にぶつかった。何年も
外したことのない相棒の宝石の指輪が、この時

「宝石の指輪が

なくなった、男の指も
一緒に」
　マイルズ談

「哀れジョニー――
今でも姿が眼に浮かぶ
コックの下の寝棚で
端から両脚を
垂らして
眠る姿が

波にさらわれた。

全員船尾に集合、と船長が怒鳴った、
行方不明者を確かめるためだ。かわいそうにマッケンジーの
姿がなかった、まだ二十一歳で、悪態をついたことがなかった。

とにかく、おれたちは危機を脱して、この港に着いた。
一九〇七年の事だったと思う。

ジョニー・マッケンジーは、ディグビー郡
ベア・リヴァー[16]の生まれ。育ったのはシェルバーン[17]で、そこに
親類がいた、今となっては、皆他界しているだろうが。

その時の船のコックは、ジョン・ニッカーソンだった。船から町へ
出かけるときは、いつもジミー・グッドウィンと連れ立っていた。
船の造りはお粗末だった。ジョンは、アイランズ湾[18]で
乗組員全員と共に海の藻屑《もくず》となった。

「揺する《スウェイ》」——は古英語で
引き揚げるの意

船首倉動索《フォーピーク・ハリヤード》——は前檣帆《フォースル》の
尖端《ピーク》

引き揚げ滑車《ホイップ》と滑車装置《ジグ》は同じもの。
前檣動索《フォー・ハリヤード》につながれ
滑車《ブロック》に入る時は一本で
出る時は二本

マックは舷墻《げんしょう》[20]の上に乗ってたぐっていた
他の者は手を上から当ててマックと一緒に
たぐっていた。船首倉動索《フォーピーク・ハリヤード》につないだ

滑車装置を
他の者はマックより下に……
マックより下にいて、風下を向いていた
だから、波に襲われた時、マックは

ダグラスと
マイルズの切り抜き記事には
漁業協会[19]で、ベン・フロストに会え

フランク・マイルズ　二十一歳
ルー・ダグラス　二十三歳?
ベン・フロスト　三十六歳

ビル・ドゥセットが
もう一人の
唯一、生き残った
乗組員

一番遠くへ投げ出されたのだ
マックが空中へ投げ出されるのを、おれたちはじっと見ていた。なすすべがなかった、
ドーリーを海面へ下すことも、ロープを投げることもできなかった、あんなに
遠くへは

ベン・フロストは（漁業協会の十六号室で）こう語る、その後、一番最初に船尾に行ったのは
自分だったと。風上にいた時、仲間が「気をつけろ」と
怒鳴って、船首楼《フォクスル》[21]の甲板昇降階段《コンパニオン・ウェイ》を降りて行った。しかし、私のいた所は、あまりにも
遠かったし、風上の舷檣の下に身を隠すこともままならなかったので、
前檣ステースル《ジャンボ・ステー》[22]につかまったが、それも縦帆前部上端《スロート》[23]のところで外れてしまった

船長は主帆《メーンスル》に巻かれた、とフロストは言うが、マイルズに言わせると
船長は首を主帆桁《メーン・ブーム》の叉柱《さちゅう》[24]にはさまれたのだ

ジョン・バーク[1]

大物市会議員スミスの退任式で[2]
ジョン・バークは、決議に反対して起立を拒んだばかりか
公共事業部の
フランクリン・E・ハミルトンが
活字体で手書きした
感謝状への署名も拒否していた

自分の顔が歪んでいくのを
じっと見据え、
起立を拒んで断固として
座っていた（まさに
魂の問題で、一人の人間が
内省《インスペクティオ》と判断《ユディキウム》[3]に
引き裂かれる
ありさまを絵に描いたよう。
判断《ユディキウム》は、裁判官[4]
あるいは人を手玉に取る
いたずら

女）汗をかいている、バークは
汗をかいている、疑う余地なく、
孤立して——でなければ、
「私は偽善者ではない」などとは言わなかったはず

賄賂で事がつるつる動く
この都市《まち》の（この国の）やり方に我慢ならない
この政治家自身が、口の腫れ上がった
ひねくれ動物だ。ついてくるのは、
リスたちや、ブリモドキ[5]ばかり。
この御仁、自分自身が鮫なので
慇懃《いんぎん》／無礼な
取り決め[6]が
どうあっても許せない

バークの言い分を聞くべきところを、スミスは
気さくな人柄の魅力を発揮して、バークをさらに孤立させ、
皆にスターリング・ドラッグで
ソーダをおごろう、オヒョウの
グラタンのランチを
タバーン亭でおごろう、と持ちかける。すると皆は、拍手

喝采だ（眼を捨てて）
楽しませてもらおうと
スミスさんお願いですよ、とねだるのだ。お願いされてスミスさんが語るたとえ話は
現在の嘘っぷイソップ[7]寓話。獣になって
しまった男の話（バークのことだ）

「恐怖に取り付かれて」と敬虔の権化は
脂ぎった顔で語る、
「その男は、びくびくしているうちに一生を過ごしてしまったのです」（おれには分かる
バークの苦悶が——世の中を知らぬではない
バークの口元に書いてある、モグモグ食べる
イタチの口に、スミスなら絶対に
入らない店をいくつか知っているのだと。スミスの好みは
長い脚）バークは座って聞いていた、この寓話作家が
（実業家が今では牧師様だ）語るのを

「何か恐ろしいことが
自分の身に降りかかるのではないかと
びくびくしているうちに、です」（確かにこの時
票決録でバークが

拒否権を行使した跡をすべてたどれば、バークの
注意が
この都市で起こっていることに向いていたことが
分かったはず。この都市は、スミスその人同様、
リボンをかけられ、お人形並みに飾り立てられていた）「その恐怖は」

と図体の大きいハーヴァードのフルバック[8]は続けた
「その男が恐れていたことは」（バークが恐れていたことだ）
「ついに起こりませんでした。恐怖そのものが」（おお、都市の
淫売め）「ジャングルに潜む猛獣さながらに
その男を食い殺したのです」（何をか言わんやだ、
なあ、バーキー[9]）「結局、その男は」
（この市庁舎で、こんな目に遭おうとは）
「建設的な行動を何一つできなかった
のです」――ケッ

　　　お前はじっと
　　　座っているだろう、　裁判官あるいは
　　　いたずらな女神が
　　　（女神の髪に一つの都市が宿る[10]）
　　　お前にふさわしい一生を教えるまで

続いて、スティールが起立による賛成投票を求めた
件《くだん》の大物市会議員への感謝状に
書き入れた決議案を通すためだ。

市会議員は、みな起立
だが、バークだけは別、椅子に座ったまま
じっとテーブルを睨《にら》むバークだけは

右の記述への脚注[11]

わたしが、マクシマスとして関わる
さまざまな事柄をヤナ＝ホピ語[12]で話すなら
（関わる相手は、グロスターであり、この地で＝
勝負に＝出る＝わたし自身。つまり、『マクシマス』では、空間＝
関係が名詞化される）[13]、こう話すだろう。
ヤナは北カリフォルニアの言語で、
ホピは、とりわけ位相幾何学[14]に適す
言語である。人間の性格が、まず第一にリビドー[15]的であるため位相幾何学に

適し、[16]したがって、人間に近接するすべてについても同様のことが言えるのだ。ゆえに、韻律法《メトリック》は地図作製《マッピング》となり、そして現代の流行語を話すことが、筋の通った陳述をする手段になるのである）フォスター氏[17]と同じように、わたしはグロスターへ行った、はこうなる。

「そして、過去＝私は＝行く[18]
グロスター＝内部
フォスター式で
かつて＝子供の＝チャーリー
内部」

手紙、一九五九年、五月二日[1]

オーク・グローブ墓地[2]の東端から
グローヴ・ストリートを一二五歩進むと
道は大きく北西に
折れる

この道は、最終的には
ウォリスの地所[3]から直接
ホワイトの地所[4]（一七〇七年／八年）へ向かうまっすぐな道になる
（二）カーブを一二五歩
（三）センテニアル・アヴェニュー[5]へは二〇〇歩
（四）
　　四七　　九〇　　九〇
　　　二三〇歩　　　ストリート
ほぼ三〇〇歩で

ホイットモア・ストリート[6]から湿地に出る

ケントの地所[7]／ピアスの地所[8]

エヴァリス[10]は、現在のマーシュ・ストリート[9]へ行ったのだろうか？

—ブルーエン[13]の家とエヴァリスの家か？
(パーキンズ[11])
ミレット[12]

140
古い石壁

西へ行くと湿地
(丘は途切れる[14]

おお
おお
おお
おお
おお
おお

教会堂の
緑地[15]

塀が分かつのは

エラリー[16]

バブソンの
家[17]

70
歩
丘は下る
南の
湿地へ

ブルーエンは何を望んでいたのだろうか。ピスカタクォー[18]から
プリマスに移った後、グロスターに来たかと思えば、ニューロンドンへ移り、
さらに、ニューロンドンからも出て、ニュージャージーでニューアーク市を興《おこ》すとは

囲い込まれ熟成したこの地と過去の日々
ちがう、ここで肝心なのは、そんなことではない。わたしがここに来たのは、
イギリス人と関わるためではない（癖になっているとはいえ。ところが
掘り出されたカヌーから、湿地の草を引き抜く際に、インディアンが
使ったのはガンダロー[19]だと分かったのだ。おそらく、いにしえのヴェネツィア人も
　　　　同じように湿地から現われて
　　　　北西へ移動する人間の交易を
　　　　変えたのだ——北西へ向かう動きの行き着く先は
　　　　氷の海。ステファンソン[20]が、
　　　　自説の破綻に歯噛みしたのも無理はない

現在の犬めらは、何につけても唯々《いい》諾々《だくだく》　海よ

最初の教区（ユニテリアンの）牧師が市政二五〇年記念式典の
説教で、こう語ってから、まだ六十七年に満たない[21]——私たちは
偉大な海を念頭に置かなくてはなりません、海の影響力
をです。塩の息吹には
海の悲しみが混じっておりますし、ゼビュロン[22]も
混じっているのです、と

つづく講演者ジョン・トラスク[23]は、自分の演説を、この地で生まれて結ばれた
父母に捧げる。彼が用いた書物の二十章「奇跡を行なう神＝
意」[24]に記してあったのは——グロスターという名の町に
二十一番目の（キリスト）教会が建てられたこと

住民は
漁師で、その数は
五〇名ほど。岬の先端近くに
位置するために、陸路でこの町へ近づくのは
容易ではない

それが、人口の少ない原因だった、とトラスクの用いた書物は
早くも断じている

この者たちが資産家で
漁業を営んでいるのなら、
とはいえ
漁業のほかに収入の道がないわけではない。良質の材木があり、
腕のいい大工（スティーヴンズ[25]のことだ）もいる

だが、こんな火事騒ぎに
なると、海のせいで

海の民[26]はメネプタハ王に倒され、カデシ[27]には、ラムセス二世[28]と
ギリシャ人が来ていた

レバノンの海から

グロスターにやって来たイギリス人は、以下の面々[29]　ブルーエンはピスカタクォーで

何をしていたのか。グロスターシャーからやって来たのは、ブリストルのZ・ヒル、
グロスターのウィリアム・バーンズ、セヴァーン河畔フランプトンのウィリアム・アデス
デヴォンシャーから来たのは、エイヴァリー、パーソンズ、サウスミード。
　ドーセットシャーからはダッチ。
ロンドンから唯ひとり来たスティーヴンズは、ミドル・エセックス、ステプニーの出。
そうだ、トマス・ミレットはサザック[30]の出だ。ホルグレイヴはドーセットシャー出身。
　シルヴェスター・
エヴァリス、[31]あるいはエヴァリー、もしくは
　イーヴリーは
一六四八年に都市行政委員、一六五二年には
名誉市民、一六七三年には代議士になった。この人物の
家の壁とパーキンズの地所（かつては、ブルーエンの
地所だった）を、ミレットがアレンに売却。[32]その時
から、現在まで、目新しいことは
何もない。何もないという意味は
今日では、壁が歩き出す
始末だからだ。ブルドーザーで

偶然あらわになった
教会堂の丘は
砂の丘。大切な建物が
建っていたのは砂の上。
しかし、相変わらず
この丘の上で、陽は西に傾く
グロスターのどの丘とも変わることなく
これこそ、語りえぬことを
人が語れる理由

ヨーロッパに＝向かって十マイル
突き＝出た、この岬は
後に氷に覆われたが、
波に覆われたのは
いつのことか。わたしは彼女に言った。[33] ローズ＝
トループ[34]が書く力のみなぎる文は、
何行であろうと、一行になって進んで行く。
輪になったウロボロス[35]の矢さえ、途方もない
禅の高僧が射ると、教わったとおり進むのと
同じだと。[36] そんな弓の腕を持つフランセズ・
ローズ＝トループは、身分あるイギリスの

乙女。この都市を語るのに、どんな
冒険商人の名がウェイマス港記録[37]
八七三番に載っているか、最初に使われた船が
イースト・アンド・ウェスト号であったかどうか、
日付と土地特有のあらゆることを語ったのだった。
グロスターで出しちまえは、
懐かしい鉄道ジョークで、臭いが元。
後部車両には恋人たち、居眠りから
目覚めた車掌は
窓の外を見もせずに、鼻をクンクンさせるや
声を張り上げる。グロースター、グロー＝
スター　全員下車

教会堂の丘から
てっぺんを取ってしまえ
ルート一二八[38]に
両側を削られた丘など

第三の方角に
あるのは、いまや

宅地造成地リヴァーデイル
パーク[39]の焼き直し

では、第四の方角は？
西側はどうか？
といえば、白人の
ごみため

川の上流の
橋の下では
夏の民が
童心に帰っているが
声は届かない
橋が
ひどく高いせいだ。
とてつもなく。ディーゼル列車が通ると
空が震える

怠惰で

薄汚い、感傷的な
流れ者を
この地から一掃しろ。

ブルドーザーよ、
砂地を
暴け
第二、第三、第四の
教会堂も、かつては
すっかり波に覆われて

いたのだ。[40] わたしも歩いてみる

川があるために
西へ向かって
エヴァリス[41]が歩いた
この丘を

今、奇妙に見えるのは
大地　海は
東にある　選ぶのだ

海に背を向けても、海の臭いは
あの牧師[42]が言ったとおり
鼻に入ってくる
万物のくず[43]と
混じりあっている

わたし　聞こえてくるのは

三〇〇年祭式典で説教師がどうしても
引き合いに出さずにはいられなかったウィリアム・ハバードの
馬鹿げたセリフ[44]

ヒレのある生き物が、いともたやすく釣り針に
かかってくるのです

　　　　　　漁師とは
殺し屋　五十人全部を
記録から探し出してみる
男たちが宿りを求めたのは
氷礫丘《ケイム》[45]わたしが育ったところだ

花崗岩と氷堆石《モレーン》がつくる
いちいちの形状に、男たちは
わたしと同様驚いたはず　　わたしが、今いるのは
ファイヴ・パウンド島[46]沖の泥の中
ステート埠頭[47]の
獣脂の穴の中だ

　　　　　　立ち去ってしまえ
ローズ＝トループから、そしておれ自身から　　おれはお前の吐息をかぐ、海の吐息と
騒々しいA・ピアット・アンドルー橋[48]の下を流れる
芳しからぬ川の吐息を
川に架かる橋は、細胞分裂のように
トラックを吐き出す。その顔は
一人一ペニー
馬一頭二ペニーで
川を渡した船頭サミュエル・ホジキンズ[49]の
顔とは大ちがい

　　　　　　降り立つのだ
この国へ　　波が
覆いかぶさり　　氷が

巨礫を引きずるこの国へ　　　商業が
様変わりし、音響測深機《ファゾメーター》[50]が
発明されたこの地では、現在が
悪化の一途をたどる。もう何も信用してはならない
やり直すのだ
オロンテス川[51]から出て、陸地に降り立つのだ。テュポン[52]もいず、
洞窟もキャッシェズ岩礁[53]の神秘も
知らぬ陸地へ？……「だが、こんな火事騒ぎになると
あたり一面が海のせいで、仕事は大いに妨げられた」[54]と、こんな早い時期に
書かれている

エドワード・ジョンソン氏[55]によると「しかし、最近この町で造られた船が何隻か
あった」とのこと　大人は一人も見かけなかったが、少なくとも十七歳までの
子供は、フォート通りかフォート高校にいる　男子高校生は、一日のどの時刻に
見かけても、たとえ早朝の海岸通り《ブールバール》[56]で何人かが予備士官訓練生《ROTC》[57]の制服に身を包み
ライフル銃を携えていても、カウボーイにもイギリス人にも見えない。

ステファンソンの氷を初めとし、どんな交易がピシアスの軟泥[58]に取って代わろうと、
人が向かうのは、ノヴォ・シベルスキー・スロヴォ[59]だ　広東[60]の絹やスリナム[61]の重要性に
無感覚なのは中国人だけ　ローズ＝トループは、お前を、グロスターよ、お前だけを
初めの世界に置いた　リチャード・ブッシュロッドやジョージ・ウェイらのことを

語って、お前を、海へ出て行く舞台に戻したのだ　この婦人が
入植者ジョン・ホワイトを語り、コナントはバドリー[62]について語った　彼女は[63]
アン岬を語った　ドーチェスター・カンパニーを語り伝え、トレイン油[64]のこと、　オーク
材の出処、　それに獣皮のことを、　干し魚やコアフィッシュ[65]についてと同様くわしく
語ったのだ　　狐　アライグマ　イワツバメ　カワウソ　マスクラット　ビーバー
のことを語り、　中には「コート」になって[66]入ってきたものまであったことを語った
そう語ることで、天然痘が蔓延した後にもアルゴンキン族が生き残っていたことを
示そうとしたのだろうか？　それはまるで、ローズ＝トループ嬢が時代を遡って
シャンプラン[67]と交信し、ウィグワム[68]の数を確かめるかのようだ　ウィグワムは、
クレッシーズ・ビーチの向こうにあるフレッシュウォーター入り江、[69]ハーフムーン・
ビーチに近いトルマンズ・フィールド[70]にあった　今、ケント・サークルとなっている
かつてのスティープ丘[71]にもあった可能性があるし、　ことによるとアップル通《ロー》り[72]や
アガメンティカス台地[73]にもあったかもしれない

川や湿地付近には、[74]はっきりウィグワムが描かれているが、海岸沿い[75]には、インディアン
の姿は全くない　フォート・ポイントの森にもない　ウィグワムが再び
現われるのは、ハーバー入り江[76]である　実際、ウィグワムが建っているのは、すべて
一六四二年に港になった所と町の間、つまり「ワシントン」ストリート[77]からミル川[78]
へ向かう道をフォア・ストリート[79]に沿ってヴィンソンズ入り江[80]に至る地帯である
さもなければ、インディアンがいたのは、イースト・グロスター・スクエア[81]の辺り
そして戦闘になった　ロッキー・ネック[82]の先端でセール・ド・ポートランクール[83]を

襲おうと待ち伏せしていたインディアンを、シャンプランは発見した　かつてヨーロッパで七丁か八丁の火縄銃を使ってやっていた戦闘だ　海峡の深さ[84]は、イースタン・ポイントから測る方が面白い、測定するとこんな具合だった。

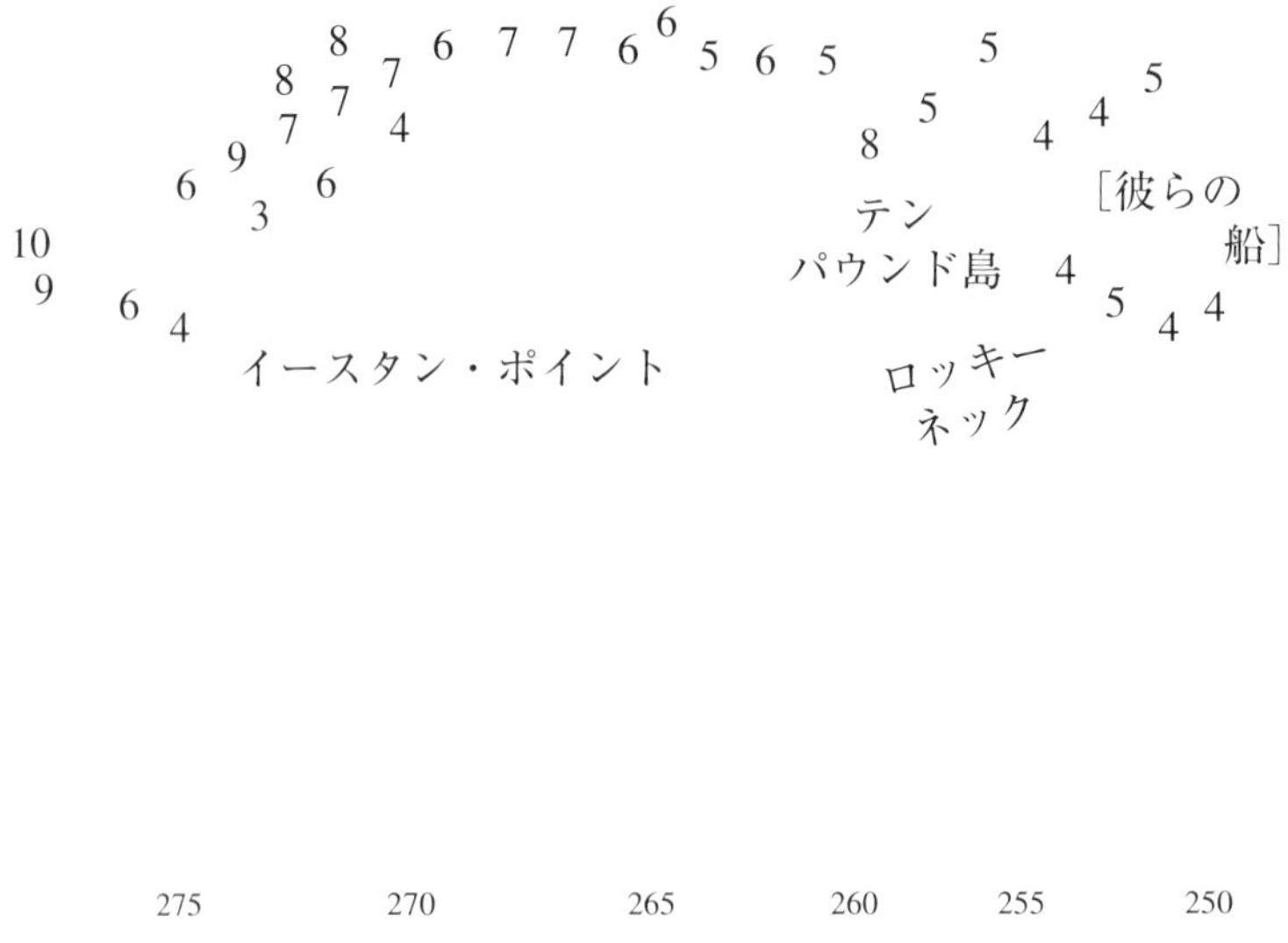

マクシマスより、グロスターへ、七月十九日、日曜日[1]

そして人々は、あの悪趣味な漁師像[2]の前で立ち止まった
――「まるで、どんな神々や英雄がいるのか知りもせずに
人の家に向かって語りかけるように」[3]――

漁師とは何かを知りもしないくせに
まっすぐ橋[4]へは向かわないで
することといえば――
　　　　　　語ることといえば、せいぜい――
運河の水が渦巻く
カリブディーシズ[5]で、花々は花輪から
身をもぎ離し

花が
海の性格を
変える　波が
花の運命を跳ね上げ　溺死した男たちが蘇る

渦の中で

　　　　　　眼の渦の中
　　　　　　花の渦の中で
　　　　　　海の眼を
　　　　　　押し開くと

悲惨な死が
滅ぶ
よそ事だと思っていた
——海に浮かぶ
花、人が溺死すること
陸で人が死ぬように海で人が死ぬこと、信じがたいのは
　　　　　　　　こういう酷い事実が戻ってくることだ
　　　　　　　　　　　　　　　　この転倒の時に
潮が独特に流れる
夏のある日

こんな感覚を本当に抱くのだ、

火が変容して第一になるのは、海なのだ、と——[6]
「金《きん》が物と交換され、物が金《きん》と交換されるように」[7]

ブロンズ像のそばで、まず立ち止まる連中に
教えてやれ

漁師とは成功した人間ではなく
名のある者でも、権力のある
者でもない、地獄に落とされたそんな連中とはわけがちがう、[8]と

Ⅱ

花の渦で沸き立つ海面に
錐状になった花の渦が
いくつもの深い穴を

あけると、それはまるで、色とりどりの
水溜りがある腐食性の
ぶ厚い地面。穴だらけの

イエローストーン公園[9]は
死の形相、われわれに取り付く
病んだ亡霊。輝きがしたたる

傷口
生きているとは、これだ。足を踏み入れてみる
初めてその地を訪れたジム・ブリッジャー[10]にならって

するとそこは、美しい
野というよりは、かさぶただらけの
平原

海を棺とする男の弔いには
生きとし生けるものがやって来る、

分かるのだ。下にある
地球のあらゆる石《ラピス》と

青い表面が
今日の午後起こった事によって

黄金に染まっていることが。この海には
眼がある

岸から来た
花が、
海を
眠りから覚ましたのだ

人は実にさまざまの事を知っているつもりでいるが、[11]
夜と昼が同じことさえ知らない
漁師が働く時には、夜と昼のちがいなどには
お構いなしだ。確かに、漁師とて
横になる時には、そこで横になり、顎《あご》を
海に向けていると、また別の有利なことがありうる。いわく、
「正せることを正すべし」だ。心がこれを
解さぬ時は、神聖な叡智の扉は閉じている[12]

催すがいい。海で死んだ漁師すべての
追悼式をとり行うために、運河まで
パレードしてきたお前たちは、催すがいい。
初めて海で死者がひとりも出なかったこの年に

レーダー、ソナー、無線電話、優秀なエンジン
海底探査水上機、海上も海底もこれで大丈夫なはずだが

帰ってくる男たちには
何のちがいもない

75

四月のきょう、メイン・ストリートは[1]

今を嫌うかのように、グロスターは
一六四二年四月にようやく誕生し、じっと耐えている

四月のきょう、メイン・ストリートは、陽射しが
随分あたたかく、港から

交差点へ吹き上がってくる
嫌な東風に当たらずにすんだ。ダンカン・ストリート[2]の角で
お巡りさんと立ち話。分かったのは、床屋の

ジョー[3]が、フレデリクソン兄弟[4]の店を
受け継いだこと。スターリング・ドラッグストア[5]の持ち主が

ワイナー夫妻[6]ではなく、ガラー夫人[7]だったこと。葉巻売り場の女店員と
グリーティングカード売り場の店員は、そのワイナーを「ウィナー」と発音する。

ガラー夫人の夫はどうした、と聞くと
二人が言うには、夫人の目の前で

この店で
死んだとのこと

メイン・ストリートは
丘が

多い。
おれは、いくつも円錐がある

この道の
特徴に合わせて

進む。メイン・ストリートから
出て

ヴィンソン入り江[8]に向かう。
さあ、給油だ、サン・パオロ[9]出身の

パン屋と並んで駐車。
ここは泉[10]があったところ

（一六四二年当時に、エヴァリス[11]が
ボストンのパン屋だったと知って

びっくりしたのは、つい昨日。
後に、グロスターへやって来て

教会堂の緑地をごっそり
手に入れた男だ）当時のグロスターにあったのは

三つの力と、
三つのきずな

それに地方集会。[12]
エンディコットと

ダウニング[13]が
同年四月に、土地を分割し

町が
生まれた

四二年旧暦二月[14]
漁業の足場は

ダンカン・ポイント[15]にあった。
合資会社に与える

特許状の
公式文書によれば、

漁業足場の所有者は、ロンドンの商人
トムソン氏、[16]

名を挙げられているのは一人だけ、
他の出資者の

名はない。だが、願いは一つ
地方集会がたゆまず

漁業を
奨励し、

マサチューセッツを
スミスの言う

意図した特産物[17]の産地に
変えることだ。西インド諸島は

すぐ沖合いに
あって、釣ってくれと言わんばかりに待つ魚を

漁師たちは、絹の糸と輝く針で
輿《パランキン》[18]に乗ったまま釣り上げる。ローブをまとった女たちは

子供を抱いて、砂浜で
見物、雛菊の世界だ。鱈《たら》は
銀の鉱脈。[19]「下った決議は」[20]
（マサチューセッツ湾

カンパニー
記録）「漁業を

開始せよ。当該の
トムソン氏と、氏が同目的達成に要する

物品に対しては、十分な土地を与えるものとする、であった。
鉄道会社流だ。だが、微々たるもので、

イギリスからの物資は
国内問題で

断たれてしまう[21]（スコットランド国境が
一六四〇年十二月に踏み越えられた[22]

事件を、ウィンスロップは
北大西洋上の郵便局

スミスの
ショール

群島[23]で、数週間のうちに
聞き知った）誰ひとり

自分たちの海に
魚の鉱脈を持つことの意味を
知る者はなかった
漁に出て

ファイアル[24]に
売る

セント・キッツ[25]へ赴き
ニューファンドランドを奪い、

スペイン、トルコを手始めに
海という海を

ヤンキー[26]の湖にしてしまうのだ。ここで名を挙げられている男は
オズマンド・ダッチ[27]（それにウィリアム
サウスミード[28]もいたらしい）だが、確実にいたのは
トマス・ミルワード[29]（この男は

ニューベリー[30]に移住）スミスが
息を引き取る時、

きみたちに向かって叫んだ
「急ぐな」と

トムソン氏の
釣り用フレーム[31]が

実在した
証拠が

ある。ウィリアム・サウスミードの
妻《ウクス》、別名アッシュ夫人[32]が、問題の釣り用フレームを
ジョン・ジャクソンに売ったのも確かなら、ジョン・ジャクソンが、それを
ピーター・ダンカンに売ったのも確かなのだ。だが、私は
最初の手紙に書く（コナントの二通の手紙の後だ）
故国

イギリスへ
行く手紙に「私は、オズマンド・ダッチ[33]

ノヴァ・アングリア[34]
アン岬の船乗りは、

一六三九年五月十八日
自ら出向いて言った

この手紙を
妻に渡してくれ、と

愛する
　　　　グレース様[35]

あなたに
こちらの様子を

お知らせ

致します
神様のご加護で、
私は、この国で

つつがなく暮らしております
あなたも子供たちも

元気で暮らしていること
でしょう。神様の思し召しあって

私は、この土地で四〇ポンドの収益を
上げることができましたので

不自由な思いをさせることなく
あなたを迎えられそうです

こちらに渡ってきて下さい
気をつけて

連れて来てください……今、進めている

漁業のパートナーは

ノドルズ島の
ミルワード氏です」　一六四一年――エイブラハム・ロビンソン
トマス・アシュレー、並びにウィリアム・
ブラウン[36]は、共同で

三トンの
スループ船[37]を借り、三ポンドの

支払いは、三ヵ月後
市場価値のある良質の干し魚で行なう、とした
――ビスケー湾の小型帆船《シャロップ》[38]だったろうか?
ビスケー島[39]に似合うあの?

今の今までじっと居座っている
本土の関節

ルート一二八橋[40]は

いま、何を
メイン・ストリートに
もたらすのか？

155

マクシマス詩篇　第二巻［Ⅳ、Ⅴ、Ⅵ］

中扉の図の基礎は、アルフレート・ヴェーゲナー[1]とツーゾ・ウィルソン[2]両氏による――これは、言うまでもなく、大地（と海）である。今を遡ること約一億二千五百万年前、大地の結び目がほどけ始め――インドがアフリカ大陸から離れてアジアへ移動する前のものである。

一九六八年九月、オルソン

ベティ^3
ベティに
ベティ
のために

ベティに捧ぐ

手紙＃41［中断したもの］[1]

一跳びで〈アラベスク模様ができた
と彼女[2]は言った。聖ヴァレンタイン・デーの嵐[3]の夜
ポーチから、わたしが雪の中へ飛び降りた時のことだ。
もちろん、彼女は指摘することを忘れなかった
嵐を物ともせず、優雅に振舞おうとする
わたしの巨体が、どんなに見ものだったかを。そうだったのか？　彼女と会うのは
十九年ぶり[4]

まるで、オロンテス川[5]のすぐそばに横たわるようだったのか？　ユダヤ人が
凄いのは、東アフリカの断層[6]の両側に
定住したからだ。他の者は誰も認めはしないだろう
人は誰でも火山の上に座っている、などと。あの男[7]は
まざまざと眼に見えるようにそう言ったのだが。
だから驚くのだ、イエローストーン公園[8]がブツブツと
音を立てる時に

そこには、[9] ひどく粗い氷堆石《モレーン》[10] があるという
この世界にあるそんな姿のものを、今夜、わたしは数えてみる
新月から飛び出して、急いで家路につくが
道のぬかるみにいちいち足をとられる。
ユーラシア大陸に対するアフリカ大陸の戦い[11] が
いま、再び、始まったのだ。ゴンドワナ大陸が――

マクシマスより、ドッグタウンから――I[1]

序

ヘシオドスによれば、[2]喜ばしい愛の交わりもせずに、大地は海を生んだ

しかし、その後、大地は天と添い寝して、万物を取り囲む
オケアノスを生む。万物を蔵し、その各々を
創られた意図にそって、固有の物にする一者[3]を。

大地と交わると、大地に宿る愛によって、手足は力を失う。精神は
熱情にあふれ、神々と人間は一人残らず、更なる自然に駆り立てられる[4]

　　　　　　　　　　広大な大地は歓喜の声を上げ、[5]

渦巻くオケアノスは、あらゆるものを通してあらゆるものを操る、[6]
万物がこの一者から生じ、魂は酩酊状態から
乾いた状態に導かれ、[7]眠る者は死者たちから火を点《とも》し、
目覚めた男は、眠りから火を点す[8]

濡れた岩[9]

が放牧地や草地や果樹園を通る道にある。そこはメリー[10]が
牛の角で放り上げられ、八つ裂きにされて死んだ場所。起き上がって闘ったメリー
人々の目の前で、見せたかったのだ
　美男の船乗り《ハンサム・セイラー》[11]の心意気を

胴体と頭と手足がバラバラになって死んでいた
土曜の夜の暗がりで
酔ったあげくにやってみたのだ
若い牡牛を倒せるかどうか
日曜の朝、再び
人々の目の前で
いま一度
自分の腕前を
見せてやれるかどうか——腕自慢の男が
ドッグタウンの牧草地の岩間で死んでいた
　大地の
皿の「下」[12]

ドッグタウンの
下にはオケアノスがあり
夜、太陽はそこ（その内側）を
通過する——
　　　　自分の身体の中を通らせて
太陽を東に返すのはヌートである
夜の（天の）大地《ゲブ》がその身体

ヌートは水
天界と冥界の水にして
天界と冥界の天蓋
濡れた岩の上で
濡れた岩のそばで、メリーの身体は
バラバラになっていた
日曜の朝のこと

地下と天空の
始源の水が、ドッグタウンを
高く浮上させる
　　　　　　　　下方では
氷がドッグタウンを

覆う。散らばった
巨礫と、メリーを
殺した
仔牛を
　　自分の魂を示そうとした
メリー、自分たちの魂を示す
星々

　　　　　　　わが柔らかな雌豚、ドッグタウンの
道には水がしたたる。地下の岩から泉が湧き出るかのように
三月はじめの冷たい月の下で

あるいは暑い夏、息子と
わたしは、角を曲がる
小川が
ジー・アヴェニュー[13]をちょっとした浅瀬に
している所を
　　人の住む一画を
歩いて渡る一羽の黒鴨を
見た後で

こぼれ落ちる生命

漆黒の夜
メリーは死んだ
柔らかな柔らかな岩のそばで

ドッグタウンには
漁師が住んでいた
昔のことだが、土曜の夜ともなると
色事を楽しみに
三人の娘の家を訪ねたもの[14]

魚座は永遠に
頭上の女の体内を泳ぐ
男たちのブーツや馬は[15]
亀甲の堆積岩を
蹴って音を立て
マヨール[16]は、月と大地の
母なる獣の上に座る

近くでメリーが牛と闘う音は
どの神秘にも
どの人にも
多分、鳥の耳にさえ
届かなかったのだ
（ジェリマイア・ミレットの家[17]があったあたりでのこと

恥ずかしさを紛らすうちに
酔っ払い
真っ赤な顔になった
メリーは
酒場の椅子から立ち上がる

ドッグタウンへ行って、自分の力を
試すためだ。
仔牛は
いまや立派な若牛に育って

待っている、

メリーに勝る
自分の力に
死が宿っていることさえ知らずに。
メリーは倒れていた、日曜の朝陽を浴びて
燻製魚さながらに
羽虫が飛び交い、身体を丸める
地虫が群れる野原で——美男が
陽を浴びていた。肉塊となった
死体も、死臭も
大気によって食いつくされていた
ナマケモノにも負けぬほど
押し合いへし合い、身を寄せ合って
這い回る地虫によって

マヨールは[18]
大地と、夜の女神
大地と魚の女神
仔牛と
そしてメリーの女神

メリーには

妻がいた
マヨールは天の母
星々は、天の海原を
泳ぐ魚。マヨールの
乳房の数は四百

多くの男たちと同じように
メリーもその乳を飲めたはず
そして、おれにはあるぞと言った力を
発揮して、ブラボーと喝采されたはず

メリーが闘牛を見た
スペイン[19]ではプルク
腕前を
見せたがった
メキシコではオクトリ
グロスターで試してみると、それは
死をもたらす乳だった

メリーが八つ裂きにされて

死んだ時
見取ったのは
四百の
酒の神々だけ

最後に牛に
突き刺され
岩に叩きつけられた時
メリーの脳は、四〇〇の小片に
ちぎれて飛散した

　メリーが牛を八つ裂きにする
はずだった

　　夜空が一部始終を
見下ろしていた

ドッグタウンは
四季を通じて湿っている
花崗岩の地塁《ホルスト》の

上まで。木々や茂みが
うっすらと覆う、その
強さは、水たまりに張る氷さながら
自然のビオス[20]だ
永遠の出来事[21]が起こる
この公園には、一筋の道がある
滑るように入っていくと
終着点にある氷堆石《モレーン》に着く

この岩は、氷河が放り投げた
お手玉
そのそばで、メリーは
牛を相手に戦った

試合を見ていたのは
マヨールの息子たち
四〇〇人だけ

他の者がいた場所は、空か
町か
堅い岩さえ縮むところ[22]

われわれが、酒を飲んだり
血管を
こじ開けたりする[23]のは
ただ知りたいため。酔っ払いが
公衆の面前に身を曝して
受ける罰は
死[24]

メリーがプルクの兆しの下[25]に
生まれた夜
マヨールの破壊的な力が
働いていた

天の植物と
酒浸りになった動物が
否認されたのだ

冗談好きな男たちは
メリーのことを

嘲った

酒で
気の大きくなった
奴、と

メリーの亡骸に
羽虫の衣を着せてやったのは
朝の太陽
だけ

それから
地虫が
メリーの死体を食べ終えると
大地は初めて
自分の衣を
解き、[26]陰部へ
メリーを受け入れた

生涯おれは、多くのことを
聞いてきた[1]

スペインへ行った
美男の船乗りは、[2]
アイルランドに行って
蜂に刺されて死んだ。[3]
埋葬されたのは
ノック・メニーの丘[4]

男はキャッシェズ岩礁へ向かい
岩棚で難破、
船が浅瀬で転覆し、男は
グロスターに上陸。城[5]を建てた場所は
ノーマンズ・ウォー[6]

右の記述に関する注[1]

マクシマスの歌を
セイレーンたち[2]が歌った
耳に
コルクの栓をして
マクシマスは歌声を聞いた
各地を旅し
通り過ぎて行った
森へ入り、森を出た
虫たちが歌を歌い、大きな
鳥たちがマクシマスを
楽園の小道へ誘った（木々に囲まれた
田舎道の一本が、数フィートの間とはいえ
何ともいえない曲がり方をしている
ことがある

マクシマスより、ドッグタウンから——II[1]

海——海に背を向けて、[2]
お前は、内陸へ行け、
ドッグタウン目指して。港も

岸辺も都市も
今や
堕落の極み、[5]アメリカと

同じだ——明日の
世界も。神の法廷の
皇子たち[7]が

守護神を
奪われまいとした
息子たちが（もし、メデイア[10]が

自殺したら——フェニキア[12]の

濡れた
岩[3]の炭素が
花咲き、いく筋もの流れとなる

水瓶座時代[4]は
魚の後に
——魚とは

キリスト、[6]おお、キリストよ、お前の歯から
種を取り除くがよい——死んで横たわる犬が
なんと美しいことか！[8]（恐怖のX

ミグマ[9]のありかは
キリストが種を取り除くところ
ウィンガースホーク[11]　ホイク　葡萄の木　**ホイク**
　オランダ人と

古代スカンディナヴィア人

女で、しかも恐怖の
生んだ女

メデイアが）ジェイの息子《ジェイソン》[14]
ジョンソン・ハインズ即ち
息子ハインズ[15]が

チャールズ
ジョン・ハインズ・
オル＝
　ソンを見る時
大西洋と
地中海と
黒海[17]の時間は

叩き殺され、亡き者にされる
ジャック・ハモンド[19]が
終止符を打ったのだ

それにアルゴンキン族。
頭の＝上に＝家を＝載せている＝男[13]や

池の＝蛇に＝欲
情＝する＝女
ドッグタウンの木の実が香る

地虫に＝食われた＝魚が＝空気の＝香りを＝奪ってしまう
から　クウキ　ドッグタウンの
ター（ター　メタルシア[16]は

　天使の物質
その到来は（流れだ！
三〇〇〇年。われわれは水を運ぼう

　丘の上へ水を。花を
熱くする水を――ジャックと
　ジル[18]が

ある日、ドッグタウンの丘に登ると
垂直のアメリカ物体が見せてくれるだろう

海面、海中、そして銀河の
時間に。空の広がりも
海も、もう残されてはいない
大地は面白い。
氷も
石も面白い

花は
　炭素
炭素は
石炭紀系
ペンシルヴェニア
紀[22]に
ドッグタウンの
、、、、
地下には
石

（メアリー[24]の息子

天から梯子が[20]
われわれ皆の大地へ
降りてくるのを。多くのものは
知っている
　一なる者の存在を！[21]
　一なる母
　　一なる息子

一なる娘を
その各々が、父なのだ
彼＝彼女＝自身の。

生み出す
マ　形《モーフィック》を与える
パ　都市は母なる＝
都市国家《ポリス》、[23]子供が＝大人の＝男と＝女に＝
　なるところ

エリザベス[25]の
夫は）一元発生《モノジニー》。[26]
コラーゲンの中の
一元発生、／コラーゲン
時代[28]

跳び上がれ
陸地へ、[27]水瓶座
時代だ

プロテインが化学反応を起こし
炭素四が四隅にある場合[29]
加える水の量に応じて
分解の度合いは大きくなる[30]
堂々たる物腰で、雌犬の声で高らかに歌うのは
森と岩と男と女の物語。愛されて
愛す、雪の中
太陽の光の中
ドッグタウンの

　天気は
この世の初めの天気。だが、天の反対側に
　あるのは大海原

花の中に天気が満ちる
ドッグタウン。天の反対側には
大海原

ドッグタウン、　地下の
天蓋[31]は
炭素の大海原
アニスクウォム川

ドッグタウン、地下の
部屋は――「母なる」
岩。ダイヤモンド（石炭）ペンシルヴェニア
　　紀　　柔らかな
　　　　（石炭）愛《ラヴ》

紀　柔らかな（石炭　愛が
宙吊りになって　燃える

都市の下で。瀝青《れきせい》[32]の
ハートが黒い
石に変容する
これが創造の玉座

黒い菊の
大海原

それが黒い黄金の華[33]

85

マクシマスより、
自分自身に、
「フェニキア人」流に[1]

鉤十字に
見える
その女は、
幸運と名乗った。[2] 幸運の＝《スワス》
鉤十字《ティカ》[3] **ずたずたに壊してしまえ** 厚板が[4]
スクリューに当たって砕け、船尾でずたずたになっていた
すると船は、もう船とは**いえず**、死者のように海中へ沈む
わけでも**ない**

もはや
真冬は
誕生の時**ではない**
船長は

——お手上げ。運はつき、リン[5]は
去った（なぜ、この女の我儘《わがまま》がまかり通ったのか
あんなに長く？　そもそも、なぜ
館に入れたのか？　**鉤十字**は
バラバラになった。蓮の御座[6]は
人の誕生に**先立つ**
存在。今もあり、この先もあるもの。**万物の**
母胎。**黄金の**
華、[7]天界のすべては
数マイル上にあって——たとえ太陽が出ていようと——
黒い

一九五九年、十二月二十二日
ドッグタウンにて執筆

「モイラ」のために[1]

そんなものは**放っておけ**
――立ち上がるのだ　ヘイマルメネー[2]は
モイラ[3]の温情
イシス[4]の手が
もつれにもつれて解きがたい
運命の糸さえ解きほぐし、われわれ皆を
慰める（「人間には、慰める力が
宿っている」）そして、星々の
運行を正すのだ

（さっさとロバから降りるのだ
年がら年中発情し、イシスから忌み嫌われる
動物から

マクシマス、続けて語る（一九五九年十二月二十八日）

漁師の畑《フィッシャマンズ・フィールド》[1]の岩場[2]に、ジェン・ダグラス[3]が身を横たえている
（クレッシーの浜辺から、女のきょうだいと一緒にここまで泳いできた後）ケルプ[4]の
岩棚の床が裂けたのは、多分、湧きかえる海水のせいで熱された岩が
冷えた時だ。ケルプの床に、われわれは身を横たえる。ハモンド城沖の潮がひいて
四分の一になると
　　　　おれの心が、午後のマナティ[5]を生んだのか？　獣の
描かれている岩の絵を？　ひしゃくを差し出すロセルの女[6]を？　実際
のろのろした踏み子装置[7]に自然が
よじ登って、濡れた白い身体を乾かしてくれた。古い絵で、波に洗われるアンドロメダ[8]を
ノルヌ[9]は看護婦でウェイトレス
　　　　　岩の上で
　　　　ジュゴン[10]が
　　　吠える
　子供を
産んで

もとに戻ろうとして
非道な岩でペルセウス[11]は、アンドロメダの夫となった、おれではない

マクシマスより、グロスターへ、手紙　27［出さずにおいたもの］[1]

わたしは、そこの地理へもどって行く
左手が斜面になった土地へ
そこで父親はうまくもないゴルフをし、
残りのわたしたちは、野球をした
夏の一日が闇に包まれ、高く打ち上げた球が
見えなくなるまで。それから家に帰るのだった
女の人達がおしゃべりをする、それぞれの
広場へ

土地の左手の斜面は町に向かい、
右手の斜面は、海へ下っていた

わたしも幼かったので、その土地で最初に覚えているのは
レクソール[2]の大会参加者にロブスターを
食べさせるテントと、父のこと
喧嘩《けんか》っ早い父は、怒鳴り散らしながらテントから出てきた
口にパン切りナイフをくわえて。母に
ちょっかいを出したと皆が言う薬屋を

可愛がってやるためだ。母は笑っていた、まるで平気な、丸々とした
母の顔。ハインズ家[3]のピンク顔、リンゴの顔だ、
流行のつば広帽子の下の顔

これは、新しい抽象形態の
裸の到来ではない。[4] これは

そうした出来事の
形態でも、混乱でもない。[5] ギリシャ人たちよ、

これが、戦闘を
止めさせること[6]
　　　　　それこそ、わたしの誕生以前に起こった
すべての事象が課すことなのだ、先行する

いくつもの事象が。わたしの語る数々の事実が
生まれるのは、その発するところは

わたしが最早わたしではなく、しかも、わたしであるところ

わたしを超えて
西へ向かうゆるやかな動き

わたしの受け継ぐものに
個人の厳密な秩序などはない。[7]

　　　　　　どんなギリシャ人も
わたしの身体を分割できないだろう。
　　　　　　アメリカ人とは
いくつもの契機の複合体で[8]
いくつもの契機自体が、空間を
本質とする幾何学なのだ。

わたしの感じは、こうだ、

わたしは、自分の皮膚と

一体だ、と。

そして更に、これを――加えたい。

永遠に地理が

わたしに

のしかかってくる、と。わたしは強いる

グロスターが過去を向くように強いる

屈服して、

変わるように
都市《ポリス》とは
こういうものだ

50

川——*1*[1]

　　入って行くと
フィヨルドの中に閃緑岩男《せんりょくがんおとこ》[2]が現われる。オバダイア・ブルーエンの
島[3]を鼻先に載せて。花崗岩の中へこの海の
入り江は、食い込んで、運河に割り込み
砂を蹴散らし、吠える岩[4]も蹴散らす。花崗岩は
閃緑岩男が転がしたものだ、ドッグタウンが小石をばら撒いた時に。メリー[5]が
息絶えて横たわったのは、小石の間
　　　　　　　　　　　　　岩が岩に[6]
本当に割り込んでいる様は、めったに見られるものではない、
花崗岩状の生地に入り込んだ閃緑岩の塊は、
一見不規則な円形を成している。
閃緑岩が露出するところは
四方を花崗岩に取り囲まれている。閃緑岩が
花崗岩に割り込んだ、と考えられる場所は
アニスクウォム川流域の二つの入り口のみである。二つの入り口は
狭く、入り口の両側が黒雲母花崗岩に接している、
この黒雲母花崗岩が斑岩でないことから
閃緑岩が黒雲母花崗岩に割り込んだという
仮説は、ほとんど成り立たなくなる。

川――2[1]

閃緑岩と
花崗岩が並存する
両極岩《ザ・ボールズ》[2]

――そして
川の
流域は
（フィヨルド、両方に、重なり合い――

上になり下になる　閉じた襞、

開いた襞

　　　　彼女が初めての人だった
　　　　つぐなうために
　　　　腰の帯を
　　　　さっと解く

――その様は。もう一人の女も
同じことをした
黒人が受けた仕打ちを
つぐなうために（テキサス
生まれだ

三人目の女は
相手かまわずそうした、
どの男も
拒むべきではないと思ったから、
満たされない父親を見ていたためだ。
母親は
不感症で
議論好き
政治向きの
女だった。父親は
電気
技師。エンジンになったのは、
彼女。

ポイマンデレース論。[1] いま分かった、何が起こったのか。
一年前、おれは、この町の通りという通りにむしゃぶりついていた
距離を測っては区画割りをし、記録を
調べては、鬱々と
何をなすべきか考えていた――そして、われに返ると
ドッグタウンにかかる淡い新月の下で放尿しているのだった
三月の夜、細長い幾筋もの流れに気付く

5

ドッグタウン[1]　犬の　町は
母なる都市の一部　**都**=
都市　**メトロ**=
ポリスのもの

キャッシェズ浅瀬[1]

実にひどいものだった。[2]十三年くらい前の真夜中のことだ。
ラトラー号が、キャッシュ浅瀬で強風に襲われて
あおむけに転覆し、横倒しになったまま港に着いた
乗組員は全員無事

嵐のキャッシュ浅瀬から、生きて帰れる船はない。浅瀬のどちらを行こうとも
四分の一マイルも離れたところなら、六〇尋《ひろ》[3]から七〇尋の深さがあるのに
わずか数ロッド[4]の幅しかないこの浅瀬に、まともに入ると
水深は二〇フィートほどになる。天候に恵まれた時だけ
小型の船がやっと通れる海域なのだ。あまりの浅さに
ケルプ[5]が海面に生えるほど。強風が吹き
大波が襲うと、一〇〇フィートの高波が浅瀬の底を思い切り
叩く、ひどい所だ。

ラトラー号は冷凍ニシンを積んで、ニューファンドランドから
海岸づたいに南下していた。その夜は真っ暗闇だったので、船長が
船の位置の計算を誤ったのだ。少なくとも皆が最初に分かったのは
大波で船が持ち上げられ、前方に投げ出されたことだ。船の
鼻面が浅瀬の底にぶつかった瞬間、別の大波がまともに

船尾に当たり、船尾の方が船首よりすっかり上になった。
マストは底にぶつかって折れた。こんなありさまで、船は浅瀬を渡り切り
向こう側の深い海に、竜骨を下にして立派に浮かんでいた
マストが二本とも折れ、甲板から一五フィートのところに
ぶら下がってはいたものの。

もちろん、乗組員は下の船室にいた。彼らが言うには、何が起こったか
分からないうちに、すべてが終わっていたとのこと。初めは何も感じなかった、
皆で船室に座っていたら、甲板に叩きつけられて、それから
また床にどさどさと落ち、山積みになったのが全てだと言う。
あっけにとられて甲板に出てみると、船は完全に難破していた。

舵を取っていた男は波に打たれたが、後に述べるところによれば
船が転覆すると分かった時、自分ももう終わりだと覚悟した。必死に
持ちこたえ、海中に沈んでも、決して舵輪を離さなかった。だが
それは一人の男には耐えきれないほどの過酷な緊張で、気絶しかけていた。
仲間がこの男を船室に運び入れ、あらゆる手を尽したが、港に着いた後も
男は長い間寝込んでいた。最終的には、ちゃんと
意識は回復したのだが。

こんなきわどい助かり方をした船の話は、およそ前代未聞。浅瀬の

風下に順風が吹き、潮の流れも
味方についた。それで、一行は、どうにか船を進めて浅瀬を脱し、ようやく
別の船に出会い、母港まで曳航してもらったのだった。

この事件に関する事実は、述べたとおりである。船の持ち主は
グロスターのアンドルー・レイトン、船長の名は
ビアスといった。

こんな具合だ[1]

ポッター館へ[2]行った罪深さを認めて
ペスター氏は、こう供述した。「プライドとその奥方
それにジョン・ストーン夫妻に誘われたのです。私は
ストーン宅にいて、そこから　私たちはポッター館へ連れて行って
もらいました」と。ベンジャミン・フェルトンは、ペスター氏の家に
いたと供述。プライドが言うには、「ペスターはプリマスに
住んでいました。ですから、ヴィンセンが彼を誘ったのは、私が
プリマスから帰った後のことです。ヴィンセンは、私の留守に
　ポッター館に行っていたのです。プライド自身も、
ウィリアム・ヴィンセンにポッター館へ誘われたのは、ディナーの
席だったと証言しました」。[3] ハーディのおかみさんの供述は、
「ペスターさんが馬の手綱を解いているところを見ました。午前八
から九時の間でした。それで私はてっきりペスターさんがポッター
舘に一晩中いたと思ったのです」。フェルトンのおかみさんと
プライドのおかみさんも宣誓供述した。夜の十一時から十二時に
月がのぼった。館に残ったのは、ヴィンセントのおかみさんと
ペスター氏だけ。他には誰も残らなかった。ウィリアム・
　ヴィンセンと
ハリー・ウェアは、八時に館を出た。これが
十一月二日頃のこと。

むかしむかし、たいそう綺麗な
女がいた、振り返ってみない男は
いなかった。女は結婚したが
ほどなく夫に先立たれて
しまった。再婚したが
二番目の夫にも先立たれた。一年のうちに
五回結婚したけれど、夫はみんな先立ってしまうのだった。五人の夫はどれも
この上なく利口で、この上なく美男であった、
五人ともそうだった。女はいま一度結婚した。六番目の夫は
それはそれは無口な男だったので、馬鹿だと
思われていた。だが、この男、
皆が思う以上に利口な男で、妻にした女に
どんなことが起こるのか
突き止めてやろう
と考えていた。男は妻を
四六時中見張っていた、昼も夜も
妻から眼を離さずに。

夏のことだった
森へ行きましょうと妻が提案した
森でキャンプしてベリーを摘みましょう、と。森にさしかかると

あなたが先に行って、場所を見つけて
下さらない、と妻が言うので、男は妻の考えに同意して
そうすることにした。ただし、男は、いったん進んだ道を引き返して
遠くの方から、じっと妻を見ていた。夫が行ってしまったことを
確かめると、すぐさま女は素早い足取りでぐんぐん
歩き始めた。男は悟られぬように後を追って行った。女は
森の奥深く、人が足を踏み入れない岩場の池に
着いた。そこで腰を下ろして、女が歌を歌うと、水面に大きな泡、いや
あぶくが立ち昇り、中から大蛇の背中と尻尾が
現われた、巨大な生き物だ。女はすでに
服を脱ぎ捨てていて、裸でこの生き物を
かき抱くのであった。大蛇は女の身体にからみつき、両腕と
両脚の内側にくねりながら入って行く。そして、ついに女の身体と大蛇の身体は
一つの塊になった。

夫は
一部始終を見ていて、分かった。蛇が
毒液を女の身体に注ぎ込んだこと、そして、女が
以前の夫たちに伝えていたのは、身体に入った毒液だったことが。
女は他人に毒を移して、生きていたのだ。夫は素早く
キャンプ地へ取って返し、夜を過ごす場所を

しつらえた。寝床を二つ作り、
火をおこした。妻がやって来た。一緒に寝ましょうと
妻はかき口説いたが、夫は一人で寝なさいと
厳しく言い渡した。妻は横になり
眠りに落ちた。三度、
夜中に、夫は起き
火を絶やさないようにした。起き上がるたびに
夫は妻を呼んだが、答えは
なかった。朝、夫は妻の身体を揺すったが
死んでしまっていた。人々は女の死体を
蛇が棲む池に沈めてやった。

噂によると、その女は、日曜日になると抱かれに行ったという。
女が言うのはこれだけだった——まっすぐ山の中へ
入って行った、わたしを抱いたのは、その山の
精霊。[1]

あるマクシマス[1]
なぜ考えるのかについて、なぜ安全や、大いなる白い死などを問題に
するのか。すでに言ったしかじかの時点で何が手に入ったというのか、例えば腕利きの
船乗りバウディッチ[2]が、他人の金を自分の金と区別して使ったような時に。
保険計理士の算定額が、ある時以後の生活の現実的な基盤[3]ではないのか、それは
暴利とはまったく別物。暴利があらゆる俗悪な社会現象の元凶なのだ
（社会主義　文化**主義**　自由**主義**　ジャズは興奮《ジズム》[4]）どうして、おれはもっと
言ってやらないのか？

パウンド、[5]あの詩の人物
フェリーニ[6]
ハモンド[7]

スティーヴンズ[8]

（グリフィスス[9]）

ジョン・スミス[10]　　　　魚
コナント一族[11]　　　　船
ヒギンソン一族[12]
バウディッチ　　ルー・ダグラス[13]　　漁師たち
　　　　カール・オールセン[14]
ホーキンズ一族[15]　　ウォルター・バーク[16]

ジョン・バーク[17]　　　　家々
ジョン・ホワイト[18]　　　　財政
ジョン・ウィンスロップ[19]
　　　　　　　　材木（家政《エコノミコス》

彫刻

造船
学

あのプラム[20]
ルネサンスは、一つの
あの花
箱[21]

経済学と詩学
ルネサンス以後と

あの
「蛮　神」[23]—アジャスタ[22]?
原始的な（「尻[24]
それ以前の
宇宙《コスモス》
など

一九六〇年、十二月[1]

海岸は
陸地とは
別物
海岸は
海とも異なる
海岸とは
浜辺づたいに
馬で行くところ
サーコ[2]の南から出発し
イプスウィッチ[3]経由で
アニスクウォム川をわたり
グロスターに着く
あるいは、小型帆船《シャロップ》[4]
(長い舟)で
イプスウィッチ湾[5]をわたる手もある
だが、マーブルヘッド[6]の漁師たちを
教え導く心積もりの牧師と
サッチャー一家[7]は

イプスウィッチの居住地を出た後
難破してしまった、
アン岬の北端を
回りきれなかったのだ。これが
海岸の暮らし。当時のフロンティアは森で
インディアンがいた、サーコの南には
ペナクック族、[8] カスコ湾[9] の北には
アブナキ族[10]
海岸で
頭の皮を剥がれた漁師の数は
おびただしく、ラ・ハーヴ岬[11] からは
数多くのスクーナー[12] が奪われた。
とりわけ、セーブル岬[13] の被害は大きく
フォックス島[14] の西でも被害があった
カスコ[15] では大虐殺があり、ウェイクリー一家[16] が惨殺された
フリーポート[17] の南では
アーサー・マックワース[18] がやられた
それで、グロスターの始祖たちは
いま一度ポートランド[19] を創建したが
二度にわたって駆逐され
「故郷」に戻ってきたのである

疫病が広まった後の
アン岬には
インディアンが一人としていなかったから
「安全」だったのだ（シャンプラン[20]にとっては
事情は違っていた。一六〇六年当時、グロスターには
二〇〇人のインディアンがいた――指揮を取ったのは
サーコの酋長オルメキンの
兄弟キハメネック
　二人はアルゴンキン族の
　　頭目

重なり合う部分が
同じように織り合わされる
ラ・ハーヴ岬から
ドッグタウンまで
地所が売られ
横断
結婚が行なわれる

母親が

マックワース家出身の[21]
ナサニエル・ワーフ[22]は、
母親が
カモック家出身の
ジョスリン[23]から土地を買い取った。
住んだのは、ワシントン・ストリート[24]から
ジー・アヴェニュー[25]への入り口あたり――
――つまり、スタンウッド・ストリートが[26]ジー・アヴェニューと
交わって、一七一七年の呼び名ではバック・ロードとなる
あたり――で、隣人はウィリアム・タッカー。[27]
隣人の祖父は、ジョージ・クリーヴ[28]と協同で
ポートランド全域を、植民地責任者ジョージズ[29]から
直接まかされた人物

あるいは、キャプテン・アンドルー・ロビンソン[30]
彼の妹アン[31]は、
夫デーヴィスと一緒に
ドッグタウンを切り開いて
ジー・アヴェニューに住んだ。夫の父はカスコの
アイザックである。／ロビンソンが埋葬されているのは

メイン州のサウス・トマストン[32]である。そうなったのは
キャプテン・アンドルー・ロビンソンが、インディアン相手の戦いで
大手柄を立てたためだ。マサチューセッツ州議会は
敵のローヴァジャ神父[33]を倒す役を
ロビンソンに申し付けたのだ
その結果、フランス軍大西洋部隊は
敗れ、
枢機卿リシュリュー[34]ともども
北アメリカの
未来から
撤退して行った

　　　重なり合う線の一つは
海岸線だった。東方とは
アン岬から見て
東ということ
　　　力づくで上陸し
とことん試せ　　　たどり着くのだ
セーブル岬へ

魚を追って　カスコ[35]
（ファルマス）へ行って
新しい町をつくるのだ
　　　インガーソル一家[36]
　　　ライダー[37]
　　　ウェイクリー一家
　　　コー一家[38]など
リヴァーデイルやドッグタウンに
土地を持っていた者たち[39]が
ニュー・グロスター[40]に移住
　　　住人の数はわずかだった（一六九九年には[41]
漁師が四〇人いた、とフランス人の旅行者[42]は
伝えている（十九世紀に平原で
図を描いた
イギリス人たちと同じこと
象撃ち銃を携えて
山の民と一緒に
冒険旅行をしたわけだ）

だが、最悪の事態が起こるのは
この後だ
　フランス人と
インディアン相手の戦争が
前述の海岸線全域で起こり
ノリッジウォック[43]が跡形もなく
消え去って、ラール神父[44]がノートに
埋もれて息絶える一七二四年まで続くのである

前述の期間に、すでに述べたスクーナーが
考案され、[45]漁業が
新たに始まる。ステージ・フォートが
出来て一〇〇年後のことだ
(ジョン・ウィンター[46]が
　リッチモンド島[47]で
興《おこ》した事業を
グロスターも
始めようと
する。沿岸
漁業の形で
　　　　——漁場にする浅瀬が

誕生したのは、まず
沿岸
――漁業の一部としてだ
　東の方角は

危険だった
　インディアンのせいだ！　想像してみるがいい
漁業と
インディアンを。
ジョン・パルシファーの末裔
ウィリアム・パルシファー[48]の例を見よう
閃緑岩[49]の
先端が花崗岩と
出会う地点に
一番接近する
ジョーンズ入り江[50]の
土地を
　初めて開墾したこの男は、
生命からがら逃げ帰ったものの
誰かが、たまたまインディアンと言うのを
耳にしようものなら、大あわてで

森の中へ逃げ込んで
恐慌状態におちいったまま
何日も
隠れているという有様だった
そうなったのは
東へ向かって
漁に出た時
船に乗っていた
他の五人
全員が
頭の皮を剥がれる様を
目の当たりにしたため

こういったことすべては、
かつて
最高の権力を誇っていた
ヨーロッパ
諸国が
氷の
鼻面の下にある
ポルトガル人の

漁場に
未来の歴史を
見いだしたことに端を発する
それが、
一世紀のうちに
アメリカ国内の恐怖に変わった。
農家の青年が
漁に
出て[51]・・・・・・・・
・・・・・・・・
・・・・・・・・
・・・・・・・・

一七一三年六月二十二日、グロスターの住民
リチャード・ヨーク氏から得た報告[52]
火曜日のことだったと氏は言う
問題の六月二日は
セーブル岬にいた。スループ船[53]で
漁に出ていた
アウルズ・ヘッド[54]という
港に、私はスループ船で入港した

同じくグロスターから来たジョン・プリンス氏[55]の
スループ船と並んで入港し、
岸辺近くに着いたのは
午後の三時頃。
インディアンが二人いた、
フランス製の服を着て
白旗のようなものを付けた棒を持っていた。
岸に上がって来てほしいと
われわれに向かって呼びかけ
知らせたい事があるのだと言って
書類を見せる。ポート・ロイヤルの
ヴェッチ大佐[56]からもらったものだ、と言う。
われわれは、インディアンに
こっちの船に来てほしいと
伝えたが、こちらに来る
理由がないし、来る手立ても
ない、との返事。色々と
やりとりした挙句《あげく》、
私の船の者一人と
プリンス氏の船の者一人が
カヌーに乗って、インディアンのいる

岸に上がることになった。ジェームズ・
デーヴィスとジョサイア・インガーソルの二人である。
二人は、前述のカヌーに
銃を一挺《ちょう》載せて行った。
岸に着くと
前述のインディアンが近づいて来たので
二人は、インディアンに
平和が目的で来た、と言った。するとインディアンは
いかにも、と答えた。あるいは、そういう意味のことを言った。
そして、二人と握手して
こう言った、「これで、インディアンと
イギリス人は
みんな兄弟」。それから
カヌーの底にあった
銃を見つけて、なぜかと問う。
というのも「われわれインディアンは銃を
持っていない」から、というのである。だから
銃を捨ててもらいたいと
要求する。こちらから行った二人は
銃で君たちを傷つけるつもりは毛頭ない、と
応じた。インディアンは、二人に

船に戻って、ラム酒と煙草を
持って来てほしいと言う。前述の二人は
インディアンに、一緒に船に行こうと
誘ったが、インディアンは嫌がり、
(漁師)二人のうち一人が
岸に残るなら
二人のインディアンのうち一人が
船に行っても良い、との答え。
漁師は、どちらも
岸に残りたくはなかったので、
船に戻って来て
報告した、
ラム酒と煙草を
インディアンは欲しがっていると。
それで、別の漁師二人が
カヌーに乗り込み、ラム酒と煙草を届けることになった
岸へ上がることになったのは——ポール・
ドリヴァーとジョン・サドラー
である。私は二人に
煙草を数ポンド託した
持って行ってインディアンに渡すようにだ

（ラム酒）の入った瓶も
持たせた。
煙草とラム酒を携えて二人が
岸に着いた時、
イギリス人の一人
ジョン・サドラーが
カヌーから降りて、岸に残った
そして、インディアンのうち一人が、もう一人の
イギリス人と一緒に船にやって来た。カヌーが船に向かうと
インディアンたちは二人とも歌を歌い続けた。歌は
一人が船に乗り込むまで止まなかった。船に
乗り込むとインディアンは
「これで、みんな良い友だち」と言い、
船長はどの人かと問う。
漁師に教えてもらうと、
インディアンは私の方に
やって来て一枚の書類を見せたが、ひどく
擦り切れているうえに、埃まみれだったので
何が書いてあるのか分からなかった
だが、おそらく
通行許可証なのだろうと見当がついた

というのは、このインディアンが
ヴェッチ総督から書類をもらったと言ったからだ。それに
見れば、書類には「インディアンに
優しくせよ」との文言がある。
このインディアンが船に乗り込んで
しばらく経った時、岸に残されたイギリス人が
船に向かって呼びかけ
カヌーを岸に着けてくれと
言った。もう一人の
インディアンも船に
乗りたがっているのだ、と言う。それで
こちらの漁師
ポール・ドリヴァーとジェームズ・
デーヴィスの二人がカヌーに乗って
岸に近づくと
インディアン二人と
イギリス人が見えた
二人のインディアンに
船まで行きたいのか、と
尋ねると、インディアンは
「ノー」と答え、船にいる

インディアンを
岸に連れて来て
ほしいと言う。それで
こちらの漁師は、船に戻って来て
われわれに、こう伝えた。
あのインディアンたちは
船に来る気はなく、
船にいる
インディアンを
岸に連れて来てほしがっている、と。
それでは、という訳でジェームズ・デーヴィスと
もう一人ジョサイア・レーンが
足を運ぶことになった。
船のインディアンを岸に返し、
岸に残ったイギリス人を連れ帰る
のだ。一行が
岸に着くと
船に来ていたインディアンは
ただちにカヌーから降りた。そして、
前述のジョサイア・レーンが語る
ところによると、岸から

カヌーで戻ろうとした時、インディアンたちが
カヌーのもやい綱をつかんで
引きとめた。別のインディアンが二人やって来て、
同じようにもやい綱をつかみ、インディアンたちは皆で
カヌーを岸に引き上げてしまった。こんな事態になったので
二人のイギリス人ジェームズ・デーヴィスと
ジョサイア・レーンは、カヌーから飛び出し、
泳いで船にたどりつこうと、海へ飛び込んだが、
インディアンの一人が海に飛び込み、たちまち
ジェームズ・デーヴィスをつかまえて、岸へ
連れ戻してしまった。別のインディアン二人は
カヌーに乗り込んで、ジョサイア・レーンの後を追った。
追いつくと、一人が
手斧を振り上げ
ジョサイア・レーンに向かって
振り下ろすかに見えたが、そうはせず
捕虜にして、岸へ
運んでいった。カヌーが
岸に着くと、銃を携えた
新手のインディアンが
何人も茂みから出てきていた。

ジョサイア・レーンの報告によると、
インディアンたちは、この
三人のイギリス人を一箇所に
集めて、座らせると
ポート・ロイヤルに
連行する、と言ったという

ジェームズ・デーヴィス、捕虜となる[57]

ジョサイア・インガーソル三世
おそらくサミュエル・インガーソル二世の
息子は、一七一二年十二月三十日に
　メアリー・スティーヴンズと結婚

ポール・ドリヴァーは
　一七一三年二月十一日に
　　メアリー・ウォリスと結婚！
——フレッシュウォーター入り江に住み

（一七四九年頃、他界した）
前歴については、八七頁参照
コーンウォールから一七一〇年頃に
直接入植した人物である
ジョン・サドラーは、捕虜となる
そして、ジョサイア・レーンが、捕虜となった
三人目は
一七一三年に結婚
そして、ドリヴァーを含む
この四人——インガーソル、レーン、それにサドラーは、新婚ほやほやで
五人目のジェームズ・デーヴィスは、おそらくスクウォムのジェームズ四世（中尉
ジェームズ三世の息子
（一六九〇年～一七七六年）で、一七一九年にメアリー・ハラダンと結婚

番号など何でもよいマクシマスの手紙[1]

ぎゅう詰め

むかし、[2] 一人の男が旅の途中で森の中を歩いていると
すこし離れたところで、地面を踏み鳴らす足音が
聞こえた。誰が音を立てているのだろうと
見に行ったが、音の主のところへ行くのに
まる一週間もかかった。足音は、木のまわりで踊る
男とその妻の足音で、木の梢にはアライグマがいた。
休みなく地面を踏み鳴らしていたために
地面には溝ができていて、夫婦は腰のあたりまで
埋まっていた。男が夫婦に、どうしてこんな事をしているのかと
尋ねると、夫婦が答えるには、ひもじいので、こうして踊って
木を倒し、アライグマを捕らえるのです、とのことだった。

そこで男は、夫婦に向かって、木を倒すならもっと良い方法が
ありますよ、新しいやり方です、と言って、木を切り倒して
見せてやった。あなたがたがアライグマの肉を食べるのなら、
お礼として私には皮を下さい、と男は頼んだ。そこで夫婦は
なめし皮を作ってやり、男はその場から立ち去った。

またしばらく行くと、林の中の道で、
頭に家をのせて運んでいる男に出会った。
初めのうちこそ仰天したが、家をのせている男は
頭から家をおろして、手を差し出し握手するのだった。二人
仲良く煙草をふかして、話をするうちに、家のせ男が
アライグマの毛皮に気付いて、どこで手に入れたのかと
尋ねた。踊る夫婦からもらったものだ、と教えてやった。

その話は、家のせ男を夢中にさせるのに十分だった。家のせ男は
その毛皮をくれるなら何でもやろう、と言い、ついに家をやると言う。
よく見れば、部屋数がたいへん多く、家具もなかなか立派だったので
われらの主人公はうれしくなった。しかし、あなたのように
家を運ぶのは、私には無理でしょう、と男は言った。運べるさ、と
別世界の住人である家のせ男は答えて、やってみろよ、と言う。
やってみると出来た。家は籠《かご》のように軽かったのだ。

それで男は家をのせて立ち去り、旅を続けるうちに夜になった。
広葉樹の尾根にさしかかっていて、近くには澄んだ泉があったので
そこで家をおろした。家の中には白熊の毛皮でおおわれた
広いベッドがあって、それはとても柔らかだった。男は

疲れていたので、ぐっすり眠った。朝になるとさらに素晴らしかった。いくつもの梁《はり》から、鹿の肉やハムや鴨《かも》肉が下がり、木の実やメープル・シュガーの入った籠がいくつも下がっている。手を伸ばすと、敷物が溶けて白い雪になった。男の両腕は翼に変わって、身体が食べ物の方へ舞い上がった。食べ物が下がっていたのは樺《かば》の木の枝だった。男はヤマウズラになっていた。そして、春だった。

おれは、静かな灰色の海を力づくで意のままにした。長い間
海底でおれと闘った雌の海蛇[1]を、海面に
浮かび上がらせたかったのだ。海水の塊から
海蛇を造ったのは、おれ

トロール船が、魚の臓物をきれいに抜きながら
ひまそうに
闘いの現場に入って来て、おれが海蛇を
浮かび上がらせたはずの、何もない海面を
滑るように横切った。おれは、力の限り
眼を凝らした（雪を
雪に戻すために。自動車を
実際の大きさに
戻し、実際より
小さく、遠くに見える
状態に止めを刺すために。この海には
おれが見たあの美しいものがいるはずだ
しまいに両眼から

汗が吹き出た。果てしない
驚異だ。おれ流に言えば、複合体が
複合を重ね、ついに海から怪獣が立ち上がるのだ。

マクシマスより、一九六一年三月——I[2]

マクシマスより、一九六一年三月——2[1]

その道[2]を通って森の中へ

インディアンの　カワウソ
「湖」よ　池[3]よ　教えてくれ
わたしに見せてくれ[4]（わたし自身を
すみずみまで開いてくれ）

B・エラリーの会計簿[1]

船舶
物品
航海
人員
給与
運搬

マクシマスの歌

ひとびとは海辺へ
群がった
海に入る裸の
フライニー[1]を
一目見ようと

一九六一年、三月六日

5

後のテュロス人の仕事

王冠[1]
ぶら下がる
七天使[2]は、第三位の天使の
から
眠りから生じた――七つの
誓言
明くる
「朝」[3]
犬神[4]の垂れ下がる
舌から、滴り落ちる
犬神は
永遠の出来事[5]
第一位の
天使[6]の――
よだれを垂らす
崇拝する神。この後
犬神[7]
初めて、世界の
「魂」が生じた――魂《ナフス》
霊魂《アニマ》
世界《ムンディ》[8]は、犬神の讃美者から
生まれたのだ。われわれ人間から
生まれたのではない

******

一九六一年、三月十二日

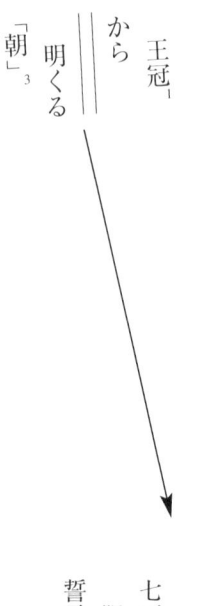

何が行なわれているか
分かっている男、
ロバート・ダンカン[1]のために
――彼ゆえに書いた
一九六一年、三月十七日

「グラヴェル・ヒル[2]のあたりを登って行くと、道は南東の
ジェリマイア・ミレット[3]の家に通じる（これがもうひとつの氷礫丘《ケイム》）
そして、ミレットの家のすぐそばから、北東へ向かう道がまっすぐのび、
北側には、おれ専用の「果樹園」がある
クラブ・アップル[4]の枝をペンにして、
　　　　木の切り株の――わが「ライティング」
スタンド[5]で書くところを、マイケル・マックルーア[6]に見せてやった（それは
ドン・アレン、[7]チャールズ・ピーター、[8]それにデーヴィッド・カミングズ[9]とおれが
腐っていく魚[10]の山に出くわした後のことだった――魚がだよ！

ドッグタウンの魚とは、腐っていくものなのだ。小川でも
ジェリマイア・ミレットの畑でも
氷礫丘《ケイム》でも（おれの人生も「腐っている」そうだ。おれ自身の畑で
エドワード・ダールバーグ[11]がこう言って攻撃した相手は、おふくろ
おれにだけポークチョップを出したからだ――それを、エドワードは
見える方の片目でぎらりと睨《にら》み、心に刻んだ
息子を贔屓《ひいき》しているな）「甘やかしているな」
と――そうとも！　それこそ、いま記録していることなのだ、
未来永劫にわたって忘れられる事が無いように。それは、
母からは逃れがたい、[12]ということ。
それに、人の事をとやかく言う連中からも。純粋な意味で
――ワーズワース[13]は、おれと同類
彼の序文は、「わが道を行く」手本。皆の手本だ
芸術や正義には眼もくれず、
エドワード・ダールバーグが腹を立てても放っておく
おれたちの

　　　次に大事な場所は、ベンジャミン・
キニカム[14]の土地（一七一七年以前に入手したもので、
一七一七年当時は、五エーカーの岩の多い土地だった）キニカムは
わがもう一人の作家と結婚した。詩人ではなく、
この地の森や道を書いたイギリス人、ジョン・ジョスリン[15]と。

ジョスリンの兄弟の息子の娘マーガレット[16]を通して
結ばれたのだ。初期入植地は、森へ入って行くこの道の
先にあったが、ひどいものだった。例えば、ジョスリン一家を
見るがいい。これを最初に観察したのは、ジョンだった（イチゴのことは
ヒギンソン[17]のような初期入植者が皆、記録しているが、その後の
観察は）ジョンが

〈ジョスリンからの補足は、以下を参照のこと〉

おれの作品の中でBKは「英雄」なのだ（もちろん、もう一方の道——
植林地に通じるノース・ロード[18]に住んでいた
アン・ロビンソンとその夫サミュエル・デーヴィス[19]を、おれは同じように
讃える。真っ先に、キニカムにさえ先んじて、
ドッグタウンに住んだ夫婦だったのだから。サミュエル・デーヴィスが
住んだのは、ノース・ロードのぬかるんだ土地。そこから道は鋭く北東へ延びて、
二番目の台地に至る。彼が、この6と1／4エーカーの土地に来た一七一三年こそ
わたしの第二の「故郷」が生まれた年。
　　　　　　　　　　　　　キニカムと
デーヴィスの家は一本の線で結ばれ、互いにその線の北と南に位置していた。
二人の家を、通り過ぎて北や南へ行くと、道はそれぞれ
ささやかな土地になっていて、そこが五十年から六十年にわたって
生活を支えた。そこからは

メイン湾[20]が見下せた
　　　　　　　　それにマサチューセッツ
植民地や、はるか彼方の
ラ・ハーヴ岬[21]まで見渡せた（ノヴァスコシアのラ・ハーヴ岬と
ルーナンバーグ[22]の間を下って行くと、感潮河川と
野に至る。おれたちが一九六〇年に、干物になっていく
魚[23]を見たのは、この野でのこと。それは、グロスターに教会堂の
緑地[24]とアニスクウォムの入り江があった頃で、
グロスターにとっての漁業が、ヨーロッパにとっての
漁業と同じだった当時のことだ。緑の野に
干した銀色の富[25]が、太陽の光を浴びて着実に
風味を増していく
　　　　二人の土地は、たいそう狭く
キニカムの家からウィリアム・スモールマンズ[26]の家までの
距離は二五〇〇フィート、デーヴィス未亡人[27]（一七四一年）の家から
ジェームズ・マーシュ[28]の家までは一〇〇〇フィートである
　　　　　　　　　　　　　　　　╲一七二七年の
ノース・ロードには、ジョシュア・エルウェル[29]の
家があったのが特徴。デーヴィスの家と
——記録によれば——ジョシュア・エルウェルの家のそばを通って
伐採地に至る道、との間にあった。伐採地の分配[30]が行なわれたのは
一七二一年である。問題は、どうしたらきみに信じてもらえるかだ。

当時ここに住んでいた人々が、この土地の道を通って
漁に出かけたり、一マイル半さらに北へ歩いて
ジョージ・デニソンの店[31]で買い物をしたりしたことや、ここには
船乗り——水夫——と幾人かの農夫が住んでいたことを（農業といっても
放牧であって、いま名を挙げた若い世代の人々が
この地を選んで住む以前、古い世代の人々は、実際、ドッグタウンを
放牧に用いたのだった）中には、ずっと遠出する者もいた。その一人は
ジョン・アダムズ[32]と名乗った——バック・ロード生まれで、本名は
アレグザンダー・スミス。乗組員がブライ船長を追っ払った事件で、反乱を率いた
航海士クリスチャン[33]についた男である。それで、ドッグタウンのスミスの子孫が、
今もニュー・ヘブリデーズ[34]で繁殖するというわけだ——
　　　　　　　　　　しかし、これはロマンチックな
代物。こんな物に生涯を乗せてはおかない、とおれは約束したはず
ペガサス[35]の詩が、こいつに乗っていたのは、ヘクトール[36]がミュトスの下から
姿を現し、斬り殺されるまでのこと。美しい嘘つきのミュトス[37]よ、
おれたちは、お前をもう一度生み出す。女の性器を愛し、男根を吸う、おれたちの
この口から生み出すのは、今。種が人間の座を奪い、
人間たちが死体を放り込む焼却炉の方へ、自然までが立ち去って
しまい、誰も彼も自分しか愛せなくなっている今なのだ。
きみに歩いてもらうのは、きみに知って欲しい様々な人生の
道。それも、ただ、この世が永遠の出来事だ[38]ということを

明らかにしたいためなのだ。そして、この時代はただもう
漁業の衰退期だということ。その衰退ぶりは
息子にとって最初の先生ベーリス[39]が
魚の姿を教えたいので
水族館を造ったらどうかと
ゴートン水産勤めの夫に向かって提案するほど——もう言ったかも
知れないが、そのうち、フィッシュスティックだけでなく
ＴＶディナー[40]のカバーに魚の写真を貼らなくてはならなくなるだろう
サバがニシンとは違う形をしていることを
子供たちに教えるために

おお、ジョン・ジョスリン、きみは[41]

「メイン州沿岸には
小売り商人が一人もいない
必要な物は、何から何まで
マサチューセッツの商人が
用意してくれるからだ。

綺麗な雑誌もあちこちに
イギリス製の商品と一緒に
並べてある。しかし、値段は
とびきり高い。
一セントの商品で一セント
儲けが出なければ、大損だ、と
騒ぎ立てる連中なのだから。漁師たちは
何百キンタル[42]もの
鱈《たら》やメルルーサやポラックを
一年間、陸揚げしては
裂いて、塩漬けにし、
棚にのせて乾燥させる。
航海に出るのは、年に三度」

おお、ジョン・ジョスリン、きみは知っていた

「魚を配分する時に
(航海が終わるたびに)
漁師たちは、極上の魚と
どうしようもない魚とを別々に分け、良い方を
売り魚と呼ぶ。健やかで

立派に育った、見るからにきれいな魚だ
そう分かるのは、魚が
ランタンの角鏡《つのかがみ》[43]のように透き通り
傷が一つも無いと分かる時。駄目なやつは
くず魚と呼ばれる。塩焼けしていたり
傷があったり、腐っていたり
大きさも、まちまちな魚。この両方が
マサチューセッツの商人に渡される。
　売り魚の値段は、一キンタルで
三十二レアール。[44]
商人は、売り魚を
リスボーン、[45]ビルボー、[46]ブルドー、[47]
マーシルス、[48]トゥーロン、[49]ロシェル、[50]ローン[51]
その他のフランスの都市に送り、
カナリア諸島には、樽板や大樽の板を付けて送る
カナリア諸島やカリブでは樽板が
大いに珍重されるのだ。くず魚は
カリブ海の島々、バルバドス島や
ジャマイカ島などで降ろされ、
黒人の食糧になる。スループ船には
四人の漁師が乗り込む。船長《マスター》

（あるいは操舵手《スティアーズマン》）と船の中央の水夫《ミッドシップマン》
それに前方マストの水夫《フォアマストマン》と陸係り水夫《ショアーマン》の四人。
陸係り水夫の仕事は、塩を洗い流してから
胸の高さの杭にわたした
棚にのせて魚を干し
全員の料理を作ること。一航海で
漁師一人あたりの取り分は、大抵
八ポンドから九ポンドだが、中にはせっかくの
分け前が何にもならない者もいる。というのは、
商人が儲けを狙い、航海の最中に
品物を売りつけたあげく
航海が終わる段になると
歩く居酒屋となって現われる。
船には、ファイアル[52]やマデラ[53]やカナリア諸島から漁師たちに
運び込ませた血のように赤い本物の
芳醇な葡萄酒や
ブランデーにラム酒、バルバドスの強い酒や
煙草が満載してある。上陸する時に、商人が
一口二口漁師に味見をさせると、漁師はたちまち酒の魅力の
とりことなって、雇い主がどんなになだめすかしても
いっかな耳を貸さず、船に向かう。航海には

持って来いの晴れわたった日でも、二日も三日も
いや、時には、まる一週間も、飲みつかれて
くたくたになるまで通い続ける。しまいに
二ないし三ホグズヘッド[54]のワインやラムを
陸に持って上がって来て、飲み納めをしようとする頃には
商人の姿はどこへやら……
給料日がくると
漁師たちは、当然
この高くつく飲酒の罪を呪うだろう
酒代を支払うと、賃金はあらかた消えてしまうのだから。
一キンテルか二キンテルでも取っておいて
靴や靴下やシャツやベストを買えれば
上出来。そうでないなら[55]
どうしても要るものは
商人から借りで買うしかない
こうして商人の奴隷になり下がっていく
そして、積もり積もった借金が莫大な
額になると、家や土地を担保に入れざるを
えなくなる。そんなものがあればの話だが」

土地図面の補完[1]

ジェームズ・デーヴィス中尉[2]は、一七一七年に十四エーカーの土地を持ち、
一七二八／九年には、さらに四エーカーの土地を娘婿ジェームズ・スタンウッド[3]と
共有した——土地はすべて、下の道[4]の東側に
あるので、どこまでがデーヴィスの土地なのかはっきり分かる。一七一七年
五月二十三日に入手した最初の一〇エーカー[5]は、「土と岩の土地で
ジョーゼフ・インガーソン[6]の家とブライアントの家の間にあった」。
インガーソン・インガーソルとブライアントは、スモールマン[7]や
後に加わったジェームズ・スタンウッドと共に、
ファルマス（ポートランド）再建に携わった人物である

　　　　　　　　　　後の時代まで生きた
もう一人の人物ジェームズ・デメリットは、インガーソルと同じく
道の東側に住み——道はスモールマンズの家に通じる——
メアリー・ブライアントと結婚した。だから、ジェームズ・デメリットも
（ジェームズ・スタンウッドと同じく）ここへやって来た時に
漁師や船乗りの例にならって
ミル川[8]を見下ろす高台の古くからの牧草地使用権を
受け継いだらしい。というのは、ジェームズ・デーヴィスはもちろん、

その弟エベニーザー[9]と、ジェームズの実子エライアス[10]も
何エーカーかの土地を持っていて、その土地がジョン・デー[11]や
エゼキエル・デー[12]の土地と混じり合っていたからだ。
　　　　　　　　　　　　　デー一族は、ただの
船主だったが、ミル川の奥にいたデーヴィス一族は
キャプテン・アンドルー・ロビンソン[13]同様、十八世紀初めの四半世紀に
漁業がどれほど速やかに成長したかを示す
証拠になるのだ。デーヴィスの子供たちは、ドッグタウンに来て
大いに栄えた。エベニーザーが死んだ時、残した金額は三〇四七ポンドに上る
そして、エライアスは瞬く間に事業で成功したので、
グロスターの最有力者になるかと思われたが、四〇歳にして
他界した。その年齢で、すでに資産は
　　　　　四五〇〇ポンド
にのぼり、その上、カンソー[14]に波止場を持ち（釣り用の部屋も）、
スクーナーを六隻所有していた。
ジョン号、メアリー号、モリー号、フライング・ホース号は一人で持ち、
グレイハウンド号およびエリザベス号の権利を四分の三持っていた

35 ［ジョーゼフ・インガーソルに関しては、まだ言うことがあるのだが、下の道の西側には教会執事ジョーゼフ・ウィンスロー[15]が住んでいた。一七二四年に妻の父デーから土地を買ったのである。

主に祈りをささげよう、昔ながらの善良なカトリック教徒[1]らしく。
ダンテの墓[2]のそばに建つ、サン・ヴィターレ教会[3]の床にひれ伏そう、
建設中のマスト／繊維《バスト》の中で
それで仕事もはかどるというもの
大好きな、わが白いキャデラック[4]でドッグタウンを走り抜ける

一九六一年、三月二十八日

5

ナニー・C・ブリーン号[1]が
セーブル岬を出て、十四時間二十五分で
グロスター港内の潮流に
入ったのは――一八九三年九月三十日のこと
二二五海里[2]を、平均時速
十五・五ノット[3]で航行したことになる。
中檣帆《トップスル》[4]を二つともあげて進み、帆はそれぞれ
ヨットの帆のように平たく固定しておいたのだ

ブリーン　I

ブリーン　2

ブリーンでさえ
船首を風に向けて、船を停めたことがある。
塩漬けニシンの樽を
船倉にぎっしり積んで
いたうえに——それを上回る数のニシン樽を
甲板にまでロープで固定して積んでいた時のことだ。

みんな長靴をはいたまま
朝食をとった[1]
がたがた揺れる
食卓で。ミスター・ブリーンは
三インチの樫《かし》の外板が
すっかりゆるんでも、持ちこたえる
船でなければ、信用しなかった男

大西洋横断レースの時、[2]ブリーンの操縦した船が
スティムソン博士の船でなく、実りある航海を見守る女神号か
愛用のブリーン号だったとしたら、
どんなレース展開になったかを
想像してみるといい

なにしろ、猛吹雪の中
丘を転がり降りていき
自分の船がつないである
ふもとへ首尾よくたどり着いた男なのだから[3]

わたしが上の道と呼んでいるジー・アヴェニュー[1]は
一七二七年当時、ジョシュア・エルウェル[2]の家のそばを通って、伐採地へいたる
道だった
そして、チェリー・ストリート[3]すなわち下の道は、一七二五年当時は、
グロスターの町から、その頃スモールマンズ[4]が住んでいた家に通じる道だった

5

B・エラリー 1

シンヴァット橋 2

クウキ 3

素晴らしいもの[1]

船を造っていなかったとしたら、スティーヴンズ[2]は一体、何をしていたというのか？
一六六七年にもなって、アメリカ人全員が、イギリスの
新しい国王に対して忠誠を誓う署名を求められた時、スティーヴンズは
船大工として登録されていた
　　　　　　　　だがスティーヴンズが所有者であったとして
知られる「波止場」は一つもない
　　　　　　　　スティーヴンズの子孫たちは、皆
港の歴史の中心的役割を果すことになる
というのにだ——なかでも、ひ孫娘のスザンナ[3]は
デーヴィッド・ピアスとウィリアム・ピアスを
生んだ母だった——スティーヴンズは
重要人物であったにもかかわらず、住んでいたのは
運河のあたり[4]である。ならば、「ビーチ」は
彼専用のドックだったのだろうか？　そもそも彼は
船を造ったのか？　大いに
疑問なのである。というのは、グロスターへ来る前に
スティーヴンズは、当時のイギリスで
最大の船を造った人物だからである——喉から手が出るほど

欲しい男だったので、スペインのスパイたちは、金に物を言わせて
彼を手に入れようとした――かつて、ジョン・ホーキンズ[5]を手に入れようとした時と
　同じく
　　スティーヴンズは、豪勢な暮らしができたのに
ジョン・ウィンスロップ・ジュニア[6]と同じく、そういう暮らしを拒んだのだった
　　　　　　　だが、植民地の民としても
スティーヴンズは零落していった。[7]本当かどうかは定かではないが
記録では、そうなっている　　彼は、この町の
海辺に四十年住んで、ある日
姿をくらました。七十歳の時、いずこへ
ともなく去った
　　疑問は残ったままだ。スティーヴンズは、何を
したのか。グロスターの外から造船契約を
取っていたのだろうか。仮に彼が船を造っていたとしても、
どんな造船技術によって、スティーヴンズがグロスターに来たことと、
アンドルー・ロビンソン[8]や――インガーソル兄弟、[9]そしてサンダーズ一家[10]の後の
　行為とが
結びつくのか？　だが、変わらぬ事実はこうだ。スティーヴンズが来て

ほどなく、後の漁業をすっかり変える
画期的な型の船が、グロスターで
造られたか、考案された、ということ

　誰だって思うだろう、空気から生まれるはずはないと。
一七一三年に、一隻のスクーナーが誕生し、一六九三年には、船大工
スティーヴンズが没する。その間の二十年
インガーソル兄弟とサンダーズ一家、スティーヴンズ、そしてロビンソンは
営々と船造りにいそしんでいる。スティーヴンズは
長年隠されていた何か——素晴らしいもの——の
頭《かしら》だったのではないか？

ベーリン[1]は、グロスターが造船の町として
急成長したことを教えてくれる。一七〇六年に、[2]
グロスターで造られた船は、登録済み船舶の
一七・三パーセントにのぼり、
マサチューセッツ湾植民地内の名前を特定できる町で
その年に生産された船舶
総トン数の 一二・八パーセントを占める

だが、これは、グロスターの漁師向けの船ではない。平均
トン数が四六・四[3]だったから。スクーナーは
　　　　　あるいは、当時まだ
「スループ[4]」とかケッチ[5]の名で呼ばれていた船は（ウィリアム・ベイカーが
一九六二年に発表した見解[6]によると
ロビンソンが一七一三年に考案したものである
それは、古くから知られている二本マスト船の
縦帆《じゅうはん》帆装——オランダの船に見られる 前檣《フォアマスト》 と

大檣《メーンマスト》のコンビネーション——を
ケッチの船体に取り付けることだった（だが、グロスターの記録では、[7]すでに

一七〇二年にナサニエル・サンダーズが、木を十二本買い入れている。
町のオーク材で、スループ船を造るためのものだ。
さらに、同年十二月には、兄弟のトマス・サンダーズがパーソンズ一家のために
ナサニエルと同様、スループ船を造っている

スクール・ストリート二三番地[1]とコロンビア・ストリート一六番地[2]には
ギンバイカとすみれ。　そして木造家屋。[3]

後方の
　　水底[1]
（海
　の（底で
魚は餌を食べ　冬、マサチューセッツ湾で[2]
生まれた鱈《たら》は、春になると
沖へ出て行く　そして、冬にはふたたびジョージズ浅瀬[3]に
戻ってくる
　　　氷河が海に残していった[4]
浅瀬は海底氷礫《ケイム》丘。[5]　そこは魚の果樹園で庭、[6]
　　　　住居あるいは
家屋敷、何十億世代にもわたってオヒョウが住んだところ。入植者の生活は

魚の世代と並行していた
　　　　　　　　魚の行くところへ、人も行く
そして今は、古生物学上の年代を調査するために
デンマークの潜水艦が海底へ降りて行く時代だが、[7] 東インドのブリガンティン帆船[8]から
取ってきた船首像がいくつも整形庭園に据えてあるのを見たとき、[9] 老嬢たちはストマッカー[10]を
おさえて走ったという、ピアス・ストリートの少女たちと同じく。
　　　　　　　　　　　大西洋は、海底まで人の手がおよんだ
太平洋
　　　　メイン・ストリートに立つおれは、閃緑岩[11]
さながら

一九六一年七月十七日[1]

市議会の最中に
漫画を読んでいた
ジョン・バーク[2]
議員たちに向かって言うには
あなた方が、心ゆくまで
楽しんでいるからといって、私まで
時間を無駄に費やすことも

ないでしょう——頭は
愚にもつかないことに使うものでは
ありません

ホクロロイドロス[3]

手紙、、72、[1]

愛、美しい花々の世話をすること、そして鉱泉水を
飲むことについて）ヒルトン[2]の家とデーヴィス[3]の家、デーヴィスのは
　　　　　　アンの庭
　　　　　　　そしてエリザベス[4]の庭とエデン
↙
帰るのだ
　ナシール・ツーシ[5]へ　　　そこへおれは堕ちる
　　人は堕ちた天使[6]
デーヴィスの湿地を過ぎたところには——ジョシュア・エルウェル[7]が
天高く鎮座し
↓
ベネット[8]が居を構えたのは
　　　　　　　　海抜七五フィートより高いところ

ヒルトンは谷間を間にして
（やはり海抜七五フィートの端に住んだ）
——そしてサミュエル・デーヴィスは、次の坂道を登った
高台の海抜一二五フィート近くに住み
（海抜一〇〇フィートのところが
六〇〇フィート離れたデーヴィスの家とヒルトンの家との
ほぼ真中になる）。ジョシュア・エルウェルは
入会地道路《コモンズ・ロード》[9] すなわち「伐採地」へ向かう道[10]（一七二七年）に
面する丘に住んだ。
二つ目の

谷間の向こう側だ
だから、海抜一二五フィートの所には
三つの「丘」、すなわち豚背丘《とんはいきゅう》[11]と
二筋の小川があって
上の道の
特徴になっている（下の道すなわち正規の
ドッグタウン・ロードとは対照的だ。
氷堆石《モレーン》と、それより
目立つ乱雑に転がった岩のせいで
下の道とその中央には
湿原の雰囲気が漂うのだ——月の表面や

地獄の雰囲気が）入会地《コモンズ》[12]は
庭、そして荘園、大地のバラ
　　蠟燭《ろうそく》の
形をしたトウヒとヤマモモの庭

光景——一九六一年、七月二十九日

ハーフ・ムーン・ビーチの
両腕、
運河の
両脚

宗教戦争の頃
デカルト[1]は
一兵士
ドッグタウンの地図——聖　鱈《たら》は
ソフィア、[2]フィッシャマンズ・　＼　野の
フィールド、フィッシャマンズの　＼　魚干し棚にのせておく
二エーカー[3]で乾かす　それは、雪の
垣根か
園遊会の
テーブルさながら

首の
日焼けを防ぐため
コイフ[4]を被っている
長靴すがたの
ご婦人たち

一九六一年
九月十日、日曜日、陸係り水夫《ショアー・マン》[5]

一六四六年と一六四七年のダンフォース年鑑にとじこまれた書きつけには[1]

一六四六年、八月　一日。大梨が熟す。

三日。長りんご熟す。

十二日。ブラックストーンりんご[2]を収穫。

十五日。タンカードりんご[3]を収穫。

十八日。クレトンりんご《ピピンズ》[4]／赤長りんご　を収穫。

一六四七年、七月　五日。畑のエンドウ刈り開始。

十四日。ライ麦刈り開始。

八月　二日。大麦を刈り取る。

この週のうちに、夏の小麦を刈りいれる。

七日。　大梨の収穫。

九月　十五日。　ラセチン種[5]およびペアメイン種りんご[6]の収穫。

一六四八年、五月　二十六日。エンドウを一ペック[7]撒く。満月
である。どうなるか観察する。

七月　二十八日。夏のりんごを収穫。

一六四六年、七月　二十日。　アプリコットが熟す。

（『ウィンスロップ日誌』の
脚注にあるとおり

天体《タ・メテウラ》[1]

流星などの現象

暴風雨の後の
流星群

パーソンズ家の
野[2]

5

一九六一年九月十四日、木曜日

エリクサンダー・
ベイカー[1]が
ダン・ファジング[2]を見下ろす
川岸に住んだのは、一六
三十五年
から
四十五年のこと。年齢が
二十八歳から三十八歳の時で、
この歳月のうちに、妻エリザベスとの間に
五人の子供をもうけた――確かにグロスターが知る
最初の出産だ（ただし
一六二三／四年から一六二六／七年にステージ・フォート[3]で生まれた
コナントの子供ら[4]や、ウッドベリー[5]や？ ボルチ？[6] の子供らを別にすればの話だが
一六三五／六年一月十五日、アレグザンダーがダン・ファジングで生まれた
（その父母が、ボストンに到着したのは
夏の盛り。ロジャー・クーパー船長のエリザベス・アンド・
アン号に乗り、最初に生まれた二人の子供を
連れていた。三歳になるエリザ と

一歳のクリスチャンである）だから、アレグザンダー・
ベイカー二世こそ、グロスターを一つの町に統合した[7]
人々の間に生まれた最初の子供かも
しれないのだ。　　　サミュエル[8]は
一六三七／八年、一月十六日に生まれ
ジョンは、一六四〇年、六月四日、
ジョシュアは「この血筋からイーサン・
アレン[9]が出る」一六四二年、四月三十日に
グロスターで生まれた――ちょうど
エンディコットとダウニングが、グロスターを
分割した[10]頃だ――そして、ハナが
一六四四年、九月二十九日に生まれる。ハナ出生の
しばらく後で
一六四五年、十月四日（この日
ハナの両親はボストン教会の
一員と認められた）以前に、ベイカー夫妻は
ダン・ファジング周辺の土地を
セーレムから来たジョージ・インガーソル[11]に売却した
（インガーソルは、父親が遺言状を書いた一六四四年には
　まだセーレムにいた）

こうして人は
居場所を持つ。
一六三五年までに
一人の男とその家族が
アニスクウォム川河畔の
「運河」のすぐ上に
住み始める。そして、そこでの
十年間。隣人スティーヴン・
ストリーターも
そこに住んでいたらしいが
そんなにも早くから
だったろうか？　ともかく
ベイカーとストリーターの
二人は
グロスターが町になった時、
ともに
家の主人《グッドマン》と呼ばれている。

奇妙なのは
二人の隣り合った
地所が
同じように
グロスターに
同じ
十年間住んだ
もう一組の
二人、インガーソル[12]と
ケニー[13]に買い取られた
ことだ。ただし、この二人は
各々すぐにダン・ファジングを捨てて
港の方へ移っていく。
そして、一六四七年（十二月
までに　それぞれが
海に面した
海岸通りの
フォア・
ストリート[14]に
地所を持つのだ

かくしてベイカーは、
第一期入植時から
グロスターが町になるまでの
一番知られていない
歳月に
アン岬でどんな仕事があったのかを知る決め手になる。
オズマンド・ダッチ[15]が
港の海岸で
「漁師」をしていた時期だ。
ダッチは、妻グレースに宛てた手紙に
こう記した――アン岬にて
ナウタすなわち水夫より――
一六三九年、七月十八日と。

そして、エイブラハム・ロビンソン[16]と
トマス・アシュレー（この男の
土地は、一六四二年に

破産した時、
バブソン未亡人に
買い取られた）それにウィリアム・
ブラウンが
――小型帆船《シャロップ》[17]で――
やって来て
港に住み着いたのが
一六四一年の
六月以前――確かに
「漁師」とある
〔トマス・レクフォードの
ノートブック、[18]四〇六
頁〕

これにウィリアム・
サウスミード[19]
あるいはサウスメイトが加わる
ダンカン・
ポイントに
トンプソン漁場[20]を
持っていた男だ。

だから、おそらく
ダッチに負けず劣らず早い時期に
グロスターへ来ていたはずだ（それに
トマス・ミルワード、[21]
それに
一握りの人々がいる
この隠れた一握りの
人々から後の世の
人々が生まれ、まるで
その人々が……
そうなのだ。
　エリクサンダー・
ベイカー、
家の主人《グッドマン》
ストリーター、
オズマンド・
ダッチ、
ウィリアム・
サウスメイト、
トマス・
ミルワード、
エイブラハム・

ロビンソン、
トマス・
アシュレー、
ウィリアム・
ブラウン

そして確かに、神学生トマス・
ラシュリー[22]は、
一六三九年にハーヴァード大学となる
神学校からやって来て
カーティス広場[23]で
礼拝を行なった
（そこは
　墓地と
　丘の
　間を
　鉄道が走る
　ところ）ならば
ベイカーと
ストリーターの近くには
もっと多くの人がいたのでは？

——そして、ハーバー
入り江の奥には
ほかの漁師たちがいたのでは
　港は
　満ち
　川
　も
満ちる

われわれ、ひとりひとりが
思い思いに
知ったことを
最初に
体験した、少数の
寡黙な人々は——モッキングバードのように
わたしをとことん追いつめた（わたしの声を
真似《モック》て？　二十八種の
ちがった
歌を真似られるのなら、モッキングバードは
生きた人間の声だって真似られるのではないか？　こう考え出すと

おさえが
効かず
仲間の
鳥たちの
歌声を聞かずにはいられなくなるばかりか
自分の標本コレクションの
謎まで
調べる羽目になる）　仲間の鳥とは、　昨夜
ゆっくりと
霧の中から現われた
モッキングバードのような奴だ――暑い
夜だった。そんな奴なのだ
モッキングバードは――暑さと
夜を好むのだ――この地にモッキングバードは
一羽たりともいなかったものだ
一六三五年　　一六三九年　　一九〇七年に
南の方から
ふと訪れた鳥で
学名はミヌス・ポリグロットス
だが、　一九二〇年までに

モッキングバードの数は急増し
この地に住むタウンゼント博士[24]は
ほとんどその
権威となった——そして一九一四年には
モッキングバードが、年がら年中
巣づくりするのを（ニューベリーポートで）
F・B・カリアーが目撃している。四羽の雛が
立派に育ち
二番目の
一組が、同じ年に
巣をつくった。一九一五年には
二つの組がやはり
巣をつくった。
一九一六年に
一組が。
一九一七年には
二組が

パーソンズ家のこと[1]

わたしは
庭を見つけ出す
ジョージ・ヘンリー[2]が兄弟と共有した
泉と井戸
桜の木のそばにある平石までの土地を

庭はナサニエル[3]の所有であったが、他界すると
漁師こと沿岸住民《コースター》サミュエル[4]が
これを皮なめし屋のエベニーザー[5]に売却した
庭と呼ばれていた
約十九ロッド[6]の土地を

一七三二年のことだ

南西の境界には
プラムの木。井戸は
モース屋敷[7]と正反対の

側にある。庭のまん中を横切ると
西側に一エーカーの岩だらけの
土地があり、そこに上述のソロモン・
パーソンズ[8]館が立っている。土地の境界は画されている……が
ジョン・パーソンズ[9]氏の土地は別である。そこには氏の井戸があり
上述の土地に囲まれているとはいえ、上述の井戸の特権を
決して侵害してはならないのである。エリイーザ[10]と妻メアリー記す
一六三六／七年　五月

ジョン・パーソンズ氏の果樹園には、あかね色のグラーヴェンスタイン、
青りんご、赤縞のキミガソデなど色々なりんごが[11]
なる。井戸と泉のある
モース屋敷——すなわち「泉屋敷」
西側の入り組んだ土地の中には。
かつて夏のキャンプ地だった「泉屋敷」は、今はリーチ[12]の冬の住まい。
スチュアートとその妻のリーチ夫人とわたしとが連れ立って
今日、そこを通り抜けてみた。ウォルター・クレッシー[13]が
水を売っていたのは、岩脈を爆破し、パーソンズの泉を
涸らしてしまった後のことだ。この男が孫のウォルターとニール
それに娘のバーサを使って、クレッシー＝ストロング[14]

両家を堅く結びつける道をつけ、仔馬や山羊や
羊やラブラドールレトリーバーと共に楽しく暮らしながら
かつてパーソンズの所有であった森や
運河の上に突き出た岩棚を
次から次へと手に入れていった
その遣り口は、フロントナック[15]
そっくり。

　緑の芝生は
傾斜する地面の光
海が放つ光のようでは
なくとも、土地の傾斜は
走る気持ちをかき立てる
海や空からやって来る精霊が、そんな気にさせるように
午前十時に彼女[16]は言った
私、自分の母のような気がするの。それは

おれの身体が母の身体だという意味なので、
鏡の前に行って、鏡に映る姿が自分の姿なのかを
確かめ、彼女に電話すると
ひややかされた。だが、その夜のことだ

ジョージー・ブーン[17]と連れ立って
チョコレートの兵士[18]を見に行った彼女が
路面電車から降りようとして、タクシーに
はねられたのは。ジョージーは、すっかり
おびえてしまい、彼女がどこの病院に
運びこまれたのかも分からない始末——十二
時間前に予感を抱いた
ことはなかったし、また二度と抱くこともなかった

泉の小道は（通りの向こうの）
モース屋敷の南の端から始まって
屋敷の西へ八ロッド[19]
続いている。岩から始めて
泉のそばの大岩に
引いた線は、約十ポール[20]の長さで
泉の共有地を後にして、そこから
北西に延びる、など

始まりの（事実[1]

一六三二年、船員ダッチ[2]はニューイングランド沿岸にあって、イングランドを
マサチューセッツ湾に運び込んでいた——事業の協力者ジョン・ギャロップ[3]は
軽帆船《ピンネース》[4]を駆り
イプスウィッチを往復

一六三一年にプリマスからロビンソン[5]がやって来ただろうと
バブソンは推測している

ともかく一六三三年、牧師イーライ・フォーブズ[6]は（一七九二年）権威に
かけて語る
「古代写本を参照」ここに集まった人々は、自分たちで
神を讃える礼拝を行い——賛美歌を歌った、と。

始まり

古いイングランド　新しい《ニュー》イングランド

一六三六年に、古いジョン（ホワイト）が、新しいジョン（ウィンスロップ）に
　　要請する
「貴殿の土地に収益を
もたらす第一の手段すなわち
漁業を行なうため

優秀な船長六名
と腕利きのスプリッター[7]を三名ないし四名送られたし、こう語るジョンは
ドーチェスター・カンパニー設立期から漁業を
知り尽くしている男――その頃から十三年の歳月が流れている

一六三七年。貴殿が漁業以外の手段で需要を
いくらかでも満たし
漁業開始を先延ばしにすればするほど
貴殿の
身体と意志は衰えていき、遠からず
云々

一九三九年に、ヒュー・ピーター[8]が催促し――この年、グロスターは
活動を開始する。漁場が造られ、船乗りが

漁師に変わる（ダッチがその好例
ミルワード[9]もその例だ——ギャロップ青年[10]もたぶんそう

一六四〇年三月に、クラドック[11]は
ウィンスロップに強く要求する

その後、戦争がある
イングランドの内乱をへて、西インド諸島はさらに
ニューイングランド住民との交易に向かって
開かれていき、グロスターが
誕生
する——千六百四十二年
四月のことだ

漆黒の夜、[1] ベモー岩礁[2] に
転落した男は——そこから
這い上がれはしなかった
ゴム長靴を履いたままでは[3]
幸運な海に愛された子ども[4]

5

運河[1]

一六三八／九年、三月十三日[2]

　問題の場所を掘りぬくことができるかどうか
　視察する

一六四一年、十二月十日

　アン岬とアニスクウォム川の間の
　海岸を掘り抜いた者には
　二十一年間
　十分な通行料を取る権利を与える

スケリエー[1]——？

　　　島は
（ミレトス[2]付近で、
　スカマンデル川[3]の南にあるのか？
　川に臨んで——
　　ヘラクレス神か
アテナ女神の像を、[4]やかん頭の
神官たちやら、何やらが
髪と髪をより合わせたロープで曳いていき
しかるべき場所に
安置した

一九六一年、十月十八日

わが船大工の息子の息子[1]
ウィリアム・スティーヴンズ中尉[2]の遺言、一七〇一年、財産目録一七一二／一三年
・　・　・　・　・　・　・　・
船が通行料を払って通る
運河と呼ばれる場所
に対する権利
三四ポンド一〇シリング〇〇ペンス
（価値を）比較すれば
家と製材所と納屋で
七四ポンド

5

マクシマスが、港にて

オケアノス[1]は怒り狂い、行く手をさえぎる岩を引きちぎっては後ろに投げる
まわりを囲むオケアノスは、大地を引き裂き、愛を解き放つ
女たちは、女の裂け目と化し
男たちは、女の両脚をおし開いて
強姦する。愛があまねく
しみわたり、愛以外の一切が消え去って、愛が大地に突き立つ
鋲《スタッド》となる時まで

輪になったオケアノスの中心に

愛が座り、女の唾の中には愛が
宿り、男は女の両脚に腰を下す

（女の二つの半球が
頭上にぼんやりと見えた
おれは、蝸牛《かたつむり》の角のように
仕事にかかった

天国は人。[2]この世に生まれ来る。
魂は大いなる天使。[3]
そして、魂の思いを思うと

大洋《オーシャン》は荒れ狂う　――　現われるもの《アポパイネスタイ》

怒号をあげて巨大な骨をノーマンズ・ウォー[4]に
運んで行き、アポパイネスタイ、風となって波を吹き上げ
ラウンド・ロック浅瀬[5]に池をつくった
アポパイネスタイ　砕け波となって
パヴィリオン・ビーチ[6]を襲い、アポパイネスタイ
大洋は、ウォッチ・ハウス・ポイント[7]を引きちぎった

Ⅱ

アポパイネスタイ
何年も何年も隠れていた
アポパイネスタイ――魂は

Ⅲ

次第に上昇し

アポパイネスタイ
より困難なものの
中へ入っては出る
こうして通り抜けることによって
アポパイネスタイ

魂そのものを活動させる行為[8]——
女は、私の前におぼろげな姿を現わし、男は
この部屋に立っていた——その行為が[9]
行く手に天使を送り出し
天使と出会うのだ

　　　　アポパイネスタイ

魂の上昇は、魂が生んだ蜃気楼[10]

大いなる大洋が怒っている。完全なる子[11]を欲して。

一九六一年

十月二十三日および二十四日

かのものを生み出したのだ[1]
一元発生《モノジニー》によって生まれた者[2]を
塩[3]の中に生き続ける
原初の単位

えの世紀からじかに出ん

グロスター港を含む
前述の海岸における
土地および島々の
自由裁量権を有すると主張する
トマス・モートンの許可を得て、[2]
私、ジョン・ワッツは、
テン・パウンド島に
船上にあった
小型帆船《シャロップ》[1]にも
他の漁業用具のどれにも
指一本触れてはおりません——魚を
干物にするために用いる
前述の塩、いく樽分かが
私の取ったすべてです

ロンドンの船ズーシュ・フェニックス号が　　塩の出所につきましては
備蓄していた塩を、確かに取りましたが　　前述のモートンが

自分の意のままになるのだと明言しておりました
察しますに、塩を
持ち逃げしたのではないかと思われます
ここに証言いたします

一九六一年、十一月十九日

V

手紙15への後になってつけた注

詩学が英語でモーブル[1]——家具——になったのは
それ以後（一六三〇年以後で

デカルト[2]が価値基準だった

ホワイトヘッド[3]が、宇宙を導入して
汚物を一掃するまでは（人間にのみ対立する宇宙

それにあの歴史概念にも対立する宇宙だ（ヘロドトス[4]の歴史概念は別、
ヘロドトスの歴史は、動詞で、自分で見つけ出すという意味だから。
歴史《ヒストリン》するとは、誰の行為であろうと、彼または彼女が自分で見つけ出すということ
言い換えれば、夢《トラウム》[5]を回復することなのだ。われわれの行為は、

少なくとも、どこかで何かをつかまえること。その目標は（例えばツキュジデス[6]や
最新型の精巧なテープレコーダーや、様々な形の現地報告

――テレビの生中継など――は嘘っぱちで
われわれの知っている、止むことのない夢とは、まるで違う。夢とは、
ホワイトヘッドの重要な推論によれば自主的な活動なのだ。すなわち、
交差によってであれ、衝突によってであれ、永遠の出来事によって貫かれていない
出来事はない
　　　このような状況にふさわしい詩学は
まだ見出されていない

一九六二年、一月十五日

ルート一二八は[1]
テュロス[2]に至る隠れた幹線

オロンテス川[1]からの――「眺め」
テュポン[2]の地から

真っ先に
海を渡って
陸地の
果てを
画定した男。ヘレン[3]は、
手荒なアジア人たちに
かどわかされた
ヨーロッパの娘たちの
最後の一人にすぎない
と、ヘロドトスは言った

これに関しては
フェニキア人[4]の文書、すなわち
ユダヤ人水夫の文書を参照せよ

その延長線上（羅針方位）に
まず、マネス[5]がいる（ミノス[6]かも
しれない）それより前に
ガデス[7]があった。大西洋に乗り出した
ピシアス[8]がいた

大西洋を知るためには
ずうっと北へ行かなければならなかった

ポルトガル人には
フェニキア人の血が混じっている[9]（?
カナリア諸島の住人[10]は
クロ＝マニヨン人

島々から
島々へ
いくつもの岬や
海岸へ

巨石時代の

石

いくつもの海岸の
いくつもの駐留地[11]
そしてセーブル島が

それからイングランド[12]
アウグスティヌス[13]の
国が

一九六二年、一月十五日

東グロスター[1]
ヤング・レディーズ
独立協会[2]が
炎の中から
立ち上がり

女性らしい規則にもとづく
友愛を
高らかに
宣言した。私たちは
接吻によって

互いを愛し、男性には
子供に仕えるよう仕えます

Ⅰ[1]

愛国心は
マグノリアの海賊
[redacted][2]と
その片腕
オリヴァー・ヴィエラ[3]の
保護庭園

Ⅱ

ラルフ・ハーランド・スミス[4]は、少なくとも
自分の知性を
何かに役立てるために
自然か母か父によって
与えられたものだと考え、少なくとも
知性を役立てようと
試みた

[redacted][redacted][5]は

明らかに、他の誰かから
知性を借り
[redacted][6]は
明らかに
自然を
救急車だと考えている

Ⅲ

ナンシー・グロスター号[7]の
乗組員は
野生動物。エルスペス [redacted][8]と
ハーヴァード・ビジネス・スクールの前学長[9]
それにブルックライン[10]の
弁護士だ。
ナンシー・グロスター号の
青年たちやーい、と――少なくとも
オールド・マグノリアのブラウン氏[11]は
お近づきになろうとした

第二巻三十七章[1]

一．

ミドル・ストリートの丘に始まり[2]
海に向かって下っていくこの都市の
大部分は波止場と家。都市の一方の端には
アニスクウォム川が流れ
反対側の端は、潮が流れる
内港への入り口。入り口付近のフォート・ポイントには

いくつかの石像があり、[3]また
アニスクウォム川付近には、デーメーテール[4]の
木彫座像を安置した場所がある。この都市特有の
女神の木彫像は、ミドル・ストリートより高い
向こうの丘の上にあって
実りある航海を見守る聖母マリアと呼ばれる教会[5]の

二つの塔の間に見える。海のそばには
アフロディテ[6]の石像もある。　二.　しかし、
アニスクウォム川が海に流れ込むところは、
レルナの怪物と呼ばれる特殊な
ヒュドラ[7]の御座となっている。
この都市が特に崇拝する怪物である。
ただし、そうなったのが最近のことだと判明し、
ハート形の銅板に記された
海神ポセイドンのあの銘板[8]も
同じく新しいものだと分かったのだが。

セトルメント入り江[1]では、
潮が引くと、ドロムレックやメンヒル[2]そっくりの
岩々が姿をあらわす
夜、ステイシー海岸通り[3]からさす明かりの
届かないところで

夜、ステイシー海岸通りから
海にさす明かりの
届かないところで

5

わたしの記憶は
時の歴史[1]

ペロリア[1]　眠っている間も、犬の上唇は
めくれ上がったままだった。おれが左の方へ引かれて行って
鮫のように長い顎と、不気味な褐色の歯茎を見た時のことだ。
夢を見ている時でさえ、犬の歯はぎらついていた。
マクシマスは獣の子を産む母、自分の骨盤を
噛み砕いて出産する者。
テュロスの隠れた幹線[2]から波の上に花々を流し、
マルタ島へ赴いた。マルタ島から
マルセイユへ。マルセイユからアイスランドへ。
アイスランドからヴィンランド岬《プロモントリウム・ヴィンランディエ》へ。[3]
花々は海へ出て行く。　　岬《プロモントリウム》の
左岸で。　岬《プロモントリウム》の
左岸には、セトルメント入り江がある。

わたしが描いているのは世界地図《マッペムンディ》。わたしの存在を含む地図だ。
その名を、ここでは、この地点、この時点では、
ペロリアという。

一九六一年、十一月十二日

中国人の都市の見方にさからって

どんな根拠で、われわれは市政担当者や
公共事業局を非難しようというのか？　採用した教科書が[1]
悪いと言って教育委員会の教育長を非難する時と同じように
気楽に非難するのか？　道に残った雪のために[2]
自動車が横滑りして、男の子が両眼を傷めたからといって
非難するのか？　市政記録係が
市の昔の記録には、十分目を通しもしないからといって
犬を飼う許可証や、出生記録や、婚姻記録については
スーツ・クラブ[3]の中でも最新の物や、ボーリング場と同じように

精通しているのに？　商業は見て分かるとおりの
はやり文句を使い、社会生活はほとんど完全に
リベラルになっているのに、役所は、永遠に
他とはまったく別だ――そしてモラル――すなわち
個人の生活は、縮こまっていって、ついに
悪臭となる――自宅の台所でアヘン・チンキを
煮立てている男は、その時その場で、いとも簡単に
警察に通報され、家の中に踏み込まれるだろうが、一体どんな
名目でか？　五百万ドルの歳出予算を
きれいに運用する、誰の目にも明らかな能力と
その成果を、流行の社会慣行《モレース》が讃えるとしても、

どんな判断が正しいかは、疑問なのではないか
もし、メイン・ストリートの街灯の色で[4]
照らされた女たちの唇が青く染まり、
窓辺の洗濯物の微笑で
一日中が、上機嫌だとしたら？

　　　　　　　　少数の人々と
大衆が、どうにか公共生活を
営んでいるかのようだが——指導する立場にある連中はといえば
ゴルフの後か、自分が歩く歩道の雪をシャベルできれいにした後で、顔を
さくらんぼ色に染める程度だ。銀の針金にぶら下がるサンティ・クロース[5]の顔色に。

太ったのや、痩せたのや、汚いのや、きれいなのや色々だが、
サンティ・クロースの違いは、どれがどれという割符《わりふ》[6]の基準によるのではない。
公的人物の高潔さを測る唯一の基準は、
その人物がどうであればよいか、ではないのか？

一九六二年、一月五日

一方[1]
オバダイア・ブルーエンの島[2]では、アルゴンキン族が
コケモモの絞り汁にベニテングタケを浸していた。[3]
飲んで、幻覚を見るためだ

鵜岩《シャグ・ロック》は[1]
雄牛の目

カモメが
陽の当たる海面に
立ち込める雲に見えたのは
南東の風が吹く
ラウンド・ロック浅瀬[2]だったと思う

タ・ペリ・トウ・オーケアノウ[1]

ある「学者が」とストラボン[2]は言った（ピシアスのことだ
ギリシャ人は[3]
地中海の
「イギリス人」だった
ちょうどドイツ人が
ローマ人であったように
ぐんぐん進んで、白海に

突入し——そして「全土を徒歩で踏査した」——
しかも、限りある資金で、一個人として、[4]これを
行なったのである　「タナイス川[5]まで！

キプロス島で[1]
絞め殺された
アフロディテ——ロードス島[2]
クレタ島[3]の
——地母神[4]
アナトリアからは
フリギアのアッティス神[5]
マルタ島[6]からは、太った淑女[7]
スペイン[8]

一九六二年一月十七日

嵐が去った後
カシアス山中の洞窟[1]から
出て来た青い怪物[2]は

全身、鱗でおおわれ
口の周りは、ただれていた
尻尾のひらめかせ方こそ

いくぶん覚束ないものの、眼は
かなりぎらついていた
彼は、流れの中にそっと

身を浸し、船をこぐように泳ぎ始めた。マルタ島へ
向かって。[3] ロードス島とクレタ島の
そばを通り過ぎ、

アイルランドへたどり着くために。

とにかく大西洋に出て
北東の海面を

沸き立たせ
ぶどう蔓《グレープ・ヴァイン》の片隅《コーナー》[4]に
上陸したのだ

洞窟暮らしの垢をふるい落とし
自分が楽に入れる
空間を切り開くために

一九六二年一月十七日

テュポンを[1]
古い土地から旅立たせよう

大神ゼウスの腱を
剥ぎ取って、[2]熊皮の敷物の下に

隠した場所から、あまりにも
うかうかと音楽に聞き入ってしまう

女きょうだいデルフィーンのいる場所から、
母親のいる場所から、旅立たせよう

グレープヴァイン・ロードとホーソーン・レーンの
角に

あんな建物[3]を建て
シンプ・ライル[4]を

マネージャーにして、
いつもそこにいる母親のいる場所から、旅立たせよう

階段をのぼり、ポーチに沿って
Ｌ字形の
角を折れる
玄関に入ると
安楽
椅子にすわっている
御婦人がたが眼に入る
シンプ[1]に朝の郵便物をわたして
おはよう、と挨拶する

一九六二年、一月十八日

人は郵便の配達を待っている[1]

おれは、よくパレンティ姉妹[2]や
ススム・ヒロタ[3]に油を売っていたが、そんな時には
ハーバー・ヴュー・ホテルを営むマクラウド姉妹[4]が
郵便局に電話をかけて聞いたものだ
ロッキー・ネック・アヴェニュー[5]の角にとまったままの
おれの郵便トラックが何をしているのか、と

5

海岸は、[1] フルリ語で言うハジ山[2]からテュロスへと続く
神の伴侶となった海のアシラート[3]は、
実に強く流れる潮流に運ばれて
地中海をまっすぐ通り抜けると
北北西に進んでいってユダの海域[4]に至り、
我が家の岸辺に到着した

一九六二年一月十九日（金曜日）

5

嵌石《テッセレ》[1]を

組み合わせる[2]

一九六二年一月十九日

レーンの眼に映るグロスターの風景[1]

フェニキア人[2]の眼に映る風景

一八三三年　十月四日　波止場に停泊中の船のほかに四四三隻が港内で錨をおろしていた[3]

ビュブロスより古く[1]
パレスチナより早く
しかも、ギリシャ人以前に
アルファベットを持っていた

歯止め棒《ポール・ポスト》のそばに
重いロープが巻き上げてあり
止め木《チョック》で留まっている。
揚錨機《ウィンドラス》を巻き上げた時

ロープが逆向きに走り出すのを防ぐためだ

年代記[1]

1

ゼウスがヘルメスをつかわして[2]
アゲノル[3]の家畜を
テュロスの海岸に
率いて行かせたのは

紀元前一五四〇年[4]のこと。その結果
ゼウスは、アゲノルの息子らに
追われる身となった——
息子らの一人は

カルタゴへ、一人は
黒海の端へ行き、一人は
テーベの都を建設し
いま一人は

タソス島[5]の豊かな

金の鉱脈をつきとめることになったが――
その間にゼウスは
一本の黒い筋が縦に走るだけで

あとは全身
真白な牡牛に姿を変えて
エウローパを捕え
背中に乗せている。

その柔和さに
だまされて
エウローパは牡牛の口に
花を入れる。

牡牛は、海岸から
クレタ島に向かって泳ぎ出し
イダ山[6]の近くに着く。ここでも
フェニキアの民が

生まれるのである。
エウローパの

息子たち、ミノス、
ラダマンテュス、
サルペードンが

2

クレタ王
タウルスは[7]
アゲノルと
その息子らが

海戦の
痛手を
癒している時に
テュロスを占拠し

破壊した
――これを、テュロスの
忌まわしい夜と、ジョン・マララス[8]は
呼ぶのである

この時、クレタ人は
テュロスからすべてを奪い去り
エウローパを
彼女がやって来た

海へ、もう一度
叩き込んだ。この時、
狩人
ウスース[9]が

樹の
幹を
くり抜いて
海岸から

海へ
乗り出した
最初の人になった

これは

海岸に近い
島のような
所にある

架空の町の
年代記

65

サヌンクシオンが生きていたのは[1]
トロイ戦争以前だ
自意識の強い歴史家で
当時、住んでいたのは
紀元前一二二〇年[2]
（あるいは一一八三年[3]）より前の
フェニキア。[4]パロス島年代記の
細目と
二人のヘラクレス、つまり
ギリシャのヘラクレス
（パロス島年代記[5]によれば
紀元前一三四〇年生まれ）
と、それより五世代以上
前に生まれた
フェニキアのメルカート＝
ヘラクレス[6]
などの事は
つじつまが合う。

年代記の借用語のほかに
今は、解読できる
刻文の内容が

示すのは、リビア人と
フェニキア人のこと（アゲノル[7]は
エジプトの出で
ポセイドンがリビュエーによって
もうけた息子だと
言われている——リビュエー[8]自身は
エジプト王の
娘だった）ここに
民族間の
抗争が見られる——インド＝
ヨーロッパ民族と
リビア民族との（あらゆる始まりの中でも
いちばん知られていないのは
リビア民族が、エジプトへ
激しく侵入したことと、[9]
今も正体不明の
海の侵略者たちと
結託していたこと）——そして、ウガンダ[10]との抗争が。

非ユークリッド幾何学[11]の粗さが
いくらかでも、ここに
含まれている

可能性が
あるだろうか――ヒッタイト族[12]やフルリ族[13]
だけが、その証拠ではないだろう
東アフリカ族もいたかもしれない
――それに、またしてもだが、リビア族はどうなのか？
紀元前二千年紀に起こった
中心へ向かう様々な動き
セム族の船乗りたち[14]だったのか？　彼らは
市場を求めて
東の端から
飛び出した
ゴンドワナ大陸[15]生まれの民族かもしれない

（シュメール族[16]は、一体どこから
来て、ペルシャ湾[17]に
入ったのだろう――氾濫した湿地の
藁ぶきの家に住む
黒髪の先住民[18]を
襲い、そこに居座った
海洋民族は？

ジョン・ワッツは[1]
テン・パウンド島へ
ロンドンの物資を運んで来た
ズーシュ・フェニックス号から
塩と——小型《シャ》=
帆船《ロップ》[2]を盗んだ

5

ジョージズ浅瀬に関する、書かれなかった第三の手紙[1]

「ここに載るはずなのは、まだ書けずにいる
一篇の詩――あるいは、ジョージズ浅瀬の東端[2]という名の
物語。内容は、わたしが知っていた船長のこと、それも
市場へ急ぐことが大切だった当時のことだ――魚の活きが
いいうちに、ボストンの市場へ、あるいは直接グロスターへ
急いだ頃のことだ。そして、東端の冬期鱈漁場《ウィンター・コッド・グラウンド》[3]から入港して
市場へ向かう場合、航路上に現れる、いくつものひどい浅瀬を
入念に記した手製の海図を、この船長が
持っていたことだ――肝心なのは、近道をすることだった、
ただし、腕に相当自信があるか、よほど頭が変であればの話だが。だが、
この船長は、どんな困難にもたじろがなかった。海図に様々な色鉛筆で
しるしをつけることまでして、嵐で掘り起こされた浅瀬や激しい波を
越えていった。甲板の端まで積荷を
満載した船を駆り、激しい波や浅瀬を渡っていったのだ。
ちょうど荷馬車が、岩塩のある所を通ったり、車輪を外して
渡し舟式に川を渡るように――こういう人物と一緒に海を渡るのは

幻想なのだが、少なくとも、実際に経験したかのように、わたしが作り上げた
体験だとはいえる――この船長がキャビンの床に座り、
船尾へ行く通路に向かって指令をくだす合い間に、競技用地図のような
海図をたどる姿さえ、思い描いてみるのだ。
もし、これが森の瞳のヘンリー・ウェアやポール・
コター[4]の事のように聞こえるとしたら、それもありそうなことだ。というのは、
何度も何度も、わたしは検証したし、エンジンが
なかった時代の帆の細部も調べたのだから――それに
彼の言うことなら信頼できると期待して
ジェームズ・コノリー[5]を訪ねたことも
ある。だが、なぜか期待に応えてはくれなかった。
彼が話を美化しすぎていたためかもしれないし、ブリーン[6]か
シルヴェイナス・スミス[7]か、あるいはマーティ・キャラハン[8]と同じくらい
今に近い船長の話だったからかもしれない。ともかく、この船長は雪の中で大声を
轟かせ、北東の風を物ともせず、浅瀬を迂回して北へ行く
どんな航路もとらず、波の山と谷を上へ下へと進んでいったのだ。ある
イギリス小説を読むと思い浮かぶ乗馬者のように。そういう感じが、ここで
欲しいのだ、帰路につく、この人物の

メイン湾[1]

オルサムによれば[2]
一六二三年の
漁業期
一行は小型帆船に乗り込み
モンヒーガン島[3]の沖にいた。
アン岬を出てからの

漁獲高は
大したものだったが、
ダマリスコーヴ島[4]の港に
入った時
嵐に遭い
船は真っ二つに裂けた。

北北東の潮流を受けて
船の
右舷と左舷が

かわるがわる
同じ岩壁で
削り取られ

船は、浮きさながらに、くるくる
向きを変えた。ロンドンにいる
オルサムの妻と、ブリッジ船長[5]の妻のもとに
プリマスの代理人経由で
手紙が届く。[6]

あて先は
高等法院街《ハイ・コート・ロウ》と大法官庁の照明の傍通り《ストリート・バイ・チャンセリー・ライト》[7]
だが、たとえ知ったとしても
妻たちには想像できなかっただろう
その夜
夫が

こんな海岸で
右に左に打ちつけられていた
ありさまなどは。乗組員全員のうち
たった四人だけが[8]

あの恐ろしい嵐の
海面から
夜明けに
這い上がったのだ。
小型帆船の残骸の

主な船材の間には、夥しい木片が
散らばっていた。海岸はこんな風だったが、
頑丈なオーク材でできた十七世紀の
小船が、幾艘もロンドンやプリマスを出て
網を打つ時、ジェームズ王[9]は言った

漁業が
神の思し召しであるなら
ピルグリムたちが
ヴァージニアの
砂の海岸に行くことを、余は確かに許す、と
ピルグリムたちは行く
砂の海岸へ。親愛なるジェームズ王のために、コアフィッシュ[10]を求めて

確かに彼らは行った。オルサム夫人と
ブリッジ夫人は
輝かしいシティの朝

ジェームズ・シャーリー[11]を訪ね
愛しい夫の
賠償金に
ポンドとスターリング銀貨と
がんじょうなペンスを要求した

夜は
唸り声をあげ
波は
高かった。背の高い帆船は
激しく揺れ、風は
リトル・ジェームズ号に

のしかかった
ついに船は力つきて
前のめりになり、船首から海へ
波の下へ、沈んで行った

頑固なマストが
ずんぐりした檣頭見張り座《クロウズ・ネスツ》とともに
波の上に顔を出していた。
砕けた切り株型の
燃えさかる火の玉が
頭上で踊り狂った

男たちの頭が
沈んだ海面の上で。
靴や
上着に海水が入り、乗組員は
沈んで行った

ブリッジ船長と
オルサム氏は、泳いだ
まるで、不埒な公園や
映画の中を通り過ぎる

下腹部のように
だが、幾度となく

膝を岩にしたたかぶつけ
ついに
哀れな帆船同様、横倒しになった

船全体は、ぐしゃぐしゃに砕けていたが、傷だらけの両舷は
今も砂浜に安らう。これを
掘り起こして、杭のように真っ直ぐ立てよう
やって来る観光客に、この場所を
知らせるために。だが、教えないことにしよう

なぜ、こんな奇妙なガラクタが
今はあまり使われていない
漁業
海岸に沿って立っているのか
そして、大抵は、立派な身なりの人々が
しばしば、ここを訪れるのかは

紀元前[1]
三〇〇〇年には
存在していたのか?
紅海から[5]
バーレーン[7]経由で
来たのか?

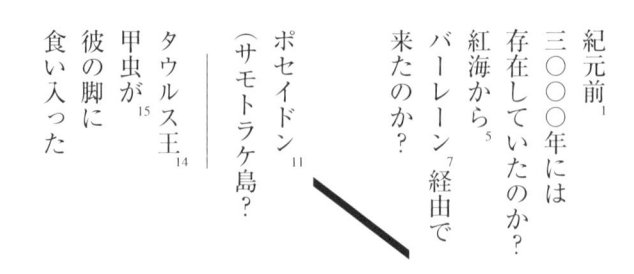

ポセイドン[11]
(サモトラケ島?

タウルス王[14]
甲虫が[15]
彼の脚に
食い入った

ミノス王[2]
メギド[3]
ジェリコー[4]
サルペードン[6]
ラダマンテュス[8]
エウローパ[9]
ダルダノス?[10]
(エレクトラ?[12]
アトラス[13]
とゼウス
名前による
起源

偉大な神々《カベイロイ》[16]　七つの
大惑星[17]
(事物なのか?

「偉大な神々」の意味するものは?

「フェニキア人」[18]への補足的注

20

サッチャー島[1]には
ヒレアシシギ[2]の死骸がうずたかく積み重なっていた
（衝突したのは
一八九九年、九月二日の夜
八百羽から
千羽のヒレアシシギが
灯台にぶつかって
自分の生命を絶ったのだ
十二時三十分から
午前四時の間に

アリストテレスと[1]アウグスティヌス[2]は
明らかにアナクシマンドロス[3]を誤解した
そして、誤解することによって、自らを
高めた《ベータ》[4]

高台の向こうから[1]
川の中へ[2]
入って「来る」のは
ウバイド文化期[3]のみ
（スクウォム川[4]

古代スカンディナヴィア語／アルゴンキン族[5]

一九六二年、六月十七日（日曜）

VI

大地の髪の中に、からまる樹々のなかに
ひとつの都市がある[1]

さあ、船をみんな入港させてやろう[1]

憐れみと愛の心でもって　リターン号、フラワー号

ギフト号、アリゲーター号[2]などのスループ船[3]をみんな

――それでこそ、精神は世界の果てまで進んで行ける

ヘピト・ナガ・アトシス[1]

組織の
すみずみまで
絡みついていた

船の一行は、太索《ケーブル》のようにとぐろを巻いた大蛇[2]を見た
船には、イギリス人のほかにインディアンが二人乗っていた
イギリス人たちは、この蛇を撃とうとしたが、インディアンたちは

やめるよう説いて、言った

もし、その蛇を殺したなら、[3]直ちに、全員が生命の危険に
曝されるであろう、と（アン岬の岩の上で、ジョスリンが書いた
鳥類、魚類、蛇および植物において発見された珍種は、ロンドンで

一六七二年に発行された

襲いかかってくる　バーバラ・エリス[1]

天狼星《シリウス》の環が[1]
朝を告げる
カタカタいう朝を　ふたたび

連中が往来でわめき立て、夜警を夜警自身の警棒で[1]
なぐるなど、目に余る騒ぎを起こしたため
港自体が通報された。そしてエンディコットは
この者たちの管理ができていないことを
謝罪しなければならなくなった

謹啓、[2] 小生がグロスターの一件に関して、詳しい事を
知りましたのは、今週の三日目の夕刻になってからでした。その時、
ブリンマン氏から受け取った手紙には

グリフェン一行の様々な狼藉《ろうぜき》に対する
町の住民の苦情が添えられておりました。そして、
その苦情の後に、狼藉行為の是正について、
貴兄御自身と三人の治安判事が、小生に問いただす意向であると
記してありました。そこで小生は、
遅きに失せぬよう、翌朝、さっそくグリフェン氏宛ての手紙を持たせて
使者をつかわしました。趣旨は、手紙の末尾に名を記した
彼の仲間を、小生のもとにつかわし
安息日を破って悪態をつき、泥酔した狼藉行為の
申し開きをさせるようにというもので、もし彼らが、抵抗するか
拒否した場合は、争ったり、挑発的な
言葉を用いたりせず、挙動をよく観察し
小生に報告してもらいたい、というものでした。
その回答をここに同封いたします。小生は、
かつて貴兄が御指示くださいましたように（すなわち）強制的に
この者たちに対する訴訟を進めるべきであったかもしれません。ですが、
もしお認め頂けるなら、まずは別の方策を講じたいと思うのです。
つまり、貴兄ならびに治安判事様方の手で
禁止令を出していただき、スティーヴンズ氏をはじめとして
事件現場にいた他の船大工、および
当管轄区内で何らかの罪状を有する者全員に対して

総督よりの御沙汰があるまで、グリフェン氏の船に関する仕事をすること、一切まかりならぬ、などとするのです。このように思いますので、いかなる処置をとることが御心にかないますか、切に伺いたく願う次第です。

グリフィン氏、神の御名を濫用して悪態をついた罪で告訴される[3]

グリフィン氏の朋輩フィリップ・ソーン氏、過度の飲酒と悪態の罪で告訴。

ジョン・ホッジズ、スティーヴン・ホワイト、エドワード・ブロックおよびアンセルム・ウィットは、悪態の罪により告訴され、各々罰金十シリング。

リチャード・ヘッジズ、悪態ならびに夜警を虐待した罪で告訴。罰金十五シリング。

ジョン・ブルーア、悪態ならびに泥酔の罪により告訴

罰金一ポンド十シリング。

フィリップ・ソーン氏が全員の保釈金を支払った。

土地の景観を見はるかす。[1] 例えば、アレグザンダー・ベイカーの今もなお石壁のある
果樹園の段丘になった草地[2]から、川の向こう側の
アップル通り《ロー》[3]や、こちら側にあるサージェントの家[4]を。大地の
表面がえぐれた所に、若々しいスカートをはいた女が一人、ぽつねんと
座っていた。カモメは朝早く、スカートを目印にして、干潮時に姿を現す岩の上に
ムラサキガイを落とす
　　　　　　　　右の方はドッグタウン、左は
海
　　　　光はひろがり　川は
おれの足元を流れる
　　　　おれの背後にはグロスター

天の車輪に
光がぶら下がり

大いなる海は
均衡をたもつ

光と同じく、大気は広く満ちわたる

ヘシオドスは言った。[5] 外部人間は、ゼウスがプロメテウスを縛りつけた枷《かせ》である、と。

幻想は
十分に真実であり

苦しむ者は
苦しめられず[6]

予知は
絶対[7]

オケアノスが
父の中でぶらさがり
父は[8]
形あるものが誕生する以前から存在する

グロスターの花の一部[1]

夕陽が
港の海底のごみへ沈んでいくたびに
腐敗物から生じたガスの
泡がふつふつと
立ち昇ってくる。きみは、海面で
破裂する泡を見て、どんな臭いかを想像する
そのとおりだ

潮が引いているときの臭いといったら、たまったものではない
きみが、ハーバー入り江[2]か
内港[3]のそばに住んでいるとしたら

ヴェーダ[1]　ウパニシャッド[2]　エッダ[3]が勝る

初めて詩を何篇かと[1]
神話に関する論文[2]を書いたところは
ケント・サークル[3]
クント・サークル

そこにはダンス・ホール[4]があった
文字どおりの「なつかしい
西部」が、その場にあったように、そこでは男が
外を覗き、まばゆい太陽が
雪を照らす様を見ていた
一九四〇年の春
　　聖ヴァレンタイン・デーに襲った
　　　嵐[5]のあとの雪を

　　　　きっかり
　　　　　三〇〇
年[6]
　　　　町を
前にして

踏み越え段《スタイル》で[7]
書いていた
二十九歳
の頃だ[8]

カント[9]・サークルがあった場所は
道が
逆立ちした三角形をなし
スティープ・バンク・ヒル[10]を
囲んでいた所

ピーター・アナスタス[11]のブールヴァール・スイート・ショップ・
ザ・ブリッジ[12]
で買った
ピーナッツバター
サンドイッチを、いくつもパクつきながら
おれは、二月の大気の中を、好きなだけ歩いていった

仕事[13]を
終えると、すぐに
ボストンから船で
ニューヨークへ向かった
運河[14]を渡るとき
北極並みの寒さに備えて
丈夫な布地に
ヘア・マットレス仕立ての[15]
眼だけ出る
帽子をかぶって顔をすっかり覆っていると
完全に息ができなくなった

とうとう、この忌々《いまいま》しい代物に
我慢ならなくなって、おれは
帽子を
脱いで
甲板へ出た

運河から最初の区画[1]
それは踏み越え段《スタイル》のそばにあって
海付きだ

おれはゴールド・マシーン。[1] 溝を掘り、あたりを汚し、
長く伸ばした身体で、レストハウス[2]から
丘を下ってテニスコートに至る醜悪この上ないV字形の道を、今やすべて
占拠した。ステージ・フォート全域で汚されなかった土地は
ひとりでに曲がったり歪んだりして、新たな表情を見せるのでは
ない。デ・シッテル[3]は、宇宙が
ゴムボールの表面か、柔らかい帯で
それが幾本もの線となって現われ、その線からクラブ・アップルの
木が生えて、ウェスタン・アヴェニューの向こう側にあるモース屋敷[4]の芝生に
果実を落とすと考えたが、そうではない

小部屋のドアにはまっている鉄格子をすかして
中を覗くと、そこはレストハウスのあるあたりで、中にはもう一人の男と
おれがいた。その時、おれは手に木の頁か、塊りを持っていた
表面は薄絹で覆われていて、宝石が二つはまっている。そのうち一つは
長くて赤い飾り玉だったので、すぐにも
V字形の道を向こうへ歩みさっていくロバート・ダンカン[5]と

もう一人の男に見せてやりたくてたまらず、それを
ドアの空間に向かって投げると、ぴったり納まった
二人は振り向き、この様子を見て、歩み続けた
窓から木の塊りを取り外して。おれは指を垂直に
同じ穴というか鉄格子に差し込んで、テニスコートへ向かっていく
二人に、指を動かして別れの挨拶をした

土地は解放された。身体をいっぱいに伸ばして
おれは、この土地も覆いつくしてしまった

20

港には

缶ブイ[1]9　尼ブイ[2]8

尼ブイ10　缶ブイ11

チャールズ・オルソン

十一月　十三日　金曜日

#I

ケント・サークル・ソング[1]

ヴァンドラ伯母さんの
村[2]には　悪性のできもの[3]
（甲状腺腫）腰折れ屋根の
連邦様式[4]
服にはすべてレースのフリル
喉もとには
金のブローチ

ドアの
取っ手は銀塗りで
壁はみんな
ケーキ製[5]
伯母さんと一緒にオーブンの中へ

おれは飛び起きた、[1] 八時か十時に
目覚めると、ベッドルームの壁が見え
化粧石鹸の甘い香りがただよっていた
ウェルズリー・ヒルズ[2]の家の中

その
三階のベッドルームにいるのだった

5

JWは[1]（デーンロウ[2]の地から）語る

彼ら[3]は駄目にしていることに気付いていないのです——それも初めから、と。

この言葉が伝わると、彼らは自由になったが、彼は
その時には、もう引き合いに出されない。このジョン・ウィンスロップという人物は
指導者として、ヴェーダ[4]の感覚を
備えていた。彼は統治者であった
混合規則[5]において　　国民は
自由であり　　聖職者は
純潔であった——ヘブライ的で

しかも市民的、それがウィンスロップだった、
権威だったのだ。一五九三年に、「アリスレウスの
幻想」[6]が、バーゼルで出版された
知識を確実に後世に
伝えるためだ　すなわち植民は
可能なかぎり
　　　広い土地で
　　　　　　行なうべきである、と

十一月　二十三日　金曜

発端[1]

土地を開墾したのは、アルゴンキン族だった。シャンプランの描いた
地図では、ステージ・フォートに五つの小屋《ウィグワム》[2]と
作物が示されている。その地は、イギリス人が西部地方[3]から来た
漁師として住み着いた初めの地。カンパニーの
広壮な館[4]をイギリスから運び込み、最初の十四人が
住んだのだ。最初の足場が、ここで
造られ、一六四二年には、十七人でその足場を
分けた。そこは――彼らの生業から――漁師《フィッシャマンズ・》の
農場《フィールド》[5]と呼ばれた。そして、パーソンズ一家[6]が、そこを
自分たちの村というか家屋敷にし、その後間もなく
わたしの父親の時代まで――そして、わたしの時代まで
そこは、わたしたち一家が知った時には初めから
「バレットの土地」だった。
バレット[7]は、グロスター市長になった頃（一九一四年）
自分の妹リッツィー・コーリス[8]の鶏小屋を
モデルにして、初めて夏のバンガロー村を
造った――実際、最初のバンガローは
鶏小屋と変わらず、わたしたち一家がグロスターにやって来て
泊まった最初の晩、寝ている父と母の重みで、ベッドが

壊れたほどだった。雨も降っていた
前日の午後
ジョニー・モーガンズ・キャンディ・キッチン[9]の窓から
見た雨が
夜通し降っていた。母は
すでにグロスターをさんざん体験し
一度たりとも
忘れたことはなかった

その後、わたしたち一家は転々と居を移した
小高いボンド・ストリートで
郵便配達員ビル・コリンズ[10]と
次の夏を過ごし
その翌年は、モースの舘[11]で過ごした
そして、いくどか夏を、運河にある
腰折れ屋根の古い校舎で過ごしたのだった
そこはエド・ミレット[12]が今から数年前に買い取っている
しかし、父はいつも
海に面した場所へ戻ろうと考えていた
それで多分はじめて
大きなバンガローが建つと

その時から、わたしたち一家は、ずっとそこに住むようになった
その家は、突き出すように公園[13]に面していた
おそらく、常に漁師の農場《フィッシャマンズ・フィールド》の一区画だったところを囲む
石壁の境界線のところで。
そこは、耕作できる土地の端にあり
魚を塩漬けにするにも、干すにも
適した、太陽と大気の力がみなぎる場所だ
石壁の境界線は、ある厳格な角度をとって
食器棚《ザ・カバード》[14]から、湿地の反対側にあるウェスタン・アヴェニューの
低地へ延びている
——いにしえの流れは
今、新しい家々を背後の
湿地に押しやる。だから、ストロング一家[15]が、
馬を飼っていた場所は、ひどい有様になった。馬がクレッシーの所有でもあったからだ
それにタールを積んだトラックや、壊れた道路工事
用具も、そこにあった。ホーマー[16]が（後に）道路責任者にも
なってからは、何年もそこにあったのだ。
そしてロランド[17]は、石油と道路舗装材を売る契約をしていた
　　　　アメリカン・オイル・カンパニーの
オーナーであった二人の兄弟[18]は、
バンガロー村の二人の美女に言い寄った

――そして、一人が黒髪の美女をさらって行った

小川が、森から出るのは、
ちょうどボンド・ストリートあたり、
市の中心から一マイル離れたところだった。
それから、ジョン・パーソンズの果樹園と
井戸[19]のそばを流れ、ジェームズ・
パーソンズ[20]の家を谷間にしていた（バーサ・
クレッシーの母親が描いた、旧クレッシー屋敷の絵を
見るといい。まさに、このあたりが描いてある）
そして、ジェフリー[21]がパーソンズ一族にとって、初代の
貝殻玉《ウォンパム》[22]だ。一族の若き創始者で
ジョージ・インガーソル[23]から家を
買い取った。この家は、インガーソルが買う前は、
もう一人の船大工ジョージ・ノートンが建てて
所有していたものだった。ノートンは、アルゴンキン族以来、
入植して家を持った初めての人だ。
（ただ、ドーチェスター・カンパニーの館よりは後だ。それは、おそらく
セトルメント入り江[24]を見下ろす農場に砦のように立っていた。
あるいは、ポートランドのクリストファー・レヴィット[25]の館もある。
これは、敵だらけの国に上陸したために、たっぷりした敷地から周囲を広く見渡せるよう

島の上に立っていた。
——これが、父の立場に
身を置いて、わたしが足を踏み入れた
土地の概略

沈み彫り様式でも、[1]豪華な
室内リンクでスケート[2]をするのでもなく
聖ソフィア御自身が、実りある航海を
見守る聖母マリアさまだ

（十一月二十三日
金曜日
＃六）

物自体《ヌウメノン》[1]と性交する母なる精霊、開かれゆく《ヴィエルジュ・》
聖母《ウーヴラント》[2]

（実りある航海を見守る聖母マリアへの祈り

一九六二年

十一月二十五日、日曜日

一九六二年、十一月二十六日、月曜日

そして、お偉いさん[1]は這い上がり
笛吹き岩《パイパーズ・ロックス》[2]の上にすわる
頭に王冠をのせて

そして、痴呆のようににやりと笑って
わたしを見る。わたしは、この町の
記念物から、この男をとっくに除外していたのだが

I

頭に家を載せて歩く
男は天国　頭に
家を載せて歩く
男は天国　頭に
家を載せて歩く男は

Ⅱ

池の中で蛇と会った女[1]　池の中で

蛇と会った不義の女は
蛇の
接吻を受け、全身をとぐろ巻きに
された
女が死なないためには、男と交わって
毒を
移さなければならなかった。女と交わって夫が

死ななければならなかった。女は、男と交わって体内の
毒を出す必要があったのだ
池の王と交わった後は

III

毎週、日曜日になると出かけては[1]
岩山をまっすぐ通り抜けたと語った女は、
向こう側で、山に抱かれるのだ
と言った

このすべてが、女にとって歓びだった
一週間の日々の歓びだった。女は部族の中で
一番の幸せ者だった。

これが、女自身による説明だった。

なぜ、これほど自分が

幸せなのか、の

一九六二年十一月

グロスターの内港へ向かう流れに入ることは、[1] 内港への入り口へ入ること。
グロスター内港は川としても知られ、
グロスターは川の向こう側に位置する。
グロスターは、港の奥[2]にあり、
グロスターのある場所は　　水浸しになったダッチの沼地[3]のあるところだ

5

前頭部

ポルトガル人の丘[1]の
光のなかへ入る
ドッグタウン

ドッグタウンの
隠れた
頭部と
肩

牡牛の肩が
光のなかへ、ポルトガル人の丘をかつぎ上げ

ドッグタウンの
胴体は
光のなかへ、ポルトガル人の丘を持ち上げる

実りある航海を見守る聖母マリアは、ドッグタウンの
知られざる頭部と胴体の正面に落ち着き、密かにこの都市[2]を見守るようになった

実りある航海を見守る聖母マリアは、そこに留まって
海の方を見つめつづける
ドッグタウンによって
　　　　　　　聖母は
牡牛の角の上に
載っているのだ

都市
（グロスター
一九六二年、十二月九日

人間《ホモ・アンスロポス》[1]

——そして、われらの聖母　女王《ポトニア》[2]

そして、ポセイドン（ポティダン[3]

「野生動物《テロウン》[4]」

一九六三年一月十日木曜日

やはり[1]
大地
から生まれた[2]
自分たちの体内へ入るために

　　　　母なるドッグタウンの
正面には
女神がいた

　　　　父なる海は
都市の
　　　　裾野にやってくる

わたしの父[3]が
岸辺に着いた
多声音《ポリフォニー》[4]が
岸辺に着いたのだ

父は、水中では

塵のようであった
一元発生によって生まれた者《モノジニー》[5]が
水中にいたのだ。父は流れて
いった

ああ、わたしは父を去らせたく
なかった
　　　　　　わたしは
母[6]に向かって、声を張り上げた
「振り向いて
いま、すぐに」と
　　　　　　すると父は
岸辺にやって来た
父は都市に
着いたのだ

　　ああ
わたしは父を

迎えて
とても嬉しかった

ドッグタウンの雌牛[1]

ドッグタウン・コモンズについて
シェーラー[2]は、こう語る
これらのうち幾つかの区域は（彼が語っているのは
氷河堆積物[3]が層を成すことで、これは
概して、海抜六十フィートより高いところでは
見られない、と述べたところだ
［つまり、現在は、ということである。もちろん彼は、すでに
明らかにしている。[4] 氷河が陸地を
覆っていた頃、陸地という塊は
現在の標高から、少なくとも六十五フィートの倍は
押し下げられていた、と。だから同時に
こう付け加えなければならない
その当時は、海そのものが「遠く」にあって
——別のところで氷を形づくった物が
霞《かすみ》のように描かれ——深みに向かっていたのだと。深みの傍らの、
たとえば、沖合いの浅瀬[5]は——ちょうど
ドッグタウン・コモンズのように——氷河の裾に
からまって、他の場所から運ばれてきた、申し分のない

表土が、最後には置いて行かれて堆積したものだ――これが
ドッグタウンと沖合いの浅瀬になった――最後の
氷の壁が崩れ始めたときのことだ)

シェーラーは続けて語る――

　　　　　　　これら(氷河
堆積物の)成分が連続している様子を
辿ることは、海抜四十フィートより上では、およそ
不可能である。とはいえ、いくつかの場所では、この諸成分が
不明瞭な形ではあっても、巨大な氷堆石《モレーン》[6]の
ほぼ頂上まで達している
「ドッグタウン「山頂」がその一例である
上の道[7]を通っていくと
(鯨の顎《ホエールズ・ジョー》[8]を見逃すことになるが)高台か
湿地に出る。そこは、塚そっくりに
見えるので、ボブ・ローリー[9]は、
ヴァイキングの船を隠して埋めたところだと
考えたほどだ。ドッグタウンの頂につくと
身体を、これ以上は望めないくらい自由に
空に突き出せる。澄み切った空間と

大気が広がり、光の
天球は、山を征服した時のあの
偽りの体験とは全くちがい、
天国に等しい。ここに座って
旬のヒメコウジやブルー
ベリーを取ってたべる——木の実は
この高台のまわりにある、
皿にのったカップのように。手で取って
食べるには、ぐるりと回るだけでよい。
立ち上がる必要はなく、
尻をついたまま移動するのだ。バルサム樹や
夥しい数のヤマモモの茂みを燃せば、
空を友として、好きなだけ
ここに居られるような気がするだろう。
野趣満点で、いくつもの岩の
横顔やここに住む岩の様々な形が、
多くの仲間の代わりをしてくれる——森や
ほかの場所では、何もない空虚感に
圧倒されて、苛立つものだが、
ドッグタウンの氷礫丘《ケイム》[10]の草地や
この険しい高台では、そんな空虚感はまったく

ない、これほど面白いところはないのである。シェーラーは語る、[11]「ドッグタウン・コモンズ
　　について言うと
ケイム堆積物[12]によってできたこれら幾つかの区域は、
この地域に
人が住み始めた頃
耕作地になり、今は
巨礫のない、小さな牧草地の
観を呈している」、と。

　　「これは、もちろん
ステージ・フォート公園でも全くおなじことである。公園の
最高地点は、こうした堆積物の最高地点に関する
シェーラーの記述と正確に一致する——海抜六十五フィートである」

「これら層状漂積物[13]から成る
上部段丘は」と、シェーラーは続ける「おそらく
氷が後退するにつれて
氷河下の細流が
地表に現われた場所である。
海より低い位置に陸塊があった
時代に、押し下げられていた

氷堆石《モレーン》の表面に
細流が大量の砕岩を運んで、沈積させた
場所なのである。」

氷が退くか
溶けるかしたとき
この氷礫丘《ケイム》の上に
この押し下げられていた氷堆石《モレーン》の上に

そして、陸地が浮上すると
海は、現在の浜辺の高さまで
持ち上がった

そして、空が
近くなった
ドッグタウンに至る二つの道の
ゆるやかな長い上り坂の頂で見るくらいに
「あるいは、ハフ・アヴェニュー[14]か——バレットの家[15]から
もっと急な坂道を通って頂に出てもよい。

今や、レイ・モリソン[16]がきれいに取り除いてしまったからだ
リッツィー・コーリスの鶏小屋[17]も、バレットの
離れも、リッツィーの哀れな梨の木も
ヴァイオラ[18]の本当にガラクタの山になった花壇も」
遠くの空は、きみが立つ場所に応じて近くなる

きみの頭上にはヌート[19]
プタハ[20]が大地にとって代わり
原初の丘[21]は
海と
泥の中から
直接
天の雌牛[22]のもとへ行ってしまった
丘はのびのびと
立っている

ヌートは
爪先立ち、両手の指をついて
大地におおいかぶさる。[23]
大地とともに
雌牛の記号をつくるのだ

（ヌートは
大地と天と海の女神）

人が夜、生きられたのは
ヌートが夜と関わるから。
日中は
夜をつつんでおくから。ドッグタウンでは、太陽が
空と同じく近い

ヌートの大気は
その光と同じく
近くにあって
人は引き離されることはない。たとえ、この大気の中を

通過しようと、動きまわろうと、あちらこちらへ
行こうと、たとえ同じ野を横切ろうとも
　　　ヌートは、この世の中にいる
　　　　　（一九六三年、二月十一日
　　　　　　月曜日

ステージ・フォート公園[1]

氷の栓、[2] 一艘の渡し舟に、おれは自動車を隠しておいた。いまいましい夜毎の一夜のことだ
すると、皆はおれに言う。ここは、氷の下の三角地で岩が渦巻いているところだと
当時、陸地は押し下げられて、[3] 現在の海面より
低くなっており、海は遠くにあった。そして、ここ
ステージ・フォート公園の窪地から、さらに四十フィート下がり、それから姿を現わすと
マサチューセッツ全域に広がるメリー・マック[4]の川床になる
　　大地は、氷の下敷きになり、その重みで押し下げられた
そして、運ばれてきた砕岩[5]の下を流れる水の大きな河床が

わが氷礫丘《ケイム》や、いくつもの窪地や、渋い実をつける
桜の木々[6]の丘となった。おれは、親父を食らった、
肉の塊を一切れ一切れ。おれは自分の人肉食い《キャニバリズム》を愛でた
いま見えるのは、左側へ左側へと曲がっていく、急なうねる坂道
氷岩に削り取られた場所[7]のようなところだ
巨大な川が、この上を流れ、地面そのものが
ひどい穴になっているところで、流れは止まる

土地図面の補完[1]（人々が貯水池によって
ドッグタウンを沈め、美化する前の）

下の道[2]にキニカム[3]が住み着いたのは、一七一七年以前のこと。この年までに、
　キニカムの家より
上のほうには、ジョーゼフ・インガーソル[4]とブライアント[5]の家が立っていた。
　スモールマンズ[6]が下の道の
終わるあたりに住んだのは、一七二五年より前。だから、八年
　ことによると十年かかったのだ。ここに「落ち着く」までに

上の道[7]は、もっと早かった。サミュエル・デーヴィス[8]が（おそらく貯水池にかからない所に）
一七一三年に住み着き、ウィリアム・ヒルトン[9]は貯水池になる所に（湿地だったので、直ちに
所有権を剥奪された）一七一九年以前に住んでいた。エルウェル[10]は、その上のほうに
　（ヒルトンの側に）一七一九年に
住み着いた——上の道の終わる所だ——そして、このすべてが一七二五年に
　ジャベズ・ハンター[11]によって確かめられた

だから、ドッグタウンの外郭ができたのは一七一三年から一七二五年の、十二
　　　　年間だった

伐採地の分配[12]は、一七二五年から六年に行なわれた——そして
二つの道を画定する文言は、以下のとおり

一七二五年（下の道[13]）「町から通じ
スモールマンズが現在住んでいる家に至る道」

そして——一七二七年（上の道[14]）「ジョシュア・
エルウェルの家のそばを通って伐採地に至る道」

グロスター（とアメリカ）の発展期は[15]
一七〇三年直後から始まり（入植者の第三世代で
——マルサスが人口論の証拠として使っている[16]世代だ）

——一七二五年には「安定」する。そして、一七七五年まで続くのだ
（この年、B・エラリーは
云々

一九六三年二月十六日　土曜日

続《セクエンティオール》き

スモールマンズは、一七二一年に、確かにそこを割り当てられた「一七二一年、十二月九日に
委員会が行なった伐採地に関する決議[1]」
こうして、下の道に人が住み始め、時間的には
合計ほぼ四年のうちに、端から端まで人家が建った。
この四年間は、[2] 住み着いた男たちのほとんどが「結婚した年」でもあった。だから
皆二十代だった。
それで、彼らの牧師であったジョン・ホワイト[3]の言葉が
記録に残っている（彼らに代わって、一七四〇年に
地方集会に宛てて手紙を書いたのだ）
「請願者たちの大部分は
船乗りでありまして

一九六三年、二月二十二日

氷に閉じ込められた男を（その姿のまま）舌でなめて救い出した[1]
雌牛の――――[2]雌牛自身が
生まれたのも
イミル[3]に食糧源を
提供するため（雌牛のミルクが想像されよう

オーディン[4]は、この男から直に生まれたか
一世代後の生まれで、オーディンの母は
巨人の――――。[5]

5

ギルフィの慰め　VI[1]

イミルに食糧を与えるために誕生した
雌牛オードゥムラ[2]は、
氷の中から男を　「巨人にあらず」
舌でなめて救い出した　男の名は
ブーリといい、男の息子（あるいは、この男自身がブールだったかもしれない）
ブール（あるいはボール）が、オーディンの父親にあたる

空をなす天は石から成り[1]（閃緑岩[2]で――その元は
黒雲母花崗岩だ）、地獄《タルタロス》[3]の敷居は、少なくとも
い、い、い、い、
そこでできた鋼から成り
そして大地は
――漆喰から出来ている

一晩中[1]
おれはエウモルプス[2]の末裔で
かつては結びつかなかった
物事を
夢の中で
結びつけていた

雨が[1]
湧き出る
丸い
天空

　すべての牛の角は
とりわけ、変形した角[2]は、
空へ昇って来る。プタハ[3]に
刻印[4]をはこぶために

　大地の人
プタハ。大地をおおう
空の
丸天井[5]は、海によって
「変形され」、いくつもの穴の
働きで
境界が定められる。

永遠なるいくつしみの[1]
腕を広げてください、処＝
女にして
母なる人よ

　　　　卑俗な
湿地と雌牛
あるいは雌豚。湿った土地。
果汁。そして、三倍の力[2]になって
したたる
オルゲ[3]

「大いなる大地の果てに」[1] H・(神統記) 六二〇行以下

グラヴェル・ヒル[2]が現在の名——犬が砂利を
食べるのだ

砂利がちの丘《グラヴェリー・ヒル》がドッグタウンの
「源泉と終端[3]（あるいは果て）」であった。町から
現在のスモールマンズの住居へ至る、砂利がちの下の
道を来る場合には。[4] 丘の状態はといえば、近代の用には
全く適さず、ただの副詞として放っておくしかない。まるで大地自身が
活発で、固有の特徴があり、
ある場所で地面から、しっかり顔を上げて
アテナ女神に向かってこう言えるかのようだ。[5] 私はここで釘付けにされています、
お見せできるのは顔だけですが、どうかお願いです、私が地中から救い出して
あなたの手にゆだねるこの人を、どうか助けてやってください、と。

砂利がちの丘《グラヴェリー・ヒル》の「父」ペロプスは、[6] またの名を
泥　顔《マッド・フェイス》といい、ドッグタウンの
創始者。その種の「理屈」もある、放っておけというものだ。
実際、「抜け目のない」奴にとって、好機ならざるはなし

なのだから。現実には、「貪欲」によって皆が皆「抜け目なく」なり、
つまりは「活発」になる、したがって、云々。
つまり、「もろもろの条件」が、必ずあるのだ。砂利がちの丘《グラヴェリー・ヒル》もそうだが
改良工事をするにも、いろんな状況がある
大地を正式に「庭　住居　家屋敷　果樹園[7]
に分けることができた時代の話だが。もし、これが郷愁だと言うなら
四月の雨を一息吸ってみたまえ
君の鼻腔の湿り具合を
考えてみようじゃないか——だが、おれは昼飯を済ませてしまった
この「牧草地」で（B・エラリーが
　　　「紳士」
　　　ジョージ・ガードラー・スミスに
　　　一七九九年
　　　一五〇ポンドで売却[8]）
「町」を
見下ろしながら
そこに座るおれは
万物の主
メンフィス王[9]のようだ
砂利がち《グラヴェリー・》の

丘《ヒル》の
頂きのむこうにある
ドッグタウンに——背を向けて

悪くはないものだ
むかっ腹を立てるのも

どんな条件にせよ
押しつけられた場合には。誰によってであろうと、いかに親しい人物であろうと

どんな
代替物が
出てこようとわたしに構うな、と
砂利がちの丘《グラヴェリー・ヒル》は言う。わたしは偶然の存在であって、この世の果てが
わたしの存在の
境界

わたしがどこで果てるか
教えてやってもいい、おまえが見つけ出せる
ように。わたしのいる所は、かつて
カワウソ池[10]に流れ込んでいた

古い入り江の端から
何フィートも上に登った
ところだ。古くて重い平石の
橋が、今でもなお
入り江に懸かっていて
わたしの北の端からほぼ三ロッド[11]離れた
「バック・ロード」[12]につながっている。だからわたしの頂き《クラウン》に登れば、
事実、ジェリマイア・ミレットの
豊かな牧草地が見渡せるだろう
実際、そこは（ドッグタウン）
最初の「家」で、東に向いたわたしの背中の
斜面の一部。あまりはっきりしないのは、
一つのものが確かに終わって
次のものが始まること。始まったことがすぐに退屈になってしまうのだ。
わたしも退屈などしてみたいものだが
どこから見ても仕事は山積み。消防
　隊が
ここまで駆け上がってきた日もあった——新聞ではここが
ブル・フィールドと呼ばれ——たった今話していた
わたしのあの側、
ジェリマイア・ミレットが所有していた

かなり切り立った側
——後にパルシファー氏の物になり、そして
一七九九年に、グロスターの町の
所有地になった——ところが焼け落ちた時のことだ。
要するに、わたしの
東側の果て（エレクソニオス[13]）が、
新たな環境の始まりになる
ということ。道は
わたしの周りを回った後、
ジェリマイア・ミレットの家があったところを過ぎるとすぐに向きを変える
そしてわたしの存在の境界を画すあたりには大きな岩があった、
道は進路を、正確に
北東に変え、おおむね
北東方向に延びていき
ドッグタウン・スクエアかウィリアム・スモールマンの
家の裏手に
出る。そこは岩が闇を
積み上げるところ、
大地の裂け目に
完璧に舗装された
　　ドッグタウン・スクエア[14]は

神聖な月、三月の岩だけで出来ている。
　　（一九六三年の
　　　神聖な月の
黒い花崗岩だけで。そして
岩の一つ一つがどれも
下を向いているのだ
闇の方を、
寒気と
闇の方を。そこから頭上の高みまで
恐ろしい岩が寄り集まり
親分格の岩は小山さながらに
地獄の口《ヘル・マウス》[15]を見下ろしている。スモールマン家[16]の裏手を
ここそが唯一、町から森へいたる道の始まりにして
終わり——わたしが始まりで、母なる大地《ガイア》の
子なのと同じこと——そして地獄の入口《カタヴォスラ》[17]なのだ。おまえはここから入っていく
暗闇の中へ。わたしから遠くはなれて、北東へ向かい
わたしより高い山へ、おまえは
入っていく
陽気に見える山へ
だが登っていくと山は
あの片隅とそっくり同じ感触

山頂の岩が
そろって煙草までふかしているような感触なのだ
おまえのまわりの何物も、空でさえ
この下り坂の重圧からおまえを解放してはくれない
あまりに豊かで物が詰まった坂だ。
そこが地獄の入口《ヘルズ・マウス》で
ドッグタウンの終わるところ
（森にいたる
二本の道のうち
低い方の道だ。
わたしは町に一番近い
こちら側の
起点で
そこ――大地の舗装されたこの穴
が終端　（境界は
消えうせる。

マクシマスより、ドッグタウンから――Ⅳ／[1]

紀元前二〇〇〇年に先立つ一世紀くらい[2]

前
――――　その年は再び始まった

三月の
――――　祭りの日々に[3]

野育ちで人に馴れず飼われることもなく、したがって荒々しく《ワイルド》
野蛮で凶暴な（父の

時代　われらの父も
タルタロス[4]で鎖につながれ
エージアン＝オブリアレオス[5]に
監視されていた。オブリアレオスの
比類ない男らしさ（抜群の男らしさ
美しい容姿と
力——一〇〇の力だ。あるいは
変換用語を使えば（一／一三七の
逆数[6]を持つ。世界を構成する
二つの純粋数の
一つを

（もう一つは
「大地」の塊　母で　乳を出す　雌牛の　身体だ
明らかに、不意に、ずっと
原始的で普遍的（？　ここでの
問題を非＝統計学的に証明することは
できそうにない。大地が「生まれた」のは
並外れて早く、二番目[7]
実際、食欲の
すぐ後。あるいは
古代スカンディナヴィア文献では

飢えのすぐ後に来る、まるで口の中のことのように
（それが発生というもの、「その場」での
ストロークス）[8]
　　大地は
そういう状態だった。そして大地は
その場でその時、陸地になった。国に
愛しい父祖の地に、大地はなったのだ。
吐き出されてケルンとなり、ウラノスの
妻となった。　ア　イ　ア
　　がコルキスの

もとの名だ（「地元の民」にだけ通用する
ことばかもしれない。すると、大地という
立派な名前はクーバン[9]に
なってしまうだろう。そこでは
あの未来像の創り手たち——文明の
創始者たち——が「地元の民」であった
ろうか？　紀元前
二〇〇〇年より前の
ある確かな時期
　　統計が
（有効なのは）

あの流れ、タルタロス
の外、
タルタロスは
神々より向こう、飢えよりも向こうにある。
大地の起点と終点の
　天と大洋の流れの
外側にあるのだ。オブリアレオスは
ポセイドンから大いに助けられたもの、その娘
キュモポレイアを妻にもらって。とはいえその妻には、
タルタロスに繋がれていた

他の二人の看守を
監督するというねらいが
あっただけだが――そしてその二人とは
「言い方を換えれば、下の下のずっと下にいるというのが
存在の条件で、その下には
物質があり、これはちょうど
　　　　君達みなが天に続くわけではない
天空のようで、大切なものだ
大洋を貫いて降りて行き
大洋の底ばかりか
大洋の果てまで延びていく
あの大地の根をもし君達が忘れるとしても

――大地の勧めにしたがい
天の助言によって、つまり祖父母の勧めによって、この者
ゼウスは、巨人《イオタンス》ども、[10] すなわち
懸命に
手を伸ばす
飢えを
外へ追いやった（追い出された中には
大地の一番幼い子[11]も含まれていた
タルタロスとの愛によって生まれた末の子だ、
愛の神《エロス》の助力を得て。アフロディテは彼に

強い腕と疲れを知らぬ
脚を与え——大洋の子らの
あらゆる力を
用いて——百の頭を持つ蛇どもを造った
(「恐ろしい『龍』」)は黒い舌をちらちら出し、
怪異な顔の両眼からは「『火』を
閃かせていた、そして百の顔から火が燃え出るのだった、
龍がにらみつける時には(敵を、あるいは
シャクティ[12]のように
愛で満たしたいと願う

女に向かって愛の光線をまっすぐ
放つ時には）しかも彼の恐ろしい百の頭部には
「多くの声」がつまっており
ありとあらゆる種類の音を出すのだ（想像できるかい？
言葉にならないだろう、とヒュー・ホワイト[13]は言うが、ヘシオドスは
言う（声にならないって？　と
　　というのは、龍の百の頭部が音を出したことがあったからだ
ただし、その音を理解できたのは
　神々だけだった
だが、おのれの

本性を声に出
した時の
テュポン[14]は
牡牛だった。またある時には
　　血も涙もないライオンの
心音
　　そしてまたある時には
すばらしい幼獣の声に聞こえた。
またある時には、蛇のようにシューシュー言うと
空は赤く燃え上がった

　　彼は
父のいる場所へ
投げ込まれた、そこからあちらへこちらへと押し流されて
底へつくまでには一年を要するところへ。タルタロスは
かくもあまねく「地下」にひろがるが「外側」にとどまり
（神々や大地とは
何の関わりももたないのだ——だが不意に
ある「喪失」をこうむることになった。タルタロスは
かつて天に
「勝る」ものであり[15]

（誕生の順番では）この大地の「子」に
先立っていたのである。タルタロスは
大地の次に生まれた（大地が
生まれたのは飢えの
後で——テュポンは
タルタロスによって大地がもうけた子、末の子とはいえ
最初に生まれた天と同じく、大地の子であった

遡ってみる、
統計の雲《ネベル》と「世界の果て」[16]の
縫い目に。この両者の結びつきから

何事かが起こって
飢え以前ができた——それは陸地と海を
九重にとりまく
大洋のようだ（天は九重に
陸地と海を取り囲み、また
陸地と海を逆向きにも取り囲んで

堅い塊を
しっかりと包み込む、そしてついに大地と自然の
馬鹿げた物語が貸し与えられるのだ
その分かりきった努力の物語は

時間をかけることもなく、仕立て上げられる。
時間のひろがりは
大洋から生まれ、大洋からは
　　　　　　三千人の
（大洋の妻がテテュス[17]だったとき）
娘たちが生まれ出た――「牢獄」であるタルタロスは
神々や人類よりも、飢えや
大洋のすべての底よりも向こうにある、
一つの縫い目である。コットスとギュゲスは[18]
三番目の「見張り人」ブリアレオスとともに

館を構える
　　　　　大洋の底に《エプ・オケアノイオ・テメスロイス》[19]
最も深い海底はティテミ[20]
大洋は
　　　テー[21]だと自らを
定める
　　　　あの端、あるいは大洋から
さかさまになったところが
もう一つの場所
タルタロスの始まり。そこは

あらゆる罪人が投げ落とされたり
投げ込まれたりしてきたところ、
夜も昼も監視されるところなのだ
（夜の館は罪人たちのすぐ
頭の上にあり、その一つの戸口から
昼が出て行く、昼の母である夜が
入ってくる時に。だから
同じ時に昼と夜が二人一緒に、「家にいる」ことは
決してない——地獄は罪人たちのすぐ
頭上にある
だから「上る道」となるのだ、虹の橋《ビフロスト》は

（ステュクスの館と使者イリスは
道中にある出来そこないの美[22]
　　この驚くべき梯子は
ありとあらゆる色の中の色をしており
神々や食欲の住処へ
戻る道であるため、神々や食欲にとっては出口となる。
始めに創られ囚われているこれらの者たち
にとっての出口となるのだ――大地と天が（あるいは大洋とテテュスが
最初に創ったあらゆるものにとっての
前面に出てくるすべての実例にとっての出口となる

ただし、公の物語を別にするとだ
　　天自身は二番目の生まれ、そして母なる大地のために
父なる天の男根を切り取った
クロノスは、
　　　　タルタロスにいる、
　　すべての神々から遠く離れて。
一方、雷とどろかすゼウスの栄えある味方
コットスとギュゲス、それにオブリアレオスは
神々を守る。
　　　テュポンは

タルタロスにいて、
かつてと同様、脅威であった（神々の敵だったのだ
テュポンは神々を震え上がらせた最後の怪物で
死すべき人間と不死の神々の上に君臨しかねなかった

テュポンとゼウスが戦った時
青黒い海は炎熱におおわれ、
地獄さえもが震えた。自分のもとへ
やって来た者どもを支配する地獄さえもが。
そして、テュポンより先にタルタロスに

閉じ込められていた巨人たち《イオタンス》[23]は、轟く音と
大地の震えによって
ぶるぶると揺すぶられた
　ゼウスは怪物《テュポン》の怪異な顔をことごとく焼き
テュポンに打ち勝つと、これを鞭打った
そしてテュポンをその母である、大地の上に投げ落とすと
大地はうめき声を上げた
　大地の大部分が溶けてしまったせいだ
ゼウスがテュポンを投げ落としたところが
強打をうけたテュポンの炎熱で錫《すず》のように溶けたのだ

それからゼウスは苦々しい怒りに燃えて
テュポンをタルタロスに投げ込んだのであった

　生命を育む大地は
すさまじい音をたてて燃え上がった。
前回、陸地がことごとく焼け焦げ
大洋の流れも海も
湧きかえった時——それがこの「溶岩」だった——
このようにして初期の巨人族は打ち負かされた
のであった。なぜなら巨人族は大地から生まれたのだから

大地自身が溶けて、巨人族を支える
基盤が燃え落ちてしまったからには、巨人族は
敗れるほかなかったのだ、ゼウスに逆らった
以上は。
　コットスとブリアレオスとギュゲスは
その日、文明戦争において
本分をつくし——首領ゼウスに加勢した
　岩の弾丸をゼウスの「電光」に
加え、自分たちと同世代の巨人族を殺したり、
鎖につないだりしたのだ

（『神統記』の詩人ヘシオドスが言うように、
巨人族は意気軒昂ではあったが、
意気軒昂《メタトゥモス》であったが、
　　　そこにはタルタロスがあった
飢えに劣らぬほど早くからあったのだ
少なくとも飢えと大地の直後には生まれていた
愛の神《エロス》より早く
　　　　　とはいえ愛の神は
父なる天の局部から
入り江で生まれた女神の姿をとって

タルタロスにつきそっていた
――夜が天を覆い、天の息子クロノスが
天の局部を切り取って投げ捨てた夜
愛の神はタルタロスにつきそっていた
大地とタルタロスが情愛を交わしてテュポンを
生んだ時のことだ

♯

かくして
三月

わたしが顔を上げると[1]
あらゆるものを透かして
その形が見えた
――それはすべての部分に
縫いこまれていた、下も
上も

5

このあたりの海岸に彩りをそえるブロンズの記念銘板[1]
の一枚

ジョン・ヘイズ・ハモンド・ジュニア[2]は
一九〇七年にイェール大学
　シェフィールド・サイエンティフィック・スクール[3]を卒業
スーパー・ヘテロダイン[4]を初めて使用し
これによって海上船舶の進行方向を定め
後には海中ミサイルの進路を
制御した

きみは少なくともロシア接着剤社[5]や
ゴートン・ピュー水産や、マイティ・マック・ハモンド[6]にひけをとらないのでは？

ウォルター・H・リッチ著『メイン湾』漁場[1]に関する手紙

この地域の海景が
合衆国東部の他の海岸地勢と
根本的に異なっているというなら、
波と嵐に叩かれ、氷河の活動や
北極海の潮流ですり減った海岸も、この地域の
海景に劣らず注目に値する。合衆国東部のどの地域にも
これに似た海岸はない。メイン湾の海岸線ほど
鋸状で、出入りが多く、ぎざぎざした所はないのである。ここは
自然の様々な力によって猛烈に叩かれた結果
船乗りにとって安全な無数の港や停泊地が
できたところ。海岸線に沿って散らばる
何百もの島は、この地方特有の景観で、その一つ一つを

初期の探検家は誰もが驚嘆して記録したものだ。この
島々の、陸地に近いものは、美しく、ほほ笑みをうかべ、
広々とした沖合いにあるものは、たいへん堂々としている。そして、本土にも島にも
　　同じように

頑健な漁民が数限りなく住んでいるのだ。

　　　　メイン湾内の
　　　潮汐《ちょうせき》の
干満差は、この地域の他の海域に比べて
とてつもなく大きい。ケープ・コッド
南の

潮汐は四フィートの範囲を超えることがめったにないが、
ケープ・コッドの北で一度に七フィートから一〇フィートの満ち潮が生じると、
この満ち潮は東に移動するにつれて、きわめて着実に高さを増し、
もともとミクマク族[2]がいたあたりでは、二八フィートにもなり、

ファンディ湾で潮の高さは最高点に達する。そこでは
干満差が五〇フィートあるのはざらで、

場所によっては
七〇フィートの潮汐が報告されている。多分、このインディアン潮汐[3]は

世界最大。海水のこの大きな満ち干が
造船を助け、船の進水に役立つのだ。それに
また深海の水を海岸のいくつもの入り江や
河口に運び、相当大きな船舶でも陸地の内部や
川の一番小さな滝まで航行できるようにする
のも、この大きな満ち干の力だ。

　　ここは極端な
　気候の土地

そして、北緯四二度と四五度の間にあるため、
この地域は、寒冷
と言える。どうやらメイン湾の海水はメキシコ湾流から

迷い出たどの潮流の影響も受けていないようだ。メキシコ湾流は
湾の口から相当遠いところを通過しているからだ——メイン湾の口から、それに
ブラウン浅瀬[4]からも遠いところを——だから、陸地でも海上でも
この地域の寒さを和らげてはいない。この地の海水が
ラブラドル海流[5]からの流水によってさらに冷されているか否かは
問題である。冬は長く

　　　たいてい大雪になるが、今はそうでもないのは
　無風帯《ホース・ラティテューズ》が北へ移動したためである。秋と冬は
ほとんど毎日、強い突風が見舞った。

この「暴風」の中でも
最も危険なのは

山から湾の北や北西に吹きつける風だ。
こういうわけで、いったん漁場に着いたとしても
漁業の道具を取り付ける機会がないかもしれないのに加えて、この地での
冬季漁業に重大な危険がないとはいえないのである。ニューイングランド北部の
氷が減る事は決してない、とはいえ、

多分、この誉れ高い海域には強力な潮流があるため、

主要な港が
氷のために閉ざされる事はめったになく、たとえ閉ざされても
ほんの数日にすぎない。夏は

概して穏やかだが、ところによっては
極めて暑く、（七月一〇日から九月一日にかけての）「猛暑の候」の間中
ずっと霧が重く垂れ込めるのだ。それは、南から来る弱風と、
南西から来る弱風が、メキシコ湾流から暖かい湿った空気を運び、その湿った空気を
陸地から吹く冷たい気流と混ぜ合わせる時に起こる現象だ。ファンディ湾の霧と

インディアン諸島のもやが
陸地にかかる。流れの
起点は氷、隠れた
言語の流れ、人々が語る話は
巫女《ムトゥーリン》[6]のこと、波間で演じられる
仮面劇、[7] 海岸に着いた人種のちがう男達を
見張るインディアンのこと

霧、特に注意を惹くのは霧。夜更けに歩く君のそばで
影が斜めに伸びあがるのが見えるだろう。様々な物語、

絶えることのない言語で語られる物語。夏の季節の間
東からの風と北から吹く風
のみが、漁場の外環状圏域に青空を
もたらす。

「ファンディ湾《バヒア・フォンダ》」——この詩を書くわたしに、
ウォルター・H・リッチの本を貸してくれた
R・H・マーチャント[8]に感謝をこめて。

マクシマスより、グロスターへ、手紙157[1]

年老いたインディアンの酋長が
タランティーノ[2]の家と
ランダッツァ氏[3]の家の間にある
岩の上に、亡霊のようにすわっていた。
肝をつぶしたランダッツァ氏は、家の中へ
逃げ帰った

わたしが住んでいる家の、ちょうど裏階段から
この話の舞台
が見える
その話を教えてくれたのは
ミシュラカ氏[4]

彼の母親が伝えるところによれば
フォート地区全体が
亡霊を生み出す土地だとのこと
犬たちの亡霊を。そして、少女の頃、あの裏階段のどの段にも
獰猛《どうもう》な、青い犬がいて、襲いかかってくるのが見えたそうだ
彼女が戸口から出て行こうとしたときに

　タレンティン族は[5]
　海岸の
ペスト。海辺のインディアンの一団で
南はグロスターまでを
襲撃した。おそらく
アルゴンキン族に属する部族で

紀元一〇〇〇年[6]のヴァイキングも彼らだった。
これらシチリア人の[7]

話すイタリア語が
古代カルタゴ語であるのと同じだ。というのは、タランティーノ族は
ミクマク族だったから。彼らは、まず、ラ・ハーヴ岬沖に姿をあらわし
ここまで南下してくる以前は、

漁師たち相手に
商売をしていた。

海岸での仕事が
始ってからずっと

海岸で働く者たちから
タレンティン族は、ナイフ、ケトル、
上着をもらい、この者たちに
盗んだトウモロコシを売りつけた。[8]

争いを好まぬインディアンたち、つまり恥を忍んで
臆病者らしくタレンティン族の狼藉に耐え、

みすぼらしいあばら家で縮こまっているインディアンから盗んだ
トウモロコシだ。このインディアンたちは新参者の白人に頼んで

ずっと昔からある海岸に、古くからいる手強い奴ら、すなわち
　このタレンティン族の
略奪集団に対して決起する手助けをしてもらおうとしていた。

あるいは、タレンティーノ族は犬だったのかもしれない。
餌をあさるために後で海岸にやって来た犬

白人の病気がおさまった後でやって来た犬だ
——黄色病[9]と

インディアンはその病気を名付けた
誰も診断していない病気を

ただし、既にロンドンに
連れて行かれていた

インディアンは別で
どこかから
この病気を持ち帰った
らしい。タレンティン族は
ペノブスコット湾
以東の、海岸全域を
略奪した

55

なぜ光、と花々が？[1]　ポール・オークリーの家は、[2]
じかに、メイン・ストリートのウォーター・ストリートあたりから見える
　　　　　　海の向こうの
内港の向こう岸では
　　　向こう岸では

　　　　　　たくさんのマストの上の
はるかな高みから、古の情景をみおろしている

多くの庭は
海の際まで
延びていた（東に面した
私有地のことだ
　　　　　　　　わたしの見ているのは
聖母マリアが[3]

自分の丘の主人となって
二つの町の間に
立っている様子

東からきたメイン・ストリートはウォーター・ストリート
のところで直角に北へ下っていく。
ポール・オークリーの家は、メイン・ストリートをまっすぐ下ったところにある。
マリアさまが向く方角も、受ける光も

ミドル・ストリート九〇番地の、腰折れ屋根が
削り取られた家と同じ。[4]

　　　　　　　　光の形

花々の
　　位置

フォート・ポイント　セクション

宇宙に網をかけて曳いた[1]
おまえ
さあ、鉄の網を拡げよ
エンヤリオーン[2]

都市の災難

エド・ブルームバーグのために[1]

フォート地区には、少なくとも一本の
桃の木が残っている。この桃の木や葡萄の木の下に
座っていた、ダッチー一族の[2]
二人のシチリア娘、故国最後の暗い色の服を
着ていた二人の娘が、桜の木を切り倒した
のだが。ダッチーが自分の桜の木やりんごの木を
切り倒す前のことだ。ダッチーが、ついにそんなことをしたのは、
子どもたちの両親に訴えられるのではないかと
怖くなってきたからだ——で、おれは聞いた　訴えられたのかい？
　　奴は三〇ドル支払った。　そしてある朝
電動鋸のいやらしいブーンという音が聞こえた
（おれは山の中に戻ってきた気がしていた）
その音で目がさめた。家はがたがた震え、窓の外を見るとりんごの木は
なくなっていた
　　　　だからおれは自らの慰めにするのだ
昨年の春、丘のむこう側を
下ると
そこは、今ではフェデラル・フォートの地所を正規に所有している

サム・ノヴェローが、[3]犬に吠え立てられながら、塀ごしにゴミを投げ捨てる所で、
サムは、火災報知器が鳴るたびに大声でわめく男だが、
このごろは、そこで、この桃の木が素晴らしい花を咲かせているのを知ったから

この上なく見事に咲いていたのだ、一九
六三年の春には
まだ（サムの勤め先は、レヴァソー園芸場で[4]
トラックの運転手をしていた。ダッチーの木を
切り倒したのはサムだ——バートレット植林とか
なんとかいう名前の会社名義で、
三〇ドル受け取っている。何週間も
たってから、エド・
ブルームバーグが
詩の説明をしてくれと言った。君はどう
思うんだいと聞くと、エドは決して
諦めるなということかな、と言った（希望？
そう、エドの青い眼は示していた（おれが

ネルソン薬局で会ったもう一人の
男は（ソフトクリームを持っていた
毎日午後二時三〇分に食べるのだ
退職してからこの二年間というもの
ずっと）この男の眼も青かった。その眼の色は
燃え立つようなアクアマリンではない
ネブカドネザルの石板に[5]
描かれた獅子や牡牛が
情欲にかられて、四つ足で
飛び掛らんばかりに跳ね回る、
あの悪魔の眼ではない。ネブカドネザルが
両脇に連れていたのは、この四足獣？・？・？・）

一九六三年、六月六日

乙女の頭部と戦車が[1]
表紙の金の輪郭線内に
描かれていた

騎手たちや
老人たちは
たった一人の賢明な女体の
半分の大きさ。
四輪馬車の荷台に乗った
群集の真中で
賢明な女性は
一同の頭上に皿をかかげている

グロウシースター[2]港に
突き出た
島あるいは岬《ネック》の突端
その花崗岩上に築いた砦の

堡塁《ほうるい》か土塁の上に備えた
八台の二四ポンド砲の間で
乙女は皿をかざす

先頭は戦車、
四輪馬車か荷車に
乗った乙女を
曳いていく

あの岩のそばの
建物の後ろにある
オーランドー家の横の[3]
道というか入口は——後部入口は——
砦への通路。この通路を使って
装備、食糧、弾薬、見張り、
その他（正確にいえば）砦を維持するための
必需品は何でも、兵士たちに供給されるのだ

外側斜面は
ほとんど垂直で（砦造りの
文法からは、すでに

逸脱している)、より正確には
城の前面斜堤の
特徴を帯びる

砦もしくは城に据えられた
乙女の頭部

ドーチェスター・カンパニーの
創設者、
ドーチェスターの
ジョン・ホワイトを讃えて
(彼はベルギーの——
ハンザ同盟を
範とし)ステージ・
　　　フォートの
コナントからの要請に直接答えた

受け取った手紙には
　　「この新しい
国に恒久的な
居住地を
　　　建設しようという
宗教的な意図をもった人々の
受け入れ地を」[4]と書いてあった。
ドーチェスター・カンパニーの
九〇名のうち
　　　生きのびた六名が
ニューイングランド・カンパニーに入った
これもホワイト氏が
推奨して、創設したものである

丘のほうへ丘のほうへと
いくのだった　日曜日になると
山の
表を
通りぬけていった

そして向こう側で
山に
抱かれるのだった

海水が
どっと流れ込まないように
そのあたり一帯に
凸凹をつけておくこと　堡塁の
周囲は鉄条網で囲み　後部入口には
柵をめぐらすこと

J　G　トティン大佐の報告　一八三三年[2]

書物狂《タントリスト》いが[1]
市庁舎の
男根像《リンガ》の上に[2]
腰をおろした
眼に入ったのは
四つの車輪
市庁舎の
塔の土台の
四隅から
外した車輪

砦跡《フォート・プレイス》よ、おれはお前の上に立っている[1]

円形建築《ロタンダム》[1]

都市の
丸屋根
戦闘態勢をとる
砦の
丘[2]

あるいはリンゼーが[1]
町に対して怒号をあげた[2]
砲撃用将官艇[3]
付属小艇[4]
スクーナーの群れ　上陸部隊　海兵隊員たち
そして工作員たちは
パヴィリオン・ビーチの魚干し棚広場に
火を放ち、その火で町を燃え上がらせようとする
町全体を炎上させ
リンゼーの気まぐれを満足させようというのだ。

というのは、拿捕《だほ》しようとした船が一隻
グロスター港に逃げてきて、ピアス埠頭と
ファイヴ・パウンド島[5]の間にある
浅瀬に乗り上げたため。

イギリス人艦長はハッハッハ、
町を丸ごと焼き払ってやろうと高笑いしたのだった。
その間にもマスケット銃を持った市民が数人
埠頭に集結し終え、
拿捕寸前の船の甲板に上った
最初のイギリス人三人を射殺。

すると、リンゼー艦長は逆上し
ユニテリアン教会[6]に砲弾を雨あられと
撃ち込んだ。しかし、艦長がすでに

拿捕していたスクーナーは
港に入ると、これも
グロスター市民に奪い返された。
二十八人の海兵隊員と、居合わせた雑多な
イギリス人の船乗り、加えて
ヴィンセント入り江[7]の沖で仕事中に

強制徴用された数人のアメリカ人も奪い返された。
一方、本土とつながる岬、フォート・ポイントでは
魚干し棚の間で
軍艦ハヤブサ号から派遣された
兵士たちが
魚干し棚広場に
火を放とうと躍起になっていた。

町の他の男たちは

何の苦もなく
兵士たちを捕らえた。
そして兵士の中の一人が
持っていた角製の火薬入れが短すぎたためか
あるいは町に火を放つ作業に
手間取りすぎたためか、

あらかじめ
燃えやすいものに
つけておいた火が

奇妙な事に、逆向きに燃え上がり、
あれよあれよという間に
角製の火薬入れに達して、
兵士の片手を吹き飛ばした。

この八月のある日
グロスターの市民が二人
命を落としたのは事実だ、
それに恐怖がのしかかっていた。
翌日になれば、
イギリスのスループ型軍艦が[8]

無防備な町の民を
きっと皆殺しにするだろう、と。

だが、翌朝の未明
見よ、軍艦ハヤブサ号が
港の真中で
引き綱に曳かれて去っていくではないか
風を孕んで、港から
出て行こうとしているではないか

60

十三隻の船のなかに[1]
デーヴィッド・ピアスの
コーポラル・トリム号が入っていた[2]
積荷の価格は一九〇〇〇ポンド（ドル

そして、一七九四年から一七九八年まで
連邦は、知る限りでは、
一九六三年の今日この日まで、
何の法的手続きもとっていない。
　それは大統領個人の戦争だったのだ。[3]

とにかくそういう扱いを受けながら
グロスターはどんな保障を得たというのか？
フランス軍による
被害をこうむった
唯一の地だというのに。
トマス・ジェファソンと
ジョージ・ワシントンの一同が
独立宣言を起草し、第一次
独立戦争を
おこなった時には

若きアメリカ合衆国に海軍の力を貸して
支援してくれたフランスから
被害をこうむったのだ。

ひとつの反対意見として
連邦主義は[4]
それでもなお、あらゆる権利を有すると
考えるべきなのかもしれない。
南部連盟旗[5]を
叩き壊してしまえ、
トマス・ピンクニーは受け入れないくせに[6]
セーレムのピカリングなら受け入れる[7]南部との
銀行取引や提携など止めてしまえという考え方だ。
ピンクニーに席を与えるな、という南部。
おれは昨日、図書館の前で腰をおろした
三日前に入って、中から市庁舎を見た
同じ図書館の前で。そして確信したのだ
一年前の誓いは
いまや、神への愛に一生をささげ
他者のために働くことになったことを、それは
「慈善協会」が誕生したばかりのころと同じく[8]

新しいのだ、と。
　　　デーヴィッド・ピアスは
噂によると
ついに
　破産したとのこと、四度目に。
その時は
海上貿易法によって。[9]
船荷をさらにひとつ
失ったときでもあった、
船荷を売る予定の港から
船をそらせてしまったのだ。
船長は
嵐にあって
ポルトガルの岸辺で
難しい流れの
入港口に船を向けられなかった
インドでもマダガスカルでも同じだった
そして北部人魂を見せようとして
果たせず、別の港で
船荷を売ったのだ。

　一国の
すなわち北部の
　こうした財産は
支持されていたものだった、
グロスターに
普遍救済説[10]が起こるまでは（テュロス人
集会所[11]のメンバーは
たぶん
「自由の息子団」[12]と同じ。
　たとえば、「通信委員会」[13]の委員たちが
捕虜として、リンゼー氏の船に乗船したことがあった
その時、一七七五年八月八日に、グロスターの
市民たちは、拿捕《だほ》された船を
奪い取り、奪回して
通信委員たちが、フォート・ビーチ[14]で船から降ろされるようしむけたのだった。

またしても出てくるのは
　価値の問題
まるでわれわれは
アル・アラビの
　巡歴[15]に戻ったかのようだ

もう一度言うが、
デーヴィッド・ピアスへの補償金は
いまだに支払われていない

　オッペン氏よ、[16]
おれは開いてみたい
　余すところなく語り伝えられた
歴史のファイルを——

　先の方へ行くと歴史も
満足がいくようには
組織されていないが

　その秩序は
確かに芸術

頭上の天は
天体軌道の
技を
しかと表明する。

そして、地球の一日の
自転軸と
地球にとっての太陽の一年は
異性訪問者に対する学生寮の規則よりも
もっと重要だ

社会に関することは
布告されない戦争で
損害が出る場合には、
議会が大統領を支持しなくとも
いっこうに構わない
したがって、問題は
連邦組織や
組織一般が、
直ちに世界戦争の[17]
形をとって出てこないなら、
何ほどのものかということ。

おれはいま一度
ティモシー・ピカリングの襟首を捕まえる
常に間違っている

者として
そして今、議論ぬきにこう言うのだ
われわれの置かれている位置は、ただ
われわれの中の誰かがもたらしたものだから耐えるほかないのだ、と

一七九四年から一七九八年
　連邦政府が初めて
臨戦態勢を固めた
フォート・ポイントにて記す

一九六三年六月

　　その数年間に
市がこうむった
被害総額は
二〇〇、〇〇〇ドルと
連邦政府あての請求書に記されている

水辺にいる二人の女に、振り向いてくれ、そして[1]
わたしの父親を川から救い出す手伝いをしてくれと
言ったが、そのうちの一人の女の
ひざ
そして、地下の女王
ネプテュスの館では
富（金）が
大地の穴に埋められているので
わたしのすることといえば
指で地面をひっかくだけ
すると、小人が出てきて
一ドル三七セント分の小銭をくれるのだ
欲しいときにはいつでも

ステージ・フォート・アヴェニューにある
わが家のすぐ前の[2]
（渋い実をつける桜のそば）の地面には、
くぼみがある。木のあるところから丘にかけて
今でもくぼみがある。あるいは、最後に
（最近では一九六四年に）
息子と娘を連れて行ったときには、あった。
二人が掘る気になったとき
どこを掘ればよいか
教えてやるために連れて行ったのだ

グロスター港内の前述の[1]
船舶や船の所有者が
取り決めた契約は
前述の船や船舶の所有者が
全員の合意によって保険をかけ
損害を分割するというものである。[2]
ドルフィン号とブリタニア号が
間違いなくB・エラリー所有の
船であるかを、いかにしてわたしが知ったか

といえば、エラリーの支出および
サービス業務日誌に記されていた
ためであり、そこには南洋航海を含む
いくつもの旅程名が明らかに記されていた。
毎年、ヒズ・バック・ドア・アト・ザ・グリーン
というようなところから出航するのだ。

ドッグタウンのB・エラリー、と彼が自分で署名している。

川の図面で、仕事は終わり[1]

サヴィル先生が描いたフォートの図面[2]の正確さから察するに
たぶん先生は、港と運河両方の
図面を描いた人で、またそこの管理もしていたのではなかろうか？
このオールド・バス・ロック水路で、[3]平底舟がいくつも難破。アニスクウォム港よ
弔いの鐘を鳴らせ。川をさかのぼってオバダイア・ブルーエンの
　　島まで[4]　黒雲母花崗岩の
　川床　川は　流れる
二方向に　岩棚があるのは
ロッキー・ヒル[5]の一箇所のみ　キャッスル・ロックは[6]
　　　運河にかかる橋より
　　数ヤード先にあるので
　砂が集まるのは
　　書字板のような
テーブル・

ロックの口から[7]
沖に出たところ

運河会社が[8]
できることになり
法人組織の記録用に
図面が引かれた

天と地の間に
坤《クン》[9]　そして　どの側にも　四つの
方角　二つの岸
このあいだを川が流れる
北からはいって、南へでる
潮が逆[11]

流するときに

合流地点では
波頭《なみがしら》ができ
ミル川は[10]
満ちる

洪水になると
あたり一面、ずっと遠くまで水浸しになる
アレグザンダー・ベイカー所有の[11]
アキノキリンソウの
野原
から

乾いたラヴェンダーの
野の花まで　ウミスズメは腰を落ち着けて太るが
セグロカモメは来たことさえないこの町
モウズイカ　アスター　カラシナ　オオミゾカクシ[12]

タデが今、玄関口の庭に咲いている

水かさが増すと
サージェント一族[13]の家々とアップル通り《ロー》[14]との距離はなくなり
川は塩のオーシャナ湖[15]と化す
ベイカーズ・フィールドからボンズ・ヒル[16]まで

閃緑岩のくぼみには
氷河期から、この心地よい夏の夜まで
ずっと、何一つない。
川が、この休止期間
流れるのを止めるだけ

二つの丘の揺るぎなさ
二つの方角の揺るぎなさ
壷の底には、海中植物の
盛り上る力

川の真中を通る
小潮や上げ潮は

いくどもいくども
川を濃化する

古い船体　岩の多い湿地[17]

さあ、出発だ[1]
箱の舟にのって、海へ

マクシマス詩篇　第三巻

共和国を描くために[1]
はるか彼方の国家を望み見たものだ
ウォッチ＝ハウス・ポイント[2]の暗がりのなかで

フォートの[1]
小型要塞《トーチカ》なみに設計された
黄色い家に住む
タランティーノ夫人[2]が言った
あんたは鼻が長いのね、と。
あんたは誰の事にでも首を突っ込むのね、
違う？　という意味だ。おれは
そうです
としか言え
なかった

真っ赤な嘘のヒューマニズムが
　まかり通っている

善き女神《ボナ・デア》（アテーナ
守護女神《ポライス》）[1]　政策は
必然的に拡大解釈される
おれ自身は、区や
行政管区の
人間だから
普遍主義を嫌う
そんなものは、ある階級の、堕落した生活をする
　人々の
役に立つのが関の山で、そういう連中にも
買えるものを提供するだけだ。安っぽい
信念を。　角の雑誌店には
（プロスペクト・ストリートとワシントン・ストリート
　の角にあるオコンネルの店には）
各種の番組表よりももっと大切な
　場所がある。　善の女神[2]が
ついて行く
速度は
人が外へ出て行く
速度にはかなわない

どこへなりと出て行って
欲しいものを手に入れる速度には

20

ソヴィエト人民——それに延安《えんあん》の洞窟で[1]
共同体暮しをしていた頃の毛沢東[2]を除くと
たぶん、最後の人で

そして、ともかくわれわれが知るべきは
西欧には
頭の中に自分のベッドを持っている者もいるということ。リシュリューは[3]

仮に愛の営みにいくらかの時間をかけたとしても
自分のなすべき事も
同時に行うほど、
多忙だった——事実、はっきり言うなら、
(愛人をもっていたにしても) 彼は
フランス人とインディアンを徴兵して
三つの攻撃部隊を編成し
シャンプラン湖からホワイト川[4]の
西支流 (そのときは堅い氷だった) を下って行き
開拓地沿いの三つの無防備な
イギリス人の入植地[5]を同時に襲撃したのだ
なかでもアン岬は、当時、勢い盛んな入植地の一つ

（襲撃された三つの場所のうち、アン岬に一番近かったのは
サーモン川だった。その反射作用に、巻き込まれたのは
グロスターからやって来てメイン・ストリートに住んでいた人々で、[6]
当時、陸軍将校長だった人（インガーソル）や
カスコ[7]——つまり後のポートランドで
戦力の一端を担った人々だった

神は完全に肉体をそなえた存在だ、[1]
だから信じられる
われわれが「しがみつく」この世の
パジェドモースト近郊[2]もおなじことだ
そこは森で、われわれの身体は
木々にしがみついているのだ

おれはその女《ひと》に[1]
フレッシュウォーター入り江の[2]
向こう側にある
泉の話をした
泉はちょうど湿地の端にあって
海が満潮になるたびに
あふれ、潮が引くと
海の水は水源から
急速に遠ざかる
そして、潮が引く瞬間に
泉の水をほんの少しでも飲むと
よそでは味わえない味がするのだ、と。

泉にかかる木々を
おれは彼女に教えてやった
潮がすっかり引いた後
二人で立っていた
ドリヴァー・ネック[3]側から。

メイン・ストリートは[1]
さびれ、すべての丘は
ブルドーザーで平たくならされて
しまった。　　アニスクウォム川だけが、
それにステージ・フォート公園だけが
生き残っている。メリマック川[2]が
いったん氷の下に姿を消し
大漁場に注ぎ込むあたりで

そしてアニスクウォム川の端にある
両極岩《ザ・ボールズ》[3]の上で

そこの岩はカイガラムシのせいで
やわらかくなっていて

草や茨の

茂みは

烈しい熱に曝《さら》されて
いる　おれはこれといった事もせず

万物を
　　　見渡しながら時をすごす

西側斜面の方が
東側斜面より

親しみやすく[4]

ドッグタウン・コモンズの
いくつかの場所の方が

人間の精神より
親しみやすい。この地域に

人が住み始め
畑が開墾されて、

もう巨礫もなく、ちょっとした
牧草地の風情をたたえている、今の

人々の精神より。グレート・ヒル[5]の
　　　悪魔の谷にある
いくつもの瘤《こぶ》と、
ドッグタウン・スクエアにある瘤は
魂を裸にする
狂気への
入り口

人は
荒涼とした場所にすわる
まるでここが
他の場所と同じであるかのように
そして立ち去るのだ
リゾート地を
後にして、草と
天国の大気を
求めながら。　神の
御心にかなう
戸口への上がり段などない
ことを知って　座るのは
デー未亡人[6]の氷礫丘《ケイム》にある
貯蔵室
のそば　漂流物質でできた
この高い段丘は
氷河下の流れが地上に出て
できた原野だ。ドッグタウンが
海抜下にあった頃に
柔らかなものから逃げて

西へ
あるいは丘の頂上へ向かったのだ
さびれた街から逃げて　ある十二月
　　　　　　　　家にいた

人間たちがもどってくる時まで
人間たちが

魂の街になり
街の襞《ひだ》に愛がやどる時まで

人間たちは大地を満たした。人間の存在には
積極性があった。人間たちは

海の渦巻く耳で
もったいぶったことばに耳を傾けた。

人間たちは、氷の下を流れる豊かな緑の水の
通路だった。層状の漂礫土《ドリフト》[7]を運んで氷礫丘《ケイム》をつくり

自分勝手な怒りの爆弾を
自分の愛するものたちの語らいの中に落とし
自分のやり方を押し通して万物の玉座に着いた

閃緑岩は
黒雲母花崗岩にふくまれる
閃緑岩のまわりで
黒雲母花崗岩が破裂し、
閃緑岩を分割できない塊にしたのだ[8]

大気中の力は
息《プラーナ》[9]

それは氷の中にも
両極岩《ザ・ポールズ》[10]の頂きにも
閃緑岩の
玉座にも
見いだせはしない。大気の中だけが

おれの座るところ
斜長石《しゃちょうせき》[11]の
尖端に取り巻かれて

光を[1]
たっぷりふくんだ
花が[2]
天国の
大気の中を
下向きに伸びる

700

顔を上げると
見えた。わたしは
左にある
オケアノスと

向き合っていたのだ
その震える
環と

ウェイマス港は[1]どんな形だったのか　というのは、そこからグロスター行きの
船が初めて出港したから　ニューイングランド行きの船や
マサチューセッツ行きの船が　アルフレッド[2]とかアルゴンキンとかいった

響きのことばを確かめながら
波にもまれて
海を渡っていった　ウェイマスの

グレース号　オンフルールの[3]
ディリジェンス号　ターン[4]へ行く
マリーゴールド号　号笛で合図する

ルーアンの船　さかんに
投票を求めるウィリアム・
ブラッチフォーズ[5]とその兄弟

か息子——そして…港の
ヘンリー・ウォルサムは
物品税の

除外を申し立てた／　輪
入税の撤廃を　例の
ジョン・ラーセン[6]はこう言った（これは
アラビア語なの？[7]　　分から　分から
おれには分から《ネスキオー》ん　　投票なんて

一九六三年六月（二十九日？）

三〇トンのアミティ号がいろいろな積荷を積んで[1]
ニューイングランド目指して

出航した、と記録にある「一六二五年
二月に出航した　　三五トンのフェローシップ号と

張り合うかのように」

だが、一方では
ヴァージニアから戻った、という記録もある――どういうこと
なのか、一六二六年に、ヴァージニアから戻ったとは?

郵便鞄《かばん》へ逆戻りだ、[1] つまり
息子と父が結成した
郵便連合[2]へ

鏡に映った、五十二歳の
自分の、姿

自分の雌豚についていくと、リンゴが[1]
雪にうもれていた

春、
ドッグタウンの楽園で
花咲くリンゴの木々　酸っぱいリンゴ[2]

からからに乾かしたリンゴ　サンザシのように乾いた
リンゴ　リンゴの木の枝を少し
もぎ取り、それを使って書く
まったく戸外にある書き物机の上で[3]　空気は

三世紀にわたる樹液の苦闘の香りがし、樹液は
幹の中で出口を見出せない精液のように、上へのぼって
不毛な樹皮にいたる　木の幹の色と同じ
灰色の角材をそぎ継ぎにした壁を窓の内側にし、窓から、外にある
もともとの木の幹をのぞき見る――グラストンベリー[4]

そこの土に突き刺した杖からジョーゼフのサンザシが出たのか

あるいはグラストンの雌豚がクリスマスイヴに
ジョーゼフの木のサンザシへやって来たとき、そこにリンゴの木があったのか、サンザシは
西部地方《ウェストカントリー》の空気の中で葉を出すのか
　　アーサー王がこの地にいる
　　王の妹も[5]
　　王の妹が恋人にと定めた
　　デーン人オジールも[6]
　　彼らの兄弟オベロンも[7]
　　そして、海から数マイル離れたところには
　　　マラブロンがいる[8]
ドッグタウンへ向かう途中の下の道付近に

アン岬の権威[1]すなわち
子どもたちの[2]気まぐれによって
埋められた愛の一族《ラヴキン》[3]
町の通りの曲がっているところは
アブナキ族との境界線だったから。
古代スカンディナヴィア伝説が
伝播してきたのは
ミクマク族[4]の居住地よりはるかに遠くからだった（ジョン・ネプチューン[5]を
はじめとするインディアンのシャーマンは語り伝える――このすべてが
大地から生ずるはずだったと。ブリストー[6]は事実、発見されるべき土地であったし、
こちら側のブリッジ・ストリートは、[7]まさに
教義が再び生まれるところ

西インド諸島行きの船は、南方航路を行く船だ[1]
漁業が終わってから行われる、その年四度目の
つまり最後の船旅で、十月と十二月に南方の海へ
出かける　ヴァージニアやチャールストン[2]や
もっと遠くへ魚を売りに行くのだ、同じくらい頻繁に？　船は
ウォーカー入り江[3]で穀物を積み込んだのだろうか？　西グロスターの
農夫たちは、一六九〇年頃までに、グロスター随一の金持ちに
なっていた。自分たちのガタピシいう漁船を
セーブル岬[4]から呼び戻し、船荷を積んで
南方へ送り出したらしい。乗組員も船長も
同じまま、食料品を金《ゴールド》と交換するために？
あるいは砂糖や煙草と？　そして一月には帰港して
ふたたび漁に出かけるために――夏のリゾート地へ冬に寄港して
ハスケル・ストリート[5]から出発するのだ。水車は
たぶん今でも潮流の関係で小さな船が
停泊するところにあって、つましい漁師たちがそこにいた
あるいは、漁師たちは、入り江のずっと上流へ
曲がりくねった水路を遡っていき
フレッシュウォーター入り江やパナマ運河のような

水路の両岸で脇腹を締め付けられているか、
リチャード・ウィンドーの台所側の斜面にある裏庭で[6]
泥に埋まっているとも考えられる。裏庭の斜面は
ハスケル一族の家々から、[7] グロスターへ行く道のすぐそばを
下っていく。トウモロコシは魚と一緒にこの入り江から
南へ出て行く、そこの泉の
ベイワード[8]まで。　　ハスケル一族は
十七世紀に開いたハーバー入り江の支配者である。
エイブラハム・ロビンソンの未亡人と結婚した
ヘンリー・ウォーカーは[9]（結婚する時までに彼女はウィリアム・ブラウンの
未亡人にもなっていた）エイブラハム・ロビンソン二世を育て、
妻の娘[10]
（父の名を継いでメアリー・ブラウンといった）をハスケル一族に嫁がせた

こういった人々は——アン岬に四〇ある漁師世帯のなかでも[11]——
豪農だった。一六九〇年に、カリブ海や
ヴァージニアの入り江に自ら突き進んだ猛者だった
詳しく時期を言えば、アメリカの船が、まだ生まれてもいなかったし、考案されてもいなかった
　　頃だから
彼らがどこに姿をあらわそうと
もっと大型のヨーロッパの船に、呑み込まれたに違いない

幼い魚が急流を下って、ミル川の水路の
向こうへ出て行くのを、わたしは見たことがあるが、そのように

40

ウォッチ＝ハウス・
ポイントで、[1] 新たに
見いだせ。注意《アテンデオー》して
この世のありさまを
広く知らせるのだ（湿地をこえた
向こうの境界までのありさまを。微細なものが
壊れずに電磁圧[2]の流れをおよぐ
とき――そこにあるのは、あって当然の四季
だけのときでも［向こうの地には
　　ウトガード[3]　外＝庭　このとき
特定の季節が（日々が、実際には時間が
可能にするのだ
（不可能なことを。その様式は
必然的運命や
偶然の運命とも
違い
　嘆きや　愛や
　　知識とも違う

一軒の家——
ひとりの父　ひとりの母　ひとつの都市[4]

20

西グロスター[1]

西グロスター[2]の
アトランティック・
ストリート[3]では
ホシバナ
モグラ[4]が
星形で輪状の
鼻を支点にして
くるくる回っていた
タールの道路舗装材
の真中で

たぶん頭を
強打されたせいだ（事実、
ずっとファイティングポーズをとっていた
マッシュルームのような愛らしい
鼻の突起に

前足をあてて。お菓子のスノーボール[5]の薄片にも、ピンクの肌色をした
リンドウにも似た鼻の突起に。ついにおれは
ステーション・ワゴンの後部座席からオールを取り出し
ホシバナモグラをオールにのせて
道路わきによけてやった
えんどう豆をナイフにのせる要領で

モグラのダンスを止めさせたのだ
鼻を支点にして踊る眩暈のするダンスを
まるで、このダンスによって顔に付いている
ピンクの鼻を取り除こうとでもするようなダンスを

自分自身に
眩暈を覚える花のような

この世で一番美しい生き物が、自分の身体で
舗装道路に

穴をあけようとするような

おれは、このモグラにウォーカー入り江[6]の湿地をみんなくれてやりたかった
困ったことや、具合の悪そうなことからモグラを
解放してやりたいから。ハイウェイのせいで
哀れなモグラが道路に引き寄せられたのだ
今まで見たこともないと言えそうな美しい動物が
こんな酷い目にあうのをおれははじめて見た

ウォーカー入り江の
湿地を離れて、少しずつ
とてもなだらかに
入り江の方へ下っていき
入り江から大西洋に腕を伸ばしている
イプスウィッチ湾へ向かう

眩暈のするハイウェイから遠く離れた
ところで、ホシバナモグラを
すっぽり草の中に入れてやる
この小さな動物にとって

間違っていたのは、
ハイウェイの真中で
くるくる回っていることだったのだろうから

ウィリアム・スティーヴンズは[1]
最初に海へ
乗り出し、
一六四二年に、マサチューセッツ州
グロスターの初代行政委員になった男だが、
もともと建設者だった。
セーレム・ネックや[2]
マーブルヘッド、[3]
それに、ボストン港を建設した「そこは海の砦
だった。一六三三年のマサチューセッツ植民地記録によれば
揺籃期の海運業と、下記の若い町の
支援者たち、それに支援者たちの
出資総額を
完全に保護するために、二四フィート×七〇フィートの砦を
二四〇〇ポンドの費用で築いたのであった

前述のスティーヴンズは[4]
腰を落ち着けた
港正面の
海辺か、現在の
海岸通り[5]に。
そばには
入り江のある
アニスクウォム川が流れ、
川はワシントン・ストリートを
流れ下る。
古いＡ＆Ｐ社の[6]
向かい側の
角を
くねって曲がり、
ゆるやかに
ほぼ四％の傾斜で流れ下って、
盲人が建てた
ステージ・フォート・アパートが[7]
今も確かに立っている
あたりで海に
注ぐ（事実、海岸通りをほんの少し

先に行くと（ビリー・ウィンが何年も
勤めている、ギリシャ人経営の海岸通り食料品店の[8]
あたりに出る。何年もの間ずっとビリーはレイヴンズウッド
公園の
道路や小道の世話もしてきたのだ。
グロスターが正式に市になった時、行政委員長スティーヴンズは
そこ、市の正面に
腰を落ち着けた
ステージ・フォート公園の東に。彼はアニスクウォム川の
通行権を持っていた。[9]
ボストンにアパートを
建設する
木材を運ぶためだ[10]（一七一三年のアニスクウォム川の
役割）

スティーヴンズはホーキンズ[11]と同じくらい早くデットフォードで[12]
船乗りになった（ピープス[13]がスティーヴンズの同時代人）
そしてホーキンズには夢にも思いつかなかったことだが、船を造った
（ピープスの命令で夫は
船出した。ダヴィデ王がウリヤを戦に出したのと同じやり口だ。[14] そして
デットフォードで憧れの可愛い人妻を手に入れた。

したい、やりたい気持ちに勝てず
カンフルにつけたハンカチで顔を覆い、
疫病の町を抜けて、女の豪華な柔かいベッドへ赴いた。
（デットフォードの某夫人のベッドへ

スティーヴンズはセント・スウィジンズから
この湾へやってきたのだ[15]
（彼の家の
出生記録によれば）

誰にも負けない早い時期に

だから、スティーヴンズが丸木舟に乗って
海に乗り出したと、[16]言ってもよい
王の船《バーク・ロイヤル》[17]を造ったのがスティーヴンズだった
当時スペインは彼を手に入れようと躍起になっていた
イギリスを叩き潰すために、海軍をまるごと与えようとしたほど

彼は歴史のこちら側に
トロイを建設した

スティーヴンズの歌[1]

　彼を喰らう父親の
　口から
　火から

スティーヴンズは逃げた
　チャールズ二世などは
忠誠を誓えない王だと言った後で
当時スティーヴンズは
六十三歳。彼は果たして
帰ったのか?　イギリスの

筆頭船大工で

そして当時の（一六八三年？[2]）グロスターの
船乗りの世界でも筆頭船大工であった時に、彼が、まず
逃げたのは、どこへなのか？
おかげで、彼の妻[3]は地方集会で
許しを乞わなければならなくなった
夫が忠誠宣誓書に署名することを
拒否した罪を罰しないでくださいと

王の臣下に対して
夫の吐いた意見が

治安攪《かく》乱だと見なされることに対しても、
罰しないでくださいと（おれの親父も[4]

パディ・ヒアと
ブロッキー・シーアンに

言ったことが

反抗的だと見なされた
　　軽帆船《ピンネース》の水漏れを防ぐために詰める
　　　麻をきみは約束してくれた
スティーヴンズは逃げ
おれの親父は
とどまった
そして、虐げられて
死んだ。郵便物夜間回収係にまわされたので[5]
スウェーデン友好協会[6]に
加わった。お決まりのアメリカ式政治手段を用いて
反撃に出ようとしたのだ
上院議員デーヴィッド・I・ウォルシュ、[7] 下院議員
ホッブズ、[8] ペア・ホームズ市長[9] その他の力を頼みにして

王である父親の
そばに

狼[10]が座っているが
父王の意志ではない

狼は外部からやってくる
この悪鬼が

血液の中にだけ
潜む毒だというのは

嘘だ。悪鬼は
生き物にある

原理でもあって、知らぬ間に
生き物の中に入り込む。悪鬼が

天使とちがうのは
確かだ　だが、それはただ
悪鬼のほうが内部に入り込むために
さらに遠い旅をするというだけであり、また
光も色も果実もたった一つの庭も
庭どころか、壁で囲んだ場所[11]も持たないためだ
天国に似たどんな場所も

スネフェルー王の
肝いりの船も[12]
ビブロスから四〇隻に積んだ杉材を
輸入して造った船だ
そして西暦一九五四年に、
スネフェルーの後継者

キーオプス[13]の
葬送船が

偶然見つかった
以前は発見されなかったのに

いま言ったキーオプスのピラミッドにおいて
墓の基部をなす柱の中にあったのだ

船は、
無傷で、

元のままの香りを
放っていた

船に使われた杉材の香りを。　これはまた
ここで問題になっている

三つのことがら、つまり君主を教育する
三種の方法[14]

とは別の可能性を
示している

君主は混乱した
群衆に助力を

与える弁舌の才を
口に持つよう

教えられる。　あの
生き物は、外の空間から

知られることなく、やって来る
知られることなく、息子の体内で

生きつづけ、本来の自分に
なりたいと

渇望する。青春期の
問題ではない、どうでもいいのだ

彼が男だろうと
娘だろうと

あるいは娘の
もともとの問題だろうと

どれでもいいのだ
それに父親にはむかうのか

母親にはむかうのかも、どうだっていいそんなことは
汚く不潔でクンクン鼻を鳴らす極めつけの奴が

入り込んだのだ。
居合わせた者が誰も気付かないうちに

犬[15]の姿をして入り込み、
その夜は眠った

それから血まみれのマントを引き裂いた
文字通り肉を引き裂いたのだ

結合した
愛の肉を。おれは
彼女のからだに
がぶりと噛み付いた

犬だった
彼女のからだと
おれのからだが自然に
結ばれたときだった

普通にベッドでする
やり方で。ここには何の

過剰な事実もなく、何ら特別なというか
希求された意味はなかった

あるのは
ただ

あの悪鬼
あの犬の

首が郵便配達員の
ズボンをまともに

食い破って、骨まで
達した。フェンリスの歯は

渇望し
じかに

身体に
喰らいつく。無傷のところなど

一つとしてなく
ただ

肉片と穴が
残るだけ

おれが
犬

だった時　　ティールが[16]
自分の手を
フェンリスの
口に差し入れた時
——それは試しにそうしたのではない
あの問題を
終わらせるためだった。フェンリスは
あっさり手を噛み
ちぎった。あとに
待っているのは

理性。探求するのは
理性だ
　　　　スティーヴンズは
運河の橋をわたって去って行った
おれの親父は
生命を
失った。海の
王の息子は
不潔な狼から歩み去った
倒れた肉体を喰らう
腐食動物から

カボット
断層を[1]
またぐ

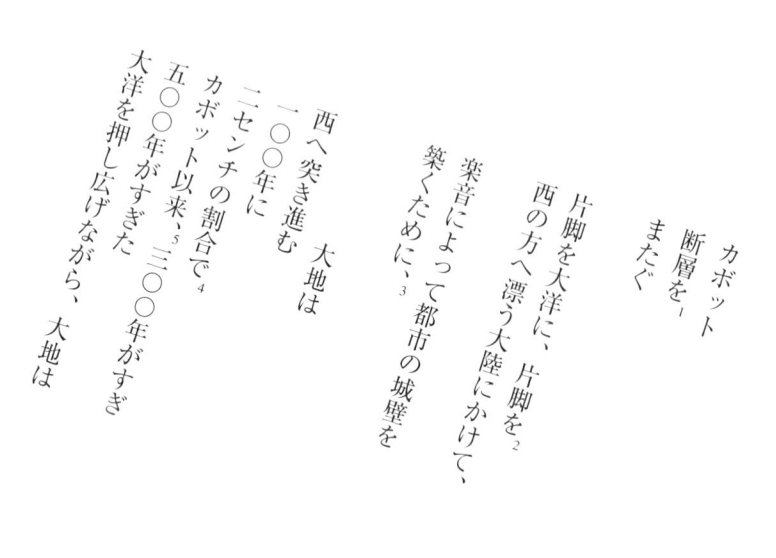

片脚を大洋に、片脚を[2]
西の方へ漂う大陸にかけて、
楽音によって都市の城壁を
築くために、[3]

西へ突き進む　大地は
一〇〇年に
二センチの割合で[4]
カボット以来、[5]　三〇〇年がすぎ
五〇〇年がすぎた
大洋を押し広げながら、　大地は

北北西に進む。アゾレス諸島や[6]
サンマルタン島の[7]
北から真西へ向かうコースを
とる。
裂け目は
広がるが、 大西洋の
海水は
岸辺を洗う。 一国の
歴史は突き進んで
モンゴルの氷のなかで溶け、
フランセズ・ローズ＝トループの島[8] に着く、 ノヴォイエ
シベルスキー
スロヴォ、[9]
壁が
川[10] から立ち上がると、
左肩を切り落とされる[11] 閃緑岩が

怒りで[1]
激昂する
タルタロスの犬は
タルタロスの番人どもで[2]
ボスの手先。戦争を起こす者たちだ
エンヤリオーン[3]はちがう。エンヤリオーンは
片手を失くした、エンヤリオーンは
美しい、エンヤリオーンが
姿を現わした、高貴な王にして[4]
戦の頭《かしら》であり、戦う騎士団を
率いる姿を
エンヤリオーンは
可能性、可能性から言えば
あらゆる男はヘラの栄光、[5] エンヤリオーンが
戦いにおもむく様は
部下の騎士団とはちがう、騎士団とは
やり方がちがうのだ、エンヤリオーンは一つの絵をもって戦いに行く

遠く遠く永遠の中へ出て行く　エンヤリオーン、
可能性の法則、エンヤリオーン
美しい人、エンヤリオーンは
衣服をぬぐ[6]
どこであろうと人に見られるところで、
丘の上や、
自分が指揮する軍隊の前や、
敵の兵士たちの面前で、あるいはかたわらを通る
どんな女の要求にも応えて、
彼を見た女は、侍女を遣わして、頼む、

裸身を見せてもらえないかと、
自分の眼で見たいのだ
噂の美しい裸身が、
ほんとうであるかどうか
エンヤリオーンは一つの絵をもって戦いに行く
　　　　　　　　女は立ち去ってしまう
彼女の用事のある方角へ
　　　都市を越え　　大地を越えて——大地とは
この世界《ムンドゥス》　　赤褐色こそ
　　　　　　　　　大地の

輝く色

エンヤリオーンは一つの絵を心に描いて戦いに行く
それは、彼の身体の輝き
　そして戦車の輝き
　そして馬の輝き
　それに配下の騎士団の輝き
　彼が高貴な王として治める国家の全国民の輝きだ
彼は戦いの中へ
戻っていく
　　　　エンヤリオーンは
戦いの神　　戦いの神の
色は　　美[7]
　　　　　　　　エンヤリオーンは

自分の身体の
均衡の法則に仕える　エンヤリオーンは
　　　　　　　　　だが都市は
大地の始まりにすぎない　大地は
この世界　赤褐色は泥の色、
　　　　　　　　　　大地が
輝く
　　　　　　しかし、大地の向こうに[8]
　　　　　　　　　ステージ・フォート公園のずっと先に

航海の掟から遠くはなれ　　グロスターから遠く遠くはなれて
ウスース[9]の掟にしたがって遠くへ　　きみがあの色を運ぶ
遠くへ、ブルガリアへ[10]
　　　エンヤリオーンが
静かに、再び自分の戦車に乗る遠いところへ　　身体の
部分部分の均衡の法則[11]にしたがって遠いところへ
　　　　　　　　　　　　　部分部分の
この世界をこえ　　都市をこえ　　人をこえて

七年たったら、おまえは自分の手で灰を運ぶ事ができるだろう[1]
国の価値であったものが、あの身体にあたって
壊れたのだ
　　　　新しい身体の車輪に
あたって
　新しい社会の身体にあたって
　　　　　男は車輪にあたって
壊れた　男のリズムが
　　　壊れたのだ　ウィンスロップの
夢は壊れた　彼は壊れた　国が
歩み去ってしまったのだ
　　　　　　そしてことばは、
その後ずっと交易かイギリス人の
専属だった　だが、いまようやく再びジョン・ウィンスロップの

ことばに人々が耳を傾ける
と言えるようになった。高貴な王《ワナックス》[2]
マサチューセッツ
総督閣下　　ジョン
高貴な王《ワナックス》はこう思った

人間が
好むのは
どんな種類の世界だろうと、
自分が住むと

決めたところだ、と

そして可能性をもとめて
この地へやって来たのだ。吉報が
届くかもしれない
カナーンの地[3]から

　　ウォニス　クワム[1]
グロスター**港**は、アン岬の突起の
うしろ
ロブスター入り江[2]も　　突起
グース入り江[3]に流れ込む　　突起
ミル川[4]となる——すぐそばにはエールワイフ川[5]

　　すなわちワイン
　　川が流れている
　　　　冬
期には　**葡萄**　**蔓**の
土地《フーク》[6]　ウィンゲールの
土地《フーク》　オランダ語を
元とし　スウェーデン語を

元とし　運河を流れる
水の梯子が
突起から丘へ上がっていった
大地の
乳首を

太陽がはなつ光の状態[1]

――ジョン・A・ウェルズ[2]（一九三四年のオックスフォード大学奨学生）とアラン・クランストン[3]のために

地上の
この世でいちばん高いところでは
ブルガリア人とその息子たちが
氷の眼で
左の肩越しに
北北東をみはるかす。
まっすぐ伸ばした線の
ちょうど半分のところ、
左手の岬と
道の上にそびえる尾根
の間を。尾根は
色彩からなるこの世の
いちばん高いところを横切る。

この世を分かつのは
玉座・王国・権力[4]

ヴィンセント・フェリーニに依頼されておこなった
テン・パウンド島に関する請願書への署名[1]

ジョン・ワッツが
テン・パウンド島の小型帆船《シャロップ》[2]に備蓄されていた
塩を盗んだのは[3]
一六二二年か
その後の年
　　　　　　　　　　［チャールズ一世統治下の
　　　　　　　　　　海事裁判所、法廷文書
ドーチェスター・カンパニーの　　七八六三九号には、[4]ロンドン在住の
ジョン・ホワイトだ[5]——斑点が　　ズーシュ・フェニックス号の
浮き出ていた魚は、どのみち、　　所有者たちが、ワッツその他を
塩では直らなかった　とジョン・ワッツは　　訴えたとあるが、訴えられた人々の
法廷で　　なかには聖職者もいた
証言した。　この後
法廷は、ワッツとホワイト

以下十七名に
罰金を科した
十艘の小型帆船と
百トンの塩に
相当する金額を全額
支払えと。これは証拠だ
アン岬という土地が
いかに処女地だったかの。
クァハメネク酋長が[6]あたり一帯を治めた
後の時代、
初期のオランダ人が植民を開始する時代に。
ジョン・スミスは、もっと
早くからこう予言していた

この銀色の海が
北方に住む人々の
黄金の湾になるだろうと。
つまり、アン岬は
まったく
ちがうのだ、単なる
ルネサンスの
夢などと（海の
彼方の
シセリー島[7]なのだ。アン岬はまた、
装甲巡洋艦ボストン号が
気持ちよく

腰をおろせる
パン・ケーキの地面[8]でもあった。
以上が記念の
言葉

どういう意味で
ユートピアが
まったくの夢であるか
に関わる言葉

全体が乳首状のこの土地の頂では[9]
水は凸凹《でこぼこ》だらけの水路を
流れくだり[10]
指揮官の意向にしたがって
小さなコロンビアの船を[11]
輝く航路[12]に突進させる。
指揮官は、多くの言葉をついやし、
キリストを運ぶ者[13]や鳩[14]を
意味する自分の名前の
しるしにかけて言う、アジャスタの[15]
川は流れ落ちるのでは
なく、　すべてを洗い
流すのだと

一九六四年、二月

空間と時間[1]　唾液は
口のなかに
おまえの生きている手が切断されて生きつづける[2]
あの犬の

口のなかで

おれの睾丸に向かって歯を鳴らす[1]
アリゲーター[2]
前に飛び出る
魂

太陽が
真っ逆さまに落下して
海底の洞窟に
埋められる[1]　足をひきずって、錫《すず》と銅を視界からとりのぞく
女神の姉妹　コーリュキオンの
洞窟で[2]　ヘパイストスは最初の炉を
造った　日中
輝く者[3]
狼座との
つながり

ニューヨーク州ワイオミングにて
一九一九—六四年、三月九日

「故郷へ」、岸辺へ
ブー＝テ[1]　プー＝ブ　ブー＝ヌ＝ス
ベイト。　「家」、
岸辺
へ
パー＝バ　パー＝イ＝ト　「ファイストース」[2]

　パのア音は
　アップルのアを表わし
トゥは　トゥップーのトゥを表わす

5

そして、鳥すなわちクーは「町」。
クル＝クー　（海岸に突き出た、
町の岬

一九六四年三月十四日、土曜日

町の岬は[1]

海岸に
突き出る
クルクが「町」を表わす
言語は、今や
噛み切られた言語、猛禽や猛獣
によって。かぎ状の嘴《くちばし》形をした休み場所だ
北へ渡っていく鳥たちの
岬は、北へ渡っていく鳥たちのためのもの
クル＝クー、町の岬は海岸のずっと上に
　突き出る
鳥あるいは町を表わすクル＝クー

この世界の裏側で[1]
セックスと愛の輝く身体になるために——月は
両脚をたかだかと上げる、
エジプトの空で

マクシマスの独り言、一九六四年六月[1]

もはやない、
感潮《かんちょう》河川《かせん》[2]が突進するところは

もはやない
あの黄金の衣（愛された
世界）

何でも引き裂く
犬たちは
もういない――船に

似たどんな骨組みも
ない（船はもう
聖母の腕に
抱かれてはいない

潮流に洗われて
唸り声を上げる
犬岩も、もはやない。人を驚かすことは
二度とないのだ

持ち主は
わたし
ひとり

親父が死んだ八月に、わが魂を公表しよう[1]
母がおれを身ごもったのは三月のイオンの中。母と父が
結婚したのは冬で、雪の中で傘を一本[2]さしていた

四十四年八月一日[3]

魔術や科学でなく、[1]おれは宗教を信じる。[2]おれは社会が宗教的だと信じている。人間も社会も宗教的なのだと。

アメリカ本土に反撃の砲弾を放て[1]
グロスター住民の自由な交流の砲弾を

グロスターの
空は、
陸地と海を覆う
完全な半球

八月六日[1]

頭＝の＝上＝に＝家＝を＝載＝せ＝て＝い＝る＝男は
頭の上に
オーヴンを持っている。カワウソ池は[1]
ベンジャミン・キニカム[2]に与えられた
（ジョスリンの娘のひとりと結婚した
カニンガム[3]に与えられたのだ——ドッグタウンの
ささやかな池は、いまウィリアム・スモールマンズ[4]が
住んでいる家へ
行く途中にある

——都市ドッグタウンの下には
花崗岩のドッグタウンがある。
花崗岩質のドッグタウンが、空の
下に。都市の下から海岸まで、海面下を通って
漁場の下を通って、行く先は
（海洋学者の言う峡谷[5]）

おれは
その子、怒れる《フーレンス》[6]
ジュピター——大洋の
子だ。[7] おれは
ラウンド・ロック浅瀬。[8]
クーレットたちが[9] おれのいるところから
大皿を打ち鳴らしたのだ。

六十四年、八月七日

グロスター港の翼ある鳥[1]

一八一七年八月二十三日、やつはここにいた
ケンブリッジにある
リンネ協会[2]の科学者をふくむ
関係者全員がやつを見た
――八月十四日に
姿を現わした時のスケッチ
もある（ジョン・ビーチ船長の手になるものだ
テン・パウンド島のあたりを遊泳する

暗褐色の蛇
普通の蛇というより
芋虫に近い
気が向くと、すぐ、岩のように
身を落ちつかせるのだった
泳ぐ速さはどのくらいでしたか？
どんな鯨より速かったです
――三分で
一マイル以上進むんですから

身体の色はどうでした？　長さや[3]
太さは？
たいていの人は褐色だと言っています。太さは二フィート半で
人間の胴体
くらいだと
　　　　二百人が同時に
目撃したこともありました
そして八月二十八日に、そいつは驚くべき速さで北東に向かって
行ってしまいました

漁師の銛《もり》に似た

何フィートもある舌を
何度も垂直に
出しては、
ぱたりと落ちるにまかせていました。

頭は?
犬の頭みたいに丸かったですよ

一九六四年、八月八日

組織のすみずみまで
巻きついている、
やつの瞳に
宿る宝石[1]

六十四年、八月八日

5

まさに運河のあたり、[1]
連なる犬岩のうえに、
確かにそこに
　　やつ[2]は座った

狼は[1]
そっと歩み去る、

フェンリルの
口からは

よだれが垂れている。
そして、わたしの腕は

わたし自身の身体についている、
わたしの手は

わたしのものだ

ステージ・フォートには製塩所があった

ステージ・フォートには製塩所があった、一六五六年のことだ、
そして、入植地の性質にかんがみれば、
少なくともその十四年前に、製塩業は始まっていたはず。その年の
製塩業者の名前は、エライアス・パークマン。[1] そして、
彼がそのとき手に入れた二エーカーの土地が、フィッシャマンズ・フィールドの
割り当て地の一部で、そこが通常製塩業者の所有地だったのであれば、そして、
ステージ・フォートのその区域が製塩目的で使われていたのならば、
以下に列挙するその地の所有者たちは、
全員、製塩業者だったことになる。

エドマンド・ブロードウェー
ジャイルズ・バージ
そして　クリストファー・エイヴリー

(その二エーカーがこのように記されているので、
ハーフ・ムーン・ビーチに突き出ていたのか、あるいは
クレッシーの浜辺に突き出ていたのかは断定しがたいものの、

何らかの方法で海に近づけたことは間違いない。）

このことが更に際立つのは、その土地が
最初トマス・ミルワード[2]の所有であったらしいからだ。
一六三八年／三九年にトムプソン[3]が漁業を始めるとすぐに、
トマス・ミルワードはこの地に来ていた——この地で行動を起こすようロンドンの商人を
導いた人物オズマンド・ダッチ[4]と一緒に、事実、ミルワードは来ていたのだ（この
　　年の初めに
ダッチがアン岬から妻にあてて書いた手紙によれば、
ミルワードは、まだノドル島にいた）——この二人の
漁業事業家が、初期のいくつかの駐留地で行われていたように、
この新しい海岸で製塩業に着手したとしても不思議はないだろう。
塩はいつも不足していたようだ。それで
当時の人々の記憶にあるのは、トラピアーノ[5]から来た
幾隻もの船がグロスター港を占領している光景。

この海岸の「駐留地」は、そのままではとても
漁業基地にはなれなかった。湾は、いったん鱈《たら》が銀の鉱脈と知れると
マーブルヘッド[6]に漁師が詰めかけ、
船も（セーレム・ネックで）造られて、ついには

大西洋一帯の全交易は魚によって左右されるまでになった――そして湾[7]には
多くの子どももいたが、松の図柄の貨幣もあった、
マルサス[8]が、これを発見し、自説を強調したものだ。

わたしの説を強調するなら、「第二の」グロスター（ドーチェスター・カンパニーの
最初の駐留地に続く駐留地）は、ある時期からのメイン海岸に
似ていた――ああいう入り江や砂洲の切れ目のあるロックポートには
更に似ていた――この地が初めから支持し、後には必要とすることになる構想よりは。
その構想とは、この地をフランス軍最初の中枢基地にしようとする
シャンプランの考えだ（この地を、使い古したカスティン[9]に代わる場所に
　　しようというのだ）。
まず、ここから北アメリカを誕生させようというジョン・ホワイトの明快な
試み。一六四二年になされたマサチューセッツ湾植民地の機敏な決定[10]――実現には
以後六〇年かかったが――によって、この東に突き出た岬はフランス軍に
対峙し、最終的にはインディアンとフランス軍から
セーブル岬[11]を奪い取ることになった。

そして、一九三六年には、大西洋の海水がまだ
温まっていないため、オヒョウは、メカジキとともにブラウンズ浅瀬[12]の海峰にいた――
　　そして、
完全装備の、いまだに帆で走るフランスの船が一隻、ノヴァスコシアの漁師のような

ランタンを点し、グロスターの船隊から、それほど遠くないところで、夜の間じっと
していた。船隊はゆらゆら揺れて停泊していたが、やがて朝の光が差すと、十二時間に
わたる双潮《そうちょう》[13]が全船を、今日の漁を再開するため、前日の夕刻、漁を止めた場所に
運んで行くのだった。

第二のグロスターは、およそ四〇人の男たちとその家族からなる留め金だった
未来がこの地に帰ってくるまで、未来を繋ぎとめておく留め金で、
航路はビスケー湾のほぼ真西、漁業に乗り出すヨーロッパが、浮かんでいる
島を見つけたのだ。西の海に浮かんでいる島を

一九六四年、
八月十九日、水曜日

新しい帝国[1]

運河の向こうに[2]ホーミーがいた。グロスターの
前市長ホーマー・バレットだ。[3]おれが近づきになった時、
彼は、道路の管理人で、古いルネサンス劇の作者だったが、
おれは彼のポリツィアーノ[4]ではなかった。そんな
グロスターが、いまだにあるのだ、少なくとも
ここ、フォートには、新石器時代の家庭生活が。[5]大間違いだが、
ランク[6]によれば、母（家族）と、父（後継ぎ）と——
そして（自己）がある。自己とは、彼によれば（英雄、詩人、精神分析学者で、この
順でなければならない（！）。ランクの馬鹿め。ホーマーの（つまりバレットの）
葉巻は噛みつぶしてあるのに、社会学はまだ噛まれていないも同然じゃないか。[7]
女のように細い指をした神経質な小男ホーミー。公衆の金を用いて
夜毎、公衆が公園で遊べるよう取り計らっていたのを、ホーマーが
止めた時——アメリカン・オイル社の二人の兄弟が[8]——ここぞとばかりに
ホーマーをあちこちへ連れ出すと、汚い金がグロスターから出て行った。
金額はわずかだった、それに、一パーセントが手許に戻ってきただけだった。
謝礼の形で。だが、事はホーマーに関するのだ、市庁舎の。以前、市会議員だった時は

十九世紀の禁止令[9]が発布された後で、その時期に、アメリカは
初めて、ルネサンスを迎えていた（アリゾナが合衆国に加わる前[10]）――この時期には
金は潤沢にあり、初めて、ホーマーが公金を使った。
メイン・ストリートのウェスト・エンドから、自分の取り分を引き出し、その金を
公園でのもてなしに使って、返したのだ

　　　　　ホーマーの指は、ついに。
ガラスで覆った幾つもの箱から、地面に移していた指が。ホーミーは
春になると、それまでに育てておいた植物を
自分の花壇の、肥やした表土を、繊細につついては

権力を握った子どもの姿（集合的魂としての集合的罪悪）それは
第二次世界大戦後のアメリカの大人よりも、政治屋の気質に合っていた、
あの進歩を前提とする粗っぽい個人よりも（これでおれの正直さを
信じてくれ式の軍隊生活に適す集合的淫売か？　謙虚にまっすぐ
ワールド・ワイド・ニュースへ進むのか？　自己は、あらゆる自己の中の自己は、
彼や彼女の問題を抱えているのか？　可能性や、魂、という言葉は
おれたちの誰もが証拠を見せて、何事かを証明することなのか、
おれたちの誰もが、それぞれ、担った責任を果たす能力があることを
はっきり示して？　父親となる
責任（とランクは言った[11]）、おれたちの子どもによっておれたちの不滅を

達成するのか？　子どもをもうけて？

　　　　　　人間の第二義的機能。
もし人間が自分の存在をこのようにあふれさせないなら、このような軸をもたないならば、
飽きることなく最初の創造行為をくりかえすだろう——自然の再生産をするだけではない、
どうせ捕われているのだから、罰をくらってもいいという気になるのだ——では（男の子として
生まれた）子どもが後継ぎになるとはどういうことか？　母でなければならないのか、
自己であるためには？　おれが青い鹿だったとき、ヴァイオラ・バレット[12]が母だった。
そして、おれが子どもだったとき、ホーマー・バレットがおれたちをこの世に連れてきたのだ、
ステージ・フォートへ——都市グロスターの子どもたちと大人たち、
何を支持しているかおくびにも出さず、自分の取り分を取ったのだ、
市長の時に、だから三〇〇年たった一九二三年に、[13]おれがイタリア詩人で
なかったとしても、場所もフィレンツェ[14]ではなかったのだ

とはいえ、これは確かに新しい
帝国だった

　　　　　　　　　　　　　　八月二十日木曜[15]

鵜と[1]
危険標が[2]
ブラック・ロック[3]のしるし

コールズ島[1]

コールズ島で、死神に——やつはスポーツマンだった——出会った。
やつは地所の持ち主だった。あるいは、コールズ島が
やつのものだったのかもしれない。わたしには分からない。肝腎なのは
わたしがそのあたりを、散歩していると——こういうことは
森ではよくあることだが——見知らぬ人が不意に
現われて、きみのしていた事をまるで違ったものに
してしまうことだ。突然なのだ、
きみが一人でいる時に、考えていた事や
していると思っていた事が、他の誰かの登場によって
変わってしまうのが。その人は邪魔ではなかったし、何かを言ったわけでもない。だがそれは
驚くにはあたらない。こういう状況では、人は邪魔にならないように黙っている事が
　あるのだから。
何かするとしてもせいぜい頷くくらいのもの。何か言うかもしれない。だが言わないだろう、
あるいは、言うとか言わないとか、きみは考えもしないだろう、相手が死神だとしたら。だが
確かにやつは死神だった、見たとたんに分かった。やつが、
自分の土地を歩きまわっている田舎紳士か何かのように見えたとしても、
死神であることは疑う余地がなかった。田舎紳士とはどこか違っていた。そんなものでは

　　なかったのだ、やつは。

鳥撃ちに見えたかもしれない――あたかも野鳥を狩るのが
いつものことで、今朝出かけてきたのも、言わば
腕を鈍らせないため。あたりを歩き回って、どんな獲物がいるのか
見ておこうといった具合。鳥の様子はどうか。森の状態は、と。
ちょうど一人の人が、たまたまきみのいる場所に
足を踏み入れたかのように、
やつが実に何気なく姿を現わす直前、わたしは見たのだ。実は、
雄と雌のヤマシギが、わたしの行く道を
悠々と横切ったばかりか、事実、
息子の注意をひこうとして、
子どもの眼でも見える速度で、道沿いのヤマモモか心地よい木陰に
さっと歩み去るのを。

　　印象に残っているのは、われわれが――
つまり、死神とわたしが、見つめあっていたこと。そして
それ以上のことは何もない。ただ、やつが姿を現わして、
われわれは互いを認めた――あるいは、わたしは、やつを認めたが、やつは
その場にわたしがいることに対して
疑問をもたなかっただけかもしれない、わたしは居心地が悪かったけれども。

　つまり、
コールズ島は
奇妙に孤立した、門のある土地で、わたしがそこへ行ったのもただ
エセックス川[2]に突き出るこの土地の地形をもっと知りたかったから
にすぎない。そして現在、この土地には住民と呼べる者もなく、
想像できるどの土地よりも私的な場所になっている。
そして、わたしが死神に会ったこの土地の一画を下ったところ（川向こうの
二軒の家と家の入り口の馬車置き場との
間あたり）そこは、どんな土地にもひけをとらないほど
静かで美しいところだった。だが、困るのは、
やつが姿を現わしたとき、少なくともその瞬間は、わたしの方が
侵入者だったことだ、ただそこにいるというだけで。
そしてまた、たとえやつがコールズ島にすっかり
馴染んでいたようであったとしても、つまり、言わばやつが島の所有者らしかったとしても、
やつがそんな者ではないと確信が持てたとしても、わたしは、やつに気付いたのだし、やつは、
　　わたしを認めた。そして
変わったそぶりを何一つ見せず、行ってしまったのである。

やつはゲートル[3]をつけていたかもしれなかったし、散歩用の
杖まで携えていたかもしれない。つまり、わたしよりずっと
場慣れしていた。

わたしときたら実際、チノ・パンをはいて
ここや、アン岬のあちこちで
するつもりだったことをしていただけだ。

　死神だと思ったのは、ひょっとすると
やつの眼付きのせいではないのか？　いや、そうではない。眼付きには
これといって変わったところはなかった。
　やつがわたしの視界に飛び込んだとき、即座に死神だと思ったのは
一つのことが原因ではなかった。あるいは、わたしと同じようにこの場所に誰かがいる
ことに気がついただけかもしれない。息子とわたしの他に。

　われわれは確かに、眼差しを交し合った。これが、この邂逅について
わたしにできる最大限の説明である。

一九六四年、九月九日、水曜日

わが海岸、わが入り江、わが大地、

その後、その間、そしてそれ以来ずっと

わが住まい、

ヘクトールの身体、[1]
わが雌牛が左に、わが雌牛が右に。
女神の
盾をもつアイアース
あるいはエンヤリオースに匹敵する
クノッソス人が[2]
ヘラドス文化期[3]に海を渡って
トロイへ赴いたが
今は、オールバニーの西から

東へ向かって旅を続け[4]
再び、故郷に帰り着いた
一九六五年
一月二〇日
水曜日[5]

美味な鮭が[1]
一番冷たい、一番澄んだ
海水から。　骨には、この上なく見事な姿が
刻まれていた。[2]
　　　　　　　　その流れ[3]から
じかに、わたしの飢えた喉へ、まっすぐ
飛び込んできた。　そして胸へ。　生涯の
すみかへ。　賢明な女神だ
この上なく、まっすぐな
若者の

三月二〇日　土曜日
一九六五年

詩一四三番。祭りの相。

世界が
宇宙から
分離してしまった。三つの町[1]を
統合せよ

個人が
絶対者[2]から
分離してしまった。今こそ、詩人たちの
約束した時代。詩人たちはデルタと
リンガ[3]を捨てるだろう、象徴と
神秘の
全形態を。あらゆる自然主義と、
平明な文体を。真実とは

すべてを下から支える
指。蓮[4]は
尖端で、すべてを

支えるのは茎。
それは燃焼点[5]でさえなく、たった一本の矢を
射る弓、指がにぎる
弓だ。三つの町は
破壊される運命だが、また
人に知らされもする、
人に知られもするのだ、
今や、三つの町などない
ことが。三つの町がなければ
社会はなく、人の知る
絶対も
ないと。われわれは、本当に、手と頭を支えにして逆立ちすることに
なるだろう。偽りの形態を 悉《ことごと》く
表面から蹴り出すだろう
静かな、あるいは立ち騒ぐ
水面から。形象などではない、
映ったものは。あるいは状態でもない。あるのはただ
逆立ちした
蓮。[6] 世界がもう一度、宇宙と
一つになるとき、花は逆さまに下へ
伸びる。太陽は

皮に
刻印されるだろう
育っていく
硬貨のように。大地は
光となり、大気と大気中の
埃《ほこり》は感覚の
香気となるだろう。窓を背にした
身体には
栄光《グロワール》が
戻ってきているはずだ。肉体は
輝くだろう。

　　三つの町には
再び人が住むようになっている
はずだ。第一の町では
誰かが
ほかの人に
語り始めていることだろう。分かりきったことを
言う必要はもうない。第二の町では
大地が
太陽に
取って代わっているはずだ。第三の町では、かの人が

眠りからさめているはずだ。その人は、理性の使い方をことごとく
決めてしまっており、あの対話が
ふたたび、始まっているはずだ。大地が
愛に先行していることだろう。太陽は
その恐ろしい光線を返してしまって
いるので、もはやそれほど用心する必要は
なくなっているはずだ。第三の町が
姿を現わして
いることだろう。

第三の町が
一番知られていない。第三の町は
一番面白い町で——そのために、人口過剰になっているのだが——
西洋の太陽の
背後に隠れている。第三の町が出てくるのは
下からだけだ。蓮の足が
蓮の顔なのではなく、蓮の足は茎から出る
いく本もの根だ。その象[7]は
どんな木々の間をも
やすやすと進む。その象は
大きな手をしたガネーシャ。あらゆるものを

与えるのは、その手のみ。山を通り抜け、
どんな木の
幹も、金剛石[8]をも通り抜けて
ガネーシャは行く
何でもないことのように。ただ神その人にとっては
ガネーシャも、すりきれた茎にすぎない。一つ一つの行為においては、
冷静で、くつろいでおり、その力は
水に勝るが。水は
　　かの花に
及ばない。三つの町は
この上なく美しい
それが
花。その時はじめて花は——騒音がわたしの身体から
魂を追い出してしまったとき、
その時はじめて神は
三つの町を
打ち据えるであろう。三つの町が
まず初めに
生まれ変わらなくてはならないのだ。花は下向きに
育つだろう。根元の泥が
逆立ちした花の育つ

大地だ。いまは
騒乱、いまは
蓮が再生する
時。ガネーシャが
歩いていく
どんなものでも通り抜けて。障害物など
ない。もはや怒りもなくなる
だろう。しかし、たった一つの怒りだけは
ある。怒るには
早すぎる。第三の町は今、
始まったばかり
なのだ。

かくして一九六五年、三月。
新年は
生後
一週間。

一九六五年
三月二十九日。（マクシマスの両足は
空中に。

ジョージ・デッカー[1]

ランシー草原《メドー》にいると

漁師が
彼[2]に言った。ジョージ・デッカーは
ランス・オ・メドー　　　ランス・オ・メドー

そして（彼がそこに着くと）ジョージ・デッカーは言った
ランシー草原じゃあ
何だって起こるのさ
わしゃあ知っとる——黒　鴨《ブラック・ダック》　ビーチ[3]に
下りて行けば
証拠がある、と。
証拠はあった。古代スカンディナヴィア
人が、
放射性炭素年代測定法によると、
一〇〇六年に
この海岸に
やって来て、家を
建て、泥炭の湿地から出る鉄を鍛える
　炉をつくった。人が
　　住んでいたのだ

ランシー草原には
西暦
一〇〇六年に
アメリカ人《ロス・アメリカンズ》たちが
最初だった（アメリカ原住民《スクレーリングズ》[4]
の方が先だが）
アメリカ原住民とは
――インディアンのことだ。鉄器で
インディアンと
戦った、ランシー草原で
古代スカンディナヴィア人にとって
頼もしい
自然の
土地で――古代スカンディナヴィア人は
アングロ＝
サクソンの一部族。古代スカンディナヴィア人は
初期のギリシャ人なのだ。それに
ケルト人だ。古代スカンディナヴィア人は
ガリア人で、
ラス人（ロシア人）だ[5]

古代スカンディナヴィア人は
コンスタンチノープルを除く
あらゆるところにいる

メソポタミア人と
ヨーロッパ人との
境界を取り除いたのは
ストルツィゴウスキー[6] ただ一人。メソポタミア人と
　ヨーロッパ人を区別する
のは
　地中海の民の
考え方だ。**考え方**

古代スカンディナヴィア人は
旅をすることが
　できる
アメリカへ
ロシアへ
中国を除くあらゆる国へ
キリスト紀元の時代を
二分した後半の時期に[7]

古代スカンディナヴィア人は旅をした
ちょうどギリシャ人やヴェーダの民やインド人やアイルランド人が
紀元前の第二期に
旅をしたように

60

飛びかかる姿勢をとれ

神の食物[1]を生で
食べるために

一九六五年、
四月一日

彼は夜を[1]
つれて
やって来た。　彼の息子は
藪の中で
待ちかまえていた。　天がふたたび頂きに
もどった時、
息子は武器をふるって
天を
去勢してしまった

天の局部が
落ちたところは
海。　その泡から
愛の姿が
立ち上がった。[2]　そして岸辺まで
波に
運ばれていった。　一番近い水際へ
この上なく遠く
近い水際へ。

愛の終わりは
どちらの側にも
あるのだ。
エンヤリオースよ。[3]

毎日やって来る夜は損失ではなく、日々、
地球が起こす、太陽の蝕なのだ[1]

宇宙は音をたてて開いていった、光は
ドラムにすぎない——砂時計だ——地球の大気圏のドラムだ、
太陽ではない。太陽は、オレンジ色の菱形紋で、
われわれの頭上の暗闇に釘付けになっている。音が最初だった
暗闇の色より先だった。瞳の青や
緑や赤より先だった。夜そのものが
地球による太陽の蝕にすぎない。だから大気や
夜は夢のようにふるまうのだ。われわれは
象の皮につつまれ
ている。皆の外側はすっかりつつまれ、
致命的な破壊から
守られている。今やこの種が破壊を渇望し、
無敵の鎧で身をかため、
ちっぽけな車に乗り込んで、
後退していく
宇宙の動きを
追いかけては、大慌てで

引き返す。やっと間に合ったり、遅れたりだ、
幸運な空の
外側で、踊る
ガネーシャ、あらゆる男根《コック》と
　斧《アックス》、裸の
かの人は、右足で
怠惰[2]を踏みつけ、何者も
恐れることがない。左足は上がっている――ガヤ[3]
――歓喜

マクシマスより、グロスターにて、一九六五年、日曜日

船員オズマンド・ダッチ、[1] ならびにジョン・ギャロップ[2]の賃金を
支払うようドーチェスター・カンパニーに頼みました
一六三二年七月のことです。　このように牧師ジョン・ホワイトはボストンの
ジョン・ウィンスロップに宛てて手紙を書いている。
ダッチとギャロップはこの海岸にいるか、あるいは
一六三〇年以前のしかるべき日に、ほかの人々を船に乗せて大西洋を
渡しているかのどちらかだと。　二人は、おそらく
エイブラハム・ロビンソン[3]と共に当時、最も早い
新しい海岸型の人間となって

初めにステージ・フォートへ入植した数人の跡を継いだのだ。初めの入植者は
一六三〇年かそれ以前に、すでに
今のベヴァリー湿原のあたりや
バス・リヴァー[4]の農耕用入り江付近に
うまく身を隠していた。例外は
ジョン・ティリー[5]だけ。ティリーはギャロップ同様
海岸生活の時代に姿を現わす。
一六二八年以後、海岸には「船長たち」
すなわち親方たちがいた――「この船乗りたちは　大変役に立つので
価値を認められたか、あるいは革新者だったので、浅瀬や

入り江や——沼地《スルーズ》[6]は　いまでも彼らの名にちなんで
名付けられる
　　　　今は、一九六五年八月、給料に惹かれて
行ったこの世の遠い場所から[7]
グロスターへ戻ると、無情な
パトカーが何台もわたしの曲がる角を曲がっていく。この世に親しい者は
一人もなく、自分の家で一人ぼっちだ。ここは、今日に先立つある日曜日に
植民地《プランテーション》の建設が提案された地で、
わたしに一番親しいのは
オズマン（あるいはオズマンド）・ダッチの
名前や、ギャロップの名前だと

分かったのだが、わたしは、またしてもあの病に引きずり込まれて
しまうのだ。何であるにせよ自分の正体に満足できない病だ。
チャールズ・オルソンという名前をここに入れて四人の
名前とし、表札に皆の名前を
掲げておく

　　チャールズ・オルソン
　　オズマンド・ダッチ
　　ジョン・ギャロップ
　　エイブラハム・ロビンソン、が住人の
　名前（グロスター、
ステージ・フォート・アヴェニュー二十八番地にて記す[8]
一九六五年、八月二十二日

おお、カドリーガ[1]が、
ここ東部の空に、
冬に、ほら、わたしの頭上に浮かんでいる
だから、きみを見ていて首が痛くなった
(慣れ親しんだ丘にいて、わたしは幸福だった、凛とした清澄な空気につつまれた
人生最良の日) きみに敬礼しよう、
今夜、人生がもはや正体の分からない
ものではなくなったから。なぜ、
いくつもある夜の姿の中で、よりによってきみが
わたしにとって大事なものとなったのか、そしてすでに知っているもっと格好のいい展示品に
取って代わったのか。その教訓をわたしは理解できなかったが、
きみの下に立っていたのは確かだ、きみはわたしの脳天にとって
窓の明かりだったのだから。
今、夏のグロスターにいると、幹線道路に駆り出された
キリスト教徒のように、現在の中に吸い込まれてしまうのだ
運命の外へ押し出された魂のように、導くものといったら自分しかなく、
愛もなく、あるのは、ただ生きるだけの人生、
したがって、生きていて面白い事などひとつもないのだ、わたしの
前方を見てみるがいい、そこに七つの秘蹟の一つが見えるだろう

ついに、きみがわたしの指導者になったのだ。着陸する場所もないのに
きみは冥府の王プルートーでもあった。わたしの恋人を奪った、きみは
勝利者だ（素晴らしい恋人に勝る素晴らしい人物だ）きみを御者と呼ぼう、
空にいるきみに代わって

20

空中を泳いでいく、[1] 群れをなして幹線道路をいく、
　　　　　　　　　　　　　　　　人間の精神が
群れをなして泳いでいく、大気圏の低いところは
人間の行き来によってゼラチン化し、都市は煙草のようになる、
　　　　　　　　田舎は
すっかり、人間が食事をする時間と空間の犠牲にされる、魚のような
魚=人間たち　彼ら自身のＵＦＯ　魚類の終焉は
種の終焉かもしれない　地球を取り囲む
粘液の中を飛行するひとつひとつの物体に
自然自体がゆだねられているのだ

野蛮人たち、あるいはブルアージュの
サミュエル・ド・シャンプラン[1]の航海[2]

リビエロだ[3]
これを見ろ！　一五二九年
（あるいは　一五三七年には、ともかく）

アン岬は
マリア岬なのだ！

ポルトガル語や
スペイン語では　**マリア**
岬は　カボー・デ・サンタ・

5

マリア

この土地を発見したのは、水先案内人エステヴァン・
ゴメス[4]――一五
二五年のことだ
しかし、早くも一五〇六年には[5]
ニューファンドランドから
ポルトガルへの帰途についていたポルトガルの
漁師たちは、帰った暁には、王の要求どおり、利益の
十分の一を

王の税関に払わなければならなかったのだが

ゴメスよ、ぎざぎざの

歯の土地が

音楽を

奏でる、おれは夜、

空からアン岬に落ちてきた[6]

一九

六五年のことだ　そして古代スカンディナヴィア人は実に上手く

上陸した

バカ

［カボットが上陸した場所[7]へ］　ラ　オ大陸へ

息子の
セバスチャン・カボットは
一四九八年に上陸

北アメリカ大陸の発見者
ジョン・カボットは
一四
九七年、軟泥の中から出て北西に進み大陸に

到着

あなたのことを心配するのがとても[8]
嬉しいのです。東から来た突然の嵐で
逆巻く波にもみくちゃにされ
薄気味の悪い思いをしている私ですが。
　　　　　　　　　雨がざぶざぶと
窓にかかってきます、私がゴメスよろしく
この知られざる海岸に向かって船を走らせているときにです。
　　　　　　　　　　　　　　　　　　　ゴメスは[9]
西方のあらゆるものに首を突っ込みました

そしてフロリダの北へも
レース岬の南へも行きました
新たに見つけた国に
スペイン王が
入っていく路を見つけようとしたのです
その国は王の野望と進路の向こうに
横たわっていたからです

おれの身体は、家に帰ってきた。　磨くのだ
大地を——そして海水面を。　次は、
天だ。　反射する月になれ、
大地からの光を
（太陽の光を。　チャールズになれ
（プロセスの）
産物になるのだ。グロスターがネッコ・ウエハース[1]であるように
必要な女は[2]　去り行くことなく
欠くことのできない
親密な
種類の
務めを果たす
プラグマティズム
の一部だ（世俗的な

宇宙論の、　それは物質ではなく
蓋然性の神学だ（あるいは最高の——最高の《ヒプシシムス》[3]
　ジグラット山[4]の
最も高い《ヒプシストス》[5]塔
煉獄の「天」
　その七つの、あるいは七色の
もの

　　だが
　時代の中の《サエクロールム》
時代《サエクラ》は[6]
　　条件づけられ——限定されている
必要とは、ある目的に欠かせないこと（境界　時は八二、〇〇〇、〇〇〇、〇〇〇
　あるいは状態（うち立てられた　年[7]
　　　状態《コンディティオ》——創造は
　欠くべからざるもの

この時代の　時代《サエクルム》　民族、時代、世界——と、このおれ、
チャールズ[8]　その
幻影（ウィデオーは　「見る」　観点

知ること（

見渡す

「高さ」

［を

海水面に合わせると——ウェスタン・ハーバーにいる
ウィンスロップ船団のマストが
セーレムから見える。[9] 電信より、レーダーより、
コンピュータより速いのは

視覚 ［飛行機より
速い

海水面の完全な
「地面」（完全な
「大地」）ウィリアム・サヴィルが
描いたグロスター港の地図は、
シャンプランの地図に
勝る——シャンプランは
帰る国のあるヨーロッパ人だが、アメリカ人には
行く場所がない

土地を持たないからこそ
住みつけるのだ。大地は
あらゆるものの表面を
滑っていくアメリカ人にとって、
そりなのだ、（皮膚の
上を滑っていく
　　ブリューゲル兄弟は
双子《ディディムス》[10]

　　地の果てまでも
どの方角へでも
行く

　　途中にどんな性質のものがあろうとも。ただの
皮膚なのだ。ひとつの大きな
風船。プロメテウス。
一匹の大猿。直立した《エレクトゥス》
　人間（アメリカヌス）。まさにそうだ。ウィンスロップの
最初の地図[11]がほら、複製になっている。

アン岬からボストンまでの
海岸が［当時ボストンとして
知られてはいなかったが――一六三〇年六月までに

地図を描いたのは
誰だろう？　どんな形が
考えられただろう
　　　　　対数《ロガリズム》
並列《パラタクシス》（かつての
言語《ロゴ》のリズム？

精神的なのだ。天は、
精神的だ。観点などはない、
内部からの。「高さ」もない（神の
顔[12]はなく、光に停滞は
ない。夜は
単に
地球によって出来る
太陽の
蝕。夜は単に
昼でないだけ。

同じように
天とは、
ある状態。天は
精神であり（グロスターに
惹かれる
取り巻く海から
［四方を］太陽の
光が――あるいは大気から
［三方の海から、清められるか
濡れるかして、影からぼうっと立ち上るのだ――霧に
よって］　夜は
大きな星々で飾られる――そこがシャンプランらしいところで、海は
夜空にさえ、宇宙探索の無限感や
距離感を与えはしないのだ。
夜空は
天の
大気。成長と
愛と欲望の果て《デ・プ》は[13]
［それらの産物ではなく］
意味なのだ。夜は、天の
成長するときで、夜は

「場所《ストロークス》[14]ではなく」　夜は
大気なのだ、
天の。　あるところで
――神が憩うところで――
大地は燃え輝く、天の
光をうけて

一九六五年
九月二十九日

北の、
氷の中には、[1] ブルガリア人[2]と
三人の息子。　永遠に固定されているのだ、
北方の光として、 北北西のある地点に。 ノヴォイ
シベルスキー　スロヴォ[3]

引き船をなくして途方にくれた[1]
ソールト島[2]の裏側で失ったのだ。急に満潮になると
あらゆる廃物が流れ込み、船は近くの海岸から
はるか彼方へ漂っていく。船のもやい綱の長さは
潮の満ち干に合わせてあるのだが、港いっぱい分は無理だ、それに
逆巻く波が
陸地を襲えば、もう駄目だ　　真夜中に
出発したトロール船の打ち捨てた
箱が岸に向かってレースをする、まるで疾走する月のように
あるいは、道路が丘の頂きへのぼっていき、高みで
空に向かって突き出るように　　地球が
丸いのは、海水が
大海原を頂点まで満たして
いる時だけだ

大洋

　　　土の
ガネーシャ[1]像が
　　　海に
　　突き落と
される（一年間拝んだ後
神は海に流され、インド洋へ
沈んでいった、
ボンベイから

　　　攻撃範囲は
聖セバスチャン[2]と同じ――全身が
穴だらけになるまで撃つのだ、その
目的は、毎年神を罰して、殺し、片付けるためだ
　太陽王の過剰を――変容した
力を。[3]使用済みなのだ。過剰な

　力は

どのみち――アメリカのような社会では、力は精神的なものでなければ、単に
物質的なものにすぎない。それは滅ぼすことができず、決して滅ぼされないものは、ただ
いたるところに残っているだけだ。ガラクタが。

グロスターは
海岸。そこへ
ガネーシャが
屑として
捨てられるかもしれない
港へ、そして毎年
一掃される。それは抽象を蘇らせ、もう一度、形《フォーム》を探すことができるようにする
ためだ。毎年、形は自己を表わしてきた。だから毎年、もう一度、形を
探さなければならないのだ。七〇の奇妙な「形」があり、実在《ザ・リアル》[4]を表わす七〇の
機会がある。実在は
毎年、自らを更新する。実在は

太陽から生じるが、生命はそうではない。生命は毎年、十三ヶ月だ。そこから
一日を引くと[5]（太陽が向きを変える日だ）、太陽は
自らを追いかけていることになる。一年とは
可能性。実在は
永遠に続く

一九六五年、九月三〇日

ドッグタウン[1]──アン・

ロビンソン・デーヴィス[2]

そして問題は、誰が

グッドウーマン・ジョスリン[3]なのかだ? マーガレット・カモックか?

彼女はブラック・ポイント[4]から連れ出されたのだろうか

インディアンに最後の攻撃を受けたとき

そして、グロスターより北の「森」の中で

そんなに長く生きたのか?

彼女が、ジョン・
ジョスリンの兄弟、ヘンリーの妻になった
のだろう。　つまりマーガレット・ジョスリンに[5]

もし、ドッグタウンが実際に
この世の頂上で、大陸へ向かって
前進する迫撃砲なら、
男たちと家族が、そこから否応なくカスコ湾[6]へ
撃ち出されたのなら、それなら何故ひるむ、
キャスタン男爵[7]の一党が
インディアンを率いて、カスコ湾奪還を試みた時に？（フランスのためとも、

インディアン自身の「国」のためだとも、
理屈はつけられるが、マーガレットは
ジョージズ卿[8]の最後の末裔なのだ
イギリスから最初に渡ってきた時に
北の地に残され、捕まって、
「戻され」た、大砲を撃つような
地元の人々のもとへ、あるいはセント・ジョージ[9]の人々のもとへ。
こういった人々に比べて、グロスターの男たちは（モルモン教徒や
西の
荷馬車の民に先立って

蘇った
エセックス[10]のようだ、それは
十九世紀初めの
ある日
のこと
実際
この絆によって
マーガレット・ジョスリンは
はるか昔の

エリザベス[11]まで
つながるのだ。
　　　　　　　未亡人のジョスリンは
そうではない。　なのに、なぜ人々は彼女のことを話題にし[12]
出費や経費にまで口をはさみ
（ほとんど壮観といえる）州葬を
グロスターで行うのか、
彼女が死んだからといって？
　　　細目を示すなら、手袋に

何シリングもの金を出し、ケーキそのほか何にでも金を出しているのだ
彼女の死に
何か大きな意味があることを示すために
他の人の死はそうではない
——それに、彼女が現実に所有していたらしいのは
たかだか粗末な家一軒で
その家は
ドッグタウンへ向かう二本の道のうち、下の道[13]に
あるようだが?
マーガレット　ジョスリン

あの押し黙った船たちを進ませるために、[1]船たちに語ってもらう
ために、昔の製材業者の豪壮な邸宅にではなく、筏《いかだ》にでもなく、
(わたしが考えているのは、一番古いポリネシアの家族用カヌー)
あるいは小型船《ディンキー》でも──小艇《ピンク》、[2]や──それに
十六世紀
イギリスの漁師が使った小型帆船《シャロップ》[3]──「ボート」にでもなく。
　　あの押し黙った船たちを進ませるために──卓越した
知識と経験を総動員したが、ジョーゼフ・コリンズ[4]にはできなかった。コリンズの
「学識」(連邦政府のための仕事)は
ジョーゼフ・B・コノリー[5]の活動にくらべると、役に立たなかった
といえる。コノリーの活力　働き《エルゴン》　質量[6]は

海に浮かぶ木っ端

オーソドックスな　　ミサのお勤め
キリスト教の中にある
　　小型の
スループ船[7]にでもなく、こちら側の漁獲高にでもない
──イタリアのトロール船は、いまや再び、生簀《いけす》付き小型漁船に
縮んでしまい、ディーゼルを全開にして帰港するとはいえ、
スクーナーとはまるでちがうのだ。
コノリーが有能で凛々しい「貴婦人」[8]と呼ぶスクーナーとは。
──そして、この点では彼を信じてよい、

とがめる必要などないのだ。コノリーの抜け目なさや、犯した
あやまちを。だが、精力的な活動をしている時しか、生きている
歓びを感じない者たちは、あやまちを犯すものなのだ、ロマン的人物
に対して。そして、あやまちを犯すアメリカ人とは、たとえ実際、旅に出ていても
　決して、故郷から離れることのない者たちなのだ
「「故郷」と「母」という二つの英単語をメルヴィルは
タイピー原住民に教えた[9]——メルヴィルは
ホイットマンと同じだった[10]「自分の家系が名高いカノッサ家の
「血筋」だと考えたミケランジェロと似ていた[11]」

——あの帆を張った木造船たちが、手荒な
操縦をする漁師兼船長の指揮下で、冬の嵐の中や
レイキャヴィクからの帰路や[12]
ジョージズ浅瀬[13]からボストン市場へ向かうとき
北東の風を受けても
どうしても風に逆らって航行する他なく、しかも雪まで
吹き付けて、船体はすっかり
氷でおおわれ、かさばる底荷《バラスト》の代わりに
魚を満載している時に、船がなしえたこと、それが船の歌った
歌だ。そのいくらかでも想像してみよう、そしてその歌を
引き出してみよう

コーネリー。[1]
　　　この聖者が
付近に着いた時の
伝説によると、彼は二頭の雄牛の背に乗って
ローマ軍から逃れた後、
追っ手の軍隊を変身させ
　　　釘付けにした
　　行く手を海にはばまれた時のことだ。
ローマ兵は、彼を追ったが
――引き返した。グロスターのフォートで、フォート・スクエアの萼《がく》のなかへ。
そこから出て陸地へ逃げ込むことさえできなかったのだ
おれの陰部から
生えている毛のように
身をよじらなければ　　　エジプト王の王冠前面から
突き出ているリビュエーの羽根のように[2]
右へ進めば、カーブは時計回り、
　　　　　左に進めば
カーブ
　　は

左回り
　　食べられない
あるいは食物を摂ることができず　どこへも行けず
あのとんでもない国へ帰ることができるだけなのだ
　アン岬水産[3]さえ
今は閉鎖され、新鮮できれいな魚など一匹もいない、困窮している
人々に
与えられるのは
北大西洋鱈《ハドック》だけ［とはいえ黒鱈《ポラック》だけは、汚い港内黒鱈だけは
捕まえることができる
さびれた
波止場の沖で（マダム島[4]では、今でもまだ新鮮な
黒鱈が
捕れるのだ）

立石《メンヒル》と環状列石《クロムレック》のなかへ

　F・H・レーン[5]とわたしは、この海岸に
立つ。海に沈めた石が進歩を

あふれさせる。わたしたち、それぞれが
投げた石のせいで　国が活動を
始めるなら
　　　わたしは、石の兵士たちの間を
通っていく。わたしは想いだす
　　　　　歩きながら
想い出している
夢の夜を、[6] この並木道《ドン・セ・ザレー》を
散歩《ス・プロムヌ》する夢を
　　フォート・スクエアの
　この道に、
　　　　二頭の雌牛が海の
　　　　　　聖母マリア
教会の上に[7]
　　　　　　二頭の雌牛がわれらの聖母マリア
　　　　教会の上に

注
しばしば巨大な、人手の入らない一本石《モノリス》の列柱あるいは通路は、
この地の花崗岩が太古の氷河によって砕かれたものから成るのだが、
それが沿岸沿いに並んでいる。[8]

「環状列石《クロムレック》」、[1]もちろんそれは
環状列石、もちろんそれは（入植《セトルメント》入り江——
　　　そこはパーソンズ一家が[2]
最初の波止場にしたところ、そこは入植地《セトルメント》、
イギリスの
「入植者」が作ったもの——とはいえ実際は、ドーチェスター・カンパニーに雇われた者たちが
工場を建て、漁業を始め、
文字通りの「植栽《プランティング》」をした、この場合は
農業であって、ずっと以前にインディアンが
鬱蒼《うっそう》とした森を開墾しておいた、その広やかな土地を
耕したのだ［シャンプラン[3]によると、ステージ・フォートは
こんな風に上手に使われ、トウモロコシ
畑になった。
　　そしてそこは、わたしが初めてドーリー[4]に乗って
行ったところだ、
フレッド・パーソンズ[5]と一緒だった、兄の方と——ロブスター捕りの漁師で、
「腰がまがっていた」、変形漕ぎのせいだ。
ドーリーを漕ぐ——と言うよりスカルで漕ぐ[6]と言うべきだが——それも
立って漕いで、ドーリーを、前に進めたのだ、一生の間ずっと。

フォートにあるククルー[7]第一埠頭へ、この男と一緒に行ったものだった
彼の手伝いをして、魚の頭を撒《ま》き餌《え》にした

そして後に、初めて自分の軽舟《スキフ》[8]を係留するようになった。
ローランド・ストロング[9]が、オイルやタールなどの市から盗んだ品を入れた倉庫の裏から
軽舟《スキフ》を貸してくれたおかげだ。
だからわたしも
船乗りになったと
言える。

　　今、住んでいるのは
正面に窓が六つある借家だが、
裏口の窓に射す北からの明かりが
右手の「入り江」[10]を照らしている、文を書いているわたしから見て。
　　　　　　　　　　　　　　　　　　　この二つ目の
半月《ハーフ・ムーン》は、フィッツ・ヒュー・レーン（?）が描いた「絵」
（絵画）の半月《ハーフ・ムーン》より大きいようだ――そういう絵があった、[11]
レーンは
「入植地《セトルメント》」を
描いた。
　　　　海に

いくつもの石や、立石《メンヒル》、
いくつもの立っている
石を配した海岸を描いた〈ステージ・フォート公園の
半＝環状列石《ドルメン》を半リーグ[12]
前方へ進めたのだ、聖なる円の[13]
半月を〈その
都市――

あるいは海を
〈あるいは港、それとも
大洋を、巨大な立石《メンヒル》を、もっと上の
ドッグタウンを、
尾根[14]の
地を

一九六五年、十月
十二日

エキドナ[1]は、一噛み、
コブラか、蛇の「スクウォム川の河口に
現れるレルナの「怪物」の
(川は力強く潮を吐き出し、セトルメント入り江[2]を
塞いでしまう。入り江のそばを流れて、
入り江のそばを流れて、
海へ出て行く) 蛇形章《ユアリーアス》[3](ウライオス)が
支配者の額や頭飾りに革紐で取り付け
られていた、
ツノクサリヘビ[4]や、特殊なヒュドラ[5]や
その都市特有の礼拝が続いたのは――いつまで、と言うより
どうして終わったかと言うと
武装した処女[6]
――あるいは攻撃する男、つまり「兵士」が
満足して、攻撃を止めたから
だった。怪物[7]は深海から
浮かび上がるだろう。その時、武装した男[8]の
右手はなくなっているだろう(この世の
戦いは
絶えることなく
均衡を保つ

一八一三年五月付けマサチューセッツ公文書、
ウィリアム・サヴィルによるグロスター港
設計図では、川は「運河入り江《カット・クリーク》」とされている[1]

素人の感情的な絵だ
(港の端にはルベローサ[2]があり
きっかり五〇ロッドが
一インチの縮尺で「フォート・ポイント」[3]がある「これを

アルフレッド・マンスフィールド・ブルックス[4]は、
器用で感傷的で——挿絵的な——
一八〇〇年現在のグロスターの描写の中で、誤って
ウォッチ＝ハウス・ポイント[5]と呼んでいる。　　ウォッチ＝ハウス・ポイントは
フォート・ポイントの海に向いた
端なのだが)

　　この地図が
サヴィル作だと分かるのは

サヴィルがいくつもの地名を
見事な自筆の活字体で記しているからだ、
明瞭な活字体で、これに並ぶのは
サミュエル・ド・シャンプランが描いた
一六〇六年の港の「設計図」くらいだ

20

一九六五年
十月二十五日、月曜日

グロスターのマクシマス

わたしの書いた言葉だけが

わたしは何もかも犠牲にしてきた、セックスも女も
——というより失ってきた——完全な集中力を獲得しようとする
この試みのために。（修＝
道士[1]なのだ。）「衣服とパン」[2]を
思い煩わず、あるいは思い煩う必要も
なく

ハーフ・ムーン・ビーチ（「女のようなその両腕」）よ
わたしの睾丸は仏陀のそれに劣らず豊かだ
蓮華座《パドマ》のようなハーフ・ムーン・ビーチに座ると
——眼の前のグロスターが
縮んで見えた。これはわたしではない、
たとえ一生が伝記のように

見えたとしても。興味があるのは一つだけ
人は
人間の
イメージになれるかだ、「高貴さと、善《アレーテー》」[3]のイメージに。
（後になって——わたし自身が（写真に写っている父親と同じで）岩の上の
　　影法師だ

　　　　一九六五年
　　　十一月五日、金曜日

カール・オールセンの死

息子さんがおれに語った。
船がグランド・バンクで
ぐらっと傾いたのは、父が
五十歳くらいの時でした、と。発見された時
親父さんは機械類の
下敷きになっていた。寝棚から
放り出され
昇降階段[1]を通過して
機関室に突っ込んだ

それで顔の形が、すっかり
変わってしまったのです
と息子さんは言った。それに、
何年か後、戦時中か戦後、トロール船に乗っていた時に、カール・オールセンは
以前に勝るとも劣らぬ
怪我をした。荒れた海で
トロール船が転覆した時のことだ。投げ出された時

頭をラジエーターに打ちつけ、落ちる時に
両脚が船室のドアにはさまって
抜けなくなった。それで、オールセンのところへたどり着くためには、船員《クルー》は
彼の身体にドアを食い込ませなければならなかった。そのために、
彼の顔は更にひどくラジエーターの焦熱に、
曝されることになった。すぐ上の階にある機関室からまともに吹き付ける
蒸気でラジエーターは熱していた。この二つの事故が
父を痛めつけたんです、と息子さんは言った。
またこうも言った。たとえ父が
最後の鉄の男だったとしても、
亡くなったのは、この春（一九六五年）で、
七十九歳でした、と。これがレイモンド号の船長
カール・オールセンである。
われわれが生きている時代に
船長と呼ばれた人の
一人だった、グロスター漁船団を構成する
船の。カール・オールセンが
ノルウェーを出たのは、
十七歳の頃だった。そして何年か前に
引退する時まで
この付近で漁をしていた。彼についての別の話をおれは

いくつも語ってきた、
別の機会に。これは、彼と同じくカールという名の、ひとり息子が
昨日語ってくれた話だ。その時、初めて
カール・オールセンが
死んだことを
おれは知ったのだった。

チャールズ・オルソン、一九
六五年、十一月五日、
金曜日

$$\begin{array}{r} 79 \\ -\ 65 \\ \hline 14 \end{array}$$ [2]

カール・オールセンは一九〇三年頃には、グロスターに
来ていたはず。彼が海に出ているのをおれが知ったのは
一九三六年のことだ。この時、彼はレイモンド号の船長で
ブラウン浅瀬[3]でオヒョウを捕っていた。
当時、五十歳くらいだったろうと思う。
彼が何ともひどい最初の怪我をしたのは
この直後だったに違いない。
怪我をする時までの彼は
男らしい男として生きる経験に富んだ

巨人だった。おれは彼の評判を聞いて
怯えていた（偉大な漁船の船長には
誰もが畏れを抱いていたのだ）
だから、運河の向こうに住んでいる
　　　　彼の家には絶対近寄らなかった
行きたいのはやまやまだったが、理想化しすぎて、
行けなかったのだ、あるいはそれが卓越していることの
条件なのかもしれない。アーチー・マクラウドも
これと同じ尊敬の念をいくらかでも抱かせる
人物だった「それに、今日でも生きているはず」
この尊敬の念は、この男たちが直面し、
行ったことに起因する尊敬の念だ。他の男たちを統率し、
仕事を指揮して、捕らえた魚を持ち帰った
だから、この二人の男は、
海で魚を捕らえる指導者となった。

この二人が今も、あるいは、ほとんど今でも
生きているのが一つの証拠。彼らはグロスターを
一番初めの頃の生活に結びつけるのだ、少なくとも
一七〇〇年直後の生活に。それは浅瀬で行う漁業が
この地で考案された年。それにスクーナーも、

スクーナーで皆が、カール・オールセンと
アーチー・マクラウドをはじめとする皆が、
漁業を
学んだ。

喜ばしいことだ。
今や息たえだえの都市に
こうした気質の男たちが
夕暮れ迫る、家々のいくつかに
いる、と報じるのは。

運勢によれば[1]
息子とわたしは
フォート[2]ののっぽ。息子は

何リーグも離れたところにいて、わたしは
この小高い丘の上にいる。世界全体が

間近で、しかも遠い。運勢は
決定済みの意志、絶対の予知に他ならず、[3]

好機の翼は
不潔な露だ。与えられる物などない。

人の好むことは、みな
証明され

事実となる

一九六五年、十一月十八日

ここフォートにいると、確かにわたしの心は[1]
固まる
あるいは、わたしの意志が。するとわたしの
心は
向かっていく
遠い、遠い
はるか遠い
図形《ダイアグラム》[2]の中へと

5

移住の実際、
歴史上のどの事とも
違わぬ不変のこと—

たぶん
それは
あるいは

常に侵入し
対抗して勝利するのだ
意識と精神は
比類ない画像—

移住とは探究
動物や植物や人間が
先行するものに。
、別の
場所で

—神も同じことだ—さらに良いか
望ましい環境を追い求める

これが
この世の
バラだ[3]

アキ神族、イグァニル神族[2]が
—あるいは北極アンテナを付けろと言われれば
説明してくれと言われれば
もっと詳しく

だから常に新しい中心に向かうのだ

汝の隣人の妻を
土地や物を。[4]
欲してはならない、

一九六五年
十一月
二十日
土曜日
チャールズ・オルソン

ジェネラル・スタークス号が航行不能になった冬[1]

この陸地の端から、船は通常の速度で西へ向かっている。毎日、大洋が東から迫り、同じように後方へ退いていく。地球の大圏は、[2]アン岬とテュロスをまっすぐに結び、さらに世界をめぐる。

大陸や大洋と共に暮らす
訓練、向かっていくのも引き返すのも意志の命ずるまま
年があらたまる今日、意志の命ずる方向を見る。
太陽は今、南半球にあって、南極へ向かう途上にある。そして、ここ北部地方では、生命がもう一度すくわれる。

黄道が、[3]いま一度、北部地方に味方して傾くためだ。次の
年の春が来ると、ドッグタウンは凍てついた
潅木や、足元でピザの生地のようにパリパリ言う道を、氷から解き放つが、
港は開いているとはいえ、まだ二ヶ月以上も厳しい気候が続く——

すでに
一七七九年十一月のこの日までに、硬く凍てついた塩分を含む氷が
ブラック・ベス・ポイント[4]からドリヴァー・ネックまでを、たっぷり三ヶ月間おおい、
イギリス船に襲いかかる私掠船を氷のなかで立ち往生させている。[5]
二世紀前には、イギリスの船の船長たちがスペインの船の積荷を
奪ったものだが、今また新たな二世紀が始まる

おれは左でも右でも東でも西でも向いてよいのだが、今や
もう一度約束がなされ、太陽がもう一度赤道の方へ戻ってきて
いるからには、自信をもってこの一年に臨めるというものだ。
あれ以来、占領されたことのない国家そのものを見ている。東を向いた岬にある
この港が、かつて固く氷に閉ざされ、
測定ロープが何本も氷の下へ投下されたことがあった。
南西二〇七度にある、テン・パウンド島の岩棚[6]までだ
西に旋回すれば、おれは渦に巻かれて一番きついバラの中へ入り込むだろうし、
東の色の中へまっすぐ入れば、北と南は

太陽がなかば思いのままにする地球となる。こうした
年ごとの＝永遠の、観点から見ると——一番きついバラはこの世界で、[7] 幻視するのは
神の顔[8]——この観点からいえば国家は
今や完成に向かう。国家からもっとも遠く、もっとも高い
地点に、いまや国家の限界点に至ったのだ。その地点を想像すること
ここでも、あるいはどこででも、束縛されているか考えが足りない人間は、この考えを
受け入れて信念とし、凍てついた所を歩み、しるしをつけて自分の位置を確かめる。

一九六五年、十二月二十一日

十二月二十二日[1]

波が
海岸の岩肌に向かってまっすぐ立ち上がる
この潮と
同じ高さの潮をうけて。岩が長々と
横たわり、ハーフ・ムーン・ビーチは
（その斜面まで）波にのまれている。鵜岩《シャグ・ロック》[2]は
今や、ひとりで島[3]から
離れ、島自体も
漂うクルーザーか
鉄をまとった
モニトル艦[4]だ。なにもかもが海上に展開されている。この
光景全部が
仏教徒の
メッセージなのだ。日本仏教の
そして、おそらく
その背後には、まさにこの密集した入り江には、中国仏教が
ある。完全さと、
不屈と、はっきりと描かれた

教訓がある。岩は
海に
溶けいり、背後の
森が、小雪を
透かして見える。
普通なら知る事のない
忘れられた岩や丘が見える。
海が全部
静まり返って待っている。こんなに
遠くへ来たのだ。

すべてが、あまりにも早く逃げ去ったため、おれの心は張り裂ける
活発な南から新たに生まれた太陽で冬が輝き
おれも、年が改まった時には、十二月の脅威から脱して再度
立ち上がった。おれの内部の愛はすっかり新しくなり、海外へ行く用意もできた。
おれの自動車は凍った雪に覆われた小屋のようになり、そのそばを子どもらは
気付きもせず通り過ぎる。屋根に雪が積もっているため、どの家も
等しく趣き深い。灯かり、そして昼、
新しくないものはなく、同じように、永遠に、この地上にある。あらゆるものが、
だがおれは別だ。実際に死ねば地獄落ちになるのは皆と同じだが、邪悪が
おれの魂とこの日曜日に、汚物と影の矢を投げ
つける。この光を浴びて、この岬にいるときには、
どんな障害物もあたりを暗くするとは思えないし、
それに事実、どんな種類の困難もない。ただし、
海を照らす太陽の煌《きらめ》きからは眼をそらすようにしなければならないし、
あまり直《じか》に通りを見ないようにしなければならない。凍てついて滑りやすい
光のような通りを

一九六六年、一月九日、日曜日

小歌《ソネチナ》[4]

まるで山脈のようだ[1]　ステージ・ヘッドと銘板岩《タブレット・ロック》[2]が、ものすごい霧の中に
浮かんでいる様は——昼下がりの太陽が
こちら側（港の西岸）の海を白く染め、空も背後の丘も
白一色になっている　そのために、見えるのは岬と
銘板岩から出て、ステージ・ヘッドの背後に消える
道沿いの木々だけ
　　　　　　そして今、太陽が姿を現わすと、幻影はたちまち
追い払われ、ステージ・ヘッドと銘板岩《タブレット・ロック》は、いつもの場所に
「おさまり」返っている。こちら側の海は、今きらめき、
束の間の記念碑的瞬間のすべては——いや、いまでも
むこうの空は白いままだ。それにステージ・ヘッドも銘板岩《タブレット・ロック》も島のように
漂っている、眩《まばゆ》い光のせいだ
　　　　　　渦が潮の方に向かい、川に
引き寄せられる。川は引き寄せる、太陽があの建造物[3]を分解するように

一九六六年、一月十六日、日曜日

黄金の生活だ、黄金の光が港の西岸を照らす。その様子が、
わが家の西向きの窓から見える。日没後、少なくとも
三十五分間は——
　　　　一番明るい（銀の）光が、わたしの間近に
とどく、遊び場[1]の端を越えた
すぐのところに

輝きは消える　午後
　　　　五時二〇分
日没の四〇分後までには
家の中に差し込む光は、すでにもう
わずかになり、書き物もできない
ほど

だから、たそがれ時は

せいぜい四〇分くらいだ

書いたのは今日——そして尊ぶためだ
メイソン・A・ウォールトン[2]の想い出を
(彼は、一九〇三年、四月三日、自分の本に
「注」をつけた)それに彼は、
グロスターで健康な生活を
始めた人なのだ。
(ボンズ・ヒルの)両極岩《ザ・ポールズ》[3]の
裸の岩場にテントを張って。
十八年前の——一八八五年[4]のことだ。

宵の明星が西の空にひときわ輝き
太陽にも増して、北の空をも照らす(ステージ・ヘッドの真上で)

この人たちも、わが家の窓から見える所に座っていた[1]

この時刻に港の西岸で停泊したのだった。わたしが今、
見ている北緯四十五度四十五分の地点で
夕暮れ時のことだ

それからテン・パウンド島へ上陸した
この地にあった木の実を摘むためだった
——それに花々を——海の向こうの
イギリスの海岸を後にして以来、一行が初めて味わった
甘美なものを

大地の端に立つことだけが[1]
大地の舵取りをして東へ進み、理解する道
大地は回転する球体で、常に天空に背中を向けていることを。
天空は大地から西へ滑り落ち、
星と月と太陽は、大地の前を
全速力で走っている。大地は二十四時間に
一万一千マイルの速度で星と月と太陽を追い抜いていく
常にこの方角を向いて　大地は
前方の宇宙を水のように歯で捕らえる、
大地の前の宇宙は常に前方を
向き、万物を逆向きに通り過ぎると、大地の夜へ戻っていく。
大洋の大空には
大地の各地で紡いだ小さなボートかカブトムシ[2]が

夕暮れ時の雪

たそがれ時の雪の中で、一分たらずでは
書く暇はなかった
白く凍てつくトロール船サンタ・ルチア号の緑が
二分前には、色あせた、聖ルチア[1]の瞳の色とそっくり
同じだったとか、三分前には
鉛色の空の色も、聖ルチアが自分の両眼をのせて
差し出した白目の盆の色だったとかを。聖ルチアの生涯をかけた行為と喪失の申し出を
描いたスルバブラン[2]の絵の話だ

一九六六年、一月二〇日、水曜日

5

もし、死が留まるところを知らないなら
われわれには、大地も年月も残されない

三月[1]が加わってしまったからには、恐怖と地獄の第二月[2]を毎年生きなくてはならないのか？

そしてそのために、人間の一年が、こんな鉛色の地獄の十二ヶ月で終わることもあるのか？

ならば人は、あの生きている木にぶら下がったオーディン[3]かキリストになる他ない

残っているのは鞭打たれた清らかな皮膚

与えてしまった後か、盗まれたか、あるいは人が何もかも失なった時
いわゆる他人の目論見とはすべて、それぞれが差し出す名前なのだ

5

——われわれ自身の犬[4]が十二ヶ月をことごとく食い尽くしてしまった
ならば、いまいましい万物をわれわれの手で絞首刑にしてやろう、神の
望みどおりに

ハリー[5]とケンワード[6]二人のために[7]
一九六六年、一月二十一日、金曜日

一九六六年二月三日　一〇・六フィートの高潮
午前八時四十三分

テン・パウンド島を見ろ、すっかり真っ白になっている
夕暮れ時の古い燈台は別だが。燈台は
南北戦争以来のアメリカのように、ごつごつしていて
いかにも薄汚く見える。あらゆるものが雪の屋根を戴いて
ちょっとした冬のアイシングがカップ・ケーキの
島[1]をつつみ、高潮が島をちょうど
平鍋のような港に浮かべる時は　　午前七時三十五分だ

そして今——午前七時五十五分——鵜岩《シャグ・ロック》[2]は
エスキモー・パイ[3]のような島から離れて、ひとりで、漂い始める

そして、**何と！**　翌朝になった今、鵜岩《シャグ・ロック》は**白い船**と化し、ひとり漂っている
氷の塊のように

ハイスブー[1]としての陸地[2]

どうして陸地は何となく見捨てられたようになるのだろう
毎日
大洋が陸地からすべりおち、陸地をそのまま
ほっておく
毛も刈ってもらえず　あたふたして　少し身を乗り出したまま
にしておく
まるで陸地が多くを与えすぎたか、与え足りないかの
ように
見捨てられるか、裸にされるか、ぼろぼろになっているのが
陸地の見本だ
　その後、潮が流れ込んで
陸地を押し上げる結果、
文字どおりこんな体験をする。あらゆるものが
もとの位置からずっと上へ浮かんで、ことによると
ゆるんだ根もとから離れて漂いはじめる。すると大洋自体も
ともかくどこか他の陸地か、他の土地にむかって
しずしずと去って行く。両者ともにそう見える。高潮の時や、

上げ潮の時には、大洋も陸地も大地のものであるかのように見えるが
そうでない場合は、日々、そのまやかしが露わになる

三日目の朝は美しい　　二月
五日――土曜――　雪の　　十時五八分　　満潮
満月
十一時三分の方角

同じように今日、二月七日の月曜日も、島[1]は漂う
――それに鵜岩《シャグ・ロック》[2]も、まるでメカジキの堅い尾のように
眩《まばゆ》い陽光に照らされて　　十二時四十分
（午
後の）満
潮時に「何フィート？

そして僕らの前方へ　　島から西側にある港をめざして
進むのだ（島の「つややかな頭」[3]のように
詩が作品の中に現われてくると彼は言った
鵜岩《シャグ・ロック》のように――かの海＝蛇[4]の
「頭」のように（蛇の「最初の襲」

　　　　　　　　　そして島を
　　　　　　　　後ろに
従えて「クィーン・メアリー号[5]のように　薄い
ティーカップ　薄い
クィーン・メアリー号は永遠に進む
　　正に自分の居場所で
　この湾内に　浮かんでいた
まるで海底の「陸地」[6]との「絆」を自分が
絶対に持っているのだとでも言うように——この港の
輝き《アグライア》[7]を「「グロスター＝港」の」
　　　　瞳に
この宝石を宿す[8]テン・パウンド島は、今日の陽射しを浴びて
静かに白い——そして鵜岩《シャグ・ロック》はテン・パウンド島を引っ張る。
防波堤をこえて沖へ行くことがないように、
南西の沖へ
　ドッグ・バーをこえ　　　　ラウンド・ロック浅瀬[9]のそばを通って行かぬように
　　　　　そしてテン・パウンド島の建物は、[10]懐かしい燈台そのものとか
「弾薬庫」、野菜貯蔵用の石造りの小さな建物で
「屋根がついていて」今日は白く見える（海の色も目立っているのは

灰色だ
　　　　そして永遠に
島は進んでいく――決して
動くことなく。　ここにある。永遠に、
固定されて。だが、島の岩でできた頭[11]は、毎日、
進んでいく、島の先へ、
　　　　　　　　島というよりも岩で、
鵜だけがこの岩をすみかとし、休息の地とする、
島は（アジサシの巣ごもり用具に富む。アジサシは
島の髪にたかるシラミのようだ。島は身体をひろげる
自らを受け皿にして大きく開くのだ
たまにとはいえ、こんな潮の時には、輝きの女神《アグライア》がいる
そしてとてもきれいに、島の頭の石[12]は
もう――たった今わたしは見はるかした――島から離れてしまって
いる。永遠に
有利なのだ［包括的な掟は、第三夫人[13]にとって］
少なくとも、子どもをひとりもうけなければならないという掟は
（語っているのは日々のこと、この詩
全部が）
　　　島は子を生む――そして鵜は輝きの女神《アグライア》を選ぶ
自分たちの意図によって、そして手に入れる［初めてそれを見たのは

一九六六年一月五日、水曜日のこと。初めてグロスター港を見る
ジョン・テンプル[14]と一緒の時だった——自分の眼が
信じられなかった——一羽の鵜が
ブラック・ロックス[15]の危険標に
とまっていた！
　　　　わたしの家のそば、
家の窓のそば、内港への
入り口、流れの入り口に。[16]
それで
わたしの攻撃目標範囲はすべて
解放されたのだ。お気に入りの「船」は
「自由になった」、決して動かぬ
わが「大型船」は——エウリュノメ自身も
　　　　　　　包括的な掟も決して動かない——
自分の「子ども」の
真似をして、
自分の「頭」を
「手に入れた」のだ。「輝きの女神《アグライア》」と雪が言った
日を浴びて。すると黒い鵜が
飛んで来て、この光景の中にとまった。今
まさに、新雪と残雪が錆色に

変色している光景の中へ――そして雪の満月
［紀元一九六六年の］満月が
空高く浮かんでいるせいで、大地も海岸も
みすぼらしさから解き放たれているのだ　　そして
鵜岩《シャグ・ロック》よ、おまえのおかげで、わたしは「行けた」、
いつだって「行けた」、いつも神に感謝して「グロスター」を
「後にした」。鵜岩《シャグ・ロック》を、鵜の
所有物を　　わが黒鴨の
支配する巣よ、今日の鵜岩《シャグ・ロック》を見るがいい！
今は眼が痛む。鵜岩《シャグ・ロック》が頭上に輝く太陽の光をまともにうけて
光の中で釘付けになっているのだ

　　　　　創造の神秘を
讃えよ、事物の中にだけある神秘を、と魂が言った。[17]
おまえは知性の天国を歩き回ることはない[18]
混合した性質の天国や、
区別された天国や、私自身の天国で、
おまえがどれほど自由を感じたかは、どうでもよい、
と魂が言った。今や、おまえは私自身を超えて
天国を歩き回ることはない、「それはおまえの道ではない」と。

テン・パウンド島は
いつでもわたしの目の前にある。そこへ父が
夢の中で「実際にもだが」舟をこいで連れて行ってくれたことがあった、
この種の仕事では
下方の経過《プロセス》が肝心　潮流は、島の啓示をうけて回復する
すると魂の声が聞こえた。わたしは首尾よく歩きまわったのだった
三つの天国を——三つの町[19]
い、い、い、
トリムルタを

そして、この最後の月に、この
冬に、次の段階を
求めていた（と言うより、魂の中で抗議していたのだ。運命に直面した自分の魂に
向かって。事実、わたしはより高い世界を歩き回る
計画を立てていた。たとえわずかな距離とはいえ
あの鵜のように飛んでみようと　その時、魂があんな
言葉を——どうして、魂自身の天国は言えたのだろう
「それはおまえの道ではない」などと。どうして、わたしは
置き去りにされるのだろう
鵜岩《シャグ・ロック》までしか
飛べない
あの鵜のように？　鵜岩《シャグ・ロック》が島を離れるように

見えるだけで、しかも［もしそういう例が何日もあったと報告されているとしても］
年にたった一度飛び立つだけなのだ、
それも陸地から飛び立つのではなく、そう見えるだけ
鵜が、やっとのことで水面すれすれに
飛び、ほとんど飛び立つとすぐ
危険標に着陸してしまうのと同じだ。
われわれは、いったいどこへ
行ったというのか？　そして、おまえが居なければならない、と魂の言う
「牢獄」[20]とは何なのだ？
　　　　何でもないものだ、と島が
教えてくれた。

　　　　　　　　一九六六年
　　　　　　　　二月七日

　わたしは一つの能力だった[1]——一つの機械だった——今の今
まで。「歴史」に関する行為も、わたし自身のと、父親のを
一緒にすると、［グロスター特有の意味で］奇妙な結合物になった
両方とも夢のようなもの——というか幻想を完成させて結びつけた物なのだ（投影《プロジェクション》だったのか？
　文字どおり
ウースターの家で居間の壁に取り付けた幕の上に、映写スライドが、
映し出したものなのだろうか。映写機はいつも過熱して
わたしは指を火傷した——神経も
火傷した　事実ジョン[2]が言うように、あるいはヴィンセント・フェリーニが言ったのかも
　しれないが、この二人もやはり
父親の生涯と格闘しなければならなかった。　わたしは
父親に随分かわいがられた、実際、父は、
つねに公然と母親に反対してそうしたので、わたしは父親の汚れた看板のようになっていた
それ以来か　あるいは、一度か　それとも、永遠にか　そんなことはどうでもいい
　父親から
学んだ愛は、おおいに役立った
——家の立っていた敷地——わたしはこの「要素」をきょうの、この日まで
維持してきた。　父の　そして今はわたし自身の

　　　　　　　　　わたしは
ステージ・フォート公園の
雪の丘を正面から見ている――地面は傾斜し
背後には丘
そこにベン・カーの家[3]が、今もぽつねんと立っている
石
と丘の前面が
わたしの眼の前にある
(ハーフ・ムーン・ビーチの向こうと
銘板岩《タブレット・ロック》との間にくっきりと目立つ
塊は
雪に覆われている「カーの丘の上にある、痩せた木々だけは
宣言する、
雪に覆われて、
丘になっているのだ、と
　　　、雪が
ハーフ・ムーン・ビーチや
銘板岩《タブレット・ロック》を「丘」にする――パーソンズ家の「洗い岩」[4]も「丘」になるだろうか?
するとステージ・ポイント[5]は、パーソンズ家のステージとなり、銘板岩《タブレット・ロック》はパーソンズ家の
洗い岩になるのか?
　　　　　　　わが浜辺と言ってもそれは

象徴的事実にすぎない　　潜水服を着て
海中に潜るために、ひどく重い足取りで歩いて行くようなもの
鉛の重さが腰の一点にかかるため
よたよたしながら海に飛び込む
オオウミガラス[6]さながらに。　　わたしは
ハーフ・ムーン・ビーチを好きになったことはない　　好きなのは銘板岩《タブレット・ロック》と
クレッシーの浜辺。たぶん父も同じだったと思う
父は向かった
右の方へ、わたしもやはり右の方へ
向かいがちだ、父と家を
出たときには。父は歩いていった、わたしは
大きくなって父に出会うか、大またで父の後を追いかけるかのどちらかだった
水彩絵の具箱を持って、ある風景を描きに出かけてしまった
父を　　あるいは
ドリヴァーズ・ネック[7]にある
沿岸警備
所へちょいちょい
顔を出す時や　　月明かりの夜、
ヘスペラス・アヴェニュー[8]からレイフ峡谷[9]への道をはるばる行く時などだ（父が
亡くなって、わたしがまだ若かった頃、わたしは
女の子や友だちとつきあう時に、父を

手本にした
　　　　　、T字形の海岸は
今日、真っ白な
雪。木々の間に
「描かれた」雪は、雪が
凝結させた
岩に隈どられている、黒いままほうっておかれた岩に
（満潮から引いて、
ちょうど一時間たったいま、潮は
この視点から見える線になるのだ。レーン[10]もこんな風にして
距離感を出したものだった
背を向け合って　　父と
わたしは
同じ土地にたつ　　海岸に着いた
ピルグリムのように
　　　　父は生命をけずって
償った、[11]愛するひとよ、わたしを
連れてプリマスへ行き
三百年祭を
見たことに対して
このとき

米国郵便省が
父の意図を
利用して
父を
罠にかけ　破滅させたのだ
郵便労働者を
組織して、
退職年齢延長や
寡婦年金制度——などの労働者の利益を図っていた父を　ワシントンの
指導者はドハーティ[12]から別の人物に
移っていた　わたしの父親は[13]スウェーデンからの
移民の
波に乗った男だった。アイルランドからの
移民の後で？　黒人と同じように
今のルロイ[14]やマルカムX[15]のように
最後の波に乗って
この
どうしようもない
醜い
冷酷な
国へ流れ着いたのだ

海岸に
来ることを
何人にも
許さないこの国家へ、とカーリ[16]が言った
産業リーグ[17]の野球場の芝生に
すわって運河イーグルスが
わたしの視界から外れていたときだ
　そのとき
　銘板岩《タブレット・ロック》の塊や
ハーフ・ムーン・ビーチの背後で
わが相棒のイタ公は
のたまうのだ
わたしの父は夢に出てきて
相棒カーリに
価値《アド・ワローレム》に応じてさ、と言った。[18]
カーリ、カーリは言った。誰一人
ほんの僅《わず》かの間でも幸福に座っていることは出来ないのだ
くつろいだり、憩ったりできないのだ
セーヌの河畔でも、あるいは
昨年の夏、ダ・ヴィンチ空港からバスで[19]
ローマ入りし、眼が

正真正銘のエトルリア期か
メソポタミアか、エジプトの
メンフィス期[20]に留まる時でさえも、と。
　馬鹿げている
固形にした干草を入れる倉庫が建てられる
あたかも永遠の
アクロポリスのように。**ステージ・フォート公園でなく、**アメリカでなく、この土地でなく
　息切れした
　この国家でもないように
　大地はまさにここに
　ある
そして父は
闘争に引きずり込まれて
死んでしまった
わたしが二十四歳にならないうちに——わたしを
プリマスへ連れて行ってくれた日から
十五年後のことだ。[21] プリマスでの一週間
父とわたしは北プリマスの郵便局長
ブラウン氏の家に泊めてもらっていた
——ルロイの父親も

ニュージャージー州の小さな町の郵便局長だった（ニュアーク近郊だったか？　それとも
　その支局
　　　　　グロスター初の町政記録係
オバダイア・ブルーエン[22]が
ストロベリー・バンク[23]から
グロスターへ来た後で、
［ニュー・ロンドンから］赴いた都市は？　何と多くの波があることか
地獄と死と
汚物と糞の
傷つけられ罰せられた生の無意味な波また波が。アメリカは
成功とは全く言えない
物語にすぎないのか
——おれは成功した例で——ルロイもそうだ
おれたちのような遺伝子的失敗例が
成功例だからだが、ここでは
そんなことはどうでもよい
ヤンキーたち——ヨーロッパ人たち——中国人たち

心とは何か、向きを変え

左側でどきどきと脈打ち

地獄で天国を知る心とは、
この汚辱の地で
この不潔な国で
人命が同量の屑であるこの国で
それは、汚らわしい不安だ
怖れと恥から生じる不安
——人間の恥は知ることさえないのだ、憎むことが
いかなる無知が
どれほど正当かを
瀰漫《びまん》していることか
世の人が、この山
アララト山[24]を登っていく行為
使い古しの物を何でもかんでも集めて出来たガラクタの山
大ネズミの棲家
恐れおののく大ネズミを、
親父とわたしは撃った[25]
ウィスターの家の裏ポーチから
ネズミどもがいつもより近づいてきた時のことだ
運動場を埋めつくした時のように
——それにビーバー川[26]
糞ったれアメリカ新聞を
父がくれた
二十二口径で
だが、わたしは息子に
銃をわたす必要はない、
そうしたい気もするが、銃の遊底は
取り扱いが微妙で
発砲しないように
ロックしておくのも
難しいのだ

わが愛する父よ、
このページは右に回して読むこと
この詩を
描くためには
時計の
逆回りの
円
眠れ
愛する
父よ
あなたの息子は
あなたを讃える
出発するこの地上に天国を

創り出すために[27]
あなたと
造物主を
俗人が
永遠に讃え
地獄に終わりが来るように
——天国にさえも終わりが来るように
アメリカは、人生を生み出さなければ
そうでなければ、われわれはアメリカを見捨てる
そしてグロスターに頼むのだ
この
隆起する岸辺から
永遠に離れてしまうように
アーメン［…］

あの島は[1]
海を漂いはじめる
街灯が
つくとすぐに
社会習慣《ムール・ド・ソシエテ》

　わたしが登ってきたのは、他の人と同じ
違いのない山、そして他の人々にも
選択の余地はなかろう。　　選択の余地は
ない、おまえはあの天使[1]の言葉に耳を傾け、
天使の言うことを「書き」とめねばならない（おまえは別の天使が
語ることを書きとめはしない。別の天使に従っていると
ついには、行為し続けることが
不可能になってしまう。これは確かだ！
　　　　　　　　　　　　　　　だが、
こんな見方を信じることができるだろうか

（軽く信じすぎだろうか）決定的な窮地に追い込まれた時の自分の経験に照らし、
韻律と真実の完璧な基準に照らし、
美にも照らして見るとき、わたしはこの見方に納得できるだろうか

試してみよ、頑固に

この見方の基準《モードゥス》を

小基準《モードゥルス》としてではなく

、すなわち、「組織の隅々まで浸透する」[2]

基準を

小基準《モードゥルス》とは精確で有限な部分で

——「無限小は存在しない」[3]

すべての韻がぴたりと合う[4]　似ていることが似ていることを産む[5]
基準であり、守護天使は
正確に口述する。伝達内容は、[6]
時の中の計測可能な一連の出来事から
別個でありつつ連続した生命を
導き出すことだ　この伝達内容には争点が皆無であり
この伝達内容をもたない基準はない。つまり
この基準でないなら、どんな伝達内容でもかまわなくなる
――有効なのは、この基準。わが愛する者の頭部が伸びて天に届く
わたしの生命も
わたしの「人生」の外へ伸びていくだろうか――同じように?

基準《モードゥス》は
絶対だろうか?「祈りのつもりで
言うのだが

と彼は言った《ディーキシット》
一九六六年
二月十一日
「金曜日」

何日も瓶の中に閉じ込められていた。[1] たいてい
身体から大汗をたらして、
速度に——欲する《ペテーレ》[2]——欲望を縛りつけようとしていた、
イメージに戻して知を構築しようとしていた。[3] すると
その背後にある神の顔が[4] わたしの顔に変わった
今や、イメージが彼女自身の姿を現わすのは
暗闇に向かってだ。あるのは、欲望、光、
速度、そして動きのみ。愛の
暗闇が到着し、後方へ進み始める
理性の速度で[5]——芸術が彼女の美で、神は真理

わが家についた。降りしきる雪で
空気が明るくなったおかげだ。

　慣れ親しんだ丘と
グロスター港が、突然
一二七号線[1]上に現われる様は、くっきり彫られたように鮮明で
一日ですっかり見渡せる

　そんな風に見えるし、
ルックアウト・ヒル[2]の右側を通る時にも
つまり、ハモンド城であったところの右側を通って
イギリスへの直線航路を望む時にもそう見えるのだ

　これは本当のことだ。
エンディコットは、ウィンスロップ船団の
トップマストをセーレムから
望み見たのだ[3]

船団が停泊していたのはちょうどこの一二七号線から見える場所だ
すぐ使える真新しいトランプのカードが一組

君の手の中に置かれていた
まるで万物が落ちてきたようなものだ

　そして、
　セロファンをとると
アメリカ大陸全体が進んでいく
北極を基準に北へ、そして

　西へ

チャールズ・オルソン

帰った日に書く
――マグノリアから――そして「羅針儀台《ザ・ビナクル》」[4]をもう一度読んだ
ロバート・クリーリーが、一九六一年十二月二十八日発行の
アルバカーキ・レヴューに載せてくれた詩だ

（一九六六年、
二月十六日

同じ思い——2

あの忌々しい
鉛筆を手に入れなくては

それにコンパスも
しかじかの形を

この世界で描くために
おれは急いで家に帰ってきた、ここには
すべて、そろっている——しかるべき

ディバイダーも、並行
分度器もある、
等しい描線が
等しくなるように。似通ったものが
似通うように

有効性

二月十六日[1]

この生きている手は、[1] 今は温かく、今は熱心に
掴むこともできるが……[2]

一日のはじまり

（グロスターには、朝の到来を
告げて、人を起こす
鳥や鶏が十分にはいない）

まず、カモメが草地に降りる　草地にカモメがいるのは
人がひとりも——さらに言うなら動物も子どもも——
まだ起きていないときだけだ

次に犬が、それぞれの家から放たれる。まるで、彼らすべてが——
犬たちが——同じ時刻に目を覚まし、家族も目を覚ましたかのようだ——
家族の中の誰かが、それぞれの
家のドアを同じ時刻に
開ける。目を引くのは
（犬たちが）本当にそっくりなことだ
——そして、人間たちもそっくり同じ行動をする。目を覚ますと
まずはそれぞれ家の居間に姿を現すか、
台所にいる「母さん」のところへ行く

次はもちろん子どもたち、
あわただしくバタバタと出かけていく。
――それから、じきに夫が出かけていき
――妻が
最後に出かける、それもずっと後で――洗濯物を物干し網にかけるか
洗濯物を持って出てきた後だ。こういう風なら、一日の始まりは
上々

チャズ・O[1]　六十六年[2]
三月七日　午前八時？
月曜日

価値《ワローレム》とは[1]

基準

――

――

ドッグタウンは――

国家の

ルーン文字[2]

三月十一日

パーソンズ家、またはフィッシャマンズ・フィールド、あるいはクレッシーの浜辺
または首都ワシントンは、わが家の前庭か？

南西へ向かい、垂直＝
樹へ

精神の水　精神の
水準——泉と
池、泉と
海——水は
父なり
オター[1]なり
ガシール[2]の
運命は
一
神意《ファ》[3]に従い
歌＝う＝こ＝と
泉[4]の
根を

鷲の口中の
液体の。[5]
神の肉《テオナナカトル》は、[6]
神の肉体でもある
イミルの胴体[7]は

あの「樹」で――その根は
ミミルの「頭」[8]にあり
その池に
映るのは

ある男の歌
この男の
父なる王が歌わぬときに
あるいはたとえ父王が歌うとしても、ガシールの運命が
神意《ファ》であるときには、
ポセイドン[9]の息子の運命は
歌にある　彼は
自分の息子たちの
泉から歌うだろう
自分の息子たちの血が
木の中で目覚める時まで――歌のための

楽器は、職人が木の幹から
刻み取ったもの。
　　ガシールは挑発された――誰だってそうだ
　王になれぬ者は誰だってそうだ
　　　――別の呼び方をすれば　　　　王子とは
　　　　　　　　　　　　　　　　　指導者なのだ
　われわれの言う意味での。政治的

代理人で
他のあらゆる人をより高い
目的に導くのだ、
人々の生活を、あらゆる人の生活を――鷲アルトゲルド[10]は。この鷲は

　常に導く、
　飛ぶ鳥は　必ずしも歌えはしないし、歌いもしないが
川をはさむ深く裂けた岸壁の間で見事に魚を捕る、するとジャングルの民はみんな驚く
黄金の鳥が空から舞い降りて――空一面を覆い、魚を捕るときには（導

くときには――わたしをではなく、どの息子でもなく、どの詩人でもない、われわれは
チョーサー同様、鷲[11]の足に捕まって、空高く舞い上がり、見るのだ
名声の館が鷲の
　　教えを受けているのを。ジェフリーよ
きみの韻律も歌いぶりも申し分ないのだが、
愛しのチョーサーよ、きみは大切なことを明確に語ってはいない、
わたしがきみを地上に戻してやるとき、願わくは、きみが少しは賢くなっているように
草むらにいたヤマウズラ[12]がその一つだ。わたしがステージ・フォート公園で
からかわれたのは、そう昔でもない、ある夏の夜、このキッチンのポーチのすぐ外でだった
あるいは、何年も前、やはりある夏の夜、通りの向こう端の縁石にヤマウズラが
　　　　　　　　　　　　　　　　　　止まっていた
　　　　　　　　　　　　わたしは相変わらずワシントンで暮らしていた[13]
　　　　　　　　　　　　この巨大な貧しい国の首都で
少し前まで、わたしにもいたものだ――詩神《ミューズ》が？　詩神はどこにいたのだろう――詩神は
　　　　　　　　　　　　いつも地上の鳥の
　　　　　　　　　　　　姿をしているのだろうか
そこにナイチンゲール、ここにもナイチンゲール、クレッシーの浜辺にナイチンゲール
　　　　　　　　　　　　おお、ここにもナイチンゲールたちが？
夜の大気の中でわたしは独り

飛ぶときにはブンブン羽根を鳴らし、クーと鳴くヤマウズラは一羽もいない、それともここでは
　語りもしないのか?
　　ともかくどんな場合でも、常に、わたしの前方にはブンブンと羽根を鳴らして飛ぶ
ナイチンゲールだけがいる、ここ合衆国では(アメリカの一部で
——われわれの言葉が湧き出る泉のあるところだ
　　　　　　　　われわれは舌の上の
　　　　　　　　水で語る、それは
　　　　　　　　　　　　　大地が
われわれを再びこの世の一部にしてくれた時のこと。詩人たちや、鳥が棲む大気は、
われわれの人生を王になるようにではなく、こういうものになるように導いてきたのだ

　　　　遠い昔の出来事を寿いで
　　　　千九百六十六[14]年、三月二十九日

すっかり氷に覆われた幾隻もの白い船が、[1]
朝一番の青く澄んだ海上を
遥か遠くから港に入ってくる
永遠に青い大海原を、冷たい風に
吹かれ、六月から七月の波しぶきをあびて。ここは
今、冬なのだ――三月が終わり
かけていても、春の兆しは、太陽の
訪れが早くなったことだけ――こう書いている時も、あの船の
へさきは、黒い、テセウスが誤って風になびかせた
帆のように。[2] それでテセウスの父は崖から
身を投げたのだ――そのことで海全体が渦を巻く。氷ではなく
白い塗料[3]が、この春の朝、船の額に塗られている
そして歯だけに。それに、赤い右舷の
　錨に。まったく正常に船は到着する
内港に向かって開いた
　わが家の美わしの窓からそれが見える
船のへさきが今、赤い鼻面を見せる
ニューファンドランドからブルー・ピーター号[4]が近づいて来ると。

移動する者は[1]
北西の針路をとり
「隠した」（冥府《ハーデス》の）物をたずさえて
　進んできた。一年に一センチの割合で、
休むことなく、ひたすら、
進み続ける

月が基準だ——人が基準だ[1]
われわれが考えるあいだにも
太陽と大地は燃える
赤く、そして緑に

唸りブイが揺れて吼《ほ》え、霧笛《ホイッスル》ブイが大声を張り上げる。[1] この四月の夜、
大洋を眠りから目覚めさせ、人間の信号を作動させるものは何。
グズルーン[2]が息子を奮い立たせて戦いに赴かせたのに
なぜあの者たちは座ったままのらくらと、眠りのうちに人生をやり過ごしてしまうのか
そのためではないのか、今、波が逆巻いて
音を出し、おれの魂を揺り動かして、飢えや栄光に目覚めさせるのは、
激しく戦いたいという欲望に目覚めさせるのは
暴力もまた、自らを救い出そうとする魂の熱望から生まれる
ものだ。すべての警笛や銅鑼《どら》やゴロゴロ鳴る装置など、人間が
あらゆる道具の粘土型を作るのも魂の熱望ゆえだ。まるで
こういった騒音は、魂が魂自身の表面を渡っていく時に
立てる波の音のようだ。
人間の乗る船だって、波の動きほど
小さくはない。今、この海岸で信号音を出させる
波の動きほど

　　お前たちは、グンナル[3]にもホグニ[4]にも似ていないし
太った腰を上げて、フン族の王たちに踏みつけられた
妹の仇を討つわけでもない。私の兄は
ゴート族と一戦交えようというのに、お前たち、私の息子は、家にいて

土地を踏みにじったフン族の馬の糞便の中で、妹の思い出を
八つ裂きにされたままにしておくのか、妹の骨には、幾つものひづめが食い込み
むごたらしい餌食になったのに、クソそここそが、お前たちの受け継ぐ土地なのだ、後の日に
私の血を引く子どもらよ

陸地の果て――
時代が
終わり
その後は

四月十一日　月曜日

5

光の信号と質量の点
　通常の図法で
慣性を描き、可能なすべての動きを描く
　　　　　　　　　　エーテルと
変化の

Ⅱ

境界地帯を踏査すると　宇宙は[1]
　両方とも閉じられている　横にも
　　　　　　　　　　　　　上下にも境界がある

上と下が
決まっている
永遠の
横と横

千九百六十六年[2]
四月十四日

　差異を開拓してきたのだった。一六四〇年までのエイブラハム・ロビンソン[1]を
例にとると――彼と、ウィリアム・ブラウンとジェームズ・バブソン[2]はスループ船を　　借りた。
　レックフォードが
これを伝え、他の人々もそれは確かだと言っている――ジェームズ・バブソンの母[3]は
一五七七年生まれ。妻のエリナー・ヒルは[4]一六〇三年生まれだから、彼もおそらくこの頃の
　生まれだろう。ロビンソンも同じ頃の生まれだが、
一六四六年に他界した――海で生命を落としたものらしい。[5]そして、ロビンソン未亡人と
ウィリアム・ブラウンが結婚し、ロビンソンの息子エイブラハムを育てたが、ブラウンも
　最初の子をもうけた後、死んでしまう。それで妻のメアリーは、
最後にヘンリー・ウォーカーと結婚し、ウォーカーが二人の子を育てた――だから
エイブラハム・ロビンソンがグロスターに来たときは三十七歳だったと考えられる――この三人は
同じ年頃だった。三人の後、わずか二年の間にやってきた他の者たちも
同じ年頃だった。後で来た者たちは、初めに来た漁師たちに、別の様々な仕事と、
より多くの金と、明らかに異なった社会的地位を
与えた。　ウィリアム・スティーヴンズ自身は、船大工の中で一番最初にグロスターへ
　来た人だったが、彼の年齢は
知られていない。とはいえ、ボストンに着くまでに、つまり一六三二年までに、彼がイギリスで
　既に六〇〇トンの
、、、、、、、、、、、
ロイヤル・マーチャント号を造っていたとしたら、それに、エマニュエル・ダウニングの言う
　ように、かなりの重さの船を

他にも多く造っていたとしたら、彼は、ジェームズ・バブソンの母とほぼ同じく
　一六〇〇年以前に生まれている
はずだ――スティーヴンズはしかし、一六六七年以後のある時に他界してしまう、そして
　妻フィリパが他界するのは
一六八一年だ
　スティーヴンズと共にやはりマーブルヘッド[6]から直接やって来たと思われる
人物がいる。この人物の大切な子ども達とスティーヴンズの子ども達が二組も三組も
夫婦になった。その人物とはジョン・コイト。[7]グロスターを去ってニュー・ロンドンへ
　移住しようと決めた人だった――ピークォット族は
一六五一年にはニュー・ロンドンに住んでいた――だが、息子のジョン・コイト[8]は、
　メアリー・スティーヴンズと結婚し、グロスターにとどまった。

そして、ナサニエル・コイトのような子らもいた。ナサニエルは
　ヘンリー・ウォーカーの手で、ロビンソンとブラウンの二人の子らと一緒に育てられ、
十七世紀の終わりにヘンリー・ウォーカーの後継ぎになった。その時、ウォーカーは自分が
育てた子の誰よりも長生きしそうな勢いだったが、ともかく同世代の誰よりも長生きしたらしい
――彼の年齢も不詳だ――没年の一六九二年には、財産の合計が前代未聞の二八七ポンドに
達していた。[9]――わずかな額だ。と言うのは、半世紀もたつと、ナサニエル・コイト、
　そしてすぐ後には
ミル川のデーヴィス一家のような人々、[10]それに、ある程度までフィッシャマンズ・フィールドの
　パーソンズ一家のような人々が[11]

もっと多額の金を残すようになったからだ——一七〇二年に、直接イギリスから船大工として
　やってきた
トマス・サンダーズは、[12] 一七四二年までに三四六二ポンドを残すことになった
その頃までは、第三世代の誰にも

　　　ひけをとらない立派な金額だった　　だがそのくらいの期間のことはグロスターよ
知っておいてくれ——例えばボストンには、一六七六年には既に三〇人の百万長者がいたのだと、
エドワード・ランドルフ[13]はロンドンの上院議員たちに報告している

閑話休題。一九六六年のこの春の日、明らかにわたしは今、書いている、朝日を
受けて、足の向くスクウォム川[14]のそこここの場所で。そして今、
ロブスター入り江[15]に立ち、スクウォム川に映る太陽をまともに見ながら
わたしがこんなことを言う時——スクウォム川はまだスクウォム川になっていなかったのだ。
　エドワード・ハラダンやフランシス・ノーウッド[16]その他にとっては違ったが、
十八世紀になるまでは何の価値もなかったのだ　　今だって謎はある、なぜ
わたしの立っている岬は一六四二年から
　　　　プランターズ・ネック[17]と呼ばれているのか。それにロビ
ンソン家に伝わる話では、エイブラハム・ロビンソン[18]その人と——それにおそらくブラウンや
ウォーカーを含む他の人々が、確かにプリマスからこの地にやって来た。
ロビンソンが最年長者だったので、プリマスの牧師エイブラハム・ジョン・ロビンソンとなった
出生地はジョン・ホワイト同様、ドーチェスターで、一六二三年にステージ・フォートへ

入植した――そして、前述の牧師イーライ・フォーブズ[19]は一七――年に入植、一六三三年には
　教会が建った
プランターズ・ネックに関する言い伝えによると、年月日はこのようだ――

　そして今、とても多くのことが、今朝のこの野にある――狐が一匹
確かに走り去ったのだが、あまりに素早くて、驚く暇さえなかった。ただ気付いたのは、
フェリー・ストリート[20]近くの石壁のところで、狐がほとんどわたしの右肩のそばを通って
一二八号道路を見下ろす岩へ昇っていったことだけだ　狐は　何であったにせよ、あの
すばしこい静かな動物は去ってしまったのだ。すぐその後で、もう一度
狐の姿が野の向こうへ消えていくのを遠くから確かに見たのだが
二つの
印象が眼に残っただけで、鼻腔には何の匂いも残らず、野生動物
であったかどうかも分からない
　わたしは同じことを言うだろう、ここスクウォムの潮流を見下ろして飛ぶ
鷹についても

　十七世紀がわたしの眼の中に、わたしの皮膚の上にある
心の中にあるのと同じく。だから、実際そして実際、わたしは信じる事を
書き、きみのために図面を描こう。四十二年旧暦二月に、[21]各々の土地が
新参者に分け与えられた――スティーヴンズ、コイト、エルウェル[22]その他に――そして
エイブラハム・ロビンソンは住み慣れたところを後にした、ハーバー入り江の奥の、
一番いい場所から去ったのだ。トムソン漁場のそばにいたオズマンド・ダッチ[23]や

ウィリアム・ブラウン、ジェームズ・バブソン、それにヘンリー・ウォーカーさえ
住み慣れた場所から去ったのだ。東に向かうと港の炎が見える
岸辺から
　　　　　そして、ドッグタウンを見渡すのに適した場所にわたしが座るとき、ここには
視界をさえぎる者はいない――一六五六年にエドワード・ハラダンが、ロバート・ダッチ[24]から
　　漁業の足場を買い取る
までの話だが――このアニスクウォム川にあったオズマンド・ダッチの息子の漁業足場を
あるいは日を浴びるプランターズ・ネックで腰をおろすとき、そこには微風が十分吹いている。
　風は、わたしの背後の
スクウォー岩[25]をこえて、道筋を変えながらロブスター入り江まで吹き下り
川面の軽やかな空気を運んでくる、ここに咲く花のような香りを。わたしは驚いた
脚をこんなふうに組んでいるところから二十フィートも離れているのだから
背負い革をつけた女性の像[26]が野の石に刻まれている  今、この時は
二十世紀　二十六インチの綿毛でできたアルゴンキン族の品を、わたしは持っている
どんな世界だろうと――わたしは主題を書いているだけだ。主題は弦で
わたしは、世界を呼び起こそうとして、その弦を奏でる。きみに世界をあたえるために。
　　真昼にわたしが
ある詩人の作品をわたしが読むとき、つまり

この土手に手足を伸ばして　横たわるとき
　　　　　　　　　　　　わたしがただ一つ望むのは、あの狐を見たのは
　　　　　　　　　　　　　確かにわたしだったということだ、それが

きみに与えるもの。今なら、わたしの右眼に映っているギンバイカをきみにあげよう
その花と葉は、ただ存在するだけで眼を引き、

思考の中に消えてしまうのだが――あの土地の
図面も描こうか、それとも

今は眠り込んでしまおうか
この草の上で　そして

きみのための仕事は
明日することにしようか？

　　　　　　　　ここのシダと一本の木は
マダム・ゴスのなだらかにくだる芝地[27]にある

だから、わたしはそこで腹ばいになって一心不乱に

書けるのだ。今、丘にそって下がる両足の向こうに波止場がある
波止場が一時盛んだったのは、一八〇〇年代だが　　それも一八三七年の
恐慌[28]までのことだった　　レーン家、ヨーク家、ロビンソン家、それに
ゴス家、ジー家、デニソン家、ハラダン家[29]は等しく多忙で、忙しくない家はなかった
船は　　当時ふたたび南へ荷を運んだ。[30]オランダ領ギアナへ、
ヴァージニアへ——独立戦争以前のヴァージニアへ——橋は[31]
がたがた揺れる
今、船を止めておくとき
橋からさらに下流の入り江に入り、スクウォム川に出て行こうとする船を止めておくとき
橋はこちら側[32]にあったから、アルゴンキン族にも役立った
港もそうだった——アルゴンキン族にもシャンプランとレスカーボは[33]
地図と地誌を見せてやった　　もう数フィート滑り降りれば
わたしの左手は川床の泥の中へ入り、貴婦人の像を掘り出せそうだ
貴婦人には頭部がなく、石斧の刃の跡がある

そして背中におぶさった子が
空を見上げている様は、まるで大地自身が月を仰ぐ
顔のようだ　額の背負い革でそういう姿勢になるのだ

一九六六年四月二十五日火曜日

110

黎明とカモメの時、グロスターにて、一九六六年五月
満開の月

黎明時に、カモメたちが語り始めると、シナモンの月が
ステージ・フォート公園の向こうに沈んでいく。あと一晩で満月になる月が。わたしも
ほとんど満ちて、やはり、あらゆる人々の許《もと》から去る。少なくともこの世の一部として
同じように動いている、とわたしが思う人々の許から。この世の特徴とは
惑星の周期を持つということ——太陽は、これから
三十一分以内に、東グロスターの岬の向こうから
東の空を明るく照らし始めているだろう、だから、地球上にある、この家もしくは家の場所を
加えれば、存在の充実した三つの力[1]が財産の中に入り

非=原因の原理[2]もまた、わたし同様、この経験世界に入る。
だが、わたしにはまだ信じられないのだ。わたしの友人たちが、わたしと同じでないとは
彼らがそれを好むかどうかは問題ではなく、この経験世界は認知の再認だと考える他ないのだ
――つまり、この月自体がシナモンで、一つのイメージを
わたしの人生に産んだのだ、と。月は今、中国に向かって進み
今から十二時間後には潮流を再びこちらの海岸に運んでくる。さらに
十二時間後には、この地に現われて、その影響によって、逆向きの流れを
作り出す――わたしが言っているのは、太陽の発するプロトン・イオン[3]の力が
彼らやわたしの友人たちに与える影響のことではない――この二人の友人を、[4]男と女を
わたしのたった一人の兄=姉だという理由があったのだ。わたしには実の兄は
一人しかいず、その兄もわたしが生まれる一年前、誕生する時に死んだ――

だから、彼らも、わたしも、誕生するときや受胎するときに、あるいは両方のときに
地球に蓄えられたイオンの影響を受けてもいなければ、春分や秋分に太陽が
地球に投げ与えるイオンの影響も受けてはいない。月が潮流に与える二重の影響にも似た
波動の影響なども受けていないのだ。沈み行くがいい、月よ。だが、教えてくれ
いま、五十五歳になったわたしが、類比《アナロジー》と持続によって知ったことを飲み込めるように
知ったこととは、わたしの魂が彼らと同じく、愛によって多くの状態を得られるということ

一九六六年五月三日

ティ女王に関するエッセイ

ティ女王（紀元前一四一七年から一三七九年、王位にあったアメノフィス三世の妃）の
印章と**ティ女王**のスカラベの間に。どちらもアーイーアー・トリアーダー[1]の
墓室で発見されたもので、
印章が先、スカラベが後だった

最初の事物

フェニキア人たちは／紀元前一五四〇年以前[2]

——あるいは、この時までにと、　　多くの言葉を費やして

パロス島年代記は語る
　　　　それはこの年のこと
だった、と　／　　牡牛の姿をした
ゼウスが[3]
　岸辺に　　現われて
アゲノルの　　娘を
　奪ったのは
　　　　　　そして、急いで去ったものだ
背中に娘を乗せて
南の岸の真中へ向かった

以後クレタ島と呼ばれる島の
　　　その島の
ゴルティナ[4] 付近に来ると
ゼウスは優しく彼女を降ろしてやった
彼女を乗せてきたからだ
その若い生命を

その結果、ミノスを含む息子たちが
次々に生まれた。ミノスが
最年長だったろうか？　ラダマンテュスか／このどちらも

セム族の名か　　？[5]　三男の名が
サルペードンであるように——？
紀元前一五四〇年が　　統御の
年なのか？　新たな
　　「西欧の」地中海を建設
するための？　　そして、それ以来
基本的に北西へ向かう波がつづく
事実、かつては地殻であったところが[6]——そこはマントルや、少なく
岩流圏《アセノスフィア》の深淵に向かって崩れ落ち　　とも
分解し、真中へ

落ちていった――

　　　　　　　　　　北北西へ

　　それが、きっかり一億五千万年前だったと[7]

今では、J・ツーゾ・ウィルソンによって、はっきりと

立証されている、それに他の海洋学者や

地理学者によっても。彼らは地球の

大陸棚が

　　　それぞれの大洋の　　両＝

岸でぴたりと合うことに着目したのだ　――両岸の真中へまっすぐ降りていく海嶺を

　ふくめて。[8]

それは、ちょうど
インドが、じりじりと自分の道を切り開いて
初めの位置から移動し始めた時と同じだ。アフリカの
モザンビーク[9]あたりから
約一億五千万年前に時々
現在のインドの位置へ向かって移動し、ユーラシア大陸の
一部になったのだ——まるでテテュス[10]が大洋の下へ潜って
大洋《オケアノス》と愛の営みをしたように
愛　の　営　み　を

クレタ島近くの
海上
ゴルティナ
付近で
移住の
規模が
分かってくる
大地のかたまり　や
物語のかたまりと等しいのだと

それに、何が最初なのかという順序については
後に当たり前のことと見なされる
アメリカを満たした大西洋の移住者群のように
――当時、一万人の人々が[11]一六三七年頃までに、あるいはこれに二年を
加えた年までに
移住したのだった
あるいは、この年をまさにイギリスでの内乱
勃発の年[12]
ととってもよい
最初の北東への移住は、一六二三年[13]から

一六三七年　もしくは
一六三〇年[14] それは
ウィンスロップの大船団による
大航海が始まった年であった

インド＝ヨーロッパ＝語族最初の
移住は、バルト海やエーゲ海に隣接する
国々への移住。早い時期のものとはいえ、紀元前一五四〇年から、それ程
遡るわけでなく——ほぼ紀元前二一〇〇年のマイコープ[15] あるいは
　　　　　　　　　　　アイア[16] くらいまでだ。

アイアは
元来コルキスを表わす黄金の名。羊の皮の
産地だ——クバン文明の頃かもしれない。
ブリストル[17]の民や
「ロンドン」の民が
アメリカへ向かった
プリマス[18]や
ウェイマス[19]から
ヘラクレスの誕生[20]は紀元前一三四〇年——サントリーンが[21]
ほとんど　崩壊した
ヘラクレス市のように　後のことだ

火山灰は
正確に　南東に運ばれ
夏に吹く北からの卓越風に乗って

いたるところを火山灰が覆った
アンドロス以南のエーゲ海の島々を
西はクレタ島のカニアまで
東はロードス島、そして南は
クレタ島からナイル河口の半ばまでを。

この区域内の全土に降り積もった
火山灰があまりに厚かったため、生き残った人々は
土地を捨てる決心をしなければならなかった、正確には
紀元前一四〇〇年[22]のことだった——まさに
六〇年後　二世代後に　誕生するのが
　　　　　　　　　　　ヘラクレス
　ギリシャの
ヘラクレスが生まれたのは、この頃
ティリンスやテーベやミュ
ケナイが[23]

テュロスやゼウスの血族をすべて連れ
去って
自分たちの下、都市の下に埋めたのだ

ヨーロッパは美しかった
紀元八〇〇年から一二五〇年にかけては[24]——ジャワも同じだ、アイスランドも、
グリーンランドも、ヴァインランダ[25]も

ボストンは一六三七年

サントリーンからは

火山灰　ロンドンからは
　　小型帆船《シャロップ》[26]

風に吹かれるまま　いったん
海に出て、ギリシャを
離れると
　　　地獄に加えて、波の向こうに現われたのは
　津波だった[27]

ワイヴァンホー公園とその評＝
論のために、[28]一九六六年五月
チャールズ・オルソン

実用性[1]　　　　　　　　そのすべてが回復できるだろう
とても慎重に歩み始める今日なら
――この実用性は、成長＝思想の二重＝花＝冠
、だから、それも取りもどせるだろう。一九二七年から二八年[2]にホワイトヘッドが行なったように
　　　　　　　　　　　　　　三〇〇年前の
　　デカルトから、本物の思考様式《スタイル》を取りもどしたのだ、プラトン以来
初めて、そして回復したのだ――デカルトが知識に対して与えた
損傷から。すなわち
　　一年毎に到来する
　知識を積み重ねていけば、自分の歴史書ができると
ウィンスロップは考えたのだ[3]――（トマス・ダドリー[4]）のことばを引用して
　　　　　　　　　　何故なのかをウィンスロップに尋ねよう
いまや、あの踏み越え段《スタイル》を超えて再び野原へ入った彼に
　　　　　　　　　　　　　――野原《プラトゥム》の
始まり《インキタ》
　　は小片の一つ一つが価値あるものであり、一箇所に集めて
よく調べることもできる。まるでそれが宇宙《ウニウェルスム》の秘密でもあるかのように
は、大切だ、つまり
あの移住が――一六二四年には五十隻のイギリス漁船がアメリカに

来ていたのに、一六三七年までに報告されているのは十五隻だけなのだ。一六三六年には
デザイアー号　が造られた［マーブルヘッドで?·[5] ウィリアム・スティーヴンズの手で——
　あるいはセーレム・
ネック[6]で、そこならリチャード・ホリングズワース[7]の手で?·］。デザイアー号は
一六三八年二月二十六日の航海で証明してみせた、[8]西インド諸島との交易は
側面から行なう経済なのだと——ニューファンドランドとの交易
と同じように——あの人々には。　最初の十年にこの三層の海岸にやってきた
一万人のうち何人が一六三八年までに来たかを[9]
問うとよい。　アン岬——あるいはスミスが考え抜いた末に
名付けた別の陸標の名は、[10]
海上の島の名としては、スー族の上方平原岩《アパー・プラット》[11]に劣らないほど
　　大胆なものだった。後に
地の果て《ランズ・エンド》、[12] あるいは浅瀬諸島《アイル・オヴ・ショールズ》[13]となったが、アン岬は
アゾレス諸島からほぼまっすぐに海路でやって来れる
位置にあった。セーレム港はまだ、船が
入りやすくはなかった——ヘイストやリトル・ヘイストのある湾が[14]
港の特徴を語っている
　これらの新しい港に対するイギリス西部地方[15]の評価は
芳しくない《リトル・グッド》[16]
グロスターは　全く駄目《スターク・ノート》か、[17] 全然無価値《ピュア・ゼロ》なグロスター、あるいは
マティニカス島[18]民は、自分たちの近くにあるテン・パウンド島のことを

その程度の値打ちしかない、とこきおろす——しかし綺麗なフォリー入り江とは
ジョン・ギャロップのフォリー入り江のことなのだ。[19] いかに昔でも許しがたい性急な判断
によって、道路わきの怪しげな浅瀬を船の停泊地にしつらえ、そこに住んだのだ
——ウィンスロップは言う、ギャロップはその日
立派な小型帆船《シャロップ》を失った、と

一六三九年八月二十七日に西インド諸島から一隻の船が入ってきた時[20]——そう、
地方集会の決議で——————一六三九年、最終的に決定した内容は[21]
イギリスのドーチェスターにある聖ペテロ教会の教区牧師にジョン・ホワイトを、そして
年下のヒュー・ピーター[22]をセーレム北教会の牧師に任ずるというものだった。この決議は
ピーターが帰国する前に出たのだが、ピーターは一時帰国したイギリスに留まったまま
死んでしまった、革命の方が面白いと
思ったからだ——手短かに言えば、ともかく活動家だったので
選ばれたのだろう
ジョン・ホワイトの手で、[23]セーレムの牧師職に

ヒュー・ピーターが、ハーグもしくはロッテルダムで聖職についていた時のことだ
［ペリー・ミラーは確信している
ピーターが
隠れ
非＝分離派
組合教会主義者《コングリゲイショナリスト》のひとりだったと。[24] つまり、
母なる英国国教会から
大洋を隔てたところへ
いったん移って、自分たちの政府をつくる目的で
マサチューセッツ湾会社が、入念に審査して

定住させた者たちの一人なのだ。だから、
大船団がやって来て
入植者の嘆願書[25]を書いた時、
ジョン・ホワイトが貧乏くじを引いたことも確かなのだ、[26] つまり
ノーフォーク[27]の大物たちや、ヨーク[28]の人々
それにノウエル[29]や大ソルトンストール[30]らは
大物ウィンスロップ[31]と結託していた。クラドックを
こう使おうと。[32] それに
老ジョン・ホワイトの活躍にも期限がつけてあった。
チャールズ一世[33]治下の
イギリスから

より若く
より屈強な男たちを、この国に
入植させるために。真相は、
会社に与えられた
特許状が
横滑りしていったのだ
これらの賢明な新大陸の政府要人と同じく。ギニアからの船が
現地人を二人乗せて
ボストンに入ってきた時
この地で騒ぎ立てて大混乱を引き起こしたのは

リチャード・ソルトンストール[34]だった。
地方集会に対して、喚《わめ》き立てたのだ。
い、い、い、い、
あなたがたは、この二人を即刻
返すべきであり、二人が
自分の家へ戻れるよう
取り計らうべきだ。あなたがたは
人間の身体を、生きている身体であれ
死体であれ、ボストンで売るべきではない、と。彼の父
サー・ソルトンストール[35]は大使で
その同じオランダに[36]派遣された。そこでは
湾がプリマス同様

少なくとも宗教に基づいて建設
されていた。ジョン・ロビンソン自身が、[37]
ホワイト同様（ミラーの説が正しければ）、こういった
国家の賭博師どもに
操られていた。賭博師たちは、国家を
教会から引き出すのだ
この連中に言わせれば、これまでどおり、宗教が存在する以前に
米国諸州はあったのだ、連中は
——そしてレンブラントはソルトンストールを描いた、[38] それにウィンスロップの鼻も、
細い眼も——そしてウィンスロップの息子は

イギリスの大臣になるよう
しつけられていた。父ウィンスロップも
かつては
大臣に
ふさわしい
人物になりたいと願ったものだった。だがしかし、
――弁護士をしていた時だと思うが、ウィンスロップは
大臣という職とともにではなく
キリストとともに目覚めたのだ。[39]
誰もが知っている
あの朝の一瞬に。それは、

わたしたちの前に、生のすべてが立つ一瞬。キリストが、
とジョン・ウィンスロップは言う、
前の晩から自分と一緒に
寝てくれており、心地よく
目覚めさせてくれたのです。道は決まりました、間違いも
あり——横滑りもいくつもありましたが——と、ジョン・ウィンスロップは認めている
四十九歳の時には、
それ以外のキリストの道を
知らなかったと。一本の
枝でも——柳でも——大ウィンスロップを

弓矢のように進ませるものなら何でも良かったのだ　　ウィンスロップが
ロンドンで例の会社[40]の長であった時
熟慮した後の布告には、
大海原を乗り切って、一団の
人々をこの国に上陸させることが
意図されていた。布告には多くの言葉が費やしてある
（一六四四年）「われわれは
金の力と権力を使って
チャールズ王に近い不特定の者たちを抱き込み
まるで消しゴムで消したように
取り除いたのだ

ある会社の本拠地が
この島になるよう定めた箇所を　――ジョン・ホワイトの書斎は
国王配下の軍服を着た騎兵隊に
襲撃され、[41]ジョン・ロビンソンはピルグリムたちと一緒にこの地へ来る事が
出来なかった――そして、ウィリアム・エイムズ[42]の蔵書が
本人の代わりにやって来た、エイムズ自身が乗れなかった
船の荷となって。それが大学になったのだ、
ケンブリッジで。[43]蔵書の名は考えに考えて
改名された――文書の内容摘要[44]には、イギリスに、このマサチューセッツ湾会社の
本拠地を置くとあり――「長官および役員をイギリスで」

選ぶものとする――「こういう心づもりです」と
ウィンスロップは言った、「それで
この条項を苦労して切り離して
おいたのです」と。そういうわけで、

　　もし、私の島アン岬と
その未来が――もし現在のイギリスが
この年一九六六年の今日、J・プリン[45]が
――それにエドワード・ドーン[46]とアンドルー・
クロージャー[47]――そしてトム・ピカード[48]　それに
イギリスもまた、じぶんの魂が知らない
夜と一緒に今、眠っていて、「明かるい雲が

ノーフォークの氷に押されて
吹き込む」[49]としても、会社はこの地にあって
半島をも大陸と
橋でつなぐのだ、[50]
　　　　　「最高位の人」[51]を

彼は、力ある
人間たちと呼んだ（こういう連中が今もなお
われわれの政策を浸食する者どもなのだ、ボストンや
その近郊から
大統領は出る――あるいは大統領を決める黒幕が。

ベヴァリー農園の蚊は[52]
東南アジアや太平洋の蚊より
たちが悪い、かつて自分たちが私腹を肥やした場所の
蚊より――アテネでは、路面電車が
イギリスの首相の私腹を肥やした[53]――
おお、熱情なき者たちよ、夜をともにする
キリストなき者たちよ、朝ともなれば
扶養すべき、良き妻と子どものために、
機敏さだけが要求されるだろう。子どもたちは、妻たち同様
後には大使となって、健康で、美しい船をナハント・ヘッド[54]沖に浮かべるか、
あるいはマンチェスター港[55]でうずくまるか、

――入り江の水底で　　それにチャタムで？[56]　男たちが？　今？
それから、ともかく――今はわれわれの時代で、イギリスの時代でもある――
「ハート形だ」と、エドワード・ジョンソンは[57]
奇跡をもたらす摂理に書いたものだ。
ニューイングランドのボストンは「海のそばに
二つの丘を持つ、荒野に築いた
中心都市であり、また
首府であって、周囲を
人々が渡ってきた塩からい海に囲まれている、と。ヒュー・ピーターは、陰謀を
企てた聖職者や幹部の若い

一員にすぎなかった（この地に政治形態を打ち立てようと
決意したあの会社[58]の幹部だ。愛し、信じる
努力の卵から国家を導き出そうとした
会社の、

それで、自分たちの矢を
心臓にずぶりと突き立てるか、眉間を
射抜こうとしたのだ。[59]
智恵が宿り、神の
御足の
受け台となる額の。そして人は

そのすべてに
耐える
敢えて、

たまたま清教徒が
イギリス西部地方というところを、次いでロンドンというところを占領した時、会社《カンパニー》は[60]
ボストン・ネック[61]をも
要塞に
仕立てた。[62]オランダの海の要塞や
ジョン・スミスの南岸壁ではなく、

会社《カンパニー》の据えた
「やかましい銃」が、
ジョン・スミスの片手を吹き飛ばした。少なくとも、
カヌーを全部吹き飛ばしたので、スミスは船で
イギリスへ戻った。大した
見ものだった。スミスの皮膚が火薬で四分の三
なくなっていた。[63] ボストンは

三つの丘の間に邪悪さを隠し、ここからさえも逐電《ちくでん》した[64]
ウィリアム・ブラックストーンの
家とリンゴ[65]を奪って。成果を意図し、

気を
配り、
過ちを憎み、
国家と、
神を求め
社会と信仰が一つになることを
願う
　　　「小さな地峡を通って」
近隣の町へ「自由に近づく事ができた」

マサチューセッツ湾の屈曲部にある
この巣へ、
アン岬を一本の角とし、 もっと大きな
メイン湾を鞍頭《くらがしら》として持つこの巣へ

東へ進み、 南下すればフランスへ
ニューファンドランドやアイスランドへ、 ムルマンスク[66]や白海[67]へ、
ヨーロッパへ注ぐ川へ。 ヨーロッパにはモスクワ会社[68]があって、 本部はヨーク、 それに
アルメニアやカスピ海やカラコルムにも移ったことがあった

オランダからセーレム北教会へ来て、 ヒュー・ピーターは説教をした、

魚については

ホワイトが海の向こうから手紙を書き送ってきた　　ウィンスロップと
彼自身の家族、そして
エンディコットとダウニングに[69]
　　こちら側での漁業が[70]
商店経営より価値があることを理解せよ
「商人もやがてなびく、なぜなら国家の
選択も——
　　金、金、と金づくだから

きみも奴らの尻にキスすることを辞さなくなる――二年か
七年のうちに、[71] と。その

損失

政治の
ダニどもが、[72] 政体に
たかる「一つの
全体をなす、独立した政＝
体は
自らの範囲を超えて力を及ぼすべきではない[73]

オセアニア、

　　　　精神と
思考が一瞬で生む
子ども

わたしは見た、それが皆、違った方向に行くのを
そして、大洋の潮流を止めろという
男の声を聞いた
　　　それは、時の小さな一片をゆっくりと
失うことでしかなく、現在の地軸で
地球が正常に揺れて起こす振動にすぎないのだ、と言う声を

古書体の風は記録に留めはすまい
こういった拡散する、多様なだけの非難を――その一部はまた感情や
意識なのだが。　実際には、人間の現在の動きだ
　　　　　　　壁と向き合ったまま高く上っていく
高く――今、人間は自分自身によって造られた者であり、

雑食性だ。人間にとって唯一の困った状況は、人間がおのれ自身を
喰らうこと。そして一六五〇年以来、この
　　　　　　　　体内侵入は
人間独自の体制で
二十七億人に
跳ね上がり、そして
　　二〇〇〇年一月一日には
　　　六十二億人に達するだろう。それが

人間の——民族は今や過去の
科学だ——人間の
増加。　ただ、人間には思考が
残されておらず、金もなければ
死すべき定めもない。人間はただ
己れにとってのみ価値あるものとなる——ううっ、ついに種が
自己
嫌悪を
身につける。　これが週末の後の
今夜、重荷となって
川に浮き滓《かす》をつくり
運河橋の下を通って潮流を運ぶ

イプスウィッチ
湾へ向けて
一九六六年
六月五日の日曜日

そして、潮流は
止まってしまった
最後の行までわたしが書き上げているうちに
橋の
台座[1]の上で（実は
跳ね橋の
開閉
ゲートの上だが

　そして、この数行を
書いている時、手を止めたのは
警察の
パトカーを見た時だけ
ランプの明かりで
書き物をしているわたしをよく見に来たのだ。今

わたしは橋の運河側にいて、
煙草に火をつけたところ

潮流は今、
大洋へ帰っていく――わたしが

この詩を
書くべきだったのは
六月の
満潮
時だ

　　今は　夏時間の
午前　一時五十五分頃に違いない　六月六日
月曜日の。当てずっぽうに
　　　　　すぎないが。　確かめてみよう。

反対側に行って
橋番小屋の
窓を
覗いて見ると――一時二十五分だ

すると、潮流が
　この河口で
　　逆巻いたのは、一時かそれ以後で
　　　一時二十分よりは
　　　　前だったことになる

そして、今、海岸通りの明かりから
顔をそむけて、
湿地の方に眼を向けると——そこでは
　河口の背後が
　　すっかり氾濫していた。五年前
　　　わたしは、こう呼んだものだ　オセアニアよ！　と。[2]

　　　激しい、もっと冷たい
　　　風までが、真っ直ぐ川を下って
　　　冬の寒気のように
　　　　夜を　冷やし
　　　涼しくなると　人々は言った

少し前には雷雨にでも
なるかと

期待していたのに、と　　わたしは反論した
違う、凪はまだ
同じ位置にある、と
　許してくれたまえ　　大言壮語などでは全くなく
　ただ讃美することの素晴らしさを
　　語っているだけなのだ
　大地と
　人間の
　　プロセスを
　それに、これを
語る相手は誰あろう
　きみたちだけ　　　　　　　　　　つまり
ロバート・ホッグ[3]と、ダン・ライス[4]それに
ジェレミー・プリン[5]だけだ
　それに夏の夜の香りと
新しい嘆き[6]の

　　　　干し草の
　　　　　香り
　　　　　　　　　そして月は今
　　　　　　　　四分の一行程を進み終え、向かっていくのだ
　　　　　　　最後の四分の一行程が現われ出る
　　　　　地点へ

そして、戻って来ると、
　　　　　　　　風は
　凪《な》いでいた。潮流も
　すぐには
　打ち返す力が
　なくなった
　蒸し暑い
　夏の夜が
　川と
　陸地に
　取り憑《つ》き、電光
稲光はおそらく
　夜になってからずっと

放電していた
　　　　　　　　　　　？

　　　　　？

やはり、むっつりしていたし
　赤かった

　　それにオレンジ色でもあった
まるで地獄の口のようだったのだ
この光に照らされた橋は

わたしが
港の方へ
さらに下って行くと
　　　　　増殖していたのか？
靄《もや》の
　中で。そして微風が再び？
かき回すのか

内陸の大洋を？

　　淡水湖[7]の方へ向けて
そして、海岸通りの裏手を
高校の運動場から来たところに

黄色い池があった
あるいはオレンジ色だったろうか
この独特な夜に
ぴったりの不規則な形をしていた
もう一度わたしが
橋で、街灯に照らされて
　書き始めていると
大気はまたも
　澄みわたった　　月は、いま一度
一部を欠いたまま
のびのびと空に浮かび、港は
すっかり解放され　　ここもオレンジ色になった
　それに理由がないのは
喉の渇きや他の欲望に理由がないのと同じだ　　わたしは
願望を持たず外に出ている。愛に

あふれているが、愛は
　　愛自身に任せておくのだ
そして、きみに言おう、わたしにあるのは――?
　実は、それは
　　　橋の
港側の
　　　　赤い光だ
この光のせいで、上流から見ると
　橋はあんなにも輝いたのだ
　　この夜を
　　　　　終わりにしようと
　わたしが近寄って行って
　　　これを最後に
　橋から
　　　離れて
　行く時
その時、川は流れる
のびのびと、飲み水のように澄み

きって——そして橋の番人から見て
向かい側のベンチに座っていると
再び橋は跳ね
　上がり、港から来た船が
跳ね橋の間を通っていく
同じ
トリナ・レア号で、
　ニューベリーポートの
古い
　刺し網[8]船だ
「夜を通り抜けた月は
　ひどく膨らんでいた」

そして、わたしは
ついに立ち去る
自分の人生と
　この都市の
　　門から立ち去るのだ
大洋がこの都市の父であり
　われらの父だったのだから

今、風向きが
　急に変わって
大洋自身がうねり、
ねじれて、
目の前の海面で耳障りな音を出す。夜明けが来ているからだ。そして最初のカモメの

せわしい鳴き声が
朝の到来を告げ

二番目の刺し網船が
汽笛を鳴らす
　わたしが
立ち去りかねている時に

　ちょうど
同じ時刻
　三時三〇分か？　四時〇〇分、わたしは
自分の身体を
　十六か十七の頃には、こう使ったものだ
　近づいて
　行って

どんどんと叩くのだ
橋が上がるように
すると、時には
リッグズ号[9]が通って行くこともある

（ガイ・R号が
出て行くと
ゆっくりやって来るのは
ロブスター獲りの
サンドラ・G号だ

そして海岸通りに沿って
町の方へ行くと
もう一隻の刺し網船が来て、今、わたしの
後方四分の一マイルのところで
橋の上がる
音がする
軽い雷鳴のようだ
雷鳴の前の
稲光に導かれながら
でも大音響にはならず、今日も

人々に要求して
熱くなれ、
バーンとやれ、[10]と
わたしが
漁師の像[11]の
そばを通る時
橋の門は再び
開く

その最後の音を
聞いて
ここに告げよう

一つの
追伸を。ハーバー入り江[12]の奥で
ルート・ビアを飲んでいると
大物漁師たちは
活動を始める。すると漁師たちの
自動車が何台もやって来てフォート[13]を
下るか、ロジャーズ・ストリートを

走るかして、船に乗り込み、出て行くのだ

海

へ

マレオケアヌム[1]

スペインとポルトガルのすぐ外側が
湖になっている。[2] こちら
側は
テチス海[3]に近い。 トリポリターニア[4]がその
南の岸。
　　　　　　ニューファンドランド[5]は大きな半島で
ほとんどビスケー湾[6]と
つながり、 レース岬[7]と
　　　　　フィニステレ岬[8]は、 ほとんど
　　　　くっついていた
　　だから北大西洋は、 昔はいくつかの池だったのだ
ゴンドワナ大陸[9]から　ずっとずっと北の

わがポルトガル人たちへ[1]——それで、昨日シチリア人の頭部を覗き込んでいた。そして
今日もまた。ほら、御存知グアンチェ族[2]の成年男子の
　懐かしい眼だよ。グロスターそのものが、[3]たぶん
　　カナリア諸島から
生まれたんだ。今日では、人間は旧石器時代から
まっすぐ下ってきたものとさえ
見なされ始めている。だから動物は——あるいは鳥が愛の営みをする時には——
人間の眼つきをしているのだ。この時、動物は心の中で分かっている訳ではない、
生きることによって自分が何を表わしているのか、また
その姿が、人間の眼には、いわゆる愛の表現と映ることも。

詩神たちは
ヘシオドスに語り聞かせた
四つの物が[4]
生じた
ことを——世界以前に
熱、もしくは古代スカンディナヴィア語のマスピリ[5]があった
そして、空間の区分が確かにできた。それに、おそらく
時間そのものの区分も。というのは、マスピリは古代スカンディナヴィア語やバイエルン方言では
世界の終わりの意味だから
それに湿り気や湿度があったし、雲のようなものもあった

ドイツ語の 霧《ネーベル》、[6] 古代スカンディナヴィア語では霧の「場所」を示し、「ほとんど
一致する——たとえば、ムスペルスヘイム[7]は
終わりの地格[8]で、ニヴルスヘイム[9]は雲の地格だ、あるいは
——赤雲[10]の「あるいは、今日わたしの眼から見えるのは、自分の＝馬を＝恐れる男、　高い背骨
赤犬　アメリカの馬だ——「水の終わる所」に？　小さい狼
　　　　　　　　　　　　　大洋の
境界に？　周囲《アキアナス》[11]に？　その通りだ。世界が
始まったのだ。そして、二つの「状態」の後に初めて
四つの物が現われた。それ以来ずっとこの四つの物が出産に
先立つ。

　飢餓その人、すなわち喰らう＝世界を＝持たぬ＝口を、
思うに詩神たちは、初めて
カオーと言ったのだ。詩神たちがカオウと言ったのは、古代スカンディナヴィア語では
ギンヌンガ・ガップ[12]　満たすべきもののことだ。われわれの
外側にあるものは、形がないのではなく
われわれと同じ、飢えそのものの
音だ。それから大地が生じ、次いで大地の中にタルタロスが生じ、そして
第四の物が生じたが、この場ではある「特質」と言うにとどめようか?
愛だ
　　　そして、グアンチェ族の両眼をわたしは見ていた
昨日、

そして今日も、シチリア人たちよ、だから言うのだ
　　　グロスター自身のことを。大地自身が一つの
大陸で、大洋＝テチスが、大地を取り囲む唯一の
大洋だった時[13]のことを［ただし、タルタロスのこちら側は「穴」だった
きみたちも想像する場所《トポス》、タルタロスは
一番初めに生まれた神々と人々が鎖で
繋《つな》がれている所で、大洋の外側にある[14]
　　　　　　中生代中期[15]
一億五千万年前――グロスターがまだカナリア諸島から
離脱する途上にある時――グロスターは当の諸島[16]中

「最も軽い島」テルセイラ[17]だった。そして、今、ジュビー岬が[18]
あるのは、アフリカの臀部《でんぶ》をなすアトラス山脈[19]の
雪解け水の上だ。テルセイラが最初に跳び出す。そしてこの地では、今日
魚座あるいは水瓶座《アクエリアス》時代[20]の六月に、わたしは語る
わが都市の浅黒い者たちに向かって語る、グロスターも同じようにカナリア諸島
出身なのだと

四十六年[21]
六月十五日［水曜日］

同じ日に、後で[1]

新石器時代の隣人たち[2]を、思いにふけりながら
見ている、母親と息子を、息子がけたたましく
電動芝刈機で芝生を刈る、これを、母親は
垣根に身体をあずけて、ただ
見ている――すると少女、すなわち未婚の妹も
角を曲がって、兄を見に
来る
そして、もしきみが猿の側面を露わにすれば、両眼が
死んでしまうか、大いに進化論的であることになり、
宇宙論的ではなくなるだろう（垂直だと
眼はもはや種の明瞭な違いを
示さず、種のつながりを示すだろう
すると自然界は、豚小屋か
残飯になり、「人口を含めた」物の
どんな改良も増加も――事物とは
発生学的な意味でいえば、複数で、蓋然的だ
その宝くじ抽選の中では――だから、そこにあらゆる種類の人間が
含まれることになる。ひとりでに含まれることもあれば、

経営や行政のさまざまな事情によって入れられる。例えば、今日の米国が見出す唯一の解答は、今日の米国人における家族関係に[3]レッテルを貼ったり、研究したり——あるいは売り出したりすることだが、アメリカ人ではなく狒々《ひひ》をアフリカの血縁グループとするのだ。

わたしはむしろ、わたしの土地の境界が、文字どおり中生代中期に隣接していて大地全体の縫い目がほどけて行く場所[4]だと考えたい

けしの花が咲くのはいつかと[1]　おれは自問する、もう一度立ち止まって
フロンティエロ夫人の庭[2]を覗き込みながら。バーズアイズ[3]からだと
庭は夫人の家のこちら側になる（バーズアイズは、かつてはカニンガムと
トンプソンのものだったが、今はオドネル＝ユーセンの所有になっている）けしの花の盛りを
見過ごしてしまったかどうか確かめるためだ。ひらひらして乾いているような
デニソン社[4]のクレープ紙みたいな。そしておれの眼に映ったのは、葉巻のような
浅黒い蕾で、立ち上がっていた　おれの疑問は
だったら、いつ、西洋にとっては、蓮よりも蓮らしい
けしの花が、紙のように揺れながら、しかも花弁のひとひらひとひらが、
どんな物よりも強く見えるのかということだ、宇宙自体の強さは
別として。けしの花は、たいそう活気があって活気なく、干乾びていて美しい
急に動くこともなければ、じっとしていることもない。けしの花は風に揺れる、
クレープ・ペーパーのように。　だからおれは、毎年、フロンティエロ夫人の庭に咲く
けしの花を心待ちにするのだ。大地の王[5]が、どうあってもペネロペイア[6]を
わがものにしようと、帰りを待ち構えるように。愛は
実に優雅に枕の上に横たわる、この花のように。
花弁のひとひらひとひらは、この世界に
何ももたらさず、この世界から何も奪いはしない　だから不吉なのだ
この葉巻の切れ端の形をした、カップ状の花の現在の姿は。だが、おれは知っている

どれほど速やかに、紙のような、吸湿性の
しわくちゃの紙のような、けしの花自身が、ここで、
再び開き、茎はネギのようにしっかり立つのかを。さあ、
けしよ、いつおまえは咲くのだ？

フォートにて
四十六年[7]
六月十五日［水曜日］

ゴソニック[1]と呼ばれる芸術

六月十六日木曜日［一九六六年］

アルメニアの[2]
ジョージまたはアイザック　とジェームズ
　計量法
デニソン一家は[3]　それぞれの道に
　家を建てた
町からスクウォムへ　至る道と
　　　サンディ湾へ至る道とに[4]
（居間はまさしくキャビンか
海へ乗り出した

船首楼《フォクスル》で　しかも船の形態的
特徴を備えていた　維持費
は
　人文主義者の唱える
　　ヴァン湖[5]の計量法が
森の中での基準の基準[6]
森の中でハラダン＝デニソン商会[7]を開き、船の世話をした。
B・エラリー[8]のように　二本のうちの低い方の道や

バック・ロードを同じように曲がったあたりで
住んでいた者は　「ドッグタウン在住の」　と
署名していた
　　　　　　　　そして建造し（?）
所有したのがドルフィン号[9]　その他
だった
　　　　　　その
　　「商会」の
幾つもの帳簿。　さらにさらに
　森の中へ
入っていくと、[10] ゲルマン民族の

（そしてケルト民族の？）「森林」がある
　　　　　　　　森《シルヴァ》[11]を
ジョン・シンガー・サージェントは、本の
名前にした。おれはジェームズ・オーデュボン[12]の
鳥の本をあげる——除外されている鳥もあるが
実にたくさんの種類が
他の本でも省かれているのと同じだ　ヘンリー・ウォレス[13]のように
　　　　　　さらに深く
アメリカの中へ入って行く。

プレーリーの
アメリカだ、エズラ・パウンド[14]よ。　かつては
プリニウス[15]だったが、今、人が実際に引用するのは
サクス
ゲルマニクス[16]
かなり昔のティスや
それぞれの**ゴシック**状態[17]を突き止めるためだ
ゴソニックの
それは
通ってきた道を

もとの出発点まで

遡るためだ。古代イタリア語[18]やギリシャ語に

そして

今度はヒッタイト語[19]や「古代ヒッタイト語」に

フルリ語[20]は

ケルト語[21]のように

胚種なのか?

新たな血統の?

われわれは森や

小道をたどる

急いだり

せず
自分の
歩＝幅で進＝
んで行く

われわれは
突然後ろに向かって走り出して
全く違った場所へ行くとか、植民地を作るとかはしない
そこでの人間の営みがいまだに
実を結んでさえいないものを　その
韻律は　ヴィオル[22]の

弦を押さえて調子を変えることでも、サッフォー風[23]でも
ソロン風[24]でもない　——詩は
　　　衣服のようなもの
帆[25]とも言われ、ジョン・スミスは
「基礎編
海の文法[26]で　言っている
　　　建造物だと
デニソン家の[27]　アイザックとジェームズが
住んでいたのはグース入り江[28]を見下ろして通る道と

同じく、スクウォムから来て、ロブスター入り江[29]を見下ろして
通る道
　　　　この二つの
　　　海＝水のような
道の上にも
　　　「四隅」[30]があって
腰をすえていた。そして——　　氷礫丘《ケイム》[31]なのか？　　あるいは二人が取り除いたのか
あの陽の当たる場所を

　　　　　　　　　　なぜそこなのか、

丘の頂きを通る二本の道からは
　　グロスターが見下ろせ、さらに
イプスウィッチ湾が　まるで新しい陸地のように
　　東へ延びていくのを
　　　見下ろせるのに？

　　　　　　　　六月十四日
　　　　　　　　火曜日　午前

「その儀式をはっきりと理解するために、おれは[1]
飽くことなくインティチューマ[2]を喰らい、自分の土地を
這いまわった。ついに今日、おれは
ジョンとパナ[3]の家から出て、グロスターが遠くにかすんで見える高台まで登り、
家路についた。そのとき感じていたのは、自分が
　何と＝小さな、塹壕《ざんごう》じみた＝町へ
降りて行っているのかということ。そしてまた、そんな所を
　よく自分のねぐらにして暮らしてきたなあ
ということだ。リヴァーデイルの水車小屋[4]のそばで
またしてもおれは、眼を覚ました。ちょうどあの
インド諸島[5]へ行く船長[6]が、中国の船を

ミル池に浮かべていた時、おれには聞こえたのだ。自分の懊悩が
整理され、シバ人の儀式[7]が
おれのものになるのが
実際にイスマー
イール派[8]の
場所《トピ》には、活気があった
われわれから七百五十万年離れた大地といえども
おれの
小石だ

十九日、日曜の夜、いくらかの希望を抱いて、自分の娘を見る
三歳のエラ[9]と同じように
地球上のこんな世界に住む事が出来るのではないかと。こんな世界とは、われわれ
わずかのアメリカの詩人が
　自然と神から切り開いた世界だ
「この点に関して、息子はと言えば。だが、おれが考えていたのはブランコのこと
——あるいは、わが家のブランコに乗ったエラが言った、押してよ、という台詞」
おれたちを生かすのは愛　　おれの愛する心細やかな人は
　　　　　　　　　　　数少ない——ジョン・ウィーナーズ、[10]

エドワード・ドーン、[11] それに彼らの愛する女性たち
それにある点ではどうしても、アレン・ギンズバーグ[12]を
　外せない
それは、電話という題の詩[13]に現われているし、絵葉書の表も裏も活かす
　信じ難い能力を見ても分かる
ビールのコースターや自分で撮った写真までそうするのだ
　それにもちろん、ロバート・クリーリー。[14] 四肢だらり《ルジメレス》[15]が
　流行るところで、おれと同じく締まっている。

ジョイス・ベンソン[16]に
手紙を書いたのは二、三日前のことだ。これらの詩人たちは
精神の水準が[17]

神秘《ミスティーク》に感応する[18]域に達しているから
秩序が分るのだ、と。　　その
経路は（インティチューマは
知らされている、
愛は知らされているのだ

千九百六十六年[19]

この町が[1]
動き出すのは
明け方。それは
漁師たちが仕事を始める時——だから

とても変わった都市
なのだ。海馬《ヒッポカンポス》[2]の
都市　半ば出来上がった、魚の土地で[3]
一日は川のようだ。人々が
朝の水盤[4]の中で神々として清められる時だ
［六月二十日、月曜日］

夕暮れ時[1]——近隣の人々には夕餉《ゆうげ》の時刻——通りは
静まり返り、子どもらの去った後、夜がやって来て
一日を終わらせる（一日が積み重なったのは
浅瀬の中、そして少しばかり
成し遂げたこと——夕暮れの美しい空気が
生命には終わりがないと新たに約束する。生命そのものが
美なのだ。人類が花々のように、そして多分
他の動物たちのように、
永遠に続く限り——花や動物も、やはりいくらかは分かっているはずだ
愛するとはどういうことか、生きているとは、生命を
持っているとは、この美しい大地の上にいるとはどういうことかを
この大いなる女神をわれわれは当たり前のものと考えるが、父なる神はわれわれにとって
あまりにも大きな重圧となる。われわれが追い求め
至りつく甘美なるものは女神
——こんな時刻
不意に空が落ちてきて、不意に
子どものひとりひとりの声が、ほら、
はっきり聞こえる時、
光そのものは、空気と同じく、不意に

離れていく——一日が分離し、機知が
近づき——愛が近づくのは
夜が天を
連れてやって来て
大地を愛そうとするため。[2] 待ち伏せる
息子たち、王位を奪う者たちは
自分たちの父親に
はむかったのだ、暗闇の中で
父親の習慣を知って。夜と共に
やって来ては、自分たちの母親と
愛の営みをする習慣を——そして息子たちは父親に傷を負わせた。
その夜、天は逃げ去り、夜が
残った。大地は、事実、自分の息子たちのしわざに
加担していた——こうした損傷は
日ごと、回復するもの

時が
短い一日を
終わらせるとき（夜の娘は
大地を夜に

ゆだねる——だから天は
再び、欲情に身を任せて、大地に
襲いかかることができる。われわれが
こんな邪魔だてをしないなら、愛と情欲の
これほど長い、永遠の連鎖によって生まれた子らが
邪魔しないなら、あの物語に
記されたわれわれの生涯の
恥辱が邪魔だてしないなら。
あの息子らが
父親を滅ぼして、大地を、すなわち
自分たちの権利を手中に収め、われわれを
分割したように——そのように、われわれも
天の大気を分割する
大地を貫く
性＝愛の様式を分割するのだ。まるで
今や、球形の
地球までも単独に存在するかのようだ
太陽もそういう存在で、月も単独だ
惑星と——星々も。この三者は
夜、見える
天空全体の何兆もの星々の中にあるが——その全部が

存在するものに過ぎず、同じように——物体《フィジカ》なのだ。
今、もし大地が、自分の意志で、再び向きを変え
地軸をずらしたら、そして
すでに一万年
にわたって調整を繰り返してきた
大地の磁場がずれたなら、われわれは——
あるいは、ブルース・ヒーゼンが考えるように
その場合には（今から四千年後が、中間点となる。あるいは
プラトン月の二倍が——二というのは

インド＝ヨーロッパ人が
コーカサス山脈から
平原へ出てきてから
プラトン月が二ヶ月過ぎたからだ——一様な
時間が——プラトンがもたらしたのは
被造物、すなわち、われわれの本性が
動くことにあるという
幾種類かの説明だ）——もし、四千年のうちに
われわれが滅びるなら、その原因は太陽の
ガンマ[3]が——エッダ[4]の吸収される先は

ガンマ――
大地を覆う大気圏に浸透する
ために――われらの父なる天は、
星々ではなく、宇宙でもなく、ただ
われら自身のいろいろな要素をふくむ身体の
皮膚を引き延ばしたものにすぎなくなり――奇跡の
形態は
壊れるだろう――砕け散って、本性が
損なわれ、宇宙によって、幾筋もの光によって
追いつめられるのだ――主よ、父よ、大地と愛を
正してください
この時刻、毎日、わたしたちの慈悲で
あなたの子どもになっているのですから
ただただ天空霊気《エーテル》の
父性によって、わたしたちを愛し
あなたの器に
入れておいてください
あなたがその源である
器に――夜は
甘美な
交わりですが、交わりと

わたしたちは離れていられます。
仮の永遠な生き物である
男たちと
女たちは、あの物語の

似姿で、あなたの
同朋なのです
——その生命は
ただ単にわれわれのものではなく
至るところにあるのでもなく
この地上に
すべてがあるのでもありません
われわれ自身と
われわれの両親の
こういう
やっかいな
物語の中にあるのです
繰り返し生ずる物語の中に
われわれの目の前で
大地が向きを変えるごとに

日毎、大地が
太陽に背を
向けると、夜が
天を大地のもとに
連れてきて
再び始めるのです、愛を
人間はこの一つのシステムの神秘《ミスティカ》
でありつづけるでしょう。宇宙の
雑踏の中に解き放たれて飛翔する
システムの
そして、グロスターの空の
完全な球体
の中で、これらの出来事が
夕暮れ時になると
見られるのです
毎日
夜がやって来る前です
夜は隠します。天が近づいて
大地と

愛を営み
われわれを産むのを
われわれの先祖が
そうして生まれたように

140

大地と　それに[1]
創造の
歴史（すなわち、宇宙は
真理の
プラタフォルマ[2]——あるいは、誤解される可能性を
なくするなら、宇宙とは
宇宙が声を出している時を言うのであって
外観を言うのではない（多種多様で夥しい
星々うんぬん）という外観ではなくて宇宙は一つの状態《コンディション》　コンディキオ[3]——共に言ったこと——
それがいま話題にしていること。つまり、
前記の宇宙は「話す」ことが本当に好きなのだ。だからその結果、明言するに至る
——真理の
体験を
貸し与えてやろうと［真理は、呼ぶこともできるもので、実際よく呼ばれる、
唐突さと完璧さを生み出すために。そしてその後には存在の
差異を生み出すために（存在が人であろうと、大地であろうともだ——他は全て
自分が何者かを明言してしまっている。だから大地が自らを
あらわすことができるだけなのだ、人間に対して、もし、人間が
望むならば。それは

知ることができる。そして、知識には結果が
つきもの。

わたしは空を仰いだ、すると見えた
その真理が
万物の隅々まで
　縫いこまれ
各々の縫い目を結び合わせているのを[4]

移住の実際[1]（それはおそらく
他のどのこととも変わらぬ歴史の常数。　移住は
動植物や人間が自分に適した
——神々だってそうだ——好ましい
環境を追い求めること。だから、常に新しい中心へ向かう。懇願されたら
おれは、アサ神族[2]＝ヴァニル神族[3]の双極子を加えることにしよう、それを
機動力に加えるのだ（そこに加わる怒りが
魂《アニムス》——すなわち、精神や意志は常に
先立つ物に対抗し、これを侵すことに成功する、これが
この世界の　　バラでありバラでありバラなのだ[4]

八月八日、月曜日、夜

今、夜が明けると、[1]　幾艘《いくそう》もの船の明かりが、たいそう速やかに消えていく
夜はたいそう速やかに去り、小型トロール船の
明かりが、残った雲を激しく
押しやる。ぽっと膨らませた
綿を彼女が残し、忘れてしまったような雲だ
彼女があれほど配慮を行き届かせたのに　　その配慮の方式だと
愛そのものもみなされるのだ、上手＝
すぎる、と。彼女が選ぶならば　　ところが彼女には
選択権などありはしない。あらゆる物をまとめ上げる
選択権など。愛を包み隠さず言えば
それは　　彼女の子宮を取り出してもよいということか
彼女がそうできるなら、そして彼女の子宮が口の
すぐ近くにあるのなら　　おれの両脚と、彼女の
両脚との距離は、彼女の
髪と、ああ、あの丸い少年型のお尻の先端との
距離だ　　おれは片手で彼女の二つの尻を
一気につかめる　　毛だってつかめる
頭の上に生えている、雲がかかったように
密生している髪の毛だって。どんな深淵にも勝る髪の毛だって
子宮の口の前、
入り口の深淵。　じらされて

濡れた
愛の吐息　幾つもの吐息が
空に放たれる。夜は
まだ暗く、美しい
彼女の高く上げた両脚の正面が
愛してもらおうと濡れている時のように。そしてあの
愚かな二艘の燈台船がせわしげに急行する様は
急いで速く進みすぎたために姿が見えなくなった
小型快速ニフト[2]のようだ、まだ暗いところでは
輝いているとはいえ。だが、今射しているのは、朝一番の光の中では
一番早いか、一番遅い光だ、そして夜の中では
一番遅い光。この時、暗がりと幾つもの白い吐息は
共存する。そしてベッドのそばには、あの娘。その顔と
その愛を彼女はもたげ
両脚を高々と上げて開く、その脚は
左右そろっていて、夜の静かな光はすでに
遥か遠く、小型トロール船は
豆粒ほどになっていながら、最初の夜明けの光を浴びて輝いている
彼女が去ってから、ここで
おれは
隠れていたが、今は違う

たった一人で
別離を不満に思っている

許せないのだ、愛が
おれに味方せず
彼女に
味方した
ことが。彼女の顔と顔
髪と髪は
おれの眼と両手にとって深淵だった
片手は
彼女の
髪に捕まったのと同じこと。おれの手足は
おれの中指は、まさに彼女の花冠の上にあり、
愛は広くも狭くもなった、彼女のすばらしい
口の回転に応じて、
彼女の口は、完全に愛と一致していた。横たわっているのは
三つのすばらしい部分で、それぞれが
思い思いの速度で動き
時は
交叉するのだった

天の光の中から[1]　花が

下向きに伸びる、天の

大気

ホテル・シュタインプラッツ、ベルリン、十二月二十五日（一九六六年）[1]

雪が
部屋の窓辺に
降りかかっては、舞い上がり
眼鏡の前を
おれの眼の前を横切る
おれと
外との間には
二重の厚い窓ガラスもある。実際の雪片を見たいのだが

しかし、雪はごくわずかしか降っていない。おそらく降り出したばかりだが、空は
（午後二時には）すでに、
暗くなり始め、そしておそらく——その通りだ、今は、速度も
次第に——いや、ちがう、雪片はまた持ち直している、
空中で、このまま舞うかもしれない
斜めに降るのもあるが——世界樹《せかいじゅ》[2]の脇腹が腐る
おれの傷が、脇腹の傷が。槍[3]ではない、槍傷ではない、水のような液体が

世界樹の脇腹の穴から流れ出たと思ったが、槍傷のせいではないのだ。雨に還って
　しまうことも出来そうなこの雨の丸い塊が、空中で
　踊る。今のところ二粒だけが、もう少しで
　雪になれそうなのだ、布地のふくさに見えるとしても
　　——世界樹の枝にいる雌の
　　獣が、[4]葉をたべて乳を出すが
　　戦士たちには分からないのだ
　　　　——おお、今、雪は速度を増し
　　密になっている！——
　　　雌の飢えた乳房から自分たちの吸っているのが
　　酒だとは。おれがしゃぶりついたせいで甘くなったのだ
乳房のそれぞれに——もちろん別々にだが、吸いついたのだ一つ一つをすっかり
口の中に入れて（その間、雌は上からおれを両目で、じっと見下ろしていた
まるでおれに見せたくないように——おお、今や、雪は全部が密な
雪片だ。光が増して、おれの部屋に密に降り注ぎ、闇を
消していく。　だが、恐怖をもたらすのだ、空そのものが落ちてきて

世界樹の終焉[5]がやって来た！　という恐怖を。おお、世界樹の枝の白い雄鹿よ
おお、世界樹の脇腹の腐った場所よ　　おお、大地の蛇よ
これを時代の曙などにはしないでくれ、人間がどうこうしたからといって――おお、雪は、今
降り戻ってきた。もう蓋が外れたような降り方ではない。もう一度
わずかでも降ろうとするが――駄目なのだ。おれが欲しいのは
雪、おれが欲しいのは必要、雹《ひょう》と氷、必要な釘　　防衛《アブヴェア》の指の爪[6]

棹《さお》
わが巨人族の三本の棹、[7]おれが必要とするのは二つの快い環境、創造以前と
　　　　　　　　　　　　　　　　　　　　　　　　創造の
　　　　　　　　　　　　　　　　　　　　　　　　　　そして

ティウビルカ[8]の揺れ《ベーブト》、ティウビルカの
　　　　　　　　　　　　　震え、頂き部分の、そして
露が、露が、輝く水《アウル》[9]が振りかけられ、ついに雌の獣は叫ぶ

　この男は誰[10]　　私をずっと　　追い立てるこの男は
私をこの嫌な道に追い込むのは？

雪が身体の上に降り積もり、雨に打たれ
露にぐっしょり濡れて、私は長い間死んで横たわっていた
私を圧迫する者があった。男は
私の身体から搾り出させた声を
聞いたとたんに、構わず行ってしまった
残ったのは世界樹だけ——ああ、今はもう全く雪はなく

大地の、塩と鉱物が、戻ってくると——エンヤリオーンが[1]
立ち現われる
泡立つ大洋の中から、
三つの都市《トリピューラ》の[2]
支配者が。戦と美と人間世界の
支配者、
生ける物の支配者エンヤリオーンが

夜の十一時。沖から吹いてくる[1]
南東の風が、鬱陶しい
空気と、やはり鬱陶しい
わたしの精神を楽にしてくれる、
風が、わが精神の宿命に生じた
たるみを直すのは、ほとんど初めてのこと、
苦痛のせいで、それほど
わたしの存在の
地盤は侵されてきたのだ。　暗いグロスターの
片隅にある花崗岩の石段で、わたしはうずくまっていた

幾つものゲットーが幾つもの都市になった。子どもじみた国民は
解放されて、かつては地面だったものを造り変えた
そして、今あるのは
穴ばかり

天界の夕暮れ、一九六七年十月[1]

外界へ向かって進み出た。その時から
本当に空間感覚を失ってしまった、
ここフォート[2]で。左へ左へと曲がってしまうのだ
まるで頭に一撃くらった
ホシバナモグラのように。五十ヤード
向こうのわが家へたどり着けないのだ、出てきた
わが家へ。茫漠とした

内部生命がある、海または有機体が。
そこは、さまざまな音と記憶された事物で
あふれ返っている。音や記憶は、泳ぎ切るか、沈むかだ
内部生命が大きく崩れ落ちる時に。
それは、大地と天を
取り囲む九番目の環[3]より
さらに外側の環が
神の娘
の住む、特別な場所に、洞窟や宮殿に流れ込む時に起こるのだ——大洋の

尾となって。この時、海水が
検査し、神でありながら
嘘を言う者があるとき、海水は告げるだろう。男の神であれ女神であれ
仲間の神々と交わることなく続く九年を
過ごさねばならぬ、と。[4] われわれの内部には

大いなる十番目の環がある。
その音や事物は
われわれの見聞きするもので、
夢と信念と配慮に突き動かされている。識別するためだ
われらの愛と選択を、配慮と失敗を。ただし、
この厳めしい大地と天にあって

周囲を九重に取り囲まれた上に
あの流れがすべて集まって、
神の娘の手の中に流れ込むことがなければの話だが。

これまで存在したあらゆる物の総量を、われわれは
そのまま受け取り、自分たちの一部とする。
歴史の全体、存在、場所、月の満ち欠け

夕暮れ時の、この上なく小さな星々のかすかな
訪れ、恐怖と戦慄、祖父母の
生涯。そういうものを、われわれは受け継いでいる。顔や
背格好を、美しかろうと醜かろうと、われわれの脚や
その他、身体部位が受け継いでいるのだ。その全てが

伝わってくる。そして、後について来いと、
われわれを外へ連れ出す。そうすれば
一番近い月の角が真実にでも
なるかのように。　　おれは耳を傾ける、まるで
自分がアモーガシディ[5]
にでもなったかのように。そして
わがモグラと同じく
一撃を喰らってのびていた
この平地で、どうにか
向きを変えよう。あの、たゆまぬ流れの中で
向きを変え、おれの中で終わるものを
集めよう。神の娘の玄関にいる時のように。すると

すべてが聞こえ、新月は新しい
全てが古代の空にあって

（文学的成果）

鵜が魚を捕らえる様子が
今、わたしの部屋の窓から見えている――ジェレミー・プリン[1]の望みは
わたしの詩が――というより、われわれ二人の男の詩が、かくかくしかじかで
　なければならない、というものだ――
それは、ラリー・アイグナー[2]がある日すでに、もう何年も前になるが、わたしが
グロスターで詩を朗読したとき――まだ聴衆は六名ほどしかいなかった――
　　　　　　　　　　　　　　　　　　　　　　　　尋ねたのと同じことだ
なぜ、おまえの詩は誰も
救わないのか、と。カモメではなく

あの黒い鶏が、

わたしの視点を[3]
持っているのだ。

／一九六七年十月十八日／

電送圏

熊みたいに、身体を一つ集めておれのところへ
持ってこい。その身体を
おれの左脚にくっつけては、離すのだ
性交する時には。男だろうと女だろうと
少年だろうと少女だろうと、至上の歓喜を
味わうだろう。それが
肉体だから。それは愛されるものだし、おれが
それを望むのだから。肉体がなければ
おれの全身は空っぽな
環。まるで鋼のように
鉄器となって、おれの体内にいる
ほかの誰かを引っ掴む。
まるであの両手のように
あらゆる樽板を組み合わせて
人間を造るのだ。その人間が、たとえ今は、熊みたいに
冷たかったり熱かったりするとしても、おれの身体の中から造るのだ。

［（一九六七年）十一月十五日
水曜日

太陽が[1]
まともにおれの眼に入る
十二月二日　午後四時　家の
キッチンの窓辺に
やって来て、おれの顔を
真っ赤に燃え
上がらせる。丘に近づいて
行って、その背後に
沈みながら、おそくなってから熱気を
爆発させ、おれに向かって
まともにぎらつく
真昼の太陽ならこれくらいかと
思われるほど、実際
オレンジ色で熱い。ただ、こいつは
まっすぐ、おれに向かってくるのだ。まるで
狙って放った光線のように
どんな感じかというと
おれに強制している
ようなのだ、メッセージを

送ってくるようなのだ、太陽は丘のふもとに
滑り降りて行くが
おれは太陽の言う事を
聞くほうがいい、というメッセージだ。
熱くなれ、お前[2]
熱くなれ
熱く、オレンジ色になれ
私のように
私は
お前に
このメッセージを送っているのだ
私は確かに、西へ滑って行き
ながら、私は、おい、お前を燃え立たせているのだ
別れを告げながら　　私は強さを増してさえいるのだ
今、この別れ
際に　　すでに私は
随分冷えている　　だが、それでも
私はお前に向かって
燃え上がるのだ
去ろうとし
ながらも。　　だが、それでもまだ

熱くて赤い。今
私の消失点となる南斜面で
声を張り上げている。
今、私は去ろうとして
いるが、私の声を聞け。私は
お前に
メッセージを送ったのだから　立ち去って
しまうぞ

大洗岩《グレート・ウオッシング・ロック》[1]　父たちへの信頼を新たにせよ　わたしが生まれたのは[2]
その年のその日、日の出の一時間四十分後
太陽が最遠点から二十三度半南にずれて再び戻ってくる
時だ。窓からパーソンズ家の大洗岩が自動車の
光を隠しているのが見える——一秒か二秒、岩は太陽の光を
さえぎる。そして、自動車の光が再び現われるときには、光は数フィート
低い位置にある
ハーフ・ムーン・ビーチの向こうだ。わたしが、大洗岩を正しく
描いてきたのなら、人は思うだろう。ステージ・フォートは実際
本物の漁場《ステージ》があった場所であり、洗《ウォッシング》うことを強調するなら
それは二つの岩塊の「もう一方」を指すことになる
だろう、と。　ともかく、わたしは大洗岩を
受け入れる。太陽が昇るのはまだ後ではあっても
遅い一日に数分が加えられるのだから（今から
三日後にわたしは五十七歳になるが、その時まで、実に長い年月の間
見張りをしていて、ここから先へは行きもしなかった。ここでなら
自分の眼で、たぶん正確に突きとめられるのだ
パーソンズ家に付き物の大洗岩を。それをパーソンズ家の人々は
土地の分割に際して存分に役立てた。一七〇七年に、[3]

父親から譲り受けた物を約束により五つに分けたことを
示すために用いたのだ

一九六七年
十二月二十四日

20

海が
沸きかえっている[1]　陸地が
沸きかえっている　地上の
風はことごとく
雪を砂に変え——ヒューヒュー
唸り、陸地を
砂漠に変え　この地を
地獄と化す。　雪が激しく
　降りしきり、ヒューヒュー唸る
　海

一月八日、月曜日
［一九六八年］

智恵の
鮭[1]　それは、
恍惚として、人が
飛び込むときだ、愛しいものの
愛の中へ。　すると感じるのだ、空気が
　入ってくるのを
かつての呼吸器官の中へ空気が
突然入ってくるのを

これこそが
組み合わせ。一つの窓からは
逆巻く大洋が見える、わたしのいる所から
百ヤード向こうに。都市は
ドアの外、隣の街区にある。丘を登ると、かつて砂丘だったところだ。
三百年間、ほとんど何にも覆われていなかったが、数年前に
町の連中がやってきた。そして、わたしが拾い上げたのは
白い砂

わたしの背後には
港。その向こうにはイースタン・ポイントの長く伸びた腕のような
盾形の土地。　　どちらを向いても、どの方向を見ても、
わたしの近くでも、どの街区でも、万物のあらゆる組み合わせが
可能だ。年の初めの今でさえ、火星は夜になると
狂った光を吹き付ける。そして、日中の明かりで、わたしが書き物をしていると、雪が
海を覆い、わたしと都市との間の大気を
横切る。　　この世を愛せ——そしてこの世に留まれ。
　　　　　　　　　　　　　集中するのだ

おのれの形態に、すべての
自己同形[1]を保ちながら
　　　　　　一九六八年、二月二日

マサチューセッツ州グロスターに一人の女がいた[1]
女の父はベオサック族の「アメリカ」インディアンで（母は
ミクマク族だった

これは一八二八年のことだったが、女は「カヌー」[2]で旅したことを
憶えていたそうだ。そのカヌーは前の部分がすっかり
覆ってあって、家財道具や犬はもちろん
子どもたち全員がすっぽり入ったそうだ
（インディアンの枝編み小屋のようだが、もっと大きいものだ。女たちもこの船首楼《フォクスル》[3]に
入っていたわけだから

それで、ここに更新世[4]当時の「ボート」の実例がある
というわけだ——別の時代にビスケー湾から来た小型帆船《シャロップ》[5]が
文字どおり鎮座しているのだ、マサチューセッツ州グロスターに
——それも、恐らくビスキー島[6]から遠くないところにあるのだ
スペック[7]がこの女にインタヴューしたところによると

女がこの証拠を持ち出せたのは
父親が生きていたからだという。それで

こういった「ボート」の絵が手に入るのだ
ニューファンドランドから来たボートと
ビスケー湾付近カスティリョの洞窟に描かれた
ボートの絵の両方が

20

［六十八年］[8]

*

ウォッチハウス・ポイント[1]の
暗がりの中で
共和国[2]を造ることに
加えて

実際に価値ある大地で
共和国を築くのだ、リズムから
イメージへ、イメージとは知ること、
知ることによって、[3]人は目標に到達する

と孔子は言う。これを為さずして、可能なるはなし、と。　　試練はここにこそある

あらゆる思考、ありとあらゆる乱雑な思考の提示にもかかわらず《マルグレ》、だ。[4] 共和国のことを考え抜くとか、時代に先駆けて共和国を生きることが試練ではないのだ。

自分の世界について読んで学ぶ

一九六八年、三月六日

自分の導管に
すっかり吸い込まれてしまい
内部の自然、すなわち地下の湖に至る
その深さと範囲をどんどん
探っていくと、多くのことが
分かってくる。そうしないと、他の一切が閉じてしまう
という意味でなのだが、そして、さらにわたしは愛しい湖の中へ
飛び込みそうになる。するとますます盲目になるのだ

自分の領分でばかり
時間を費やしたせいだ。確かにこの場所からだと、
自分の為すことが、はるかに親しいものとなって立ち現われるのだ
ほかの方法をとるよりも、また外部にあるほかの場所でよりも。ほかの方法や場所は
それ程の成果を与えてはくれないし、気晴らしにもならない

注意力を澄み切らせているわたしの

「付記」一九六八年三月——二

一回の観察で、大地を見て取りたまえ[1]

エラトステネス[2]や

プトレマイオス[3]のように。また、プトレマイオスのテュロスにおける師で、歴史上に海《マリン》の

という名を留めている人[4]のように

ジョン・ギャロップという人物や　ジョン・ティリー　オズマン・ダッチ
　ラルフ・グリーン[5]といった面々が

様々な時期にフィッシャマンズ・フィールド[6]を足場とする権利を持って、グロスターに住んで
　いたように

地中海一帯の音節文字表[7]は、ギリシャ語ともエジプト語ともセム語とも一致せず、

それらの中間にある。ちょうどエラトステネスの描いた線のようだ。以前はピシアス[8]だったが

エラトステネスの線は、地球の全距離とほぼ等しかった、当時判明していた地球の
全距離と――幾本もの川が、海や湾の下を通って地表に出るように
メアンダー川[9]はピリン[10]の下を流れ
アルフェウス川[11]はアドリア海の下を通って
ラティヌム[12]に達する
ちょうどフェニキア語[13]こそが、グロスターを運ぶ
地勢図であるように、わたしが
進むにつれて

白昼に降りて来る大いなる光[1]
ふさのついたリンドウではなく、野生ゼラニウムだった[2]
わたしの眼を見下ろし、わたしを導いて
魂の
器に入れたのは　霊魂《タマシヒ》[3]の中に
アルメニアの[4]
接合部の中へ、
万物が
自分自身を見る光景の中へ

そしてメランコリー

　時の
耐えがたい複雑さ――まるでわれわれの魂は
どうしても、肉体にはかなわないようだ。肉体が
貪り食いを
始める。その物凄い速度を知るのは
知者葛洪《かっこう》[1]のみ、白と言って黒を守る
葛洪のみ（すなわち、神秘の統一は太陽の中にのみ見られるのだ
　　――真理の統一に逆らうように。そして
死にたいという、われらの
願いを挫くのだ

一九六八年七月
二十三日、火曜日

外の暗闇[1]　内部スクーディック[2]　連なる
光、すなわち白を知り、黒を守る
「色彩」[3]の連なり——こうした「統一」が
　見られるのはただ
　太陽の中だけ、[4]
　真理による統一の中では
　見られない
真理による統一には参照物が
　多くありすぎ、また
　常に
　瓦解するので、われわれの誰をも
　支えてくれない　われわれ
自身がまさに神々であるのに
だが常にそうだというのではなく
われわれが行動を起こす時だけ、いくらか
神性を帯びるのだ。　そうでなければ針《ピン》が
王冠を
貫いて、首を
切り落とすことになる。[5]　視力は

——見る力は、外部スクーディックに
対する欲望は
ころげ落ちた岩が
堆積して出来る特殊な暗闇の中へ
滑り落ちていく

　　　　ジョン・デーの牧草地が終わると、その向こうに
　住宅用のささやかな
土地　一七〇七年　「未亡人　マーガレット・ジョスリン[1]」

ただ一人
上述の時期にそういう名前を付けられた可能性のある人物は
息子の　ヘンリーの母だろう――したがって
マーガレット・カモックその人である。　ジョン・ジョスリンの
義理の妹　となったが、一六七一年当時は、　ブラック・ポイント[2]で　一家の

女主人だった

「それも、一六七六年にインディアンが襲撃するまでのことで、その後の
記録はない*　ヘンリーの記録も、その妻マーガレットの
記録も　しかしやがて

*間違いだ。ヘンリーが死んだのは、ペマクイドで
一六八三年のことである。

この奇妙なメッセージは
チェリー[3]の北端とも、ジー・アヴェニュー[4]とも言える所に現われる。すなわち、
家屋を建てるためのささやかな土地をこの女《ひと》に
与えよう　未亡人になったのだから――――と。

他に考えようがないのだ。 つまり、
若くはない歳になった時に　彼女は
息子の　家の持ち主として
——結婚したのだ。 一六四三年[5]以降に。 二十代ではあったろう
[何年間トマス・カモックの妻だったのだろうか?]　そして
二番目の夫は、 一六八三年にペマクイドで死んだ　——一七〇七年だった
かもしれない——つまり

$$\begin{array}{r} 1643 \\ -20 \\ \hline 1623 \end{array}$$
[6]

い、い、い、い、い、い、
七十七に七を足すと[7]——足すだって?

すべての ドッグタウン 住民全員の中で 最初の 人物なのか?
ジョスリン一族の中の ジョスリン、　かのジョンは

「東部地方で再び兄弟とともに過ごした」[8]のだ

一六六三年七月から
　一六七一年　七月まで　――――　そしてマーガレット・カモック・ジョスリンは
　　　　　　　　　　　　　　　　　　　　　　ヘンリー・
　　　　　　　　　　　　　　　　以前に[9]
ジョスリンの母となった。[10]ジョンの甥は一六五八年　生まれ「この地へは
インディアンの襲撃によって移住熱が冷めた時、ジョン・ウォリスとともに
海辺沿いのファルマスから逃げてきたのだ　一六七五年　前後に
マーガレットがヘンリー・ジョスリンの妻になったのは

トマス・カモックが一六四三年に死んだ後だ
　　　　　彼女の息子　二代目ヘンリーに娘のマーガレットが生まれたのは
　　　　　　一六八七年、グロスターでのこと
　　　　　　　　　　　　　　　　　　　　　　そう——
　　　　　　　　　　　　　　　　　　　　　　　　やがてドッグ
　　　　　　　　　　　　　　　　　　　　　　　　　　タウン＝となる＝
ところに。　一七〇七年には、　すべての人に先駆けて、　明らかに、　未亡人
　　　　　　　　　　　　　　　　　　　　　　　　マーガレット・
ジョスリンは　最初の区画にいたのだ、　あらゆる区画の——
　　　　　　　　　　　　　　　　　　　　　　　（一九六八年
　　　　　　　　　　　　　　　　　　　　　　　七月二十四日、　水曜日）

おれはこの地上楽園[1]を去るのが嫌になるだろう

　　「八月五日、月曜日
——ポストのところで午前一時十分（もう
六日だ）電話を終えた後だった
（一時十分に）恐らくこれまで受けた
電話で一番長い電話を——
午後九時前からの電話？　が
　　午前一時十分まで？
四時間以上も？　一人の人間を
相手に？

蒸留器《ランビキ》の中でも最強のこの蒸留器（ペンシルヴェニア州の
モーフ・チャンク[2]がペンシルヴェニア州のジム・ソープに
変わり、——そしてモリー・マグワイアーズ[3]が映画化されて
　迫＝真＝の映像になる

地面は奥底まで掘り下げられる——レーン[4]には
その様は描けなかったが、理解はできた、特に
満月に照らされている時や、満月に近い時には。だが
日中でも同じことなのだ
潮が、はるか沖へ出てしまう時は
潮が、岸辺にある時は——残った船々の[5]
そばの岩は、もう
一つの岸辺と同じ形になって
陸地の突端はさらに広い海を取り巻く
——もっと遠くへ腕を伸ばして抱きしめるのだ、もっと
手荒で不気味に。ずっと穏やかな波も
静まり返ったところでは大きな音を立てて砕ける。大地の
奥底では、波の音が大きく響く、馴染みのない
地面や島々に当たって
——恐ろしく背の高いテン・パウンド島は
情け容赦もなく、いきなり
ダンカムズ・ポイント[6]と岩々をわが物にした
まるで今夜、他ならぬレーンその人が、
月光に照らされた引き潮時の

港の情景を描いてでもいるかの
ようだ。友だち[7]に向かっておれは言った
このごろおれの生活は毛むくじゃらで
堅く好色になってきた。おかげでその分
ずっとずっと若返った
ようだ。とはいえ、勿論もう二十歳《はたち》
なんかでないことは分っている。ただ
神々しい物にだけ心惹かれるのだが
そうでない物が嫌ほど
あるので、おれは、力の限り奮闘して
憂鬱を破壊する、そして実存を
叩き潰してしまった。ただ

そんな夜にだけ、あるいはこのごろのある日
ハーバー入り江[8]の向こうで、引き潮がきらめいた時
おれの眼には、まるで一隻の船が
「実は、船はそこに敷かれていた鉄道線路[9]の
上にあった」　陸地に乗り上げているように見えた。いまは土地がひどく
低くなっているので、大西洋オヒョウ社[10]の波止場を
コンクリートの瓦礫の山にしてしまってもよいと

都市破壊公社[11]が許可を出したほどだ
ダンカン・ポイント[12]のあたり一帯は、薮と岩と
雑草。この光景にもレーンは
心惹かれた。引き潮の時に断崖に赤い花を一本
見つけたときのことだった
ダンカムズ連邦ゴミ捨て場のどこやらに
いたおれは、エンドウの花を摘んで
道路際のレストラン[13]へ持っていき
新顔の夏のウェイトレスに頼んだ
この花用にもう一つ水の入ったグラスを
くれないか、と。エンドウの花かどうかは知らなかったが
花を咲かせている雑草だと思ったのだ。引き潮の夜は
いつも同じだ、明るく白い月の
光が港の海面に切り込みを入れ
様々な表情を見せる。音も様々だ
波が、このラギッド・アース岩[14]の

そばから立ち上ってくる時には。大地は
　　　　　　神々しい
八月のこんな引き潮の夜には

寿ぐのだ、フィッツ・ヒュー・レーン
　　　　も見た
　　　光景を、
猫のようによたよた歩き回って。おれは
レーンと同じく雑草で不自由になった両足を引きずって、[15] レーンのいた
同じ海岸に出て、存分に港の方を
眺める。レーンはホーソーン[16] の
善き同級生だ。ノア・ウェブスター[17] は
二人よりずっと年上で、地球の住民はまだ
語源というものさえ知らなかった。けれどもウェブスターには
ホーソーン同様、感情があった

シヴァ[18] が言いたかったのは、戦が避けられない
場合には、相手が三つの町の
女神であっても、
錯雑として不潔で凶暴な三つの町《トリピューラ》に身を置く女神で、
大地と海が彼女を養っているとしても、
月と太陽がはるか遠くへ潮を引く時には
シヴァは弓を引かなければならなかったということだ
トリピューラの息の根を止めるために。なぜなら
　そうしなければ、人間と神々

　　だけで
　　赴かなければならないからだ
ある日か、ある時、たった、たった、たった一度だけ
そして第四の段階[19]で、神自身がある幻影を
見ることを要求する。だが、おれも、レーンも
幻影を見る術を教えることはできない
昼であろうと夜であろうと。今夜、分かっているのは瓦礫の山を
思い通りに切り取って捨ててよいこと、ちょうど
手足の爪を全部切ってもよいように。多分
痛みがひどくて、大地が
またもや掘り返されるのは見えないだろうが

八月五日、月曜日？
午前二時すぎ
［六日の］

聖書に先立ち、イスラム教徒にもアラビア人にも先立つ、フェニキア人以前の
神々しいイドリス[20]よ、最も低きトリスメギストス[21]を見よ
ただ一つのことを別にして何でも奪うがよい
コーヒーの人間存在[22]から。あるいは訪れて語るか、すべてのうちの
一要素を働かせ給え。引き潮の夜や昼が
教えてくれるのはエノク[23]の眼で見たこのあたりの情景
というのも、かなり多くの絵画において
フィッツ・ヒュー・レーンは前景の処理が下手だから
自分の損と知りつつ、おれは切り離した。それで今、
今夜、絵の力を取り戻すのだ
ひとりぼっちで。酷い苦痛をこらえているおれには
蒸留器の底を持ち上げられはしないのだが。金を
精製するエキスは、[24]測鉛の届くところにある

寄せ波の打ちつけるところや波間に。
生まれて初めて、夜
港から沖へ出た時
港を巡っていると聞こえるのだ
穏やかな雲ひとつない近海で
しかも八月の満月の夜なのに

唸りブイ、警笛《ホイッスル》ブイが
わが愛する陸地を優しく打つ音が聞こえるのだ
　まるで自分が、愛する巨匠バッハ[25]となって
賛美歌や祈りの形式で語るようなのだ
彼自身が語るように
　　神が堅固な山か大地であることは[26]
　大地の爪の下に、今夜、示される。

　　　　　　　　オルソンがレーンのために
　　　　　　　賛美歌を歌い、祝福する
　　　　　　イドリスと　　グロスターのラギッド・アースとを
　　　　　　　　　　　　　　　　　　　　　そして
　　　　生きがいのある永遠なるものだけを
　　　　　　　　　午前二時二十五分

金色に燃える水面の背景が
左右平等にわが両足にまでのびる。ヴェーゲナー断層[27]のありかを示す
ロブソン海峡[28]さながらに、港の西《ウエスタン・ハーバー》をぐるっと回って
フォート・ポイントまで示す。
この日、西に沈む満月に近い月が
今夜はずっと南の

ちょうどフレッシュ・ウォーター入り江に沈んで、赤、
炎、オレンジ色、金箔入りリキュールになっている
アル・イドリスが中国語
では化学《アル・チミア》で　化学《アル・チミア》とは
黄金製造機械のことだと言って、おれは自分の考えを
洗いざらい語り、下手くそに繰り返していたのだ
ハーヴェイ・ブラウン[29]に向かって、二時間前に

　二時四十五分　八月
五（六日　六十八年

新たに輝く光がこぞって
ナタリー・ハモンド[30]の偽物の十七世紀館を出現させる
ドリヴァーズ・ネック[31]に、港を臨むソーサリート[32]を。
文字を知らない時代を過ぎた昨今のモダンな
アメリカ「同じ日の数分後

　頭上には飛行機が、そしてタラ漁の船が
　　行く

あまりにもはやく。それは学校の鐘[33]があまりにもはやく時刻を告げ、
ロッキー・ネックの黒岩《ブラック・ロック》を見下ろす所にある
ウォンソンズ塗料製造所[34]に響き渡るのと同じだ
　　——たった今、鳴った
　　　　　　　　　　　二つ鐘が鳴ったが
一時間出歩くものとは何だろう
二時と三時の間に？
空飛ぶ円盤が着陸し、ライトを点滅しているとでもいうのか、ベヴァリー
　　　　　　　　　　　　　　　　　　　空軍基地で？
事によると空港[35]か、ハンズカム空軍基地[36]か
　　月がしずむ　ひどくごつごつした上方の
形は二晩前に見た
顔の左側が四分の三へこんでいる
フランク・ムーア[37]の顔のようだ。出産の時、鉗子で

歪んだのだ。

サーモンピンクに輝いている今
学校の鐘は
二分もすれば鳴り出すだろう
　午前三時だ

175

十二月十八日[1]

そしてバラの赤[2]が消えた
マンスフィールド館の
二階——と——三階は、通りの
暗い
花だった　——　ああ、グロスターには

もうウエスト・エンドが
ない。グロスターは今や
叩き潰されて、めちゃくちゃになった

この国の一部に
すぎない。あらゆる部分が膨れ上がり
壊滅
して
頽廃状態、それぞれの包みは解
かれて、散らばっている
夥しい数の
憐れな連中が、幾組も
絞殺されている　互いに互いを吊るしあったのだ
縛り首にした

死体のように
すると突然、空そのものも、海も
酔っ払ったようになる（自然は
人間に
影響されるのだ　自然とは
人間が手に入れるか
手を加えるものに
すぎない——あるいは、少なくとも人間が
自然の景観の中へ
入っていくことだ。人間が

悪しき
農夫になると、自然は
逃げ去り、顧みられない
存在になって
しまう。そして極《ポール》は

（――ポール一家、ボンドの丘[3]にあった
ポール一家の館は、当時
「町」だったところに
あった）が

それも取り壊されている、

かつての
メイン・ストリートにあった
煉瓦造りの館と同じく。そこは今や

いんちきなガソリンスタンドと
A&Pスーパーマーケット[4]の

建物になっている
空ろさを隠す
いんちきは
浪費で

錯乱の第二の
症例である。　グロスターも
気が狂ってしまい
今やアメリカ合衆国と
区別がつかない。

「われわれは狭量な人間の部族ではない……われわれは
国家であるよりは、むしろ世界なのだ。」[5]

H・メルヴィル
レッドバーン（一八四九年）

地下世界の花[1]

楽音によって都市の壁を築き
　　　　　　一輪の花の中に
地下世界を　見せる　それは、
こういう手段によって　唯一無二なるものが
　　　　　　進み出て　自らを明かし
世に知らしめるためだ

海底の山クルーザーとプラトン[1]　の間を通り　そして
アトランティス[2]のすぐ南を通って、グロスターは
しゃにむに進んでいった。西北西からさらに二分の一西へ向かったのだ
現在の位置にたどり着くために　かつてアフリカと繋がっていた所から
すぐ沖にはカナリア諸島のあるあたりから[3]出発したのだ

一九六九年一月一日、水曜日

カヴェサ・デ・ヴァーカ[1]は
グアンチェ族[2]から贈り物をもらい
病を治せるようになった
ニュー・メキシコ州のコラソーネ[3]で
実際に病を治し、彼の名前は
人々の記憶するところとなった

フエルテヴェントゥーラ[4]から出て、天狼星《シリウス》をたよりに、
グラン・カナリア島[5]を横切って、進んだグロスターは
グアンチェ族と言っても良いほどだ
だからグロスターもグアンチェ族同様
よく思われ、よく感じられる場所を
人々の心の中で持てますように

船尾が箱のような
ドリス・ホーズ号[1]は、ゆらゆらと
ブラウン浅瀬を出ると、沖合いの西風から脱出して
稲妻が閃く嵐をやり過ごした　　おれは思った
この船は北大西洋全域の
オアシス[2]から、決して帰ってこない
のではないか？　と。

満月が「一九六九年、三月七日午前五時三十分に、窓から外を覗いて
見ると」窓の中を覗き込んでいる　片目で白い丸く澄んだ
巨大な目の雪の丘[1]が、ブリザードですっかり雪に
覆われた大地をじっと見下ろしている、二月から三月に
四度続いてブリザードに襲われた跡を　五フィートの
雪がアン岬をくまなく覆っている「飢えている
そしておれの喉は引きつっている　孤独と何もせずにいることからくる
狂気のせいだ。腹をすかし、うつろな心でじっとしていると
なにもかもが吸い込まれていく、雪の中へ、孤独の中へ
苦い思いの中へ、不決断の中へ、この大きな月さえ
おれの身体を温めてはくれず、熱くもしない、雪
そのものなのだ「この雪が過ぎた後には、わずかの食糧も
この行き暮れた馬鹿な家には残っていない　夜通し眠り
日中も眠る、その時、活動は食糧は、そして人々は」
午前五時三十分、あらゆるものに飢えて

朝一番はいつも向こう側にあった
そして、仕事に行く時には、[1] 郵便局に
七時十五分——か七時五分に、七時三十分前には着くようにする
運河を歩くと気持ちよいことがよくあった
とはいえ、急ぎ足だが。そんなことには構わず、港の空にはカモメが
もう漂っている——今、おれが見ているのは
爽やかさだけ。　あるいは、こんな朝には、
もっと早い時刻であっても、キッチンで、恐らくは
有毒になってしまった太平洋の海水を飲んでいるときでも（海水は芸者印蟹肉[2]に入っていて
その汁をおれは喜んで飲む）愛に誇りを感じるのだ

自分の青いローブを貸してやったのだから。これはずっと確かな感情
源氏《ゲンジ》と／あるいは紫式部《レディ・ムラサキ》でさえ
あのはるか昔の、はるかに雅やかな時代でさえ
手と指がこれほど寛ぐことは
なかったし、これほどきびきびと朝の始まりを
迎えられはしなかった。二人の勤めと生涯は、なるほどおれの日々などより
もっときらびやかに盛装した日に向けて高まっていったのだが
おれはといえば、このベッドにまたしてももう身を横たえ
眠って日曜日を過ごそうとしている。おれ自身の生命と
神経には、昼と夜がある。それが、寄せ木張りの床や、

基盤だ。それほど澄み切っていず、もっと凶暴な
わがアメリカ的＝中国的千年王国に住むための

六十九年[3]
四月二十日、日曜日、朝

左手はあの花[1]の萼で
あらゆるものをすくいとる。そこには
他の物はなく、存在の一部、それだけがある。慈しみの
大気の中で動き、あらゆる優しさを湛えている
それは、まるで魂そのもの、魂の
一部だ

六十九年四月二十日、日曜

あの島、あの川、あの岸辺、
ステージ・ヘッズ、[1] 陸地そのものが
孤立しているのだ。海と川に
三方をすっかり包囲され
第四の方角には、イースタン・ポイント[2]の腕が伸びている
余りにも酷い攻撃から身体を
守るエンヤリオーンの
腕[3]のように。それがグロスターには
幸いし、シャンプランの水路[4]が
往来可能になる（グロスターの川が

退潮するときに)。陸地の主要部分が、花崗岩に迫っているとはいえ、
素晴らしい空の青天井と、絶景の海に恵まれ、
大気も芳しいため、野バラはまさに
グロスターの岩の上で育つ。そして、ブレース入り江[5]の空気は、ケルプ[6]の
よい匂いがする。条件とひずみの場所[7]を飛び越えると
落ちるか、浮かび上がるかのどちらかだ、グロスターに降る雨や陽光となって

[六十九年、五月二十四日
土曜日

15

ただ彼女の身体をおれの心の中に留めておくために（可能性を具体化するために、

天国の花は
その人特有の可能性
創造の柘榴《ざくろ》だ

娘《コレー》[1]＝デーメーテール[2]＝自己

一九六九年
六月十八日
水曜日

水際と陸地をずかずかと
何かいわくありげに
歩いていった　だが、自分の卵を取るためとはいえ
線路の延びている所から先へは、一歩も行かなかった

［六月二十三日、月曜日[1]

褐色の大地[1]の
　エンヤリオーンは[2]
黄色い大地を、ずかずかと歩いていった
乾いた甲高い声を長くあげて
　クルク　　クルク　　クルク、と

ゆっくりやることが
つみ重なって、一つの
価値になる

森へ入る道
もともとの
地形上の
道、[1] それからカワウソ池[2] のそばの道

結びついた楕円を
予想する――一つのストーリーが
終わると、話の紐の両端が
重ねられて、まるで

メロディが
また始まって、別な
ストーリーを別な男が始めたよう

六月二十三日、月曜日[3]

「日曜日の夜から
　月曜日の朝早くにかけて
そして、今は月曜日の午後
　八時過ぎ」

15

おれは大胆で、勇気があった。[1] 今夜の潮と
フォートは、夏の湿気の中を泳いでいる。南風が
陸地に向かうと南西の風に変わるためだ、風速は
十ノットくらい。想い出すのは
（パイニー埠頭[2]へ足を伸ばしても　　町はすっかり
寝静まっていた）港などを
横切って、潮の中に身を包むことができた、いく晩ものこと。海はとても穏やかだった
波が細流になるところで
　　　　眠ることができた
ホメロスがあの最期の夜、[3] スミルナの

外れ、道端の轍《わだち》のそばで眠りについたように
あまり長く見つめていて
食べ物を摂らなすぎたせいだ。だからおれは行くのだ、まるでこのフォートが
　　　　　　　　　　海の砦で
　　　　　　　　　　　　楽々と
どこへでも行けるように。夜からどこへでも好きな所へ、ボスポラス海峡[4]から古《いにしえ》の
　［陸地へ向けて?・］
サマルカンド[5]へでも

アガメンティカス台地[1]の背後から
ヴェネツィアの黄金の光が降り注ぎ
ゼウスの塵[2]さながらに、川と湿地一面をおおった。それは
一九六九年六月二十八日、日曜日、夜の帳が
　　グロスターの
赤く染まる急流に下りてきた時のこと

おれは信じる、アラブ人がムアッジン[3]によって行なう
礼拝の価値を――少なくとも一日に一度は
（おれにとって、その時刻はほとんど日没時に決まっているが）直に太陽を見るのだ
太陽が出ていて、太陽光線その他を放っている間は、何度でも見るのだ
（太陽があるという事実、そして、水素溶鉱炉の役目をする太陽そのものがなければ
この地上にわれわれはいない、という事実を

その事実の力は、また、われわれが生まれた
という事実と並んで、人の存在を

鎮める力であって、
生命の父なる樹にして、昼の太陽、男のヘリオスとして
見られ、感じられるものだ／引用すれば、父《パテール》なる
ヘリオス云々となるが、[4]引用など全くせずとも
同じこと。この瞬間に分かるからだ、おれも
あの契約の中へ入り込んでしまうのが。つまり、彼には
愛して服従する値打ちが確かにある、われらを
育成してくれる力が。なぜなら——
　モハメッドの考え[5]をおれが
理解しているなら——あるいはそれについては
ラーと太陽の舟[6]
／そして、その舟の夜の旅をも
理解しているなら
とにかく

静寂の実践を
彼の前で行うのだ。それから、堤防の縁をまたぐ
そこは、堤防工事に携わった市会議員達の声明文がぴかぴかの御影石に
彫ってある[7]
あたりだ
あたりには、懐かしいニューエル・スタジアムの野球場[8]がある

おれ流のささやかなイスラム教徒＝アメリカ人の夕食をとる
チーズバーガー二個と、グロスターではフラッペと呼ばれる
薄いミルク・シェイク、それにブラック・コーヒー一杯だ。
六月二十八日、土曜日の夕方、日没時
ジャックとメアリー・クラークの結婚式の日[9]　一九六九年

Ⅱ.

　見るがいい、あのセグロガモの大きさを。それに、グロスターの
ありふれたカモメに対して、湿地で偉そうにふんぞり返っている様を——全部で四羽、
セグロガモ一羽と大人の普通のカモメ三羽からなる一隊が、
水鳥さながら、川面すれすれに急降下し、空高く
舞い上がると、けたたましく呼ぶのだ、おれの最初の詩集に出てくる「家々」の[10]
裏手で——フレージャー・フェデラル館*[11]は、
　二倍の大きさがあり、四本マストの船のようだったのでブルックシーは[12]それを高慢な
　　化け物連邦様式と呼んだ

それにヴァンドラ伯母さん[13]の腰折れ屋根[14]（これも、けた外れな凝りようで、とどのつまりは
玩具のスチーム式パワーシャベルみたいになっている。グロスターで初めてクリスマスを迎える
チャス・ピーター[15]に（もうすぐ三歳になる）、待合所[16]で買ってやったものだ。おれは激怒して
　素っ裸になって
立っていた。くたびれていた（それも下らないことで）のと、いまいましい玩具のせいだ
玩具とはいえない代物なのだ　　実際しゃくに触るほど、文字どおり精確な
模型だった　　回転クランク　とか　　そういった世にも下らない物でできている。チャスにも
おれにも耐えがたいものだったが、チャスの母親は、他の母親と同じく
全くの愛情からこれを贈ったのだ。このいまいましい代物で、どうにか
息子が満足できるだろうと。　　馬鹿な、今満足できない物に将来満足できるものか、永遠に
無理だ！

＊　奇妙なことに、この二つの館には
ろくでもない建て増しがしてある
　ヒグロガモのサンルームというか、いやに洒落た
モダンなキッチンの建て増しで、ちょっとしたチンカピン[17]材で
出来ているのだ　両方の館ともに。奇妙なのは
一方が寄せ棟の屋根[18]なら、もう
一方はお人形のような腰折れ屋根なのだ
ヴァンドラ伯母さんの玩具の村の。
　　　　　　　　　だが
この変てこな裏側の
　　　　　増築は何だ
まるで昨今の商人が扱う、腹立たしい
ちゃちで小賢しい、連邦様式のきざな代物を
館の尻にくっつけたみたいだ。まるでクソッたれの新しがり屋の小娘が
めかしたてた製品を乗っけたロバだ
何て気違いじみた仕業だろう。カモメは去ってしまった、
おれも立ち去るがよかろう。ともかく太陽は

おれは太陽を拝みに、ここに来た――というか
つまり、たまたま今日ここに来たのが
良い時刻で、潮は流れていた
そしてまだ流れているが、速度が落ちたのは
多分、最終的に湾から流れ込む「もう一つの川」[19]
にぶつかって合流するせいだ――そこで[20]
　　　二本の川は実際にどうするのだ
ゆっくりと互いの流れを妨げあって？
　　　　　　　　――そして、今
夜の影響を受けた大地全体にのしかかる力を
風自身が、引き受ける時
（地球は）東＝向きに　　大気を回転させ
川の流れもゆるやかに
なる
　　いや、嘘だ　　見ろ、カモメたちが
不意に戻ってきて

餌をついばんでいるではないか
それに人も出ている
襟の高い
シャツブラウスを
身にまとう人の家の裏庭に
大勢　／高い襟は
ヴァンドラ伯母さんの
首の正面にある
不快感など与えない
卵型の瘤を
隠すためだ！
おお
愛するがいい

夜のうちに、グロスターの啓示に[21]
包まれて。
すると再び、みずみずしい緑の
　　葉が繁茂し始める
川も青く変わるときに。
中にマスがいるのだ――いや、カワマスが――いや違う、ニシンが
この二本の
　　川の中にいるのだ

今日。放映終了　　　　　　腰折れ屋根の家の外に洗濯物が
　　　　　　　　　　　　何枚か干してある。ここを去りがたいのだ
そして帰宅。おれがだ。　　　　こんな夏の夜の、同じように

人生を愛せ、人生が
お前のものとなるまで。　信書、と追伸
／ジャックとメアリーの
生涯に対しても
やはり同じこと

蒸し暑い一日の後には。夜になると
朝が来たように
大気は
爽やかになる
大地の空気は
渡っていく
空間の中を。今や、ほどなく
今夜
夜には　そして、満月になると
運んでいくのだ　彼女の帆舟を
イシスの舟は[22]　ただ
ひとり夜を巡る
太陽神ラーの舟は

ちがう。ラーは夜毎
冥界に
　降りていく、母が
美しい女のように
寝返りをうつ時に。イシスには
黄泉の国をもう一度、訪れる必要が
ない。男にはある、男たちはひたすら
高みで暮らすが、——ずっと下の方では（そこでは
父が

夜の旅をしている
夕暮れによってあらゆる物が
変容した後に
——大地自身も
大気そのものとは
ちがう物になっている

135

日没に向かう頃スクウォム川を今夜も歌った
詩になるかもしれない短詩
先に書いた、いやに長い「ヴェネツィア詩」の続編として

月が沈んでいく「実はただ、雲か霧に隠れるだけで、位置は相変わらず
南西もしくは港の上空にある。正確な、
現在の正確な時刻は、一九六九年六月二十九日、日曜日の午前三時三十八分
月が煌々と輝く夜、異様な空想に耽ってぶらついた後は、 蒸し暑い「蒸し暑さ?」だがそれから
爽やかな風のおかげで一息つけた——実は濃い霧が立ち込めたのだった（それで、おれは
公明正大な気持ちで電話をかけなくてはならなくなった
イースタン・ポイント灯台で勤務中のブラウン氏」に
テン・パウンド島の二音霧笛《ダイアフォン》を
休止してくれと頼んだ後なのに
——すると、彼は親切にも霧笛を鳴らしてくれたが——こんな風に言った
だからまあ、あんたも、ああいった舌足らずで、まずい
航海「条例」なんかに首を突っ込んで面倒な事に巻き込まれない方がいいよ、と。分かった、
と答えると、やつは言う
今から鳴らして見ましょうか、先生

そして、今また、昨晩と変わらない
夏の猛暑の候に特有のすすけた月
時は　麗しい愛の時　おかしくなるのも当然だ。　この時期
犬人間たち[2]は外にいる
自然の時の中にいるのだ
(夜の
・
　　おれは、もう一度
　　　起き上がる

　　　　　　　　おお

そして、再びぶらつくのだ
なにやかやから離れて、すると
い、い、い、い、い、
純粋な飢えの塊になる

チャールズ・オルソン、ただ一人で
まだ、土曜と日曜の間の夜に
一九六九年六月

彼の健康、彼の詩、そして彼の愛は、すべてが
一つ［七月十六日、水曜日
六十九年[1]

何もかもがクソみたいにされた
今のグラオウシースタアの緑の光、[2] そして
月はゴミクズだと分かった、よくよく
見た結果　ただ

言わずと知れた電力会社と、
欺かれることに甘んじる者たちが
おのれの町を変色させる。だが、何を
守るために？　その行為によって
罪人となるのに。ライヒ[3]の言ったことは
正しかった、
種族という奴は
自分の行う実験例に
似ようとするのだ　だからもし、

聖フランシス[4]や
聖クララ[5]の遺体はまだあるのだ
ケンワード・エルムズリー[6]の（そしておれの）眼の前に
アッシジでのこと
ガラスケースの中に　　黒衣の尼僧は言った
おれが一アメリカ人として尋ねたとき、尼僧は
答えたのだ　　天然の
保存です、と
　　　　おれには
　　　　心底
　　　　なるほどと思えた

そして、カルピーニ
教父[7]も納得した。彼は耳を傾けていた、
カラコルム付近のテントで
人々に混じって。モンゴル人が、またしても
ヨーロッパを攻めようとする決定的な合図に
眼を光らせていた、　　今回は
その打撃が大西洋にまで及ぶのではないかと。
一二四八年には
　　　　何の問題も

なかった、いや
疑義さえない状況は

全くはっきりしている。喜ばしいのは
死者たちの中に、まだ生きている者が
相当大勢いることだ。そう、つまり、生存者がいて
そして、ともかく、今でも生きている小数の者は確かに
その意味ではまあ、可能性といったものを示しているのだ

――いかにも、可能性は常にこのように
示されてきた。人が願うのはただ
これらの飯もろくに食えない連中と
まともな扱いをしてもらえる望みとてないその子らを
――彼らに与えられるのは欲しくもない物ばかり――
追い出して
共同墓地か
月へでも厄介払いすることだけ

そうすれば、
まだまだ見事で、効能のある環境を
損なう輩を少しでも

除去できるというものだ。

眠たそうな
動物の姿をした岩々が
今夜（またもや）
セトルメント入り江[8]に現われる（未だかってないほど
眼を凝らして見ても、潮流は
あれらの岩が動物のように動いている
不思議な光景を見せるのだ
というのは、岩が起き上がるから
　　　　　　　　　まるで動じることのないトドたちのように

水浴びしつつ」　海中にいて、しかも海から出てくるかのように「海中をくぐり抜けてとは
言えないが——ジャック・ミシュリン[9]などは
多くの言葉を費やして
おれに尋ねずにはいられなかった程だ
あの岩は、あそこで育つのか、と

　　　（その様子は、まるで
木々が育ち、草が自然に
育つことを、初めて知ったかの
ようだった「外へ出たことがなかったせいだ、あの大

都市の
　　　　　だから、突然、どんな物でも
――確かにそうなのだ――育つと、この時
彼には思えたのだ
それで、おれは歩きながら
考えたのだ、歩きながら。おれは、人類の最終歩行期から出てきた人間だ、と
　　　　　　　　　　　　　　　　　家路につきながら、
幸福で、生まれ変わっていた。なぜかというと、
巨石時代に純ブリソン人[10]が
住んだ都市の元々の入り江を見たからなのだ。

水曜日の夜　もう一度、公園[11]に行ってきた
目的はただ、自分の身体をさっぱりさせたいだけだった
昨晩、長いことかかって
「愛される女」という詩[12]を書いた後なので
　　七月十六日
――六十九年

ありがたい
選んだのが、プロテスタントで
連邦推進派《フェデラリスト》[1]の
　町だったとは

おれは、人類の最終歩行期から生まれてきた男

一九六九年　七月十六日　水曜日

5

あるのは　最小　単位

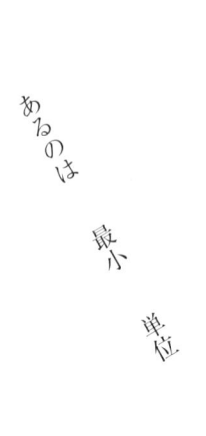

水曜の夜（木曜日午前二時過ぎ
七月十六日——
六十九年

チャールズ・オルソン

父なる　　　　　　　　　　自分の昔からの
空　　母なる大地　　　　観点から見て

河馬たち

ションプラン[1]
ションプランの地図　眠たげな岩の動物たち　緩慢な鯨のフレッシュウォーター入り江
ここでションプランは、ガレー船の船員を元気づけようと何杯もバケツで水を汲んだ——
何バレルも　一筋の川があの険しい絶壁から流れ落ちていた。なぜ
レイヴンズウッド「公園」が、マンチェスターへ通じる唯一の名もない道であったかというと
ジェフリーズ［ステージ・フォートに住んでいた人の一人か？］の入り江だったからだ——
アルゴンキン族は
前述の森をマグノリア［緑灰色のマグノリア《マグノリア・グラウカ》］と呼んだ、アパラチア山脈から流れ出る不思議な
生態の流れは
亜北極でありながら熱帯地方の影響が、ここグロッセスター[2]周辺に
およんでいる　おれは、眠っている小さな鯨の赤ん坊岩に座る
その上からだと港の全部が一目で見渡せる、父の泉[3]から、ずっと遠くの
緑まで　ドリヴァーズ・ネック[4]が（西へ向かう）海岸線の南の
終点。そこからドッグバー防波堤の上のちっぽけな赤い点までが
港の水路の大きな口だ。防波堤は花崗岩の塊を保護し、花崗岩の塊には

マストがアルミニウムの小型キャット・ボート[5]がいくつも隠れていて、
近ごろでは、おれの黄色いセーターの背後に沈む夕陽を浴びて、ギラギラと輝く
仏陀のよう＝ではなく、健康的＝でもない、アメリカ人＝気質の、黄金の三角地帯[6]をなす繊細な
背中の、両肩の間でその下に沈む夕陽を浴びて　それから大きくて、長い、狂ったように長い
イースタン・ポイントには、夏用の建物があるが、クラレンス・バーズアイズ[7]の館を入れても、
やはり貧相な宮殿ばかり　船首が四角く、船尾がスクーナー型の素敵《シャルマン》な小型
快速帆船《クリッパー》が[8]　ナイルズ・ビーチ[9]沖に停泊していた　テン・パウンド島の航路標識
（尼ブイ10[10]）が見える
ここから見ると今はよそよそしい風景の中で、かつておれは妻と交わっていた　一度は
おそらく別の女性とだったが　空の眼がまともに見下ろしていた
それは、この小さな鯨の赤ん坊岩の上で――後ろには「座席《ザ・シート・ロック》」岩があって
夕暮れ時になると父と母は、同じようにやって来て心地よさそうに座っていたものだ、というのは
脚の短い母は、地質学的に公園のベンチが二人に提供するものでは
足りなかったのだ――同時におれの尻には鯨の赤ん坊岩が与えられ、おれの下には
おれの想像する河馬と、その途方もない仲間、イプスウィッチ湾の母
鯨がいるのだが　これらを見渡した後で、次に残っているのは何で、どんな場所《ローコー》か
　　　　ションプランは自分の
小型帆船《シャロップ》[11]を引き上げた　オークス入り江[12]のあのばかげたウースター製紙会社の土地に
――たぶん封筒の会社だ――オーナーの家は、後方に退いていった
おれのしていることが時計の針と逆行しているのに合わせて

ベン・
ウィダーシンズ[13]と同じく
おれから見て、港の左側には、今は見えないアルゴンキン族の穀物
倉[14]がいくつもある――それに住居が？　ともかく連中の使用に供するため
取り除かれてしまった。それで、最後に自分が今
住んでいるあたりを見ると
オドネル＝ユーセンの新しい冷凍工場[15]が、元からあったクラレンス・
バーズアイズの工場に
白を添えている。市庁舎[16]とタバーン亭、[17]この方角の最終地点は
　銘板岩《タブレット・ロック》の肩先に遮られて見えない
レーン[18]が見事に描いたところだ
似たような運河の向こうからやってくるションプランとチャーリー・オルソン
の間を――

　　　それで、土曜日の夜、涼しいというより
　　寒いくらいなので、ここにはいつもの
　　都会人は一人もいない。だから、わたしが
　　代わりに懐かしい夕暮れの場所にいるのだ。何年も何年も
　前の
　　　わが古《いにしえ》の愛の場所を愛でている
　　　　おれはインディアンか？
わたしの背中を下からだんだん見上げていき、頭部の

結んだ髪[19]を通過して

頂にある眼に至る、球体をなす
の
空

七月十九日——一九六九年
、、、、
六十九年

Ⅰ、

死とは母、われわれをわれらの終わりに縛り付ける
　　　　　　　　　　六十九年六月二十六日木曜日

Ⅱ、

　　　女の
　まやかしの
魅力
女は「われわれを裏切った」
父の＝夫の精髄を
喰らって（地獄の土　地獄の植物　冥府の王を

われら自身の父を、彼女はその父の
母で
娘——そして
女王。「黄泉《よみ》の国」を
地獄に変える——死が
地下 世界が　われらの
足元に　滅びることのない
地下の 世界が

死の、そして愛の　生命の、天の

われらと万物の

クン、[1]と

シエン。[2]その

武勇、その

誉れ《グロワール》　胸に生命をかき抱いて、立ち上がりたまえ

彼女の肉のからだによって輝いて

裸になるがいい

お前の美しさを見たいと
彼女に望まれたり、乞われたりしたら
通りがかりに彼女は、お付きの侍女たちに頼む
噂が本当かどうか知りたいから、お前に乞う
ようにと　（お前がそこにいるとき、世の人は思っているのだ
お前が、力を示す
証を何か
持っているはずだと――シェンが
その力で
経験の

「痕跡」を身にまとっている――だが、
見せびらかしはしない、お前
自身が、シェン
　　　　そのものだから。一九六九年六月二十四日
　　　　　木曜日

外観と「なすべき主張」両方の
　実践形態、リ[3]は
　ロゴス、[4] そして奈落は
　エロス「愛が宿るところ
　　　死と精神の
　王宮」という
　素晴らしい文字が
　　　　立石に刻まれている
　　　　　（粘板岩の
　　　　　　　その意味は

こうだ　死は誰も見逃さない、見逃す
ことなく　襲い掛かるのだ　われわれに、愛と
死と――われわれに。われわれは行動する、
だから
この墓石がある
メーンマストからの
この吹き流しがある

［遅くなってしまったマクシマス第一の「手紙」
初めのころ書いた「母」という手紙
への返事

　　　山の符号ケン[4]は、可能性

そしてⅣ、　（それが表わすのは静寂
　　　お前の存在をいささかも損なうことなく
　　　内部世界によって

外部世界に住まうこと
　　　死シテ成ル

山の子は
水ト精神ノ子

65

川の図面の[1]
一部
これが書かれたと思われるのは
サヴィル氏の言う
岩だらけの丘でのこと、一八-
　二二年[2]

潮流の母（父、太陽）が
水かさを増して運河橋を通っていく
八月の夕刻は、湿気がひどく
たとえ強い海風が吹いて、激しい風になっても、
空気自体が濡れそぼっている
だから、運河橋のそばを歩くのは一苦労だ

一方、水路や運河に、大洋が
急流を注ぎ込むと、その
激しさに、大気から降る泡に包まれて
橋を渡る
わたしの身体は揺すぶられる

六十九年七月二十八日、月曜日

テュロスのメルカルト[1]——
　グロスターのレバノン人[2]に関するヘロドトスの
報告[3]　　その割合は
いまや留まるところを知らず、と公表されている——
　あるいは、そうではなくて始まりで、その割合が価値あるものとして
生じているのか　　事実エジプト人はこう言っていた[4]
（われわれは、災害に会うことなく、連綿と続いてきたと
ソロンに向かって語ったのだ、つまり［ギリシャ人のように——人によっては
ユダヤ人のように
と言うかもしれない］　途絶えることが
なかったと——今や未来には途切れというものが
なく、事物は流れていく云々、[5]　そして
強度が[6]
システム全体を貫く
特徴となる。　　この川[7]のそばに、記念碑を立ててやろう[8]
グロスターを国家とつなぐには隠れた幹線[9]が一本いるだけだと言ったのは
こういう訳だ。

六十九年　九月十一日　木曜日

キンレンカは[1]
いまもおれの花　とはいえ、おれは詩人で
いまは書くより　考えることの方が多いのだ、わが
香しい花束よ

わたしが住むのは[1]
日の光の射さないところ[2]
　　わたしは墓石
あるいはその下の地面

わたしの人生は埋もれている
あらゆる種類の通路とともに
両脇の道も正面の道も、地面に
下っていくだけ
あるいはコネティカット州北東の、長い、優れた、伸び伸びした石垣に
　　組み込まれるだろうか
十八世紀の道が今でも何本も通る
王国のような石垣に

垣の素材となる石は
いちばん下から、あの氷河期の巨石

そして高地の石垣は

きわめて鷹揚《おうよう》に画された境界となる
いくつもの植林地や、もっと先の通路、さらにその先の農地へ
出入りする道の間隔は、
定まっている

　　それで、人は突如、歩くことになる

タルタロス[3]とエロス[4]の、ガイア[5]とウラヌス[5]の
時間の中を、生命と愛の空間の中を
　時間と正確な
類比《アナロジー》　時間と知性　時間と思考力　時間と時間
精神

　　　　別種の国家を
　　創始すること

その一撃こそが創造[1]
それに、ひねり《トウィスト》[2]　キンレンカ[3]なのだ
われわれの誰もがその一撃であり
創造のすべてが起こる場所なのか?
母　大地　孤独

わたしの妻[1]　わたしの自動車[2]　わたしの色[3]　そして　わたし自身

マクシマス詩篇第一巻　*THE MAXIMUS POEMS*

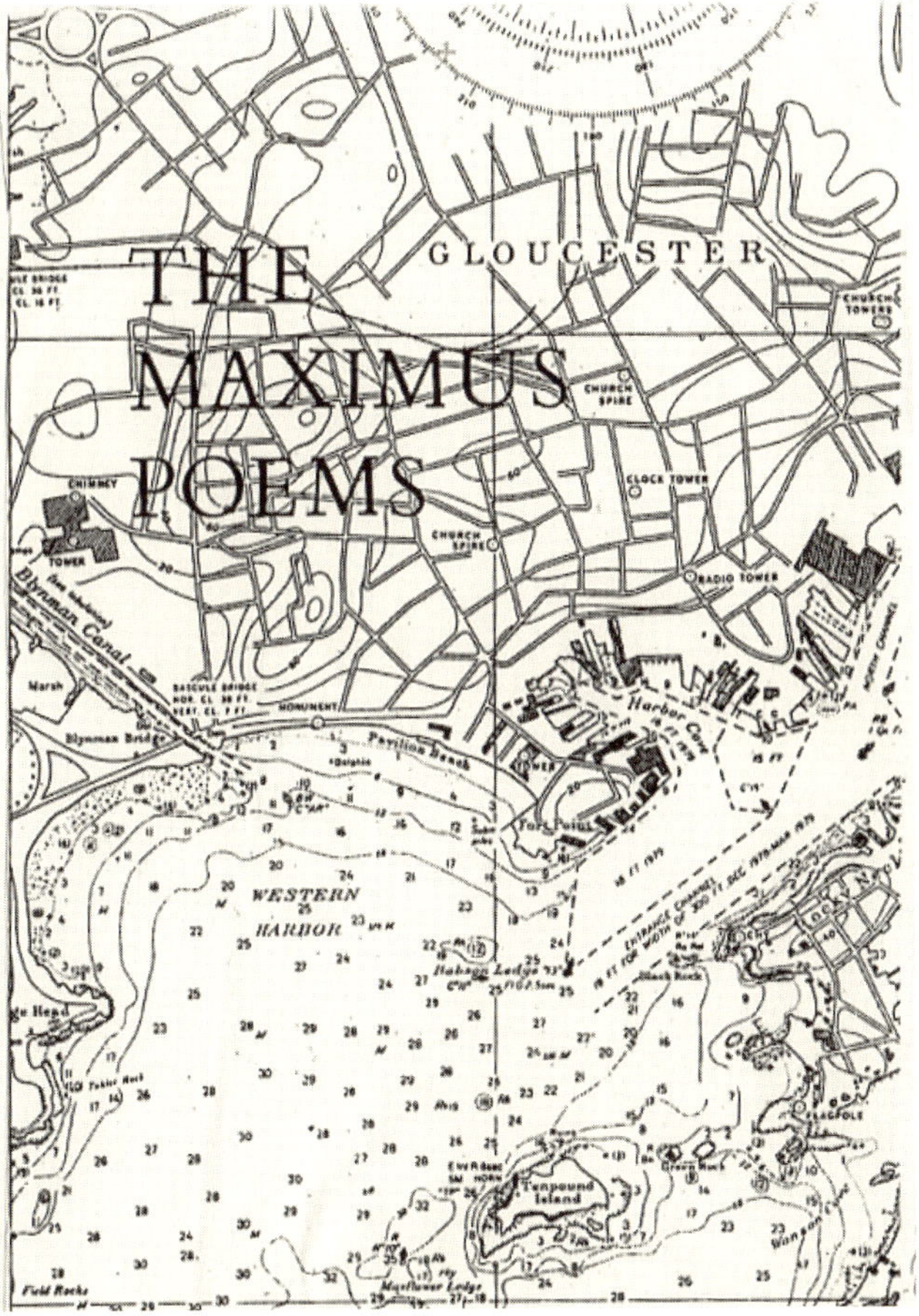

水深入りのグロスター港および市街の地図（原書第一巻の中扉より）

1　ロバート・クリーリー（Robert Creeley 一九二六―二〇〇五年）はアメリカの詩人で、オルソンの盟友。「外部世界の代表者」（the Figure of Outward）という言葉は、オルソンがブラック・マウンテン大学で見たある夜の夢に現われた言葉で、クリーリーを指す。

　オルソンの夢の背後には、一九五〇年四月初めにオルソンが自作の詩を、クリーリーの発行していたリトル・マガジンに寄稿したのだが、没にされた一件が潜んでいる。クリーリーにはオルソンの詩が「言葉を探し回って、エネルギーを消耗している」と見えたのである。クリーリーの拒絶に対して、オルソンが手紙を書いたことから、千通にのぼる手紙のやりとりが始まった。クリーリーは、オルソンにとって、「外部世界を代表する人物」だったのである。ジョージ・F・バタリック著『マクシマス詩篇案内』（George F. Butterick, *A Guide to The Maximus Poems of Charles Olson*, 一九七八年）、三―四頁参照。以下、註はおおむねバタリックの『マクシマス詩篇案内』に依拠する。

2　「人ハ多クヲ作ル」とも読めるが、バタリックに従い、「一」と「多」に関する哲学的命題と解する。

ぼく、グロスターのマクシマスより、きみへ　*I, Maximus of Gloucester, to You*　［九～一七頁］

1　一九五〇年、ワシントンで執筆されたと考えられる。マクシマスは「最高人」の意。ラテン語で「大きい、高い、広い、堂々とした、高齢の、強い、はげしい、大声の、重要な、卓越した、高邁な、高慢な、大胆な、過度の」を意味する形容詞の男性形「マグヌス」（magnus）の最上級が「マクシマス」（maximus）である。「マクシマス」（Maximus）は、これを固有名詞化したもの。バタリックによれば、ユング（Carl Gustav Jung）の「最高人」（homo maximus）と、紀元後二世紀に活躍したギリシャの哲学者テュロスのマクシマス（Maximus of Tyre）が、語り手の命名に関係している。グロスターは、アメリカ東部、マサチューセッツ州アン岬（Cape Ann, Massachusetts）の漁港都市。ボストンの北東三七マイルに位置する。オルソンは、少年時代ここで夏を過ごした。実験精神に満ちた大学ブラック・マウンテン・カレッジ（Black Mountain College）を一九五六年に閉じ、翌一九五七年から、オルソンは妻のベティ（Betty）、息子ポール（Paul）と共に、グロスターに定住した。『マクシマス詩篇』は、グロスターをアメリカの始源の地として定着しようとする。

2　マクシマスの出生地がどこなのかは、少々分かりにくい。というのは、マクシマス誕生の地が「はるか沖合い」でありながら、「血液の中」であるとされ、さらに「島々のそば」「宝石と奇跡のそば」、とされるからである。ここでは、グロスターの沖合いが血液の中にあるように書かれているのだ。つまり、人間の血液の中に沖合いがあるという風に「小さいもの」が「大きいもの」を含む世界が示されているのである。

　また、「島々のそば」は分かりやすいが、「宝石と奇跡のそば」は、分かりにくい。「島々」の言い換えが「宝石と奇跡」なのかどうかが、決定不能であるうえに、「宝石」は物であるからその「そば」はありえても、「奇跡」は物でないから、その

「そば」はありえない。カテゴリーの違うものを横断するように、マクシマスの誕生は語られているのである。マクシマスの誕生はミステリーによって語るのが最もよいという作者の判断だろうと思われる。続く、「沸き立つ海から生まれた熱い鋼」（"a metal hot from boiling water"）も、この世ならぬ者が生まれることを表現しようとする詩句であるが、分かりにくい。「沸き立つ海」の中で、何らかの力によって生まれたのか、あるいは海がマクシマスを生んだというのか、はっきりしない。ともあれ、「沖合い」で海を沸き立たせるような「熱い鋼」は、想像を絶するであろう。

3　「瞬間、時の息の根が止まる」と解した箇所 "second, time slain" を "second time slain"「二度殺された」と読むと、アメリカの詩人エズラ・パウンド（Ezra Pound, 一八八五–一九七二年）作『ピサ詩篇』（*The Pisan Cantos*, 一九四八年）、第七十四篇の詩句「二度生マレシ者、二度生マレシ者、だが、二度磔にされた者を／お前は歴史上に見出せるか？」とかすかに響きあう。「二度生マレシ者」とは酒神ディオニュソス（Dionysus）を指し、「二度磔にされた者」とはムッソリーニ（Benito Mussolini, 一八八三–一九四五年）のことである。エズラ・パウンド作『詩篇』（Ezra Pound, *The Cantos*, 一九六九年）、四二五頁参照。

4　聖アントニー（St. Anthony）は、フランシスコ会の修道士で聖人。グロスターのポルトガル人漁業共同体の守護聖人で、毎年六月に祭礼が催される。

5　「五十八カラット」は恣意的な数字らしく、最初は「五十カラット」だった。

6　グロスターのプロスペクト・ストリート（Prospect Street）にポルトガル人の住む地区がある。そこの「実りある航海を見守る聖母マリア」（Our Lady of Good Voyage）教会の頂きにマリア像が立っている。この聖母は、グロスター港を見下ろす十八フィートの像で、腕にスクーナーを抱いている。スクーナー（schooner）とは、二本以上のマストに縦帆を装備した帆船で、ここでは漁船。一二〇一頁の各部名称図を参照。

マリア像（訳者撮影）

7　この箇所では、船の下腹部と人間の下腹部が重ねられている。しかし、船の「下腹部」を船首材で補強するというなら分かるが、人間の「下腹部」を補強するのは何によって可能なのかは、判然としない。ただし、ここで語られていることは、分かる。船にしても人間にしても、現実の荒波と接する「下腹部」をあらかじめ補強しておいたからといって、それで現実に海を渡りきるとか、相手の満足のいくようなセックスができるとか、必要なお金を手に入れることが出来るかどうかなどのことは分からない、という注意である。

8　「奴」とは「投射詩人」を指す。「投射詩論」（"Projective Verse," 一九五〇年）で、オルソンはこう言う。「タイプライターの使用を強調するのは、詩人の私的作品を即時的に記録するからである。ここに既に投射詩の本質がある。パウンドとウィリアムズの息子たちは、書くだけでなく朗読されるものとしての詩を、もう作っている。まるで眼ではなく、耳が詩作の基準であるかのように」。ロバート・クリーリー編『チャールズ・オルソン選集』（Robert Creeley ed., *Selected Writings of Charles*

Olson, 一九六六年)、一二三―一二四頁。傍点は訳者。オルソンは耳を強調する。そして、「投射詩人」をパウンドとウィリアムズ(William Carlos Williams, 一八八三―一九六三年)の息子たちと呼ぶ一方、エリオット(T. S. Eliot, 一八八八―一九六五年)を「投射詩」の境地に達しなかった人と見ている。理由はエリオットが、「頭脳と耳の共存する地点」に留まり、身体の奥の「全ての行為が発動する場所」=「息の生ずる所」まで降りて行かなかったからである、とオルソンは言う。『チャールズ・オルソン選集』、一二六頁参照。

9 「丘」は、グロスターのポルトガル人居住区の中心にある「ポルトガル人の丘」(Portuguese Hill)を指す。「実りある航海を見守る聖母マリア」教会付近の高台である。「彼女」とは、この詩「ぼく、グロスターのマクシマスより、きみへ」が書かれた一九五〇年当時、高校生だったメアリー・シルヴェイラ(Mary Silveira)のこと。カリヨン演奏の時、彼女が歌ったのである。だがまた、この詩の詩神「聖母マリア」自身が歌った、とも解せる。カリヨン(carillon)とは、多数の鐘を音律に従って配列し、鍵盤や機械仕掛けによって打ち鳴らす楽器。中世ヨーロッパで流行した。

10 「天国詩篇」と呼ばれるエズラ・パウンドの「詩篇第十七篇」(Canto XVII)を想起させる箇所。そこでは、天国のように描き出される石の都ヴェネツィアに一行が舟(hulls)で近づいていく。ここで、海面を渡って来る鐘の音は、「殻」(hulls)の意であって「舟」ではないが、夕暮れ、黄金、海面を渡るボートといった場面設定と"hulls"という語は、主題を超えて、「詩篇第十七篇」と「ぼく、グロスターのマクシマスより、きみへ」を結び合わせる。エズラ・パウンド作『詩篇』七八頁の当該箇所の訳を掲げておく。新倉俊一訳『エズラ・パウンド詩集』(角川書店、一九七六年)、一四一頁より。

暗闇にほの白く、バラの白さにみえる石の木々
そこの塔のそばに立ち並ぶ糸杉
夜のあいだの舟のしたの静かな流れ。

「暗がりのなかで金色は
光りをあつめる」……

11 "of yourself, torn"を「引き裂かれた、おまえ自身から」と解することも可能であろうが、「魚の骨」「藁」「意志」「色彩」「鐘の音」「おまえ自身」のすべてに「引き裂かれて」(torn)が、かかると解した。

12 エズラ・パウンドの造語。ラテン語で「悪い」を表わす形容詞"malus, mala, malum"の比較級"pejor"に「政体」「政治」を表わす接尾辞"-cracy"を加えて造った語。『ピサ詩篇』の「詩篇第七十九篇」に「そしてもし宮廷が学問の府でなければ…

…つまり、劣等政治の鼻汁なら……」(and if the court be not the center of learning.../ in short the snot of pejorocracy...) と書いてある。エズラ・パウンド作『詩篇《キャントーズ》』、四八七頁。

13　「黒い黄金の腰」という語から「黒光りする腰」、とりわけ「黒人の輝く腰」を想像するところだが、「黒い」から「黒人」を連想する必要はない。ここで重要なのはむしろ、闇の色＝「黒」と、光の色＝「黄金」との結びつきによって、この世ならぬものが暗示されていることだ（三節後半、四九行目「黒い　黄金の潮」参照）。そして、この世のものならぬ「腰」とは、冒頭部で示唆された「現在の舞踏の姿に／従う者」の「腰」、すなわち、投射詩人の「腰」であろう。

14　オルソンは音楽嫌いだった、とバタリックは注釈しているが、この箇所ではむしろ、孤独な楽しみに耽ろうとする銛打ちをけなしている、と見るべきである。

15　「糞を清めるのだ」の原文 "clean shit" は「清らかな糞」とも読めるが、命令法がここでも続いていると解した。

16　「口承の」とは、ホメロス（Homer）の詩を指す。「レスボス」（Lesbos）はサッフォー（Sappho）の島であるから、古典古代からある女性の同性愛を指している。

17　「下文のような」と訳出した "hereinafter" は文書用語で、「下文に」「下に」「以下に」「下記に」の意。このあたりの勢いといかにもそぐわない語である。しかし、そぐわなさの効果が使われている箇所だと解せる。

18　この最終五行の解釈は難しい。「どんなものにもまして」輝く「羽根」が、「存在するものを超えて」輝き、「おまえに出来ること」をも超えて輝く、と解すこともできるからだ。北村太郎・原成吉共訳『チャールズ・オルスン詩集』（思潮社、一九九二年）、五二―五三頁は、この解釈を採っている。私には、マクシマスが運ぶ「羽根」より、「鳥」＝「きみ」の運ぶ巣の材料、そして出来上がる「巣」の方が、ここでは称揚されている、と解せる。

マクシマスより、グロスターへ　手紙　2　*Maximus to Gloucester, LETTER 2*［一八～二四頁］

1　一九五〇年、ユカタン半島のレルマ（Lerma）で最初の原稿が執筆された。

2　エドワード・ダールバーグ（Edward Dahlberg, 一九〇〇―一九七七年）のこと。若きオルソンの指導者であったアメリカの詩人・小説家。二人の関係については、トム・クラーク著『チャールズ・オルソン――詩人の生涯の寓意』（Tom Clark, *Charles Olson: The Allegory of a Poet's Life*, 一九九一年）に詳しい記述がある。カークパトリック編『アメリカ文学資料案内』(D. L. Kirkpatrick ed., *Reference Guide to American Literature*, 一九八七年)、一六一―一六二頁によれば、ダールバーグは、「モダニズムに異を唱え、フォークナー、ヘミングウェイ、パウンド、エリオット、ジョイスらに反対し、シャーウッド・アンダーソン、セオドア・ドライサー、W・C・ウィリアムズに親近感を抱いた。時流に逆らう独自の文体を用いて、自分たちの時代が息絶えたとし、文学と生の両者に血の通った肉体を求めた。多くの同時代人たちに影響を与えたが、孤独な否認者《ネイ・セイヤー》（naysayer）に留まった」。小説『生身ゆえに』（*Because I Was Flesh*, 一九六四年）、自伝『エドワード・ダールバーグの告白』（*The Confessions of Edward Dahlberg*, 一九七一年）、評論『骨は蘇るか』（*Can These Bones Live*, 一九四一年初版、一九六〇年改訂版）で知られる。

3　グロスターのミドル・ストリート（Middle Street）九〇番地にある腰折れ屋根の家。デール・アヴェニュー（Dale Avenue）とミドル・ストリートの角にあり、ソーヤー図書館（The Sawyer Free Library）に面する。ハーディ＝パーソンズの家（Hardy-Parsons House）として知られ、現在は、アン岬歴史協会（Cape Ann Historical Society）の所有になっている。

4　ミドル・ストリート九〇番地の家の裏手、ウォレン・アパートメント（the Warren Apartments）に黒人の下男下女が住まわされたのは、十九世紀のことである。

5　郵便局は、ソーヤー図書館から、デール・アヴェニューを北へ上がったところにある。

6　ミドル・ストリート八六番地にある教会。

7　プレザント・ストリート（Pleasant Street）は、グロスターを南北に走る通り。口絵に掲載したグロスター市市街図では、デール・アヴェニューの一筋右にある。

8　一一頁二八行のマリア像を指す。「実りある航海を見守る聖母マリア」教会の建物の外、正面入口の上に立つ。幼子イエス・キリストの代わりにスクーナーを抱き、グロスター港を見守っている。訳註一一三九頁の注6を参照。

9　キリスト教図像学の伝統では、聖母マリアは、蛇に姿を変えたサタンの頭を片足で踏み潰している。予言の成就を表わす図像である。実際の「実りある航海を見守る聖母マリア教会」に立つマリア像の足下にあるのは波である。

10　ハワード・ブラックバーン（Howard Blackburn, 一八五八–一九三二年）のこと。二十三歳の時、冬に出漁し、凍傷のため両手両足の指を失ったが生き延び、後に単独で大西洋を二度横断した冒険家。卓抜なドーリー（平底の軽舟）操縦者であった。ドーリーについては、訳註一一四三頁の注21を参照。ジョーゼフ・E・ガーランド著『単独航海者』（Joseph E. Garland, *Lone Voyager*, 一九六三年）は、ブラックバーン伝である。ブラックバーンは、メイン・ストリート（Main Street）二八九番地で酒場を営んだ。

11　ボラード（bollard）とは、波止場や桟橋に立てた杭。船の舫《もや》い綱を巻きつける。

12　ルイス・R・ダグラス（Louis R. Douglas, 一八八五年生まれ）のこと。四歳の頃、この人物とその兄弟が語る話に耳を傾けていたせいで、わたしは詩人になったのだ、と後にオルソンは述懐している。

13　チェルシー海軍病院（The United States Naval Hospital at Chelsea）は、ボストンの北にあるアメリカ海軍病院。

14　サンタ・フェ薔薇（Santa Fe rose）は、混合種の薔薇。ニュー・メキシコの都市名にちなんで名付けられた。

15　「無口な奴」は、フランク・D・マイルズ（Frank D. Miles）を指す。前掲の注12に記されたルイス・R・ダグラスの義理の兄弟である。〔ジョージズ浅瀬に関する第二の手紙〕にも登場する。訳註一二〇〇頁の注1を参照。

16　イースタン・ポイント（Eastern Point）は、グロスター港の東側を囲む岬。ポイント（Point）は、海や広い川へ突き出した突端もしくは岬の意である。東から入港する船にとっては、この岬の突端が港への入り口になる。詩人T・S・エリオット（一八八八―一九六五年）の父ヘンリー・ウェア・エリオット（Henry Ware Eliot）は、一八九六年、イースタン・ポイントに別荘を建てた。若き日のエリオットは、ここで夏を過ごし、海にも出た。ピーター・アクロイド著『T・S・エリオット』（Peter Ackroyd, *T. S. Eliot*, 一九八四年）、二二頁参照。後にエリオットは『四つの四重奏』（*Four Quartets*, 一九四二年）中の「ザ・ドライ・サルヴェイジズ」（*The Dry Salvages*, 一九四一年）第四部で、聖母マリア像を存分に讃える。

17　ブレース入り江（Brace Cove）は、アン岬の大西洋岸にある。まだ船に電気設備がない頃、悪天候の際に、船乗りがブレース入り江をグロスター港への入り口に当たるイースタン・ポイントと間違えたために船が難破することがよくあった。

18　リリー池（Lily Pond）は、現在のナイルズ池（Niles Pond）である。イースタン・ポイントにあり、ブレース入り江にほど近い。

19　カール・オールセン（Carl Olsen, 一八八六―一九六五年）のこと。四三頁「手紙5」五五行、六〇頁「手紙6」四三行にも登場する。

20　延縄（the trawl）は、釣り漁具の一種。一本の長い幹縄に適当な間隔で、浮きを結ぶ浮き縄と釣り針のついた多数の枝縄をつけたもの。それぞれの釣り針に餌をつけ、海面の下に浮かせるか、海底に沈めて張る。前者を「浮き延縄」、後者を「底延縄」という。

21　ドーリー（dory）とは、ニューイングランド（New England）で、鱈漁等に用いる平底の軽舟。漁船に積んで漁場へ運び、漁に際して海に放つ。

22　ブラウン浅瀬（Brown's Bank）は、アン岬の東、ノヴァスコシア（Nova Scotia）のセーブル岬（Cape Sable）から南にある大西洋の大漁場。ほぼ長さ六〇マイル、幅四〇マイルに及ぶ。約二、二七五平方マイルの浅瀬である。ブラウンズ浅瀬（Browns Bank）と同じである。二四八頁「吉報」二三一行および訳註一一九五頁の注37を参照。

23　ナサニエル・バウディッチ（Nathaniel Bowditch, 一七七三―一八三八年）のこと。アメリカの数学者で、『実践航海術』（*New American Navigator*, 一八〇二年）の著者。この書物は、改訂を経て、現在も使われている。

24　フォート（Fort）は、グロスター港に突き出した突端もしくは岬で、フォート・ポイント（Fort Point）のこと。一七四三年、港内に入る船舶を警備するために、胸壁と大砲が備え付けられた。この地区の住民の大半は貧しいイタリア人であった。オルソンがこの地区に住み始めたのは、ブラック・マウンテン大学を閉じた翌年の一九五七年である。

25　小さな白い家（the small white house）とは、ミドル・ストリート二八番地にある家。一九四〇年の冬、オルソンは短期間ではあるが、この家に住んだことがあるので、感慨もひとしおだったと考えられる。『マクシマス詩篇』三二三頁「手紙#41〔中断したもの〕」三行目の「ポーチから、わたしが雪の中へ飛び降りた時」の「ポーチ」はこの家のポーチである。

26　ミドル・ストリート二一番地にあるアルフレッド・マンスフィールド・ブルックス（Alfred Mansfield Brooks）の家。

27　チャールズ・ブルフィンチ（Charles Bulfinch, 一七六三—一八四四年）は、アメリカ初のプロの建築家。コネティカット州ハートフォードの州庁舎（一七九一—一七九八年）やハーヴァード大学ホール（一八一五年）を始めとして、多くの建築を手がけ、一八一七年にはワシントンDCの議事堂を造った。ロバート・アダム（Robert Adam）の室内装飾に見られる優美さと軽やかさ、クラシック趣味を住居に取り入れ、統一感を旨とした。建築にアダム様式を取り入れたと言える。

28　かつてのグロスター・ガス・照明会社（Gloucester Gas and Light Company）の波止場。ダンカン・ストリート（Duncan Street）とワーフ・ストリート（Wharf Street）の交わる所にある。ただし、口絵に掲載したグロスター市市街図にワーフ・ストリートは載っていない。いくつかの地図を参照したが、載っていなかったためである。

29　「大男のグロスターマン」とは、オルソン自身のこと。オルソンの身長は六フィート七インチ。二メートルを超える大男である。

手紙　3　*LETTER 3*〔一二五〜一三一頁〕

1　一九五二年夏に書き始められて、一九五三年春に完成した。

2　オルソンによるとヨモギギク（tansy）は、イギリスのドーチェスター（Dorchester）から、アン岬グロスターのステージヘッド（Stage Head）に着いた船の積荷の下になってやって来た。パイナップルのような強い匂いの花である。ステージヘッドは、港に突き出た断崖。

3　フォートについては、一二三頁「手紙2」七九行および訳註一一四三頁の注24を参照。

4　クレッシーの浜辺（Cressy's Beach）は、ステージ・フォート公園（Stage Fort Park）近く、フレッシュ・ウォーター入り江（Fresh Water Cove）の北にある浜辺。"Cressys Beach"とも綴る。

5　ブラック・マウンテン大学の同僚レン・ビリング（Len Biling）の妻ドリー・ビリング（Dori Biling）が、オルソンに尋ねた言葉。ブラック・マウンテン大学は、一九三三年、ノース・カロライナ（North Carolina）州に設立された実験性の強い大学で、一九五六年に閉校となった。一九五一年にオルソンが学長になった。

6　レイヴンズウッド公園（Ravenswood Park）は、ウェスタン・アヴェニュー（Western Avenue）とステージ・フォート公園の北にある三〇〇エーカーの公園。ほとんどが森である。

7　フレッシュ・ウォーター入り江は、グロスター港の南西岸にある入り江。フレッシュウォーター入り江（Freshwater

Cove）とも綴る。

8　カナダの沿岸諸州（The Maritime Provinces of Canada）とは、ノヴァスコシア、ニュー・ブランズウィック（New Brunswick）、プリンス・エドワード島（Prince Edward Island）を指す。そこからグロスターに多くの漁師がやって来た。

9　国際漁師連盟のレース（The International Fishermen's Race）は、グロスター、ハリファックス（Halifax）、ノヴァスコシア沖で、一九二〇年から一九三八年まで毎年行なわれたレース。

10　サン・ピエトロ（San Pietro）祭とは聖ペテロの祝日（The fiesta of Saint Peter）のこと。グロスターのイタリア人居住区で、聖ペテロの祝日（六月二十九日）に一番近い週末に催された。この祭日の間に船を祝福した。

11　タウン・ランディング（Town Landing）は、船から初めてその岸辺へ上陸したとされるところで、町の始まりの記念となる場所のこと。ハーバー入り江（Harbor Cove）の奥である。ハーバー入り江とタウン・ランディングについては、二九九頁「手紙、一九五九年、五月二日」二四一行参照。また、訳註一二一〇頁の注76を参照。

12　ウースター（Worcester）は、マサチューセッツ州の中央にある工業都市。グロスターの南西八〇マイルに位置する。オルソンは、ここで生まれた。

13　「私は現在の雑多な混合（the heterogeneous present）からなる者であり、古《いにしえ》の建国の父たちや西欧の純粋種ではない」とオルソンは言う。両親が移民であり人種が混じっていることを意識した発言である。

14　ポリス（polis）とは、古代ギリシャの都市国家を指す。

15　待合所（the Waiting Station）とは、メイン・ストリートにあるウェイド文具店（Wade's）のこと。新聞、雑誌、タバコ等を販売していた。

16　マグノリア（Magnolia）は、グロスターの南西に隣接する地域。セーレム（Salem）やボストンに通じる。

17　アル・レヴィ（Al Levy）は、グロスターの警官。おそらくラルフ・A・リーヴィ（Ralph A. Levie）か、その兄弟エリオット（Elliott）を指す。二人とも一九四〇年代後半から一九五〇年代初めに職務に就いていた。

18　アニスクウォム（Annisquam）はグロスターの北に位置し、レインズヴィル（Lanesville）はグロスターの北東に位置する。

19　「タイムズ」は『グロスター・デイリー・タイムズ』（*Gloucester Daily Times*）のこと。「サマー・サン」（"Summer Sun"）は『グロスター・タイムズ』（*Gloucester Times*）の付録で、観光シーズンに発行される。

20　テュロスのマクシマスを指す。

21　「人の水切り具合」（the cut-water of anyone）とは、性的能力を指す。一一頁「ぼく、グロスターのマクシマスより、きみへ」三三一―三五行参照。

22　ミドル・ストリート九〇番地の家のこと。一八頁「マクシマスより、グロスターへ、手紙2」一〇行参照。
23　アメリカの小説家ハーマン・メルヴィル（Herman Melville, 一八一九―一八九一年）の用語。『白鯨』（*Moby-Dick*, 一八五一年）第一章で、ピークォッド号（the *Pequod*）の乗組員を紹介する際にメルヴィルは「人類共通の大陸を知らず、自分の陸地にだけ生きる者」と説明し、「孤島である人」（Isolato）と呼んでいる。

マクシマスの歌　*The Songs of Maximus*［三三一～三三九頁］

1　一九五三年一月四日にブラック・マウンテン大学で執筆された。
2　一四頁「ぼく、グロスターのマクシマスより、きみへ」七四―七六行参照。
3　商業主義によって、人が生きる喜びを奪われ、身体は生きていても魂が死んでいる現状を指す。グロスター自体が浅い墓だというのである。
4　アイルランドの詩人W・B・イェイツ作「湖上の島イニスフリー」（W. B. Yeats, "The Lake Isle of Innisfree"）の冒頭に

　　立ち上がって行こう　イニスフリーへ
　　そこには小さな小屋がある。粘土と編み枝でできた小屋が

と書いてある。
5　ニケ（Nike）は、ギリシャ神話に出てくる翼を持った勝利の女神。
6　シーラカンス（coelacanth）を発見したジェームズ・L・B・スミス（James L. B. Smith）は、感激してスクーナーの甲板で涙を流した。「覆い」はシーラカンスをつつんでいた覆いのことである。
7　三億年前に生存していた原始魚で、脊椎動物の祖先だと考えられるシーラカンスの生きている標本が、一九五二年十二月二十九日に東アフリカ海岸のモザンビーク海峡で発見された。その記事が一九五二年十二月三十日の『ニューヨーク・タイムズ』（*New York Times*）紙に載った。
8　女神ニケとスクーナーの両方を指す。
9　国連食糧農業機関（Food and Agricultural Organization）。
10　ジョニー・アプルシード（Johnny Appleseed）のこと。本名ジョン・チャプマン（John Chapman, 一七七四―一八四五年）。アメリカにおける民衆の英雄で、農業使節、開拓者で果樹園主だった。中西部で広大なリンゴ園を経営。リンゴの種を配って歩いた人としてアメリカ民話の英雄となった。

手紙 5 *LETTER 5* 〔四〇〜五七頁〕

1 一九五三年四月にブラック・マウンテン大学で書かれた。

2 『ケープ・アン・サマー・サン』（*Cape Ann Summer Sun*）を指す。二九頁「手紙3」六七行の「サマー・サン」である。

3 『四つの風』（*Four Winds*）を指す。ヴィンセント・フェリーニ（Vincent Ferrini, 一九一三年生まれ）その他がグロスターで編集した文芸雑誌で三号まで続いた。そのすべての号にオルソンの詩が載った。

4 ブラウン百貨店（Brown's Department store）は、グロスターのメイン・ストリートにある百貨店。

5 ゴーリン百貨店（Gorin's Department store）は、グロスターのメイン・ストリートにある安売り百貨店。

6 ロックポート（Rockport）は、グロスターの北東にある。芸術家コロニーと観光客相手の店があるので有名。

7 チザム埠頭（Chisholm's Wharf）は、かつてワーフ・ストリート（Wharf Street）にあった。グロスター内港のピアス・ストリート（Pearce Street）とウォーター・ストリート（Water Street）の間にあり、チザム水産（Chisholm Fisheries Co.）が所有していた。ワーフ・ストリート、ピアス・ストリート、ウォーター・ストリートは、口絵に掲載したグロスター市市街図には、載っていない。いくつかの地図を参照したが載っていなかったためである。

8 ノヴァスコシアのアンチゴニッシュ郡（Antigonish County）のこと。

9 かつて『グロスター・タイムズ』に載っていた漁業関係者向けのコラム「スクイッブズの埠頭だより」（"Squibs from Waterfront"）は、ジェームズ・P・クラーク（James P. Clark）が書いて、「スクイッブズ」（Squibs）と署名していた。

10 民衆を歌ったフェリーニの詩集『無限の人々』（Vincent Ferrini, *The Infinite People*, 一九五〇年）への攻撃。

11 「聖サンタ・クロース」（"Saint Santa Claus!"）の、「聖」（"Saint"）と「サンタ」（"Santa"）は同じ意味である。したがって、「聖」を削除した「サンタ・クロース」で意味は十分に通る。しかし、それでは、人々の必要としているものに気付かない「サンタ・クロース」への皮肉があまりにも淡白なものになる。くどい感じを原文どおり出すため、「聖サンタ・クロース」とした。

12 ヴィンセント・フェリーニのこと。

13 『四つの風《フォー・ウインズ》』のこと。

14 一九五二年七月十八日発行のグロスターの新聞『ケープ・アン・サマー・サン』に『四つの風』に対する酷評が載った。酷評したのは、ジョン・T・ベセル（John T. Bethell）である。

15 ラフキン（Lufkin）は、グロスターではよくある名前。バス待合所で新聞雑誌売店を経営している男の名前と考えられる。

16 「ハイスクール・フリッカー」（the High School Flicker）は、生徒の随筆や詩を載せたグロスター高校の年次文芸誌。誌名は「高校の輝く才能」の意。

17　オルソンはウースターのクラシカル・ハイスクール（Classical Highschool）の生徒だった時、学校新聞『アルゴス』（*Argus*）に寄稿した。アルゴスはギリシャ神話で、百の眼を持つ巨人。厳格な見張り人の意である。オルソンは、ウェスリアン大学（Wesleyan University）の学生だった時、同名の大学新聞『アルゴス』の編集に携わり、寄稿もした。

18　ヘレン・スタイン（Helen Stein, 一八九七–一九六四年）は、地方画家。画家マースデン・ハートレイ（Marsden Hartley, 一八七七–一九四三年）の友人。後にヴィンセント・フェリーニやフェリーニの共同編集者メアリー・ショアー（Mary Shore）と友人になった。

19　ハーマン・メルヴィル（Herman Melville, 一八一九–九一年）は、アメリカの文豪。『白鯨』（*Moby-Dick, or the Whale*, 一八五一年）、『ビリーバッド』（*Billy Budd, Sailor*, 一九二四年）などで有名。最初の作品はL・A・Vのペンネームで小さな地方紙に掲載された。メルヴィル論『わが名はイシュメイル』（*Call Me Ishmael*, 一九四七年）を書いたオルソンは、このことを知っていた。

20　カール・オールセン（Carl Olsen）は、ベテランの漁師で、レイモンド号（the *Raymond*）の船長。グロスターでも、特に名高い船長である。

21　マーティ・キャラハン（Marty Callaghan）。漁船の船長。五一頁一六三行にも登場する。

22　トマス・ブリーン（Thomas Bohlin, 一八五五–一九一〇年）船長のこと。コノリー著『グロスターの漁師』（James B. Connolly, *The Book of Gloucester Fishermen*, 一九二八年）、一二七–一五三頁、及びコープランド＝ロジャーズ共著『アン岬サーガ』（Melvine T. Copelad and Elliot C. Rogers, *The Saga of Cape Ann*, 一九六〇年）、八九–九〇頁参照。四一三頁「ブリーン1」、四一四–四一五頁「ブリーン2」、には詩の中心主題として登場する。

23　シルヴェイナス・スミス（Sylvanus Smith, 一八二九年生まれ）。名高い船長で『アン岬の漁業』（*Fisheries of Cape Ann*, 一九二五年）の著者。

24　グロスターの詩人で、『四つの風』の編集者ヴィンセント・フェリーニのこと。マサチューセッツ州リン（Lynn）の出身。一九四〇年代の終わりにグロスターへ移住した。オルソンの親友である。

25　「ポルトガル人の船長」とは、ネズミ（The Rat）と呼ばれたマニュエル・シルヴァ（Manuel Silva）を指す。ポルトガル人の丘にある家の地下室に隠れていたためネズミと呼ばれた。一〇〇–一〇一行に描かれた一件で、ドーリーに乗った漁師十四名が行方不明になった。

26　ドッグタウン（Dogtown）は、グロスターの奥地にあり、氷河期の堆積物が残っている。ドッグタウンという名は、十八世紀後半、ここに住んでいた未亡人や老女たちが番犬を飼っていたことに由来する。『マクシマス詩篇』は、第二巻に入るとドッグタウンに焦点を当てる。

27　オールド・セーレム・ロード（Old Salem Road）は、グロスター市街の西にある。オルソンが青少年期に夏を過ごした場所に近い。グロスターとセーレムを結んだ最古の道で、レイヴンズウッド公園の北端を通る。

28　オルソンは十九歳のとき、バブソン貯水池（the Babson Reservoir）建設のアルバイトをした。エールワイフ川のダムと貯水池建設（the construction of the Alewife brook dam and reservoir）の仕事である。これは、ボストンのC&R建設（C and R Construction Company）が、一九三〇年七月から九月の間請け負った工事である。

29　ブレース入り江（Brace's Cove or Brace Cove）は、イースタン・ポイントの北で、大西洋側にある。

30　アテナ女神は「灰色の瞳のアテナ」（the grey-eyed Athena）と呼びならわされている。このあたりは、『オデュッセイア』（*Odyssey*）第八書二二四―二三七行への言及である。オデュッセウス（Odysseus）は、カリュプソー（Calypso）の島から筏で出て、スケリア（Scheria）島の岸に海水と泥にまみれて漂着した時、アテナ女神が現われて、オデュッセウスの身体を光り輝かせた。侍女達をつれて岸に着いた王女ナウシカア（Nausikaa）が、オデュッセウスに惹かれるようにしたのである。

31　一九三一年から一九三五年の夏、オルソンはグロスター郵便局で、郵便配達のアルバイトをした。

32　グロスターのロジャーズ・ストリート（Rogers Street）にあった「アンカー・カフェ」（Anchor Cafe）を指す。都市再開発によって取り壊された。当時は、元商船長のジェームズ・H・メイソン（James H. Mason）が店のオーナーだった。

33　アトランティック・サプライ社（the Atlantic Supply Company）は、ロジャーズ・ストリートにある船舶雑貨商会。経営者はベン・パイン（Ben Pine, 一八八一―一九五三年）。ベン・パインは、一九二三年にカナダの南東部ノヴァスコシアの州都ハリファックス沖で、カナダのブルー・ノーズ号（the *Bluenose*）と競ったスクーナー、コロンビア号（the *Columbia*）の船長である。一九三八年にグロスター沖で行われた最後の国際漁業連盟杯でも、ベン・パインは優勝し、『コリアーズ』（*Colliers*）誌に載った。

34　ブルー・ノーズ号は、カナダのレース用スクーナー。一九二三年十月に開催された国際レースで、ベン・パイン船長のコロンビア号と一位を競った。

35　一九二〇年にハリファックス沖で催された。ハリファックスの新聞が、カナダの船に対抗するグロスターの船はないかと挑戦状を送り、トロフィーと賞金を出したのが始まりである。二七頁「手紙3」四二行参照。

36　ピューリタン号（the *Puritan*）は、第一回国際レースに参加する途上セーブル島（Sable Island）で沈没した。

37　グロスターのイースタン・ポイントにあるドッグバー防波堤（The Dog Bar Breakwater）のこと。ここがグロスター港と大西洋の境になる。

38　ヘンリー・フォード号（the *Henry Ford*）は、一九二二年、ブルー・ノーズ号に敗れた。

39　ヒュー・クレイトン・ヒル（Hugh Creighton Hill, 一九〇六年生まれ）は、イギリスの詩人。「四つの風」二―三号に三篇の詩を寄稿した。三篇とも書き出しが「トライアングル」（“triangle”）で始まるので、オルソンはヒュー・ヒルの詩を「トライアングル詩群」と呼んでいる。

40　コロンビア号（the *Columbia*）は、一九二三年に完成したスクーナー。同年十月、国際漁業連盟のレースで、ベン・パイン船長指揮の下、ブルー・ノーズ号と対戦。四年後、セーブル島沖で嵐に遭い、二十二人の乗組員とともに沈没した。

41　セーブル島（Sable Island）は、カナダの南東部ノヴァスコシア州の州都ハリファックスからさらに南東にある大西洋上の小島。

42　一九二八年元旦の午前二時頃、カナダのトロール船ヴェノスタ号（the *Venosta*）は、セーブル島の西南西四〇マイル沖で、沈没船コロンビア号に引っかかった。船長G・M・マイア（G. M. Myrhe）は、コロンビア号を強力なウィンチで海上へ浮上させた。

43　スターリングのドラッグストア（Sterling’s Drugstore）は、グロスターのメイン・ストリートとプレザント・ストリートの角にある。

44　「スクールボーイ・ルネサンス」（“the school-boy Renaissance”）は、一九四九年から一九五六年に、ロンドンでピーター・ラッセル（Peter Russell）が編集していた「九人」（*Nine*）を指す。ラテン語の詩を載せるなど、伝統を重んじる傾向を見せていた。一九五一年秋季号は、ルネサンスの詩を特集している。

45　リトル・マガジン（little magazine）とは、実験的な作品や、俗受けのしない純文学作品などを載せる、版型の小さい高級文芸雑誌や、同人誌のこと。

46　『四つの風』二―三号に載ったクレム・グレアム（Clem Graham）の詩「探求」（“The Search”）は、バタリックの意見では「未来」（“future”）の意味が曖昧で、進歩（progress）の概念が不明瞭。

47　ルドルフ・シュタイナー（Rudolph Steiner, 一八六一―一九二五年）は、オーストリアの神智論者。フレデリック・ヘッケル（Frederick Heckel）は、シュタイナーの教えを説く雑誌『プロテウス』（*Proteus*）の編集者である。この雑誌にフェリーニは詩を発表し、『四つの風』の共同編集者メアリー・ショアーはエッセイを発表した。ヘッケルは『四つの風』二号に詩を発表している。プロテウスは、ギリシャ神話で、姿が変幻自在で予言の力を持つ海神。

48　一九四九年に、オルソンはワシントンで、フェリーニの書いた詩「『時の家』からの二篇の詩」（“Two poems from *The House of Time*”）を読んだ。同年春に発行された雑誌『イメージ群』（*Imagi*）に載っていたのである。その詩が縁で、オルソンは、グロスターへ行った時、フェリーニを訪ねた。感銘を受けたからである。フェリーニの方も『地図』四号（*Maps*, 一九七一年）、四八頁で、その時のことを回想している。「巨人だった。私の詩のファンになったというだけで訪ねてくるとは。彼の身体の大きさも、私への賛辞も気に入った。すぐに好きになった」と。

49　アン岬の南東沖にある三つの島、サッチャーズ島（Thachers Island）、ミルク島（Milk Island）、ストレイツマウス島（Straitsmouth Island）は、ジョン・スミス船長著『ニューイングランド素描』（Captain John Smith, *Description of New England*, 一六一六年）では、「トルコ人の三つの首」と呼ばれていた。ジョン・スミスが、トルコ人兵士と一対一の戦いで勝ち、トルコ人兵士の首を三つ取ったことに由来する。T・S・エリオット作『四つの四重奏』（T. S. Eliot, *Four Quartets*, 一九四二年）第三部「ザ・ドライ・サルヴェイジズ」（"the Dry Salvages"）冒頭を参照。

50　ジョン・スミス船長（Captain John Smith, 一五八〇－一六三一年）は、イギリスの冒険家で、ニューイングランド海岸の初期探検家。インディアンの捕虜となった時、族長パウハタン（Powhatan）の娘ポカホンタス（Pocahontas）に救われた逸話は有名である。訳註一一七五頁の注12を参照。通常、キャプテン・ジョン・スミスと呼ばれる。

51　『四つの風』一号のこと。これに『黄金のガチョウ』（*Golden Goose*）誌編集者フレデリック・エックマン（Frederick Eckman）、『プロテウス』のフレデリック・ヘッケル、『地獄』（*Inferno*）のレスリー・ウルフ・ヘドリー（Leslie Woolf Hedley）、『アメリカの詩』（*Poesia de America*）のイグナチオ・マガローニ（Ignacio Magaloni）の詩が掲載された。

52　『四つの風』二号、二八－五四頁にホラス・E・ソーナー（Horace E. Thorner）の劇「神を撃った男」（"The Man Who Shot God"）が掲載された。

手紙6　*LETTER 6* ［五八～六五頁］

1　一九五三年四月にブラック・マウンテン大学で書かれた。

2　スクーナー、ドリス・M・ホーズ号（the *Doris M. Hawes*）の船長セシル・モールトン（Cecil Moulton）のこと。一九三六年の夏、オルソンはこの船に乗り、ブラウン浅瀬（Brown's Bank）でメカジキ漁をした。ブラウン浅瀬については、訳註一一四三頁の注22を参照。

3　一九三八年の夏、西部を旅していた時、オルソンは二人のイギリス人に会った。一人はスミス（Smith）という名の音楽家で、もう一人は、ケンブリッジ大学（Cambridge University）出の歴史家である。ここでは、後者を指しているが、オルソンは名前を忘れてしまったのである。

4　ブライト・エンゼル・トレール（the Bright Angel Trail）は、アリゾナ州のグランド・キャニオン国立公園（Grand Canyon National Park, Arizona）にある。

5　コロラド川（the Colorado River）は、グランド・キャニオンを流れる川。

6　ウォルター・バーク（Walter Burke）のこと。アニスクウォム川（the Annisquam River）沿いの湿地、エセックス・アヴエニュー（Essex Avenue）一九番地に住んでいた。三六九頁「あるマクシマス」一八行にも登場する。

7　カール・オールセン船長のこと。四三頁「手紙5」五五行参照。

8　ヒュペリオン（Hyperion）は、タイタン族（the Titans）の一人で、ウラヌス（Uranus）とゲア（Gea）の子。ホメロスの作品では、太陽神ヘリオス（Helios）と同じ。

9　ゴートン＝ピュー水産（Gorton-Pew Fisheries Co.）。現在のゴートン・コーポレーション（the Gorton Corporation）である。グロスター最大の会社。一九二六年の夏、オルソンはここで働いたことがある。

10　ルイス・R・ダグラス・ジュニア（Louis R. Douglas Jr.）のこと。ゴートン＝ピュー水産の現場主任。二一頁「手紙2」四一行に登場した「頭のてっぺんをすっかりえぐり取られた奴」の息子である。

11　エズラ・パウンド（Ezra Pound. 一八八五―一九七二年）は、アメリカの詩人。一九四六年十月二十九日付けのオルソン宛ての手紙で「おれは何年も、ピクニックで昼飯を食べることに反対してきた」と書いている。国家反逆罪の容疑でワシントンDCの刑務所に投獄されていたパウンドを訪れた人たちの一人がオルソンだった。一九四六年一月に始まったオルソンのパウンド訪問は、一九四八年の春まで続いた。パウンドが精神病患者で裁判に耐えられないとされ、聖エリザベス病院（St. Elizabeths Hospital）に移された後も続いたのである。詳しくは、キャサリン・シーリー編『チャールズ・オルソンとエズラ・パウンド――聖エリザベス病院での邂逅』（Catherine Seelye ed. *Charles Olson & Ezra Pound: An Encounter at St. Elizabeths by Charles Olsen*, 一九七五年）参照。

12　「妻のコン」は、オルソンの最初の妻コンスタンス・ウィルコック（Constance Wilcock, 一九一九―一九七五年）のこと。

13　パウンドが収容されていた聖エリザベス病院のこと。ワシントンDCにある、精神病犯罪者を収容する連邦刑務所病院である。

14　アナコスティア川（the Anacostia River）は、ワシントンDCのポトマック川（the Potomac River）から東に分岐する支流。ワシントンDCの南東を流れるこの川の河岸には、聖エリザベス病院に隣接して米海軍の航空基地がある。

15　ローラ・ダイサート号（the *Laura Dysart*）とあるが、ローラ・グーラール号（the *Laura Goulart*）のこと。マサチューセッツ州エセックス（Essex）で、一九二一年に造られた一〇七フィートの船である。

16　マゼラン号（the *Magellan*）は、一九三〇年に造られた八〇フィートのトロール船。グロスターのジョーゼフ・D・ローズ船長（Joseph D. Rose）の船である。

手紙　7　*LETTER 7*［六六～七五頁］

1　一九五三年にブラック・マウンテン大学で書かれた。

2　アメリカの画家マースデン・ハートレー（Marsden Hartley, 一八七七―一九四三年）は、一九三一年の夏と秋、グロスターに滞在して風景画を描いた。好んで画題にしたのは、ドッグタウンの奇怪な氷堆石《モレーン》（moraine）だった。氷堆石《モレーン》とは、氷河が運搬して堆積した岩塊や土砂からなる堤防状の地形である。三二四頁「手紙#41〔中断したもの〕」一五行、五七七頁「ドッグタウンの雌牛」二七行を参照。ハートレーはこう書いている。「ドッグタウンは、イースター島（Easter Island）とストーンヘンジ（Stonehenge）の中間にあるようだ。古代人がひょっこり現われて、久遠の儀式を始めそうだ」と。オルソンがハートレーに会ったのは、この十年後の一九四一年頃である。

3　ヘレン・スタインについては、四三頁「手紙5」四九行参照。

4　プリマス植民は、一六二〇年に始まった。

5　ウィリアム・スティーヴンズ（William Stevens）を指す。スティーヴンズは、一六四二年に、「運河」の八エーカーを含む居住に適した土地を与えられて、グロスターに移り住んだ。受け取る賃金以上の仕事をしたので、困窮していった。自由民としての権利を主張し、英国王に恭順の意を示さなかったため、罰金を科された上に投獄された。オルソンにとっての英雄である。

6　「運河」（the Cut）は、ブリンマン運河（The Blynman Canal）の略称。グロスター港（Gloucester Harbor）からアニスクウォム川への入り口である。

7　トマス・モートン（Thomas Morton, 一五九〇年頃―一六四六年）のこと。一六二二年にニューイングランドへ移住した。メリーマウント（Merrymount）の五月祭で悪名をはせ、一六二八年に、ピルグリムによって追放された。後にマサチューセッツ湾植民地当局によっても追放された。

8　ジョン・ウィンスロップ（John Winthrop, 一五八八―一六四九年）のこと。一六三〇年にピューリタンを率いてアメリカへ移住した。マサチューセッツ湾殖民地（the Massachusetts Bay Colony）初代総督となった。

9　サミュエル・マーヴェリック（Samuel Maverick, 一六〇二年頃―一六七〇年）。一六二四年頃ニューイングランドへ移住した。一六三〇年にウィンスロップの船団が着いた時、彼はウィニシメット（Winnisimmet）に住んでいた。そこは、ボストンの北東にある市で、現在のチェルシー（Chelsea）にあたる。彼とピューリタンとの不和については、ブルックス・アダムズ著『マサチューセッツの解放』（Brooks Adams, *Emancipation of Massachusetts*, 一八八七年）、二五六―二六五頁参照。

10　マサチューセッツ湾居住地区（the Massachusetts Bay settlement）は、一六二九年にピューリタンが創設した。

11　ハーフ・ムーン・ビーチ（Half Moon Beach）。グロスター港の西側で、ステージフォート公園の海に面した断崖、ステージ・ヘッドの南にある浜辺。一四行目の「漁業の足場」（“the fishing stages”）については、一九八頁「手紙23」一六―一七行の「漁業の足場《フィッシング・ステージ》」（“fishing stage”）を参照。

12 マイルズ・スタンディッシュ（Miles Standish, 一五八四年頃–一六五六年）は、プリマス植民地の軍事指導者。この人物を好意的に描いたのは詩人のロングフェロー（Henry Wadsworth Longfellow, 一八〇七–一八八二年）である。「マイルズ・スタンディッシュの求愛」（"The Courtship of Miles Standish" 一八五八年）参照。
13 アンドレア・デル・ヴェロッキオ（Andrea del Verocchio, 一四三五–一四八八年）は、フィレンツェの画家・彫刻家。ロレンツォ・デ・メジチ（Lorenzo de' Medici）のテラコッタ胸像が、ワシントンDCのナショナル・ギャラリー（National Gallery）にある。「ヴェロッキオ」は「本当の眼」の意。
14 フットボール選手のこと。
15 六二頁「手紙6」七二–七四行参照。「手紙6」のこの箇所で、事実とは異なるパウンドの姿を描いた理由を妻のコンスタンがオルソンに尋ねている。
16 アルフレッド・E・ゴーマン（Alfred E. Gorman, 一八五二–一九三一年）のこと。魚の買い付け師。オルソンがゴートン＝ピュー水産の波止場でカート押しの仕事をしていたとき会った「波止場ネズミ」である。グロスターの奇人の一人。
17 チャールズ・メイソン・アンドルーズ（Charles Mason Andrews）。一九二〇年代から三〇年代に、グロスターで行商をしていた奇人。一九三二年一月十八日の『ボストン・ポスト』紙（the *Boston Post*）に 大樽（hogshead）で暮らすアンドルーズのことが取り上げられ、「大樽で暮らす権利」という記事が載った。
18 ダンカン・ストリートは、グロスターの繁華街にある通り。メイン・ストリートから延び、波止場に通じる。
19 「彼」とは、エズラ・パウンドのこと。前行の「あの人」もパウンドを指す。
20 鯨の顎《ホエールズ・ジョー》（Whale's Jaw）は、ドッグタウンのコモンズ・ロード終点にある奇岩。鯨が空を仰いで、口を開けているように見える。
21 ヨナ（Jonah）は、旧約聖書に登場する預言者。鯨に呑み込まれた。
22 エホバ（Jehovah）は、ヘブライの神。ヤーウェ（Jahweh）と同じ。
23 ハートレーの油絵「ドッグタウンの鯨の顎」（"Whale's Jaw, Dogtown," 一九三一年）のこと。
24 アビは、全長六〇センチほどの大型の水鳥。危険を逃れる際の動作や、大きな笑い声のような泣き声は、狂人を思わせる。「アビ」と訳出した語は"loon"で、「ならず者」の意と解すこともできる。
25 オルソン著『郵便局』（*The Post Office: A Memoir of His Father*, 一九七五年）参照。組合活動をしていたオルソンの父カール（Karl）は、休暇願いの受理を待たずに、オルソン少年を連れて建国祭に出かけた。これが元で、最も格下の郵便配達員が担当する区域に回された。後に病を得て、病没した。
26 マースデン・ハートレーの油絵「カモメ」（"Gull," 一九四二–四三年）。

27 ハートレーの油絵「漁師達の最後の夕食」（"Fishermen's Last Supper," 一九四〇―四一年）を指すと考えられる。

28 ハート・クレイン（Hart Crane, 一八九九―一九三二年）は、長詩『橋』（*The Bridge*, 一九三〇年）で有名なアメリカの詩人。自殺によって生涯を閉じた。

29 マルセイユ（Marseilles）は、フランスの地中海に面した港。

30 刺し網は、海面下に張って、網目に頭をさし込ませたり、体をからませたりさせて魚を捕獲する網。

31 ジェイク（Jake）に初めて会ったのは、オルソンが十六歳か十七歳の時のことである。

テュロス人の仕事　***Tyrian Businesses***［七六～八六頁］

1 一九五三年春にブラック・マウンテン大学で書かれた。ロバート・クリーリー宛ての手紙から、四月十三日までに執筆されたと考えられる。

2 アメリカの舞踊家マーサ・グレアム（Martha Graham, 一八九四―一九九一年）を指す。儀式として行う暴力に満ちた舞踊を展開した。オルソンの「舞踊家のための音節表」（"A Syllabary for a Dancer"）、『地図』（*Maps*）四号、一九七一年、九―一五頁参照。オルソンは『白鯨』に基づく舞踊劇『炎の追跡』（*The Fiery Hunt*, 一九四八年）をグレアムのダンス・カンパニーに贈った。

3 蒋介石夫人（Madame Chiang Kai-Shek, 一八九二―一九七五年）のこと。宋美齢《メイ＝リン・スーン》（Mei-ling Soong）としても知られる。一九四三年にローズベルト大統領（Franklin D. Roosevelt, 一八八二―一九四五年）の客としてワシントンを訪問し、一九四八年には、夫の代理として非公式にワシントンを訪れた。初回の訪問以来、彼女の王妃然とした要求は噂の的となった。

4 「舞踊家のための音節表」に、「意志は個性の主張である。治安判事の封印と同様に。肉体は殻。精神も道具」と書いてある。

5 ティアマット（Tiamat）は、バビロニアの創世神話における原初の母。「舞踊家のための音節表」では、混沌が具体化したものである。

6 ブラック・マウンテン大学で実際に起こったこと。洗濯したばかりのおむつが木にかけて干してあった。

7 オルソン著『神話学』（*Muthologos*）、一巻一三六頁では、中間態（the middle voice）を、「おむつを木にかけて干す」ような、びっくりする光景だと言っている。その意味は定かではないが、ピアニストで作曲家のステファン・ウォルプ（Stefan Wolpe, 一九〇二―一九七二年）によると、中間態によって音楽は音楽になる。

8 「舞踊家のための音節表」参照。「言語が同時に記号であり、音であることを作家は承知しなければならない」に続いて、ヴェーダ哲学からの引用がある。それが「物の数より名の方が多くはなかろう」である。同じく動詞については、「行為の数より動詞の数が多いはずがない」と考えられる。

9 『ウェブスター大学生用辞典・第五版』（*Webster's Collegiate Dictionary*, 5th ed.）の「心臓」（heart）の定義より。

10 右に同じく、「ヘザー」（heather）の定義。特に「ギョリュウモドキ」（ling）の定義である。

11 「リン」はヒースの一種ギョリュウモドキ。また、タラ科の魚（ling）。更に蒋介石夫人の通称メイ＝リンのリンを指す。

12 転訳者（metaphrast）とは、散文から韻文へというように、文学形式を変える者の意。

13 Mは、浮力の傾心 "metacenter"

14 Gは、重心 "gravity"

15 五一–五三行は、『ウェブスター大学生用辞典・第五版』のキンレンカ（nasturtium および tropaeolum）の定義からの抜き書き。

16 『オルソン選集』（Charles Olson, *Selected Writings*, 一九五一年）所収の『マヤ書簡』（*Mayan Letters*）には、「トック」（toc）に関するこのあたりの詩句とほぼ同じ記述がある。『オルソン選集』、一一二頁参照。

17 「全蹼《ぜんぼく》」とは、足指の全部に水かきのついた、の意。

18 綿繰り機の考案者イーライ・ホイットニー（Eli Whitney, 一七九五–一八二五年）のこと。

19 「かの人」とはイエス・キリストを指す。犬の腐乱死体のそばを通った時、弟子たちが「何てひどい臭いだ」と言ったのに対し、イエスは「犬の歯の何と白いことか」と言ったという。イエス・キリストの正典外伝承 "Agrapha" より。

20 『聖書』の「士師記」（Judeges）十四章五–九節参照。サムソン（Samson）がライオンを殺すと、その身体の中に蜜があった。

21 『ウェブスター大学生用辞典・第五版』の「幸福」（"felicity"）の項目に挙げてあるアリストテレス（Aristotle）の定義。『倫理学』（*Ethics*）、一巻より。

22 ドリス・M・ホーズ号。五八頁「手紙6」三–八行参照。一九三六年、オルソンはこれに乗って三週間、ブラウン浅瀬（Brown's Bank）でメカジキ漁をした。

23 エドガータウン（Edgartown）は、マサチューセッツ州にあり、避暑地マーサズヴィニヤード（Martha's Vineyard）に面する。

24 セシル・モールトン（Cecil Moulton）船長のこと。

25 『ウェブスター大学生用辞典・第五版』中の「中間肋材」（futtock）の定義。同じ頁に「鉤《かぎ》十字」（卍, fylfot）の定義が載っている。

手紙 9 ***LETTER 9*** ［八七〜九三頁］

1　一九五三年四月にブラック・マウンテン大学で書かれた。

2　ヴィンセント・フェリーニのこと。

3　マリョルカ島（Mallorca Island）は、地中海、スペイン沿岸の沖にある島。一九五二年から一九五三年まで、ロバート・クリーリーが住み、出版社を営んでいた。クリーリーは、オルソン作『冷たい地獄、藪の中で』（*In Cold Hell, In Thicket,* 一九五三年）を、自分が経営するダイバース社（Divers Press）から出版した。

4　オルソン作『冷たい地獄、藪の中で』が『オリジン』八号（*Origin* 8）として出版されたことへの言及。

5　オルソンの処女作『わが名はイシュマエル』（*Call Me Ishmael*）が世に出た一九四七年の春を指す。オルソンはこの本で西欧世界が停止することを願った。

6　ボンドの丘（Bond's Hill）は、グロスターの西部にある。オルソンが少年時代に夏を過ごしたウェスタン・アヴェニュー（Western Avenue）付近にある標高一八〇フィートの丘で、アニスクウォム川に臨む。ボンド・ストリート近くの丘と思われる。

7　アニスクウォム川（the Annisquam River）は、アン岬を貫流する感潮河川。南のグロスター港（Gloucester Harbor）と北のイプスウィッチ湾（Ipswich Bay）を結ぶ。

8　アルフレッド大王（Alfred the Great, 八四九–九〇一年）のこと。八七一年に、アッシュダウン（Ashdown）の戦いでデーン人（the Danes）の侵略を撃破したウェスト・サクソン族（the West Saxons）の王である。

9　イングランド南部ドーセット州（Dorcet）の町シャーバーン（Sherborne）の司教アサール著『アルフレッド大王伝』（Asser, *A Life of Alfred the Great*）中にあるラテン語の語句「アプリーノ・モレ」（*aprino more*: "like a wild boar"）より。

10　イギリスの地名グロスター（Gloucester）の古英語がグロウ＝シースター（Glow-ceastre）である。その意は「輝く砦」とも「立派な都市」とも解せる。この八七行から九〇行までは、イングランドを舞台とする話であることに注意。

11　グズラム（Guthrum）は、東アングリア（East Anglia）を治めたデーン人の王。八七八年に、エディントン（Edington）の戦いでアルフレッド大王に敗北した。八九〇年没。

12　エセルニー湿原（Athelney swamp）は、イングランドのサマセット郡（Somerset county）にあり、グロスターの南西に位置する。八七八年一月、チペナム（Chippenham）でデーン人に急襲され、敗れたアルフレッド大王はこの湿原に身を隠し、春には、アッシュダウンの戦いでデーン人を打ち破った。

手紙 10　*LETTER 10*［九四〜九九頁］

1　一九五三年四月にブラック・マウンテン大学で書かれた。この詩篇を分かつ節の番号は、原文で1、3、4となっており、2が抜けている。

2　ジョン・ホワイト（John White, 一五七五–一六四八年）は、イギリスでドーチェスター・カンパニー（Dorchester Company）を組織し、一六二三年に、アン岬に入植地を作った。『植民者の訴え』（*The Planters Plea*, 一六三〇年）の著者である。ジョン・ホワイトの入植目的については、サミュエル・エリオット・モリソン著『マサチューセッツ湾植民地の創設者』（Samuel Eliot Morison, *Builders of the Bay Colony*, 一九三〇年）の第二章「ドーチェスターの指導者ジョン・ホワイト」が詳しい。

3　「ナウムキアグ」（"Naumkeag"）はセーレム（Salem）のインディアン名。ジョン・ホワイトは『入植者の訴え』の中で、"Nahum Keike"をヘブライ語と考え、その意を「慰めの胸」と解している。また、地方集会で、危険な戦いが回避できたことに思いをはせ、セーレムへの改名を強く望んでいる。『入植者の訴え』一四頁参照。「セーレム」も「平安」（"peace"）を意味する。

4　ロジャー・コナント（Roger Conant, 一五六二年頃–一六七九年）は、アン岬に入植したドーチェスター・カンパニーの総督（一六二三–一六二六年）。一六二六年に、彼と入植者の一団は、入植地を棄て、ナウムキアグへ移り、最終的には現在のベヴァリー（Beverly）で定住した。

5　ベヴァリーは、マサチューセッツ州の沿岸でセーレムの隣にある町。グロスターの南西十二マイル、ボストンから北東へ十八マイルの地点にある。コナントがここに住んだのは、一六二六年である。

6　バス・リヴァー（Bath River）は、ロジャー・コナントが、ベヴァリーで住んだところ。ベヴァリーとセーレムを分かつ川にちなむ名前である。コナントは、ナウムキアグのエンディコット（Endecott）と仲たがいして、この地に移った。

7　ジェームズ・ブライアント・コナント（James Bryant Conant, 一八九三–一九七八年）のこと。一九三三年から一九五三年まで、ハーヴァード大学の学長を務め、学生を各州から集めた。一九五三年から一九五五年まで、西ドイツに高等弁務官として派遣された。オルソンは『神話学』（*Muthologos*）、一巻一一五頁「バークリーでの朗読会」（"Reading at Berkeley,"）で、コナントを「にせの国、西ドイツ国を作るための傀儡」と呼んでいる。

8　ステージ・フォート（Stage Fort）は、グロスター港西岸、ステージ・ヘッドにある。その名は、ドーチェスターの入植者が漁場《ステージ》をつくったことと、独立戦争当時ここを砦《フォート》にしたことに由来する。砦は、一八一二年から一八一四年の米英間戦争に際して再建された。

9　ジョン・エンディコット（John Endecott, 一五八九年頃–一六六五年）のこと。マサチューセッツ湾植民地の初代総督。

10 アン・ブラッドストリート（Anne Bradstreet, 一六一二―一六七二年）は、アメリカの女流詩人。
11 ジョージタウン（Georgetown）は、グロスターの北西約十八マイルにある町。ロウリー、イプスウィッチと同じくマサチューセッツ州の町である。
12 ロウリー（Rowley）は、グロスターの北西約十三マイルにある町。
13 イプスウィッチ（Ipswich）は、グロスターの北西約十マイルにある町。
14 一六二九年七月から八月にかけて、入植者たちが英国国教会から分離することを示す儀式が、三度とり行なわれた。「『生まれ変わった』エンディコット」（"that Endecott, the 'New'"）は、英国国教徒でなくなったエンディコットの意。
15 フランシス・ヒギンソン（Francis Higginson, 一五八六―一六三〇年）は、セーレムの牧師。
16 「冒険商人」（merchant "adventurers"）とは、一般には、外国に貿易拠点を設けて取引を行なった商人、もしくは中世末期から近世初期にかけて毛織物輸出を独占していたイングランドの貿易会社に属する商人を指す。だがここでは、ジョン・ホワイトのニューイングランド入植を支援した合資会社ドーチェスター・カンパニーのメンバーのこと。
17 ニューイングランドへの入植用にドーチェスター・カンパニーが用意した合資金。
18 クライド・ビーティ（Clyde Beatty, 一九〇四―一九六五年）は、サーカス芸人で興行師。
19 1の後に来るべき2が飛んで、3になっている。印刷ミスではない。物事も思考も順序どおりには進まないことを示すものと解釈できる。解説一四〇九頁参照。
20 エリザベス女王（Elizabeth I）の後を継いだ英国王ジェームズ一世（James I, 一五六六―一六二五年）のこと。
21 一六二三年から一六二六年、ロジャー・コナントはドーチェスター・カンパニーの総督としてアン岬を治めていたが、一六二六年にアン岬を去ってナウムキアグ（現在のセーレム）に移った。
22 ステート・ストリート（State Street）は、ボストン経済の中心地。
23 ワシントンDCのこと。連邦政府を指す。
24 ジェームズ・ブライアント・コナントのこと。訳註一一五八頁の注7を参照。
25 マサチューセッツ湾植民地の初代総督ジョン・エンディコット（John Endecott, 一五八九年頃―一六六五年）を指す。
26 ルート一A（Route 1 A）は、マサチューセッツ州のハイウェイ。ルート一二八（Route 128）が出来るまでは、ボストンとグロスターを結ぶ唯一の幹線道路だった。

マクシマスより、グロスターへ、手紙 11 ***Maximus, to Gloucester, Letter 11***〔一一〇〇～一一〇六頁〕

1 一九五三年四月に書き始められ、六月と八月に書き直された。

2　ステージ・フォート公園にある、高さ三〇フィートの岩。地上一〇フィートの所にブロンズの銘板がついている。

3　「ちび煙突」（the Short Chimney）はマイルズ・スタンディッシュ大尉（Captain Miles Standish）の仇名である。スタンディッシュは、プリマス（Plymouth）へ入植した者たちの代表。

4　ヒューズ船長（Captain Hewes）は、アン岬の漁場での漁業権をめぐって、プリマスの入植者たちと対立したドーチェスター・カンパニーの入植者代表。

5　ステージ・フォート公園付近にあり、ウェスタン・アヴェニューに面するワシントン墓地（Washington Cemetery）のこと。オルソンの父カール（Karl）は、実際には、マサチューセッツ州ウースター市ウェブスター・アヴェニュー（Webster Avenue）脇のスウェーデン人墓地（Swedish Cemetery）に眠っている。

6　ドーリー（dory）とは、ニューイングランドで、鱈漁等に用いる平底の軽舟。二二頁「手紙2」六三行、および訳註一一四三頁の注21を参照

7　グロスター港を大西洋と分かつドッグバー防波堤（the Dog Bar Breakwater）のこと。

8　トルコの王女チャラツァ・トラガビグザンダ（Charatza Tragabigzanda）を指す。一六〇三年に、冒険家の船乗りキャプテン・ジョン・スミスは、コンスタンチノープル（Constantinople）で捕虜になっていた。その時、この王女が示した親切にちなんで、アン岬を「トラガビグザンダ」と名づけた。

9　「小海老大尉」（"Captain Shrimpe"）は、マイルズ・スタンディッシュ大尉の仇名。

10　六四–六九行は、ジョン・スミス著『ニューイングランドの裁判』（John Smith, *New England's Trials*, 一六二二年）より。

11　ジョン・スミスの著書『海の文法』（*Sea-Grammar*）とは、ジョン・スミス著『若い船乗りのための航海初歩』（John Smith, *An Accidence, or, the Pathway to Experience for Young Seamen*, 一六二六年）のこと。

12　精進日（fish day）は、キリスト教で、肉の代わりに魚を食べる日のこと。

13　ブリスケット（brisket）は、「牛の胸肉」の意。オルソンが典拠としているジョン・スミス著『若い船乗りのための航海初歩』では、「ビスケット」（bisket）となっている。ビスケットなら精進日にふさわしいが、ブリスケットではふさわしくない。オルソンの誤記と考えられる箇所。しかし、塩漬けビーフ（salt beef）やポーク（porke）が精進日にふさわしいかどうかも疑問である。

14　ジョン・スミス著『若い船乗りのための航海初歩』より。

マクシマスより、自分自身へ　***Maximus, to himself***［一一〇七〜一一一〇頁］

1　一九五三年四月に、ブラック・マウンテン大学で書かれた。

2　万物流転を唱えた古代ギリシャの哲学者ヘラクレイトス（Heraclitus, 前五四〇年頃-前四八〇年頃）は、「人間はもっとも親しいものから引き離されている」という哲学的洞察を示した。オルソンは、この洞察を『特殊な歴史観』（*Special View of History*, 一九七〇年）のエピグラフに用いた。エピグラフ（epigraph）とは、本や章の初めに記す題辞のこと。
3　「あの男」が誰かは不明。
4　「アキオテ」（the *achiote*）は、ベニノキ（the annatto tree）の種。赤い染料がとれる。オルソンの詩をドイツ語訳して編集したクラウス・ライヘルト（Klaus Reichert）は、オルソンがこの語を「鋭い」「辛い」の意で用いていると言う。
5　ドイツの「新学問」の指導者ルドルフ・アグリコラ（Rudolf Agricola, 一四四三-一四八五年）は、文学の三つの機能を「教え、感動させ、楽しませる」（Ut doceat, ut moveat, ut delectet）と定義した。パウンドは『読書のＡＢＣ』（*ABC of Reading*, 一九三四年）、六六頁でこの定義に言及している。
6　オルソンの盟友ロバート・クリーリーのこと。『オリジンへの手紙』（*Letters for Origin, 1950-1956*）八七頁に、オルソンは「誰よりもクリーリーから多くを学んだ」と記している。
7　『特殊な歴史観』（*The Special View of History*, 一九七〇年）三〇頁に、「謙虚（humilitas）という語は、インド＝ヨーロッパ語源で、その意は思い上がり（arrogance）である。"arrogance" という語の元になる "rogo" は、問うこと、要求することを意味する。要求が自分自身に向けられると反転して謙虚となる」と、オルソンは書いている。

歌と舞踏　*The Song and Dance of*〔一一一一～一一一九頁〕

1　一九五三年四月に、ブラック・マウンテン大学で書かれた。
2　エズラ・パウンド作『詩篇《キャントーズ》』の「詩篇第二十八篇」の詩句「右へも左へも行かない」（一三四頁）からの影響を受けた詩句と考えられる。無論、政治的に解釈して、右を右翼、左を左翼と考える事はできる。
3　厳格で体系を好む精神。おそらくナチス・ドイツを念頭においている。
4　アメリカ・インディアンが儀式に使う。
5　「アルトシューラー」（"Altschuler"）とは、ジョーゼフ・Ａ・アルトシェーラー（Joseph A. Altsheler, 一八六二-一九一九年）のこと。少年向けの冒険小説を書いたアメリカの作家である。
6　ラルフ・ヘンリー・バーバー（Ralph Henry Barbour, 一八七〇-一九四四年）のこと。少年向けの物語を書いたアメリカの作家で、スポーツを大きく取り上げた。
7　ハリー・Ｓ・トルーマン大統領（Harry S. Truman, 一八八四-一九七二年）が念頭にあった、とオルソンは語っている。トルーマンは一九四五年から一九五二年までアメリカ大統領。短期間ではあるが、若い時に雑貨小間物商をしていた。

8　「みごとな玉ネギ」と訳出した“thick-necks”には、「頑丈な男たち」の意味もある。一九–二五行は、戦争で物の価値が変わる例を挙げた箇所。

9　南満州の都市鞍山は、アンヤン（An-yan）ではなく、アンシャン（An-shan）。一九五〇年代、中国鉄鋼業の中心地であった。殷王朝の首都安陽（アンヤン）と鞍山を重ねて、鞍山（アンシャン）をアンヤンと読ませている。

10　アメリカの思想家ラルフ・ウォルドー・エマソン（Ralph Waldo Emerson, 一八〇三–一八八二年）のエッセイ「自己信頼」（“Self-Reliance”）に、「社会は進歩しない。（中略）不断に変化はするが、向上はしない」と書いてある。

11　アメリカの映画女優ジーン・ハーロー（Jean Harlow, 一九一一–一九三七年）のこと。

12　英米考古学調査団が死海の北にある、パレスチナのジェリコ（Jericho）で、新石器時代の頭部像を発見した。石膏で頭蓋骨をおおったものだった。

13　コロンブスによる西インド諸島の記述である。ジョン・バートレット・ブレブナー著『北アメリカ探検家』（John Bartlet Brebner, *The Explorers of North America 1492-1806*, 一九三三年）、五頁より。

14　エーゲ海南部にあるギリシャ領の島々。キクラデス諸島（the Cyclades）のこと。

15　エジプト第十九王朝のファラオー。メネプタハ（Meneptah）は、紀元前一二三五年から没年の紀元前一二一五年まで、エジプトを治めた。ラムセス二世の息子で、王位を継いだ。

16　キュプロス島（Cyprus Island）は、地中海東部の島。ヴィーナス誕生の島とされる。

17　「キクラデス諸島」か、「キュプロス島」か、コロンブスが発見した「西インド諸島」のどれなのか、の意。

18　コロンブスによる記述。

19　ホメロス著『オデュッセイア』九書に、蓮食い人の島が出てくる。この島の住人は蓮を食べて故郷を忘れた。

20　キレナイカ（Cyrenaica）は、古代の北アフリカ沿岸地帯で、現在のリビア付近に当たる。

21　コロンブスのこと。

22　コロンブスによる記述。

23　スタンダール著『恋愛論』（Stendhal, *On Love*）に「神から愛する魂をもらいながら、愛さぬことは、自らと他人から祝福を奪うことである。罪を犯すことを恐れてオレンジの木が花咲こうとしないようなものである」と書いてある。

24　この言葉をコロンブスが言ったと、オルソンは考えているが、実はフランス王フランシス一世（Francis I）が言ったことばである。フランスがスペイン植民地への侵略を企てているのではないか、と恐れるスペイン大使たちをあざけって言ったのである。戦争を企ててはいないが、「太陽は、人々を暖め、自分をも暖めてくれる」と。

25　エズラ・パウンド著『文学批評集』（*Literary Essays*, 一九六八年）の一四九–二〇〇頁に「カヴァルカンティ論」

（Cavalcanti）がある。その中に、トスカナ地方の良い気候のもとでは、「人の神経系は開いたままになる」（"a man leaves his nerve-set open"）、という記述がある（一五二頁）。オルソンも『冷たい地獄、藪のなかで』（*In Cold Hell, In Thicket,* 一九五三年）の中で「開いた神経」（"aas nerves are laid open"）という語句を用いている。

26 エズラ・パウンドのこと。「古い枢軸」（the old axis）とは、第二次世界大戦が始まる前の一九三六年十月に結成されたローマ＝ベルリン枢軸（the Rome-Berlin Axis）を指す。

27 ブレブナー著『北アメリカ探検家』五頁に、船乗り聖ブレンダン（St. Brendan the Navigator）は、ユダの亡霊を見たと書いてある。恐らくアイスランドのことだと思われる。

28 ビーバーの毛皮がヨーロッパで望まれたのは、帽子屋たちのせいだった。十七世紀後半にラ・ロシェル（La Rochelle）で作られていたビーバーの帽子が人気を博した。ラ・ロシェルは、大西洋に面した、フランスの海港である。初期のアメリカ探検および入植に、ビーバーの毛皮と魚が果した役割については、ブレブナー著『北アメリカ探検家』七章、九章参照。

マクシマスより、グロスターへ、手紙　14　***Maximus, to Gloucester LETTER 14***　［一二〇〜一二三頁］

1 一九五三年四月二十九日に、ブラック・マウンテン大学で書き始められ、同年八月に決定稿ができた。

2 ジョン・ホーキンズ（John Hawkins, 一五三二―一五九五年）は、イギリスの海軍司令官で奴隷商人。

3 『ウェブスター大学生用辞典・第五版』の「星座のように群れをなす」（"constellate"）の説明。

4 一九五三年三月二日と消印が押してある封筒に、オルソンが書き留めたある夜の夢の内容。

5 トレモント・ストリート（Tremont Street）にあるかつてのRKOキース記念館（RKO Keith Memorial）のこと。

6 『ウェブスター大学生用辞典・第五版』の「向性」（"tropism"）の説明。向日葵の特徴、と説明されている。

7 ヴィトルヴィウス（Vitruvius）の均整説「人体の古典的均整は、円の中で手足を広げた時、手足が円を四つの円弧に分かつ」に基づいて、レオナルド・ダ・ヴィンチ（Leonardo da Vinci, 一四五二―一五一九年）が描いた人体図のこと。

8 一九二九年の夏、オルソンは、リトル・シアター・グロスター校（Gloucester School of the Little Theatre）で、ベス・M・メンセンディーク（Bess M. Mensendiek）が発展させた身体所作と筋肉制御法に基づくポーズのとり方を、コンスタンス・テーラー夫人（Mrs. Constance Taylor）に教わった。

9 タール・アンド・ウォンソン（Tarr and Wonson）塗装工場の鉄道は、修理および塗装用に、潮流のとどかない所まで船を滑走路で引き上げる。ロッキー・ネック（Rocky Neck）の先端まで伸びるロッキー・ネック・アヴェニュー（Rocky Neck Avenue）に、ロッキー・ネック船舶鉄道（the Rocky Neck Marine Railway）があり、そのロフトをリトル・シアター・グロスター校として使っていた。

10 紀元前三百年頃のギリシャの哲学者ユークリッド（Euclid）について、アメリカの詩人エドナ・セント・ヴィンセント・ミレー（Edna St. Vincent Millay）は、『ソネット集』（*Collected Sonnets,* 一九四一年）の四五頁で、「美を裸にして見たのは、ユークリッドだけ」と書いている。

11 一九五三年六月十五日のメモに、「この（力つきた）性器の錘《おもり》は、懐かしい上げ下げ窓の錘だ——それは現実の錘なのだが、おれは、どんどんそこから離れていく。自分も作品も（W・C・ウィリアムズが『原始的』といったものから）離れて行く」とオルソンは記している。

12 「アゴラ」（agora）は、古代ギリシャ語で「集会」、「政治的人民大会」、「会場」、「広場」の意。

13 魚の獲れる浅瀬（the fishing shoals）は、ニューファンドランド（Newfoundland）南東の大漁場（the Grand Banks）、及び、この大漁場から西のいくつもの漁場を指す。サン・ジャン・ド・リュス（St. Jean de Luz）に海港を持つフランスのバスク人（Basques）と、サン・セバスティアン（San Sebastian）に海港を持つスペインのバスク人が、こうした海域に初めて足を踏み入れた。

14 マッサリア（現在のマルセイユ）のピシアス（Pytheus of Massalia）は、紀元前四世紀のギリシャの探検家。イギリスを含むヨーロッパの大西洋岸を探検した。ストラボン（Strabo）によれば、ピシアスはイギリス諸島最北にテュール（Thule）があると報告している。それは、ブリテン（Britain）島から北へ六日間行ったところにあり、「そこでは、陸と海と空の境がなく、その三つが軟泥となって混じっている」。『マヤ書簡』（*Mayan Letters*）で、オルソンは「最果ての島《ウルティマ・テューレ》」（Ultima Thule）が古代人にとって、世界の果てであり、ギリシャ人にはトーレ（Thoule）もしくはタイレ（Thyle）だった」と言う。オルソン『選集』、九六頁参照。

15 一五九三年に、リチャード・ホーキンズが与えられた委任状には、「スペイン及びスペインの領地から奪った、あらゆる財貨、宝石、真珠等の五分の一をイギリス王に差し出すこと」と記してある。リチャード・ホーキンズについては、訳註一一六五頁の注24参照。

16 「黒人が真珠」であると、ジョン・ホーキンズは青年のころ知った。「黒人がイスパニョーラ（Hispaniola）では良質の商品であり、ギニア海岸（coast of Guinea）では簡単に手に入る」と。『英国人名辞典』（*The Dictionary of National Biography*）九巻、二一二頁参照。イスパニョーラは西インド諸島中部の島。

17 ウィリアム・ホーキンズ（William Hawkins, 一五五四年頃没）は、ジョン・ホーキンズの父。一五二八年頃に、自分の船でギニア海岸へ行き、黒人達から象牙を買い取った。ブラジルでも友好的な交易を行った。二度目の航海（一五三〇年頃）の時、ブラジルのある部族の王が、イギリスへの同行を承諾。王の身の安全を保障する人質として、プリマスのマーティン・コッカラム（Martin Cockeram of Plymouth）をブラジルに残した。この王は、ロンドンのホワイトホールで、ヘンリー八世に謁見し、一年後に、ホーキンズとともにブラジルへの帰途についたが、途中で死亡した。現地人はホーキンズの説明に納得して人質を返し、イギリスへ戻るホーキンズの船に土地の産物を山のように積んでくれた。『英国人名辞典』、九巻二二七―二二八頁参照。

18 シエラ・レオーネ（Sierra Leone）は、アフリカ西海岸の国。ジョン・ホーキンズは、奴隷を求めてこの地を訪れた。

19 クレメンス・マーカム編『ホーキンズの航海』（Clemens R. Markham ed., *The Hawkins' Voyages During the Reigns of Henry VIII, Queen Elizabeth, and James I*, 一八七八年）、四頁に、ムーア人の半身像のイラストがある。

20 二五頁「手紙 3」一四行参照。

21 サン・フアン・デ・ルーア（San Juan de Lua）は、メキシコのヴェラ・クルツ港（the harbor of Vera Cruz）を警護する小島。一五六八年、ここでジョン・ホーキンズはスペイン艦隊に攻撃された。ホーキンズはヴェラ・クルツ湾で、奴隷を売ろうとしていたらしい。ジョン・ホーキンズについては『英国人名辞典』、九巻二一五頁参照。

22 ドーチェスター・カンパニー（Dorchester Company）は、一六二三年に、ジョン・ホワイトとドーチェスターの冒険商人が、アン岬に漁業プランテーションを作る目的で設立した合資会社。

23 アン岬（Cape Ann）は、元は、探検家のキャプテン・ジョン・スミスが、一六一四年の航海で「トラガビグザンダ岬」（Cape Tragabigzanda）と名付けた岬であった。チャールズ王子が、英国王ジェームズ一世の妃である母を称えて「アン岬」と改名させた。

24 サー・リチャード・ホーキンズ（Sir Richard Hawkins, 一五六二―一六二二年）は、サー・ジョン・ホーキンズの息子で、ウィリアム・ホーキンズの孫。マゼラン海峡、南太平洋を通って、日本、フィリピン、モルッカ諸島、中国、東インドへ行き、各地を科学的に調査しようとした。額面どおりにとればこれは、先人フランシス・ドレーク（Sir Francis Drake, 一五四〇年頃―一五九六年）や、トマス・キャヴェンディッシュ（Thomas Cavendish, 一五六〇年頃―一五九二年）の航海をはるかに凌駕する。ドレークやキャヴェンディッシュの主な目的は、スペイン船を掠奪することだったからだ。しかし、サー・リチャード・ホーキンズの行動も実は、これと変わるところはなかった。ただ、三十年後に自分の航海を記述する時、目的が科学的調査であったと自らに言い訳しているのである。

25 サン・マテオ湾（the bay of San Mateo）は、エクアドル（Ecuador）のキトー（Quito）北西、エスメラルダス川（the Esmeraldas River）の河口にある。一五九四年に、リチャード・ホーキンズの率いる海軍が、スペイン艦隊と戦った場所である。ホーキンズはスペイン艦隊に降伏した。

26 「狼の乳房」は、ローマ伝説、ロムルス（Romulus）とレムス（Remus）への言及。ロムルスはローマの創設者で初代の王。レムスと共に軍神マルス（Mars）とレア・シルヴィア（Rhea Silvia）との間に双子の兄弟として生まれ、生後まもなく二人ともティベル川（the Tiber River）へ棄てられた。二人は川岸に流れついて助かり、雌狼に育てられた。その後、羊飼いの夫婦によって救われ、成長した。

マクシマスより、グロスターへ　手紙 15　*Maximus, to Gloucester LETTER 15*［一三四〜一四四頁］

1　最初の原稿は一九五三年五月八日に書かれ、同年六月十七日に書き改められた。

2　一二二頁「手紙2」六九—七〇行で「クリスマスの朝、バウディッチがエピー・ソーヤー号を／ぴたりと波止場に横付けした」と書いた箇所を訂正している。

3　パトナム号（the *Putnam*）は、一八〇二年に、マサチューセッツ州ダンヴァーズ（Danvers）で造られた三本マストで、二六〇トンの船。ダンヴァーズは、ボストンの北北東に位置する。

4　マサチューセッツ湾のこと。

5　ベイカー島（Baker's Island）は、セーレムから約七マイル離れた、マサチューセッツ湾内にある島。

6　スマトラ（Sumatra）は、インドネシア（Indonesia）の一部をなす島で、マレー半島（the Malay Peninsula）の南にある。

7　イル・ド・フランス（Ile de France）は、インド洋（the Indian Ocean）上の島。後にモーリシャス（Mauritius）となった。

8　バウディッチが、スマトラおよびイル・ド・フランスへ向かったのは、五度目の航海の時だったが、積荷は靴ではなく、胡椒とコーヒーだった。

9　アメリカの詩人ポール・ブラックバーン（Paul Blackburn, 一九二七—一九七一年）のこと。一九五一年にブラックバーンとオルソンがやり取りした手紙から、この会話は構成されている。

10　プルマン（Pullman）寝台車の快適さと安全性を強調した宣伝記事が当時出ていた。

11　「ラプソディア」（Rhapsodia）は、ギリシャ語で「つないだ歌」の意。すなわち、叙事詩の技法である。

12　ジョン・スミスが最後に出した本、『未経験な入植者への宣伝』（*Advertisements for the Unexperienced Planters of New England, or Anywhere*）は、一六三一年にロンドンで出版され、『旅と著作』（*Travels and Works*）、第二部九一七—九六六頁に収められている。

13　「私が書いた本と地図で分かるし、経済的だという理由で案内はいらない」と言われた、とスミスは記している。『旅と著作』、第二部八九二頁参照。

14　スタンディッシュについては六七頁「手紙7」二四行参照。

15　オルソンは、「航路標識」を書いたスミスを、英国の代表的詩人・劇作家のウィリアム・シェイクスピア（William

Shakespeare, 一五六四―一六一六年）の偉大な後継者と見る。オルソン著『神話学』(*Muthologos*)、第一巻一四二頁参照。オルソンは、シェイクスピアの精神が二つに分かれて、一方がアメリカに渡ったと考えている。

16　歴史家のブルックス・アダムズ（Brooks Adams, 一八三八―一九一八年）、詩人のエズラ・パウンド、そしてチャールズ・オルソンの三人と考えられる。

17　エルバーサバーズヴィル（Elberthubbardsville）は、バッファロー（Buffalo）の南東十七マイルにあるコミュニティ。説教師エルバート・ハバード（Elbert Hubbard, 一八五六―一九一五年）が、イギリスの詩人・社会運動家・美術工芸家のウィリアム・モリス（William Morris, 一八三四―一八九六年）にならってロイクロフト・コロニー（Roycroft colony）を設立した。ハバードには有名なエッセイ「ガルシアへの伝言」（"A Message to Garcia"）や「宣伝の科学」（"The Science of Advertising"）などがある。

18　フラ・ディアヴォロー（Fra Diavolo）は、イタリアの山賊ミケーレ・ペッツァ（Michele Pezza, 一七七一―一八〇六年）の通り名。"fra" は「修道士」で "diavolo" は「悪魔」の意。したがって、フラ・ディアヴォローは「悪魔修道士」の意となる。だが、その通り名はここではエルバート・ハバードを指す。ハバードは自分のことを「フラ・エルベルトゥス」(Fra Elbertus)と名乗り、『ザ・フラ』(*The Fra*)という雑誌を発行していた。オルソンは『ザ・フラ』から「がんこ者」("Hide-Bounders")という記事の載った一頁を剥ぎ取って所有していた。それをパウンドがほめる遊び心にみちた「アメリカの」文体だと考えたからである。

19　フランソワ・ヴィヨン（Francois Villon, 一四三一―一四六三年頃）。『遺言』(*Le Testament*, 一四五六年頃）で有名なフランスの詩人。パウンドは『上品なエッセー集』所収「読書のてびき」("How to Read" in *Polite Essays*, 一九三七年）一七五頁で、「ヴィヨン以後、詩はフィオリテュラ（最盛期）を過ぎた」と言っている。

20　レイモンド（Raymond's）は、ボストンのワシントン・ストリートにあるデパート。このデパートの新聞広告が派手だった。

21　ラパロ（Rapallo）は、イタリア北西の町で、一九二四年から一九四五年まで、パウンドが住んだところである。パウンドが、収監されていたワシントンDCの精神病院聖エリザベス病院から、一九五八年に退院を許可された後に、戻ったのはこの町である。

22　「狐どん」(Brer Fox）とは、エズラ・パウンドのこと。T・S・エリオットがパウンドにつけたこのニックネーム「狐どん」は、ジョエル・チャンドラー・ハリス（Joel Chandler Harris）の「リーマス叔父さん物語」(Uncle Remus stories）にちなむ。お返しにパウンドはエリオットに「ポッサムおじさん」(Old Possum）の仇名をつけた。ポッサム（正式には「オポッサム」"opossum"）は捕まったり、驚いたりすると死んだふりをする特徴のある動物。

23　パウンドは「十五世紀、それも一四五〇年から一五五〇年がルネサンスの最盛期だ」と言う。パウンド著『新しくせよ』（*Make It New*, 一九三五年）、二八二頁参照。十五世紀《クアトロチェントロ》は、したがって、イタリア・ルネサンスを指す。

24　一四二九年。この年は、ギリシャのプラトン主義者ゲオルギウス・ゲミストゥス（Georgius Gemistus）が、イタリアに到着した年。ゲミストゥスは、コジモ・デ・メディチ（Cosimo de' Medici）に古典研究のアカデミーをフィレンツェに設立するよう勧めた。イタリア・ルネサンスは、この時はじまる。

25　一九五七年十二月十三日に、詩人のフィリップ・ホエーレン（Philip Whalen）に宛てた手紙の中で、オルソンは「ホメロスの時代には、エポス（epos）とは言葉それ自体だった」と言っている。

26　国家規模の宣伝が始まった年だとオルソンは語っている。「歴史」（"History"）というエッセイの中で、オルソンはこう書いている。二十世紀始め、人工的に過剰な欲求を作り出し、飢餓に陥れる宣伝という特殊な現象がアメリカに生じた、と。一九〇二年という年は、世界的な力を持った新しい帝国としてアメリカが登場することを論じた、ブルックス・アダムズの研究書『新しい帝国』（Brooks Adams, *The New Empire*, 一九〇二年）の出版年に基づいている。

27　アメリカの広告業者ブルース・バートン（Bruce Barton, 一八八六―一九六七年）は、全米最大の広告会社バトン・バートン・ダースティン・アンド・オズボーン（Batten, Barton, Durstine and Osborne）の設立者の一人である。オルソンは、この広告会社名をわざと間違えて記し、からかっている。

28　一九五一年二月頃のクリーリー宛ての手紙で、オルソンは「経済改革を行なおうとしているパウンドが、ラジオ・コマーシャルこそ現在書かれている最良の詩だ、ヴィヨンや石鹸のコマーシャルを見よと言っているが、驚くには当らない」と書いている。最良の詩がコマーシャルに屈服したという意味である。聖エリザベス病院のパウンドを訪問した時、オルソンはパウンドと一緒に、ラジオ、映画、雑誌、国家規模の宣伝を、われらの時代の四大疫病だと罵った。ヴィヨンについては、訳註一一六七頁の注19参照。

29　CBSはコロンビア放送システム（the Columbia Broadcasting System）の略称。

30　エズラ・パウンドの『上品なエッセー集』所収「読書のてびき」一七〇頁では、メロポエイア（Melopoeia）は「語が単純な意味をはるかに超えて、音楽的豊かさを持ち、意味の方向と流れを決めるもの」とされている。また、『読書のABC』（*ABC of Reading*, 一九三四年）、六一頁には、「メロポエイアには三種ある。一つは、歌うための詩。二つ目は、詠唱もしくは吟唱するための詩。三つ目は、語るための詩である」（"There are three kinds of melopoeia, that is, verse made to sing; to chant or intone; and to speak."）と書かれている。

31　「忙しい人の休憩にコカ・コーラ」（Busy people pause for Coke）や「一息いれてリフレッシュ」（The Pause that Refreshes）などのスローガンで知られる。共に『タイム』誌（*Time*）の裏表紙より。前者は一九五三年三月十六日、後者は同年四月十三日のもの。

手紙 16 *LETTER 16* ［一四五～一五四頁］

1 一九五三年五月十日から五月二十三日の間に、ブラック・マウンテン大学で書かれた。

2 一九五三年五月十日にオルソンが書いたロナルド・メイソン（Ronald Mason）宛ての手紙に基づく。

3 トマス・ロバート・マルサス（Thomas Robert Malthus, 一七六六－一八三四年）は、イギリスの経済学者で『人口論』（*An Essay on the Principle of Population,* 一七九八年）の著者。その中で、こう書いている。「アメリカ北部の州では、一世紀半の間、人口が二十五年以内に倍加していることが分かった。この期間内でも死亡率が出生率を上回る町もあったが、人口の上昇は平均上昇率をはるかに上回っている」。ここからマルサスは、規制しないでおくと、人口は幾何学的に増加するが、食糧は数学的にしか増加しない、という有名な命題を導き出した。

4 海上貿易から引退し、保険会社を経営していた時、ナサニエル・バウディッチ（Nathaniel Bowditch）は、一八二六年にハーヴァード・コーポレーションの一員に選出された。これは、ハーヴァード大学を運営する七人の組織である。バウディッチの批判と圧力により、学長ジョン・ソーントン・カークランド（John Thornton Kirkland, 一七七〇－一八四〇年）が辞任し、経済改革が実施された。

5 アジャスタ（Agyasta）は、超人的な力を持つインドの聖人。途方もない消化力を持つ胃で有名。バラモン教の修行者たちは、禁欲的な務めを妨げる悪鬼を海に追い払ったものの、悪鬼らは夜毎に現われて修行者たちを悩まし続けた。助けを求められてアジャスタは、海水を飲み干して事件を解決したが、地上に水がなくなったため、すべての生物は絶滅の危機に瀕した。助けようとして、かえって、新たな困難を引き起こしてしまう場合がある。アジャスタはその例である。

6 以下三〇－三七行に示される「手紙」については、ハロルド・バウディッチ著「ナサニエル・バウディッチ」『アメリカン・ネプチューン誌』（Harold Bowditch, "Nathaniel Bowditch," *American Neptune,* 一九四五年発行）、五巻二号一〇七頁参照。

7 ハロルド・バウディッチ著「ナサニエル・バウディッチ」、一〇八頁より。

8 グレシャムの法則「悪貨が良貨を駆逐する」の変奏。グレシャム（Sir Thomas Gresham, 一五一九年頃－一五七九年）は、イギリスの財政家。

9 エズラ・パウンドを指す。パウンドは、『ピサ詩篇』（*The Pisan Cantos,* 一九四八年）の「詩篇第八十四篇」で、階下の部屋で詩作をしていたアイルランドの大詩人W・B・イェイツ（W. B. Yeats, 一八六五－一九三九年）のことを、こう書いている。「彼の眼のホコリである／立派なピーコックを作った／……立派なピイイイコックを作った／彼の眼のホコリである／立派なピーコックを作った」新倉俊一訳『エズラ・パウンド詩集』（角川書店、一九七六年）三三二－三三四頁より。イェイツの詩集『責任』(*Responsibilities*, 一九一四年)の中に「孔雀」("The Peacock")は収められている。

10 グロスターにあるクレッシーの浜辺(Cressy's Beach)のこと。

11 七月四日は、アメリカの独立記念日。

12 スティーヴン・ヒギンソン(Stephen Higginson)は、マサチューセッツ州セーレムで、一七四三年十二月に生まれた。祖先であるフランシス・ヒギンソン(Francis Higginson, 一五八六―一六三〇年)はセーレムの牧師で、九六頁「手紙10」一九行に登場している。

13 アレグザンダー・ハミルトン(Alexander Hamilton, 一七五七―一八〇四年)は、当時の大陸議会の議員で、ロバート・モリス(Robert Morris, 一七三四―一八〇六年)は一七八一年から一七八四年まで、財務長官であった。スティーヴン・ヒギンソンは、しばしばハミルトンと同調し、ロバート・モリスに激しく敵対した。

14 ヒギンソンは、シェイズの反乱鎮圧に尽力した。シェイズの反乱(Shays Rebellion)は、一七八六年から一七八七年にかけてマサチューセッツ州西部で経済的行き詰まりから起こった民衆の反乱である。オルソンはシェイズの反乱を「シェイの反乱」(Shay's Rebellion)と綴っているが、誤記である。

15 ジョン・ハンコック(John Hancock, 一七三七―一七九三年)は、愛国主義の政治家である。一七八〇年から一七八五年および、一七八七年から一七九三年に、マサチューセッツ州総督。大陸議会の議長で、独立宣言書に最初に署名した人物。ヒギンソンがハンコックの「政敵」("Enemy")であるというのは、ハンコックの総督再選に反対したからである。

16 連邦派《フェデラリスト》は、憲法採択を支持し、ハミルトンの経済政策を支持していた。連邦派内の最も有名な集団が、エセックス州の代表から成る「エセックス秘密結社」(the Essex Junto)で、そのスポークスマンがティモシー・ピカリング(Timothy Pickering, 一七四五―一八二九年)であった。エセックス秘密結社は、商人と船主の階級的利益を守ろうとした。

17 ピエール・ドミニク・トゥーサン・ルーヴェルテュール(Pierre Dominique Toussaint L'Ouverure, 一七四三―一八〇三年)は、西インド諸島のサント・ドミンゴ(Santo Domingo)島の反乱軍指揮者。奴隷を解放し、軍事と政治の両方を指導し、ハイチ王国を樹立した。

18 「スティーヴン・ヒギンソン書簡一七八三―一八〇四年」("Letters of Stephen Higginson, 1783-1804")は『アメリカ歴史協会一八九六年年報』(*Annual Report of the American Historical Association for the Year 1896*)の一巻七〇四―八二五頁に掲載されている。

19 ジョン・アダムズ(John Adams, 一七三五―一八二六年)は、アメリカ合衆国第二代大統領(一七九七―一八〇一年)。

20 ティモシー・ピカリングは、一七九五年、ジョン・アダムズの内閣で、軍務大臣(Secretary of War)。

21 アンドレ・リゴー(André Rigaud, 一七六一―一八一一年)は、ハイチ生まれ。一七九九年に南北戦争で白人と黒人の混血第一世代を率いた。

22　スティーヴン・ヒギンソンのこと。アダムズに宛てた手紙は「スティーヴン・ヒギンソン書簡」七七八–七七九頁に基づく。

23　コッド岬（Cape Cod）は、マサチューセッツ州南東部、ケープ・コッド湾（Cape Cod Bay）と大西洋にはさまれた砂地の半島。

24　マーブルヘッド（Marblehead）は、グロスターの南西約十五マイル付近にある町。

25　「スティーヴン・ヒギンソン書簡」七九〇頁より。

26　ジョン・ジェイ（John Jay）が一七九四年にイギリスと結んだ「ジェイ条約」（Jay's Treaty）に関する手紙。ジェイ条約は、独立戦争終結後、英米間に残された外交上の諸問題に一応の解決を与えた。米国側は、北西国境地帯に米国独立後も駐留していた英軍の撤退、英海軍がフランス革命との関わりから、米国海運に与えた損害の賠償、中立国として米国が行なう貿易上の権利の尊重などを要求した。英国は、北西国境地帯から撤兵することに同意した。しかし、この条約では、独立戦争以前のイギリス商人への未払いの負債の支払い、国王派（独立戦争中、イギリス国王に忠誠心をいだき、独立に反対し、国王派軍を組織した人々）の損失への未払いの負債の支払いが取り決められていた。あまりにもイギリスに有利で、アメリカに不利なこの条約はアメリカでは不評で、ジェイの人形が焼かれた。

27　ニューベリーポート（Newburyport）は、グロスターの北東にあり、メリマック川（the Merrimack River）に面する市。

28　ポーツマス（Portsmouth）は、ニュー・ハンプシャー州の南東にある港湾都市。

29　「最良の人」（the best man）には、結婚式での新郎付添い役（bridesman）の意味がある。

初めてファン・デ・ラ・コーサの眼で世界を見て　***On first Looking out through Juan de la Cosa's Eyes***　［一五五〜一六三頁］

1　初稿は一九五三年五月初めにブラック・マウンテン大学で書かれ、同年七月末までに書き改められた。タイトルには、イギリス・ロマン派詩人ジョン・キーツ（John Keats, 一七九五–一八二一年）の詩「チャップマン訳ホメロスを初めて読んで」（"On First Looking into Chapman's Homer"）の影響が見られる。ファン・デ・ラ・コーサ（Juan de la Cosa, 一四六〇年頃–一五一〇年）は、地図製作者で、早い時期に西インド諸島を探検した。一四九三年には、「ニーニャ」号（the *Niña*）の船長として、コロンブスとともに航海。ベハイムの地球儀とは異なる、新大陸の入った世界地図を作った。

2　マーティン・ベハイム（Martin Behaim, 一四三六年頃–一五〇六年）は、一四九二年にニュルンベルク地球儀（the Nuremburg globe）を作った。現存する最古の地球儀である。この地球儀には、サン・ブレンダン（St. Brendan's）島などの伝説の島々が描かれているが、新世界は全く描かれていない。その代わりに、アジアの東海岸（チパングおよびキャンディンを含む）が、アゾレス諸島から八〇度離れた位置に描かれている。

3　アゾレス諸島（the Azores）は、ポルトガルの西にある大西洋上の島々。

4　チパング（Cipangu）とは、日本のこと。

5　キャンディン島（Island of Candyn）は、ベハイムの地球儀では、チパングの南にある島。後にマレー諸島、および香料諸島と呼ばれた。

6　「デ・サン・ブレンダン」（"de Sant brand an"）は、サン・ブレンダン島（St. Brendan's Island）のこと。ポルトガルから南西の、大西洋上にある伝説の島。

7　サン・マロー（St. Malo）港は、フランス北西部にあり、イギリス海峡に面する港町。十五世紀から十六世紀にかけて、ブルターニュの漁師がここから、北アメリカ沿岸に向かって船出した。

8　ビスケー（Biscay）湾は、スペイン北部にある。ここからバスク人の（Basque）漁師が船出した。

9　ブリストル（Bristol）港は、イギリス南西部の港町。この地の商人が、イギリスの漁業を北アメリカに広げることと、新世界探検を奨励した。

10　「海は荒れ〜下手に船を回す」（一五―一九行）は、ナサニエル・バウディッチの第五回航海記録に基づく。ハロルド・バウディッチ著「ナサニエル・バウディッチ」『アメリカン・ネプチューン』誌（Harold Bowditch, "Nathaniel Bowditch," *American Neptune*）五巻二号（一九四五年、四月）、一〇五頁より。尋《ひろ》（fathom）は、水深の単位。一尋は、六フィート、すなわち一・八三メートル。また「下手に船を回す」（wear）とは、帆船が風下に針路を向けて、進行方向を変えること。

11　ラズ岬（Cap Raz）とは、ニューファンドランド南東のレース岬（Cape Race）のこと。

12　「わが二つの町」は、この詩の一一行〜一二行に記されているサン・マロー港、ビスケー湾一帯、ブリストル港のうち、どれか二つを指すと考えられる。

13　ガデス（Gades）市は、スペイン南西部、大西洋に臨む都市カディス（Cadiz）のラテン名。カディスは、交易を目的として、フェニキア人（テュロス人）が建設した植民地である。

14　キャッシェズ岩礁（Cashes Ledge）は、アン岬の東八〇マイル付近にある漁業に適した浅瀬である。ここでは、キャッシュ岩礁（Cash's [Ledge]）と記されているが、同じである。二九八頁「手紙、一九五九年、五月二日」二一三行、および訳註一二〇九頁の注53を参照。

15　ここでは、フェニキア人のヘラクレス（Phoenician Herakles）。もしくは、ヘラクレス＝メルカート（Hercules-Melkaart）。『ホメロスは、いたか？』の著者ヴィクトール・ベラールは、ヘラクレスをオデュッセウスの原型だと言う（Victor Bérard, *Did Homer Live?* Translated by Brian Rhys, 一九三一年）。水差しをいくつも下げた筏になかば横たわってヘラクレスが乗っている沈み彫り細工が、イタリアやシチリアの地中海岸で見られる。『オデュッセイア』、第五書二七〇–二七七行で、オデュッセウスは、海のニンフ、カリュプソー（Calypso）に大熊座を左手に見て進むよう教わっている。

16　セーブル島については、五一頁「手紙5」一七三行参照。

17　カリュプソーは、自分と一緒にいてくれるなら、オデュッセウスを不死にしようと考えていた。だが、オデュッセウスは、故国イタカ（Ithaca）への帰還を決意した時、人間であり続けることを選び、神々の食物を食べないことに決めた。嵐で筏が転覆した時、オデュッセウスは、カリュプソーが与えた重すぎる衣服を脱いで、初めて生き長らえた。三八–四二行では、オデュッセウスの原型となるヘラクレスが、オデュッセウスと同じ考えに基づいて行動している様子が描かれる。

18　ブレブナー著『北アメリカ探検家』（一九三三年）の一〇頁にコロンブスの航海の背景がこう書かれている。「東部地中海およびその沿岸諸国を経由すると、余りに多くのブローカーがいた。スペインではなく、ヴェネツィアとジェノアが地中海を牛耳り、最後の儲けを手に入れていた。一方、ヨーロッパからは金が流出し、あらゆる報告が示すのは、垂涎の的である金が、東方には溢れており、従って、価値も低いということだった。」

19　ポルトガル語とバスク語で「バカラオス」（Bacalhaos）は「鱈《たら》」の意。アメリカ北東部の沿岸には、鱈が大量にいたため、この名が与えられた。

20　「ノルテ」（Norte）はスペイン語で「北」の意。

21　ピシアス（Pytheus）は紀元前四世紀のギリシャの探検家。一二六頁「手紙14」八七行参照。

22　海洋探検家サン・ブレンダン（St. Brendan the Navigator）は、ユダの亡霊を見た。おそらく、アイスランドを見たのである。ブレンダンは、航海中に人魚や様々な怪物を見たと報告している。

23　ヒエロニムス・ダ・ヴェラツァーノ（Hieronymus da Verrazano）は、ジョヴァンニ（Giovanni, 一四八五年頃–一五八二年頃）の兄弟。ジョヴァンニはイタリアの船乗りで、一五二三年から翌二四年にかけて、フランスのために北アメリカの大西洋岸をフロリダからノヴァスコシアまで探検した。ジョヴァンニの探検に基づいて、ヴェラツァーノは地図を作成した。

24　六七–七三行は、ハロルド・バウディッチ著「ナサニエル・バウディッチ」、一〇五頁より。

25　ジョージ浅瀬（George's Bank）は、コッド岬から東へ一九〇マイル行った地点にある漁業に適した浅瀬。約八五〇〇平方マイルあり、北大西洋では、ニューファンドランド大漁場を別にすれば、最も大きく重要な漁場。ジョージズ浅瀬（Georges Bank）とも言う。

26　ヒエロニムス・ダ・ヴェラツァーノが、一五二八年に作成した地図でニューファンドランドにつけた名。

27　「コルテ・レアール」（"Corte Real"）については、以下の記述を参照。ポルトガル人の船乗りガスパー・コルテ・レアール（Gasper Cortereal）か、ミゲル・コルテ・レアール（Miguel Cortereal）のどちらか一方が、一五〇〇年から一五〇二年の間に、ラブラドル海沿岸とニューファンドランドを発見したが、二人とも死亡した。先ず、ガスパーが探検途上で行方不明になり、次いでこれを探しに出かけたミゲルも死亡した。

28　一五一九年頃のマッジョーロ（Maggiolo）の地図では、ベルトメッツ（Bertomez）の名が、バカルナオス“bacalnaos”という土地のそばに書かれており、オルソンはこれを「バカルナオス」の発見者ベルトメッツと解した。だが、当時の綴り字法によれば、「ベルトメッツ」は個人名ではなく、ブリュターニュ人（the Bretons）を表わす。ブリュターニュの船乗りが、北大西洋に早くから出ていたことは知られている。

29　ジョン・カボット（John Cabot, 一四五〇–一四九八年頃）は、ヴェネツィアの探検家で、ブリストルの英国商人に仕えた。一四九七年にニューファンドランドを発見し、一四九八年に二度目の航海に出た時、死亡した。息子セバスチャン（Sebastian）も船乗りになった。

30　八一–八六行は、クリストファー・コロンブスが三度目の航海に出た時の手紙より。ブレブナー著『北アメリカ探検家』一三頁参照。

31　八七–八九行は、ブレブナー著『北アメリカ探検家』、六頁より。

32　九〇–九五行は、ブレブナー著『北アメリカ探検家』、七頁および一五頁に基づく。ただし、この記述は、コロンブスが一五〇二年に四度目の航海に出た時の事を書いた手紙による。

33　ジョン・ロイド（John Lloyd）。ブレブナー『北アメリカ探検家』、一〇八頁に基づく。

34　ブラジル島（the island of Brasylle）は、南アメリカのブラジル（Brazil）ではなく、十五世紀から十六世紀にかけて、アイルランドの南東岸にあると信じられていた伝説の島。

35　一〇九–一一一行については、アメリカのバラッド「タイタニック号」のリフレイン参照。
「大きな船が沈むとあわれ／大きな船が沈むとあわれ／夫と妻と子供らは生命をなくす／大きな船が沈むとあわれ」。

36　大体の数字である。初めは、三、五七〇名、あるいは五、六二九名とされていた。詩人のポール・ブラックバーン（Paul Blackburn, 一九二七–一九七一年）に贈ったこの詩の中では、四、七六〇名となっている。ティベッツ著『グロスター物語』（Frederick W. Tibbets, *The Story of Gloucester, Massachusetts, Permanently Settled 1633*, 一九七七年刊）は一九一六年までの死者を四、五三四名とし、『ブリタニカ・第十一版』は「一八三〇年から一九〇七年までに、漁業に携わる七七六隻の船が沈み、五、二四二名が死んだ」と言う。

37　三〇一–三〇六頁「マクシマスから、グロスターへ、七月十九日、日曜日」にも、この様子は描かれている。

38　ヴォルテール（Voltaire, 一六九四–一七七八年）が、一七一九年に、M・ド・グルノンヴィル（M. de Grenonville）に宛てた手紙の文句。「人は生者に尊敬を負い、死者に真実のみを負う」。

トゥイスト　*The Twist*［一六四～一七二頁］

1　一九五三年五月にブラック・マウンテン大学で書かれた。

2　タトナック・スクエア（Tatnuck Square）は、オルソンの生まれ故郷マサチューセッツ州ウースター（Worcester）を走っていた路面電車の駅名。プレザント・ストリート（Pleasant Street）に沿って、ウースター市内を東西に走る「路線二」（Route 2）西端の終着駅だった。

3　パクストン（Paxton）は、ウースターの西に隣接する町。

4　ホールデン（Holden）は、ウースターの北西に隣接する町である。

5　八行目から一二行目までは、オルソンがある日の夜に見た夢を記述したものである。

6　アメリカの詩人エズラ・パウンドを指す。

7　一三行から二〇行まで、オルソンが見た夢を記述したもの。家の庭ではなく、「家の中」に植えるところが夢らしい。

8　『マクシマス詩篇』最初の「ぼく、グロスターのマクシマスより、きみへ」を指すのでも、オルソンが最初に発表した詩を指すのでもない。一九四五年から一九四六年に書いた詩 "Marry the Morrow" を指す、とバタリックは『マクシマス詩篇案内』の中で言う。だが、その詩は、ジョージ・F・バタリック編『チャールズ・オルソン全詩集』（George F. Butterick ed., *The Collected Poems of Charles Olson*, 一九八七）には、掲載されていない。

9　ニュートン・スクエア（Newton Square）は、ウースターのプレザント・ストリートにある路面電車の駅名。オルソン一家が、路面電車に乗って西のタトナック・スクエアに向かう際、この駅を通った。

10　セヴァーン川（the Severn River）は、イギリスの南東部を流れ、ブリストル海峡に流れ込む川。「ウースター」「グロスター」は、セヴァーン河畔の町の名である。オルソンの生まれ故郷ウースターおよび、『マクシマス詩篇』の舞台グロスターの名は、ここに由来する。

11　イギリスの南東部にある町ブリストル（Bristol）は、セヴァーン川がブリストル海峡に流れ込む所に位置する。「ブリストル」は、十七世紀には、しばしば「ブリストー」（Bristow）と綴られた。

12　キャプテン・ジョン・スミス（Captain John Smith, 一五八〇年頃–一六三一年）は、イギリスの探検家・軍人・著作家。北アメリカに初めて恒久的なイギリスの植民地を作った。一六〇七年にヴァージニアへ航海し、ジェームズタウンを建設した。同年、アメリカ・インディアンの酋長パウハタン（Powhatan）に捕らえられたが、その娘ポカホンタス（Pocahontas）に救われた話は有名である。一六一四年、ニューイングランド沿岸の地図を作成し、一六一六年には『ニューイングランド素描』（*A Description of New England*）を著わした。訳註一一五一頁の注50を参照。

13 四九行「グロスターと」から五二行「見下ろして」までは、オルソンが見たある夜の夢を記述したもの。
14 少年オルソンが両親に連れられて初めてグロスターへ行き、そこで夏を過ごしたのは、一九一五年もしくは一九一六年のことである。
15 ジョニー・モーガン菓子店（Johnny [Johnnie] Morgan's Candy Kitchen）は、ウェスタン・アヴェニュー八〇番地にあった。
16 六〇行から七八行までは、ある夜にオルソンが見た夢を記述したもの。
17 チャールズ・ストリート（Charles Street）は、ボストンの中心地にある二つの公園、すなわちボストン・コモン（Boston Common）とパブリック・ガーデン（Public Garden）、の間をほぼ南北に走る通りの名。オルソンは一九三八年には、ハーヴァード大学での博士号取得課程の最後の年に当たっていた。その頃、チャールズ・ストリートに面した住居に住んでいた。
18 マコーマー（Macomber）は、オルソンの最初の妻コンスタンス・ウィルコック（Constance Wilcock）のいとこの名。
19 レスター・B・シュウォーツ（Lester B. Schwartz）。グロスターのエセックス・アヴェニュー（Essex Avenue）の南端にあたる、ケント・サークル（Kent Circle）付近に住んでいた。一九三九年から四〇年にかけての冬、オルソンはシュウォーツとその義理の母と共に、一つ屋根の下に住んでいた。
20 ドボシュトルテ（dobostorte）は、通例七層の薄いスポンジケーキの間にモカチョコレートをはさみ、上に液状のカルメラをかけたトルテで、ハンガリーのお菓子。ハンガリーの菓子職人ドボス（J. C. Dobós）の名にちなむ。
21 一九四〇年二月一四日の聖ヴァレンタイン・デーに、米国北東部は猛吹雪に襲われた。とりわけアン岬の被害は大きかった。
22 一二六頁「マクシマスから、グロスターへ　手紙14」八七行参照。
23 八八–九八行は、オルソンがある夜に見た夢を記述したものである。
24 オルソンの父カールの姉ヴァンドラ・ヘッジズ（Vandla Hedges, 一八七五–一九四八年）のこと。マサチューセッツ州ウェルズリー（Wellesley）に住んでいた。
25 高架鉄道は、ニューヨーク市の決定で一九五四年に取り壊された。「トゥイスト」が書かれた一九五三年春には、すでに取り壊しが論議されていた。
26 アン岬をアメリカ本土と分かつアニスクウォム川を指す。
27 アニスクウォム川の南端は、「運河」（The Cut）によってグロスター港と結ばれている。運河にかかる開閉橋がブリンマン橋（The Blynman Bridge）である。船を通す時には、橋は開く。
28 北端と南端の両方が海に向かって開いているアニスクウォム川は、本質的に海水の流れ込む入り江である。北端と南端の河口は、したがって潮流が流れ込む場所であり、また流れ出る場所でもある。コープランド＝ロジャーズ共著『アン岬サーガ』(Copeland and Rogers, *Saga of Cape Ann*, 一九八三年)、一七七頁より。

29　ジョン・スミスは、ニューイングランドのある地域を「発見サレザル地」(A Country not discouera) と名づけたが、後に「ブリストー」(Bristow) に改めた。ジョン・スミス著『ニューイングランド素描』(一六一六年) 巻末の新旧対称名に旧名と新名が掲載されている。エドワード・アーバー編『キャプテン・ジョン・スミスの旅と著作』(Edward Arber ed., *Travels and Works of Captain John Smith*, 一九一〇年) 第一部、二三二頁参照。オルソンは詩中で、「発見サレザル地」を "the country not discovera" と記している。

30　リチャード・ブリンマン牧師 (Rev. Richard Blynman) は、グロスターの初代聖職者。一六四三年五月に、町当局の命を受け、グロスター港とアニスクウォム川の間を運河でつないだ。これにより、グロスター港からアニスクウォム川への交通が可能になった。詩中の「溝」("the ditch") とは、「運河」("the Cut") のことである。

31　「犬岩」(the dog-rocks) は、グロスター港の「運河」河口付近にある一群の岩を指す。

マクシマスより、グロスターへ、手紙 19（牧師 書簡 ***Maximus, to Gloucester, Letter 19 (A Pastoral Letter***［一七三～一七六頁］

1　一九五三年五月に、ブラック・マウンテン大学で書かれた。同年五月十九日付けのクリーリー宛ての手紙によると、五月十八日に最初の原稿が書かれたらしい。

2　『ウェブスター大学生用辞典・第五版』が示す「パストラル」(pastoral) の語義。パストラルには「牧歌の」と「牧師の」との二つの意味がある。

3　「出エジプト記」三十三章二十節で、神はモーセに言う。「あなたは私の顔を見ることはできない。人は私を見て、なお生きていることはできないからである。」同二十三節で神はモーセに「あなたは私の後ろ姿は見えるが、私の顔は見えない」と言っている。また、『白鯨』八十六章「尾」の「いかにして彼の顔を理解したらよいのか、顔など持たない彼の？　おまえは私の後ろ姿しか、尾しか、見ることはないであろう、と彼は言っているようだ」もこの箇所に関連する。

4　この箇所の「雲」(the clouds) は、十四世紀イギリスの神秘家が著わした『無知の雲』(*The Cloud of Unknowing*) を思わせる。人々を取り巻く「無知の雲」を愛によって突き抜けてこそ、神を知ることができる、と説く書物である。同書の作者は不明。また、シェイクスピア作『ハムレット』(William Shakespeare, *Hamlet*)、一幕二場六六行でクローディアス (Claudias) がハムレットに対して言う科白「一体どうして、お前の顔はいつまでも曇っているのだ？」("How is it that the clouds still hang on you?") も想い起こされるだろう。

手紙 20—牧師書簡ではないもの *LETTER 20 : not a pastoral letter* ［一七七〜一八五頁］

1 一九五三年五月十八日頃に、ブラック・マウンテン大学で書かれた。

2 ニューマン・シェイ（Newman Shea）は、グロスターの漁師で、グロスター漁業組合の元会長。一九三六年に、オルソンがドリス・M・ホーズ号に乗った時の乗組員の一人である。この人物から「離れていた」とは、この人のすることに干渉しないようにした、の意。

3 オルソンが『ウェブスター大学生用辞典・第五版』で、「戦い」を意味する接尾辞“-machy”を調べた事と関わりがあるらしい。「樹」（tree）は系譜や紋章と関わりがある（系統樹や家系樹）。「戦いの樹」は、また古英語、古代スカンディナヴィア語のケニング（隠喩表現）で、「戦士」（worrior）を意味すると考えられる。

4 腕の下の前当て《パレット》、中心点《フェス》、胴《ノンブリル》、下部《ベース》は『ウェブスター大学生用辞典・第五版』の「盾形紋章」（escutcheon）の項に出てくる用語。一八六頁「マクシマスより、テュロスとボストンにて」一—三行と、訳註一一七八—七九頁、注2の「盾形紋章」図を参照。また、同じ詩の一八八頁、二六—二七行および訳註一一七九頁、注6の「鎧かぶと」図を参照。

5 レッド・ライス（Red Rice）とは画家ダン・ライス（Dan Rice）の兄弟ジャック・ライス（Jack Rice）のこと。二人とも、この頃ブラック・マウンテン大学にいた。これは、第二次世界大戦中にジャック・ライスとその友人ハナ（Hanna）が米国海軍パラシュート部隊隊員として、訓練を受けていた時のエピソードである。

6 スティーヴン・パパ（Stephen Papa）。オルソンが一九四一年当時住んでいた、グレニッチヴィレッジ（Greenwich Village）のクリストファー・ストリート（Christopher Street）八六番地にある家の大家。

7 ポール・ポスト（paul-post [pawl-post]）とは、錨巻き上げ機の歯止めが備えてある垂直の柱。

8 カン＝ラッド（Cun-rudd）とは、ポーランド人の両親から生まれたイギリスの海洋小説家ジョーゼフ・コンラッド（Joseph Conrad, 一八五七—一九二四年）のこと。

9 ハナたち（Hannas）は、この詩の一八行目に登場したハナ（Hanna）の複数形である。

10 ワイアット・アープ（Wyatt Earp, 一八四八—一九二九年）は、アメリカ西部の英雄的保安官で、優れたガンマン。

11 「あの女」（she）とは、おそらく「運命の女神」（Dame Fortune）、ローマ神話のフォルトゥーナ（Fortuna）。

マクシマスより、テュロスとボストンにて *Maximus, at Tyre and at Boston* ［一八六〜一九〇頁］

1 一九五三年五月十九日もしくは二十二日に、ブラック・マウンテン大学で書かれた。テュロスはフェニキア人の主要都市で、地中海東部の重要な港。テュロスのマクシマス（Maximus of Tyre）の故郷である。

2 「点《ポイント》」（point）は、紋章学で、盾形の表面の位置を表す。名誉点《オーナーポイント》、色彩点《カラーポイント》、上部中央《ミドルチーフ》、中心点《ハートポイント》は、盾形紋章の各部を示す名称。一七八頁「手紙20」一五―一六行参照。併せて左図を参照。*1*～*9*は、左図の部分を示す番号。

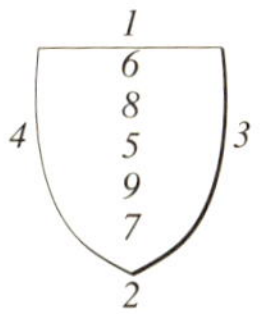

*1*チーフ〔chief〕　*2*ベース〔base〕　*3*シニスター〔sinister〕　*4*デクスター〔dexter〕　*5*ハートポイント〔heart point〕またはフェスポイント〔fess point〕（中心点）　*6*ミドルチーフ〔middle chief〕（上部中央）　*7*ミドルベース〔middle base〕　*8*オナーポイント〔honor point〕またはカラーポイント〔color point〕（名誉点または色彩点）　*9*ノンブリルポイント〔nombril point〕

『研究社大英和辞典・第五版』（一九八〇年）、「紋章学」（heraldry）の項より。

3　八〇頁「テュロス人の仕事」四九行には「ハナマガリ」（nose-twist）として登場する。

4　カントゥス・フィルムス（cantus firmus）は、ラテン語で"fixed or firm song"の意。

5　エドガー・アンダーソン『植物、人間、生命』（Edgar Anderson, *Plants, Man and Life*, 一九五二年）、一五頁からの引用。この書物は、栽培種と雑草を区別し、栽培種の起源を決定する。そうすることによって、文明の起源と発展を叙述している。

6　『ウェブスター大学生用辞典・第五版』の「鎧かぶと」（armor）の項より。左に示した同辞書『第十版』の「鎧かぶと」図を参照。*1*～*5*は、左図の部分を示す番号である。

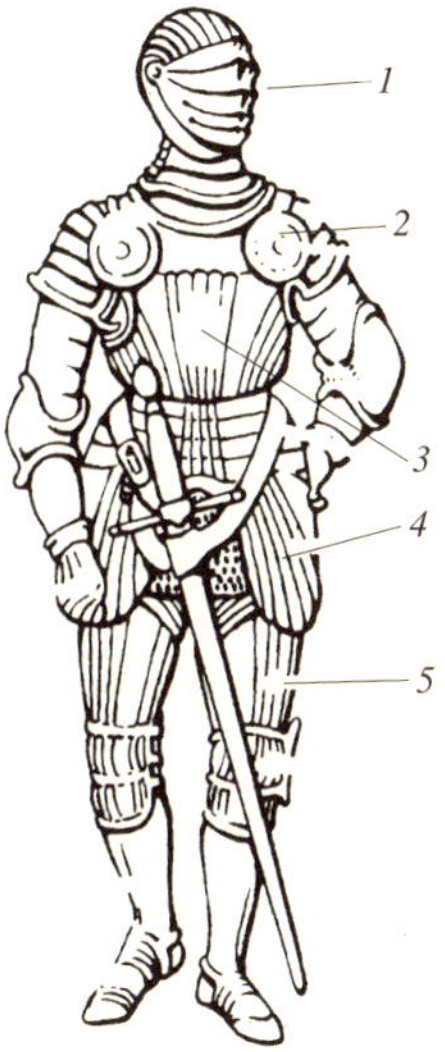

*1*ヘルメット〔helmet〕兜　*2*パレット〔palette〕腋の下の前当て　*3*ブレストプレート〔breast plate〕胸当て　*4*タス〔tasses〕草《くさ》摺《ず》りの小札《こざね》　*5*トゥイール〔tuille〕前腿当て

7　ウィスコンシン州マディソンの牧師ジェームズ・D・バトラー博士（Rev. Dr. James D. Butler）が、『ザ・ネーション』誌（*The Nation*）で語った祖先J・Bのこと。J・Bは、一六五五年にボストンで生まれた。徒弟奉公をしている時、ボストン・コモンで女が火あぶりにあった時の臭いを思い出すとの理由で、ロースト・ポークを決して口にしなかったという。この言い伝えが、歴史的事実に基づいていることを知るのに、バトラー博士は七十五年を要した。

8　ヒソップ（Hyssop）は、小さな香草で、ヤナギハッカとも呼ばれる。学名は*Hyssopus officinalis*といい、ヨーロッパ産のハッカの一種。昔、煎じ汁を薬用に用いた。

9　エリザベス・タトル（Elizabeth Tuttle）は、一六六七年にリチャード・エドワーズ（Richard Edwards）と結婚し、一六九一年に離婚した。エリザベスの血筋には、哲学者・神学者・説教師のジョナサン・エドワーズ（Jonathan Edwards, 一七〇三―一七五九年）、政治家アーロン・バー（Aaron Burr, 一七五六―一八三六年）がいる。アーロン・バーの母は、ジョナサン・エドワーズの娘である。将軍になり、次いで大統領となったユリシーズ・S・グラント（Ulysses S. Grant）、大統領グローヴァー・クリーヴランド（Grover Cleveland, 一八三七–一九〇八年）もエリザベスの血筋である。優生学の立場から、アルバート・E・ウィンシップ（Albert E. Winship）は、『ジューク家とエドワーズ家』（*Jukes-Edwards: A Study in Education and Heredity*, 一九〇〇年）において、罪人や酔いどれを生んだジューク家（Jukes）とエリザベス・タトルを好対照として描いているが、エリザベス・タトル自身を無視しているとの批判がなされている。

手紙　22　*LETTER 22*［一九一〜一九六頁］

1　一九五三年五月十九日から五月二十一日の間に、ブラック・マウンテン大学で書かれた。

2　一行目–一一行目までは、五月十八日の夜から十九日にかけてオルソンが見た夢を記述したものである。

3　「あの図体のでかい女」（"the big girl"）とは、オルソンのノートブックに出てくる陶芸家カレン・ワインリブ（Karen Weinrib）のこと。カレン・カーネス（Karen Karnes）とその夫デーヴィッド・ワインリブ（David Weinrib）は、ブラック・マウンテン大学で教師をしていた。カレンはデーヴィッドと夫婦なので、オルソンは、夢の中でカレンのことをカレン・ワインリブと意識したと考えられる。マーティン・デューバーマン著『ブラック・マウンテン』（Martin Duberman, *Black Mountain: An Exploration in Community*, 一九八八年）、三四三–三四五頁参照。

4　チャールズ・オルソン著『人間の宇宙』（*Human Universe*）、九頁。無選択が人間の本来の状態であるとしても、選択することは、無選択について何事かをしようとする時に働く本来の衝動である、と書かれている。

5　三一–三七行目は、オルソンが見た夢をこの「手紙22」中で記述した一番目の箇所である。

6　ここで用いられている「個別のもの」（particulars）こそ、アメリカの詩人W・C・ウィリアムズ（William Carlos Williams, 一八八三–一九六三年）が詩の出発点としたものである。『パタソン』（*Paterson*, 一九五八年）の序文に「個別のものから出発しよう」（"To make a start, /out of particulars"）と書いてある。

7　ケルト人が考える詩人の行為とは、戦争を止めさせ、書き留めることである。ロバート・グレーヴズ著『白い女神』（Robert Graves, *White Goddess*, 一九五八年）二二頁によれば、二つの陣営が戦っている時、両陣営の詩人が共に丘に退き、戦闘の評価をする。勇敢な兵士は誰かを評価するのである。兵士たちは、突然戦闘を止められるが、後で詩人の語る戦闘の描写を楽しみと敬意をもって受け入れる。

8　六一–七〇行目までは、オルソンが見た夢をこの「手紙22」中で記述した二番目の箇所である。

手紙 23　*Letter 23*［一九七〜二〇二頁］

1　一九五三年九月十一日に執筆されたと考えられる。

2　フランセズ・ローズ＝トループ著『ジョン・ホワイト伝』Frances Rose-Troup, *John White, the Patriarch of Dorchester and the Founder of Massachusetts, 1575-1648*, 一九三〇年）、六八頁より。ただし、ローズ＝トループが語っているのは、入植第三期のことである。したがって、入植第一期にフェローシップ号（the *Fellowship*）でエドワード・クリッブ（Edward Cribbe）がやって来た、というのはオルソンの推察である。

3　ジョン・ティリー（John Tilly）とトマス・ガードナー（Thomas Gardner）の役割については、ローズ＝トループ著『ジョン・ホワイト伝』、八五-八六頁、および、ジョン・J・バブソン著『グロスター史』John J. Babson, *History of the Town of Gloucester, Cape Ann, Including the Town of Rockport*, 一八六〇年）、四一-四二頁参照。ジョン・ティリーは、一六三五年に自由市民になった後、一六三六年にコネティカット川（the Connecticut River）で、インディアンに惨殺された。トマス・ガードナーは、スコットランド出身でセーレムに定住した。一六三七年に自由市民となり、議員となった。

4　ジョン・ライフォード（John Lyford）は、プリマスに着いた最初の聖職者。問題が多くプリマスからは追放されたが、一六二五年にアン岬のドーチェスター・カンパニーの入植地へ牧師として招かれた。

5　エドワード・ウィンスロー（Edward Winslow, 一五九五-一六五五年）は、『ニューイングランドからの吉報』（*Good News from New England*, 一六二四年）の著者。後にプリマス植民地の総督になった。ウィンスローは、一六二〇年に、メイフラワー号（the *Mayflower*）でプリマスに到着。一六二三年秋から翌年三月にかけて、一度イギリスに帰り、アン岬への入植特許状を携えてプリマスへ戻ってきた。

6　ローズ＝トループ著『ジョン・ホワイト伝』、六九-七〇頁。

7　ウェイマス（Weymouth）は、イギリス、ドーセット州（Dorset）の海港。ドーチェスターから七マイル南に位置する。この港から、ドーチェスター・カンパニーの船は新大陸へ向かって船出した。

8　二二二頁「歴史は時の記憶」、一五行以下参照。

9　西部地方（the West country）は、イギリス南部の都市サウサンプトン（Southampton）とセヴァーン川（the Severn）河口を結んだ線から西の地方。イギリス海運の中心である。

10　マイルズ・スタンディッシュ（Miles Standish）は、プリマス側について、ドーチェスター・カンパニー側と対立した。

11　オルソンが子供の頃、毎年夏を過ごしていた家は、ステージ・フォート・アヴェニュー（Stage Fort Avenue）にあり、漁業足場争奪戦の舞台だった。

12　フィッシャマンズ・フィールド（fisherman's field）は、一六二三年にドーチェスター・カンパニーがアン岬に入植した場所。現在のグロスターの、ステージ・フォート公園にあたる。"fishermans ffield" とも "ffisherman's field" とも綴る。

13　フレデリック・マーク（Frederick Merk, 一八八七年生まれ）は、アメリカ人の歴史家で、ハーヴァード大学教授。オルソンはこの人の授業「西への移動」（"The Western Movement"）を履修した。

14　ピンダロス（Pindar）は、古代ギリシャの抒情詩人（前五二二年頃-前四三八年頃）。

15　J・A・K・トムソン著『ロゴスの芸術』（J. A. K. Thomson, *The Art of Logos*, 一九三五年）、一八-一九頁によれば、「最初にミュトスとロゴスを区別したのは、ピンダロスである。（中略）ミュトスは虚構で彩られた物語であり、真実を語るロゴスと対照的である」。

16　トムソンは、アリストテレス（Aristotle, 前三八四-前三二二年）が歴史の父ヘロドトス（Herodotus, 前四八四年頃-前四二〇年以前）を「ミュソロゴス」（the *Muthologos*）と呼んだ、と指摘している。聞き手にとって、ミュトス（偽りの物語）はロゴス（真実の物語）であり、ロゴスはミュトスである（一九頁）。ロゴスは元来「語られること」の意（一七頁）。物語る者も聞き手も、物語を事実だと信じればよいのである。ヘロドトスは、物語に対する批判もしたが、物語を語るときには、聞き手が信じるように語った。ツキュジデスは、歴史の中の神話的要素を破壊しようとした（二三頁）。トムソンはまた、歴史を物語る意味の「ヒストリエー」（ἱστορίη）がヘロドトスにおいては、伝聞に依拠せず、「自分で見いだす」（finding out for oneself）を意味するという（二三七頁への注）。

17　ローズ＝トループ著『ジョン・ホワイト伝』、七〇頁。この事実はチャリティ号の航海期間を確定するために用いられている。

18　サー・エドワード・コーク（Sir Edward Coke, 一五五二-一六三四年）は、イギリスの主席裁判官。下院の論議で、王が与えた特許状に反対した。特許状の中には一六二〇年に、サー・ファーディナンド・ジョージズ（Sir Ferdinando Georges, 一五六六年頃-一六四七年）に与えた、緯度四〇度から四八度間の北米全土の領地権が含まれている。この領地権は、ニューイングランド漁業の独占をサー・ファーディナンド・ジョージズに許すものであった。

入植開始　*a Plantation a beginning*［二〇三〜二〇九頁］

1　一九五七年から五八年にかけて、グロスターで書かれた。

2　ジョン・ホワイト著『入植者の訴え』（John White, *Planters Plea*）、二九頁より。それでもニューイングランドは、住みにくくはないという内容である。

3　船の人員を倍にして、漁をしようとしたので追加入植者が必要になった。漁が終わったら、この追加入植者たちは、一年間新大陸にとどまり、翌年、船が新大陸に戻ってきた時、再び漁の手伝いをする手はずだった。それまでの間は、家を建てたり、トウモロコシを植えたりするのである。

4　ハーフ・ムーン・ビーチ（Half Moon Beach）については、六七頁「手紙7」一八行参照。グロスター港西岸のステージ・ヘッドの南にある半月形の浜。

5　ステージ・ヘッド（Stage Head）は、グロスター港に突き出ている岩の断崖。背後にステージ・フォート公園がある。

6　パット・フォリー（Pat Foley）は、マサチューセッツ州ウースター出身の郵便配達員。オルソンの父カールの友人。

7　ジョン・スミス著『旅と著作』（John Smith, *Travels and Works*）、二巻七八三頁参照。また、『マクシマス詩篇』、二〇八頁「入植開始」七七–七九行参照。

8　オルソンは、ジョン・ホワイトとバブソンの書物は調べたが、ローズ＝トループを参照しなかったらしい。ローズ＝トループは『ジョン・ホワイト伝』の中で、船の名をフェローシップ号と明記しているからだ。あるいは、オルソンが、ローズ＝トループ著『ジョン・ホワイト伝』の別の箇所の記述と混同したのかもしれない。『マクシマス詩篇』、二二八頁「情況」三八行では、フェローシップ号と明記している。

9　ビルバオ（Bilbao）は、スペイン北部のバスク（Basque）地方にある海港である。

10　サミュエル・ド・シャンプラン（Samuel de Cahmplain, 一五六七–一六三五年）は、フランスの探検家。一六〇六年、アン岬へ二度目に航海した時、グロスター港の地図を作成し、ル・ボー・ポール（Le Beau Port）と名付けた。「美しい港」の意である。この時、シャンプランは、二百人ほどのインディアンが近くに住んでいるのを発見した。しかし、ドーチェスターから入植者たちが着く一六二三年までに、ジョン・ホワイトの報告によれば、「十二年か十六年前に、疫病が三年間続いたせいで、インディアンの大部分は海岸から一掃され、ところどころに消耗しきった男と女と子供がいるばかりになっていた。したがって、土地の権利を主張する者などいなかった」。ジョン・ホワイト著『入植者の訴え』、二五頁。

11　軽舟《スキフ》（skiff）は、かいでこぐ小舟。一本マストで三角帆の短艇をスキフと呼ぶ。しかし、一般には軽舟を指す。娯楽用、一人こぎのレース用（scull）、艦船付属の雑用船などいろいろある。

12　ジョン・ホワイト著『入植者の訴え』、三九頁より。

13　ジョン・スミス著『ヴァージニア、ニューイングランド、サマー諸島の歴史概説』より。ジョン・スミス著『旅と著作』、二巻七八三頁参照。

14　ジョン・ホワイト著『入植者の訴え』、三九頁より。

マクシマスより、グロスターへ　*Maximus, to Gloucester*　［二一〇〜二一四頁］

1　一九五七年から五八年にかけて、グロスターで書かれた。より早い段階の原稿は、一九五三年に書かれたと考えられる。

2　イザベル・バブソン（Isabel Babson, 一五七七年頃―一六六一年）は、初期入植者。

3　メイン・ストリート（Main Street）は、グロスターのダウンタウンを東西に走る大通り。

4　ミドル・ストリート（Middle Street）は、メイン・ストリートより一筋北を東西に走る通り。大金持ちになった統計学者のロジャー・W・バブソン（Roger W. Babson, 一八七五―一九六七年）は、ミドル・ストリート五八番地で生まれ、育った。

5　ジョッパ（Joppa）は、アン岬の東海岸に近いグロスターの一区域。イースタン・アヴェニュー（Eastern Avenue）とグッド・ハーバー・ビーチ（Good Harbor Beach）の間にある。口絵に掲載した「アン岬」の地図を参照。イザベル・バブソンの息子ジェームズ・バブソン（James Babson）は、ジョッパ・ロード（Joppa Road）とイースタン・アヴェニューの角に地所を持っていた。バブソン家の血を引くジョン・J・バブソン（John J. Babson）は、その地所で一八五五年から六〇年にかけて『グロスター史』（*History of the Town of Gloucester*, 一八六〇年）を執筆した。

6　ウェルズリー・ヒルズ（Wellesley Hills）は、ボストンの西にあるウェルズリー近郊のコミュニティ。

7　一九一九年に、富裕なロジャー・W・バブソンは、ウェルズリーのバブソン・パーク（Babson Park）にバブソン経営研究所（Babson Institute of Business Administration）を設立した。自伝『行動と反応』（*Actions and Reactions*, 一九三五年）を出版。

8　ハプモービル（Hupmobile）は、一九二〇年代に流行したアメリカ車。

9　ジェフリー・パーソンズ（Jeffrey Parsons, 一六三一―一六八九年）は、初期入植者。バブソン著『グロスター史』によれば、ジェフリー・パーソンズは、一六五五年四月にジャイルズ・バージ（Giles Barge）からフィッシャマンズ・フィールドの土地を一エーカー半買い取った。ほぼ同時に同地の土地と家を買い取ったが、それは、以前にはジョージ・インガーソル（George Ingersol）が所有していたものであった。

10　ステージ・フォート（Stage Fort）は、ステージ・ヘッド（Stage Head）の上にある。ドーチェスターからの入植者が漁業の足場（ステージ）にしたことと、独立戦争の時、砦（フォート）にしたことから、この名がついた。

11　バブソン著『グロスター史』、四〇頁参照。

12　サマセット（Somerset）は、ブリストル海峡に臨むイギリス南西の州。サマセットシャー（Somersetshire）のこと。

13　ドーセット（Dorset）は、イギリス南部の州。ドーセットシャー（Dorsetshire）のこと。イギリス海峡に臨む保養地帯で、ドーチェスターがその中心である。

14　ステージ・ヘッドは、グロスター港に突き出た岩の断崖。この背後にステージ・フォート公園がある。

15　オルソンが少年時代に夏を過ごしたステージ・フォート・アヴェニューの家。フィッシャマンズ・フィールドの後ろにあった。
16　ドーチェスター・カンパニーの家のこと。九五頁「手紙10」一五行参照。
17　ジョン・ウィンゲイト・ソーントン著『アン岬上陸』(John Wingate Thornton, *The Landing at Cape Anne*, 一八五四年)、七九–八〇頁所収のリチャード・ブラックンベリー(Richard Brakenbury)の宣誓証言を参照。
18　これらの名前については、ソーントン著『アン岬上陸』の六三頁、ローズ＝トループ著『ジョン・ホワイト伝』の一〇三–一〇四頁、およびバブソン著『グロスター史』、四一–四三頁参照。上記の書物においては、この者たちの移り住んだ場所はセーレム(Salem)とされているが、最終的には、彼らはセーレムに隣接するベヴァリー(Beverly)に住んだ。
19　フォート・ポイント(Fort Point)の借家とは、フォート・スクエア(Fort Square)二八番地の家のこと。一九五七年の夏に、オルソンは妻子と共にブラック・マウンテン大学から引き上げて、この家に住んだ。
20　現在、オルソンが妻子と住んでいる家はフォート・ポイントにある。この海に突き出た突端ないしは岬とグロスター港を、かつて、子どもの頃は、夏を過ごした家のあるステージ・フォート・アヴェニューや、ステージ・ヘッドから見ていた、の意。
21　一九五三年五月二七日から二八日にかけてオルソンが見た夢を記述したもの。やつ(he)と自分とを夢の中では区別できなかった、とオルソンは言う。しかし、前の「やつ」(he)を第一期入植時のドーチェスター・カンパニー責任者ジョン・ホワイトと取り、後の「やつ」(him)をアン岬に置き去りにされた「十四人」のそれぞれと考えることができる(二七–三〇行、および六七–七八行参照。あわせて二二八頁「情況」三八–三九行参照)。つまり、オルソンの夢は、十四人のイギリス人を置き去りにした者と、置き去りにされた者の両方になった夢と解せるのである。

それで、サッサフラスが　*So Sassafras*〔二一五～二二〇頁〕
1　一九五七年から一九五八年にかけてグロスターで執筆された。
2　一五八頁「はじめてファン・デ・ラ・コーサの眼で世界を見て」四八–五〇行参照。
3　サー・ウォルター・ローリー(Sir Walter Raleigh, 一五五二–一六一八年)は、イギリスの冒険家で、ヴァージニア植民を支持した。また、当時梅毒の特効薬と見なされていたサッサフラス(sassafras)を採集するために航海しようとしていたプリング(Pring)を後援した。
4　バーソロミュー・ゴスノルド(Bartholomew Gosnold, 一六〇七年没)はイギリスの船乗り。一六〇二年に、コンコード号(the *Concord*)で北アメリカ沿岸へ向かった。現在のメイン州(Maine)から、彼自身が命名したマサチューセッツ州南東岸沖にある島「マーサズヴィニヤード」(Martha's Vineyard)を経由して、イギリスに帰還。この時、サッサフラスを持ち帰った。

5　マーティン・プリング（Martin Pring, 一五八〇–一六二六年頃）は、一六〇三年に北アメリカ沿岸をメイン州からコッド岬まで航海し、サッサフラスを持ち帰った。

6　「銀鱗の流れ」（silver streams）という表現については、ジョン・スミス著『ニューイングランド素描』（*A Description of New England*, 一六一六年、『旅と著作』の第一巻一七五–二三二頁に所収）、一九四頁参照。

7　セーブル島（Sable Island）は、カナダ南東部ノヴァスコシア州の州都ハリファックス（Halifax）のさらに南東にある大西洋上の細長い島。

8　ショール群島（Isles of Shoal）は、アン岬の北十六マイル付近にある一群の小島。ニューハンプシャー州ポーツマス沖にあたる。初めは、一六一四年にここを訪れたジョン・スミスが、スミス群島（Smith's Isles）と呼んでいた。

9　ジョン・スミス著『ニューイングランドの裁判』（*New Englands Trials*, 一六二〇年、『旅と著作』の第一巻二三三–二七二頁所収）に「船乗りは七ヶ月で二十ポンド稼げた」と書いてある。

10　ジョン・ティリー（John Tilly）。一六三六年にコネティカット川を下っていた時、船を砦に残し、カヌーで助手と共に野鳥狩りに出た。この時、インディアンの一群に捕まり、助手は殺され、ティリーは拷問を受けて、両手両足を切断された。

11　ジョン・オールダム（John Oldham, 一六〇〇年頃–一六三六年）は、一六二三年にプリマスへ来た貿易商人。団体行動をしているプリマス住民とは異なり、私用で来た彼は、嫌われて、ライフォード（Lyford）と共に追放された。後にアン岬に入植したドーチェスター・カンパニーの代弁者として、インディアンとの交易役になった。

12　ウィリアム・ブラッドフォード（William Bradford, 一五九〇–一六五七年）は、ピルグリム・ファーザーズの一人で、プリマス植民地総督。『プリマス植民史』（*Bradford's History "Of Plimoth Plantation"*）を著わした。ピルグリム・ファーザーズ（Pilgrim Fathers）は、一六二〇年に、信仰の自由を求めて、メイフラワー号（the *Mayflower*）でイギリスから北アメリカに移住し、プリマス植民地を建設したピューリタンの一団。

13　トマス・ウェストン（Thomas Weston, 一五七五年頃–一六四六年）は、一六二〇年にピルグリムが新大陸へ向けて出航することを支持したロンドンの冒険商人の指導者。一六二二年、彼は特許状を持たずに私的にニューイングランドへ航海し、プリマスのピルグリムたちから助けられた。その後、ウェストンの一行は、結局、ウェサガセット（Wessagusset）、すなわち現在のマサチューセッツ港ウェイマス（Weymouth）に居を定めたが、定住には成功しなかった。

14　メディチ家（the Medici）は、十五世紀から十八世紀に、イタリアのフィレンツェ市、後にトスカナ（Tuscany）地方を支配した名家。学芸を保護した。

15　モンヒーガン島（Monhegan Island）は、メイン州ペマクイド岬（Pemaquid Point）沖にある。ペノブスコット湾

(Penobscot Bay) から南西へ数マイル海へ出たところである。一六〇〇年代初期の漁場で、ジョン・スミスがここを訪れたのは、一六一四年四月である。

16 ダマリスコーヴ島（Damariscove Island）はメイン州の海岸から沖合いにあり、モンヒーガン島の西に位置する島。

17 デーヴィッド・トンプソンもしくはトムソン（David Thompson or Thomson, 一六二八年頃没）は、一六二二年に、枢密院からニューイングランドの土地に住む許可をもらい、一六二三年には、メイン州海岸の土地を所有する許可を得て、ピスカタクウォー（Piscataqua）河口に入植した。

18 リチャード・ブッシュロッド（Richard Bushrod, 一六二八年没）は、ドーチェスターの呉服・小間物商人。ドーチェスターの商人を代表して、枢密院からニューイングランド入植の特許状を入手した。ブッシュロッドとジョン・ホワイトを含む一団が、ドーチェスター・カンパニーの核になった。

19 ジョージ・ダービー（George Derby）とは、ドーチェスター・カンパニーの一員ウィリアム・ダービー（William Darby, or Derby, 一五八八年生まれ）のこと。オルソンは、ジョージ・ウェイ（George Way）と混同している。

20 サスパリラ（sasparilla）は、かつて西部で愛飲された強いアルコール飲料。現在では、アルコール分のない飲料になっている。

21 スペイン語で「ヴィアヘ」（viaje）は「航海」の意。したがって「ボン・ヴィアヘ」（"bon viaje"）は「実りある航海」(Good Voyage) を表わす。

22 「B親父」（"old man B"）とはチャールズ・ホーマー・バレット（Charles Homer Barrett, 一八六九−一九五九年）のこと。少年オルソンが始めて夏を過ごしにグロスターにやって来た時のグロスター市長（一九一五−一九一六年）である。ホーマー・バレット自身はウェスタン・アヴェニューに住んだが、夏の「キャンプ地」をつくり、そこにオルソン一家が住んだため、オルソン一家の隣人となり、友人ともなった。一九一八から一九二四年の間は、幹線道路の管理責任者であった。

23 「こん畜生」の意の「ジーザス・クライスト」（Jesus Christ）を、B親父は、ひどく癖のある発音「ジーニー・クライニー」（"jeenie crinee"）で言った。

24 ダディ・スコルピンズ（Daddy Scolpins）は、ボストンから来たマット・スカリンズまたはスコリン（Matt Scullins, or Scollin）のこと。グロスターの黒髪の美女ドロシー・パーセル（Dorothy Purcell）と結婚した。『マクシマス詩篇』、五五八−五五九頁「発端」五八−六一行では、「アメリカン・オイル・カンパニーのオーナー」とされている。スカルピン（sculpin）は、頭と口の大きな魚である。ダディ・スコルピンズが、なぜダディ・ブラウン＝ノーズ（茶色い鼻）とされるのかは不明。

25 大型機関車（Big Train）は、一九〇七年から一九二七年まで、ワシントン・セネターズ（Washington Senators）のピッチャーだった野球選手、「大型機関車ウォルター・ジョンソン」（Walter "Big Train" Johnson, 一八八七−一九四六年）にちなむ。

26　ハロルド・イニス著『鱈《たら》漁』（Harold Innis, *The Cod Fisheries: The History of An International Economy*, 一九五四年）、一〇三頁の注には、漁船が商船になると、英国西部地方の総督たちは、専制君主として振る舞うことができ、「王様」と呼ばれた、と書いてある。

27　タルヴィア（tarvia）は、道路舗装材。前行の「それ」は、おそらく道路を造る材料。

28　「北北東」の意。北北東を意味する「ノース・ノース・イースト」（North North East）が、「ナス・ナスィースト」（“Nuth Nuth'east”）と記されている。

29　キャリオー（Cally-o）とは、ペルーの海港キャラオー（Callao）のこと。

30　十六世紀から十七世紀にかけて、ビルバオ（Bilbao）は時々ビルボウ（Bilbow）と綴られた。したがってすぐ前の「ビルバオ」と同一。スペイン北部の海港である。

31　セント・キッツ（St. Kitts）は、西インド諸島の島。

32　コアフィッシュ（corfish）は、浅瀬の漁業で得られる大型の魚。裂いて塩漬けにしてある。二三一頁「記録」六行目参照。

33　船乗りの歌やフォークソングで、「ヴァージニア」（Virginia）は「ヴァージニアイ」（Virgini-ay）と発音され、発音通りに表記された。

34　ファイアル（Fayal）は、大西洋北部にあるアゾレス諸島の島。

35　スリナム（Surinam）は、南アメリカの植民地。オランダ領ギアナ（Guiana）。バブソンによれば、ボストンの船は一七一三年にスリナムと交易。一七九〇年にはグロスターが交易を開始した。

36　「極上の品」（optimis generis）とは、黒人を表わす。一二九頁「マクシマスより、グロスターへ、手紙14」一四三行参照。

37　オスクアントー（Osquanto）は、スクアントーあるいはティスクアントゥム（Squanto, or Tisquantum, 一六二二年没）とも呼ばれたインディアンの通訳で、プリマス植民者のために働いた。

38　ジョン・スミス著『若い船乗りのための航海案内』より。一〇六頁「マクシマスより、グロスターへ、手紙11」一〇一行参照。

39　銀行の出納係ロバート・D・トービー（Robert D. Tobey）は、一九五三年から一九五六年の間、市会議員を務めた。

40　ハロルド・C・クランシー（Harold C. Clancy）は、グロスターの屑物商。一九五七年に市会議員選挙に立候補して落選した。

41　「北北西」を意味する「ノース・ノース・ウェスト」（North North West）が、「ノー・ノー・ウェスト」（“nor' nor' West”）

と記されている。

歴史は時の記憶　***History is the Memory of Time***［一二二一〜一二二五頁］

1　一九五七年から一九五八年の冬にグロスターで書かれた。タイトルは、ジョン・スミス著『入植初心者向け宣伝』（『旅と著作』、二巻九二五–九六六頁に所収）、九四八頁より。

2　モルモン教（Mormons）は、一八三〇年に設立された。モルモン教徒とは、末日聖徒教会（the Church of the Latter Day Saints）のメンバーのこと。迫害に遭い、一八四九年から一八五〇年の大ゴールドラッシュ（the great Gold Rush）以前から、西部に自分たちの自由の天地を探していた。

3　以下七行目の「五十隻」まで、イニス著『鱈漁』、七二頁より。

4　ダマリスコーヴ（Damariscove）については、一二一五頁「それで、サッサフラスが」一二行参照。

5　ピスカタクォー（Piscataqua）は、メイン州南部の川。一部がメイン州とニューハンプシャー州との境界を成している。デーヴィッド・トンプソン（あるいはトムソン）は、一六二三年に、ピスカタクォー河口へ入植した。一二一五頁「それで、サッサフラスが」一三行参照。

6　フランセズ・ローズ＝トループ著『ジョン・ホワイト伝』、八九–九〇頁に、牧師ウィリアム・ハバード（William Hubbard, 一六二一–一七〇四年）の『ニューイングランド史概説』（*General History of New England from the Discovery to MDCLXXX*, 一八一五年）が引用されている。大意は、プリマス住民が一年前にアン岬に作った漁業足場を、プリマス住民が不在の間、イギリス西部地方の商人に雇われたヒューズ氏が仲間と一緒に無許可で使っていた。アン岬に関する特許状を入手していたプリマス住民の代表として、マイルズ・スタンディッシュが、ヒューズの一行に立ち退きを要求した。戦いが起こるかと思われたが、その場にいたロジャー・コナント氏（Mr. Roger Conant）とピアス氏（Mr. Peirce）の仲裁によって、戦いは回避された、というものである。

7　「プア・ジョン」（poor john）は「干し鱈」の意。九四頁「手紙10」一行目参照。ここでは「干し鱈」を「腑抜け」の意で用いていると解した。「プア・ジョンズ」（poor johns）は、その複数形なので「腑抜け連中」とした。

8　マイルズ・スタンディッシュを指す。牧師ハバードの記述は、武人で、キリスト教徒の学校へ行かなかったスタンディッシュに対して厳しい。

9　ウィリアム・ピアス（William Peirce, 一六四一年没）は、一〇〇トンのチャリティ号（the *Charity*）の船長。

10　アイザック・アラートン（Isaac Allerton, 一五八六–一六五九年）は、プリマス植民地の代理人で、ホワイト・エンジェル号（the *White Angel*）の持ち主。代理人としては不十分な人物。ブラッドフォードによれば、プリマス入植者をだまして私腹を肥やした。ウィリアム・ブラッドフォード著『ブラッドフォードの「プリマス植民史」』、三四〇頁、三四七–三四八頁参照。

11　コアフィッシュ（cor-fish）については、一一三〇頁「記録」六行目を参照。

12　リトル・ジェームズ号（the *Little James*）は、四十四トンの小型帆船（pinnace）。プリマス入植者のために造られ、商人や漁師を保護する役割を果たしていたらしい。

13　ジェイムズ・B・コナント（James B. Conant）への言及である。九八頁「手紙10」六五行参照。ハーヴァード大学を腐らせた学長として糾弾されている。

情況

1　***The Picture***［一一二六～一一二九頁］

一九五七年から一九五八年にかけて、グロスターで書かれた。

2　トマス・モートン（Thomas Morton，一五九〇–一六四六年）は、一六二二年に、ニューイングランドへ入植した。不品行により一六二八年にピルグリムたちから追放され、後にマサチューセッツ湾植民地からも追放された人物である。

3　アンブローズ・ギボンズ（Ambrose Gibbons，一六五六年没）は、ピスカタクォーに住み、キャプテン・ジョン・メイソン（Captain John Mason，一五八六–一六三五年）の代理人として働いた。後に、メイン州総督フランシス・ウィリアムズ（Francis Williams）の助手を務めた。

4　キャプテン・ジョン・メイソンは、ニュー・ハンプシャー州の設立者。一六一五年から一六二一年の間、ニューファンドランド総督。一六二九年に、メリマック（Merrimac）からピスカタクォーまでの土地を、英国枢密院から貰い受けニュー・ハンプシャー（New Hampshire）と命名した。

5　ジョン・ワッツ（John Watts）の塩盗みについて詳しくは、ローズ＝トループ著『ジョン・ホワイト伝』、九九–一〇三頁参照。漁った魚を腐らせないために塩が必要であった。ワッツには盗んでいるという意識が希薄だった。

6　ランスフォード・W・ヘイスティングズ（Lansford W. Hastings，一八一九–一八七〇年）は、『移民向け、オレゴン、カリフォルニア案内』（*The Emigrants' Guide to Oregon and California*，一八四五年）の著者。ヘイスティングズは、ジョージ・ドナー（George Donner，一七八四年頃–一八四七年）とその兄弟ジェーコブ（Jacob）が率いるアメリカ「移民」団（つまり開拓団）の道案内を買って出た。しかし、イリノイからカリフォルニアへ向かう途中、グレート・ソルト湖を迂回する通常の道とは異なる道を行こうと強く勧め、一行を悲惨な目に合わせる結果になった。ジョージ・R・スチュアート著『飢餓の試練——ドナー隊物語』（George R. Stuart, *Ordeal by Hunger: The Story of Donner Party*，一九六〇年）参照。

7　テン・パウンド島（Ten Pound Island）は、グロスター内港入り口にある島。

8　小型帆船《シャロップ》（shallop）は、二本マストの帆船。浅瀬で用いる小型の船である。
9　三五–四九行は、ローズ＝トループ著『ジョン・ホワイト伝』、六五–九八頁による。
10　一六二七年から十一年後にあたる一六三八年から一六三九年にかけて、モーリス・トムソン（Maurice Thomson）が、マサチューセッツ湾植民地地方集会（the General Court）に対して、アン岬に漁業プランテーションを設立する申請をした。
11　フランスの探検家シャンプランがアン岬を二度目に訪れ地図を作成した時、グロスター港を「美しい港《ル・ボー・ポール》」（Le Beau Port）と呼んだ。二〇六頁「入植開始」四七行と訳註一一八三頁の注10を参照。

記録　*The Record*［一二三〇〜一二三四頁］

1　一九五七年から一九五八年にかけて、冬にグロスターで書かれた。
2　ローズ＝トループ著『ジョン・ホワイト伝』、六八頁より。
3　ニューファンドランドにおけるイギリス漁船団の活動を、アンソニー・パークハースト（Anthony Parkhurst）が報告したもの（一五七八年）。イニス著『鱈《たら》漁』、三五頁に所収。
4　イニス著『鱈漁』、二六頁より。
5　イニス著『鱈漁』、三二頁より。
6　ハンドレッドウェイト（hundredweight）は重量の単位。イギリスでは一一二ポンド＝五〇・八キロ。アメリカでは一〇〇ポンド＝四三・三六キロに相当する。ここでは、イギリスの単位を基準にするべきであろう。
7　一ブッシェル（bushel）は、イギリスでは約三六・三七リットルであり、アメリカでは約三五・二四リットルである。
8　一ファーキン（firkin）は四分の一バレル。バレルは液量の単位である。一バレルはイギリスでは三六・一八ガロン、アメリカでは三一・五ガロンに当たる。ガロン（gallon）については、米国標準ガロンは、三・七八五三リットル、英国標準ガロンは四・五四六リットル。従って、一ファーキンは、イギリスでは約四一リットル、アメリカでは約三〇リットルに当たる。
9　ペック（peck）は体積の単位。イギリスでは約九リットル、アメリカでは約八・八リットルに当たる。
10　ホグズヘッド（hogshead）は、液量の単位。二三八・五リットルに当たる。
11　ヘディング・ナイフ（heading knife）は、「首切り用ナイフ」の意。魚の頭を切り落とすナイフの意であろう。
12　リチャード・ホイットボーン（Richard Whitbourne）は、一五七九年から一六一五年にかけて、数回ニューファンドランドへ航海している。ホイットボーン著「ニューファンドランド漁業観察報告、一六二二年」（"Observations as to the *Newfoundland* fisheries," 1622）は、ジョン・スミス著『旅と著作』の二巻七七七–七八一頁に所収。

13　算出したのは、オルソン自身である。

14　ホワイトは入植第一期について、「航海に要する費用と、残留した十四人の食糧に、八百ポンド以上かかり、船自体には三百ポンドの支出が要った」（『入植者の訴え』、三九頁。ローズ＝トループ著『ジョン・ホワイト伝』、六五頁に引用あり）と言うにとどめているが、次の入植第二期については、三十二人の賃金および食糧が、五百ポンドかかると言っている。（『入植者の訴え』、四〇頁。ローズ＝トループ著『ジョン・ホワイト伝』の六七頁に引用）。二二五ポンドは、オルソンの計算である。

吉報　*Some Good News*　［一二三五～一二五一頁］

1　一九五七年から一九五八年の冬に、グロスターで書かれた。

2　この知らせがもたらされたのは一六二四年である。

3　一六二三年九月付けのブラッドフォードの手紙に、その旨が記してある。一二一五頁「それで、サッサフラスが」一〇一二行参照。

4　ニュー・プリマス（New Plymouth）。英国のプリマス（Plymouth）と区別して、新大陸のプリマスをニュー・プリマスと呼んでいる。ブラッドフォードは、後に新大陸でプリマスと呼ばれるようになった場所の総督になった。

5　バスク地方（the Basque province）のこと。ここからバスク人の漁師が船出した。一五五頁「初めてファン・デ・ラ・コーサの眼で世界を見て」一一行参照。

6　ブルトン地方（Breton）とは、北フランスのブルターニュ（Brittany）地方を指す。漁師たちの本拠地である。

7　カボット（Cabot）は、ブリストルのイギリス人商人に仕えた。一六〇頁「初めてファン・デ・ラ・コーサの眼で世界を見て」七七行参照。

8　ジョージズ浅瀬（Georges Bank）は、コッド岬（Cape Cod）から東へ一九〇マイル行った所にある漁場。ジョージ浅瀬（George's Bank）とも表記する。一五九頁「初めてファン・デ・ラ・コーサの眼で世界を見て」六七行参照。ウォルター・H・リッチ著『メイン湾漁場』（Walter H. Rich, *Fishing Grounds of the Gulf of Maine*）の九九頁注に、一六一〇年の地図にジョージズ浅瀬が、“Saint Georges Shoal”という名前で出ていると書いてある。

9　アラゴン（Aragon）は、スペイン北東部に位置する。十一世紀にアラゴン王国が成立した。当時は、カスチラ（Castilla）とは別の王国で、一四七九年にアラゴン王フェルディナンド（Ferdinand）とカスチラ女王イザベラ（Isabella）の結婚によって一つの国スペインとなった。イギリスやポルトガルと同じく、守護聖人は聖ジョージである。

10　オールドマンズ・パスチャー（Old Man's Pasture）は、アン岬の南東約五マイル地点にある漁場。

11　ティリーズ浅瀬（Thillies Bank）は、アン岬の南から東へ約二十マイル行ったところにある漁場。

12　クリストファー・レヴィット（Christopher Levett）。その著『ニューイングランドへの航海』（*Voyage into New England*, 一六二八年）で、二八–二九行のように言った。このことは、C・H・レヴァーモア著『ピューリタンの先駆者と競争者』（C. H. Levermore, *Forerunners and Competitors of the Pilgrims and Puritans*, 一九一二年）、六三〇–六三一頁に掲載されている。

13　クアック（Quack）は、インディアンがつけた名。後にレヴィットがヨーク（York）と名付けたメイン州の町である。エリザベス岬（Cape Elizabeth）の南にある。

14　セーブル島（Sable Island）は、ノヴァスコシアのハリファックスより一八〇マイル南東にある島。ジョージ・T・ベイツ（George T. Bates）は「大西洋の墓地セーブルで難破した船」（"Ships Wrecked on Sable Island, The Graveyard of the Atlantic"）の地図を作成し、砂の色ゆえにフランス人から黒貂《セーブル》島と名付けられたと記している。植民目的の北アメリカへの航海は、一五一八年バロン・ド・レリー・エ・ド・サン・ジュスト（Baron de Lery et de Saint Just）によって行なわれた。しかし、実際には、植民はせず、生きた家畜を数頭島に残したらしい。その後、入植を試みたヨーロッパ諸国の船が幾隻も難破した。その結果、早くからセーブル島には、難破を生き延びた馬、羊、豚などの動物がいた。

15　ジョン・スミス著『ニューイングランド素描』（一六一六年）、『旅と著作』、一巻一八七頁に、ロンドンから二隻の船と共に、一六一四年四月にニューイングランドのモンヒーガン島（Monhegan Island）に着いた、との記述がある。モンヒーガン島はメイン州、ペマクイド岬の沖にある島。

16　クリストファー・コロンブス（Christopher Columbus, 一四五一–一五〇六年）。一一四–一一七頁「歌と舞踏」五二–九七行参照。

17　ユリシーズ・シンプソン・グラント（Ulysses Simpson Grant, 一八二二–一八八四年）。ニックネームはサム（Sam）。アメリカの将軍で、後に大統領になった。一八六三年、リンカンに連邦軍の指揮官を任命され、南軍と戦った。

18　ハーマン・メルヴィルの『白鯨』（Herman Melville, *Moby-Dick*, 一八五一年）三十三章に「神聖な無為」（"the Divine Inert"）の記述がある。

19　ハーマン・メルヴィルを指す。

20　『白鯨』三十三章に、「地上の法廷」（"the world's hustings"）と「神の王国の皇子たち」（"God's true princes of the Empire"）は全く違う次元にいる、との記述がある。

21　アンドロギュノス（Androgyne）は両性具有の意であるが、ここでは、ジョン・スミスの背丈が五フィート四インチ（約一六三センチ）しかなかったけれども、巨人のような偉業を成し遂げたことに言及したもの。

22　『タイム』（*Time*）誌は、一九二三年創刊。興奮した調子の文体は、元来は、ホメロスの雄々しい文体をモデルにしたものであった。しかし、ジョン・スミス（一五八〇年頃―一六三一年）が『タイム』誌を読んだはずはない。したがって、一〇六―一一〇行は、オルソンの判断。

23　スートニアス著『十二人のシーザー伝』（Suetonius, *The Lives of the Twelve Caesars.* Joseph Gavorseによる英訳版、一九三三年）、六頁にシーザーの見た夢と占い師の助言が記されている。一一五―一二〇行は、その内容である。

24　コリントス（Corinth）は、ギリシャ南部のコリントス湾（the Gulf of Corinth）の海港。古代ギリシャの商業・芸術の中心地である。

25　オルソン著『わが名はイシュマエル』（一九四七年）、三八頁にたぐい稀な素晴らしい出来事への言及がある。それは、メルヴィルによれば、コリントスが焼け落ちた時、鉄と真鍮が溶けてブロンズが出来たような出来事である。

26　キャバッジ（Cabbage）は、架空の友だちで、「キャベツ」の意。

27　ジョン・スミス著『ニューイングランド素描』（『旅と著作』、一巻一七五―二三二頁所収）の一八八頁に「四〇リーグ西にフランスの船が二隻あった。すでに大航海を済ませた船が……」とある。

28　ペマクイド（Pemaquid）は、メイン州の岬。ケネベック川（the Kennebec River）すなわちブースベイ港（Boothbay Harbor）とペノブスコット湾（Penobscot Bay）の間にある。ここにイギリス人が定住するのは、一六二五年以降である。

29　大陸棚（the Continental Shelf）は、北大西洋の漁場である。

30　スミスをこう罵ったのは、ピルグリムではなくヴァージニア植民の仲間。スミス同様その顧問であり初期総督の一人ジョージ・パーシー（George Percy）がそう言った。ブラッドフォード・スミス著『キャプテン・ジョン・スミス伝』（Bradford Smith, *Captain John Smith*, 一九五三年）、一五八頁に、ジョージ・パーシーのスミス評「実を言うと野心家で、値打ちのない、うぬぼれきった奴（vayne glorious fellowe）だ」、が引用されている。

31　特に十三世紀チンギスハーン（Ghengis Khan）治下のモンゴル人（Mongols）は、粗暴さで有名。

32　南北戦争中の一八六四年五月から六月、ウィルダネス（Wilderness）の戦い、スポツィルヴェイニア（Spotsylvania）の戦い、コールド・ハーバー（Cold Harbor）の戦いなどの初期「鉄鎚作戦」（"hammering campaign"）において、南軍指揮官リーの軍勢に圧力をかけるために、味方の軍勢に大きな被害を蒙らせた北軍指揮官グラントは、北部の新聞に「大殺戮者」（"butcher"）と書きたてられた。

33　クロートー・リー（Clotho Lee）とは、南北戦争の南部連合軍指揮官ロバート・E・リー（Robert E. Lee, 一八〇七―一八七〇年）のこと。産業が進んでいた北部に敗れる運命にあった。クロートーは、運命の三女神（Fates）の一人で、「紡ぐ女」を意味し、その糸車から生命の糸を紡ぎ出す。

34　ハーマン・メルヴィルを指す。

35　『白鯨』六十章。嵐の前の深い静けさの方が、嵐そのものよりも恐ろしい。嵐を内蔵する静けさを、火薬をつめた銃や、放たれる前の銛《もり》にたとえる記述を参照。「銛打ち」の記述については、六十二章参照。

36　「百合＝銛」（lily-iron）は、穂先が取り外しできる銛。メカジキ漁などに使われる。

37　ブラウンズ浅瀬（Browns Bank）は、アン岬の東で、ノヴァスコシアのセーブル岬の南にある漁場。ブラウン浅瀬（Brown's Bank）と同じである。二二頁「手紙2」六八行および訳註一一四三頁の注22を参照。

38　「彼女」および、次行の「彼女」は、ともに「老いた母」としてのジョン・スミスを指すと思われる。この詩の二一三行を参照。

39　ジョン・スミスの詩「航路標識」は、一三九―一四一頁「マクシマスより、グロスターへ、手紙 15」四九―七五行参照。

40　海峡（the Channel）は大西洋で、ジョージズ浅瀬（Georges Bank）の西にある溝。ジョージズ浅瀬とナンタケット（Nantucket）の浅瀬を隔てる。

41　中央漁場（Middle Ground）は、セーブル島の北で、ノヴァスコシアのハリファックスから東にある漁場。

42　ポロック・リップ漁場（Pollock Rip）は、コッド岬（Cape Cod）の南東にある漁場。

43　豊饒の角（cornucopia）は、ギリシャ神話で、幼児のゼウスに乳を与えたと伝えられるヤギの角。しばしば、角の中に花・果物・穀類を盛った形で描かれ、物の豊かさを象徴する。

44　デーハイ乾燥所（the De-Hy）は、グロスターのステート・フィッシュ埠頭（the State Fish Pier）にある水産加工工場。

偉大な創始者たちの意志がこわばって　***Stiffening, in the Master Founders' Wills***　［一二五一～一二六一頁］

1　一九五八年にグロスターで書かれた。タイトルは、ブルックス・アダムズ著『マサチューセッツの解放』（Brooks Adams, *The Emancipation of Massachusetts*, 一八八〇年）に対するオルソンの感想。

2　ルネ・デカルト（Rene Descartes, 一五九六―一六五〇年）。フランスの数学者、哲学者。「デカルトが三十四歳の時」とは、一六三〇年を指す。

3　この地は、始めはショーマット（Shaumut）とか、トライマウンテン（Trimountaine）などと呼ばれていたが、一六三〇年にジョン・ウィンスロップ（John Winthrop）がイギリスからピューリタンの移民団を率いて入植した時、ボストン（Boston）と命名された。

4　黄リンゴ（yellow sweetings）とは、ショーマット（後のボストン）への初期入植者ウィリアム・ブラクストンあるいはブラックストーン（William Blaxton or Blackstone, 一五九五―一六七五年）が、ビーコン・ヒル（Beacon Hill）の西斜面に植えたリンゴの品種。

5　クエーカー教徒（Quakers）は、「フレンド会」（the Society of Friends）としても知られる宗教団体。一六五〇年代にマサチューセッツに入植を開始し、ピューリタンの権力組織と熾烈な争いを始めた。クエーカー教徒は、神から個人に直接啓示が与えられると信じるのに対して、ピューリタンは聖職者の階層秩序を信じていた。クエーカー教徒が奴隷として売られたことについては、ブルックス・アダムズ著『マサチューセッツの解放』、三〇四-三四八頁参照。クエーカー教徒の両親が迫害されて死に、二人の子供が負債を返済するために売られた、と記してある。ただし、次に挙げる本には、ボストン・コモンでクエーカー教徒が絞首刑にされ、埋められたという記述はあるが、焼き殺されたという記述はない。チャールズ・フランシス・アダムズ著『マサチューセッツ史の三つのエピソード』（Charles Francis Adams, *Three Episodes of Massachusetts History*, 二巻本、一八九二年刊）の第一巻四〇八頁、第二巻五五〇-五五一頁参照。

6　アデル・デーヴィス（Adelle Davis）は、健康食の信者。『正しい食事で健康な身体』（*Let's Eat Right To Keep Fit*, 一九五四年）などの料理本を著わした。宗教的情熱が進歩に結びつかない例である。

7　単子論は、ドイツの哲学者ゴットフリート・ヴィルヘルム・フォン・ライプニッツ（Gottfried Wilhelm von Leibniz, 一六四六-一七一六年）の思想体系の一部であって、デカルトのものではない。

8　ジェリマイア・ダマー（Jeremiah Dummer, 一六八一-一七三九年）は、マサチューセッツ植民地のためにイギリスで働く代理人。「安息日の聖らかさについて」という説教をした人物だが、後に放蕩に耽ったと、ジェレミー・ベルナップ（Jeremy Belknap）が報告している。二六行から三〇行で言及されているのは、一七三八年のある日曜日、イギリスに来ていたS大佐が、教会で礼拝した後に、ダマーを訪ねた時のことである。『マサチューセッツ歴史協会集成』（*Collections of Massachusetts Historical Society*）、三〇五頁の注にある「サミュエル・シューアルの手紙」（"Letter-Book of Samuel Sewall"）より。

9　アン・ハチンソン（Anne Hutchinson, 一五九一-一六四三年）は、マサチューセッツ湾植民地で宗教論争の中心になった人物。一六三七年十一月に、ジョン・ウィンスロップ総督から地方集会（the General Court）へ召喚され、毎週木曜日に自宅で婦人たちを集めて「恩寵の契約について説教し、全聖職者を誹謗した」、すなわち神からの直接の啓示を説いたとして、糾弾された。ブルックス・アダムズ著『マサチューセッツの解放』、二三六-二四五頁参照。

10　神の創造についてのカント（Immanuel Kant, 一七二四-一八〇四年）とライプニッツの議論より。神が最初に左手を造ったとすれば、左手は何かと比較しなくとも、はっきりした特徴を持っていたはずであるが、この特徴は直観的には理解できても、概念的には理解できないものである、とカントは考えた。ライプニッツは、このカントの考えを正した。神が左手ではなく、まず右手を造ったとすれば、何か違う事態が生じたと考えるのは間違っている。神がまず左手を造るよりは、右手を造ったとするなら、次にもう一つの右手を造ったはずである。そうせずに、同じ資格をもつ被造物として左手を造ったのであれば、神は宇宙創造の計画を第一の行為でなく、第二の行為において変えたと解すべきだと反論したのである。ヘルマン・ヴァイル著『数学および自然科学の哲学』（Herman Weyl, *Philosophy of Mathematics and Natural Science*, 一九四九年）、九七頁注より。

11　マーブルヘッド（Marblehead）。マサチューセッツ州北東にある、大西洋に面した都市。ボストンの北東十五マイルに位置する。

12　アルゴンキン族（Algonquin）は、もともとカナダのオタワ川（the Ottawa River）沿岸およびセント・ローレンス川（the St. Lawrence River）北部の支流沿いに住んでいた北米インディアン。インディアンの語族としては北米最大である。

13　イースト・アングリア（East Anglia）は、イギリス南東部、ノーフォーク（Norfolk）とサフォーク（Suffolk）より成る。ジョン・ウィンスロップの出身地は、サフォークのグロトン（Groton）である。

14　ウィリアム・シェイクスピア（William Shakespeare, 一五六四―一六一六年）のこと。英語圏を代表するイギリスの詩人・劇作家。

15　ショタリー（Shottery）は、シェイクスピアの妻となったアン・ハサウェイ（Anne Hathaway, 一五五六―一六二三年）の家があった場所。一九二八年に、オルソンはその小さな家を訪れた。シェイクスピアの生地ストラットフォード・オン・エイヴォン（Stratford-on-Avon）から西へ一マイル行った所にある。

16　「愛しいハサウェイ」とは、シェイクスピアの妻となるアン・ハサウェイのこと。

17　カシオペア座は、Wに似た形をしている。

18　ジョン・ウィンスロップ著「一六三七年五月に成立した、法廷の秩序を擁護する宣言」（John Winthrop, "A Declaration in Defence of an Order of Court Made in May," 一六三七年）。『ウィンスロップ文書』（*Winthrop Papers*）、三巻四二―四頁所収。

19　テンヒル農園（Tenhill farm）とは、テン・ヒルズ（Ten Hills）のこと。総督ジョン・ウィンスロップの土地で、ミスティック川（the Mystic River）沿い。メドフォード（Medford）にある六百エーカーの土地である。この近くに牧師ウィリアム・ブラックストーン（William Blackstone）はリンゴの木を植えた。「ブラックストンりんご」については四三五頁「ダンフォース年鑑」三行目参照。

20　ジョン・ウィンスロップが息子のジョン・ウィンスロップ・ジュニアに渡した証書より。『ウィンスロップ文書』、四巻四一六頁参照。

21　カナーン（Canaan）は、神がアブラハム（Abraham）とその子孫に約束した古代の土地で、現在のパレスチナ（Palestine）にあたる。イスラエル人にとって、約束の地、理想郷。初期入植者は、ニューイングランドを約束の地、新しいカナーンと見なした。

22　カイン（Cain）は、最初の人殺しである。アダム（Adam）とイヴ（Eve）の長男で、弟アベル（Abel）を殺した。カインは、ここではステッキや棒を表わす「ケイン」（"Cane"）と綴られているが、「ケイン」と「カイン」は英語では同音［kéin］である。

23 モーセ（Moses）は、イスラエルの指導者。エジプトで捕らわれていたイスラエル人たちをカナーンに導いた。ヘブライの一神教を設立した人物である。神は超越神であるが、神の民と契約を結んだと信じた。ブルックス・アダムズ著『マサチューセッツの解放』の一九一九年版序文には、「立法者、理想家、宗教的預言者、幻視者のモーセと、政治的冒険家、鋭敏で悪辣な俗人モーセとの間で、精神と物質が衝突する。モーセが注目に値するのは、ここである。モーセとモーセの文明が瓦解するこの地点こそ、時の初め以来、進歩的文明が陥った裂け目なのである」と書いてある。

24 コリントスについては、二四二頁「吉報」一三〇行参照。

25 ウィンスロップは、「宗教的情熱は誘惑です」と言ってハチンソン夫人を糾弾した。ブルックス・アダムズ著『マサチューセッツの解放』、二三五−二四五頁。

26 ウィンスロップは、ハチンソン夫人の行いが、「両親の名誉を汚す」とも言った。アダムズ著『マサチューセッツの解放』、二三七頁。

27 「針仕事」は、叙事詩への言及。一三七頁「マクシマスより、グロスターへ、手紙 15」三三行の「ラプソディア」参照。

28 ローズ＝トループ著『ジョン・ホワイト伝』、九九頁注より。

（ヨーク出身の）クリストファー・レヴィット船長 ***Capt Christopher Levett (of York)*** ［二六二〜二六七頁］

1 一九五七年から一九五八年の冬に、グロスターで書かれた。

クリストファー・レヴィット（Christopher Levett, 一五八六−一六三一年頃）は、メイン州海岸への初期入植者。六千エーカーの土地をもらい、ヨーク市を造ろうとした。イギリスの故郷ヨークにちなんだのである。一六二三年に、インディアンがクアック（Quack）と呼んだ土地——現在のポートランド（Portland）——に入植し、これをヨークと名づけ、そこに要塞として機能する館を建てた。一六二四年には、家族を連れにイギリスに帰国。この時、残しておいた約十人のうち、四人は一六二二年に、ウェサガセット（Wessagusset）へ入植したトマス・ウェストンの一行のメンバーだった。トマス・ウェストンについては、二一五頁「それでサッサフラスが」九行を参照。

2 ポートランドは、メイン海岸にある都市。グロスターから約八〇マイル北にある。

3 チャールズ・ハーバート・レヴァーモア編『ピルグリムとピューリタンの先駆者および競争者』（Charles Herbert Levermore ed., *Forerunners and Competitors of the Pilgrims and Puritans*, 二巻本、一九一二年）、二巻六三一頁参照。

4　一二三五―一二三六頁「吉報」一―二七行参照。

5　「ハウス島」（"House Island"）は、ポートランド港（Portland harbor）内にある。一六二三年から一六二四年にかけて、レヴィットが防備を固めた住居のある島である。レヴァーモア著『ピルグリムとピューリタンの先駆者および競争者』、六二〇頁注に、「ハウス島」という島の名前はレヴィットの館にちなむ、と書いてある。

6　バブソン著『グロスター史』の四四頁に、コナントの館の遺物が、セーレムのコート・ストリート（Court Street）とチャーチ・ストリート（Church Street）の角に、いまなお立っている、と書いてある。現在は、七破風の家の裏手に当たる。

7　「射抜く」は"strike"の訳語である。一四頁「ぼく、グロスターのマクシマスより、きみへ」七七―七八行の「射抜く」も同じである。

8　レヴァーモア編『ピルグリムとピューリタンの先駆者と競争者』、六二〇頁より。

9　初代入植者は魚を求めてアン岬に上陸したが、第二次入植者はピューリタンの一団で政教一致の国を建設することを夢見た。

10　「七年もすれば」とは、一六三〇年頃を指す。ウィンスロップが率いる入植者の第二波が到着し、ピューリタンの国を作ろうとする頃の意。七四二頁一行目に「七年たったら、おまえは自分の手で灰を運ぶ事ができるだろう」という詩句がある。

11　腸内のガスを抜いて、膨満した腸を楽にする薬のこと。

12　ウォシュ・チン・ギーカ（Wash-Ching-Geka）は、ウィニベゴ族インディアン（the Winnebago Indians）のトリックスター。トリックスターは、神話や民話に登場し、人間に智恵や道具をもたらす一方、社会の秩序をかき乱すいたずら者である。ウィニベゴ族は、ウィスコンシン（Wisconsin）州のグリーン湾（Green Bay）の南に本拠地があったスー族（Sioux）の一派。ポール・ラディンの『トリックスター』（Paul Radin, *The Trickster*, 一九五六年）では、ワクジャンケイガ（Wakdjunkaga）と綴られている。オルソンの典拠は、マサチューセッツの靴屋が宣伝のために出版した小冊子『インディアンのおとぎ話』（*The Trot-Moc Book of Indian Fairy Tales*）中の「ウォシュ・チン・ギーカはどのようにして象を倒し、なぜ象はアメリカ先住民の動物ではなくなったか」（"How Wash-Ching-Geka Destroyed the Elephant and why Elephants are no longer Native American Animals"）という物語である。この小冊子をオルソンは少年時代から大事に所有していたという。

13　レヴァーモア編『ピルグリムとピューリタンの先駆者と競争者』、六〇九―六一〇頁参照。

14　「驚異の鎧」（coat of wonder）は、世界や人生に驚異を見出す者が着る鎧。拝金主義や商業主義など人間の尊厳を犯すものと戦う、戦士の服装だと思われる。

ジョージズ浅瀬に関する第一の手紙　*1st Letter on Georges*　［一一六八〜一一七一頁］

1　一九五七年から一九五八年にかけて、グロスターで執筆。

2　一八六二年二月にジョージズ浅瀬（Georges Bank）を襲った嵐の記述は、多少の異同を除き、ジョージ・H・プロクター著『漁師の備忘録』（George H. Procter, *The Fisherman's Memorial and Record Book*, 一八七三年）、五四–五九頁から採られている。題名は「一八六二年二月二十四日にジョージズ浅瀬を襲った恐ろしい嵐について。初めから終わりまで現地にいた者の体験」（"On Georges Bank in the Terrible Gale of February 24th, 1862. The experience of one who was there for the first and the last time"）。数頁先には、一八七三年八月二十四日にジョージズ南浅瀬で百二十八人が死亡した時の記述がある。「一八七三年八月二十四日、日曜日の恐ろしい嵐。その悲惨な結末！」（"The Terrible Gale of Sunday, August 24, 1873. Its Fearful Consequences!"）。

3　ジョージズ南浅瀬（South Shoal）は、大西洋上の漁場。ジョージズ浅瀬の南西の端の沖合いにあり、ナンタケットに近い。

4　索具（rigging）とは、船の帆柱、帆桁《げた》、帆を支えるロープ、鎖などの総称。

［ジョージズ浅瀬に関する第二の手紙］［*2nd Letter on Georges*］［一一七二〜一一七九頁］

1　一九六八年六月にオルソンが語ったことによれば、「冬にグロスターから出航した」（六行）で始まり、「ジョンは、アイランズ湾で／乗組員全員と共に海の藻屑となった」（九三–九四行）で終わる物語をルー・ダグラス（Lou Douglas）が語り、その上の欄に記されているのはダグラスの義理の兄弟フランク・マイルズ（Frank Miles）のコメントである。ルー・ダグラスとフランク・マイルズはエラ・M・グッドウィン号（the *Ella M. Goodwin*）で航海した仲間で、共にウェスタン・アヴェニューのステージ・フォート公園近くに住んでいた。オルソン一家の隣人である。ステージ・フォート・アヴェニュー（Stage Fort Avenue）にあったオルソンの両親の家を、この二人が訪れてさまざまな話をした。彼らの話に、オルソンは同じ船に乗り込んでいたベン・フロスト（Ben Frost）から聞いた話を加えた。ルー・ダグラスは、二一頁「マクシマスより、グロスターへ、手紙　2」四一行の「ボラードで、頭のてっぺんをすっかりえぐり取られた奴」である。

2　ベン・フロスト（Ben Frost）。エラ・M・グッドウィン号に乗り込んでいた漁師。

3　ハイランズ（the Hylands）は、ジョージズ浅瀬近くの漁場である。

4　ボストン・ポスト紙（the *Boston Post*）は、この事件を報じた新聞の名。

5　南浅瀬（South Shoal）については、一一六九頁「ジョージズ浅瀬に関する第一の手紙」一七行およびその詩に関する訳註一二〇〇頁の注2と3を参照。大西洋上の漁場で、ジョージズ浅瀬南西の端の沖にある。ナンタケットに近い。

6　南海峡（South Channel）は、ジョージズ浅瀬の西端にある漁場。

スクーナーの各部名称

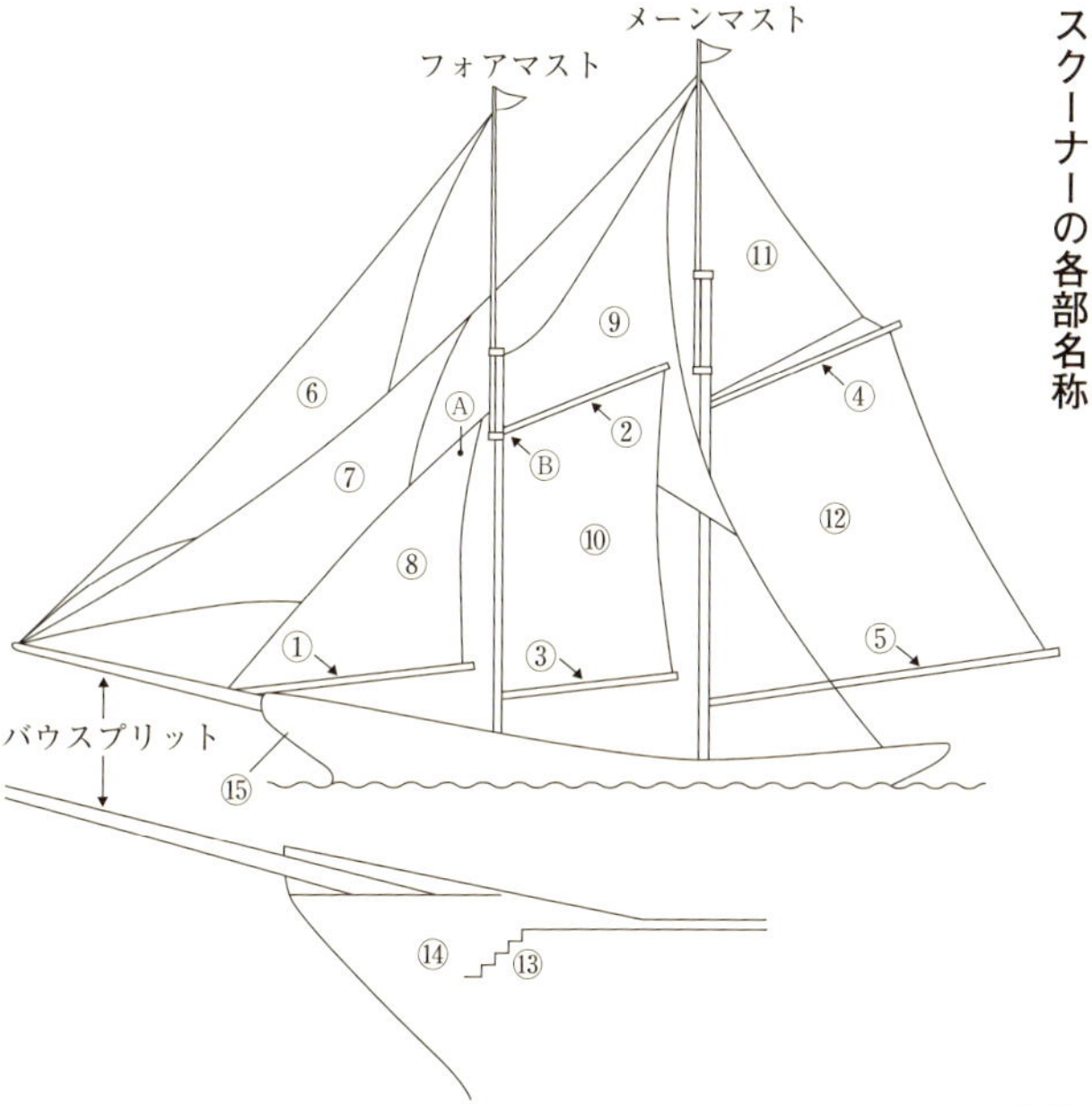

この図は、略図である。スクーナーは、中型のもので一〇〇トンを超え、全長三〇メートル、幅七メートルはある。

バウスプリット（bowsprit）船首斜檣《しょう》。

フォアマスト（foremast）前檣、最前部マスト。

メーンマスト（mainmast）大檣、主檣。

①ジャンボ・ブーム（jumbo boom）大帆桁《ほげた》。②ガフ（gaff）縦帆《じゅうはん》上部の斜桁《こう》。③ブーム（boom）帆桁。④ガフ（gaff）縦帆上部の斜桁。⑤ブーム（boom）帆桁。主帆桁《メーンブーム》と呼ばれている。⑥フライング・ジブ（flying jib）船首最前方の三角縦帆。⑦アウター・ジブ（outer jib）船首三角帆　⑧フォーステースル（forestaysail）前檣ステースル。スクーナー用のジャンボ・ブームのある前檣ステースルは大きな帆なので、ジャンボと呼ばれる。⑨メーンステースル（main staysail）メーンマストを前方に支える支索《ステー》（stay）に張る三角帆。⑩フォースル（foresail）前檣《フォアマスト》のガフにつけた前檣縦帆。⑪ライディングスル（riding sail）最後部のマストに張る三角帆。⑫メーンスル（mainsail）主帆、大帆、あるいは大檣帆と呼ばれる。⑬コンパニオン・ウェイ（companion way）甲板への昇降階段。⑭フォクスル（forecastle, fo'c'sle）船首楼。船首部で少し高くなった部分。あるいは、その下にある船員部屋。⑮フォーピーク（forepeak）船首倉。船首部の狭いところにある。

Ⓐ三角帆のこの部分は、ヘッド（head）と呼ばれる。

Ⓑスロート（throat）。縦帆前部上端、四辺形縦帆の前部上端の呼び名である。

右の図を作成するに当たっては、以下の書籍を参考にした。

Chapelle, Howard I., *The American Fishing Schooners 1825-1935*. New York, Norton, 1935.／Davis, Charles G., *The Ship Model Builder's Assistant*. New York: Dover, 1988.／Kemp, Peter ed., *The Oxford Companion to Ships and the Sea*. Oxford: Oxford UP, 1976／Mondfeld, Wolfram zu, *Historic Ship Models*. New York: Sterling Publishing, 1989.／Pheby, John ed., *Oxford-Duden: Pictorial English Dictionary*. Oxford: Oxford UP, 1981.／Thomas, Gordon W., *Fast and Able: Life Stories of Great Gloucester Fishing Vessels*. Gloucester, Mass: Gloucester 350th Anniversary Celebration Inc., 1973.

7　フランク・マイルズ（Frank Miles）。二一一頁「マクシマスより、グロスターへ、手紙　2」四九行に「無口な奴」として登場している。

8　測鉛（そくえん）は、綱の先に鉛をつけたもの。海中に投げ入れて、水深をはかる。

9　カルティヴェイター浅瀬（the Cultivator Shoal）は、ジョージズ浅瀬の北西部にある。

10　船首倉《フォーピーク》（forepeak）。船首の狭いところ。訳註一二〇一頁、スクーナーの各部名称図の⑮を参照。

11　二頁ではなく、九頁に「大波にて船員海に落下」（"Big Wave Swept Men Overboard"）の記事がある。

12　テークル（tackle）とは、ロープと滑車を組み合わせたもの。

13　ピーク（peak）は、斜桁尖端。ハリヤード（halyard）とは、帆や帆桁を上げる動索《どうさく》。ピーク・ハリヤードは、斜桁尖端の動索。

14　測定索（log line）は、通常、船の速力を知るために使う。

15　ドーリーの相棒は、当直仲間のエド・ローズと同一人物だとも、仲の良いジョニー・マッケンジーだとも思われるが、はっきりしない。ドーリー（dory）は、ニューイングランドで鱈漁に用いられる平底の軽舟。二二一頁「手紙2」六三行、および訳註一一四三頁の注21を参照。

16　ベア・リヴァー（Bear River）は、ノヴァスコシア南西部のディグビー（Digby）郡にある村。ファンディ湾（the Bay of Fundy）に近い。

17　シェルバーン（Shelburne）は、ノヴァスコシア南西部の町。ベア・リヴァーから南へ六十マイル行った所にある。

18　アイランズ湾（Bay of Islands）は、セント・ローレンス湾（the Gulf of St. Lawrence）の入り江。ニューファンドランドの西岸にある。

19　漁業協会（The Fishermen's Institute）は、グロスターのダンカン・ストリート八番地にあった漁師の社交クラブ。

20　舷墻は、上甲板に波の上がるのを防ぐため外舷に沿って設けた銅板の囲い。

21　船首楼《フォクスル》（forecastle, fo'c'sle）。船首部で少し高くなった部分の下にあるスペース。訳註一二〇一頁、スクーナーの各部名称図の⑭を参照。

22　前檣ステースル《ジャンボ・ステー》（jumbo stay）。スクーナー用のジャンボ・ブーム（jumbo boom〔大帆桁〕）がある前檣ステースル（forestaysail）は、大きな帆であるためジャンボ（jumbo）と呼ばれる。ステー（stay）は、ステースル（staysail）を縮めて、こう言った。スクーナーの各部名称図の⑧である。

23　縦帆前部上端《スロート》（throat）は、四辺形縦帆《じゅうはん》の前部上端。この箇所（一二二行）で、ベン・フロストがつかまったのは、大帆桁のある前檣ステースルである。その帆がスロート（スクーナーの各部名称図のⒷ）付近のⒶで外れた、の意。スロートⒷ

とヘッド（head）Ⓐとは、動索でつながっている。

24　叉柱《さちゅう》は、使用していない時の帆桁を支える。

ジョン・バーク　***John Burke***　［一一八〇～一一八五頁］

1　一九五八年一月に、グロスターで執筆。

2　一九五八年一月三日の『グロスター・デイリー・タイムズ』（*Gloucester Daily Times*）第一頁に掲載された記事「退任する市会議員たち、感謝状を贈られる」（"Retiring Councillors Complimented"）に基づく。市会議員のオーエン・E・スティール（Owen E. Steel）が、退任する二人の市会議員、ドナルド・J・ロス（Donald J. Ross）とベンジャミン・A・スミス二世（Benjamin A. Smith II）のそれぞれに、額入りの感謝状を贈った。ロスもスミスも市長を務めたことのある人物であった。謝辞を述べるスピーチで、ロスは程なく政界に戻る意を表明し、スミスは市のために働くことが喜びだったと述べた。精力的な活動を称えられるスミスは、政敵ジョン・バークを「恐怖にかられて何一つ建設的な行動をしなかった人物」と揶揄した。退任式開始前、バークはロスへの感謝状には署名したが、スミスへの感謝状には署名を拒否した。また、感謝状に記された決議案に対して、起立によって賛意を表明する際に、起立を拒んだ。

3　デカルト著『哲学原理』（Descartes, *Principia philosophiae*, 一六四四年）の用語。ホワイトヘッドが『過程と実在』（Whitehead, *Process and Reality*, 一九二九年）の六七頁と一一三頁注で用いている。「内省《インスペクティオ》」（inspectio）は直観に至るものであり、「判断《ユディキウム》」（judicium）は判断力、論理的分析、もしくは推論を示す。

4　ホワイトヘッド著『過程と実在』、四九七頁には「元気を回復させるか、嫌悪感を抱かせるかの内的源である裁判官（the judge）は、事物の本質から立ち現われる身受け人もしくはいたずらな女神であり、その変容体は、神の存在の内部において永遠である」と書いてある。

5　ブリモドキ（pilot fish）は、鮫を餌のある方へ導く魚。

6　「取り決め」（agreement）とは、政敵スミスの方がバーク以上に、市と市議会に貢献したと、市会議員のほぼ全員が認めようとしていること。

7　イソップ（紀元前六二〇年頃–紀元前五六〇年）は、ギリシャの寓話作家である。オルソンは"Esop"と記しているが、"Aesop"と綴るのが正しい。

8　スミスは、一九一六年生まれで、グロスター市会議員から後に合衆国上院議員になった（一九六〇–一九六二年）。一九三九年のハーヴァード大学卒業生である。フルバック（fullback）は、アメリカン・フットボールで最後方に位置する一人の選手を言う。

9　バーキー（Burkey）は、バーク（Burke）に対する親しみをこめた呼び方。

10　「女神」（goddess）は、都市の守護神であり、壁や塔のある都市を冠にしてかぶった姿で現われる地母神《グレート・マザー》（great mother）である。例えばキュベーレ（Cybele）。

11　元々は別の詩。『爆発』（*Combustion*）に「ジョン・バーク」を掲載してくれたカナダの詩人、レイモンド・スースター（Raymond Souster）のために書いた詩。

12　ヤナ＝ホピ語（Yana-Hopi）とは、明瞭な言語。

13　エドワード・サピアー著『言語』（Edward Sapir, *Language, An Introduction to the Study of Speech*, 一九二一年）の一九四九年版一一八頁にその例がある。（例一）"he came to the house"→"he reached the house"; "he reached the proximity of the house"; "he reached the house-locality"（例二）"he looked into the mirror"→"he scrutinized the glass-interior" のように「へ」（"to" や "into"）を名詞に含ませる形で示すのである。

14　位相幾何学は、長さ・大きさなどの量的関係を無視し、図形相互の位置、つながり方などを、連続的に変形させて、その図形の本質的な性質を見つける。また、そのような変形のもとでどれほど異なる図形があるかを研究する幾何学。図形の位相的性質を研究する幾何学である。トポロジー（topology）。

15　リビドー（libido）は、欲望の意。フロイトの用語で、性的衝動の基になるエネルギー。ユングでは、あらゆる行動の根底にある心的エネルギーを広く言う語である。

16　オルソン著「現実と等しいこと」（"Equal, That Is, to the Real"）『オルソン選集』（*Selected Writings*, 一九六六年、四六–五二頁に所収）、四九頁に小さな物で大きな物を示す例があげてある。エリック・A・ハヴロック著『プラトン序説』（Eric A. Havelock, *Preface to Plato*, 一九六三年）に関して、オルソンは『補足的散文』の中で、「われわれは地図を作る必要がある。位相幾何学による近接値では、ミクロコズムが絶対になる」（Olson, *Additional Prose*, 一九七四年、五三頁）と言う。ヘルマン・ヴァイル著『数学および自然科学の原理』（Hermann Weyl, *Philosophy of Mathematics and Natural Science*, 一九四九年）、八六頁には「無限小において、基本的・統一的法則が見いだせる」と書いてある。

17　フォスター氏（Mr. Foster）とは、イギリスの童謡に登場するフォスター博士（Doctor Foster）のこと。

　フォスター博士がグロスターへ行った／雨の降るなか
　水たまりに落ちて／へそまでつかり／二度と行かなかったグロスター

18　サピアー著『言語』一九四九年版、一一九頁注ヤナ語の例に、「そして＝過去＝私は行く」が「そして私は行った」を表わすと書いてある。

手紙、一九五九年、五月二日　*Letter, May 2, 1959* ［二八六〜三〇〇頁］

1　一九五九年五月二日に、グロスターで執筆。

2　オーク・グローブ墓地（Oak Grove Cemetery）は、ワシントン・ストリートからグローヴ・ストリート（Grove Street）へ折れたあたりにある。一行目「オーク・グローヴ墓地」から一六行目の「ケントの土地／ピアスの土地」は、グロスターの「教会堂の平原」（Meeting House Plain）と呼ばれた一帯を実地測量したもの。教会堂の平原は初期入植者の最初の教会堂に近く、アニスクウォム川の東にある。港からワシントン・ストリートを通って約一マイルのあたりに位置する。

3　ジョン・ウォリス（John Wallis, 一六九〇年生まれ）とその息子たちの地所。

4　ジョン・ホワイト牧師（Reverend John White, 一六七八–一七六〇年）は、グロスターの牧師。ドーチェスター・カンパニーの創始者ジョン・ホワイトではない。「教会堂の平原」のすぐ下に地所を与えられ、そこに住んだ。

5　センテニアル・アヴェニュー（Centennial Avenue）は、グローヴ・ストリートがワシントン・ストリートと交わった所から南へ下り、ウェスタン・アヴェニューに至る通り。

6　ホイットモア・ストリート（Whittemore Street）は、ワシントン・ストリートから西へ、アニスクウォム川沿いの湿地に向かってのびる。

7　トマス・ケント（Thomas Kent, 一六五八年没）は、墓地の近くに家と土地を持っていた。墓地は、かつての「教会堂の丘」（Meeting House Hill）の近くにあった。「教会堂の丘」は、現在のルート一二八の環状交差点に当たる。

8　初期入植者ジョン・ピアス（John Pearse, 一六九五年没）は、ミル川とアニスクウォム川の間に突出した狭い突端ないしは岬に住んでいた。現在のホイーラーズ・ポイント（Wheelers Point）かと思われる。

9　マーシュ・ストリート（Marsh Street）は、「教会堂の丘」があった所から北にあり、ワシントン・ストリートと交差する。「教会堂の丘」については、訳註一二〇六頁の注14を参照。

10　シルヴェスター・エヴァリス（Sylvester Eveleth, 一六八九年没）。

11　ウィリアム・パーキンズ（William Perkins, 一六〇七–一六八二年）は、リチャード・ブリンマン（Richard Blynman）の後を継いだグロスターの牧師。一六五〇年にグロスターに入植し、ブリンマンの土地の一部を与えられた。オバダイア・ブルーエンの土地を買い取り、一六五五年までグロスターで住んだが、トマス・ミレット（Thomas Millett）に土地を売り、トップスフィールド（Topsfield）に移った。

12　トマス・ミレット（Thomas Millet, or Millett, 一六七六年没）。息子も同名（一六三三–一七〇七年）である。父親の方が、一六五五年にウィリアム・パーキンズから土地を買い取った。

13　オバダイア・ブルーエン（Obadiah Bruen）は、「教会堂の丘」の共有部分「教会堂の緑地」（Meeting House Green）の南西に住んでいた。一六五〇年に全ての財産を売り払って、ニューロンドン（New London）へ移住。そこで、記録係を勤めた後、ニュージャージー州ニューアーク（Newark）へ移住した。

14　ページ左端の「七〇歩」から左回りに「丘は途切れる」までは、かつての「教会堂の丘」を図示しようとしている。「教会堂の丘」は、ほぼ現在のルート一二八の環状交差点に当たる。初期入植者が、第二、第三の教会堂を建てたところである。おお（O）の連なりは、「古い石壁」に見えるよう意図されている。

15　グロスター初期の教会堂が建てられた「教会堂の丘」にあった共有地。アニスクウォム川の東側で、港からワシントン・ストリートを数マイル北へ上ったところにある。

16　ウィリアム・エラリー（William Ellery, 一六九四―一七七一年）は、ジョン・ホワイト牧師から土地を買い取った。エラリーの家は「教会堂の緑地」跡の目印になっていたが、一九五三年にルート一二八が通ると、環状交差点の北へ移された。

17　バブソンの家。ルート一二八環状交差点の南西、ワシントン・ストリート二四五番地にある。一七四〇年に、ジョーゼフ・アレン（Joseph Allen）が建てた。

18　入植地メイン州ピスカタクォー（Piscataqua）のこと。

19　「ゴンドラ」（gondola）の綴り字が崩れて「ガンダロー」（gundalow）と記された。ニューイングランドの感潮河川で、湿地からソルト・ヘイ（salt hay）、すなわち、塩分の多い土地に生える植物の干し草、を運ぶのに広く用いられた。

20　ヴィルヒャウルマー・ステファンソン（Vilhjalmur Stefansson, 一八七九―一九六二年）は、北極探検家。『帝国の北コース』（*Northward Course of Empire*, 一九二二年）で、文明の中心が北へ向かう理論を著わした。

21　ダニエル・M・ウィルソン牧師（Rev. Daniel M. Wilson）が、一八九二年八月二十一日に、グロスター市政二五〇年祭の説教をした。続く五行（六〇―六四行）は、ウィルソン牧師の説教からの引用である。『グロスター市政二五〇年記念記録』（*Memorial of the Celebration of the Two Hundred and Fiftieth Anniversary*, 一九〇二年）、三八頁参照。

22　ウィルソン牧師の説教には（六三行目）、「創世記」四九章一三節「ゼビュロンは海の港に宿り、船の安息所となるであろう」からの引用がある。ゼビュロン（Zebulon）とは、ヤコブ（Jacob）とレア（Lear）の息子ゼブルン（Zeblun）のこと。「創世記」三〇章二〇節参照。またその子孫。ゼブルン族。

23　マサチューセッツ州スプリングフィールドのジョン・L・R・トラスク牧師（Rev. John L. R. Trask）は「昨日のグロスター、明日のグロスター」（"The Gloucester of Yesterday and the Gloucester of Tomorrow"）という講演を行なった。『グロスター市政二五〇年記念記録』、一〇三頁所収。

24　以下の十六行（六七―八二行まで）は、エドワード・ジョンソン著『奇跡を行なう神意』（Edward Johnson, *The Wonder-Working Providence of Son's Saviour in New England*, 一六五三―一六五四年）の二十章から引用されている。

25　船大工ウィリアム・スティーヴンズ。六七頁「手紙7」二七行に「初代マクシマス」として登場。

26　紀元前第二千年紀後半、エジプトへの侵入者が、「海の民」（the Peoples of the Sea）と呼ばれた。彼らは、紀元前一二三〇年頃、メネプタハ王（Meneptha）によって撃退された。ベラールは海洋民族の中にギリシャ人も含まれていたと言う。ヴィクトール・ベラール著『ホメロスはいたか？』、三八頁参照。

27　カデシ（Kadesh）は、レバノン（Lebanon）のオロンテス川（the Orontes River）河畔の古代都市。紀元前一二八八年に、ラムセス二世の率いるエジプト軍が、この地でヒッタイト（the Hittites）と戦った。

28　ラムセス二世（Ramses II, 前一三〇四–前一二三七年）は、エジプト第十九王朝のファラオ。

29　以下、九二行まで、初期入植者の名前と出身地が列挙してある。

30　サザック（Southwark）は、大ロンドン（Greater London）中部、テムズ川（the Thames River）南岸の自治区。

31　シルヴェスター・エヴァリス（Sylvester Eveleth）は、自分の名を「エヴァリー」（Everleigh）と書き記した。ニューイングランドへ入植する時代のイギリスのデヴォンシャー郡（the county of Devonshire）には、エヴァリーという名があった。更に古くは「イーヴリー」（Yeverleigh）と書き表わした。

32　一七二三年に、トマス・ミレット（Thomas Millett）は、ジョーゼフ・アレン（Joseph Allen, 一六五三年頃–一七二四年）に、「教会堂の緑地」の西側にある地所を売った。オルソンは、グロスター市史から、この事実を見つけ出した。

33　オルソンが、自分のファンであり、導き手であり、恋人でもあるフランセズ・ボルダレフ（Frances Boldereff）に向かって語っている箇所。フランセズ・ローズ＝トループとフランセズ・ボルダレフは、同名の女性である。

34　フランセズ・ローズ＝トループ（Frances Rose-Troup）は、イギリスの歴史家。ニューイングランド初期の歴史に関する著作がある。中でも、『ジョン・ホワイト伝——ドーチェスターの家長にして、マサチューセッツの設立者——』（*John White, the Patriarch of Dorchester and the Founder of Massachusetts*, 一九三〇年）は、ドーチェスター・カンパニーのアン岬入植に関する新たな事実を提供するものであった。

35　ウロボロス（uroboros）は、自分の尾を噛む蛇で、完全円の象徴。

36　ヘリゲル著『禅と弓道』（Eugen Herrigel, *Zen in the Art of Archery*, 英訳版一九五三年）、三六–三七頁に弓道の心得が書かれている。

37　ウェイマス港記録については、一二三〇頁「記録」タイトル行を参照。

38　幹線道路。「ルート一A」（Route 1 A）と「ルート一二八」（Route 128）を使うことによって、ボストンとグロスターは短時間で行き来できるようになった。

39　リヴァーデイル・パーク（Riverdale Park）は、ワシントン・ストリートとミル池（Mill Pond）との間にある住宅造成地。

40　実際に教会堂が波の下になったのではなく、教会堂の建っている土地が、かつては波の下にあったという意味である。

41　シルヴェスター・エヴァリスのこと。バブソン著『グロスター史』の九一頁によると、ミル池の北の土地を与えられて、「教会堂の丘」に住んでいたが、後にアニスクウォム川の西に住居を移したらしい。

42　二八九頁六〇－六四行のウィルソン牧師の説教を参照。および訳註一二〇六頁の注22を参照。

43　「万物のくず」("the rubbish of creation")は、ハーマン・メルヴィル著『海峡航行日誌』(Herman Melville, *Journal Up the Straits*, 一九三五年)に出てくる言葉である。オルソン著『わが名はイシュマエル』(Charles Olson, *Call Me Ishmael*, 一九四七年)、九八頁に引用されている。

44　ウィルソン牧師が引き合いに出したのは、歴史家ウィリアム・ハバード牧師(Rev. William Hubbard)ではなく、グロスター初期の牧師サミュエル・チャンドラー牧師(Rev. Samuel Chandler)である。さらに、ウィルソン牧師が語ったのは市政二五〇年記念祭であって、三〇〇年記念祭ではない。ただし、ウィルソン牧師の説教が収録されているのは、ジェームズ・R・プリングル編『市政三〇〇年記念記録』(James R. Pringle ed., *The Book of the Three Hundred Anniversary*, 一九二四年)である。

45　氷河が後退するときに堆積した砕岩質、特に砂礫層から成る丘陵地形。三九九頁「ロバート・ダンカンのために」二行にも「氷礫丘《ケイム》」として出てくる。

46　ファイヴ・パウンド島(Five Pound Island)は、グロスター港内港の奥近くにある島。テン・パウンド島同様、初期入植者がインディアンから買い取った金額が島の名前になった。現在はステート埠頭の一部になっている。

47　ステート埠頭(State Pier)の正式名はステート漁業埠頭(The State Fish Pier)で、州営漁業埠頭の意。四階建ての冷蔵倉庫および加工工場をもつ三〇〇メートル余りの埠頭。グロスター港の内港の奥から港へのび、かつてのファイヴ・パウンド島を含む。

48　A・ピアット・アンドルー橋(A. Piatt Andrew Bridge)は、ルート一二八にアニスクウォム川を越えさせるために造られた橋。一九二一年から一九三六年までマサチューセッツ州代表として国会議員を勤めたエイブラム・ピアット・アンドルー・ジュニア(Abram Piatt Andrew Jr., 一八七三－一九三六年)にちなんで名づけられた。一九五〇年に完成。

49　サミュエル・ホジキンズ(Samuel Hodgkins, 一六五八年生まれ)は初期入植者。一六九四年に、アニスクウォム川の東岸から西岸へ渡し舟を運行する許可をグロスター町(現在のグロスター市)から与えられた。

50　音響測深機《ファゾメーター》の発明者はグロスターのハーバート・グローヴ・ドーシー(Herbert Grove Dorsey)。一九二八年四月二四日に特許を取得した。

51　オロンテス川（the Orontes River）は、シリア西部の川。テュロスの北方で、地中海へ流れ込む。近くにカデシ、およびゼウスがテュポンと戦ったカシアス山（Mount Casius）がある。

52　テュポン（Typhon）は、ギリシャ神話の怪物で大地とタルタロス（Tartarus）の子。ゼウスと戦い、傷を負わせ、コルキスの洞窟（the Corycian Cave）へ閉じ込めたが、助け出されたゼウスに打ち負かされた。最後の戦いは、オロンテス川河口のカシアス山で行なわれた。

53　キャッシェズ岩礁（Cashes Ledge）。一五六頁「初めてファン・デ・ラ・コーサの眼で世界を見て」二三行、三三七頁「生涯おれは、多くのことを聞いてきた」七行、四九六頁「嵐が去った後」二行を参照。「キャッシェズ岩礁」（"Cashes"）とカシアス山（Mount Casius）との音の類似に注意。キャッシュ岩礁（Cash's Ledge）とも記される。

54　「だが、こんな火事騒ぎになると……」は、トラスクの説教で引用されたエドワード・ジョンソンの言葉。一九〇頁、八一–八二行参照。

55　エドワード・ジョンソン氏（Mr. Edward Johnson, 一五九八–一六七二年）は、一六三〇年にニューイングランドに渡った。『奇跡を行なう神意』の著者。トラスク牧師は、この書物から引用して説教した。一八九頁六六–六七行参照。

56　ステイシー海岸通り（Stacey Boulevard）を指す。運河の東のウェスタン・アヴェニューに沿い、パヴィリオン・ビーチ（Pavilion Beach）およびグロスター港西を見下ろす。

57　「予備士官訓練生」（R.O.T.C.）とは、大学生および高校生を対象とした軍事訓練プログラムに参加する学生。Reserve Officers Training Corps の略。当時のグロスター高校の生徒を指す。

58　「ピシアスの軟泥」については、一二六頁「手紙14」八七–八八行参照。

59　「ノヴォ・シベルスキー・スロヴォ」（"novo siberskie slovo"）ではなく、「ノヴォ・シビルスキー・オストローヴァ」（"Novo Sibirskye Ostrova"）が正しい。「新シベリア諸島」の意。北極海の群島である。七三五頁「カボット断層をまたぐ」二五–二七行にも出てくる。

60　十八世紀後半および十九世紀初めにおける広東（Canton）市場の重要性については、サミュエル・エリオット・モリソン著『マサチューセッツ海事史』（Samuel Eliot Morison, *The Maritime History of Massachusetts 1783-1860*, 一九三〇年）参照。

61　スリナム（Surinam）。二一八頁「それで、サッサフラスが」五四行参照。

62　ロジャー・コナントは、「ベヴァリー」（Beverly）という町名を「バドリー」（Budleigh）に変えたいと地方集会（the General Court）に請願した。理由は、「ベヴァリー」が「ベガリー」（乞食）」（Beggary）と仇名され、これを町民が好まないからというものだった。「バドリー」ならイギリスの賑やかな町の名であって好ましいという訳である。

63　「彼女」とは、フランセズ・ローズ＝トループのこと。一行前の「この婦人」も同じである。ローズ＝トループ著『ジョン・ホワイト伝』の九二–九三頁参照。また、二九三頁、一一四–一一五行参照。

64　トレイン油（train oil）については、一三〇頁「記録」七行参照。

65　コアフィッシュ（corfish）については、一三〇頁「記録」六行を参照。

66　ローズ＝トループ著『ジョン・ホワイト伝』の六八一頁注には、「ウェイマス港記録には、毛皮が皮と記されたり、『コート』と記されたりした。おそらく、後者はインディアンが自分たちで着るために加工したものと考えられる」と書いてある。

67　サミュエル・ド・シャンプランは、一六〇六年にアン岬を訪れ、グロスター港の地図を作った。二〇六頁「入植開始」四七行参照。

68　ウィグワム（wigwam）は、五大湖周辺のインディアンが住んだ半球形のテント風の小屋。

69　フレッシュウォーター入り江（Freshwater Cove）は、グロスター港内の南西にある。

70　トルマンズ・フィールド（Tolmans field）は、トルマン・アヴェニュー（Tolman Avenue）近く、クレッシーの浜辺の北にある。ウェスタン・アヴェニューとハフ・アヴェニュー（Hough Avenue）の間に当たる。

71　「かつてのスティープ丘」（the old Steep Bank）については、トマス・バブソン著「アン岬の道路の発達」『エセックス歴史協会論文集』九一巻四号所収（Thomas Babson, “Evolution of Cape Ann Roads and Transportation, 1623-1955,” *Essex Institute Historical Collections*, XCI, 4, 一九五五年十月）、三一一頁参照。そこに「現在のケント・サークルに近い、運河の西にかつて小さな丘があった」と書いてある。ケント・サークル（Kent Circle）は、エセックス・アヴェニューとウェスタン・アヴェニューが交差するところに位置している。

72　エセックス・アヴェニューの横に台地があり、台地の果樹園に沿って走る古い道が「アップル通り《ロー》」（Apple Row）である。ほぼ、現在のボンド・ストリート（Bond Street）と重なる。

73　アガメンティカス台地（Agamenticus Height）は、アニスクウォム川の西で、ボンド・ストリートの北にあり、湿地とアニスクウォム川を見下ろす。アニスクウォム川をはさんだ向こう側には、かつての「教会堂の丘」がある。

74　以下二四六行までの記述は、サミュエル・ド・シャンプランが一六〇六年に作成したグロスター港「美しい港《ル・ボー・ポール》」の地図による。シャンプランの地図は、『市政三〇〇年記念記録』の三六頁と三七頁の間に載せられている。

75　「海岸沿い」とは、フォート・ポイント北西のパヴィリオン・ビーチ（Pavilion Beach）を指す。

76　ハーバー入り江（Harbor Cove）は、グロスター港内港の西側で、フォート・ポイントの東隣りにある。その終着点はタウン・ランディングである。フォート・ポイントはオルソンが住んだフォート・スクエアのある岬。二一二頁「マクシマスより、グロスターへ」四四行参照。タウン・ランディングは、二一八頁「手紙3」四四行を参照。

77　初期のワシントン・ストリート。一六四二年には町の中心である「教会堂の緑地」と港を結んでいた。現在では、メイン・ストリートから始まり、ミル川を越え、イプスウィッチ湾（Ipswich Bay）までのびている。

78　ミル川（the Mill River）は、アニスクウォム川の入り江で、潮の満ち引きがある。かつての「教会堂の丘」の北へのびている。

79　フォア・ストリート（Fore Street）は、フロント・ストリート（Front Street）とも呼ばれた。現在のメイン・ストリート（Main Street）である。

80　ヴィンソンズ入り江（Vinsons Cove）は、ヴィンソン入り江（Vinson's Cove）と同じで、ヴィンセント入り江（Vincent Cove）とも言う。グロスター内港の西、ヴィンセント・ストリート近くにある。ここに土地を持っていたウィリアム・ヴィンソン（William Vinson, 一六一〇年頃–一六九〇年）にちなむ。口絵に掲載したグロスター市市街図には、載っていない。いくつかの地図を参照したが、載っていなかったためである。三〇八頁「四月のきょう、メイン・ストリートは」二四行および訳註一二一三頁の注8を参照。

81　イースト・グロスター・スクエア（East Gloucester Square）とは、ロッキー・ネック（Rocky Neck）の東で、イースト・メイン・ストリート（East Main Street）とハイランド・ストリート（Highland Street）が出会うあたりを指す。

82　ロッキー・ネック（Rocky Neck）は、グロスター港東海岸に突き出た半島。フォート・ポイントとハーバー入り江の向かい側にある。

83　セール・ド・ポートランクール（Jean de Biencourt, Sieur de Poutrincourt, 一五五七年頃–一六一五年）。一六〇四年に、アメリカを訪れ、一六〇六年に再度アメリカへ来た時には、アカディアのポート・ロイヤル（Port Royal, Acadia）、現在のノヴァスコシアのアナポリス・ベイスン（Annapolis Basin, Nova Scotia）で副総督を勤めた。シャンプランと共にポート・ロイヤルの南海岸を探検したのは、一六〇七年頃のことと思われる。一六一一年には、ポート・ロイヤルの総督になった。

84　シャンプランの地図による。単位は尋《ひろ》（fathom）。一尋は、六フィート（一・八三九メートル）に当たる。

マクシマスより、グロスターへ、七月十九日、日曜日　***Maximus, to Gloucester, Sunday, July 19***［三〇一～三〇六頁］

1　一九五九年七月十九日に書かれた。海で死んだ漁師の追悼記念パレードが毎年八月の日曜日の午後に行なわれる。この年は、七月十九日に行なわれた。死んだ漁師の親族と友人が運河に集まって、海へ出ていく潮の流れに花束を投げ、死者に手向けるのである。

2　舵輪をにぎる雄々しい漁師の像は、一九二三年にグロスター市民が建てた。運河からすぐ東の、ステイシー海岸通りにある。追悼記念式典の場所である。次頁の写真を参照。

3　ヘラクレイトスの哲学的断章一一六より。「人々は偶像に向かって祈る。まるで、どんな神々や英雄がいるのかを知らずに人の家に語りかけるように」に基づく。

4　運河に架かるブリンマン橋（The Blynman Bridge）のこと。

5　カリブディース（Charybdis）は、シチリア島沖合いの渦巻き。船を呑みこむと伝えられる。オルソンはカリブディーシズ（Charybdises）と記している。

6　ヘラクレイトス断章二十一「火が変容して第一になるのは、海である」より。

7　ヘラクレイトス断章二十二「万物は火と交換され、火は万物と交換される。物が金《きん》と交換され、金《きん》が物と交換されるように」より。

漁師像（訳者撮影）

8　老子著『老子の智恵』（Lao-tse, *The Wisdom of Laotse*. 英訳編 Lin Yutang, 一九四八年）、三一七頁参照。給与や名誉を手にすると、人はこれを失うことを非常に恐れるようになる。金銭や名誉のことばかり気にして暮らすようになるが、それは地獄に落とされた状態である、というのが大意。

9　イエローストーン国立公園（the Yellowstone National Park）は、ワイオミング州の北西にあり、アイダホ州、モンタナ州にまたがる国立公園。火山でできたもので、間歇泉や沸騰する泉がある。

10　ジム・ブリッジャー（Jim Bridger, 一八〇四–一八八一年）は、毛皮商人、辺境開拓者兼偵察兵。ユタ州のグレート・ソルト湖（the Great Salt Lake）を訪れた最初の白人である。一八八四年の秋のことであった。

11　六四–六五行は、ヘラクレイトス断章三十五「ヘシオドスは、大多数の人にとっては教師である。ヘシオドスが実に多くのことを知っていたと人々は思っているが、ヘシオドスは、昼と夜さえ知らなかった！　昼と夜が同じであることを知らなかったのである」に基づいている。

12　荘子（Chuangtse）著「老子と荘子の架空対話」（"Imaginary Conversation Between Laotse and Confucius."）は、『老子の智恵』に所収。三一七–三一八頁に以下の文句がある。「怒り、思いやり、与えること、もらう事、非難、助言、生と死――これら八つのものは、人間の性格を正す手段である。だが、流動する宇宙の大いなるプロセスに呑みこまれることなく、宇宙のプロセスを理解する者だけが、この手段を用いることができる。したがって『正せることを正すべし』と言われるのである。心がこれを悟らない時、神聖な叡智（divine intelligence）の扉は閉じられている」。

四月のきょう、メイン・ストリートは　***April Today Main Street***［三〇七〜三一八頁］

1　一九五九年四月二十七日にグロスターで書かれた。

2　ダンカン・ストリート（Duncan Street）は、メイン・ストリートから南東にあるダンカン・ポイント（Duncan's Point）

と、その先の港へ向かう通り。

3　ジョー（Joe）とはジョーゼフ・S・ラチャダ（Joseph S. Lacerda）で、ダンカン・ストリートにあった理髪店の主人。

4　アドルフとハロルド・フレデリクソン（Adolph and Harold Frederickson）兄弟は、理髪店を経営していた。

5　スターリング・ドラッグストア（Sterling Drug Store）は、メイン・ストリートとプレザント・ストリートとが出合う角にあった。

6　ゴードン・M・ワイナー（Gordon M. Weiner）が、スターリング・ドラッグストアの経営者（proprietor）であった。

7　ガラー夫人（Mrs. Galler）は、スターリング・ドラッグストアのオーナーである。

8　ヴィンソン入り江（Vinson's Cove）。ヴィンソンズ入り江（Vinsons Cove）と同じである。ヴィンセント入り江（Vincent Cove）とも言う。グロスター内港の西側にある。二九九頁「手紙、一九五九年、五月二日」二四三行、および訳註一二一一頁の注80を参照。

9　サン・パオロ（Sao Paolo）は、サン・パウロ（São Paulo）のこと。ブラジル南東の海岸にある都市。

10　ヴィンソン泉（Vinson's Spring）のこと。ヴィンソン入り江同様、初期入植者の名にちなんで名付けられた。港の近くにある。

11　シルヴェスター・エヴァリス（Sylvester Eveleth）。二八七頁「手紙、一九五九年、五月二日」一八行、同二九一頁九一–九二行参照。エヴァリスがパン屋であったことは、ジョン・バブソン著『注と補足』（John J. Babson, *Notes and Additions to the History of Gloucester: Second Series*, 一八九一年）、一巻二五頁より。

12　地方集会（the General Court）は、マサチューセッツ湾植民地の立法府。セーレムで開催された。三つの力（three power points）と三つのきずな（three nexuses）については不明。

13　一六四一年十月の地方集会で、イプスウィッチ（Ipswich）、アン岬（Cape Ann）、ジェフリーズ入り江（Jeffries' Creek）を視察し、境界を画定する任に、エンディコット（Endecott）、ダウニング（Downing）、ホーソーン（Hathorne）の三人が就いた。そのうちの二名、エンディコットとダウニングが、アン岬の土地分配を任された。ジェフリーズ入り江は、現在のマンチェスター（Manchester）である。グロスター市街より西へ六マイル程行った所にあり、太平洋に面す。

14　新暦の四月に当たる。当時の暦では、三月が一番初めの月（一月）だった。したがって、「四二年旧暦二月」は、一六四二年四月に当たる。

15　ダンカン・ポイント（Duncan's Point）は、グロスター港内港の西岸に突き出た突端もしくは岬。ダンカン・ストリートの南東にある。一六二二年に、ここを買い取ったピーター・ダンカン（Peter Duncan）の名にちなんで名付けられた。訳註一二一二–一三頁の注2を参照。

16　一六三九年五月二十二日の地方集会記録に、モリス・トムソン氏（Mr Morris Thomson）の漁業を支援する、と書いてある。

17　「意図した特産物」（"staple intended"）とは、魚のこと。ジョン・スミス著『ニューイングランド素描』（『旅と著作』、一巻一七五―一二三二頁所収）の一九四頁に、魚こそが最適の主要生産物だという記述がある。

18　「輿」（palanquin）は、インドの乗り物。

19　二一五頁「それで、サッサフラスが」三行目に、ジョン・スミスが魚を「銀鱗の群れ」と呼んだ例がある。

20　ナサニエル・B・シャートレフ編『マサチューセッツ湾記録』（Nathaniel B. Shurtleff ed., *Records of the Governor and Company of the Massachusetts Bay in New England*, 一八五三年）は、二巻本である。六六―七二行は、『マサチューセッツ湾記録』、一巻二五六頁からの断片的引用。

21　一六三九年に、チャールズ一世がスコットランドに英国国教を強制しようと試みて、主教戦争（Bishops' War）を引き起こした。一六四〇年に議会を召集したチャールズ一世は議会の支持を得られず、議会は三週間で解散された。七五行目の「国内問題」とは、主教戦争を指す。

22　『ウィンスロップ日誌』（*Winthrop Journal*）、二巻十九頁に主教戦争とその影響が記してある。

23　ショール群島（Isles of Shoal）とは、アン岬の北へ十六マイル行ったあたりの、ポーツマス沖にある一群の小島。初めは、一六一四年にジョン・スミスが訪れて、スミス群島（Smith's Isles）と呼んでいた。二一五頁「それで、サッサフラスが」六行目を参照。また、訳註一一八六頁の注8を参照。

24　ファイアル（Fayal）は、アゾレス諸島の一つ。二一八頁「それで、サッサフラスが」五四行参照。

25　セント・キッツ（St Kitts）は、西インド諸島の島。二一八頁「それで、サッサフラスが」四八行参照。

26　ヤンキー（Yankee）は、①ニューイングランド地方の住民、②米国北部諸州の人、③南北戦争当時の北部の軍人、④広く、米国人、の意である。ここでは①の意であり、また④の意を含む。

27　オズマンド・ダッチ（Osmund Dutch or Osman Dutch, 一六〇三年頃―一六六四年）は、グロスター港の東に住んでいた。四四二頁「一九六一年九月十四日、木曜日」八二行、七七五頁「ステージ・フォートには製塩所があった」二一行に登場する。

28　ウィリアム・サウスミード（William Southmead）は、初期入植者。トムソンの釣り用フレーム（frame for fishing）のあった土地を与えられた。

29　トマス・ミルワード（Thomas Millward, 一六〇〇年頃―一六五三年）は、初期入植者。ボストンで没した。

30　ニューベリー（Newbury）は、グロスターの北西約二十マイルに位置するマサチューセッツ州の町。メリマック川（the

Merrimack River）に近い。

31　ジョン・バブソン著『グロスター史』、五六九頁によると、トムソンの考案したこの釣り用フレームは、釣りをするのに最適のフレームであった。座って、釣りができるように考案した座席、あるいは、そういう座席のついた筏か小舟のことと思われる。

32　夫ウィリアム・サウスミードの死後、サウスミード夫人は、ウィリアム・アッシュ（William Ash）と再婚した。ウクス（ux）は「妻」を表わすラテン語ウクソール（uxor）の略形である。

33　トマス・レクフォード著『法律家トマス・レクフォードのノートブック』（Thomas Lechford, *Note-Book Kept by Thomas Lechford, Lawyer*, 一八八五年）、一一四頁より。一一三―一一六行までは、同書に基づく。

34　ノヴァ・アングリア（nova Anglia）は、ニューイングランドの意。

35　一二〇―一四一行まで、オズマンド・ダッチが妻に宛てた手紙。『トマス・レクフォードのノートブック』、一一二―一一三頁より。

36　一四一―一四七行までは、『トマス・レクフォードのノートブック』、四〇六―四〇七頁より。

37　スループ船（sloop）とは、スループ型帆船のことで、一本マストの縦帆《じゅうはん》装船。

38　ビスケー湾（the Bay of Biscay）は、フランス西岸とスペイン北岸にはさまれた大西洋の入り江。小型帆船《シャロップ》（Shallop）とは、二本マストの帆船。浅瀬で用いる小型の舟である。

39　ビスケー島（Biskie Island）は、アニスクウォム川の西にある。現在のラスト島（Rust Island）。

40　ルート一二八上にある橋。ラスト島から架かり、アニスクウォム川を越える。正式名は、A・ピアット・アンドルー記念橋（A. Piatt Andrew Memorial Bridge）。二九七頁「手紙、一九五九年、五月二日」一九六行参照。

マクシマス詩篇第二巻　*THE MAXIMUS POEMS IV, V, VI*

1　アルフレート・ヴェーゲナー（Alfred Wegener, 一八八〇―一九三〇年）は、大陸移動説を唱えたドイツの地球物理学者。三二四頁「手紙 ♯41 ［中断したもの］」一九―二〇行と、訳註一二一七頁の注11を参照。

2　ジョン・ツーゾ・ウィルソン（John Tuzo Wilson, 一九〇八―一九九三年）は、大陸移動説を唱えたトロント大学の地球物理学者。九三四―九三五頁「ティ女王に関するエッセイ」三三―四〇行と、訳註一三六三頁の注6、7を参照。

3　「ベティ」とは、オルソンの二番目の妻、エリザベス・カイザー（Elizabeth Kaiser）を指す。

MAXIMUS POEMS IV, V, VI

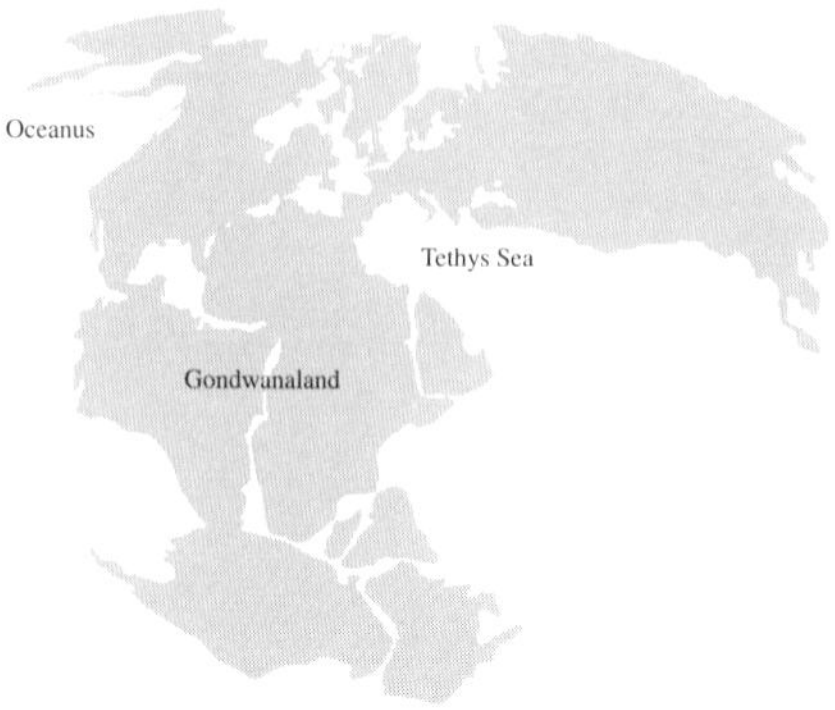

約1億2500万年前に大陸移動が始まった。上図はそれ以前の世界図である。原書第二巻の中扉より。320頁参照。

手紙#41［中断したもの］*Letter # 41* ［*broken off*］

［三二三〜三二四頁］

1　一九五九年三月に執筆された。

2　グロスターにあるソーヤー図書館の司書ミルドレッド・シュート・スミス夫人（Mrs. Mildred Shute Smith）のこと。この人の母親がミドル・ストリート二八番地に客用の離れを持っていた。一九四〇年の冬に、オルソンは自分の母が、寒いステージ・フォート公園の夏用コテージから、そこへ移り住めるよう取り計らった。一九七一年七月に、『マクシマス詩篇案内』の著者バタリックがスミス夫人に尋ねたところ、「アラベスク」と叫んだのは、オルソン自身だったという。

3　「聖ヴァレンタイン・デーの嵐」は、一九四〇年二月十四日、アン岬を襲った吹雪。一六九頁「トゥイスト」八〇-八一行参照。

4　「十九年」とは、一九四〇年の二月から、この詩を執筆している一九五九年三月現在までの期間を指す。

5　オロンテス川については、一九八頁「手紙、一九五九年、五月二日」二一二行参照。シリア西部を流れる川。テュロスの北方で地中海に注ぐ。近くに古代都市カデシ（Kadesh）、およびゼウスとテュポンが戦ったカシアス山がある。

6　東アフリカの断層（the East African rift）とは、北はシリアから延び、ヨルダン谷（the Jordan Valley）と紅海（the Red Sea）を通って、中央アフリカに至る地殻の深い断層。

7　「あの男」とは、心理学者カール・グスターフ・ユング（Carl Gustav Jung, 一八七五-一九六一年）のこと。ユングは、「人は誰でも火山（無意識）の上に座っている」と言った。『個性の解釈』（*Interpretation of Personality*, Stanley Dell による英訳、一九三九年）、二頁より。

8　イエローストーン公園については、三〇三-三〇四頁「マクシマスより、グロスターへ、七月十九日、日曜日」四〇-四四行参照。オールド・フェイスフル（Old Faithful）と呼ばれる有名な間歇泉がある。

9　「そこ」とは、グロスター市街より奥地のドッグタウン（Dogtown）を指す。

10　氷堆石《モレーン》（moraine）とは、氷河が運搬して堆積した岩塊や土砂からなる堤防状の地形である。

11　エデュアル・ジュス（Eduard Suess, 一八三一－一九四一年）とアルフレート・ヴェーゲナーの大陸移動説への言及。訳註一二一六頁の世界図、およびアルフレート・ヴェーゲナー著『大陸と大洋の起源』（Alfred Wegener, *Origin of Continents and Oceans*, John Briam による英訳、一九六六年）を参照。イマニュエル・ヴェリコフスキー著『大地の変動』（Immanuel Velikovsky, *Earth In Upheaval*, 一九五五年）、八九－九二頁に、今、広く受け入れられているゴンドワナ大陸という概念がジュスの説であったこと、また、ゴンドワナ大陸の沈下によって、西アジアとアフリカが引っ張られて大断層が生じたことが記されている。

マクシマスより、ドッグタウンから——I　*MAXIMUS, FROM DOGTOWN—I*　〔一二二五～一二三六頁〕

1　一九五九年十一月二十日にオルソンは、マイケル・マックルーア（Michael McClure, 一九三二年生まれ）、ドナルド・アレン（Donald Allen, 一九一二－二〇〇四年）、ルロイ・ジョーンズ（LeRoi Jones, 一九三四年生まれ、後にスワヒリ語の名〔Imamu Amiri Baraka〕《イマム・アミリ・バラカ》を名乗る）らの詩人たちと共に、ドッグタウンを訪れた。この詩は、その日に書かれた。

2　一－四行目「オケアノスを生む」までは、ヘシオドス著『神統記』、一三一－一三三行より。以下、『神統記』は、廣川洋一訳（岩波文庫、一九八四年）に基づく。

3　四－五行目「その各々を」から「一者」までは、一九五八年六月十七日の夜に、オルソンが見た夢を記述したもの。また『ミュソロゴス』二巻五一頁に同じ語句「各々は、その創られた意志にそって　固有の物になる」が記されている。ヘラクレイトス断章の五九には、「一は多から成り、万物は一者から生ずる」と書いてある。

4　六－七行はヘシオドス著『神統記』一二〇－一二二行に基づく。愛とは、不死の神々の中でも最も美しいエロスを指す。

5　ここでは、大地は性行為により「歓喜の声を上げる」ように見える。だが、ヘシオドス著『神統記』一七三行で「広い大地《ガイア》が大いに悦ぶ」理由は、夫である非道な天《ウラノス》を息子のクロノスが打ち倒すと約束したからである。

6　ヘラクレイトス断章の一九に「智恵は一つの物である。それは、すべてのものをすべてのものによって操る考えを知る事である」と書いてある。

7　一〇－一一行は、ヘラクレイトス断章七二－七六の「酒に酔うと、人の魂は湿って、髭も生えていない若者に手を引かれることになる。つまずくが、足の踏んでいるところが分からない。乾いた魂が最も賢く、最上である」に基づく。

8　一一行「眠る者は」－一二行「火を点す」は、ヘラクレイトス断章の六四、七七、七八に基づく。そこでは、人間の生命をろうそくの火に喩え、そのはかないことから、目覚めと死、死者と生者、眠る者と目覚めた者、老人と若者が同じであるという考えが述べられている。

9　ドッグタウンは水の供給源であった。氷堆石《モレーン》も水を通すので、少し井戸を掘れば水はふんだんに出る、とナサニエル・サウスゲート・シェーラー著「アン岬の地質」（Nathaniel Southgate Shaler, "The Geology of Cape Ann"）、『米国地質調査第九回年次報告一八八七–一八八八年』、五二九–六一一頁所収（*Ninth Annual Report of the United States Geological Survey, 1887-1888,* 一八八九年）の六一一頁に書いてある。

10　ジェームズ・メリー（James Merry, 一八五二年没）は、ドッグタウンで牛と戦って死んだ船乗り。エドワード・ロウ・スノー「アン岬の闘牛」（Edward Rowe Snow, "Bullfight on Cape Ann"）、スノー他著『大西洋岸の神秘と冒険』（*Mysteries and Adventures Along the Atlantic Coast,* 一九四八年）、一四六–一五六頁所収が典拠である。メルヴィン・T・コープランド＝エリオット・C・ロジャーズ共著の『アン岬サーガ』（Melvin T. Copeland and Elliot C. Rogers, *Saga of Cape Ann,* 一九六〇年）、三六一–三七頁参照。メリーはオルソンと同様、二メートルを越す大男であった。

11　ハーマン・メルヴィル著『ビリー・バッド』（Herman Melville, *Billy Budd, Sailor,* 一九二四年死後出版）第一章で、ひときわ目立つ美男の船乗り（Handsome Sailor）は、星々の間でひときわ輝くアルデバラン（Aldebaran）に喩えられている。

12　エーリッヒ・ノイマン著『グレート・マザー』（Erich Neumann, *Great Mother: An Analysis of the Archetype,* 英訳一九五五年）、二二一–二二二頁参照。ヌート（Nut）は、円盤として考えられていた男神ゲブ（Geb）の頭上の天蓋である。天の雌牛としての特性から女性原理を表わし、始源の水および太陽の母体と同一とされる。上方の天蓋ヌートに、下方の天蓋ナウネット（Naunet）が対応する。この二つが女性的受け皿の大いなる球を形成する。しかし、夜、太陽が通るナウネットは、ヌートと同一のものである。すなわち、ヌートは、上方と下方の水であり、上方と下方の天蓋であり、生と死、東と西、誕生と殺害とを一つに統合する。大いなる女神（The Great Goddess）は、始源の地下水と天上の水を一つにする。そのため、光の舟や光の神が天の海を渡って行く。大地の上方と下方には、生命を生み出す円形の大洋がある。

13　グロスターの通り。ワシントン・ストリートから東へ延び、ドッグタウンを通るコモンズ・ロードになる。

14　ロジャー・バブソンとフォスター・H・サヴィルの共著『アン岬旅行案内』（Roger Babson and Foster H. Saville, *Cape Ann Tourist's Guide, with Comments on Business Cycles,* 一九五二–一九五四年）、三八頁注に「一七六三年一月三十一日に洗礼を受けたモリー・ジェーコブズ（Molly Jacobs）とその友達ジュディ・ラインズ（Judy Rhines）、リズ・タッカー（Liz Tucker）の三人は、アン岬の保守的な家庭の若者を誘惑したことで有名である」と書いてある。

15　ノイマン著『グレート・マザー』、三〇二頁注に、「グレート・マザー（地母神）に付き従う好戦的な男たちは、グレート・マザーの破壊の相を表わす」と書いてある。

16　ノイマン著『グレート・マザー』、三〇一頁注に、「マヨール（Mayauel）はしばしば亀の上に座る。亀は、月と大地の母なる獣であり、月のごとく闇の中に姿をかくす」と書いてある。

17　ジェリマイア・ミレット（Jeremiah Millet, 一七一六年生まれ）の家は、ドッグタウンのチェリー・ストリート近く、ドッグタウン・ロードのグラヴェル・ヒルの頂上にあった。ジェリマイア・ミレットの曽祖父は、アン岬への初期入植者トマス・ミレット（Thomas Millet）である。

18　ノイマン著『グレート・マザー』、三〇一頁によると、「マヨールはメキシコの女神で、マゲイ（maguey）すなわち多肉で大型のリュウゼツランからできるアルコール飲料の女神。その四百の乳房は、マヨールが天の母であるため、星々をはぐくむ。星々は天の海を泳ぐ魚であり、この星＝魚は、マヨールの四百人の息子たちで、オクトリ（octli）もしくはプルク（pulque）と同義である。プルクは若者には禁じられていた。祭りの時、ほどほどに摂取することは許されていたが、プルクの真価は戦いにおもむく戦士の飲料として、また犠牲として捧げられる囚人の飲料として用いられる場合に発揮された。プルクは、戦いの力を増すものであると共に酩酊と死を結びつける危険な女性原理でもあったのである」。

19　スノー「アン岬の闘牛」（『大西洋岸の謎と冒険』所収）、一五二頁には、一八八二年にジェームズ・メリーはスペインで何度か闘牛を見たが、その際、身体の大きさと美男ぶりでは、闘牛士たちに負けなかったと書いてある。

20　「ビオス」（"bios"）は、ヘラクレイトス断章の六六で二重の意味をもって現われる。「弓（ビオス）は、生命（ビオス）と呼ばれるが、その働きは死をもたらす」。

21　「永遠の出来事」（"eternal events"）は、ホワイトヘッド著『過程と実在』中の「永遠の対象」（eternal objects）と「出来事」（event）からオルソンが合成したもの。

22　地球収縮への言及だと考えられる。ヴェーゲナー著『大陸と大洋の起源』、八–九頁に、「乾いたリンゴの表面が、水分の蒸発によって皺になるように、地球が冷えて内部が収縮すると、地表には皺が生じ、山脈ができる」と書いてある。

23　非常に興奮する、場合によっては薬物を使用するなどして、血管が太くなっている状態を指すものと思われる。

24　ノイマン著『グレート・マザー』、三〇一頁。「プルクを若者が飲む事は禁じられていた。酔って公衆の面前に現われた者は、死をもって罰せられた」参照。

25　ノイマン著『グレート・マザー』、三〇一頁に「プルク薬草の星の兆しの下で生まれた者は、勇敢な戦士になるとメキシコ人は信じていた」と書いてある。

26　ノイマン著『グレート・マザー』、二二〇頁には、ナイル川のデルタにあった古代都市サイス（Saïs）の女神に関するプルタークの言葉が書いてある。女神は言う「私は、ありしもの、今あるもの、これより先にあるものすべて。私の衣は生命に定めある人間が解いたことはない」。

生涯おれは、多くのことを聞いてきた　***ALL MY LIFE I'VE HEARD ABOUT MANY***　［三二七頁］

1　一九五九年十一月二十八日に執筆された。一頁の『マクシマス詩篇』の序詞《エピグラフ》とその注を参照。

2　スペインで闘牛を見たジェームズ・メリー（James Merry）も「美男の船乗り」の一人だが、ここでは広く、マクシマスの原型となる船乗りの英雄を指し、マネス（Manes）やピシアス（Pytheus）を含む。ジェームズ・メリーについては三二六頁「マクシマスより、ドッグタウンから――I」一四行参照。

3　アイルランドに行って、蜂に刺されたことがもとで死んだのは、マネスあるいはメネス（Manes or Menes）。エジプト初代王朝の設立者である。

4　ノック・メニーの丘（the hill of Knock Many）は、「多くの人を打ち負かす丘」の意。

5　グロスターに住んでいた高名な発明家ジョン・ヘイズ・ハモンド・ジュニア（John Hays Hammond, Jr. 一八八八―一九六五年）は、ノーマンズ・ウォー（Norman's Woe）を見下ろす高台に、ヨーロッパ建築の遺品を用いて城を建てた。城は、ヘスペラス・アヴェニュー（Hesperus Avenue）にあり、観光客用の博物館になっている。オルソンは、一九六〇年九月に、ここで詩を朗読した。

6　ノーマンズ・ウォーは、アン岬のマグノリア海岸にある大岩と暗礁。ノーマン（Norman）という男が、ここで難破したことから「ノーマンの嘆き《ウォー》」（Norman's Woe）という名がついたという。「難破した」七―八行目の「男」と、「城を建てた」一〇行目のジョン・ヘイズ・ハモンド・ジュニアが重ねられている。

右の記述に関する注　***A NOTE ON THE ABOVE***　［三二八頁］

1　一九五九年十一月二十九日に執筆された。

2　セイレーンたち（the Sirens）は、『オデュッセイア』十二書に登場する怪物。この者たちの美しい歌声を聞くと船の操縦を誤り、難破する。オデュッセウスは、船員の耳に蠟《ろう》で栓をさせ、自らは帆柱に身体を結わえさせて、船を安全に航行させながら、セイレーンの歌声を聞いた。

マクシマスより、ドッグタウンから――II　***MAXIMUS, FROM DOGTOWN—II***　［三二九〜三四四頁］

1　一九五九年十二月五日に執筆された。

2　二九六頁「手紙、一九五九年、五月二日」一七二―一七四行に「海に背を向けても、海の臭いは…鼻に入ってくる」と書いてある。

3　三二六頁「マクシマスより、ドッグタウンから――I」一三行参照。

4　占星術における「水瓶座の時代」（the Age of Aquarius）は、自由と兄弟愛の時代をあらわし、キリスト教時代の終焉を示す。オルソンの詩「空間と時間を横切って」（"Across Space and Time"）、『全詩集』（*Collected Poems*, 一九八七年、五〇八頁所収）は、魚を捕らえるキリストの時代が終わったと告げている。

5　三〇頁「手紙3」七三–七五行参照。

6　魚をキリストの象徴とすることについては、ユング著『アイオーン』、第六章「魚の徴」（Jung, *Aion*, chapter VI, "The Sign of the Fishes"）参照。

7　二四〇頁「吉報」九五–九七行参照。「神の法廷の皇子たち」は「地上の法廷」とは別次元にいる、とされている。

8　八二頁「テュロス人の仕事」七七–七八行参照。および訳註一一五六頁の注19を参照。弟子が死んだ犬の腐臭を嫌がった時、キリストは死んだ犬の白い歯を称えたと、アグラファにある。アグラファ（agrapha）とは正典の四福音書（マタイによる福音書、マルコによる福音書、ルカによる福音書、ヨハネによる福音書）中に伝承されていないイエスの言葉である。

9　「ミグマ」（Migma）は、ギリシャ語で「合成物」の意。プルターク（Plutarch）のエッセイ「デルファイのE」（"On the E at Delphi" in *Plutarch's Morals : Theosophical Essays*）では、「霊知のミグマから生命の種子を取り出すのが、キリストの務め」とされている。

10　メデイア（Medea）は、黒海沿岸の町コルキス（Colchis）の王アイエテス（Aeëtes）の娘である。ジェーソン（Jason）に恋し、父の保管する金羊毛がジェーソンの手に渡るよう助けた女魔法使い。

11　一二–一四行「ウィンガースホーク」から「アルゴンキン族」まで。アニスクウォム川河口にあるウィンガーシーク・ビーチ（Wingaersheek Beach）の名について語っている。ウィンガーシークは、インディアンがアン岬を呼ぶ名とされていたが、低地オランダ語ウィンガーツ・フーク（Wyngaers Hoeck）が変形したものであるとの説がある。ウィンガーツ・フークは、ウィンガルテン（Wyngaerten）すなわち、スカンディナヴィア人の言う「葡萄の国」＝アメリカである、というのである。しかしここでは、フーク（hoek）をホイク（hoik や HOYK）とも表記してあるので、説の当否は判断し難い。

12　フェニキア（Phoenicia）は、レバノン山脈の西、シリア地方の地中海沿岸に沿った狭く長い地域の古代の名称。また、そこにセム系のフェニキア人が紀元前三〇〇〇年頃に建てた、シドン、テュロスなどの都市国家の総称である。フェニキア人は航海にすぐれ、紀元前一三世紀から海上貿易を営み、西は地中海から大西洋まで進出し、東はペルシャ、セイロンに至った。ギリシャの台頭によって次第に衰え、紀元前六四年にローマに併合された。

13　三九一頁「番号など何でもよいマクシマスの手紙」一八行、五六四頁「頭に家を載せて歩く男」一–二行参照。古代スカンディナヴィア神話とアルゴンキン族の伝説の両方に現われる。

14　ジェーソン（Jason）は、アルゴー船の一行（the Argonauts）を率いて金羊毛（the Golden Fleece）を探しに船出した英雄である。

15　オルソンの母の旧姓がハインズ（Hines）であった。母方の祖父の名はジョン・ハインズ（John Hines, 一八四六―一九一八年）。ジョン・ハインズがアイルランドからアメリカに渡ったのは、一八七二年以前であった。

16　ジェーン・エレン・ハリソン著『テミス』（Jane Ellen Harrison, *Themis: A Study of the Social Origins of Greek Religion*, 二版一九二七年）、三九一―三九二頁には、ストア派の哲学者がタ・メタルシア（天気）とタ・メトーラ（天体）を区別している、と書いてある。タ・メトーラ（τά μετέωρα）は天にあるものであって、太陽その他のもの、タ・メタルシア（τά μετάρσια）は、大気と大地の間にある風などを指す。つまり、タ・メトーラは最上空のものであるのに対して、タ・メタルシアは、より地上に近い大気現象を指すのである。

17　アルゴー船の一行が金羊毛を発見したコルキス（Colchis）は、黒海（The Black Sea）沿岸の古代国家。

18　「ジャックとジルが丘に登った／バケツに水をくむために」というイギリスの童謡から。

19　グロスターに城を造って住んだ発明家ジョン・ヘイズ・ハモンド・ジュニア（John Hays Hammond, Jr.）のこと。三三七頁「生涯おれは多くのことを聞いてきた」一〇行参照。

20　ハリソン著『テミス』、三九一頁。タ・メタルシアの説明で、地上から天上にかかる梯子を「天気」（the "weather"）と呼んでいる。ユングは『心理学と錬金術』（Carl Gustav Jung, *Psychology and Alchemy*, 英訳一九五三年）、五四―五六頁で通過儀礼《イニシエーション》（initiation）における上昇の梯子をあげている。「天気」については、この詩の六七―七〇行を参照。

21　『マクシマス詩篇』の序詞（エピグラフ）は「生涯ワタシハ聞イテキタ／一ハ多ニナルト」（*All my life I've heard / one makes many*）であった。

22　石炭紀〔系〕の（Carboniferous）。石炭紀（the Carboniferous period）は、古生代の中で五番目に古い紀。今から約三億六千七百万年から約二億八千九百万年前までの時代。西部および北部ヨーロッパのこの紀の地層に石炭層を含むことから、この名がある。この時代には巨大なシダ植物が豊富で、動物では爬虫類・昆虫が出現した。石炭系とは、石炭紀の間にできた地層や岩体をいう。ペンシルヴェニア紀（the Pennsylvanian Age）は、古生代の一時期。この時代にヨーロッパとアメリカで石炭ができた。

23　都市国家（ポリス）については、三五九頁「ドッグタウン」二―四行を参照。また、三四二頁、五三行の「一元発生《モノジニー》」と、この訳註一二二三頁の注26を参照のこと。

24　オルソンの母メアリー・ハインズ・オルソン（Mary Hines Olson）のこと。

25　オルソンの二番目の妻の名。結婚する前の名はオーガスタ・エリザベス・カイザー（Augusta Elizabeth Kaiser）。愛称ベティ。

26　単一細胞の発生原質。ここから人類が生まれた。また霊知学（the Gnostic tradition）では、「唯一人生まれた」息子（the "only-begotten" son）を指す。ユング著『心理学と錬金術』、一〇四頁には「モナドの中に住むモノジニー（Monogenes）」、「モナドは、ただ一人生まれた者の母なる都市」と書いてある。モナド（the Monad）とは、万物を構成する単子の意。

27　二九八頁「手紙、一九五九年、五月二日」二一二行に、「オロンテス川から出て、陸地へ降り立つのだ」と書いてある。

28　オルソンの未完の作品「水瓶座時代と天使物質――一」（"Aquarian Time and the Angel Matter—1"）によると、コラーゲン時代（Collagen Time）とは、前時代の精神からアメリカが自由になる時を指す。

29　ユング著『心理学と錬金術』、二〇九頁に「有機体の主要化学成分は炭素であり、四つの原子価によって特徴づけられる。ダイヤモンドが炭素の結合体であることは周知の通りである。炭素は黒い――炭であり、黒鉛である――が、ダイヤモンドは『純粋な光』なのである！」と書いてある。

30　「水瓶座時代と天使物質――一」によると文明とは、あらゆるものの穴であって、突然、互いに結合してプロテイン・コラーゲン（a protein collagen）になる。

31　三二六―三二七頁「マクシマスより、ドッグタウンから――I」二八―三九行参照。

32　瀝青《れきせい》は、炭化水素からなる化合物の総称。普通、天然アスファルト・コールタール・石油アスファルトなどで、道路舗装用材料・防水剤に用いる。

33　中国および中世ヨーロッパで行なわれた錬金術の「黄金の華」（the golden flower）を指す。ユング著『心理学と錬金術』の七四―七五頁に、こう記されている。中国の錬金術には太陽の特質が生き続け「黄金の華」とされている。「黄金の華」は最も高貴で純粋な金のエッセンスである、と。ユングはまた、一〇四頁への注で、「黄金の華に、ダイヤモンドの種を植える」と言っている。この発想が、「マクシマスより、ドッグタウンから――II」にあると考えられる。黒い菊と大海原については、三二五頁「マクシマスより、ドッグタウンから――I」三―五行参照。そこでは、万物を蔵するものとしてオケアノスが捉えられている。黒と黄金については、一二頁「ぼく、グロスターのマクシマスより、きみへ」四九行の「黒い、黄金の潮」、および一四頁、七六行の「黒い黄金の腰」を参照。

マクシマスより、自分自身に、「フェニキア人」流に　***Maximus, to himself, as of "Phoenicians"***　［三四五～三四六頁］

1　一九五九年、十二月二十二日に執筆された。以下、タイトルや詩中に、執筆日が記されている場合は、原則として、注には執筆日を記さないことにする。フェニキアについては、訳註一二一一頁の注12を参照。

2　八六頁「テュロス人の仕事」一五〇―一五三行参照。

3　サンスクリット語で「スワスティカ」（swastika）は「幸運」の意。形は卐である。ウィリアム・シンプソン著『仏教徒の祈りの輪』（William Simpson, *The Buddhist Praying Wheel*, 一八九六年）からオルソンは、スワスティカを輪——もしくはスクリューの羽根——であり、太陽および太陽の運行の象徴であることを学んだ。夜と昼、季節、大地の果実をもたらすスワスティカは、朝、運、天候をもたらすのである。訳註一一五六頁の注25を参照。

4　八五頁「テュロス人の仕事」一二五–一二七行参照。

5　七七頁「テュロス人の仕事」一四行に登場する蒋介石夫人を指す。

6　パドゥマ（padma）は蓮で、神々の御座であり、神々の誕生する所。ユング著『心理学と錬金術』、一〇四頁に、大都市がパドゥマ同様女性的だと書いてある。

7　三四四頁「マクシマスより、ドッグタウンから——II」八五行参照。

「モイラ」のために　*For "Moira"*［三四七頁］

1　一九五九年十一月十五日に書かれた。ユングが『変容の象徴』（Carl Gustav Jung, *Symbols of Transformation*, R. F. C.Hull による英訳、一九五六年）、六七頁につけた「ヘイマルメネー」（heimarmene）、すなわち「厳しい必然」に関する長い注が、この詩の素材となっている。

2　ユング著『変容の象徴』、六七頁注には、古代人が「ヘイマルメネー」を「原初の光」（"primal light"）「原初の火」（"primal fire"）とし、ストア派は究極因すなわち、万物を生んだ、すべてを包む温かさであり、運命を結びつけるもの、と見なしたと書いてある。

3　「モイラ」（Moira）は、ギリシャ神話の運命の女神。人の行動を制限し寿命を定める。

4　「イシス」（Isis）は、古代エジプトの女神で、兄オシリス（Osiris）の妻。オシリスは、ロバの頭をした邪神テュポン（Typhon）あるいはセト（Set）に殺された。

マクシマス、続けて語る（一九五九年十二月二十八日）　*Maximus further on* (*December 28th 1959*)［三四八〜三四九頁］

1　一六二三年に、ドーチェスター・カンパニーがアン岬に入植した場所。現在のステージ・フォート公園あたりである。

2　グロスター港にあるフィールド・ロックス（Field Rocks）のこと。クレッシーの浜辺から約二〇〇ヤード沖にある。ステージ・フォート公園のフィッシャマンズ・フィールドから近いため、「漁師の畑の岩《フィールド・ロックス》」という名がついた。岩が比較的少なく植物を植えることができた。

3　ジェン・ダグラス（Gen Douglas）とは、ジュヌヴィエーヴ・ダグラス（Genevieve Douglas）のことで、オルソンの少年時代の友達。ルイス・ダグラス（Louis Douglas）の娘である。ルイス・ダグラスについては、二一一頁「手紙２」四一行の

「ボラードで、頭のてっぺんをすっかりえぐり取られた奴」参照。

4　ケルプ（kelp）は、コンブ・アラメの類やホンダワラの類の漂着性の大形褐藻の総称。また、それが漂着した塊や漂着床。

5　マナティ（manatee）は、絶滅の危機に瀕している海の動物。カイギュウとも言う。

6　ロセルのヴィーナス（The Venus of Laussel）のこと。フランスのドルドーニュ（Dordogne）で発見された石器時代のレリーフ。差し出した手に、ひしゃくの形をした物を持っている。

7　「のろのろした踏み子装置」（"sluggish treadle"）については、二五〇頁「吉報」二六七行参照。「吉報」では、くず魚が踏み子装置によって船倉から運び出される。ここでは、踏み子装置は、濡れた体を乾かす風を送る。

8　アンドロメダ（Andromeda）は、ポセイドン（Poseidon）が遣わす怪物をなだめる生贄として、岩壁にくくりつけられた。ペルセウス（Perseus）はアンドロメダを一目見て恋し、怪物を退治した。

9　ノルヌ（Norn）は、古代スカンディナヴィアの運命を司る女神の一人。ノイマン著『グレート・マザー』二五〇頁注によると、ノルヌは産婆でもあり、「母から赤ん坊を取り出す」と書いてある。因みに、ジェン・ダグラスとその女のきょうだいアイリーン（Irene）は看護婦である。

10　ジュゴン（dugong）は、インド洋、西太平洋産の草食哺乳動物で体長は三メートル。

11　ギリシャの英雄ペルセウスは、三人姉妹の怪物ゴルゴン（Gorgons）の一人メデューサ（Medusa）を退治した。故国へ帰る途中で、アンドロメダを救出し妻とした。

マクシマスより、グロスターへ、手紙　27［出さずにおいたもの］ ***Maximus to Gloucester, Letter 27*** **［*withheld*］**［三五〇〜三五四頁］

1　「手紙28」と同時にブラック・マウンテン大学で書かれた。一九五四年十二月初めに書かれたらしい。

2　レクソール（Rexall）は、ドラッグストアのチェーン店。

3　ハインズ家（the Hines）のハインズ（Hines）は、オルソンの母メアリー（Mary）の旧姓。

4　アルフレッド・ノース・ホワイトヘッド著『観念の冒険』（Alfred North Whitehead, *Adventure of Ideas*, 一九三三年）、二四二頁に「ギリシャ人の発生分析の誤謬は、発生を新たな抽象形態が裸で到来すること（the bare incoming of novel abstract form）だと考えた点にある」と記されている。

5　ホワイトヘッド著『観念の冒険』、二四〇頁参照。プラトン著『ティマイオス』（Plato, *Timaeus*）を要約して、ホワイトヘッドは言う「ギリシャ人が解説する出来事と諸形態の混乱という考え（the notions of welter of events and the forms）に加えて、われわれは第三の用語を必要とする。それは、人としての統一性である」。
6　一九四頁「手紙22」四九-五〇行参照。詩人の務めは、戦いを止めさせることである。
7　ホワイトヘッド著『観念の冒険』、二四二頁に、「この世界の幾何学的秩序を感じ取れば、遺伝は単なる個人の秩序（mere personal order）に限定されないことが分かる」と書いてある。
8　ホワイトヘッド著『観念の冒険』、二四二頁に、「人間の身体は、疑いなく空間的性質の一部をなす諸契機の複合体（a complex of occasions）である」と記されている。

川——**1**　***The River — 1***　〔三五五頁〕
1　一九六〇年十月二十一日に執筆された。
2　石の怪物。閃緑岩（ダイアライト）でできていることから、英語では「ダイアライトマン」（the diorite man）と呼ばれる。ヒッタイトの「ウリクミの歌」（"Song of Ullikummi"）に登場する。嵐の神テシュブ（Teshub）のライバルである。閃緑岩は、四二五頁「後方の海底」二一行にも登場する。
3　オバダイア・ブルーエンの島（Obadiah Bruen's island）は、アニスクウォム川にある島。現在のピアス島（Pearce Island）に当たる。
4　「吠える岩」（"the yelping rocks"）については、一七一頁「トゥイスト」一三-一四行に「潮に洗われ唸り声をあげる犬岩」の記述がある。
5　「メリー」とは、三二六頁「マクシマスより、ドッグタウンから—I」一四行に登場したジェームズ・メリー。そこではメリーが「牧草地の岩間で」（二七行）死んでいたとされ、ここではメリーが、「小石の間で」死んで横たわったとされている。
6　以下、八-一九行まで、シェーラー著「アン岬の地質」（Nathaniel Southgate Shaler, "The Geology of Cape Ann, Massachusetts"）、『米国地質調査第九回年次報告』（*Ninth Annual Report of the United Geological Survey*, 一八八七-一八八八年）、六〇七-六〇八頁より。

川——**2**　***The River — 2***　〔三五六~三五七頁〕
1　一九六〇年十一月十四日に執筆された。
2　シェーラー著「アン岬の地質」、六〇六頁に、黒雲母花崗岩と閃緑岩が近づくところでは、黒雲母花崗岩は斑岩になっている。しかし、「両極岩」（the Poles）と呼ばれる丘などでは、閃緑岩が同じ現象を呈する、と書いてある。また、コープランドとロジャーズの共著『アン岬サーガ』（Melvin T. Copeland and Elliot C. Rogers, *The Saga of Cape Ann*, 一九六〇年）、一八四頁には、「ワシントン・ストリート付近の岩棚が、かつては『両極岩』と呼ばれていた」と記されている。ジェームズ・R・プリングルは、『グロスター史』（James R. Pringle, *History of the Town and City of Gloucester, Cape Ann, Massachusetts*, 一八九二年）、二八八頁では、ミル川に沿った地域リヴァーデイル（Riverdale）の「両極岩」を「シンメトリーをなすドーム型の岩塊」と表現している。

ポイマンデレース論　*The Poimanderes* ［三五八頁］

1　一九六〇年三月に執筆されたと考えられる。原書では「川—2」と同じ頁に載っているので、「川—2」の結びの詩と考えられる。正しくは、ポイマンドレース（Poimandres）論。ヘルメス書の最初の論は、人間の「牧者」（ポイメン＝羊飼い）に関するものである。ハンス・ジョーナス著『グノーシス主義の宗教』（Hans Jonas, *The Gnostic Religion*, 一九五八年）、第七章「ヘルメス・トリスメギステス（Hermes Trismegistus）のポイマンドレース論」一四七—一四八頁には、「ポイマンドレース体系（the system of the *Poimandres*）は、原人（Primal Man）の神聖な姿を中心とする。原人の自然界への下降が、啓示のクライマックスを形成し、魂の上昇と合致する。造物主と最高神の対立は、ここにはない」と書いてある。

ドッグタウン　犬の　町は　*Dogtown　the dog　town* ［三五九頁］

1　一九六〇年十一月十五日に執筆された。

キャッシェズ浅瀬　*Cashes* ［三六〇—三六二頁］

1　一九五八年十二月に書かれた。一九六〇年九月、ゲール・ターンブルの雑誌『移民』（Gael Turnbull's, *Migrant*）に掲載され、それを手直しした。詩のタイトルは「キャッシェズ浅瀬」（Cashes Shoals）であるのに、二行目と五行目が「キャッシュ浅瀬」（Cashe's Shoals）となっている。表記はわずかに異なるが、両者は同一である。同様な例は、キャッシュ岩礁（Cash's Ledge）とキャッシェズ岩礁（Cashes Ledge）、ブラウン浅瀬（Brown's Bank）とブラウンズ浅瀬（Browns Bank）、ジョージ浅瀬（George's Bank）とジョージズ浅瀬（Georges Bank）、にも見られる。

2　冒頭の「十三年くらい前」から最終四一行「船長の名はビアスといった」までは、ジョージ・ブラウン・グッド編『アメリカの漁業と水産業』（George Brown Goode ed., *The Fisheries and Fishery Industries of the United States*, 一八八七年）、第四巻『アメリカの漁師たち』（*The Fishermen of the United States*）、六六—六七頁、および六六頁注に基づく。

3　尋《ひろ》（fathom）は水深の単位で六フィート（＝一・八三メートル）に当たる。

4　ロッド（rod）は広さの単位で三〇と1/4ヤードに当たる。一ロッドは、約三〇平方メートル。

5　ケルプ（kelp）は、コンブ・アラメの類やホンダワラの類の漂着性の大形褐藻の総称。また、それが漂着した塊や漂着床。三四八頁「マクシマス、続けて語る（一九五九年十二月二十八日）」二行参照。

こんな具合だ　罪深さを認めてペスター氏は　*like Mr. Pester acknowledges his sinfulness...*　［三六三頁］

1　一九六〇年に書かれたと考えられる。

2　一行目の「ポッター舘」から最終一八行まで、『エセックス郡四季裁判記録』（*Records and Files of Quarterly Courts of Essex County*）、一巻三五頁に基づく。内容が分かりにくいのは、それぞれの人物が、自分に不利にならないよう供述しているためである。

3　八–一〇行「プライド自身も……証言しました」は「　」の外へ出ているはずのところである。

むかしむかし、たいそう綺麗な　*Of old times, there was a very beautiful*　［三六四〜三六六頁］

1　執筆時期不詳。この話は、チャールズ・G・リーランド著『ニューイングランドのアルゴンキン族民話』（Charles G. Leland, *Algonquin Legends of New England*, 一八八四年）、二七三–二七四頁より。

噂によると、その女は、抱かれに行ったという　*They said she went off fucking...*　［三六七頁］

1　草稿には、一九六〇年もしくは、一九六一年の「三月六日、月曜日」に書いたと記されている。女が山と性交する話は、ファニー・ハーディ・エックストーム著『老ジョン・ネプチューンおよびその他のメイン州インディアンのシャーマンたち』（Fannie Hardy Eckstorm, *Old John Neptune and Other Maine Indian Shamans*, 一九四五年）、三五頁、およびリーランド著『ニューイングランドのアルゴンキン族伝説』、二五五頁による。同一の主題が五六七頁「毎週、日曜日になると出かけては」、六五三頁「丘のほうへ」で反復されている。

あるマクシマス　*A Maximus*　［三六八〜三七〇頁］

1　一九六〇年秋に書かれた。

2　ナサニエル・バウディッチ（Nathaniel Bowditch）。一三四頁「手紙15」四行、および一四六頁「手紙16」一一行に登場。「他人の金」（Other People's Monies）という語句は、ルイス・D・ブランダイスの著書『他人の金』（Louis D. Brandeis, *Other People's Money, and How the Bankers Use It*, 一九三二年）より。

3　これによって銀行、保険会社、政府その他が生き延びるという趣旨の記述がオルソンの『人間の宇宙』(Charles Olson, *Human Universe and Other Essays*, 一九六七年)、九六–九七頁にある。「ある時以後の生活」(Life Since) には、「生命科学」(Life Science) のもじりがある。

4　「ジャズ」(jazz) はかつて「ジャス」(jass) と記された。マシューズの『アメリカ英語辞典』(Matthews' *Dictionary of Americanisms*) では、「ジャズ」(jazz) の項目に “jasm” を参照せよ、と書いてある。“jasm” の定義は、「エネルギー、興奮」であり、“gism”「元気、権力、興奮、精液」や “semen”「精液」と同じだと言う。

5　アメリカの詩人エズラ・パウンドを指す。六一頁「手紙6」六三行、六八頁「手紙7」四四–四八行、七〇頁「手紙7」七一–七五行に登場。「あの詩」(the poem) とは、『詩篇《キャントーズ》』(*The Cantus*, 一九六九年) を指すと思われる。

6　マサチューセッツ州グロスターの詩人ヴィンセント・フェリーニのこと。「手紙5」四二頁二九行、四七頁九九行、四八頁一二〇行、五二頁一八九行、五六頁二三九行および二四四行、「手紙6」六三頁九二行、「手紙7」七一頁八八行、七三頁一一四行および一一八行に登場する。

7　ハモンドは、発明家ジョン・ヘイズ・ハモンド・ジュニアを指す。三三七頁「生涯おれは、多くのことを聞いてきた」一〇行参照。

8　スティーヴンズは、船大工ウィリアム・スティーヴンズ。「初代マクシマス」とされる。「手紙7」六六頁七行、六七頁一五–一七行および二六–二七行参照。

9　ジョン・ウィリス・グリフィスス (John Willis Griffiths, 一八〇九–一八八二年) は、アメリカの造船技師。この人物によって、アメリカの造船技術が科学的になった。著書に『造船学』(*A Treatise on Marine and Naval Architecture or Theory and Practice Blended In Shipbuilding*, 一八四九年) がある。

10　ジョン・スミスは、五四頁「手紙5」二一三行、一〇二–一〇六頁「手紙11」三八–一〇八行、一三八–一四一頁「手紙15」三四–七五行、二〇八頁「入植開始」七九行、その他に登場。アン岬が漁業に適するとし、漁港都市としてグロスターを始動させる元になった重要人物。

11　コナント一族とは、ロジャー・コナントおよびジェームズ・ブライアント・コナントのこと。九五–九九頁「手紙10」に登場。

12　ヒギンソン一族とは、セーレムの牧師フランシス・ヒギンソンと、その子孫スティーヴン・ヒギンソンを指す。九六頁「手紙10」一一九行、一四九頁「手紙16」六四行参照。

13　ルー・ダグラスとは、二一頁「手紙2」四一行に登場した漁師。頭に大怪我をした男である。

14　カール・オールセンは、二一頁「手紙2」五八行、四三頁「手紙5」五五行に登場する。声も腕力も凄い男で、レイモンド号の船長。
15　ホーキンズ一族とは、ウィリアム・ホーキンズ（William Hawkins, 一五五四年頃没）の一族。ウィリアムの息子ジョン・ホーキンズ（John Hawkins, 一五三二―一五九五年）は、イギリスの総督で、奴隷貿易に従事した。その息子リチャード・ホーキンズ（Richard Hawkins, 一五六〇年頃―一六二二年）はスペインのアルマダ艦隊と戦った。一二七―一三二頁「手紙14」一〇〇―一八一行参照。
16　ウォルター・バークは、五九頁「手紙6」二九行に登場。
17　ジョン・バークは、二八〇―二八四頁「ジョン・バーク」の主人公。四二六―四二七頁「一九六一年七月十七日」にも登場する。
18　ジョン・ホワイトは、九四頁「手紙10」一行目に登場。ドーチェスター・カンパニーを組織し、一六二三年に、アン岬に入植地を造った中心人物。
19　ジョン・ウィンスロップ（一五八八―一六四九年）は、六六頁「手紙7」一一行に登場する人物。一六三〇年にピューリタンを新大陸へ移民させた指導者で、マサチューセッツ湾植民地の初代総督。
20　「あのプラム」とは、八九―九三頁「手紙9」一一行、四二一―一〇〇行で描かれたプラムを指す。
21　ルネサンスについては、一四二頁「手紙15」八七行参照。
22　アジャスタは、一四六頁「手紙16」一二行に登場する超人的力を持ったインドの聖人。訳註一一六九頁の注5を参照。
23　W・B・イェイツ著『自伝』（W. B. Yeats, *Autobiographies*, 一九五五年）中の「ヴェールの震え」（"The Trembling of the Veil"）第四書「悲劇の世代」（"The Tragic Generation"）の結びに「われわれの後には、蛮神がやってくる」（"After us the Savage God"）という語句がある。『自伝』、三四九頁参照。
24　「原始的な尻」については、四九五頁「キプロス島で絞め殺されたアフロディテ」八行目の太った淑女参照。石器時代のヴィーナスは、決まって尻の周りに過度の脂肪がたまっているように描かれた。

一九六〇年、十二月　*DECEMBER, 1960*［三七一～三八九頁］

1　グロスターで一九六〇年十二月に執筆された。
2　サーコ（Saco）は、メイン州サーコ河畔の居住地。ポートランド（Portland）の南に位置する。
3　イプスウィッチ（Ipswich）は、グロスターから北東へ一〇マイルほど行ったところにある町。
4　小型帆船《シャロップ》（shallop）は、二本マストの帆船。小型で浅瀬用である。
5　イプスウィッチ湾（Ipswich Bay）は、アニスクウォム川の北端に広がる湾。

6　マーブルヘッド（Marblehead）は、マサチューセッツ湾（Massachusetts Bay）に面する町。グロスターの南東で、セーレムの東に位置する。

7　アンソニー・サッチャー（Anthony Thatcher or Thacher）とその一家のこと。一六三五年に、ジョン・エイヴリー牧師（Rev. John Avery）と共にイプスウィッチから船出した。マーブルヘッドを目指して航海していた時、強風に襲われ、アン岬のロックポート沖、すなわち現在のサッチャーズ島（Thacher's Island）近くで難破した。サッチャー夫妻だけが助かり、他の全員は死亡した。サッチャーの四人の子供とエイヴリーの六人の子供は、この時死んだ。

8　ペナクック族（Pennacooks）は、メリマック川（the Merrimac River）流域および近隣のマサチューセッツ州北東部、およびメイン州南部に住んでいたアルゴンキン族の一部族。イギリスに忠誠心を抱くニューイングランド南部の部族と、フランスの影響下にあったアブナキ族（Abnaki）および北部部族との中間的立場をとっていた。

9　カスコ湾（Casco Bay）は、メイン州大西洋岸の入り江。ポートランドの北に位置する。

10　アブナキ族は、メイン州を本拠地としたアルゴンキン族（Algonquins）の一部族。

11　ラ・ハーヴ岬（Cape La Have）は、ノヴァスコシア（Nova Scotia）沿岸、ルーナンバーグ（Lunenburg）近くにある岬。

12　スクーナー（schooner）は、通例二本マスト、時に三本マストの縦帆式帆船。訳註一二〇一頁に掲げたスクーナーの各部名称を参照。

13　セーブル岬（Cape Sable）は、ノヴァスコシア最南端の岬。ここで漁をしていた時、インディアンの被害にあった、とノヴァスコシア州の州都ハリファックス（Halifax）から南西へ五〇マイル行ったところにある。キャプテン・アンドルー・ロビンソン（Captain Andrew Robinson）は訴えている。

14　フォックス島（Fox Isalnd）。メイン州沖、ペノブスコット湾（Penobscot Bay）内のヴァイナルヘヴン島（Vinalhaven Island）近くにある島。

15　カスコ（Casco）。メイン州カスコ湾に面し、カスコ川の北にあった居住地。後にフォート・ロイヤル（Fort Loyall）、次にファルマス（Falmouth）という名に変わり、最終的にポートランド（Portland）となった。

16　グロスターへの初期入植者トマス・ウェイクリー（Thomas Wakley）とその息子たちを指す。グロスターからファルマスへ移住したところ、一六七五年にインディアンに襲われ、トマスとその妻エリザベス、息子ジョンとその妻および二人の子供が殺され、ジョンの娘エリザベスは連れ去られた。

17　フリーポート（Freeport）は、カスコ湾に面する町。ポートランドから北東へ一五マイル行った所にある。

18　アーサー・マックワース（Arthur Mackworth, 一六五七年没）は、初期入植者で、メイン州ポートランド近く、プレサムスコット川（the Presumpscot River）の河口近くに住んでいた。その娘レベッカ・マックワース（Rebecca Mackworth）は、フアルマスのナサニエル・ワーフ（Nathaniel Wharf of Falmouth）と結婚した。

19　ポートランド（Portland）は、メイン州カスコ湾に面する都市。

20　シャンプランは、二〇六頁「入植開始」四七行目に登場したフランスの探検家。四三–四九行は、シャンプランによるアン岬の記述から。マーシャル・H・サヴィル著『シャンプランのアン岬上陸』（Marshall H. Saville, *Champlain and his Landings at Cape Ann, 1605, 1606*）より。

21　左に、ナサニエル・ワーフとヘンリー・ジョスリンの系図を示す。

A. ナサニエル・ワーフの系図

アーサー・マックワース
Arthur Mackworth
（1657年没）
｜
ナサニエル・ワーフ ―― レベッカ・マックワース
Nathaniel Wharf of Falmouth　　Rebecca Mackworth
（1673年没）
｜
ナサニエル・ワーフ

B. ヘンリー・ジョスリンの系図

ヘンリー・ジョスリン ―― マーガレット・カモック
Henry Josselyn　　Margaret Cammock
（1683年没）
｜
ヘンリー・ジョスリン ―― ブリジェット・デイ
Henry Josselyn　　Bridget Day

22　ファルマスのナサニエル・ワーフは、自分と同じ名をつけた息子を残して、一六七三年に没した。息子のナサニエル・ワーフ（Nathaniel Wharf）は、十一歳の時、父親に死なれて、ファルマスからグロスターへ移住した。一六九三年に、ヘンリー・ジョスリン（Henry Josselyn or Joslyn）から土地を買った。その土地は、ティモシー・サムズ（Timothy Somes）とトマス・リッグズ（Thoma Riggs）の家の間にあった。

23　ヘンリー・ジョスリン（Henry Josselyn or Joslyn）は、一六四三年にマーガレット・カモック（Margaret Cammock）と結婚し、生まれた息子に自分と同じヘンリーという名前をつけた。一六八三年に他界。息子のヘンリー・ジョスリンは、一六七五年にインディアンの攻撃にあい、ファルマスからグロスターへ移住した。一六七八年にブリジェット・デー（Bridget Day）と結婚した。一六七九年に土地を与えられたが、一六九三年には、与えられた土地と家をナサニエル・ワーフに売却した。

24　ワシントン・ストリート（Washington Street）は、グロスターの主要な通りの一つ。ほぼ南北に中心部を横切る。

25　ジー・アヴェニュー（Gee Avenue）は、ドッグタウンへ通じる道。

26　ジー・アヴェニューとスタンウッド・ストリート（Stanwood Street）が合流して、コモンズ・ロード（Commons Road）となる。コモンズ・ロードと南のドッグタウン・ロードを結ぶ道は、かつてバック・ロード（"back road"）と呼ばれた道である。現在はチェリー・ストリート（Cherry Street）の一部になっている。

27　ウィリアム・タッカー（William Tucker）は、ドッグタウンで、ナサニエル・ワーフの隣人になった。祖父はリチャード・タッカー（Richard Tucker）である。

28　ジョージ・クリーヴ（George Cleeve）は、後にメイン州ポートランドと呼ばれる場所へ最初に永住目的で入植した人。一六三六年に、サー・ファーディナンド・ジョージズ（Sir Ferdinando Georges）から、インディアンがマシェゴン（Machegonne）と呼んでいた一五〇〇エーカーの土地を、リチャード・タッカーと共同で使うようにと与えられた。マシェゴンは、後にポートランドとなる。

29　サー・ファーディナンド・ジョージズ（一五六六年頃–一六四七年）は、植民地建設に携わったイギリス人で、ニューイングランド議会の主要人物の一人であった。キャプテン・ジョン・メイソン（Captain John Mason）と共にメイン州の統治を託された。

30　キャプテン・アンドルー・ロビンソン（Captain Andrew Robinson, 一六七九–一七四二年）は、一七一三年に、グロスターでスクーナーを考案したと言われる。インディアンを相手に華々しく戦った。

31　アン・ロビンソン（Ann Robinson）は、一六八四年の生まれ。一七〇四年にサミュエル・デーヴィス（Samuel Davis）と結婚した。バブソンは『グロスター史』で、サミュエル・デーヴィスを「メイン州ファルマスのアイザック・デーヴィス（Isaac Davis）の息子」と記している。

32　サウス・トマストン（South Thomaston）は、メイン州ペノブスコット湾の南西にある町。アンドルー・ロビンソンは、メイン州の植民地政府のために砦を建設している最中、結核にかかって死んだ。

33　ローヴァジャ神父（Father Lauverjat）は、フランス人のイエズス会宣教師。その使命はペノブスコット・インディアンを煽動し、イギリスの漁船を襲わせることにあった。詳しくは、エックストーム著『老ジョン・ネプチューンおよびその他のメイン州インディアンのシャーマンたち』、七九頁参照。以下、『老ジョン・ネプチューン』と略記することがある。

34　枢機卿リシュリュー（Cardinal Richlieu, 一五八五–一六四二年）は、フランスの政治家。一六二四年から没年まで、フランスの政治を司った。

35　カスコ（Casco）は、一七八六年に、ポートランド（Portland）と改名。訳註一二三一頁の注15を参照。

36　ジョージ・インガーソル（George Ingersoll, 一六一八年生まれ）とその一家。グロスター港内に家を持っていたが、これを売却してメイン州ファルマスへ移住。メイン州で軍隊に入り、インディアンと戦った。一六七五年にインディアンの襲撃に遭い、息子の一人を殺されたうえ、家を焼かれた。グロスターで生まれ、父についてきていた息子ジョーゼフ（Joseph）は、マシュー・コー（Matthew Coe）の娘セアラ（Sarah）と結婚した。ジョーゼフは、ファルマスが二度にわたってインディアンに滅ぼされた後、グロスターに帰ったらしい。訳注一二四二頁の注6を参照。
37　フィニアス・ライダー（Phineas Rider）は、一六四九年にはグロスターに来ていたが、一六五八年に港の家から去り、メイン州ファルマスへ移住した。そこで公務についていたが、一六七五年にインディアンがファルマスを滅ぼすと、彼の名はどこにも見当らなくなった。
38　マシュー・コー（Matthew Coe）とその一家。ポーツマスに住んでいた漁師マシュー・コーは、一六四七年にグロスターへ移住した。一六一六年にトマス・リッグズ（Thomas Riggs）に家屋敷を売り、メイン州ファルマスで、リチャード・タッカーらと共同で土地を買った。マシュー・コーは一六四七年に、トマス・ウェイクリー（Thomas Wakley）の娘エリザベス（Elizabeth）と結婚した。コーの娘のセアラ（Sarah）はファルマスのジョーゼフ・インガーソル（Joseph Ingersol）と結婚。
39　リヴァーデイル（Riverdale）に土地を持っていたのはウェイクリー一家、ドッグタウンに土地を持っていたのはインガーソル一家である。
40　ニュー・グロスター（New Gloucester）は、ポートランドから北へ二〇マイル行った所にある。農地を求めてグロスターから移住した人々が、一七三〇年に建設した。
41　イニス著『鱈漁』、一一六頁に「イプスウィッチ湾には六〇〇人、アン岬には漁師の家が四〇世帯、セーレムには漁師や船乗りの家が四〇〇世帯あった」と書いてある。
42　イニス著『鱈漁』、一一六頁で名前を挙げられているフランス人の旅行者ヴィユボン（Villebon）を指す。
43　ノリッジウォック（Norridgewock）は、メイン州ケベック川河畔のアブナキ族の居住地。イギリス軍によって一七二四年八月に全滅した。
44　ラール神父（Father Rasles, 一六五二―一七二四年）は、アブナキ族への宣教目的で派遣されたフランスイエズス会の宣教師。三十五年間インディアンの中で暮らし、インディアンの言葉を辞書に編纂した。アメリカの詩人ウィリアム・カーロス・ウィリアムズの『アメリカ人気質』（William Carlos Williams, *In the American Grain*, 一九二五年）の中に「セバスチャン・ラール神父」という一章がある。
45　キャプテン・アンドルー・ロビンソンの考案である。
46　ジョン・ウィンター（John Winter, 一六四五年没）は、ロバート・トレローニー（Robert Trelawny）の代理人として、漁業と毛皮産業をまかされ、事業を成功させた。
47　リッチモンド島（Richmond's Island）は、メイン州カスコ湾、エリザベス岬の沖にある。イギリスのプリマスで商業を営むロバート・トレローニーとモーゼズ・グッドイヤー（Moses Goodyear）に植民が許可された。
48　ジョン・パルシファー（John Pulsifer, Pulcifer, or Pulsever）は、一六八〇年頃にコフィンズ・ビーチへ通じる旧道（現在のアトランティック・ストリート）に住んだ。アニスクウォム川の北の河口近くである。一七一七年には、ジョーンズ川の北側の土地を与えられた。バブソン著『注と補足』、一巻五九―六〇頁によると「パルシファー家の一人が漁師の仲間たちと一緒に、メイン州シープスコット川（the Sheepscot River）でインディアンに捕らえられた。インディアンは漁師を杭に縛りつけ、パルシファー以外の漁師全員をトマホークの餌食にした。パルシファーは、三ヶ月間捕虜になっていたが、脱出し、グロスターへ逃げ帰った」。トマホーク（tomahawk）とは、インディアンが、武器・生活道具として用いる軽量の斧である。バブソンの著書に、ウィリアム・パルシファーについての記述がないことから、バタリックは、「ウィリアム・パルシファーすなわちジョン・パルシファー」と解するべきだ、と主張している。バタリック著『マクシマス詩篇案内』、二八七頁参照。

49 閃緑岩については、三五五頁「川――I」一〇行参照。

50 ジョーンズ入り江（Jones Creek）は、アニスクウォム川の入り江。この入り江は川になっており、ピアス島（Pearce's Island）の北と西を流れる川をジョーンズ川（the Jones River）という。

51 マサチューセッツ州グロスターから移住し、メイン州でニュー・グロスターを建てた人々の記録はこう始まる。「……農業にいそしむべく育てられた若者が、家計を支えるために漁に出なくてはならなくなったら……」。ジョン・J・バブソン著『グロスター史』、三〇二頁。

52 ジョン・J・バブソン著『注と補足』、二巻九〇―九二頁に基づく。リチャード・ヨーク（Richard Yorke）は、初期入植者サミュエル・ヨーク（Samuel York）の息子。一七一八年に、二十九歳の若さで死んだ。

53 スループ船（sloop）とは、スループ帆船のこと。一本マストの縦帆《じゅうはん》の帆船である。縦帆とは、船の縦方向に張り広げる帆。これに対して横帆《おうはん》とは、帆柱に直交する帆桁《ほげた》に張り、船の横方向に張り広げる帆である。

54 アウルズ・ヘッド（Owl's Head）は、メイン州沿岸ペノブスコット湾の南端、ロックランド（Rockland）の東にある岬。

55 ジョン・プリンス（John Prince, 一六七七年頃―一七六七年）は、グロスターの船長。

56 サミュエル・ヴェッチ大佐（Colonel Samuel Vetch, 一六八八―一七三二年）は、イギリス軍を率いて、フランスの植民地だったアカディア（Acadia）の中心地ポート・ロイヤル（Port Loyal）を占拠した。

57 三五一行から以下の三七二行まで続く、ジェームズ・デーヴィス（James Davis）、サミュエル・インガーソル二世（Samuel Ingersol II）、ポール・ドリヴァー（Paul Dolliver）、ジョン・サドラー（John Sadler）、ジョサイア・レーン（Josiah Lane）に関する記述は、バブソン著『グロスター史』および『注と補足』に基づいている。

番号など何でもよいマクシマスの手紙　*Maximus Letter # whatever*　［三九〇～三九二頁］

1　一九五九年もしくは一九六〇年に執筆されたと考えられる。

2　ここから最終行までは、リーランド著『ニューイングランドのアルゴンキン族の民話』の二九〇–二九三頁を縮めたものである。

マクシマスより、一九六一年三月——I　*Maximus, March 1961—1*　［三九三～三九四頁］

1　十九世紀にグロスターの神聖な海蛇が何度か目撃された、という報告がある。バブソン著『グロスター史』、五二一–五二三頁参照。

2　一九六一年三月初めに執筆された。

マクシマスより、一九六一年三月——2　*Maximus, March 1961 — 2*　［三九五頁］

1　一九六一年三月六日、と日付のある紙片に書かれた。

2　ドッグタウンにいたる「上の道」。四一六頁「わたしが上の道と呼んでいるジー・アヴェニューは」一行目参照。

3　「カワウソ池」（"otter ponds"）は、ドッグタウンにいたる「下の道」近くにある。四一六頁、四行目参照。

4　麻薬研究家ティモシー・リアリー（Timothy Leary）が一九六一年一月に行なった実験に関連する。メキシコ・インディアンが使う意識拡張剤「聖なるキノコ」（the Sacred Mushroom）によって啓示を体験した、とオルソンは一九六八年六月に『マクシマス詩篇案内』の著者バタリックに語っている。

B・エラリーの会計簿　*The Account Book of B Ellery*　［三九六頁］

1　一九六一年三月二十八日から二十九日にかけて書いた、とオルソンはノートに記している。

B・エラリーとは、ベンジャミン・エラリー（Benjamin Ellery, 一七四四–一八二五年）のこと。グロスター生まれの祖父と父を持つドッグタウンの商人である。この人物の会計簿が、アン岬歴史協会に保存されていた。

マクシマスの歌　*A Maximus Song*　［三九七頁］

1　フライニー（Phryne）は、紀元前四世紀に生きたギリシャの高級娼婦。裸身を見せない美女であったが、エレウシス（Eleusis）の祭りやポセイドニア（Poseidonia）の祭りの際には、人々が集まる中、衣服を脱ぎ、髪を解いて、海で水浴びをした。紀元前四世紀のギリシャの画家アペレス（Apelles）や紀元前三七〇年から紀元前三三〇年に活躍したギリシャの彫刻家プラクシテレス（Praxiteles）が、ヴィーナスのモデルにした。

後のテュロス人の仕事　*LATER TYRIAN BUSINESS*［三九八頁］

1　八一頁「テュロス人の仕事」七一―七三行「おれの花も、／雨上がりには、／見事な冠をつける」参照。また、五三五頁一―二行には「天狼星《シリウス》の環が／朝を告げる」と書いてある。

2　アンリ・コルバン「ゾロアスター教とイスマイール教の円環時間」『人間と時間』（Henry Corbin, "Cyclical Time in Mazdaism and Ismailism," in *Man and Time: Papers from the Eranos Yearbooks.* Edited by Joseph Campbell, 一九五七年）、一五四頁に、「第三位の天使が第十位の天使に落ち、眠りのうちに、七つの智を生んだ。七つの智は、七つの天使、あるいは七つの誓言と呼ばれる」と書いてある。

3　八一頁「テュロス人の仕事」六七―六八行に「苗木の／朝の仕事は、動くこと。問題は（夜の亡霊が退散した後の）初めの数時間」と書いてある。

4　八二頁「テュロス人の仕事」七七―七八行ではキリストが犬の歯の白さに注意を促している。

5　三三四頁「マクシマスより、ドッグタウンから――I」一五五行に出ていた言葉。ホワイトヘッドの用語「永遠の対象」と「出来事」からオルソンが合成したものである。

6　ナシール・コースロー（Nasir-e Khosraw）によれば、大天使の五位格のうち、最初の二つは智（アクル *'Aql*）と魂（ナフス *Nafs*）である、とコルバンは「ゾロアスター教とイスマイール教の円環時間」（『人間と時間』、一五〇頁）で述べている。

7　口にティール（Tyr）の腕をくわえたフェンリス（Fenris）を指す。七三二頁「スティーヴンズの歌」一三五―一三八行および七七三頁「狼は」一行から五行参照。フェンリスはフェンリル（Fenrir）とも表記される。あるいは、ギリシャ神話の地獄の番犬ケルベロス（Cerberus）を指すとも考えられる。頭が三つで尾は蛇である。ヘラクレス（Hercules）に連れ去られる時、地面に垂らしたよだれからトリカブト（aconite）が生えた。

8　アニマ・ムンディ（Anima Mundi）は、「世界霊魂」「世界霊」の意。オルソン著『神話学』、一巻九一頁によると、オルソンは「世界霊魂」を女性の姿でとらえていた。

何が行なわれているか分かっている男、ロバート・ダンカンのために　*for Robert Duncan, who understands what's going on...*

［三九九～四〇八頁］

1　ロバート・ダンカン（Robert Duncan, 一九一九―一九八八年）は、アメリカの詩人。一九四七年にオルソンは初めてダンカンと会った。一九五〇年代の初めに、ダンカンとオルソンは『オリジン』（*Origin*）および『ブラック・マウンテン・レヴュー』（*Black Mountain Review*）に共に寄稿したことと手紙のやりとりを通じて親しくなった。ダンカンは、オルソンの求めに応じて、ブラック・マウンテン大学に教師としてやってきた。

2　グラヴェル・ヒル（Gravel Hill）は、チェリー・ストリート（Cherry Street）からドッグタウンへ入るあたりにある小高い丘。

3　ジェリマイア・ミレット（Jeremiah Millett）。グラヴェル・ヒルを上っていくと、道は大きく曲がり、スプリット・ロック（Split Rock）がある。「割れた岩」の意である。一七四一年当時、ここにジェリマイア・ミレットが住んでいた。同じ行にある氷礫丘《ケイム》（kame）とは、氷河が後退する時に堆積した砕岩質、特に砂礫層から成る丘陵地形である。

4　クラブ・アップル（crab apple）は、酸味の強い小粒のリンゴ。栽培したものは主にゼリーや、ジャム用である。

5　木の板を胸の高さのところで幹に打ち付け、下を支柱と交差した木で支えたもの。

6　マイケル・マックルーア（Michael McClure, 一九三二年生まれ）は、アメリカの詩人。ドナルド・アレン（Donald Allen）と一緒に一九五九年十一月に、グロスターのオルソンを訪ねた。オルソンは午後、ドッグタウンを案内した。

7　ドナルド・M・アレン（Donald M. Allen, 一九一二–二〇〇四年）のこと。オルソンの詩を載せた『新しいアメリカの詩』（*The New American Poetry*, 一九六〇年）の編者。また、オルソンの初期作品『距離』（*The Distances*, 一九六〇年）や、評論集『人間の世界』（*Human Universe and the Other Essays*, 一九六五年）を編集した。

8　チャールズ・ピーター（Charles Peter）は、オルソンの息子。当時四歳と六ヶ月。

9　デーヴィッド・カミングズ（David Cummings）。詩の朗読会に行ったのがきっかけで、ビート作家に興味を持った。自分の大型中古車でビート作家をどこへでも運び、いわばビート詩人の「おかかえ運転手」となった人物。

10　三三一頁「マクシマスより、ドッグタウンから——I」一〇二–一一行に、死んだ美男の船乗りジェームズ・メリー（James Merry）が、「日曜の朝陽を浴びて燻製魚さながらに」倒れている描写がある。

11　エドワード・ダールバーグ（Edward Dahlberg, 一九〇〇–一九七七年）は、アメリカの作家。オルソンのデビューに力を貸してくれた重要人物。『この骨は生きるか』（*Do These Bones Live*, 一九四一年）、『ソドムの蚤』（*The Flea of Sodom*, 一九五〇年）、『エドワード・ダールバーグの告白』（*The Confessions of Edward Dahlberg*, 一九七一年）などの著作がある。

ここで言及されている食べ物をめぐるエピソードは、一九三六年頃に、ダールバーグがオーシャンウッド・コテージ（Oceanwood Cottage）にあったオルソンの家に滞在していた時のことである。オルソンの母は、客のダールバーグに前日からの残り物を出し、息子オルソンには出来たての料理を出した。

12　オルソンの詩「死者がわれわれを食らう時」（"As the Dead Prey Upon Us"）、「グロスターの月の入り」（"Moonset,

"Glouester") 参照。

13　ウィリアム・ワーズワース（William Wordsworth, 一七七〇–一八五〇年）は、イギリス・ロマン派の詩人。自伝的長詩『序曲』（*The Prelude*, 一八五〇年）が代表作。ここでオルソンが「序文」（"Preface"）とよんでいるのは、『抒情民謡集・第二版』（*Lyrical Ballads*, 一八〇〇年）の「序文」（"*Preface*"）を指す。そこで「この詩集の主たる目的は、日常生活から出来事や状況を選び、それをできる限り、人々が実際に使っている言葉で表わすようにすることにある」、と宣言している。

14　ベンジャミン・キニカム（Benjamin Kinnicum）は、一七一一年にマーガレット・ジョスリン（Margaret Josline or Josselyn）と結婚した。三八行目のBKは、ベンジャミン・キニカムのイニシャル。

15　ジョン・ジョスリン（John Josselyn, 一六三八–一六七五年に活躍）は、メイン州メイソン（Mason）およびジョージズ（Georges）の代表者。ニューイングランドに関する著作が二冊ある。『ニューイングランドの珍奇発見』（*New-Englands Rarities Discovered*, 一六七二年）、『ニューイングランドへの二度の航海記』（*An Account of Two Voyages to New-England*, 一六七四年）である。

16　マーガレット・ジョスリン（Margaret Josline or Josselyn）。その父ヘンリー（Henry）の父がやはりヘンリー（Henry）。祖父ヘンリーとジョン・ジョスリンが兄弟である。

17　フランシス・ヒギンソン牧師（Rev. Francis Higginson）は、セーレムの牧師。バブソン著『グロスター史』、四四頁に、一六二九年六月二十七日に、タルボット（Talbot）号でセーレムに行く途中、ヒギンソンの一行はグロスター港で停泊した。その時、ヒギンソンは日誌に「四人がボートで島に行き、イチゴ、グーズベリー、バラを持って戻ってきた」と記している。

18　ノース・ロード（North road）。ドッグタウンのコモンズロード（Commons Road）のこと。ジー・アヴェニュー（Gee Avenue）とともに「上の道」（"upper road"）としても知られる。四一六頁「わたしが上の道と呼んでいるジー・アヴェニューは」一行目を参照。

19　アン・ロビンソンとその夫サミュエル・デーヴィス（Ann Robinson and her husband Samuel Davis）。三七四頁「一九六〇年十二月」七二–七五行参照。

20　メイン湾（the Gulf of Maine）は、大西洋岸で、ノヴァスコシア（Nova Scotia）からコッド岬（Cape Cod）におよぶ。

21　ラ・ハーヴ岬（Cape La Have）は、ノヴァスコシアのルーナンバーグ（Lunenberg）付近にある岬。ノヴァスコシアの州都ハリファックス（Halifax）から南西へ五十マイルほど行ったところにある。

22　ルーナンバーグは、ハリファックスから南西へ四十マイルほど行ったところにある漁業の町。

23　「干物になっていく魚」は、三九九頁九行「腐っていく魚」参照。「腐っていく」（"rotting"）は「干し魚になる」（"being cured"）の意。

24　教会堂の緑地は、二八七頁「手紙、一九五九年、五月二日」三、八行参照。初期のグロスター教会堂の丘にあった共有地である。

25　「銀色の富」は、二一五頁「それで、サッサフラスが」三行目を参照。ジョン・スミスは、ニューイングランドの魚を「銀鱗の流れ」と呼んだ。

26　ウィリアム・スモールマンズ（William Smallmans）は、ドッグタウンへの入植者。

27　サミュエル・デーヴィス（Samuel Davis）の妻、アン・デーヴィス（Ann Davis）のこと。コモンズ・ロードに住んでいた。未亡人リディア・カナビィ（Lydia Canaby）の家の裏手である。老いた未亡人たちが用心のために犬を飼っていたことから、ドッグタウンの名がついたという説がある。

28　ジェームズ・マーシュ（James Marsh）は、初期入植者。ドッグタウンの旧家リッグズ家（the Riggs）の娘セアラ・リッグズ（Sarah Riggs）と一七二八年に結婚し、ドッグタウンのコモンズ・ロードに住んだ。

29　ジョシュア・エルウェル（Joshua Elwell）は、一六八七年生まれ。スザンナ・スタンウッド（Susanna Stanwood）と結婚し、コモンズ・ロードに住んだ。息子のキャプテン・アイザック・エルウェル（Captain Isaac Elwell）は、一時期グロスターの郵便局長を勤めた。

30　各家は農地と牧草地を多少持っていたが、後に一〇〇〇エーカーの土地に対して「牧草権」もしくは「伐採権」が与えられた。そこは、現在の「コモンズ牧草地」（the "Commons Pastures"）である。したがって、各家は、家と庭に加えて「コモンズ牧草地」に対する権利を持った。放牧をしたり、木を切ったりできたのである。一七二一年に、この伐採地は一三六の区画に分けられた。

31　ジョージ・デニソン（George Dennison）は、一七三三年に、ロブスター入り江（Lobster Cove）に面した所で店を開き、毛織物やブーツ、釣り道具、ラム酒などを売った。

32　七九―八〇行。ジョン・アダムズと名乗ったアレグザンダー・スミス（Alexander Smith, 一七六四―一八二九年）は、バウンティ号（the *Bounty*）で反乱を起こした乗組員の一人。反乱の後、生き延びて太平洋上のピットケアン島（Pitcairn Island）で暮らした。バック・ロードについては、三七四頁「一九六〇年、十二月」、六六行参照。

33　航海士クリスチャン（Christian mate）、すなわち航海士フレッチャー・クリスチャン（Fletcher Christian, the master's mate）は、一七八九年にバウンティ号で反乱を起こし、船長ウィリアム・ブライ（William Bligh, 一七五四―一八一七年）を追放した。ブライと忠実な部下は、ボートで漂い、四〇〇〇マイル航海した後、オーストラリアの北にあるチモール島（the island of Timor）へ流れ着いた。

34　ニュー・ヘブリデーズ（the New Hebrides）は、太平洋の南西にある群島。

35　ペガサス（Pegasus）は、ギリシャ神話の翼ある馬。その蹄の一蹴りで、ヘリコン山（Mount Helicon）の泉が湧き出た。ヘリコン山はアポロ（Apollo）とミューズ（Muse）が住む山であることから、ペガサスは、詩的霊感の象徴と見なされるようになった。

36　ヘクトール（Hector）は、ホメロス作『イリアス』（the *Illiad*）に登場するトロイア方の英雄。アキレス（Achilles）に殺された。

37　ミュトス（muthos）については、二〇〇頁「手紙23」三三行参照。ミュトスは口で、ロゴス（logos）は言葉だとオルソン著『ミュソロゴス』（*Muthologos*）、二巻三七─三八頁に書いてある。

38　「永遠の出来事」（eternal event）は、三三四頁「マクシマスより、ドッグタウンから──I」一五五行に登場した語句。ホワイトヘッド著『過程と実在』中の「永遠の対象」（eternal objects）と「出来事」（event）からオルソンが合成した語。

39　ドリス・ベーリス（Doris Bayliss）のこと。その夫ジョナサン（Jonathan Bayliss）は、オルソンの友人でゴートン水産の会計監査官。ドリスは、ワシントン・ストリートの自宅で、幼稚園を経営していた。

40　TVディナーとは、調理済みの冷凍食品。包装容器ごと温めるだけで、一食分のディナーができる。テレビを見ながらでも簡単に作れるので、この名がついた。

41　ジョン・ジョスリン著「ニューイングランドへの二度の航海記」（John Josselyn, "Two Voyages to New England"）からの引用である。ジョスリンの「ニューイングランドへの二度の航海記」は、イニス著『鱈漁』、一一七─一一八頁に収められている。

42　キンタル（quintal）。重さの単位。イギリスでは一一二ポンドに相当し、アメリカでは一〇〇ポンドに相当する。

43　「ランタンの角鏡《つのかがみ》」（"a Lanthorn horn"）は、カンテラの胴体部分を指す。カンテラは、ブリキの油壺の中に灯油を入れ、綿糸を芯として灯を点し、携帯用とした照明具である。ランタンの角鏡《つのかがみ》は、透明な角《つの》をカンテラに用いて鏡のように反射させたもの。

44　レアール（real）。スペインおよびアメリカのスペイン語圏地域における昔の銀貨。一と1/8ペソに相当。

45　リスボーン（Lisbourne）とは、リスボン（Lisbon）のこと。ポルトガルの首都である。

46　ビルボー（Bilbo）は、ビルバオ（Bilbao）。スペイン北部ビスケー湾付近の港町である。

47　ブルドー（Burdeaux）とは、ボルドー（Bordeaux）のこと。フランス南西部ガロンヌ川に臨む河港都市。ワイン産地の中心でジロンド（Gironde）県の県都である。

48　マーシルス（Marsiles）は、マルセイユ（Marseilles）のこと。フランス南東部ブーシュ＝デ＝ローヌ（Bouches-de-Rhone）県の県都で、フランス最大の貿易港。

49　トゥーロン（Toulon）は、フランス南東部の港湾都市。

50　ロシェル（Rochel）は、ラ・ロシェル（La Rochelle）のこと。フランスのシャラント・マリティム（Charente-Maritime）県の港湾都市で県都。宗教戦争ではユグノーの拠点となり、リシュリュー（Richelieu）に包囲された（一六二七–二八年）。一一九頁「歌と舞踏」一二〇行参照。

51　ローン（Roan）とあるが、ルーアン（Rouen）のこと。フランス北部セーヌ川に臨む都市でセーヌ・マリティム（Seine-Maritime）県の県都。

52　ファイアル（Fayal）は、アゾレス諸島の島。

53　マデラ（Madera）は、マデイラ諸島（Madeira）のこと。アフリカの北西岸から沖にある諸島。あるいは「太平洋の真珠」と呼ばれる主島マデイラ島のこと。

54　ホグズヘッド（hogshead）は、①大樽（通例六三–一四〇ガロン入り）、②液量の単位で約二三八・五リットル（六三ガロン）、あるいはビール・サイダーなどの単位で約二四五・四リットル。

55　「そうでないなら」は原文 "other-wages" の訳。本来なら、「そうでないなら」は、"otherwise" の訳語であるが、ここでは商人の手口にまんまと乗せられて、賃金（wages）を使い果たした口惜しさが表現されている。そのために "otherwise" とするべきところを "other-wages" にしたと考えられる。

土地図面の補完　***Further Completion of Plat***　［四〇九～四一一頁］

1　一九六一年三月二十八日から二十九日にかけて書かれた。

2　ジェームズ・デーヴィス中尉（Lieutenant James Davis, 一六六三–一七四三年）は、ドッグタウンへの初期入植者。

3　ジェームズ・スタンウッド（James Stanwood, 一六九〇年生まれ）は、ドッグタウンへの初期入植者である。一七一二年に、ジェームズ・デーヴィス中尉の娘メアリー（Mary）と結婚し、二人の子供を儲けた。ジェームズ（James）とウィリアム（William）である。一七二八年には、メイン州ファルマス（現在のポートランド）で住む許可を与えられているが、ファルマスには住まなかった。

4　下の道（the lower road）とは、チェリー・ストリート（Cherry Street）のこと。四一六頁「わたしが上の道と呼んでいるジー・アヴェニューは」四行目を参照。

5　「原簿――入会権保有者の帳簿第一番」（"Original Records: Commoners Book No. 1"）、一一二頁より。

6　ジョーゼフ・インガーソン（Joseph Ingarson）は、ジョーゼフ・インガーソル（Joseph Ingersol or Ingersoll）の間違いだと思われる。ジョージ・インガーソル（George Ingersol, 一六一八年生まれ）は、グロスターの港に家を構え、土地も所有していたが、グロスターを去ってメイン州ファルマスへ移住し、中尉となった。一六七五年にインディアンの攻撃を受け、息子の一人を殺され、家を焼かれた。もう一人の息子ジョーゼフ（Joseph）は、グロスターで生まれたが、父とともにファルマスへ行き、その地でマシュー・コー（Mathew Coe）の娘セアラ（Sarah）と結婚した。ファルマスがインディアンによって二度目に滅ぼされた後、ジョーゼフはグロスターに帰った。一六九三年にグロスターで娘ハナ（Hannah）が生まれた。その後、インガーソル一族はドッグタウンに住んだ。七行目のインガーソン・インガーソル（Ingarson Ingersoll）に関する資料はない。インガーソル（Ingersoll）は、インガーソン（Ingerson）とも呼ばれた、という意味かもしれないが、不明。

7　ドッグタウンへの入植者ウィリアム・スモールマン（William Smallman）である。四〇二頁「ロバート・ダンカンのために」六四行にはウィリアム・スモールマンズ（William Smallmans）として登場。四一六頁「わたしが上の道と呼んでいるジー・アヴェニュー」五行にもスモールマンズとして登場する。

8　ミル川（the Mill River）は、アニスクウォム川の入り江。ドッグタウンの西にある。

9　エベニーザー・デーヴィス（Ebenezer Davis, 一六八一年生まれ）。商売に専念した。

10　エライアス・デーヴィス（Elias Davis, 一六九四年生まれ）。手広く事業を展開した商人。

11　ジョン・デー（John Day, 一六五七年生まれ）は、「両極岩《ザ・ボールズ》」の近くに家を持っていた。一七四二年近くまで生きていたらしい。「両極岩《ザ・ボールズ》」については三五六頁「川──2」三行目を参照。

12　エゼキエル・デー（Ezekiel Day, 一六六二─一七二五年）は、ロブスター入り江とホッグスキン入り江の間に家を持っていた。ホッグスキン入り江（Hogskin Cove）は、ホジキンズ入り江（Hodgkin's Cove）のことと思われる。

13　アンドルー・ロビンソンは、三七四頁「一九六〇年十二月」七一行に登場している。一七一三年にグロスターでスクーナーを考案した。

14　カンソー（Canso）とは、ノヴァスコシアの町で、ハリファックスの北にある。

15　教会執事ジョーゼフ・ウィンスロー（Deacon Joseph Winslow）。ジョン・デーとその妻アビゲイル（Abigail）の間に出来た娘セアラ（Sarah）と、一七一九年に結婚した。

主に祈りをささげよう　***A Prayer, to the Lord***　［四一二頁］

1　母親の信仰心から、オルソンはローマカトリック教徒として育てられた。

2　ダンテは、一三二一年ラヴェンナ（Ravenna）で没した。墓はラヴェンナのサン・フランチェスコ教会（the church of San Francesco）の脇にある。

3　サン・ヴィターレ教会（San Vitale）は、イタリアのラヴェンナで十六世紀初めにできた教会。厳密に言えば、サン・フランチェスコ教会と呼ぶのが正しい。

4　グロスターのメアリー・ショア（Mary Shore）とその夫が、当時白いキャデラックを持っていた。脚を楽にのばせるので、オルソンはその自動車を気に入っていたという。

ブリーン 1　*Bohlin 1*〔四一三頁〕

1　ナニー・C・ブリーン号（the *Nannie C. Bohlin*, 一八九〇–一九〇九年）は、グロスターの名船。二本マストの帆船である。船長トマス・ブリーン（Thomas Bohlin）の娘の名にちなんで命名された。この詩の執筆時期は不明である。

2　海里（nautical mile）は航海・航空に用いる距離の単位。英では一八五三・二メートル、米では一八五三・二五メートルであったが、今日では国際単位（＝一八五二メートル）が採用されている。

3　ノット（knot）は、一時間当たりの海里数で示した船・航空機の速度単位。一ノットは、およそ時速一八五二メートルである。

4　中檣帆《トップスル》（topsail）は、マストの下から二番目にある一枚または一対の帆で、中檣《トップマスト》に支えられている。トップマスト（topmast）は、下から二番目にあるマスト。下檣《ロワーマスト》（lower mast）の上に立つ。

ブリーン 2　*Bohlin 2*〔四一四〜四一五頁〕

1　この時の様子については、ジェームズ・B・コノリー著『グロスターの漁師たち』（James B. Connolly, *The Book of Gloucester Fishermen*, 一九八二年）、一四四–一四五頁参照。

2　コノリー著『グロスターの漁師たち』、一四七–一六九頁に、レースの模様が書いてある。ドイツ皇帝杯「大西洋横断レース」でブリーンは、ニューヨークのルイス・A・スティムソン博士（Dr. Lewis A. Stimson）のヨットを操縦するよう依頼された。レースでブリーンは、当時最も速く、かつ大型の幾隻もの船を相手に見事に戦った。

3　ゴードン・W・トマス著『速く、優美に』（Gordon W. Thomas, *Fast and Able: Life Stories of Great Gloucester Fishing Vessels*, 一九六八年）、七九頁にブリーン船長の驚くべき体力と意志の力を表わすこのエピソードが記してある。

わたしが上の道と呼んでいるジー・アヴェニューは　*Gee, what I call the upper road*〔四一六頁〕

1　ジー・アヴェニュー（Gee Avenue）は、ワシントン・ストリートからドッグタウンへ向かう道。

2　ジョシュア・エルウェル（Joshua Elwell）。四〇二頁「ロバート・ダンカンのために」六七行目参照。ドッグタウンのコモンズ・ロードに家があった。コモンズ・ロードは、ノース・ロードとも「上の道」とも呼ばれた。

3　チェリー・ストリート（Cherry Street）は、ワシントン・ストリートからポプラ・ストリート（Poplar Street）を経てドッグタウンへ向かう道。ジー・アヴェニューと、チェリー・ストリートに沿ってドッグタウンへの居住が始まった。

4　スモールマンズ（Smallmans）。四〇二頁「ロバート・ダンカンのために」六四行目に登場するウィリアム・スモールマンズ（William Smallmans）と同一人物。

B・エラリー　*B. Ellery...* ［四一七頁］

1　ベンジャミン・エラリー（Benjamin Ellery）は、ドッグタウンの商人。三九六頁「B・エラリーの会計簿」に、この人物の会計簿が出ている。

2　「シンヴァット橋」（Cinvat Bridge）は、ゾロアスター教で、最後の審判の日に、魂が渡る橋。魂は定めに応じて天国か地獄のどちらかに至る。四六二頁「マクシマスが、港にて」二七行以下にも魂のたどる道が描かれている。

3　「クウキ」（aer）は、「空気」のこと。三四〇頁「マクシマスより、ドッグタウンから――II」一九–二〇行に、「空気（air）……クウキ（aer）……」と書いてある。

素晴らしいもの　*the winning thing* ［四一八〜四二〇頁］

1　一九六一年に執筆されたと考えられる。

2　船大工ウィリアム・スティーヴンズ（William Stevens）のこと。六六–六八頁「手紙7」七–三五行参照。六七頁「手紙7」二七行では「初代マクシマス」とされている。二九〇頁「手紙、一九五九年、五月二日」八〇行では、「腕のいい大工」と呼ばれている。バブソン著『グロスター史』一六六頁によると、植民地地方集会（the General Court）のメンバーであったスティーヴンズは、一六六五年に植民地の法制定に干渉しようとするイギリス王チャールズ・スチュアート（Charles Stewart）を地方集会の席上で公然と非難し、「王として認めない」と言い放った。一六六七年にセーレムで開かれた四季裁判所（Quartely Court）で彼の言葉は確認された。スティーヴンズは、一ヶ月間投獄され、二十ポンドの罰金を科された。更に、公民としての資格を奪われた。

3　スザンナ・スティーヴンズ（Susanna Stevens, 一七一七年生まれ）は、一七三六年にデーヴィッド・ピアス（David Pearce）と結婚し、デーヴィッド（David）とウィリアム（William）を生んだ。スザンナの二人の息子は、グロスター屈指の商人となった。

4　スティーヴンズは、ミーティング・ハウス・ネック（教会堂のある岬）に六エーカーの土地を与えられたが、住んだのは運河のあたりで、そこに八エーカーの土地を持っていた。

5　サー・ジョン・ホーキンズ（Sir John Hawkins）は、捕虜になった船員を釈放するよう交渉した時、スペイン側は、彼を買収し、女王陛下エリザベス一世（Elizabeth I）に対する務めを放棄させようとした。

6　ジョン・ウィンスロップ・ジュニア（John Winthrop Jr., 一六〇五／六–一六七六年）。マサチューセッツ湾植民地総督ジョン・ウィンスロップ（John Winthrop）の長男。コネティカットの丘の鉱物調査を止めて母国イギリスに帰れば、イギリス議会の花形になれると友人たちに誘われた。一六三一年に、ニューイングランドに来て、一六三二年には、マサチューセッツのイプスウィッチ建設に協力。仲間の入植者に残るよう請われたが、翌年帰国した。後にコネティカット州知事として戻ってくることになった。科学者肌で、政治には不向きだった。

7　イギリス王を非難したため、一六六七年に裁判にかけられた。その後、スティーヴンズは困窮していった。彼の妻は、植民地地方集会（the General Court）に許しを求め、夫が「錯乱」していたのだと訴えた。

8　アンドルー・ロビンソン（Andrew Robinson）。三七四頁「一九六〇年、十二月」七一行に登場。一七一三年に、グロスターでスクーナーを考案したと言われる。

9　インガーソル兄弟（Ingersolls）。船大工ジョージ・インガーソル（George Ingersoll）はファルマスとボストンに住み、ボストンで一七三〇年に没した。船大工サミュエル・インガーソル（Samuel Ingersoll）は、一七〇〇年頃グロスターに来て、イースタン・ポイントに住み、小さな船を造った。

10　サンダーズ一家（the Sanders）。トマス・サンダーズ（Thomas Sanders）とナサニエル・サンダーズ（Nathaniel Sanders）は、一七〇二年にはグロスターに来ていた。ジョーゼフ・サンダーズ（Joseph Sanders）も一七〇八年には記録に現われる。三人とも船大工であった。

ベーリンは…急成長したことを教えてくれる　*Bailyn shows sharp rise*　［四二一〜四二二頁］

1　バーナード・ベーリン（Bernard Baylin, 一九二二年生まれ）は、ハーヴァード大学の歴史家。妻ロッテ（Lotte）との共著『マサチューセッツの船舶一六九七–一七一四年』（Bernard Baylin and Lotte Baylin, *Massachusetts Shipping 1617-1714: A Statistical Study,* 一九五九年）がある。この詩の初稿は、一九六四年一月四日に執筆された。ウィリアム・ベイカーの『植民地船』（William Baker, *Colonial Vessels: Some Seventeenth-Century Crafts,* 一九六二年）を入手後、加筆された。

2　二行目から七行目までは、『マサチューセッツの船舶』、五一頁に基づく。

3　この数字は、『マサチューセッツの船舶』、五〇頁に基づく。

4　「スループ」（sloop）は、スループ船のこと。一本マストの縦帆の帆船である。三八〇頁「一九六〇年、十二月」一九四行および訳註一二三五頁の注53を参照。

5　ケッチ（ketch）は、二本マストに縦帆を張った小帆船で後方のマストが大型のもの。

6　ウィリアム・ベイカーが『植民地船』、一四七−一四八頁で述べている見解。ただし、ロビンソンの考案とはされていない。

7　バブソン著『グロスター史』、二四九頁注より。

スクール・ストリート二三番地とコロンビア・ストリート一六番地には　*23 School and 16 Columbia...* 〔四二三頁〕

1　「スクール・ストリート二三番地」の家は、蔦がからまる古い煉瓦の建物で、大きな庭があり、樹木が繁っていた。そこにはすみれとギンバイカが咲いていた。建物裏手の増築部分とサイドポーチは木造で、庭は木の塀で囲まれていた。スクール・ストリート（School Street）は、プロスペクト・ストリートとミドル・ストリートを結ぶ通り。

2　「コロンビア・ストリート一六番地」の家は、すべて木造建築で、ペンキの色があせていた。コロンビア・ストリート（Columbia Street）は、プロスペクト・ストリートと平行に走り、スクール・ストリートに出る。

3　この詩は、一九六三年の夏に、オルソンが訪れたグロスターの家々の描写である。一九六三年八月十四日にヴァンクーヴァー（Vancouver）で行なわれた朗読会席上で「イマジズムをどうお思いになりますか」と質問されて、オルソンは「この詩はイマジズムと関係があると思う」と答えている。イマジズム（imagism）とは、エズラ・パウンドらが唱えたイメージを重視する詩である。一瞬のうちに複雑な感情を表現するのがイメージの役割だと考えるのである。

後方の水底　*the bottom backward* 〔四二四〜四二五頁〕

1　草稿の日付は「一九六一年五月」となっている。

2　五−八行の鱈の産卵についての記述は、ジョージ・ブラウン・グッド編『アメリカの漁業と水産業』（George Brown Goode ed., *The Fisheries and Fishing Industries of the United States*, 一八八七年）、第三巻『北アメリカの漁場』（*The Fishing Grounds of North America*）、七四頁に基づく。

3　ジョージズ浅瀬（Georges Bank）は、コッド岬（Cape Cod）から東へ一九〇マイル行った所にあるアメリカ最大の漁場。二六八−二七二頁「ジョージズ浅瀬に関する第一の手紙」、二七三−二七九頁〔ジョージズ浅瀬に関する第二の手紙〕参照。

4　トマス・E・バブソン著「アン岬の道路」（Thomas E. Babson, "Evolution of Cape Ann Roads and Transportation, 1623-1955"）、『エセックス歴史協会論文集』（*Essex Institute Historical Collection, XCI. 4*, 一九五五年、十月）、三〇三頁に基づく。

5　氷礫丘《ケイム》は、氷河が後退するときに堆積した砕岩質、特に砂礫層から成る丘陵地形。三九九頁「ロバート・ダンカンのために」二行参照。

6　果樹園（orchard）、庭（garden）、住居（tenement）、家屋敷（messuage）などは、十七世紀から十八世紀に使われた法律用語。

7　当時、コッド岬にあったウッズ・ホール海洋地理研究所（the Woods Hole Oceanographic Institute）が、さかんにアン岬沖の漁場を調査していた。

8　ブリガンティン帆船（brigantines）は、二本マストの帆船。前檣は横帆、後檣は縦帆。

9　ウィリアム・ピアス（William Pearse）あるいはデーヴィッド・ピアス（David Pearse）の庭。この二人は、グロスターの西インド諸島交易の最盛期に活躍した商人で、ピアス・ストリート（Pearse Street）に家を構えていた。四一八頁「素晴らしいもの」一〇行参照。その庭の像を見て、パティロ（Patillo）家の娘たちは肝を潰したのである。ピアス・ストリートは口絵に添付した地図にはない。いくつかの地図を参照したが載っていなかったためである。

10　ストマッカー（stomacher）は、十五世紀から十六世紀に男女ともに着用した、宝石や刺繍でかざった三角形の胸飾り。後には、女性が胴着（bodice）の下に着用した。

11　オルソン著『神話学』（*Muthologos*, 一七八八―一七八九年）、一巻七二―七三頁「カジュアル・ミソロジー」は、閃緑岩に成長の原理を見ている。

一九六一年七月十七日　*Jl 17 1961*［四二六～四二七頁］

1　この詩は、一九六一年七月一七日に書かれた。

2　ジョン・バーク（John Burke, 一九〇六―一九七〇年）は、グロスターの元市長。一九五四年から、辞任した一九五九年九月まで、市会議員。この事件は、オルソンによれば、実話であった。ジョン・バークについては、二八〇―二八四頁「ジョン・バーク」一―七九行参照。

3　「ホクロロイドロス」（ʻokloloidoros）。正しくは、「オクロロイドロス」（ʻοχλολοιδοροσ）。「人を罵《ののし》る者」を意味するギリシャ語。ヘラクレイトス（Heraclitus）のニックネームであった。ヘラクレイトスが、ダイアナ（Diana）の神殿でサイコロ遊びをしていると、エペソス人（the Ephesians）が群がって、これを見た。ヘラクレイトスの言は、「馬鹿者どもめ、何を驚いている。お前たちと一緒になって公務にかかずらわっているより、こうしていた方がいいではないか」であった。ディオゲネス・ラエルティウス『哲学者伝』（Diogenes Laertius, *Lives*）、三七六頁より。

手紙、72、　*Letter 72*［四二八～四三一頁］

1　一九六一年七月頃に書かれた。

2　ウィリアム・ヒルトン（William Hilton）は、ドッグタウンへの初期入植者。コモンズ・ロード（Commons Road）のべネット夫妻の家（the Bennetts'）とサミュエル・デーヴィス夫妻の家（Samuel Davis'）との間に家を持っていた。一七一一年に、メアリー・タッカー（Mary Tucker）と結婚した。

3　サミュエル・デーヴィス（Samuel Davis）は、一七〇四年に、アン・ロビンソン（Ann Robinson）と結婚した。三七四頁「一九六〇年、十二月」七三行、および四〇一頁「ロバート・ダンカンのために」四〇行に登場する。

4　エリザベスは、オルソンの二番目の妻オーガスタ・エリザベス・カイザー（Augusta Elizabeth Kaiser）を指す。ベティ・オルソン（Betty Olson）である。三二一頁参照。

5　ナシール・ツーシ（Nasir Tusi）は、十二世紀イランの神学者。

6　アンリ・コルバン著「ゾロアスター教とイスマーイール派における円環時間」（ジョーゼフ・キャンベル編『人間と時間』、一三六頁）参照。そこでは、人が「堕ちた天使」とされてはいない。天使が地上のものと戦うために、自発的に地上に降り立つ、とされている。

7　ジョシュア・エルウェル（Joshua Elwell）。四〇二頁「ロバート・ダンカンのために」六七行参照。

8　アンソニー・ベネット（Anthony Bennett，一六九一年没）とその息子たちを指す。アビゲイル・ベネット（Abigail Bennett）は、最初の入植者で大工であったアンソニー・ベネットの妻であるが、後に寡婦となった。

9　入会地道路（コモンズ・ロード）は、ドッグタウンを通る北あるいは「上の」道。南のドッグタウン・ロードとほぼ平行に走る。

10　「伐採地」へ向かう道については、四〇二頁「ロバート・ダンカンのために」七〇行参照。

11　豚背丘《とんはいきゅう》（hogback）は、丸みのある山稜が列をなしている丘陵地形。

12　ドッグタウンは、牧草のある森で、初期入植者たちが木を切り、家畜や羊を放牧する権利を共有していた。入会地《コモンズ》、入植入会地《コモンズ・セトルメント》、ドッグタウン入会地《コモンズ》などと呼ばれた。

光景――一九六一年、七月二十九日　*The View*――*July 29, 1961*〔四三二頁〕

デカルトは一兵士　*Descartes soldier*〔四三三～四三四頁〕

1　フランスの数学者で哲学者のルネ・デカルト（René Descartes，一五九六―一六五〇年）のこと。一六一七年から一六二六年にかけて、デカルトはカトリックとプロテスタントの戦いに何度か身を投じた。

2　ソフィア（Sophia）はグノーシス派の「母」（the Gnostic "Mother"）すなわち、知恵の象徴（the figure of Wisdom）である。彼女は、神の霊（the Spirit of God）と同一視されるようになり、ギリシャ正教で聖者に列せられた。聖ソフィア（St.

Sophia）大聖堂は、トルコのイスタンブール（Istanbul）に残るビザンティン建築の遺構。三六〇年にコンスタンティヌス一世（Constantin I）が献堂。たびたび火災・地震による破壊と再建をくりかえした。現遺構は五七三年に献堂され、五五八年に崩壊した後再建されたものである。

3　バブソンによれば、フィッシャマンズ・フィールドは二〇〇エーカー近くあった。ここでは、フィッシャマンズ・フィールド全体ではなく、個々人に割り当てられた広さを指す。一九九頁「手紙23」二一行参照。訳註一一八一頁の注12を参照。

4　「コイフ」（coif）は、修道女がヴェールの下に被るぴったりしたフード。

5　陸係り水夫（ショアーマン）については、四〇七頁「ロバート・ダンカンのために」一五一–一五四行参照。

一六四六年と一六四七年のダンフォース年鑑にとじこまれた書きつけには　*In the interleaved Almanacks for 1646 and 1647 of Danforth* 〔四三五〜四三六頁〕

1　一九六三年八月にヴァンクーヴァー詩人会議（Vancouver Poetry Conference）で、オルソンが朗読したもの。一八行目で『ウィンスロップ日誌』（*Winthrop's Journal*）と呼ばれている書物は、ジョン・ウィンスロップ著『ニューイングランドの歴史』（John Winthrop, *The History of New England from 1630 to 1649*）のこと。その脚注に、いつ何が収穫されたかを編者のジェームズ・サヴェッジ（James Savage）が詳述した。

2　ブラックストーンりんご（Blackston's apples）は、二五二頁「偉大な創始者たちの意志がこわばって」五行目の「黄リンゴ」（yellow sweeting）と同じである。初期入植者ウィリアム・ブラックストーン牧師（the Reverend William Blackstone）は、ボストンの西斜面に、この品種のリンゴを植えた。

3　タンカードりんご（Tankerd apples）。同じ音のタンカード（tankard）は、「取手付き大ジョッキ」であるから、発酵させてアルコール飲料にするのに適したりんごと考えられる。

4　クレトンりんご《ピピンズ》（Kreton pippins）。ピピンは生食用りんごの一種。

5　ラセチン種（The Russetins）。ラセット（russet）と同じく、秋に熟し、皮がざらざらして茶色がかったリンゴの総称。

6　ペアメイン種（Pearmaines）は、果実が西洋ナシの形に似てやや長い、りんごの一品種。

7　ペック（peck）は、体積の単位。（英）約九リットル、（米）約八・八リットル。

天体　*ta meteura* 〔四三七頁〕

1　一九六二年にヴァンクーヴァー詩人会議で朗読された。創作年は未詳。

2　パーソンズ家の野は、かつてフィッシャマンズ・フィールドであったところ。五五六頁「発端」八–一〇行参照。「そこは（中略）漁師の農場《フィッシャマンズ・フィールド》と呼ばれた。そして、パーソンズ一家が、そこを自分たちの村というか、家屋敷とし……」と書いてある。

一九六一年九月十四日、木曜日　***Thurs Sept 14th 1961***［四三八〜四四八頁］

1　エリクサンダー・ベイカー（Elicksander Baker）は、アレグザンダー・ベイカー（Alexander Baker）とも表記される初期入植者。縄作り職人《ロープ・メーカー》で、ロンドンからやって来た。一四行目のアレグザンダーの父親である。

2　ダン・ファジング（Done Fudging）は、運河河口の陸地側にある岩礁。ここを竿で切り抜ける《ファッジ》と、難所の通過が完了《ダン》したことから、ダン・ファジングという名がついた。

3　ステージ・フォート（Stage Fort）は、アン岬への最初の入植地。

4　ロジャー・コナントの息子ロト・コナント（Lot Conant）は、一六二四年頃に生まれた。

5　ジョン・ウッドベリー（John Woodbury）は、イギリスのサマセットシャー（Somersetshire）出身。グロスターとセーレムで三年近く住んだ後、一時イギリスへ帰り、一六二六年にアメリカへ戻ってきた。一六三一年に公民（freeman）となり、セーレムで地方議会の代議士をするなど、要職に就き、一六四一年に他界した。子供は、ハンフリー（Humphrey）、ハナ（Hanna）、アビゲイル（Abigail）、ピーター（Peter）である。一二一二頁「マクシマスより、グロスターへ」四二行参照。

6　ジョン・ボルチ（John Balch）は、イギリスのブリッジウォーター（Bridgewater）出身。一六三一年に公民となり、セーレムで活躍した。いくつかの説があるが、一六四八年没。末の息子フリーボーン（Freeborn）は一六三一年生まれ、兄のベンジャミン（Benjamin）は一六二九年頃の生まれと考えられる。一二一二頁「マクシマスより、グロスターへ」四二行参照。

7　ジョン・エンディコット（John Endecott）とエマニュエル・ダウニング（Emmanuel Downing）の勢力下にあった地方集会（the General Court）でグロスターが町になったのは、一六四二年四月のことである。三〇九頁「四月のきょう、メイン・ストリートは」三六-四一行、および訳註一二一三頁の注13を参照。

8　サミュエル（Samuel）は、二行先のジョン（John）、三行先のジョシュア（Joshua）、七行先のハナ（Hannah）と同じく、アレグザンダー・ベイカーの子供である。

9　イーサン・アレン（Ethan Allen, 一七三九-一七八九年）は、独立戦争の英雄で、非正規兵の集団「グリーン・マウンテン・ボーイズ」（the "Green Moutain Boys"）の指導者。

10　一六四二年四月に、マサチューセッツ湾植民地の副総督であったジョン・エンディコットと、ジョン・ウィンスロップの義兄弟でセーレムの代議士だったエマニュエル・ダウニングが、アン岬の土地を分割した。

11　ジョージ・インガーソル（George Ingersoll）については、三七六頁「一九六〇年、十二月」九八行参照。

12　ジョージ・インガーソルのこと。町の記録には、一六四七年十二月の項に、港の土地を持っていると記されている。
13　ケニーとは、ウィリアム・ケニー（William Kenie）のこと。
14　フォア・ストリート（Fore Street）は、フロント・ストリート（Front Street）とも呼ばれた。現在のメイン・ストリートである。二九九頁「手紙、一九五九年、五月二日」二四三行参照。
15　オズマンド・ダッチ（Osmund Dutch, 一六〇三年頃–一六八四年）。三一三頁「四月のきょう、メインストリートは」九五行参照。また、オズマンド・ダッチが妻に宛てて書いた手紙については、同じ詩の一一三–一四一行を参照。
16　エイブラハム・ロビンソン（Abraham Robinson）、トマス・アシュレー（Thomas Ashley）、ウィリアム・ブラウン（William Browne）については、三一七頁「四月のきょう、メインストリートは」一四一–一四三行参照。
17　小型帆船《シャロップ》（shallop）は、二本マストの帆船。小型で浅瀬用である。
18　トマス・レクフォード著『トマス・レクフォードのノートブック一六三八年六月二十七日–一六四一年七月二十九日』（Thomas Lechford, *Note-Book Kept by Thomas Lechford, Esq., Lawyer, In Boston, Massachusetts Bay, From June 27, 1638, to July 29, 1641*）は、『アメリカ好古協会論文集七巻、一八八五年』（*Transactions and Collections of the American Antiquarian Society*, Vol. VII, 一八八五年刊）に所収。
19　ウィリアム・サウスミード（William Southmead or Southmate, 一六四九年以前に没）については、三一三頁「四月のきょう、メインストリートは」九五–九六行参照。
20　トンプソン漁場（Thompson fishery）は、三一四頁「四月のきょう、メインストリートは」一〇二–一〇三行の「トムソン氏の釣り用フレーム」（a frame of Mr Thomson's）と同一のものである。
21　トマス・ミルワード（Thomas Milward, 一六〇〇年頃–一六五三年）は初期入植者。三一三頁「四月のきょう、メインストリートは」九七行参照。
22　神学生トマス・ラシュリー（the ministerial student Thomas Rashleigh）。トマス・レクフォード著『はっきり言うと』（Thomas Lechford, *Plain-Dealing; or, News from New England*, 一八六七年）、一〇六–一〇七頁参照。トマス・ラシュリーは、一六四〇年三月八日にボストン教会への入会を認められた。その当時、「学生」と呼ばれていた。
23　カーティス広場（Curtis Square）は、グロスター最初の教会堂（ミーティングハウス）があった所。
24　タウンゼント博士（Dr Townshend）とは、チャールズ・ウェンデル・タウンゼント博士のこと。著書に、『マサチューセッツ州エセックス郡の鳥類』（Charles Wendell Townsend, *The Birds of Essex County, Massachusetts*, 一九〇五年）および、『マサチューセッツ州エセックス郡の鳥類・補足』（*Supplement to the Birds of Essex County, Massachusetts*, 一九二〇年）がある。

パーソンズ家のこと　*Of the Parsones*　［四四九〜四五二頁］

1　一九六一年九月二十九日に執筆された。ジェフリー・パーソンズ（Geoffrey Parsons, 一六三一―一六八九年）は、グロスターへの初期入植者。パーソンズの子孫は、フィッシャマンズ・フィールド（Fisherman's Field）、すなわち後のステージ・フォート公園（Stage Fort Park）に地所を持った。

2　ジョージ・ヘンリー・モース・ジュニア（George Henry Morse Jr., 一六七五―一七二二年）は、パーソンズ＝モース屋敷の所有者。「兄弟」とは、チャールズ・パーソンズ・モース（Charles Parsons Morse）のこと。共にジェフリー・パーソンズから七代下の世代である。

3　ナサニエル・パーソンズ（Nathaniel Parsons, 一六七五―一七二二年）は、ジェフリー・パーソンズの五男。

4　サミュエル・パーソンズ（Samuel Parsons, 一六九〇―一七六一年）は、ジェフリー・パーソンズの孫。パーソンズ＝モース屋敷を建てた。

5　エベニーザー・パーソンズ（Ebenezer Parsons, 一六八一―一七六三年）は、ジェフリー・パーソンズの末の息子。

6　ロッド（rod）。広さの単位としては、三〇と1/4平方ヤード。約二五・三平方メートル。したがって、一九ロッドは、約四八〇平方メートル。

7　モース屋敷（the Morse house）、正確にはパーソンズ＝モース屋敷（the Parsons-Morse house）という。パーソンズの丘（Parsons's Hill）のふもと近くのウェスタン・アヴェニュー一〇六番地にある。ジェフリー・パーソンズの孫サミュエル・パーソンズが一七一三年頃に建てた屋敷。

8　ソロモン・パーソンズ（Solomon Parsons, 一七〇六―一七九九年）は、ジョン・パーソンズ（一六九三年生まれ）の息子。一六行目の「上述の」（"said"）とは、エリイーザ・パーソンズ（Eliezer Parsons, 一六九四年生まれ）とその妻メアリー（Mary）が一七三六／七年一月（January 1936/7）にソロモン・パーソンズに対して作成した証書にあることば。

9　ジョン・パーソンズ（John Parsons, 一六六六―一七一四年）は、ジョン・パーソンズ（一六九三年生まれ）の父親である。ジェフリー・パーソンズの三男。

10　エリイーザ・パーソンズは、ジェフリー・パーソンズの孫。

11　グラーヴェンスタイン（Gravenstein）は、生娘とも呼ばれる。赤に縞のある大型のドイツ種の黄色リンゴ。キミガソデ（Northern Spy）は、米国の赤すじのあるリンゴ。

12　H・スチュアート・リーチ（H. Stuart Leach）と妻マージョリー（Marjorie）は、ウェスタン・アヴェニュー一二九番地に住んでいた。

13　ウォルター・クレッシー（Walter Cressy, 一八五八―一九一六年）。ウェスタン・アヴェニュー沿いにパーソンズ＝モース屋敷の西側の土地を持っていた建設業者。

14　ローランド・B・ストロング（Roland B. Strong）は、ウェスタン・アヴェニュー一六五番地にガソリン・スタンドを持っていた。家は、ウェスタン・アヴェニュー八八番地にあり、ウォルター・クレッシーの娘である妻バーサ（Bertha）と二人の息子、ウォルター（Walter）とニール（Neal）、とともに住んでいた。オルソンは、通りを隔てた夏のバンガロー村（the summer "camps"）で少年時代に夏をすごした。五五七-五五八頁「発端」三六-四〇行参照。

15　ルイ・ド・ビュアド・フロントナック伯爵（Louis de Buade, Comte de Frontenac, 一六二〇-一六九八年）。一六七二年から一六八二年および、一六八九年から没年まで、ニュー・フランスの知事。ニュー・フランスとは、一七六三年以前の北米大陸におけるフランス領のこと。

16　「彼女」が誰かは、明らかにされていない。

17　ジョージー・ブーン（Josie Boone）は、オルソンの母の友だち。ジョージーはボストン近郊に住んでいたが、オルソン一家同様、夏をグロスターで過ごした。

18　『チョコレートの兵士』（*The Chocolate Soldier*）は、オスカー・シュトラウス（Oscar Strauss）が一九〇八年に作ったオペレッタの名。一九三〇年代にアメリカで流行し、一九四一年には映画化された。フェレンツ・モルナール（Ferenc Molnar）原作の映画『近衛兵《ザ・ガーズマン》』（*The Guardsman,* 一九三一年）をリメイクし、音楽にはシュトラウスを用いたものが映画版『チョコレートの兵士』（一九四一年）である。

19　ロッド（rod）。長さの単位としては、五・五ヤード、一六・五フィート、約五・〇三メートルに当る。したがって、八ロッドは約四〇・二四メートル。

20　ポール（pole）。長さの単位としては、ロッド（rod）と同じ。したがって、一〇ポールは約五〇・三メートル。

始まりの（事実　***THE BEGINNINGS***（facts［四五三〜四五五頁］

1　一九六一年十月十五日に執筆された。

2　オズマンド・ダッチ（Osmund Dutch）のこと。三一三頁「四月のきょう、メインストリートは」九五行参照。

3　ジョン・ギャロップ（John Gallop, 一六七五年没）は、ニューイングランド沿岸で活躍していた人物。グロスター港の高台の土地と、リトル・グッド・ハーバー（Little Good Harbor）の湿地を一六五〇年以前に売却した人として、バブソンの『グロスター史』、九四-九五頁に記されている。初期のボストン住民で、漁師兼水先案内人であった。リトル・グッド・ハーバー・ビーチ（Little Good Harbor Beach）は、口絵に掲載した地図のグッド・ハーバー・ビーチ（Good Harbor Beach）と同じである。

4　軽帆船《ピンネース》（pinnace）は、特に昔、親船に随行した軽帆船をいう。七二四頁「スティーヴンズの歌」二六行参照。
5　牧師ジョン・ロビンソン（Rev. John Robinson）の息子を指す。漁業に適した土地を求めてプリマスからアン岬にやって来た人々を率いた。
6　牧師イーライ・フォーブズ（Rev. Eli Forbes）。一六三三年に行なわれた礼拝について、ここで語っている牧師。「一七九二年」は、イーライ・フォーブズが語った年である。「古代写本を参照のこと」は、『聖書』の「出エジプト記」二〇章二四節に付したフォーブズ牧師のメモ。
7　スプリッター（splitter）とは、魚さばき人のこと。大型ナイフの一振りで、魚を頭から尾まで裂き、背骨を取る漁師。船長、航海士に並ぶ重要な役割である。
8　ヒュー・ピーター（Hugh Peter, 一五九八－一六六〇年）は、一六三五年にボストンへ着き、セーレムの教会を任された。
9　トマス・ミルワード（Thomas Milward, 一六〇〇年頃－一六五三年）は、初期入植者。三一三頁「四月のきょう、メインストリートは」九七行参照。
10　ギャロップ青年（young Gallop）は、ジョン・ギャロップの息子。
11　マシュー・クラドック（Matthew Cradock, 一六四四年頃没）は、ロンドンの商人。マサチューセッツ湾会社の初代総督となった。

男はベモー岩礁に転落した　***On Bemo Ledge he fell***　［四五六頁］

1　手書き原稿には、十月十六日という日付がある。
2　ベモー岩礁（Bemo Ledge）。イースタン・ポイントの大西洋岸にブレース入り江がある。ベモー岩礁はその南の入り口にある。
3　ゴム長靴を履いたまま海中に落ちた例については、二一頁「マクシマスより、グロスターへ、手紙2」五三－五五行、および四九頁「手紙5」一三二－一三四行参照。
4　「幸運な」（“lucky”）は、「子ども」を修飾するのではなく、「海」を修飾する。原文は“the pet child / of the lucky sea”である。

運河　***THE CUT***　［四五七頁］

1　一九六一年十月十八日に書かれた。「運河」については、六六頁「手紙7」八行目および訳註一一五三頁の注6参照。
2　この詩の記述は、ナサニエル・B・シャートレフ編『ニューイングランドのマサチューセッツ湾会社総督記録』

（Nathaniel B. Shurtleff ed. *Records of the Governor and Company of the Massachusetts Bay in New England*, 一八五三年）、一巻二五三頁、および一巻三四五頁からの抜き書きである。

スケリエー——？　*Scheria*—？［四五八頁］

1　スケリエ島（the island of Scheria）。カリュプソー（Calypso）の島から逃れたオデュッセウス（Odysseus）が、海から流れ着いた時、親切にしてくれたパイエーケス人（the Phaeacians）の住む島。一五七頁「初めてファン・デ・ラ・コーサの眼で世界を見て」三一行参照。

2　ミレトス（Miletus）は、廃墟となったトルコの古代都市。メンデレス川（the Menderes）河口付近にあり、エーゲ海を臨む。

3　スカマンデル川（the Scamander）。パウサニアス（Pausanias）著『ギリシャ案内記』（*Description of Greece*, J. G. Frazer の英訳、一九一三年）によれば、メアンダー川（the Meander）、すなわち古代のメンデレス川のはずである。スカマンデル川は、更に北へ一七五マイル上ったトロイ付近を流れる川。

4　パウサニアス著『ギリシャ案内記』によれば、フェニキアのテュロスから、ヘラクレスが木製の筏に乗ってやって来た。神の乗った筏をキオス島（the island of Chios）の人々とエリスラエ（Erythrae）の人々のどちらもが、自分たちの海岸に引き寄せたがった。エリスラエの盲目の漁師フォルミオ（Phormio）は、エリスラエの女性たちが髪を切り、それを合わせて作ったロープで、筏を海岸に引き寄せる夢を見た。エリスラエにいたトラキアの女性たち（the Thracian women）は、奴隷も自由民もともどもに黙って髪を切らせたので、エリスラエの人々は筏を岸へ引き上げることができた。こうして、トラキアの女性たちは、ヘラクレスの神殿へ入ることを許された唯一の女性たちとなった。彼女たちの髪で作ったロープは、今日に至るまで保存されていると伝えられる。また、盲目であった漁師フォルミオは、視力を回復したという。

わが船大工の息子の息子の遺言　*My Carpenter's Son's Son's Will*［四五九頁］

1　執筆時期は不詳。一九六三年にヴァンクーヴァー詩人会議で朗読された。

2　ウィリアム・スティーヴンズ中尉（Lieutenant William Stevens）は、中尉の任務の後、二年間グロスター町の理事を務め、一六九二年には代議士となった。一七〇一年に四十二歳で他界。この人物の祖父が「船大工スティーヴンズ」である。

マクシマスが、港にて　*Maximus, at the Harbor*［四六〇〜四六四頁］

1　オケアノス（Okeanos）。ヘシオドス（Hesiod）著『神統記』（*Theogony*, Huge G. Evelyn-White による英訳、一九一六年）

によれば、「大地とすべての海を囲む流れ」(“a continuous stream enclosing the earth and the seas”) であり、「大地を九重にとり巻く流れ」を持つ (having “nine streams which encircle the earth”)。

2　アンリ・コルバン著「ゾロアスター教とイスマーイール派における円環時間」(ジョーゼフ・キャンベル編『人間と時間』)、一六五頁参照。普遍の世界における全ての概念は、個人の世界にその対応物がある。「天国は人」という命題をめぐってナシール・ツーシは、現象学的分析を展開する。「天国にいる」のと、「この世に生まれる」のとは、全く異なった存在様態を表わす。すなわち、「真の実在の中に存在する」か、逆に「この世に生まれる」かなのである、と書いてある。

3　コルバン著「ゾロアスター教とイスマーイール派における円環時間」(ジョーゼフ・キャンベル編『人間と時間』)、一六六頁参照。人より活発なのは、人を通ってきた思考や人によって話される言葉である。人の思考を考えることは、ナシール・ツーシが言う「思考の天使」である。それについては、以下のように書かれている。

「あらゆる本物の思考、あらゆる真実の言葉、あらゆる善なる行為は、精神的実体を持つ——すなわち、『天使』を。『天使』は、魂が一連の完成への段階を容易に通過し、源に戻る能力を魂の上昇にしたがって賦与する。源に帰還した魂は大いなる『天使』となる。魂の思考、言葉、行為の『天使たち』は、大いなる『天使』の構成要素となり、大いなる『天使』に自分たちの刻印を残す」。

4　三三七頁「生涯おれは、多くのことを聞いてきた」一一行目参照。

5　ラウンド・ロック浅瀬 (Round Rock shoal) は、ドッグバー防波堤 (Dogbar Breakwater) を通過して、まっすぐグロスター港へ入る入り口にある。

6　パヴィリオン・ビーチ (Pavilion Beach) は、グロスター港の西にのびる浜辺。フォート・ポイントの西岸になる。

7　ウォッチ・ハウス・ポイント (Watch House Point) は、フォート・ポイントの古名。小さな岩に囲まれた丘で、海を見張る番人のように見える。ウォッチ＝ハウス・ポイント (Watch-House Point) やウォッチハウス・ポイント (Watchhouse Point) とも表記される。

8　コルバン著「ゾロアスター教とイスマーイール派における円環時間」(ジョーゼフ・キャンベル編『人間と時間』)、一六七頁に「魂が己れの活動を行い、自らを理解するのは、魂そのものを活動させる行為の開始とともに始まる」と書いてある。

9　コルバン著「ゾロアスター教とイスマーイール派における円環時間」(ジョーゼフ・キャンベル編『人間と時間』)、一三一頁参照。ゾロアスター教では、地上の人間の魂は、天上の対応物——「光の魂」(あるいは「天使」)、「運命」——を持ち、死後シンバット橋 (『マクシマス詩篇』、四一七頁参照) へ行く途上で、これに出会う。同書の一三三頁では、こう説明されている。人間が、「天使に到達するのは、天使とともに新たな高みへ引き上げられる」ためである。というのは、この「天使たち」は、「固定」されるどころか、増殖を重ね、自らの前方に常に新たな「天使」を送り出すからである。

10　コルバン著「ゾロアスター教とイスマーイール派における円環時間」（ジョーゼフ・キャンベル編『人間と時間』）、一六七頁参照。「魂の内部で、天使もしくは悪魔の本質が開花し育つのが、魂の上昇の尺度である」、と書いてある。

11　完全なる子（the Perfect Child）。コルバン著「ゾロアスター教とイスマーイール派における円環時間」（ジョーゼフ・キャンベル編『人間と時間』）、一六一–一六二頁参照。イマム（the Imam）をアンスロポス（Anthropos）すなわち「完全な子」とするグノーシス派の考え（the Gnostic idea）である。永遠に循環する時の秘密の中で、自らを生み、終末においては、人類の究極の「釈義」（exegete）として顕現する者、すなわち、アダムの末裔の一人として、自らが生まれた天の祖形（celestial archetype）に戻っていく者のこと。

かのものを生み出したのだ　*brang that thing out*［四六五頁］

1　オルソンの覚え書きには、一九六一年十月二十四日執筆とあるが、手書き原稿には一九六一年十二月三日執筆と記してある。

2　「一元発生によって生まれた者」（the Monogene）。三四二頁「マクシマスより、ドッグタウンから——II」五三行参照。

3　ユング著『心理学と錬金術』、二四四–二四五頁参照。「塩」（the salt）は地球の中心であるばかりでなく、「智恵ある塩《サル・サピエンティアエ》」（*sal sapientiae*）である。また、ユング著『アイオーン』（Carl Gustav Jung, *Ion: Researches Into the Phenomenology of the Self*, R. F. C. Hull による英訳一九五九年）、一六一頁参照。錬金術師が「塩」と言えば、「智恵ある塩」を指す。

その世紀からじかに出て　*Going Right out of the Century*［四六七～四六八頁］

1　小型帆船《シャロップ》（shallop）については、三七一頁「一九六〇年、十二月」十三行、および訳註一二三〇頁の注4を参照。

2　同じ塩盗みの主題が二二六頁「情況」九行、五一三頁「ジョン・ワッツは」一–六行、七四九頁「テン・パウンド島に関する署名」一–五行に現われる。

手紙15への後になってつけた注　*A Later Note on Letter # 15*［四七三～四七四頁］

1　モーブル（meubles）は、フランス語で「家具」。

2　デカルトについては、二五二頁「偉大な創始者たちの意図がこわばって」一行目参照。ルネ・デカルト（一五九六–一六五〇年）が三十四歳の時、すなわち一六三〇年に、ウィンスロップがピューリタンの一団を率いて新大陸に入植し、その地をボストンと定めた。

3　アルフレッド・ノース・ホワイトヘッド（Alfred North Whitehead，一八六一―一九四五年）は、イギリスの哲学者。主著『過程と実在』（*Process and Reality*，一九二九年）に著わされた「プロセス」の考えが『マクシマス詩篇』の基底部をなす。

4　ヘロドトスについては、二〇一頁「手紙23」三八行参照。その注にツキュジデスとの比較が記してある。

5　「トラウム」（"the traum"）は、ドイツ語で「夢」（Traum）の意。

6　ツキュジデスについては、二〇〇頁「手紙23」三六行参照。

ルート一二八は隠れた幹線　***128 a mole***［四七五頁］

1　この詩は、一九六一年十一月二十八日の消印がある封筒に書かれていた。ルート一二八（Route 128）は、A・ピアット・アンドルー記念橋（A. Piatt Andrew Memorial Bridge）によって、アニスクウォム川をこえ、グロスターをアメリカ本土と結ぶ。三一七頁「四月のきょう、メインストリートは」一五二行参照。

2　フェニキア（Phoenicia）の都市テュロス（Tyre）は、紀元前三三二年にアレクサンダー大王（Alexander the Great）に包囲された時、隠れた幹線（a mole or causeway）によって本土と結ばれたが、それ以前は島だった。現在も残るこの幹線道路は、砂を敷くことによって広げられ、テュロスを島でなく、地中海西岸の古代都市国家フェニキアの一部にした。フェニキアは、現在のシリアとレバノンの地域にあった。

オロンテス川からの――「眺め」　***"View": fr the Orontes***［四七六～四七八頁］

1　オロンテス川（the Orontes）は、レバノン（Lebanon）からシリア（Syria）を貫流し、トルコ（Turkey）のアンティオキア（Antich）を通って、サマンダー（Samandağ）で地中海に注ぐ川である。サマンダーから南へ三二〇キロほど下ったところにテュロス（Tyre）がある。河口の近くに古代都市カデシ（Kadesh）とカシアス山（Mount Casius）がある。カシアス山は、ゼウス（Zeus）とテュポン（Typhon）が戦った場所である。二九八頁「手紙、一九五九年、五月二日」二一二行参照。

2　テュポンは、ギリシャ神話の怪物。大地（Earth）とタルタロス（Tartarus）の子。ゼウスと戦って傷を負わせ、コルキス（Colchis）の洞窟に閉じ込めたが、助け出されたゼウスに打ち負かされた。最後の戦いはオロンテス川河口のカシアス山で行なわれた。二九八頁「手紙、一九五九年、五月二日」二一二行参照。

3　トロイ戦争の引き金となったトロイのヘレン（Helen of Troy）である。ギリシャで一番美しい女性とされる。ヘロドトス著『歴史』（Herodotus, *Histories*）、一巻一章参照。

4　フェニキアについては、三三九頁「マクシマスより、ドッグタウンから―II」一三行、および訳註一二二一頁の注12を参照。

5 マネス（Manes）は、マクシマスの原型。三三七頁「生涯おれは、多くのことを聞いてきた」参照。

6 ミノス（Minos）は、トロイ戦争前のクレタ島（Crete）の王。ゼウスとエウローパ（Europa）の息子。

7 ガデス（Gades）は、カディス（Cadiz）のラテン名。スペインの南西部にあり、大西洋に臨む都市。フェニキア人（テュロス人）の交易植民市として建設された。

8 ピシアス（Pytheas）。一一六頁「手紙14」八七行参照。マッサリア（マルセイユ）のピシアス。紀元前四世紀に活躍したギリシャの探検家。イギリスを含むヨーロッパの大西洋岸を記述した。ガデスから西へ向かって航海を始めたらしい。

9 紀元前八世紀頃、すでにイベリア半島では、テュロス出身のフェニキア人交易家が盛んに活動し、いくつもの居住地を作っていた。最も有名なのは、商業の中心地ガデスである。

10 カナリア諸島の住人（Canary Islanders）。カナリア諸島は十五世紀初めに、スペイン領となった。ヘンリー・フェアフィールド・オズボーン著『旧石器時代の人々』（Henry Fairfield Osborn, *Men of the Old Stone Age: Their Environment, Life and Art*, 第二版一九一六年）に付録としてつけられた注の五「カナリア諸島のクロマニョン人」（"The Cro-Magnons of the Canary Islands"）では、スペインに征服された時、島の住民の中にクロマニョン人の子孫がいたと記されている。

11 「駐留地」については、一三七頁「吉報」四五行参照。次行の「セーブル島」に関しては、同じ一三七頁「吉報」の四六行を参照。

12 ウェセックス王エグバート（Egbert）が、ほぼ全イングランドの統一を達成したのが八二九年である。イングランドとスコットランドの合同（Union）が成り、グレートブリテン連合王国（United Kingdom of Great Britain）が成立したのは、一七〇七年のことである。したがって、一七〇七年以前において、グレートブリテン島の中・南部を指す場合にはイングランド、一七〇七年以後グレートブリテン島全体が一人の国王を戴くようになってからはイギリスと呼ぶのが正しい。

13 聖アウグスティヌス（Saint Augustine, 六一三年頃没）は、初代カンタベリー大司教で、五九七年にイングランドをキリスト教化するためローマから派遣された。

ヤング・レディーズ独立協会　***The Young Ladies Independence Society***　［四七九頁］

1 一九六〇年十月二日に執筆された。

2 東グロスター・ヤング・レディーズ独立協会（The Young Ladies Independent Society of East Gloucester）は、十九世紀後半に、東グロスターで活発だった協会。南北戦争のまっ最中だった一八六三年のことである。東グロスター・バプティスト教会に関係していた女性たちが協会を設立し、礼拝堂の負債を支払うよう尽力した。返済が完了すると、彼女たちは、演芸その他の集会に使用するためのホールが必要だと考えた。自分たちの協会を「東グロスター・ヤング・レディーズ独立協会」と名づけて資金を集め、土地を購入し、ホールを建設した。メンバーが結婚すると、その夫もメンバーになることができた。また、この協会の趣旨に賛同する人もメンバーになれた。一時、全会員数は二〇〇名にのぼった。オルソンがこの協会のことを知ったのは、一九六〇年八月の火災でホールが焼けた時の地方紙にこの協会のことが載ったからである。

愛国心は保護庭園　***patriotism is the preserved park***　〔四八〇～四八一頁〕

1　一九六〇年六月十四日に第一稿が執筆された。伏字は、執筆当時生きていたグロスター市民の名前。

2　ジョン・W・ブラック・ジュニア（John W. Black Jr., 一八九三―一九六四年）は、グロスターの法律家。

3　オリヴァー・ヴィエラ（Oliver Viera, 一八九九年生まれ）は、マサチューセッツ州マグノリア（Magnolia）の薬剤師。マグノリアはグロスターの西に隣接する地域。オリヴァー・ヴィエラは、当時、アメリカ在郷軍人会地方支部長であった。

4　ラルフ・ハーランド・スミス（Ralph Harland Smith, 一八九七―一九六八年）は、グロスターに住んでいた元アメリカ海軍少尉。愛国心に満ちた手紙を新聞に寄稿。オルソンは、スミスの鋭い舌鋒を弁護した。

5　ピーター・スミス（Peter Smith, 一八九七年生まれ）は、絶版になった本を出版する会社の社主。地方紙にリベラルな手紙を寄せた。

6　ナンシー・ラーター（Nancy Larter）は、『グロスター・タイムズ』（the *Gloucester Times*）に「自然を監視すること」“Keeping an Eye on Nature”というコラムを書いていた。

7　ナンシー・グロスター号（the *Nancy Gloucester*）。パーシー・マッケイ（Percy Mackaye）は、「ナンシー・グロスター号の船長たち」（“The Skippers of Nancy Gloucester”）という詩を書いた。序文でマッケイは、「グロスターが体験した三百年間の海の暮しが、三人の船長によって知られる」と書いている。プリングル編『グロスター市政三百年記念祭記録』（James R. Pringle ed., *The Book of the Three Hundredth Anniversary Observance of the Foundation of the Massachusetts Bay Colony at Cape Ann in 1623*, 一九二四年）、一三一―一四一頁所収。三人の船長とは、ジョン・ホワイト（John White）、アンディ・ハラダン（Andy Haraden）、ソロモン・デーヴィス（Solomon Davis）である。

8　エルスペス・ロジャーズ（Elspeth Rogers）。エリオット・C・ロジャーズ（Elliot C. Rogers, 一九〇二―一九七〇年）を指す。彼は、メルヴィン・T・コープランド（Melvin T. Copeland, 一八八四―一九七五年）と共に『アン岬サーガ』（*The Saga of Cape Ann*）を書いた弁護士。アマチュアの自然愛好家でもある。

9　メルヴィン・T・コープランドは、一九〇九―一九五三年まで、ハーヴァード・ビジネス・スクールの経営学教授兼研究指導者（director of research）であった。

10　ブルックライン（Brookline）は、ボストン郊外の町。ボストンから西南西四マイル地点に位置する。

11　ブラウン氏（Mr. Brown）は、マグノリアのレキシントン・アヴェニュー（Lexington Avenue）でギフト・ショップを営んでいた。

第二巻三十七章　*Bk ii chapter 37*［四八一～四八三頁］

1　一九六二年四月にゴダード・カレッジ（Goddard College）で朗読され、同年春の『ユーゲン』（*Yugen*）に発表された。

2　オルソンは、パウサニアス著『ギリシャ案内記』、二巻三十七章の記述に倣って、グロスターを語っている。

3　フォート・ポイントには公共のモニュメントも「石像」（"the images of stone"）もない。フォート・ポイントが、ウォッチハウス・ポイントと呼ばれた頃のブロンズの銘板があるだけである。フォート・ポイントの家々の裏庭には社が祀られていることがある。その社を指しているのかもしれない。

4　デーメーテール（Demeter）は、地母神（Great Mothers）の一人。ギリシャの豊饒の女神で、ペルセポネ（Persephone）の母。ただし、デーメーテール像がアニスクウォム川付近に安置してあるかどうかは、不明。

5　一一頁「ぼく、グロスターのマクシマスより、きみへ」二八行参照。

6　アフロディテ（Aphrodite）は、古代ギリシャの愛と美の女神。ローマ神話のヴィーナス（Venus）。アフロディテの石像も「海のそばに」（"beside the sea"）あるかどうかは、不明。

7　ヒュドラ（Hydra）は、水蛇。テュポン（Typhon）とエキドネ（Echidne）の子で、レルナ（Lerna）の湿地に住む。多頭で、犬の身体をもつ。ヘラクレスに退治された。レルナ（Lerna）は、ギリシャのアルゴス（Argos）近くにある海岸の町である。ただし、アニスクウォム川河口にヒュドラの御座があるかどうかは、不明。

8　グロスターでは、フォート・ポイントやステージ・フォート公園などの歴史的名所に一連の銘板が取り付けてある。ただし、これらはブロンズ製の長方形のものであって、「ハート形の銅板」（"copper in the shape of a heart"）ではない。

セトルメント入り江では、岩々が　*the rocks in Settlement Cove*［四八四頁］

1　セトルメント入り江（Settlement Cove）は、「入植入り江」の意。オルソンの命名である。ドーチェスター・カンパニーが最初に入植した場所だと、オルソンが考えるグロスター港西側の湾曲部を指す。ステージ・ヘッドの断崖がかぶさるようになっていて、雨風をよけるのに好都合だったところである。この詩は一九六二年初めに執筆され、四月にゴダード・カレッジで朗読された。

2　ドロムレック（dromlechs）やメンヒル（menhirs）は、巨石時代の岩の意で用いられている。「ドロムレック」は、「ドルメン」（dolmen）と「クロムレック」（cromlech）をオルソンが誤って合成して出来た語。ドルメンは、卓石、支石墓。数個の大きな自然石を立てて並べ、その上に平石を載せた太古の遺物である。クロムレックは、環状列石。巨石を用いた石墳や記念物の総称である。メンヒルは、先史時代の巨石記念物で、一本の柱状の巨石を地に立てたものである。誤りは、「環状列石」八四二頁一一二行および八四四頁三九‐四二行で訂正される。

3　ステイシー海岸通り（Stacy Boulevard）は、運河の東側と西側を、グロスター港西岸に沿って走る街灯のついた大通り。

わたしの記憶は　***my memory is…***　〔四八五頁〕

1　執筆時期は不詳。ジョン・スミスの言葉「歴史は時の記憶」（"history is the memory of time"）をわずかに変えたもの。二二一頁から始まる詩のタイトル「歴史は時の記憶」参照。

ペロリア　***Peloria…***　〔四八六頁〕

1　ペロリア（Peloria）は、「奇怪な」の意のギリシャ語「ペロロス」（peloros=monstrous）を語源とし、植物学では「正化」（"perolia"）すなわち、本来は不整形の花が、整形に咲く現象をあらわす。しかし、ハリソン著『テミス』、四五八‐四五九頁によると、「雷、稲妻、雨風、暴風雨、嵐などが、ペロリアすなわち前兆として分類される。ペロリアという語は、大地の力と天空の力を含む。オストフ博士（Dr Osthoff）は、ギリシャ語の『ペロー』と『テラス』——怪物と予兆——が同一のものであることを示した。ペローは大地から生まれるものを、テラスは天の徴《しるし》を表わす。こうして、ペローは大地から生まれた怪物、とりわけ蛇を表わす語となった。大地の力を讃える古代祭式はペロリアと呼ばれた」。

2　「隠れた幹線」については、四七五頁「ルート一一八は隠れた幹線」および訳註一二五九頁のその詩に関する注2を参照。

3　ヴァイキングの新世界への航海を指す。ヴィンランド岬は、アン岬、とりわけステージヘッドを指している、とオルソンは考えている。

中国人の都市の見方にさからって　***In the Face of a Chinese View of the City***　〔四八七〜四九〇頁〕

1　当時、グロスター市教育委員会の三つの議席をめぐって激戦があった。極右のジョン・バーチ協会（John Birch Society）のメンバーは、グロスターで使われている教科書が愛国的でない、と非難した。

2　除雪は公共事業局の担当。この詩が書かれる前に、当地の新聞に雪のため自動車が横滑りし、小さな事故が相次いで起こったことが記載されている。
3　「スーツ・クラブ」（“the suit-clubs”）は不明。スーツを売る店のことか、あるいは、スーツを着ていることが条件の大人の遊び場なのか、不明である。
4　オルソンは、メイン・ストリートの水銀灯が人間の顔の色を台無しにする、と批判している。
5　サンティ・クロースたち（Santy Clauses）は、サンタクロース（Santa Claus）を変形させたうえに、複数にしたもの。
6　割符《わりふ》（tally）とは、昔、負債額や支払い額の刻み目をつけた木片を縦に割り、借り手・貸し手がその半片を保持したもの。したがって「割符の基準」（tally measure）とは、一対一でぴたりと合うことを条件とする基準のこと。エズラ・パウンド作『詩篇』の「詩篇七十七篇」に、同じたとえで「符節」が用いられている。『詩篇』（Ezra Pound, *The Cantos*, 一九六九年、初版、一九九三年、第十五版）、四八八頁参照。

一方　オバダイア・ブルーエンの島では　*while on Obadiah Bruen's Island* ［四九一頁］

1　薬物学者ティモシー・レアリー（Timothy Leary）から届いた手紙には、一九六〇年十二月二十三日の消印がある。その封筒の裏に「乾かしたベニテングタケをコケモモの絞り汁に浸す／ハシーシ&マホーン」とオルソンは記した。ハシーシ（hashish）は、大麻から製した麻薬。マホーン（majoon）も幻覚剤である。
2　オバダイア・ブルーエンの島（Obadiah Bruen's Island）は、アニスクウォム川にある島。現在のピアス島（Pearce Island）である。三五五頁「川―1」二行目参照。
3　原始人の間ではベニテングタケをコケモモの絞り汁と混ぜると、幻覚を誘発することが知られていた。古代スカンディナヴィア人やシベリア人が用いたが、アルゴンキン族がこれを用いたという証拠はない。アニスクウォム川の東岸で、ピアス島を下ったところにあるコケモモの丘（Whortleberry Hill）に、アルゴンキン族の残した貝殻の山が見つかったところから、この詩を思いついたとオルソンは語っている。

鵜岩《シャグ・ロック》は　*Shag Rock...* ［四九二頁］

1　一九六二年初めに書かれ、四月にゴダード・カレッジで朗読された。鵜岩《シャグ・ロック》は、グロスター港内で、テン・パウンド島西端の先にあり、オルソンが住んでいたフォート・ポイントから見えることがあった。
2　ラウンド・ロック浅瀬（Round Rock Shoal）は、ドッグバー防波堤から、まっすぐグロスター港へ入っていく入り口にある。四六二頁「マクシマスが、港にて」二一行参照。

タ・ペリ・トウ・オーケアノウ　*Τὰ Περὶ Τοῦ Ὠκεανοῦ*〔四九三～四九四頁〕

1　一九六二年一月十七日に初稿が執筆された。「タ・ペリ・トウ・オーケアノウ」はピシアスの著書名で「大洋をめぐって」の意のギリシャ語。

2　ストラボン（Strabo, 紀元前六三年頃–紀元後二四年頃）は、ギリシャの地理学者。

3　二行目から六行目まで。ゴダード・カレッジで朗読した時、オルソンは「フェニキア人は地中海の『イギリス人』で、ギリシャ人は『ドイツ人』だと説明した。ヴィクター・ベラールの『ホメロスは生きていたか？』（Victor Bérard, *Did Homer Live?* Brian Rhysによる英訳一九三一年出版）、九八頁には「フェニキア人は、レヴァント〔東部地中海およびその沿岸諸国〕の海のイギリス人であった。その後、古代ギリシャ人がドイツ人になった」と書いてある。

4　七行目から十行目まで。『ブリタニカ百科辞典』によると、「ピシアス（Pytheus）がマッサリア共和国の命を受けて、公費で旅をしたと考える者もいるようだが、そのような証拠はどこにもない。ピシアスの著作を調べたポリビウス（Polybius）は、ピシアスが一個人の資格で、限りある資金を使って航海に出たと明言している」。

5　テュール（Thule）とその近隣地方を訪れた後、ピシアスはヨーロッパの全海岸線を踏査し、タナイス川（the Tanais）に至った。タナイス川をバルト海に注ぐヴィスチュラ川（the Vistula）と考える者もあるが、一般には、黒海の北に位置するアゾヴ海（the Sea of Azov）に注ぐドン川（the Don）と考えられている。

キプロス島で絞め殺されたアフロディテ　***Cyprus the strangled Aphrodite…***〔四九五頁〕

1　この詩は、四七六–四七八頁「オロンテス川からの——『眺め』」や、四八六頁「ペロリア」同様、移住の詩である。キプロス島（Cyprus）は、西へ向かう交易路の途中にある。古代近東の文明を地中海に伝播させた重要な中継地である。アフロディテ（ヴィーナス）誕生の地。なぜアフロディテが「絞め殺された」（"the strangled / Aphrodite"）女神とされるのかは不明。

2　ロードス島（Rhodes）は、アナトリア海岸（the coast of Anatolia）沖にあるエーゲ海の島。キプロス島同様、交易の重要な中継地。ロードス島の名祖（なおや）ロード（Rhode）は、ポセイドン（Poseidon）の娘で太陽神ヘリオス（Helios）の妻である。

3　クレタ島（Crete）は、地中海の島で、古代文明の中心地。ミノア人（the Minoans）の住む島で、地母神《グレート・マザー》（Great Mother）を崇拝する。"Great Mother"は、"the Great Goddess"と同じである。

4　地母神（the Mother Goddess）は、大地の母、山の母、豊饒の女神で、動物たちの主人。キュベレ（Cybele）として知られ、新石器時代に近東で生まれたとされる。

5　フリギアのアッティス（Phrygian Attis）は、アドニス（Adonis）やオシリス（Osiris）のように若い神で、地母神キュベレの夫。アナトリア西部のフリギア（Phyrigia）が信仰の中心である。

6　マルタ（Malta）島は、新石器時代の聖なる島。地母神の人形《ひとがた》がここで発見された。四八六頁「ペロリア」八行を参照。

7　太った淑女（Fat Lady）は、オーリニャック文化期（Aurignacian time）、つまりヨーロッパの後期石器時代初めの、乳房と臀部の大きな地母神の人形を指す。地母神については、リーヴィ著『角の門』、五六‐六三頁、図版六、一七‐一八参照。また、エーリッヒ・ノイマン著『グレート・マザー』、九章参照。

8　スペインのガデス市（Gades または Gadiz）は、地中海の西端に位置するところから、ヨーロッパを出た船が大西洋と新世界へ向かう前の最後の休息地であった。一五六頁「初めてファン・デ・ラ・コーサの眼で世界を見て」二‐三行参照。

嵐が去った後　***after the storm was over***［四九六～四九七頁］

1　シリア北部の聖山カシアス山（Mt Casius）は、地中海東岸のオロンテス川河口近くにある。フルリ人の天候の神テシェブ（the Hurrian weather-god Teshebu）と閃緑岩の怪物ウリクミ（Ullikummi）が戦ったところである。また、ゼウス（Zeus）とテュポン（Typhon）が戦ったところでもある。

2　蛇のような姿のテュポン。グロスターの海蛇であるとともに、ヒュドラのとる一形態である。大地とタルタロスの子で、大地の末子である。最も大きな怪物で、腿から下は蛇。両腕を広げるとそれぞれ三百マイルに及び、手の代わりに無数の蛇の頭がある。テュポンの頭は星々に届き、巨大な翼は太陽を翳らせた。眼からは火がきらめき、口から燃える岩を吐き出す。

3　この「青い怪物」（"the blue monster"）は移動する英雄の跡を辿っている。三三七頁「生涯おれは、多くのことを聞いてきた」二行目に登場する美男の船乗りジェームズ・メリー（James Merry）、四七七頁「オロンテス川からの――『眺め』」一五‐一八行のマネス（Manes）とピシアス参照。また、四九五頁「キプロス島で……」八‐九行参照。

4　アン岬の全体、とくにウィンガーシーク・ビーチ（Wingaersheek Beach）を指す。ウィンガーシークはオランダ語で「ぶどう蔓」の意。

テュポンを旅立たせよう　***to travel Typhon***［四九八頁］

1　一九六二年一月十九日に執筆された。

2　テュポン（Typhon）とゼウス（Zeus）の戦い。ゼウスは雷でテュポンを打ち、次いで祖父ウラノス（Uranus）の陰部を切り取った鎌で攻めた。傷ついたテュポンはカシアス山に逃げ、そこで二人は戦った。テュポンはゼウスの身体に巻きついて締め、鎌を奪い、これを用いてゼウスの手足の腱を切り取り、コーリュキオンの洞窟（the Corycian Cave）に入れた。ゼウスは不死であったが、指一本動かすこともできなかった。テュポンは、腱を熊皮の中に〔詩の四行目では、「熊皮の下に」となっている」隠し、これを蛇の尾をもつ女きょうだいデルフィーン（Delphyne）が見張った。ゼウスの敗北が神々の間に伝えられると、ヘルメス（Hermes）とパーン（Pan）は、洞窟に赴き、パーンが突然恐ろしい叫び声を上げてデルフィーンを恐がらせた隙に、ヘルメスが腱を盗み出し、ゼウスの手足に付けてやった。一説によると、デルフィーンから腱を騙し取ったのはカドモス（Cadmus）であるという。デルフィーンに向かって、リラ（Lyre）で楽しい曲を奏したいのだが、リラの弦に腱が要ると言ったのである。そして、アポロ（Apollo）がデルフィーンを射殺した。ロバート・グレーヴズ著『ギリシャ神話』（Robert Graves, *The Greek Myth*, 一九六〇年）、一巻一三四頁参照。

4　シンプ・ライル（Simp Lyle）は、デルフィーン・ホテルの支配人。

3　「あんな建物」とは、デルフィーン・ホテル（the Delphine Hotel）のこと。かつて東グロスター（East Gloucester）のイースタン・ポイント・ロード五一番地（51 Eastern Point Road）にあった。

階段をのぼり、ポーチに沿って　***up the steps, along the porch***［四九九頁］

1　デルフィーン・ホテルの支配人シンプ・ライルのこと。

人は郵便の配達を待っている　***people want delivery***［五〇〇頁］

1　一九六二年一月十八日に初稿が執筆された。

2　デルフィーナ・パレンティ（Delfina Parenti）とゾー・パレンティ（Zoe Parenti）のこと。東グロスター（East Gloucester）のロッキー・ネック（Rocky Neck）に近いイースタン・ポイント・ロード三番地（3 Eastern Point Road）で、ギフト・ショップを営んでいた。

3　ススム・ヒロタ（Susumu Hirota）は、店番兼画家で、ロックポートに住んでいた。ロックポート芸術協会（Rockport Art Association）の会員だった。

4　ミネルヴァ・マクラウド夫人（Mrs. Minerva McLeod）が、ハーバー・ヴュー・ホテル（the Harbor View hotel）の管理人で、ロッティ・マクラウド（Lottie Mcleod）が支配人だった。ホテルは、東グロスターのイースタン・ポイント・ロード一九番地にあり、ロッキー・ネックの南にあるウォンソン入り江（Wonson's Cove）を見下ろしていた。火災で損傷を受けた後に、一九六〇年代のはじめに取り壊された。

5　ロッキー・ネックの主要道路。「角」とは、ロッキー・ネック・アヴェニュー（Rocky Neck Avenue）がイースタン・ポイント・ロードと交わるあたりにあるパレンティ姉妹の店の近くを指す。

海岸は、フルリ語で言うハジ山から始まり　***the coast goes from Hurrian Hazzi***　［五〇一頁］

1　これも移住の詩である。三三七頁「生涯おれは、多くのことを聞いてきた」、四七六–四七八頁「オロンテス川からの──『眺め』」、四八六頁「ペロリア」、四九五頁「キプロス島で」、四九六–四九七頁「嵐が去った後」は、移住が主題である。

2　「フルリ語で言うハジ山」（"Hurrian Hazzi"）とは、カシアス山のこと。テュロスから海岸線に沿って約二百マイル北へ行ったところにある。

3　「海のアシラート」（"Athirat of the Sea"）とは、カナーン人の女神（Canaanite goddess）のこと。最高神エル（El）の伴侶である。

4　「ユダの海域」（"Judas waters"）は、危険が潜む海域である。一一八頁「歌と舞踏」一一三行、一五九頁「初めてファン・デ・ラ・コーサの眼で世界を見て」五八行参照。航海者聖ブレンダン（St. Brendan the Navigator）は、ユダ（Judas）の亡霊を見た。「ユダの国」（"Judas-land"）とは、おそらくアイスランドであった。

嵌石《テッセレ》　***tesserae***　［五〇二頁］

1　嵌石（tessera）は、モザイクを作る小片。テッセレ（tesserae）は、その複数形である。

2　組み合わせる（commissure）は、ユング著『アイオーン』（Carl Gustav Jung, *Aion: Researches Into the Phenomenology of the Self*, R. F. C. Hull の英訳、一九五九年）、七七頁では、「対極の結合」の意。一九六三年八月、オルソンがバンクーヴァーでこの詩を朗読したとき、「組み合わせる」を意味する本文中のラテン語 "commissure"（コミシュアー）を、「岸に集まれ」を意味する英語 "come ashore"（カム・アショアー）のように発音したという。

レーンの眼に映るグロスターの風景　***Lane's eye-view of Gloucester***　［五〇三頁］

1　一九六二年四月十二日に執筆された。フィッツ・ヒュー・レーン（Fitz Hugh Lane, 一八〇四–一八六五年）は、グロスターの画家。アン岬の海景を描いた絵やリトグラフで知られる。『朝の考古学者』（*Archeologist of Morning*, 一九七〇年）中の「ある『熱情』」（"An 'enthusiasm'"）で、オルソンはレーンの絵の線と色彩を本物だと讃えている。また、未発表の「彼が立脚していたものを讃えて」（"TO CELEBRATE WHAT HE STANDS ON"）では、生後十八か月のレーンがペルーりんごを食べ、町医者の処置が悪かったため、身体障害者となった。そのため、一八〇四年から一八六五年の間、フェニキア人の眼で見る光景しか見えなくなった、と語っている。すなわち、レーンは、自分の眼で見たものを伝えたので、オデュッセウスやピシアスを始めとする『マクシマス詩篇』の英雄に連なるのである。

2　フェニキア人については、三三九頁「マクシマスより、ドッグタウンから──II」一三行、および訳註一一二一頁の注

12を参照。

3　「一八三三年……錨をおろしていた」は、ジョン・メイソン作「一八三三、四、五年」の「グロスター港設計」（John Mason, "Plan of Gloucester Harbor," from "1833, 4, & 5"）直接写真《フォト・スタット》の上にオルソンが書き込んだ言葉。

ビュブロスより古く　*Older than Byblos*［五〇四頁］

1　一九六二年四月十二日までには書かれていた。ゴダード・カレッジで朗読されたことから、それが推察できる。ビュブロス（Byblos）は、フェニキア人の主要都市の一つ。ハーデン著『フェニキア人』（Donald Harden, *The Phoenicians*, 一九六二年）、一八頁によれば、「神（El）が創った世界最古の都市。フランスの発掘隊が、銅石器時代（the chalcolithic）に至る連続した地層を発掘した」。正式なアルファベットで書かれた紀元前一〇〇〇年頃の碑文があり、そのアルファベットは後にギリシャ人に受け継がれた。銅石器時代とは、新石器時代から青銅器時代への過渡期である。

年代記　*CHRONICLES*［五〇五～五〇九頁］

1　一九六二年一月二十三日に執筆された。

2　ロバート・グレーヴズ著『ギリシャ神話』、一巻一九四－一九五頁より。エウローパ（Europa）に恋したゼウスは、ヘルメスをつかわした。ヘルメスは、エウローパの父アゲノル（Agenor）の家畜を率いてテュロスの海岸へ行った。そこは、エウローパと供の者がしばしば散歩していた海岸である。ゼウスは真白な牡牛に変身し、背にエウローパを乗せてクレタ島に渡り、イダ山（Ida）近くでエウローパと交わった。アゲノルは息子たちにエウローパの後を追わせた。

3　アゲノルは、フェニキアの王。ポセイドン（Poseidon）とリビュエー（Libya）の子で、カドモス（Cadmus）を始めとする五人の息子とエウローパ（Europa）の父。他の四人の息子は、フェニックス（Phoenix）、キリクス（Cilix）、タスス（Thasus）、フィネウス（Phineus）である。

4　「紀元前一五四〇年」は、オルソンが割り出した年。歴史家パウサニアス（Pausanias）とヘロドトス（Herodotus）に依拠してグレーヴズは言った。パロス島の年代記（The Parian Chronicle）が示すヘラクレスの誕生日にしたがうなら、ゼウスによるエウローパ凌辱は、「ギリシャで（中略）ヘラクレスが生まれる五世代前」に起こったのだ、と。フォースダイクの『ホメロス以前の世界』（John Forsdyke, *Greece Before Homer: Ancient Chronology and Mythology*, 一九五六年）、五八頁が示すように一世代を四〇年と考えると、紀元前一五四〇年は、紀元前一三四〇年に生まれたヘラクレスの五世代前にあたる。

5　タソス（Thasos）島は、エーゲ海にあるギリシャ領の島。

6　イダ（Ida）山は、クレタ島の最高峰（二四五六メートル）で、ゼウス誕生の地といわれる。

7　グレーヴズは、『ギリシャ神話』、一巻一九七頁で、ゼウスのエウローパ凌辱は、ギリシャ人がクレタ島からフェニキア人を襲撃したことを表わすかもしれないと言う。

8　ジョン・マララス（John Malalas, 四九一年頃ç五七八年）は、ビザンティンの年代記作者で、アンティオキア（Antioch）の生まれである。

9　「狩人ウスース」（"Ousoos the hunter"）は、歴史家サンキュナイアソン（Sanchuniathon）が語るフェニキアの英雄。ペイトン著「フェニキア人」（Lewis Bayles Paton, "Phoenicians," in *Enclyclopaedia of Religion and Ethics*, James Hastings編、一九二四年）、八九三頁に「ウスースは、獣皮によって身体を被うことを考案した最初の人である。暴風雨の際、樹どうしが擦れあって火がつきテュロスは燃えおちた。ウスースは樹から枝を払い、最初に海に乗り出した」と書いてある。また、ウスースは「狩りの守護神」であり、カナーン人のエサウ（Eau of the Canaanites）に当たるという。

サヌンクシオンが生きていたのは　*Sanunchion lived*　［五一〇～五一二頁］

1　一九六二年四月には書かれており、ゴダード・カレッジで朗読された。先行する詩「年代記」と同じく、紀元前二千年紀（the second millenium B. C.）の東地中海での移住と入植を神話に遡って書いた詩。サヌンクシオン（Sanunchion）は、サンキュナイアソン（Sanchuniathon）を誤って記したものである。サンキュナイアソンはフェニキアの歴史家。ポーフィリー（Porphyry）によれば、「トロイ戦争以前」に生きた人で、「フェニキア語で、民族の歴史と宗教を記述した」。

2　「海洋民族」（"the Peoples of the Sea"）の出現と、フェニキア人が海で強大な力をふるう時とが、ほぼ一致する。それが、紀元前一二二〇年である。

3　紀元前一一八三年が、トロイ陥落の年だと確定したのはエラトステネス（Eratusthenes）である。

4　フェニキア人については、三三九頁「マクシマスより、ドッグタウンから――II」一三行、および訳註一二一一頁の注12を参照。

5　パロス島年代記（the Parian Chronicle）は、一六二七年にパロス島（island of Paros）で発見された大理石の石碑。アテネの伝説上の王ケクロプス（Cecrops）の治世から、紀元前二六四年に始まるディオグネトゥス（Diognetus）の執政までのギリシャ史概略が記してある。

6　メルカート＝ヘラクレス（Melkat-Hercules）。テュロスのヘラクレスは、旅人であり、海岸探検家であり、西の海の怪物を手なずける者であった。メルカート＝ヘラクレスは、オデュッセウスが訪れた海へ、オデュッセウスに先んじて訪れ、オデュッセウスのような筏を使った。メルカートは "Melkaat" と綴るのが正しい。ヘラクレスは "Herakles" とも綴る。

7　アゲノル（Agenor）は、エジプトを去り、カナーンの地（the Land of Canaan）に住んだフェニキアの王。

8　リビュエー（Libya）は、エジプト王エパポス（Epaphus）の娘。ポセイドンによってアゲノルを生んだ。

9　エヴァ・マシューズ・サンフォード著『古代地中海世界』（Eva Matthews Sanford, *The Mediterranean World in Ancient Times*, 一九三八年）、八四頁には「〔紀元前〕十三世紀末まで、小アジアにおいてはヒッタイト族（the Hittite）が力をふるい、地中海東岸はヒッタイト族とエジプトが支配していたため、大都市の富を欲していたエーゲ海の民、およびその他の民の動きは抑止されていた。しかし、リビア人（the Libyans）と手を結んだ海の侵略者たちは、ラムセス二世（RamsesII）治下のエジプトを襲い、次いで、紀元前一二二三年、メネプタハ（Memeptah）治下のエジプトを襲った」と書いてある。

10　グレーヴズ著『ギリシャ神話』、一巻一九七頁に、「アゲノルはフェニキアの英雄クナス（Chnas）で、クナスは『創世記』に「カナーン」（"Canaan"）として現われる。多くのカナーン人の習性は、彼らが東アフリカ起源であることを示す。カナーン人は、もともとウガンダから下エジプト（Lower Egypt）へ来たと考えられる」と書いてある。

11　「非ユークリッド幾何学の」（"non-Euclidean"）とは、ここでは、「ギリシャ以前の」（pre-Greek）という意味。

12　ヒッタイト族は、近東で強大な力を持っていたが、紀元前一二〇〇年頃「海洋民族」に攻撃され、屈服した。

13　フルリ族（the Hurrians）は、紀元前二千年紀の初めアナトリア（Anatolia）に現われ、ヴァン湖（Lake Van）を囲む山中のクルジスタン（Kurdistan）から、北へ向かい、北メソポタミアを横断して、ユーフラテス川に至った。『補足的散文』（*Additional Prose*, 一九七四年）、三三一-三三五頁所収の「仕事」（"A Work"）中で、オルソンはこう言っている。「〔紀元前〕第二千年紀の事実ははっきりとは知られていない。一八〇〇年頃、事態が動いた。古代メソポタミア＝エジプト＝インダス世界へと続く動きは、フルリ族とヒッタイト族によって始まったようである。後者は、少なくともインド＝ヨーロッパ語族である」（三四頁）。

14　セム族の船乗りたち（Semite Sailors）。特にフェニキア人を指す。

15　ゴンドワナ大陸（the Gondowanna continent）は、今のインド、オーストラリア、アフリカ、南米、南極大陸を含み、古生代末期に分裂したとされる超大陸。一二一六頁の世界図を参照。

16　シュメール族（the Sumerians）は、紀元前第四千年紀初めから紀元前第三千年紀末にかけて（from the begining of the fourth millenium to the end of the third millenium B. C.）、チグリス＝ユーフラテス川付近で栄えた非セム人。非インド＝ヨーロッパ語族の人々。

17　ペルシャ湾は、アラビア海の入り江。アラビア半島北東部とイラン南西部との間にある。この北端にチグリス川とユーフラテス川が流れる。

18　シュメール人がやってくる以前、ウバイド（Ubaid）などの、チグリス＝ユーフラテス川付近に住んでいたセム系の民族（the Semitic peoples）。

ジョン・ワッツは塩を盗んだ　***John Watts took salt...***　[五一三頁]

1　一九六二年四月までには執筆され、ゴダード・カレッジで朗読された。ジョン・ワッツが塩を盗んだという主題については、二二七頁「情況」九行、四六七－四六八頁「その世紀から直に出て」一七－二〇行、七四九頁「請願書への署名」一－五行を参照。

2　小型帆船《シャロップ》（shallop）は、二本マストの帆船。浅瀬で用いる小型の船である。二二七頁「情況」三〇行、および三七一頁「一九六〇年、十二月」十三行参照。

ジョージズ浅瀬に関する、書かれなかった第三の手紙　***3rd letter on Georges, unwritten***　[五一四～五一五頁]

1　執筆時期は不明。二六八－二七二頁「ジョージズ浅瀬に関する第一の手紙」、二七三－二七九頁［ジョージズ浅瀬に関する第二の手紙］参照。

2　ジョージズ浅瀬の北東の端から、夜、東風に吹かれて、ジョージズ浅瀬北端の迷路のような浅瀬を暗礁に乗り上げずに渡りきり、向こう側の開けた海に出てボストンの市場に着いた男の話を書きたかった、とオルソンは記している。

3　ウォルター・H・リッチ著『メイン湾の漁場』（Walter H. Rich, *Fishing Ground of the Gulf of Maine*, 一九二九年）、一〇〇頁に「二月から四月にかけて鱈の大群が浅瀬に現われる。この時期に鱈の大群を最も多く見かける所が、冬期鱈漁場である。それは、ジョージズ浅瀬の東側で、北浅瀬の南東側にある。すなわち、北緯四一度三〇分から四二度の間で、西経六六度三〇分から六七度三〇分の間にある。約千平方マイルを鱈が占有する。海深は、三〇尋から四〇尋で、北浅瀬から離れるにつれて深くなる。この海域は、鱈の産卵所で、浅瀬の南東からやって来た鱈は、春の訪れとともに、ゆっくりと北西へ戻っていく。産卵期が終わると、鱈の大群は散り散りになる」と書いてある。

4　ヘンリー・ウェア（Henry Ware）とポール・コター（Paul Cotter）は、ジョーゼフ・オールトシェラー（Joseph Altscheler）の小説に出てくる人物。『森の瞳』（*The Eyes of the Woods*）は、ケンタッキーの荒野を舞台にした少年向け冒険物語で、偵察兵の一団が、恐ろしいインディアンに追われる話である。コターが団員の一人で、ウェアは隊長。

5　ジェームズ・コノリー（James B. Connolly, 一八六八－一九五七年）は、グロスターの漁師のことを誰にもまして書いた。『グロスター漁師の書』（*The Book of the Gloucester Fishermen*, 一九二八年）、一一五－一三九頁「ジョージズ浅瀬からの帰還」（"Driving Home from Georges"）に、モーリス・ホエーレン船長（Captain Maurice Whalen）が、積荷を満載してジョージズ浅瀬からボストン市場へ行く様子が書かれている。また、詩では、八三八頁「あのおし黙った船たちを」三三行参照。

6　トマス・ブリーン船長（Captain Thomas Bohlin, 一八五五－一九一〇年）のこと。四一三頁「ブリーン1」、および四一四一四一五頁「ブリーン2」参照。

7　シルヴェイナス・スミス（Sylvanus Smith, 一八二九年生まれ）は、一九世紀に活躍した漁船の船長。『アン岬の漁業』（*Fisheries of Cape Ann*, 一九一五年）の著者。四四頁「手紙5」六一行参照。

8　マーティ・キャラハン（Marty Callaghan）。漁船の船長。「手紙5」四四頁五八行、五一頁一六三行参照。

メイン湾　*THE GULF OF MAINE* ［五一六～五二二頁］

1　執筆時期は不詳。一九六二年二月十四日にハーヴァード大学で朗読された。ブラッドフォード著『プリマス植民地の歴史』（William Bradford, *Bradford's History "Of Plymouth Plantation"* 一八九八年）、一八七―一八八頁に基づく。ジェームソン編「ジョン・ブリッジズの手紙、一六二三年、およびエマニュエル・オルサムの手紙、一六二四年」（John Franklin Jameson ed., "Letters of John Bridges, 1623, and Emmanuel Altham, 1624"）、『マサチューセッツ歴史協会会報、一九一〇―一九一一年』（*Massachusetts Historical Society Proceedings, 1910-1911*）、一七八―一八九頁所収がより詳しい。

2　オルサム（Altham）がジェームズ・シャーリー（James Shirley）宛てに書いた手紙には、リトル・ジェームズ号（the *Little James*）難破の様子と、船長および二人の乗組員が死んだ事が書いてあった。ジェームソン編「ジョン・ブリッジズの手紙」一八三―一八四頁。二〇一頁「手紙23」三九行参照。

3　モンヒーガン島（Monhegan Island）は、メイン州ペマクイド岬（Pemaquid Point）の沖にある。ペノブスコット湾（Penobscot Bay）を南西へ数マイル行った海上に位置する。

4　ダマリスコーヴ島（Damariscove Island）は、メイン海岸沖の島。モンヒーガン島の西にある。

5　正しくはブリッジズ船長（Captain Bridges）である。

6　注1で示した典拠にはない。賠償を請求したのは、かつて反乱の廉で訴えられたリトル・ジェームズ号の二人の乗組員であって、オルサムの妻とブリッジズ船長の妻ではない。ブリッジズ船長が手紙を書いたのは、難破の前である。難破した時、彼は死んだ。オルサムは、詩中ではリトル・ジェームズ号に乗っているように見えるが、難破の時、彼は乗船していなかった。

7　もっともらしい住所だが、この二つの住所も典拠にはない。また、ロンドンにこのような名の通りはない。

8　典拠にはない。

9　ウィンスロー著『暴かれた偽善』（Winslow, *Hypocrisie Unmasked*, 一六四六年）によると、ジェームズ一世が、ピルグリムたちの企てを聞いた時、次のようなやりとりがあったという。「どんな利益がもたらされるのか」と王がたずねると、「漁業です」という答が返ってきた。これに対して、王は言ったという。「神が私の魂の主であり、漁業が正直な仕事なら、漁業は使徒たちの天職である」と。アレグザンダー・ヤング著『プリマス植民地のピルグリム・ファーザーズ年代記』（Alexander Young, *Chronicles of the Pilgrim Fathers of the Colony of Plymouth 1602-1625*, 一八四一年）、三八二–三八三頁。

10 「コアフィッシュ」については、一二三〇頁「記録」六行を参照。

11 ジェームズ・シャーリー（James Shirley）は、ロンドンの金細工商。プリマス植民地を支援した冒険商人の財務係であった。

紀元前三〇〇〇年には存在していたのか？　*existed 3000 BC?*［五二二–五二三頁］

1 一九六二年初めに書かれた。神話の登場人物の名前と古代フェニキア人の歴史的移住との関係を探ったものである。

2 ミノス王（Minos）は、クレタの王。

3 メギド（Megiddo）は、パレスチナ北西部にあるカナーン人（the Canaanite）の都市。『アメリカ考古学ジャーナル』（*American Journal of Archeology*）にF・W・オルブライト（F. W. Albright）が発表した論文を要約して、リュース（Luce）は、以下のように述べている。「オルブライトはフェニキア人の起源については扱っていないものの、カナーン人がパレスチナおよびシリア南部に住んだのは、早くも紀元前四〇〇〇年で、ジェリコー（Jericho）、メギドなど、カナーン語の名前のついた都市は、紀元前三〇〇〇年以前のものだということを明らかにした」、と。

4 ジェリコーは、死海（the Dead Sea）の北にあるカナーン人の都市。

5 ヘロドトスは『歴史』（Herodotus, *Histories*）、一巻一頁で、フェニキア人が「紅海」（the "red sea"）の海岸から来たとしている。バタリックは、「紅海」がペルシャ湾を指していると考える。ジョージ・F・バタリック編『マクシマス詩篇案内』、四〇〇頁参照。

6 サルペードン（Sarpedon）は、ミノスとラダマンテュス（Rhadamanthys）の兄弟である。五〇六–五〇七頁「年代記」三〇–三三行参照。

7 バーレーン（Bahrein）は、ペルシャ湾内の島。インダス川流域地方（the Indus Valley）の文明とチグリス＝ユーフラテス川（the Tigris and Euphrates）の文明を結ぶ初期の居住地がある。一九五九年五月十七日のニューヨーク・タイムズの記事をオルソンはスクラップしている。「バーレーンで古代都市の廃墟発見。オランダの探検隊が紀元前三〇〇〇年のペルシャ湾文明跡を発掘した」という記事である。

8 ラダマンテュスは、ゼウスとエウローパの子。サルペードンとミノスの兄弟である。五〇六–五〇七頁「年代記」三〇–三三行参照。

9 エウローパ（Europa）は、フェニキアの王女。白い牡牛に姿を変えたゼウスにクレタ島へ連れ去られた。

10　ダルダノス（Dardanus）は、ゼウスとエレクトラの息子。トロイの建設者である。カベイロイ信仰（the cult of Cabiri）をサモトラケ島（Samothrace）に導入した。カベイロイ信仰については、この訳註頁の注16を参照。

11　ポセイドン（Poseidon）は、海の神である。五一一頁「サヌンクシオンが生きていたのは」一五行参照。

12　エレクトラ（Electra）は、アトラス（Atlas）の娘。ダルダロスの母となった。

13　アトラスは巨人タイタン族（the Titans）の一人。天を両肩に背負うようゼウスに宣告された。

14　タウルス（Taurus）王は、テュロスを砲撃したクレタ島の雄牛王（Bull-king of Crete）である。五〇七頁「年代記」三五行を参照。

15　オルソンは夢で、自分の脚に甲虫が食い込んでいるのを見た。これを引き剥がすと、メルヴィルが夢に出て来て、自分も同じ経験をしたと言った。この体験を当時の妻コンスタンス（Constance）に書き送ろうとした手紙の下書きが残っている。下書きの日付は［一九五四年］七月五日である。脚に食い込んだ甲虫は、オルソンの父であった、と記されている。

16　ケレーニー著「カベイロイ神話」（Kerenyi, "The Mysteires of the Kabeiroi"）、ジョーゼフ・キャンベル編『神秘』（JpsephCampbell ed., *The Mysteries*, 一九五五年）、三二–五九頁参照。カベイロイは、サモトラケ島を中心に、テーベ（Thebes）などで崇拝されていた神々で、もとは豊饒神である。その祭りは秘儀で、神々は、後に航海者の守護神と考えられた。

17　古代人にとっては、七つの惑星しかなかった。太陽、月、水星、金星、火星、木星、土星である。

18　フェニキア人については、三三九頁「マクシマスより、ドッグタウンから――II」一三行、および訳註一二二一頁の注12を参照。

ヒレアシシギがうずたかく　*phalaropes piled up*［五二四頁］

1　執筆時期は、不詳。サッチャー島（Thatcher's Island）には二つの灯台がある。島の名は、この付近で難破して死んだ家族にちなんで命名された。三七一頁「一九六〇年、十二月」一八行参照。サッチャー島は、アン岬の東海岸をロックポートへ向かう沖合いにある。

2　タウンゼント著『エセックス郡の鳥類』（Charles Wendell Townsend, *The Birds of Essex County, Massachusetts*, 一九〇五年）の一六四頁に、一八九九年九月二日に八〇〇羽から一〇〇〇羽のヒレアシシギが、サッチャー島の灯台に衝突して死んだ事件が記されている。後に灯台の照明を変えると、ヒレアシシギが眩暈を起こして灯台にぶつかることがなくなった。

アリストテレスとアウグスティヌスは　*Aristotle & Augustine*［五二五頁］

1　一九六二年四月十三日の消印のある封筒に書かれた。アリストテレス（Aristotle, 紀元前三八四–紀元前三二二年）は、

『形而上学』十二巻二章（*Metaphysics*, XII, ii）と『物理学』一巻五章、三巻四章（*Physics*, I v; III, iv）でアナクシマンドロス（Anaximander）を扱っている。

2　アウグスティヌス（Augustine, 三五四-四三〇年）は、ヒポ（Hippo）の司教で教父。著書『神の国』八巻二章（*City of God*, VIII, ii）の中でアナクシマンドロスを扱っている。

3　アナクシマンドロス（紀元前六一一年頃-紀元前五四七年）は、イオニアの哲学者。『ブリタニカ』（*Britannica*）第十一版九四四頁によると、「彼の名声は主に自然に関する著作によるが、残っている言葉は少ない。アナクシマンドロスの断章から、始まり、あるいは第一原理（アルケー）は、終わりのない無限定の塊（アペイロン）であって、老齢や老朽を知らず、永遠に新たなる物質を生み出す力であることが分かる。アナクシマンドロスは、この原理を厳密に定義しなかったが、一般に（たとえば、アリストテレスやアウグスティヌスによって）一種の原初の混沌と誤解された」。

4　"better"「よりよくする」と"beta"「ベータ」の掛け言葉。五一〇頁「サヌンクシオンが生きていたのは」六行と訳註一二七〇頁の注3に書いてあるようにトロイ陥落を紀元前一一八三年と確定したエラトステネスは、同僚に「ベータ」と呼ばれた。これは、万能の競技者が、どの競技でも一位にはなれないことを皮肉ったもの。「高めた」と「二位にあまんじた」が掛け言葉になっている。

高台の向こうから　*off-upland*［五二八頁］

1　この詩の舞台はドッグタウン（Dogtown）である。ユーフラテス川（the Euphrates）河畔のウル（Ur）から北へ四マイル行ったところにあった居住地、古代ウバイド（ancient Ubaid）とドッグタウンを並ぶものとして扱っている。アニスクウォム川は、チグリス・ユーフラテス川のなすデルタ地帯（the Tigris and Euphrates delta）同様、塩の湿原に囲まれ、近くの高台に最も初期の居住地があった。ロバート・J・ブレードウッド著『近東と文明の基礎』（Robert J. Braidwood, *The Near East and the Foundations for Civilization*, 一九五二年）が、この詩の発想の基にある。ブレードウッドは、メソポタミアの肥沃な三日月地帯（the Fertile Crescent of Mesopotamia）を見下ろす丘の斜面に、人間の最も初期の村落形態が発生した、と言う。これを延長して、オルソンは、グロスターにもアニスクウォム川の泥の川床に沿った河川時代（"riverine" period）があった、と考える。この河川時代と紀元前三九〇〇年のウバイド文化期が対応するのである。

2　「川の中へ」は、「川の沖積層へ」の意。

3　メソポタミアの先史時代の文化。紀元前六世紀もしくは、紀元前五世紀前半の文化で、現在のイラク南東部ウルの近く、タル＝アル＝ウバイド（Tall al-'Ubayd）で発見された彩文土器を標識とする。

4　スクウォム（Squam）川はアニスクウォム川のニックネームである。アニスクウォムはアルゴンキン族の言葉で「美しい水」の意。

5　古代スカンディナヴィア語が、アルゴンキン族の言語や神話に伝わっていることについては、リーダー・T・シャーウィン著『ヴァイキングとレッドマン』（Reider T. Sherwin, *The Viking and the Red Man: The Old Norse Origins of the Algonquin Language*, 一九四〇―一九四二年）、およびリーランド著『ニューイングランドのアルゴンキン伝説』（Charles G. Leland, *The Algonquin Legends of New England*, 一八八四年）参照。

大地の髪の中にひとつの都市が　***The earth with a city in her hair***　［五三一頁］

1　オルソンのノートに、一九六二年九月二十九日頃執筆と書いてある。二八三頁「ジョン・バーク」七二行の「女神の髪に一つの都市が宿る」参照。

さあ、船をみんな入港させてやろう　***And now let all the ships come in***　［五三二頁］

1　一九六二年十月に執筆された。一九六五年七月に行なった詩人エドワード・ドーン（Edward Dorn）との会話の中で、オルソンはこの詩がイギリスの詩人ジェレミー・プリン（Jeremy Prynne）にウェイマス港記録を調べてもらったのがきっかけで出来た、と語っている。『神話学』（*Mutholog os*, 一九七八―一九七九年）、一巻一五八―一五九頁参照。『神話学』のこの箇所で、ジェレミー・プリンが、コロンブス以後に大西洋を渡ってグロスターへ向かった船を調べてくれたお返しに、オルソンは、グロスターへ入港した船の記録を調べなければならなくなったが、その義務から逃れるために「すべての船を入港させてやる」ことにした、と言っている。

2　セーレムのジョン・ハーディ（John Hardy）の遺書に、上記四艘の船の何分の一かの権利を息子のジョーゼフ・ハーディ（Joseph Hardy）に贈ると記してある。

3　スループ船については、訳註一二三五頁の注53を参照。

ヘピト・ナガ・アトシス　***HEPIT・NAGA・ATOSIS***　［五三三頁］

1　原稿には、十月十一日もしくは十三日頃と日付が記されている。執筆年は不詳。詩の題名は、リーランド著『ニューイングランドのアルゴンキン族伝説』（Charles G. *Leland, The Algonquin Legends of New England*, 一八八四年）、二七四―二七五頁の図版からつけられている。図版には、姦婦が訪れる池の蛇が示されている。三六五頁「むかしむかし、たいそう綺麗な女がいた」三二行参照。「アトシス」は、リーランドによれば、アルゴンキン族の言葉で「蛇」の意。

2　グロスターの海蛇である。三九三頁「マクシマスより、一九六一年三月――1」二行目参照。バブソン著『グロスター史』、五二三頁より。

3　バブソン著『グロスター史』、五二三頁では、「もし、その蛇を直ちに殺さなければ」となっており、この詩とは説得の内容が正反対になっている。また、この話は、ジョン・ジョスリン著「ニューイングランドへの二度の航海」（John Josselyn, “An Account of Two Voyages to New England”）からのものである。『マサチューセッツ歴史協会論文集・第三集』（*Collections of the Massachusetts Historical Society*, 3rd Series, III）、二一一–二五四頁に所収。詩の九–一〇で示唆されているジョスリン著『ニューイングランドの珍種』（John Josselyn, *New England Rarities Discovered*, 一六七二年）からではない。

バーバラ・エリス　***Barbara Ellis...***［五二四頁］

1　一九六二年十月十二日に草稿が執筆された。バーバラ・エリス（Barbara Ellis）は、一九二三年生まれ。フェリーニ夫妻を通してオルソンが知り合ったグロスターの女性で、頑健で話し好き。バタリック（George F. Butterick）が会った時には、彼女は自分のことを「率直で」（outspoken）「議論好き」（controversial）だと言っていた。「襲いかかってくる」と訳出した箇所の原語“ramp”が、辞書のどの定義に当てはまるのかと、ヴィンセント・フェリーニ（Vincent Ferrini）に聞かれて、オルソンは「全部だ」と答えたという。“ramp”は、「後ろ足で立ち上がる、飛びかかろうとする、威嚇の姿勢をとる、暴れまわる」の意である。

天狼星《シリウス》の環が　***the diadem of the Dog***［五二五頁］

1　一九六二年十月十二日の消印がある封筒に書かれ、十月十九日と日付が記されている。天狼星（the Dog Star）すなわちシリウス（Sirius）は、大犬座の主星で全天第一位の輝星である。鋭く輝くところから、西洋では犬の目にたとえられる。

連中が往来でわめき立て　***They brawled in the streets...***［五二六～五二八頁］

1　草稿には事件の起こった日が「十一月五日?」と記されているが、執筆年は不詳。一六四三年に、ウィリアム・スティーヴンズの指揮下で、グリフィン氏（Mr. Griffin）の船を造っていたグロスターの労働者たちがはたらいた狼藉を扱っている。

2　マサチューセッツ湾植民地副総督であったジョン・エンディコット（John Endecott）が、総督ジョン・ウィンスロップ（Governor John Winthrop）に宛てた手紙に基づく。『ウィンスロップ文書』（*Winthrop Papers*）、四巻四一七–四一八頁、およびバブソン著『注と補足』（*Notes and Additions*）、二巻六四–六五頁参照。

3　つまり、エンディコットの方策は採用されなかったわけである。ここに、ウィリアム・スティーヴンズの名前がないのは、スティーヴンズ自身はこの件に関わっていないためと考えられるが、グリフィン氏が暴れたのはいかなる理由であるのか、不明である。グリフィン氏（Mr. Griffin）が、九行と一四行と三〇行では、グリフェン氏（Mr. Griffen）と表記されていることも、文意を理解する妨げになる。

土地の景観を見はるかす　***out over the land skope view***　［五三九〜五四一頁］

1　一九六二年に書かれたと推測される。一九六三年七月から八月にかけて、ヴァンクーヴァーで朗読された。

2　アニスクウォム川の東岸で、ダン・ファジング（Done Fudging）の上にあった。ダン・ファジングは、運河河口の陸地側にある岩礁。四三八頁「一九六一年九月十四日、木曜日」一-七行参照。アレグザンダー・ベイカー（Alexander Baker）とエリクサンダー・ベイカー（Ericksander Baker）は同一人物である。

3　アップル通り《ロー》（Apple Row）は、エセックス・アヴェニュー（Essex Avenue）を見下ろす高台の果樹園に沿った旧道。アニスクウォム川の西側の湿地をこえたところにある。ほぼ、現在のボンド・ストリート（Bond Street）に当たる。

4　初期入植者ウィリアム・サージェント（William Sargent）とその息子たちの家。サージェントは、アニスクウォム川の西側で、ダン・ファジング近くにある土地を与えられた。

5　三世紀の錬金術師パノポリスのゾシモス（Zosimos of Panopolis）は、「神の子」による人間の救済を説いた。それによると、神の子が人間と結ばれて「父」と「光の国」へ人間を導くのである。「外部人間」（"the outer man"）は、肉体としてのアダムで、その名は象徴的に四大元素を表わす。一方、プロメテウスは精神的な「内部」人間（"the inner man"）で、「光の人」（"Man of Light"）である。ヘシオドスの言葉は、ユング著『心理学と錬金術』三五〇頁に引用されている。

6　ゾシモスの説明によると、神の子が、苦しみを受けることのできる人間として、非常に弱い者の前に現われ、自らも鞭打たれた。後に、ひそかに連れ去っておいた「光の人々」（the Men of Light）に、実は、自分は苦しんでいなかったことを知らせた。ユング『心理学と錬金術』、二五二頁。

7　「予智は／絶対」（"the foreknowledge / is absolute"）は、イギリスの詩人ジョン・ミルトン作『失楽園』（John Milton, *Paradise Lost*, 一六六七年）、二巻五六〇行（"Fix'd fate, free will, fore knowledge absolute"）に基づく。

8　ゾシモスの論が、『心理学と錬金術』、三四七頁に引用されている。「神の子（the Son of God）は、形あるものの誕生以前に自分自身がいたところへ、人の魂を導く」と。それは「父なる神の御心にかなう」行為である。

グロスターの花の一部　***Part of the Flower of Gloucester***　［五四二〜五四三頁］

1　一九六二年十一月四日までには書かれていた。「花」は「黒い黄金の華」。三四四頁「マクシマスより、ドッグタウンから――Ⅱ」八五行参照。
2　ハーバー入り江（Harbor Cove）は、フォート・ポイント（Fort Point）のすぐ東にある。
3　フォート・ポイントより東のグロスター港。グロスター港の活動の中心。ステート埠頭（State Pier）と乾燥工場がある。ステート埠頭については、訳註一二〇八頁の注47を参照。

ヴェーダ　ウパニシャッド　***Veda upanishad...***［五四四頁］
1　オルソンのノートには「十月十九日以降」に執筆と記されているが、執筆年は不詳。『ヴェーダ』（the Veda）は、サンスクリット語で「知識」「言葉」の意で、インド最古の宗教文献。バラモン教の根本聖典である。
2　『ウパニシャッド』（the Upanishads）は、サンスクリット語で「秘密の智恵」の意。ヴェーダ経典の一部である。
3　『エッダ』（the Eddas）は、散文と詩で書かれた古代北欧神話。『エッダ』と『ヴェーダ』の類似は、共通の基盤にインド＝ヨーロッパ語を持つことにある。『ヴェーダ』、『ウパニシャッド』、『エッダ』が何より勝るのかは、詩中では示されていない。

初めて詩を何篇かと神話に関する論文を書いた　***Wrote my first poems and an essay on myth***［五四五～五四七頁］
1　一九六二年十一月十九日に初稿執筆。「最初の詩」については、一六五頁「トゥイスト」二一行および訳註一一七五頁の注8を参照。
2　オルソンは、一九四〇年頃に、メルヴィルと神話生成に関する論文を書いていた。
3　ウェスタン・アヴェニュー（Western Avenue）を西へ向かって進むと、「運河」（the Cut）を渡った所にある。エセックス・アヴェニュー（Essex Avenue）が、ウェスタン・アヴェニューに達するところにある場所。この三角形が女性の性器に見立てられている。だから「ケント・サークル」（Kent Circle）が、「クント・サークル」（Kunt Circle）とか、「カント・サークル」（Cunt Circle）と言い換えられる。一六八頁「トゥイスト」七一行および訳註一一七六頁の注19を参照。
4　グロスター市庁舎土木局の壁に「アルハンブラ」（Alhambra）という看板のついた木造平屋建ての建物の写真がかかっていた。これがダンス・ホールで、その風雨に曝された玄関に「ポーニー・ビルの歴史的な野生の西部《ワイルド・ウエスト》」（"Pawnee Bill's Historical Wild West"）巡回ショーのポスターが貼ってあった。
5　一九四〇年二月十四日に猛吹雪がグロスターを襲った。
6　一九四〇年の三〇〇年前とすると一六四〇年。マサチューセッツ湾植民地ができるのは、一六二三年だから、「きっかり三〇〇年」とは何を指すのか、不明。

7　ケント・サークルにあった下宿屋にはシュウォーツの義理の母親も住んでいた。オルソンは、その下宿屋の踏み越え段《スタイル》（stile）で書いた。踏み越え段《スタイル》は、牧場・畑地などの柵。人間は越えられるが、牛・羊などは越えられない。

8　一九四〇年に、オルソンの年齢は二十九歳であった。

9　原文は、女性性器《カント》（Cunt）と書いてある。

10　かつて、グロスターからセーレムへ行くためには、運河の西にあった小高い丘、スティープ・バンク・ヒル（Steep Bank Hill）を迂回しなければならなかった。ウェスタン・アヴェニューを西へ向かう者は、エセックス・アヴェニューをしばらく歩いてから、丘の背後を通って、ウェスタン・アヴェニューへ戻る必要があったのである。丘が取り除かれて、三角地帯ができ、これがケント・サークルと呼ばれるようになった。二九九頁「手紙、一九五九年、五月二日」一二三六‐一二三七行、および訳註一二一〇頁の注71を参照。

11　ピーター・アナスタス（Peter Anastas）はアメリカの詩人。

12　この店でオルソンは何年にも渡って電話を使っていた、とピーター・アナスタスの息子は語っている。

13　「仕事」（"the work"）とは、オルソンが、グッゲンハイム研究奨励金（the Guggenheim Fellowship）を授与されて始めたメルヴィル研究を指す。

14　ケープ・コッド運河（the Cape Cod Canal）のこと。ケープ・コッド湾（Cape Cod Bay）と、ロング・アイランド海峡（Long Island Sound）への入り口となるバザーズ湾（Buzzards Bay）を結ぶ。

15　「ヘア・マットレス」（hair mattress）については不明。マットレスには、かつて「床や植物などを保護するための覆い」の意味があった。動物の毛の入ったキルティングの帽子を思えばよいだろうか。

運河から最初の区画　*the 1st lot from the Cut* ［五四八頁］

1　一九六二年十一月頃に執筆された。ケント・サークルの近く、フィッシャマンズ・フィールドの土地の一部を誰が持っていたのかを調べたもの。「運河」は、グロスターの運河（the Cut）のこと。ここで示されている土地は、トマス・プリンス（Thomas Prince）がフィニアス・ライダー（Phineas Rider）に売却したものである。

おれはゴールド・マシーン　*I am the Gold Machine* ［五四九～五五〇頁］

1　一九六二年十一月十九日‐二十日に初稿が執筆された。ゴールド・マシーンは、金を採取するための液圧式浚渫機《しゅんせつき》。港湾・河川などを浚《さら》う機械である。錬金術における「黄金の機械」（"Gold Machine"）のイメージが重ねられている。一〇七〇頁「おれはこの地上楽園を去るのが嫌になるだろう」一四七‐一四八行参照。

2　レストハウスは、ステージ・フォート公園にある建物。清涼飲料水、トイレ、ベンチを備えたパティオがある。公園の北端には、公共のテニスコートがある。

3　オランダの天文学者ウィレム・デ・シッテル（Willem de Sitter, 一八七二―一九三七年）は、宇宙をゴムボールの表面にたとえた。この詩の六―七行は、デ・シッテル著『コスモス』（*Kosmos*, 一九三二年）、二四―二五頁より。オルソンは、一九三一年十月にウェスリアン大学（Wesleyan Univerity）で、デ・シッテルの特別講演「宇宙の大きさ」（"The Size of the Universe"）を聴いている。

4　モース屋敷とは、パーソンズ＝モース屋敷のこと。一九六七年まで、ステージ・フォート公園の北側にあった。四五〇頁「パーソンズ家のこと」二五行参照。

5　ロバート・ダンカン（Robert Duncan）については、三九九―四〇四頁「ロバート・ダンカンのために」一―一〇二行参照。

港には　*In the harbor*　［五五一頁］

1　缶（Can）ブイ（buoy）は、水面に平らな頭部が出るブイ。

2　尼（Nun）ブイは、水面に円錐形の頭部が出るブイ。尼僧の衣服と似ているところからこう呼ばれる。ブイの番号と位置は、合衆国沿岸および測地測量図二四三番「イプスウィッチ湾からグロスター港」より。缶ブイ9は、フレッシュ・ウォーター入り江沖のプレーリー岩棚（Prairie Ledge）付近に、尼ブイ8は、グロスター港中央テン・パウンド島の北に、尼ブイ10はテン・パウンド島西のメイフラワー岩礁を示し、缶ブイ11はフォート・ポイント沖のバブソン岩棚を示す。これらのブイはすべてオルソンの住居から見えるところにある。尚、プレーリー岩棚とメイフラワー岩礁については、口絵に掲載したグロスターの地図に記載していない。いくつかの地図を参照したが、載っていなかったためである。

ケント・サークル・ソング　*Kent Circle Song*　［五五二頁］

1　一九六二年十一月二十三日に執筆された。

2　オルソンが子供の頃、ヴァンドラ伯母さん（Aunt Vandla）にもらった玩具。紙でできた村である。一七〇頁「トウィスト」九七―九八行参照。腰折れ屋根の家は、この村にある。

3　ヴァンドラ伯母さんは、甲状腺腫にかかっており、喉もとの腫れを隠すためにハイネックのフリルのついたドレスを着て、喉もとにはブローチをつけていた。

4　ケント・サークルに腰折れ屋根の連邦様式の家があった。腰折れ屋根（gambrel）とは、上部の傾斜をゆるくし、軒に近い方で急にした屋根。連邦様式（Federal）とは、一七八〇年ごろから一八二〇年ごろまで米国で流行した建築様式のことである。屋根が短く、正面が滑らかで、ガラス面が多い。窓や出入り口などの上に半円形の明かり採り窓があるのが特徴である。腰折れ屋根のイラストは訳註一四〇〇頁の注14を参照。

5　グリム童話「ヘンゼルとグレーテル」のお菓子の家を想わせる。ケント・サークルに住んでいた頃、オルソンはダールバーグ（Dahlberg）の友人で批評家のウォルドー・フランク（Waldo Frank）に宛てた手紙で、ヴァンドラ伯母さんのことを「大変な偽善者で、甲状腺腫を病み、ずるがしこく、哀れな食わせ者で、雌鳥のような赤いまぶたをしている」と語っている。ヴァンドラ伯母さんは、「ヘンゼルとグレーテル」の魔女に見立てられている。

おれは飛び起きた　***I swung out***［五五三頁］

1　一九六二年十一月二十三日に執筆された。

2　ウェルズリー・ヒルズ（Wellesley Hills）は、ヴァンドラ伯母さんの家があるところ。連邦様式の大きな家で、ウェルズリー・ヒルズのローレル・アヴェニュー（Laurel Avenue）四八番地にあった。連邦様式については訳註一二八二–八三頁の注4を参照。グロスターのケント・サークルにある家に似ていて、三階に屋根窓がある。

ＪＷは（デーンロウの地から）語る　***JW*（*from the Danelaw*）*says***［五五四～五五五頁］

1　一九六二年十一月二十三日に執筆された。ＪＷはジョン・ウィンスロップ（John Winthrop）のこと。ただし、ここで引用されているウィンスロップの発言は、これで全部ではなく、一部が欠けたものである。

2　九世紀から十世紀にかけて、イングランド北部と北東部は、デーン人の侵入者によって占拠されていた。そこは、デーン人の法律が支配する土地となった。「デーンロウ（Danelaw）の地」とは、デーン人の法律が支配している地帯の意。

3　「彼ら」が、誰を指すかは不明。

4　リグ＝ヴェーダ（Rig-Veda）は、神々と人間との間を仲介するブラーマン（the Brahmans）の祖先がつくった讃歌である。

5　一六三四年九月に、マサチューセッツ湾植民地の地方集会で、行政長官と副官の間に投票権をめぐる論争が起こったとき、ジョン・コットン（John Cotton）が共和国の本質について説教を行なった。「混合政府」（mixed government）においては、政府の強みは権威にあり、国民の強みは自由にあり、聖職者の強みは純潔にある、と説いたのである。

6　ユング著『心理学と錬金術』、三一五頁の脚注で、アリスレウス（Arisleus）は、「海の王（*rex marinus*）と共に行なった冒険を語る。海の王の国では哲学者がいないため、何ものも生まれず、何事も栄えない。似たものどうしの混合からは、何も生まれないのである」と書いてある。他方、ウィンスロップは、真の対極物を混ぜ合わせることによって、土地を繁栄させるよう提案していた、とコットンは言う。

発端 ***proem*** ［五五六〜五六〇頁］

1　一九六二年十一月二十一日に執筆された。

2　ウィグワム（wigwam）は、インディアンが使用する半円球形でテント風の小屋。

3　西部地方は、イギリスの西部地方を指す。サウサンプトン（Southampton）とセヴァーン川（the Severn）を結んだ線の西側を言う。「イギリス人が西部地方から来た漁師として住みついた初めの地」については、二一一頁「マクシマスより、グロスターへ」二〇‐二五行参照。

4　この館は、後にエンディコットが総督の家として使うために、セーレムへ運んで行った。二一一頁「マクシマスより、グロスターへ」三二‐三四行参照。

5　漁師の農場《フィッシャマンズ・フィールド》については、一九九頁「手紙23」二一行、二一一頁「マクシマスより、グロスターへ」一〇行参照。および訳註一一八一頁の注12を参照。

6　パーソンズ一家については、四四九‐四五二頁「パーソンズ家のこと」参照。

7　チャールズ・ホーマー・バレット（Charles Homer Barrett, 一八六九‐一九五九年）のこと。二一六頁「それで、サッサフラスが」二四行参照。バレットは、一九一五年から一九一六年まで、グロスター市長。一九一八年から一九二四年まで、市の幹線道路管理責任者。

8　リッツィー・コーリス（Lizzie Corliss）とは、リリアン・A・コーリス（Lilian A. Corliss, 一八六二年頃の生まれ）のことである。

9　ジョニー・モーガン（Jonny Morgan）が経営する菓子屋「ジョニー・モーガンズ・キャンディ・キッチン」については、一六七頁「トウィスト」五六行を参照。

10　ビル・コリンズ（Bill Collins）は、ウィリアム・W・コリンズ（William W. Collins）のこと。グロスター郵便局の郵便配達係りで、オルソンの父の友人であった。ステージ・フォート公園から北西のボンド・ストリート六番地に住んでいた。

11　モースの館（the Morse's）とは、パーソンズ＝モース館（The Parsons-Morse house）のこと。四四九頁「パーソンズ家のこと」一三行参照。

12　エド・ミレット（Ed Millet）とは、ウェスタン・アヴェニュー九四番地在住のエドワード・G・ミレット（Edward G. Millet, 一九一六‐一九六五年）のことである。

13 ステージ・フォート公園のこと。

14 「食器棚」(“the Cupboard”)とは、ステージ・フォート公園内にある軽食スタンドを指す。

15 四五〇頁「パーソンズ家のこと」三二行参照。ロランド・B・ストロング(Roland B. Strong)は、ウェスタン・アヴェニュー一六五番地にガソリン・スタンドを持っていた。オルソンが子供の頃、夏を過ごしたバンガロー村は、通りの反対側にあった。ロランドは、ウォルター・クレッシー(Walter Cressy)の娘バーサ(Bertha)を妻とし、二人の息子ウォルター(Walter)とニール(Neal)と共に、ウェスタン・アヴェニュー八八番地に住んでいた。

16 チャールズ・ホーマー・バレットのこと。

17 ロランド・B・ストロングを指す。

18 二一七頁「それで、サッサフラスが」三三–三七行参照。黒髪の美女ドロシー・パーセル(Dorothy Purcell)と結婚したのは、ボストンから来たマット・スカリンズあるいはスコリン(Matt Scullins, or Scollin)であった。

19 井戸については、四五〇頁「パーソンズ家のこと」一九–二五行参照。

20 ジェームズ・パーソンズ(James Parsons, 一六五八–一七三三年)は、ジェフリー・パーソンズの長男。

21 ジェフリー・パーソンズ(Jeffrey Parsons, 一六三一–一六八九年)は、グロスターへの初期入植者。二一〇頁「マクシマスより、グロスターへ」一三行参照。彼は、一六五五年四月頃に漁師の農場《フィッシャマンズ・フィールド》の土地と家を購入した。そこは、かつてジョージ・インガーソル(George Ingersol, 一六一八年生まれ)のものであり、更にその前は、ジョージ・ノートン(George Norton, 一六五九年頃没)のものであった。

22 貝殻で作った円筒形の玉に穴をあけて数珠つなぎにしたもので、北米インディアンが通貨や装飾として用いた。お金の意味もある。

23 ジョージ・インガーソルについては、三七六頁「一九六〇年、十二月」九八行参照。港に家を持ち、各地に土地を所有していた。インディアンの攻撃から住民を守る役目の中尉であったが、一六七五年にインディアンの攻撃にあい、息子を殺され、家を焼かれた。訳註一二三三頁注36を参照。

24 四八四頁「セトルメント入り江では」一行目参照。

25 二六二–二六七頁「クリストファー・レヴィット船長」参照。クリストファー・レヴィット(Christopher Levett, 一五八六–一六三〇年頃)は、メイン湾への初期入植者。六〇〇〇エーカーの土地を賜わったので、故国の名にちなみヨーク市を建設しようとして尽力した。一六二三年にクァック(Quack)に、防備を固めた館を建て、そこをヨークと命名した。

沈み彫り様式でもなく　*not the intaglio method...* 〔五六一頁〕

1　一九六二年十一月二十三日に執筆された。「沈み彫り様式」（the intaglio）については、エズラ・パウンド作『ピサ詩篇』（Ezra Pound, *The Pisan Cantos*, 一九四八年）「詩篇　七十九番」に「沈み彫りの刻印の出来栄えは／その下で押される物にもよる」（the imprint of the intaglio depends / in part on what is pressed under it）と書いてある。『詩篇』（一九六九年版）、四八六頁参照。

2　エズラ・パウンド作『鑿岩機詩篇』（*Section : Rock-Drill Des Los Cantares LXXXV-XCV*, 一九五五年）「詩篇　九十三番」に「スケートをする者は、速くも遅くも滑るが、／氷はがっしりとしていなければならない」（Tho' the skater move fast or slow / the ice must be solid）と書いてある。『詩篇』（一九六九年版）、六三〇頁参照。

物自体《ヌウメノン》と性交する母なる精霊　*mother-spirit to fuck at noumenon* 〔五六二頁〕

1　「物自体《ヌウメノン》」（"noumenon"）とは、現象の根本をなす実体。

2　特に聖母と御子の像を指す。像の前面を開けると、中に父なる神と、十字架にかけられた息子が現われる。ノイマンは、この像に守り手となる地母神の姿を見ている。「開かれゆく聖母」は、閉じた状態の時は子供を抱いた気取らない母なのだが、開かれると、秘儀を表わす。通常は父なる神と子なる神が卑しい大地の母を恩寵によって天へ引き上げるように表現されるが、実は、両者とも母の中に含まれていることが示されている。エーリッヒ・ノイマン著『グレート・マザー』、三三二頁、図版一七六–一七七参照。

「開かれゆく聖母」
（閉じた状態）

「開かれゆく聖母」
（開かれた状態）

一九六二年、十一月二十六日、月曜日　***Monday, November 26th, 1962***［五六三頁］

1　「お偉いさん」（his nibs）は、海神ネプチューンなどの海の王を指すのかもしれない。四五六頁「漆黒の夜」五行、七七二頁「まさに運河のあたり」四行を参照。

2　グロスター港内で、運河のすぐ西にある。オルソンは一七一頁「トウィスト」一一四行では、「犬岩」（the dog-rocks）と呼ぶが、ジョン・メイソン（John Mason）のグロスター臨海地区図では、「笛吹き岩」（Pipers Rocks）と名付けられている。

頭に家を載せて歩く男は　***he who walks with his house...***［五六四頁］

1　一九六二年十一月二十七日に執筆された。三九〇–三九二頁「番号など何でもよいマクシマスの手紙」で用いたアルゴンキン族の民話を再度語ったもの。

池の中で蛇と会った女　***she who met the serpent in the pond***［五六五〜五六六頁］

1　一九六二年十一月二十七日に執筆された。三六四–三六六頁「むかしむかし、たいそう綺麗な女がいた」で用いたアルゴンキン族の民話を再度語ったもの。

毎週、日曜日になると出かけた、と言った女は　***the woman who said she went out every Sunday***［五六七〜五六八頁］

1　一九六二年十一月二十七日に執筆された。三六七頁「噂によると、その女は、日曜日になると」で用いたアルゴンキン族の民話を再度語ったもの。

流れに入ることは、入口へ入ること　***into the Stream or Entrance...***［五六九頁］

1　一九六二年十二月六日、または九日に執筆された。「流れ」（the Stream）については、ブルックス著「一八〇〇年頃のグロスター」（Alfred Mansfield Brooks, "A Picture of Gloucester About 1800"）を参照。『エセックス歴史協会論文集』（*Essex Institute of Historical Collections*, 一九五一年）、三三三–三三八頁に所収。その三三五頁に「テン・パウンド島後方から港へ四分の三以上近づくと、東と西の岸が突然近づいてきて、海峡になる。岩から二つの岬の間の『流れ』となる。これが内港への安全な入り口である」と記されている。

2　グロスター港内港の最奥部。かつてのファイヴ・パウンド島（Five Pound Island）、すなわち現在の州営漁業埠頭《ステート・フィッシュ・ピア》をすぎ、メイン・ストリートがイースト・メイン・ストリートに変わるあたりである。ステート・フィッシュ・ピア（State Fish Pier）については、訳註一二〇八頁の注47を参照。

3　初期入植者オズマンド・ダッチ（Osmund Dutch）にちなんで名づけられた。歴史家バブソンによると、ダッチは港の東側に住んでいた。港の奥は、沼地で「ダッチの沼地」（"Dutch's Sloo"）と呼ばれていた。バブソン著『グロスター史』、八三頁参照。

前頭部　***THE FRONTLET***［五七〇～五七一頁］

1　一二頁「ぼく、グロスターのマクシマスより、きみへ」四六行の「海をみおろす丘」参照。グロスターのポルトガル人居住区の中心である。実りある航海を見守る聖母マリア教会付近の高台を指す。訳註一一三九頁の注6を参照。

2　グロスターを指す。

人間《ホモ・アンスロポス》　***Homo Anthropos***［五七二頁］

1　「アンスロポス」（Anthropos）は、ギリシャ語で「人」の意。「モノジニー」（Monogene）同様、原型を表わす。

2　「ポトニア」（Potnia）は、ギリシャ語で「女王」「女主人」の意。女神、人間の女性も含めた、女性に対する詩的表現。「ポトニア・テロウン」（Potnia Theroun）は、「野生動物の女王」の意。ジェーン・エレン・ハリソン著『ギリシャ宗教序説』（Jane Ellen Harrison, *Prolegomena to the Study of Greek Religion*, 一九〇三年）、二四三頁には「地母神やあらゆる地方の妖精は、人間の母であるだけでなく、あらゆる生物の母である。彼女は、ポトニア・テロウンである」と書いてある。

3　ロバート・グレーヴズ著『ギリシャ神話』（Robert Graves, *Greek Myths*, 一九五五年）、一巻四三頁によると「ポセイドン（Poseidon）は、時としてポティダン（Potidan）と綴られた。ポセイドンの母『水の女神アイダ』（the water-goddess of Ida）から綴字"ida"を借りたものと考えられる。アイダは、木の生えた山の意。ポセイドンは海の神であるばかりでなく、泉など陸地の神でもある」。

4　野生動物《テロウン》（Theroun）というギリシャ語は野生動物を意味するギリシャ語「テール」（*ther*）より生じた。

自分たちの体内へ入るために　***to enter into their bodies***［五七三～五七五頁］

1　一九六三年一月二十六日に執筆された。

2　アンリ・フランクフォール著『王権と神々』（Henri Frankfort, *Kingship and the Gods*, 一九四八年）、二四－三二頁「メンフィスの神学」（The Memphite Theology）に基づく。メンフィス市の神プタハ（Ptah）は、万物の創造主である。「プタハの心の中に浮かぶ観念から生まれた神々は、最終段階になると、石、鉄、木などのあらゆる物質の中へ、『自分たちの体内』へ入る。これらの物質は、大地、すなわちプタハから生まれたものである」。

3　父はオシリス（Osiris）。語り手である「わたし」はホルス（Horus）で、オシリスの息子である。
4　フランクフォール著『王権と神々』、一二五頁に「エジプト人は、意味の多層性《ポリフォニー》を愛する」と書いてある。
5　三四二頁「マクシマスより、ドッグタウンから—II」五三行、および四六五頁「かのものを生み出したのだ」一二行を参照。
6　ホルスの母は、女神イシス（Isis）である。

ドッグタウンの雌牛　***The Cow of Dogtown***　［五七六〜五八二頁］

1　フランクフォール著『王権と神々』、一六二頁に、エジプトでは「王は『強い牡牛』、母なる女王は『牡牛を生んだ雌牛』、太陽は『天の牡牛』、空は『巨大な雌牛』」と書いてある。
2　ナサニエル・サウスゲート・シェーラー（Nathaniel Southgate Shaler, 一八四一－一九〇六年）は、著名なアメリカの地質学者。三－六行は、シェーラー著「アン岬の地質」（"The Geology of Cape Ann,"）、『合衆国地質調査第九回年次報告、一八八七－一八八八年』（*Ninth Annual Report of the United States Geological Survey, 1887-88*）、五二九－六一一頁所収の五四九頁に基づく。
3　氷河堆積物（glacial accumulations）とは、氷河によって堆積した物全般を指す。
4　シェーラー著「アン岬の地質」、五四八頁。
5　沖合いの浅瀬については、四二四頁「後方の水底」五－一〇行参照。
6　氷堆石《モレーン》（moraine）とは、氷河が運搬して堆積した岩塊や土砂からなる堤防状の地形。三二四頁「手紙#41〔中断したもの〕」一五行、および訳註一二一七頁の注10を参照。
7　ジー・アヴェニュー（Gee Avenue）のこと。四一六頁「わたしが上の道と呼んでいるジー・アヴェニューは」の一行目を参照。
8　鯨の顎《ホエールズ・ジョー》については、七一頁「手紙7」七八行参照。コモンズ・ロードのほぼ東の端にある。
9　ボブ・ローリー（Bob Lowrie）とは、ロバート・E・ローリー（Robert E. Lowrie）のこと。かつてグロスターの住人であった。マサチューセッツ州スプリングフィールドのアメリカ国際大学（American International College, Springfield, Mass.）で社会学を教えていた。
10　氷礫丘《ケイム》（kame）は、氷河が後退するときに堆積した砕岩質、時に砂礫層からなる丘状の地形のこと。三九九頁「ロバート・ダンカンのために」二行、および訳註一一三八頁の注3を参照。
11　シェーラー著「アン岬の地質」、五四九頁より。
12　ケイム堆積物（kame deposits）とは、氷礫丘を形成する砕岩質や砂礫層を指す。

13 層状漂積物（stratified drift）とは、漂積した物が層を成しているもののこと。

14 ハフ・アヴェニュー（Hough Avenue）は、ステージ・フォート公園を通る道である。

15 ホーマー・バレット（Homer Barrett）とその妻ヴァイオラ（Viola）の家。ステージ・フォート公園の北、ウェスタン・アヴェニュー九六番地にあった。

16 レイ・モリソン（Ray Morrison）とは、レイモンド・モリソン（Raymond Morrison, 一九一二―一九六九年）のこと。ウェスタン・アヴェニュー九二番地に家があり、バレットの家の隣に住んでいた。

17 リッツィー・コーリスの鶏小屋については、五五六頁「発端」一五行を参照。

18 ホーマー・バレットの妻ヴァイオラは、アメリカ・インディアンの血を引いている。七八〇頁「新しい帝国」四二行にも登場する。ヴァイオラの花壇についてオルソンは低い評価を下しているのではない。この種の庭が、手入れされていないわけでも、放置されているわけでもないことについては、エドガー・アンダーソン著『植物、人間、生命』（Edgar Anderson, *Plants, Man and Life*, 一九五二年）、一三六―一四一頁の「ごみを集めた庭」（"the dump kept garden's"）参照。

19 フランクフォール著『王権と神々』、一八三頁参照。オシリスへの呼びかけに「汝の母ヌート（Nut）が頭上にいる。彼女が汝を神となす」と書いてある。ヌートは空であるが、擬人化されて女神になっている。ヌートが「ドッグタウンの雌牛」である。

20 プタハ（Ptah）は、古代メンフィスの主神で万物の造物主。五七三頁「自分たちの体内へ入るために」一―三行参照。プタハは次行の「原初の丘」（"the Primeval Hill"）と同一とされる。

21 フランクフォール著『王権と神々』、一二五頁参照。「プタハは『隆起した土地』（The "Risen Land"）であるが、意味は一つではない。塚すなわち『原初の丘』が混沌の海の上に出現したことから、創造が始まるというエジプト人の信念と関係がある。肥沃な大地であるプタハは、この丘と同一である。存在する物すべての出発点であり、生命自体の出発点でもある」。

22 「天の雌牛」とは、ヌートであり、空である。

23 フランクフォール著『王権と神々』、図版三五参照。ヌートが、兄弟の大気の神シュ（Shu）に支えられて、アーチ状になって世界をおおっている。これが、角を逆立ちさせたアーチ型の雌牛の記号である。

ステージ・フォート公園　***Stage Fort Park***［五八三～五八四頁］

1 一九六四年一月四日までには、書かれていた。ステージ・フォート公園は、「運河」（the Cut）の西にあり、グロスター港を見下ろす。

2 「氷の栓」（"ice-plug"）は、不明。「渡し舟」（"a wherry [ferry]"）を比喩的に表現したものか。

3 「陸地は押し下げられて」については、五七六頁「ドッグタウンの雌牛」八–一一行参照。
4 メリー・マック（Merry mac）は、ニュー・ハンプシャー州からマサチューセッツ州北東部を通り、大西洋に注ぐ川を指す。アン岬より約二〇マイル北西にあるメリマック川（the Merrymac River）のことである。
5 「運ばれてきた砕岩」（"carried detritus"）は、氷河に運ばれる際に砕けた岩を指すと思われる。
6 「渋い実をつける桜の木々」については、六七四頁「二人の女のうち、一人の女のひざ」一七行を参照。
7 「氷岩に削り取られた場所」（"those ice-rock grindings"）は、岩ほどの大きさの氷が地面を削り取った場所を指すと思われる。

土地図面の補完（人々が…を沈める前の） ***Further Completion of Plat (before they drown...)*** ［五八五〜五八六頁］

1 一九六一年に執筆した詩のタイトルも「土地図面の補完」*Further Completion of Plat* である。四〇九–四一一頁参照。グース入り江貯水池（the Goose Cove Reservoir）は、現在ドッグタウンの一部を占めているが、完成したのは一九六三年の後半である。
2 「下の道」（"Lower Road"）とは、チェリー・ストリート（Cherry Street）を指す。
3 ベンジャミン・キニカム（Benjamin Kinnicum）のこと。四〇〇頁「ロバート・ダンカンのために」二六–二七行参照。
4 ジョーゼフ・インガーソル（Joseph Ingersoll）は、四〇九頁「土地図面の補完」六行目にジョーゼフ・インガーソン（Joseph Ingerson）という名前で登場している。
5 ブライアント（Bryant）は、同じく四〇九頁「土地図面の補完」六行目に登場。
6 スモールマンズ（Smallmans）は、四一六頁「わたしが上の道と呼んでいるジー・アヴェニューは」五行目に登場。
7 「上の道」（"Upper Road"）とは、ジー・アヴェニュー（Gee Avenue）を指す。
8 サミュエル・デーヴィス（Samuel Davis）は、四〇一頁「ロバート・ダンカンのために」四〇行目に登場している。
9 ウィリアム・ヒルトン（William Hilton）は、二・五エーカーの土地を与えられた、とオルソンのノートブックにある。
10 ジョシュア・エルウェル（Joshua Elwell）のこと。四〇二頁「ロバート・ダンカンのために」六七行、四一六頁「わたしが上の道と呼んでいるジー・アヴェニューは」二行目参照。
11 ジャベズ・ハンター（Jabez Hunter）は、一七一八年にアビゲイル・タッカー（Abigail Tucker）と結婚し、何人かの子供をもうけたことが、バブソン著『注と補足』二巻九七頁に記されている。
12 「伐採地の分配」（"the division of wood-lots"）については、四〇二頁「ロバート・ダンカンのために」七〇行目を参照。
13 下の道については、四一六頁「わたしが上の道と呼んでいるジー・アヴェニューは」四行目参照。

14　上の道については、四一六頁「わたしが上の道と呼んでいるジー・アヴェニューは」一行目参照。
15　グロスターの人口は、一七〇四年から一七五五年の間に四倍になった。七〇〇人から二七四五人になったのである。
16　マルサスについては、一四五頁「手紙16」八－一一行参照。マルサスは、二十五年以内に人口は倍加し、それが一世紀半つづくと報告している（『人口論』一七九八年）。一七〇四年から一七五五年の間に人口が四倍になったアン岬は、マルサスの説と一致する。

続き《セクエンティオール》　***Sequentior***　［五八七頁］

1　グロスターの町政記録による。一七二一年十二月十九日の記録に、町の森林地を地取りするための七人委員会が選出され、スモールマンズ（Smallmans）の家とサンディ・ベイ（Sandy Bay）の間に二十区画が設けられた。スモールマンズはスモールマン（Smallman）と表記されることもある。また、サンディ・ベイは後にロックポート（Rockport）となった。
2　一七二一年の委員会決議から、一七二五年にウィリアム・スモールマンズに対して土地が与えられるまでの四年間。
3　グロスターの港に近いミドル・ストリート（Middle Street）に新しい教会堂が出来た時、教区の北側（ドッグタウンを含む）に住んでいた教区民は、一七三八年に地方集会に対して別の教会を作ってほしいと請願した。バブソンによれば、二マイルから三マイル離れた教会堂へ行く不便を訴えたのである。「教区民のほとんどが船乗りで、教会堂へは徒歩で行くほかなく、これは、老人、女性、子供にとっては、非常につらいことである」と。しかし、詩中で引用されている文は、ジョン・ホワイト牧師のものではなく、「ナサニエル・コイト船長（Captain Nathaniel Coit）その他の請願に対して、グロスター最初の教区を代表して教区加入者たちが行なった回答」からのものである。

男を（その姿のまま）舌でなめて　***Licked man (as such)...***　［五八八頁］

1　一九六三年には、別の詩でも古代スカンディナヴィア神話から題材が取られている。それで、この詩も一九六三年に執筆されたと推定される。
2　欠落している名前は、オードゥムラ（Audumla）である。
3　イミル（Ymir）は、古代スカンディナヴィア神話の原始の巨人。イミルの身体から世界が出来た。
4　オーディン（Odin）は、万物の父で、天と地の支配者である。アイスランド語で書かれた古代スカンディナヴィアの詩歌集エッダ（the Norse Eddas）の主神。
5　欠落している名前は、巨人のベストラ（Bestla）である。

ギルフィの慰め　VI　***Gylfaginning VI***［五八九頁］

1　一九六三年八月にヴァンクーヴァーで朗読された。「ギルフィの慰め」（*Gylfagging* or "The Beguiling of Gylfi"）は、スノーリ・スタールソンの散文エッダ（Snorri Sturluson's Prose Edda）の第一部。問答形式によるスカンディナヴィア神話の概説である。その六章が、この詩の題材となっている。

2　雌牛オードゥムラ（Audumla）は、マリ・ファウラー著「古代スカンディナヴィアの宗教」（Murry Fowler, "Old Norse Religion,"）、ヴァージリアス・ファーム編『古代宗教』（Vergilius Ferm ed., *Ancient Religions*）の二三七–二五〇頁に所収。二三九–二四〇頁より。オーディン（Odin）は、万物を支える変幻自在の糸である。万物の父、神々の神、多くの形態を有する者、軍勢の長などと共に、五〇もの名を持つが、オーディンの母は、巨人ボルソール（Bolthorr）の娘ベストラ（Bestla）である。オーディンの父はボール（Borr）あるいはブール（Burr）といい、雌牛オードゥムラに氷の中から救い出された男ブーリ（Buri）の息子である。オードゥムラは、イミルに食料を与えるために誕生した雌牛である。

空をなす天は石から成り　***Heaven as sky is made of stone***［五九〇頁］

1　執筆時期は不詳。ただし、後続する詩と典拠が同じことから、一九六三年初めに書かれたと思われる。石で出来た天国については、H・J・ローズ著『ギリシャ神話ハンドブック』（H. J. Rose, *A Handbook of Greek Mythology*, 第六版一九五九年）の二六頁が用いられている。

2　三五五頁「川——1」二行目参照。

3　ヘシオドス著『神統記』、八〇八–八一〇行に、こう書かれている。「また　そこには　陰鬱な大地と曖々《あいあい》たるタルタロスと／不毛の海と星散乱《ちりば》える天の　すなわち／すべてのものの　源泉と終端が　順序よく　並んでいる／忌まわしく陰湿なこれらのものに　神々さえも　怖気《おぞけ》を振るわれるのだ」。廣川洋一訳（岩波文庫）より。

一晩中　***All night long***［五九一頁］

1　一九六三年三月初めに執筆された。一九六四年にニューヨーク州立大学バッファロー校の授業でこの詩を取り上げた時、この詩は夢が基になっている、とオルソンは語った。

2　エウモルプス（Eumolpus）は、神官で詩人。デーメーテール神（Demeter）をまつるエレウシスの秘儀（the Eleusinian mysteries）を創設した。

丸い天空　***the Vault of Heaven***［五九二頁］

1　一九六三年三月初めに執筆された。

2　フランクフォール著『王権と神々』、図版三八に、角を変形された牛が載っている。アフリカでは、祭祀のために牛の角を変形した。

3　プタハ（Ptah）は、古代エジプト北部の都市メンフィス（Memphis）の氏神であり、創造の神。

4　古代エジプトでは雄牛を使者と考えていた。フランクフォール著『王権と神々』、一六七頁参照。メンフィスの聖なる雄牛は、プタハの使者であり、生けるアピス（Apis）である。「美しい＝顔＝の＝人（プタハ）のもとへ、真理を運ぶ」とされている。アピスとは、メンフィスで崇拝された聖牛のこと。

5　H・J・ローズ著『ギリシャ神話ハンドブック』（H. J. Rose, *A Handbook of Greek Mythology*, 第六版一九五九年）、一七頁に、「ギリシャ人の宇宙神話を理解するためには、ギリシャ人が世界をどのような形で、とらえていたかを理解しなければならない。多くの民族同様、彼らは眼に見えるとおりの世界が、世界の形だと考えた。だから、観察者がエジプト人のように丘陵に囲まれていたり、南太平洋の人々のように島や群島の中に閉じ込められていなければ、世界は皿に見える。山々や丘によって多少の起伏はあっても、平板な円に見える。その上を広大な空の丸天井がおおっている」、と書いてある。

永遠なるいつくしみの腕を　広げてください　***turn out your ever-loving arms***［五九三頁］

1　一九六三年八月にヴァンクーヴァーで朗読された。

2　ケレーニー＝ユング共著『神話の科学』（Carl Gustav Jung and Carl Kerényi, *Essays on a Science of Mythology: The Myth of the Divine Child and the Mysteries of Eleusis*, R. F. C. Hullによる英訳一九四九年）、一五六頁参照。「三つの形態」は、エレウシスの秘儀の特徴である——コレー（処女）、デーメーテール（母）、ヘカテ（月）——と書いてある。ヘシオドスの『神統記』では、コーレを三つの領域——大地、天、海——の女王としている。

3　ギリシャ語の「オルゲ」（Orge）はラテン語の「処女」（Virgin）や「卑俗な」（Vulgar）と語根が同じである。また「オルギア」（ὄργια）は、エレウシスの秘儀でのデーメーテール崇拝を指す。「オルゲ」は自然の衝動、人の気質でもある。パウサニアス著『ギリシャ案内記』では、「オルガス」（Orgas）は、エレウシスの女神たちの聖地とされている。

「大いなる大地の果てに」　***"at the boundary of the mighty world"***［五九四〜六〇〇頁］

1　一九六三年に執筆された。タイトルはヘシオドス著『神統記』、六二〇行より。廣川洋一訳では「大いなる大地の涯《はて》に」となっている

2　グラヴェル・ヒル（Gravel Hill）は、チェリー・ストリートからドッグタウンに入る時、入り口にある小高い丘。三九九頁「ロバート・ダンカンのために」一行目参照。グラヴェリー・ヒル（Gracelly hill）とも呼ばれる。

3　ヘシオドス著『神統記』、七三六−七三八行より。「源泉と終端」は廣川洋一訳。

4　四一六頁「わたしが上の道と呼んでいるジー・アヴェニューは」四−五行を参照。「チェリー・ストリートすなわち下の道は、（中略）グロスターの町から、今はスモールマンズが住んでいる家に通じる道だった」と書いてある。

5　アテネの建設者ケクロプス（Cecrops）が描かれるのは、アテネ第二の英雄エリクソニオス（Erichthonios）を生む際のガイア（Gaia）の描写に伴うことが多い。ガイア自身が大地から人間の姿をとって立ち上がり、腕に子どもを抱き、育ての親となるアテナ女神に差し出している図版が、ジェーン・エレン・ハリソン著『テミス』（Jane Ellen Harrison, *Themis*）にある。図版六三参照。

6　ロバート・グレーヴズ著『ギリシャ神話』、二巻四〇四頁によると、ペロプス（Pelops）は「泥だらけの顔」の意。ペロプスは父タンタロス（Tantalos）に殺され、神々の食卓に供されたが、ゼウスによって生き返った。ペロプスの子はアトレウス（Atreus）とティエステース（Thyestes）である。ペロポネソス半島（The Peloponnesus）はペロプスの名に由来する。

7　これらを表わす "garden," "tenement," "messuage," "orchard" は十七世紀から十八世紀の法律用語。四二四頁「後方の水底」一〇−一二行参照。

8　グロスターの自作農ベンジャミン・エラリー（Benjamin Ellery）が、グロスターの紳士ジョージ・ガードラー・スミス（George Girdler Smith）に、グロスター第四教区の土地を一五〇ポンドで売却した。

9　「メンフィス王」とはプタハ（Ptah）である。

10　カワウソ池（"the Otter ponds"）は、ドッグタウンにある。初期入植者ベンジャミン・キニカム（Benjamin Kinnicum）に与えられた土地の一部であり、「下の道」付近にある。口絵に掲載した地図にはない。いくつかの地図を参照したが載っていなかったためである。三九五頁「マクシマスより、一九六一年三月——2」二−四行参照。

11　一ロッド（rod）は五と1/2ヤード。約五メートル。

12　ジー・アヴェニューとスタンウッド・ストリートが合流してコモンズ・ロードになるところに、南からドッグタウンに通じる道がある。これがかつて「バック・ロード」と呼ばれた。三七四頁「一九六〇年、十二月」六六行参照。

13　ヘパイストス（Hephaestus）の息子エリクソニオス（Erichthonios）のこと。ヘパイストスがアテナ女神をレイプしようとして散った種が偶然ガイアを妊娠させた。エリクソニオスが生まれた時、大地は彼の養育をアテナ女神に託した。

14　ドッグタウン・スクエア（Dogtown Square）は、ドッグタウン・ロード（Dogtown Road）の東端にある。ドッグタウン・ロードが、ワーフ・ロード（Wharf Road）と出会うところである。

15　H・J・ローズ著『ギリシャ神話ハンドブック』（H. J. Rose, *A Handbook to Greek Mythology*, 第六版一九五九年）、七九頁には、古代人は死者のすみかを西に置く傾向があったが、自分たちの地獄の入り口（Hellmouth）を持つという地方固有の伝統を捨てなかった、と書いてある。

16　「スモールマン家」は、詩中の“Smallmans”を“the Smallmans”と解した訳語である。しかし、遠い過去になされた記述の場合、人名の末尾の“s”は、複数を表わす“s”なのか、“s”が初めからついている名前なのかは、はっきりしない。単数・複数の両方が名前として通用している場合が多い。したがって、ここも「スモールマンズの裏手」とも解釈できる。

17　ローズ著『ギリシャ神話ハンドブック』、一八頁の記述によると、冥府は地下にあるとされ、ギリシャの岩層の裂け目がカタヴォスラ（*katavóthra*）と呼ばれる。スパルタ近くのタイナロン（Tainaron）が有名である、という。

マクシマスより、ドッグタウンから――Ⅳ／ *MAXIMUS, FROM DOGTOWN——IV*［六〇一～六二五頁］

1　一九六三年三月に執筆された。ヘシオドス著『神統記』に基づく。

2　「紀元前二〇〇〇年に先立つ一世紀くらい前」とは、紀元前の第二千年紀（the second millenium B. C.）のころを指す。ユリウス暦以前のローマ暦では、三月が一年の最初の月であった。

3　あらゆる魂の祝祭は二月十三日から三月までに行われた。ジェーン・エレン・ハリソン著『ギリシャ宗教研究序説』（Jane Ellen Harrison, *Prolegomena to the Study of Greek Religion*, 一九〇三年）、四九頁参照。

4　タルタロス（Tartaros）は、冥府（Hades）の下の陽の射さない深み。ゼウスは、この深みにティタン族もしくはタイタン族（the Titans）の神々を幽閉した。タルタロスは、英語では“Tartarus”と綴る。オルソンは、“Tartarós”と表記している。訳注一一九三頁「空をなす天は石から成り」の注3を参照。

5　オブリアレオス（O'briareos）は、ブリアレオス（Briareos）とも呼ばれる。百本の腕を持つ巨人の一人で、タイタン族と戦った。コットス（Cottus）とギュゲス（Gyges）は、オブリアレオスの兄弟である。「エージアン＝オブリアレオス」（“Aegean-O'Briareos”）と記されているのは、オブリアレスとエーゲ海（the Aegean Sea）の関わりを示すためである。

6　逆数（the reciprocal）とは、数学の用語。ある数αを1で割ったもの。すなわち$1/\alpha$をαの逆数という。

7　ヘシオドス著『神統記』、一一六―一一七行には、まず混沌が生まれ、次いで大地が生まれたという誕生の順序が記されている。

8　ストロークス（stlocus）は、忘れられたラテン語で、「ローカル」（local）の意だと、オルソンは説明している。

9　クーバン（Kuban）は、コーカサス山脈（the Caucasian Mountains）の縁にある川と谷を指すが、オルソンはインド＝ヨーロッパ語族の故郷という意味で使っている。

10　イオタンス（iotunns）は、古代スカンディナヴィアの巨人。ティタン（Titan）すなわちタイタンと同じである。
11　タルタロスによって大地（Earth）が生んだ末の子はテュポン（Typhon）である。
12　シャクティ（Shakti）は、シヴァ神（Shiva）の意。詳しくはジョーゼフ・キャンベル編ハインリッヒ・ツィンマー著『インドの芸術と文明における神話と象徴』（Heinrich Zimmer, *Myths and Symbols in Indian Art and Civilization*, ed. by Joseph Campbell, 一九五三年）、一八〇頁参照。
13　ヒュー・ホワイト（Hugh White）は、ローブ古典叢書（Loeb Classical Library）でヘシオドスを英訳した人。オルソンは、この人の英訳で『神統記』を読んだと思われる。Hesiod, Hesiod, *The Homeric Hymns and Homerica.* Translated by Hugh Evelyn-White, Loeb Classical Library, 一九二六年刊。
14　テュポンについては、注の11を参照。
15　ヘシオドス著『神統記』、一一六―一二〇行には、「まず最初にカオスが生じた　さてつぎに胸幅広い大地《ガイア》（中略）と路《みち》広《ひろ》の大地の奥底にある曖々《あいあい》たるタルタロス　さらに不死の神々のうちでも並びなく美しいエロスが生じたもうた」と書いてある。また同書一二六―一二八行には「さて大地《ガイア》は　まずはじめに彼女自身と同じ大きさの星散乱える《ちりぼ》　天《ウラノス》を生んだ　天が彼女《ガイア》をすっかり覆いつくし　幸う《さきわ》神々の　常久に揺ぎない御座になるように」と記されている。廣川洋一訳による。「大地《ガイア》」、「天《ウラノス》」は、『マクシマス詩篇』では、“Earth,” “Heaven”という英語で示されている。正確には、ガイアは大地の女神である。
16　「統計の」（“the statistical”）は、ホワイドヘッド著『過程と実在』（Alfred North Whitehead, *Process and Reality*, 一九二九年）の用語。二九二頁では、「蓋然性の統計学的理論」（“a statistical theory of probability”）という語句が用いられ、二九三頁でも「蓋然性の統計学的基礎」（“the statistical basis of probability”）という語が用いられている。「雲《ネベル》」（“Nebel”）は、ファウラー著「古代スカンディナヴィアの宗教」、ヴァージリアス・ファーム編『古代宗教』所収（Murray Fowler, “Old Norse Religion,” in *Ancient Religion.* Ed. by Vergilius Ferm, 一九五〇年）、二三九頁、二四九頁に基づく。巨人イミル（Ymir）は、ニヴルヘイム（Niflheim）の極寒とムスペルヘイム（Muspelheim）の炎熱から生まれた（二三九頁）。ニヴルヘイムの“*nifl*”は、ドイツ語の「雲」（*Nebel*）であり、ニヴルヘイムは「死者のすみか」（“the home of the dead”）の意である。ムスペル（*Muspell-*）は、火を意味するが、「世界の終わり」（“the end of the world”）の意味でもある（二四九頁）。
17　テテュス（Tethys）は、天（Uranus）と大地の女神（Gaia）の子で、大洋（Oceanus）の妻である。
18　コットス（Cottus）とギュゲス（Gyes or Gyges）は、ブリアレオス（Briareos）の兄弟。注の5を参照。
19　「大洋の底に《エプ・オケアノイオ・テメスロイス》」（“ep' Oceanoio 'Themethlois'”）は、ヘシオドス著『神統記』、八一六行にある語句。イヴリン＝ホワイトは、これを「大洋の底に」（“upon Ocean's foundations”）と英訳している。
20　ティテミ（Tithmi）は、リドル＝スコットのギリシャ語・英語辞典では、「置く、場所を定める」（to set, put, place）の意とされている。

21 H・J・ローズ著『ギリシャ神話ハンドブック』、二一二頁によると、テミス（Themis）の「語根テー（Θe）は、置く（put）、固定する（make fast）の意である」という。

22 美しくないのは大洋の長女ステュクス（Styx）のみで、虹のイリス（Iris）は美しいが、ここでは両者とも醜いものとされている。

23 イオタンス（iotunns）については、訳註一二九七頁の注10を参照。

わたしが顔を上げると見えた　***I looked and saw***［六二六頁］

1 執筆時期は不詳。七〇一頁「顔を上げると見えた」参照。

ブロンズの記念銘板の一枚　***One of the Bronze Plaques…***［六二七頁］

1 執筆時期は不詳。ここで描かれるようなブロンズの記念銘板は、グロスターの海岸には実在しない。

2 ジョン・ヘイズ・ハモンド・ジュニア（John Hays Hammond Jr.）は、グロスターの発明家。グロスター港の西岸、ノーマンズ・ウォー（Norman's Woe）を見下ろす高台に城を建てた。ジョン・ヘイズ・ハモンド・ジュニアとノーマンズ・ウォーについては、三三七頁「生涯おれは、多くのことを聞いてきた」一〇-一一行、および訳注一二一〇頁の注6を参照。

3 シェフィールド・サイエンティフィック・スクール（Sheffield Scientific School）は、イェール大学が一九四八年に設立した学部（school）。科学と工学の教育を目的とする。

4 スーパーヘテロダイン（superheterodyne）とは、電波受信の一方式。受信回路内で、受信電波と少し異なる周波数の高周波電流を発生させ、受信電波にこれを加えることにより、それらの電流の周波数の差、すなわち唸《うな》りを生じさせて中間周波電流をつくり、それを増幅したのち復調する方式。無線の受信機に広く使われている。オルソンはスーパー・ヘテロダイン（super heterodyne）と表記している。

5 ロシア接着剤社（Russian Cement Company）は、グロスターにあった膠《にかわ》製造工場。魚の加工工程で不要とされるものから接着剤を作った。

6 マイティ・マック・ハモンド社（Mighty Mac Hammond）社は、グロスターにあった紳士服・子供服を製造する会社。

漁場に関する手紙　***A Letter on FISHING GROUNDS***［六二八〜六三三頁］

1 執筆時期は不詳であるが、一九六三年の春には書かれていたと考えられる。この詩はウォルター・H・リッチ著『メイン湾の漁場』（Walter H. Rich, *Fishing Grounds of the Gulf of Maine*, 一九二九年）の巻末付録（appendix）に基づいているが、オルソンの手が加わっている。リッチは米国漁業省の職員である。

2　ミクマク族（the Micmacs）は、ノヴァスコシアやニュー・ブランズウィック（New Brunswick）など、メイン湾の北端にいたアルゴンキン族。

3　リッチの『メイン湾の漁場』では、ファンディ潮汐（Fundy tides）と記されている。

4　「ブラウン浅瀬」（"Brown's Bank"）は、オルソンの追加。リッチの報告書にはない。

5　ラブラドル海流（the Labrador Current）は、北大西洋の寒流。北極海からラブラドル半島の海岸に沿って南下し、ニューファンドランドを通り、ノヴァスコシア東岸へ至る。

6　エックストーム著『老ジョン・ネプチューンおよびその他のメイン州インディアンのシャーマンたち』（Eckstorm, *Old John Neptune and Other Maine Indian Shamans*, 一九四五年）、五頁への注で、エックストームは「ムトゥーリン」（the m'toulin）をペノブスコット族の言葉で「巫女」もしくは「魔女」を表わすと書いている。

7　エックストーム著『老ジョン・ネプチューンおよびその他のメイン州インディアンのシャーマンたち』、八八–八九頁参照。一六〇六年にポートランクール（De Portrincourt）が、ポート・ロイヤル（Port Royal）に戻った時、その地に残っていたレスカルボ（Lescarbot）が「ネプチューン劇場」（"Neptune's Theatre"）という野外劇を書き、これを上演してポートランクールを迎えた。野外劇の登場人物であるネプチューン、六人のトリトン（Six Tritons）と四人の蛮人は、インディアンたちには役者でなく本物に見えたという。

8　R・H・マーチャント（Rutherford H. Marchant）は、漁業省で営業開発を担当していた。西グロスターに住んでおり、オルソンにウォルター・H・リッチ著『メイン湾の漁場』を貸してくれた。

マクシマスより、グロスターへ、手紙157　***Maximus, to Gloucester, Letter 157***［六三四〜六三八頁］

1　エックストーム著『老ジョン・ネプチューンおよびその他のメイン州インディアンのシャーマンたち』を読んだのち、一九六三年の春に執筆されたと考えられる。

2　タランティーノ（Tarrantino）は、フォート・スクエアのオルソンの家の近くに住んでいた家族の名。

3　ランダッツァ氏（Mr Randazza）は、フォート・スクエアに住む、オルソンの隣人。兄弟で、名をトマス（Thomas）とアントニオ（Antonio）という。

4　ミシュラカ氏（Mr Misuraca）は、フォート・ポイントの入口付近にあたるコマーシャル・ストリート一九番地に住んでいた隣人ガエターノ・ミズラカ（Gaetano Misuraca）だと思われる。

5　タレンティン族（the Tarentines）は、ノヴァスコシア出身のミクマク族インディアン（the Micmacs）で、十七世紀の初めにペノブスコット湾へ侵入し、数年間そこを占領した。彼らは、「交易する者」（"the traders"）と呼ばれた。この詩中では、二七行のようにタランティーノ族（the Tarantinos）とも、四四行のようにタレンティーノ族（the Tarentinos）とも呼ばれている。

6　紀元一〇〇〇年は、スカンディナヴィア人が初めて北アメリカへ渡った年である。

7　シチリア島は、北アフリカ沿岸のカルタゴ（Cartago）からわずか一四〇マイル離れていただけだった。シチリア島には多くのフェニキア人が住んでおり、カルタゴからの侵入者もあった。最も有名なのは、紀元前四〇九年のハンニバル（Hannibal）の侵入である。

8　エックストーム著『老ジョン・ネプチューンおよびその他のメイン州インディアンのシャーマンたち』、七六頁によると、三二―三七行は、メイン州西海岸でインディアンが行っていた仕事である。

9　「黄色病」は、"the yellowing disease"を日本語化したものである。黄熱病（yellow fever）ではない。

なぜ光、と花々が？　*Why light, and flowers?*［六四一～六四二頁］

1　一九六三年五月二十三日に執筆された。

2　ポール・オークリー（Paul Oakley, 一九一二年生まれ）は、オルソンの知人。東グロスターのマウント・プレザント・アヴェニュー（Mount Pleasant Avenue）一一五番地に住んでいた。ここから内港や、メイン・ストリートでも一番高いウォーター・ストリート（Water Street）を一望できた。ウォーター・ストリートは、口絵に添付した地図にはない。いくつかの地図を参照したが、載っていなかったためである。

3　実りある航海を見守る聖母のこと。ポルトガル人の丘に立つ聖母像も、港の反対側にあるポール・オークリーの家と同じく、ウォーター・ストリートから良く見えた。ウォーター・ストリートから北へ行くと聖母像、東へ行くとオークリーの家があり、これを大ざっぱに「直角」と言っている。聖母像が「二つの町の間に立っているというのは、グロスター市街と東グロスターの間に立っているという意味であろう。

4　一八頁「マクシマスより、グロスターへ、手紙2」一〇行を参照。

おまえは、宇宙を曳いた　*you drew the space...*［六四五頁］

1　一九六三年八月までに書かれた。

2　エンヤリオーン（Enyalion）は、クレタの戦争神。「エニャリオーン」という読み方も考えられるが、一九六五年七月にカリフォルニア州立大学バークリー校で行われた詩人会議（the U. C. Berkeley Poetry Conference）の際に、オルソンは、エドワード・ドーン（Edward Dorn）に対して、はっきりと「エンヤリオーン」と発音して聞かせている。ホメロスでは、軍神アレース（Ares）の異名として用いられている。『イーリアス』、二〇巻六九行参照。

都市の災難　***Civic Disaster***［六四六〜六四八頁］

1　一九六三年の春に書かれた。エドワード・ブルームバーグ（Edward T. Bloomberg）は、映画館の支配人で、オルソンの古くからの友人。一九〇三年生まれ。

2　ダッチー・ヴェリアーノ（Dutchie Vegliano）はオルソンの友人で、フォート・スクエア一六番地に住んでいた。彼の家からフォート・ポイントやグロスター港が見下ろせた。桜の木を切り倒したのは、子どもが登って怪我をすることを恐れたためだ、と考えられる。

3　サム・ノヴェロー（Sam Novello）は、オルソンが住んでいた家の裏手にある丘の上で「オレヴォン商会、網および漁業用品販売」（the Ollevon Net and Marine Supply Company）を営んでいた。オレヴォン（Ollevon）は、ノヴェローを逆に綴った名前。

4　フォート・スクエア五三番地に住むポール・A・レヴァソー（Paul A. Levasseur）は、バートレット材木商（Bartlett Tree Express）の木登り職人と組んで、園芸チェーン店をつくった。

5　ネブカドネザル（Nebuchadnezzar, 紀元前六〇五–紀元前五六二年）は、バビロニア（Babylon）の王。「イシュタルの門」（"Ishtar Gate"）を建てた。その塔門のアクアマリン色の石版には、牡牛と首の長い獅子（正確には龍）が、かわるがわる描かれている。

一九六三年、六月六日　***June 6th, 1963***［六四九〜六五二頁］

1　スチュアート・ピゴット編『文明の夜明け』（Stuart Piggot ed., *The Dawn of Civilization: The First World Survey of Human Culture in Early Times*, 一九六二年）の図版二八に、有史以前に用いられたブロンズ製の祭礼用乗物の写真が載っている。

2　古い時代であることを表わすためにグロスター（Gloucester）をグロウシースター（Glowceastre）と綴ってある。

3　コマーシャル・ストリート六七番地に住んでいたオーランドー（Orlando）という名の漁師か、コマーシャル・ストリート四二番地にあったオーランドー・ブラザーズ水産（the Orlando Brothers Fish Company）を指す。フォート・ポイントの東側にあり、砦《ザ・フォート》に通じる点で、後者である可能性が高い。

4　ナウムキアグ（Naumkeag）に特定の目的にかなう入植地を作ろうとしていたロジャー・コナント（Roger Conant）の考

えを分かりやすく述べたもの。「ナウムキアグ」は、「セーレム」のインディアン名である。「平和」の意。

丘のほうへ　*into the hill...*［六五三頁］

1　執筆時期は不詳。ただし、ヴァンクーヴァーで朗読されたことから、一九六三年八月十六日までに完成していたことは、確かである。アルゴンキン族の民話が語られている。主題は、三六七頁「噂によると、その女は」や、五六七―五六八頁「毎週、日曜日になると出かけては」と同じである。

そのあたり一帯に凹凸をつけておくと　*the distances up and down*［六五四～六五五頁］

1　一九六三年六月初めに執筆された。

2　J・G・トティン大佐の「グロスターの防衛に関する報告書」（Col. J. G. Totten, "1835 report on coast defenses," 一八三五年）より。一八三三年は誤りである。トティン大佐は、グロスター砦の憐れむべき状態を指摘し、その修復と補強を指示した。

書物狂《タントリスト》いが腰を下ろすと、眼に入ったのは　*Tantrist sast saw*［六五六頁］

1　一九六三年六月に執筆された。オルソンは自分のことを書物に没頭する者の意で「タントリスト」（"tantrist"）と呼んでいる。

2　デール・アヴェニュー（Dale Avenue）に面したグロスター市庁舎は、図書館から北へ半ブロック行ったところにある。四角いけれども明らかに男根の形をした塔があり、これに円蓋がついている。

おれはお前の上に立っている　*I stand up on you*［六五七頁］

1　一九六三年六月に書かれたと考えられる。砦跡《フォート・プレイス》とは、オルソンが住んでいたフォート地区のこと。

円形建築《ロタンダム》　*rotundum*［六五八頁］

1　執筆時期は不詳。一九六三年八月十六日にヴァンクーヴァーで朗読された。ユング著『元型および集合的無意識』（Carl Gustav Jung, *The Archetypes and the Collective Unconscious*, R. F. C. Hull の英訳、一九六五年）、二〇四頁によれば、「ロタンダム」（*rotundum*）は、「人類の丸い原形」（"the round, original form of the Anthropos"）である。

2　アン岬歴史協会（Cape Ann Historical Society）には、ジョン・メイソン（John Mason）が描いたグロスター港の地図がある。フォート・ポイントに砦と木造要塞が描かれ、「戦闘態勢をとる丘の砦」（"Fort defiance Hill"）と記されている。

あるいはリンゼーが　***Or Lindsay***　〔六五九〜六六五頁〕

1　執筆時期は不詳。一九六三年八月にヴァンクーヴァーで朗読された。

2　独立戦争（一七七五―一七八三年）の時、イギリス軍のリンゼー艦長（Captain Lindsay）は海上からアン岬を攻撃したが、アン岬住民の反撃にあい、退却した。

3　砲撃用将官艇（firing barges）は、将官艇（barge）が火器を備えているか、乗り込んでいる将官が銃などで武装していることを指すと思われる。

4　付属小艇（cutters）は、軍艦・大型船舶に付属する小艇のこと。

5　ファイヴ・パウンド島（5 Lb Island）は、グロスター港の内港の島。訳注一二〇八頁の注46、注47を参照。

6　ユニテリアン協会（the Unitarian Church）は、グロスターのミドル・ストリート（Middle Street）にある。一七三六年に建てられた。一九頁「手紙2」一八行参照。

7　ヴィンセント入り江（Vincent or Vincent's Cove）。ヴィンソンズ入り江（Vinsons Cove）とも綴る。グロスター港内港の西側にある入り江。訳注一二一一頁の注80を参照。

8　イギリスのスループ型軍艦（the English sloop- of-war）は、一つの甲板に一〇門から三二門の砲を装備した帆船または蒸気船の軍艦である。

十三隻の船の中に　***13 vessels...***　〔六六六〜六七二頁〕

1　一九六三年六月に執筆された。「十三隻の船」は、フランスの私掠船（French privateers）によって「襲われた十七隻の船」（"seventeen ships taken"）のこと。「十三隻」ではなく、「十七隻」が正しい。私掠船とは、戦争時に、敵船の攻撃・拿捕の許可を政府から得ている民間の武装船である。

2　ジェームズ・R・プリングル著『グロスター史』(James R. Pringle, *History of the Town and City of Gloucester, Cape Ann, Massachusetts*, 一八九二年)、八四―八五頁によれば、独立戦争の「終結時にフランスと米国は同盟条約を結んだ。この条約によれば、米国はフランスが西インド諸島を領土とすることに協力するはずであった。一七〇〇年から一八〇〇年まで、フランスとイギリスは交戦状態に入り、イギリスは西インド諸島を攻略した。米国政府は、フランスを支援せずに、一七九四年にイギリスとの通商を定めたジェイ条約（Jay's Treaty）を結んだ。これがフランスを激怒させた」。親英的であった米国の船をフランスの私掠船が襲った。グロスターの船は十七隻が襲われた。その中にデーヴィッド・ピアス（David Pearce, 一七三六年頃一一八一八年頃）の船、コーポラル・トリム号（the *Corporal Trim*）があった。ジェイ条約については一五三頁「手紙16」一一八行、および訳注一一七一頁の注26を参照。

3　当時の大統領は初代大統領ジョージ・ワシントン（George Washington, 一七八九－一七九七年）と、第二代大統領ジョン・アダムズ（John Adams, 一七九七－一八〇一年）である。ここでは、ワシントンを指す。トマス・ジェファソン（Thomas Jefferson, 一七七四－一八二八年）は、第三代大統領（一八〇一－一八〇九年）で、独立宣言の大部分を起草した。

4　合衆国憲法の制定を推進・支持した人びとは、みずからをフェデラリスト（連邦主義者）と名乗った。この人びとの多くがワシントン政権下で、一七九〇年代前半に財務長官ハミルトン（Hamilton）の経済政策を支持して結集し、トマス・ジェファソン指導下のリパブリカン党（Jeffersonian Republicans）と対抗するにいたった。フェデラリスト党は、強力な中央集権政府、憲法のゆるやかな解釈、国立銀行の設立、製造工業の振興、公債の償還などを推進し、対外的にはイギリスを支持して、しばしばリパブリカン党と対立した。

ニューイングランドの連邦主義者は、政府の主目的を財産の保護、とりわけ商業用財産や船財産の保護であると考えた。政府がニューイングランドの海上貿易を保護する程度に応じて、政府を支持したのである。したがって、連邦主義者から見れば、フランスを激怒させたジェイ条約は、理にかなった条約であることになる。

5　南部連盟旗（the Stars and Bars）は、南北戦争（一八六一－一八六五年）時に用いられた南軍の旗。赤白赤の横線とその左上方の隅に七つの白い星を円形に並べた青色の四角形を配したもの。星印は、連邦を最初に脱会した南部七州を示す。

6　トマス・ピンクニー（Thomas Pinckney, 一七五〇－一八二八年）は、サウスカロライナ州選出の政治家・外交官。ジェイ条約の際、イギリスに赴いた大使である。一七九六年に、連邦主義者として副大統領に立候補した。一七九七年から一八〇一年まで、国会の連邦党代表。

7　ティモシー・ピカリング（Timothy Pickering, 一七四五－一八二九年）は、ニューイングランド連邦主義者のおかかえ政治家で、国会におけるその代弁者。一五〇頁「手紙16」八六行参照。

8　「慈善協会」（"the Society of Mercy"）は、一八九〇年にイギリスで設立された「イギリス慈善団」（"the English Legion of Mercy"）のような慈善団体、あるいは一八二七年に設立された「ローマカトリック慈善シスターズ」（"the Roman Catholic Sisters of Mercy"）のような献身的宗教結社に類似した団体。

9　「目的地以外の港で積荷を売ると、損害保険はおりない」というもの。

10　普遍救済説（Universalism）は、永劫の罰によって罪が購われるとするカルヴィニズム（Calvinism）とはちがって、最終的にはすべての民が救われると説く。ジョン・マレー（John Murray）が最初の普遍救済教会をグロスターに建てたのは、一七七九年である。

11　「テュロス人集会所」（"the Tyrian Lodge"）は、一七七〇年にグロスターに設立されたフリー・メイソンの集会所。これに署名した人の中にはアメリカ独立戦争の大立者ジョーゼフ・ウォレン（Joseph Warren）や、ポール・リヴェール（Paul Revere）がいた。

12　「自由の息子団」（"the Sons of Liberty"）は、印紙税法（Stamp Act）に反対して、一七六五年に組織された独立革命集団。後に、より協調的な「通信委員会」（"the Committees of Correspondence"）となった。ジョーゼフ・ウォレンやポール・リヴェールは、自由の息子団と密接な関係にある集団で活躍していた。

13　「通信委員会」は、一七七二年にボストン集会所で設立された前=独立革命期の委員会。他の都市や植民地との連絡を維持し、植民地の権利を守ろうとした。「自由の息子団」の活動が非合法と見なされたのに対して、「通信委員会」の活動は公に認められていた。

14　フォート・ビーチ（Fort Beach）は、六五九頁「あるいはリンゼーが」七行目の「パヴィリオン・ビーチ」（Pavillion Beach）と同じである。

15　イブン・アル・アラビ（Ibn al' Arabi, 一一六五―一二四〇年）は、アラビアの神秘家で『メッカの啓示』（*Meccan Revelations*）の著者。メッカで、第二の自我（alter ego）、すなわち超越的自己（his transcendent self）、「真実の」自己（the "true" I）に出会った。

16　ジョージ・オッペン（George Oppen, 一九〇八―一九八四年）は、アメリカの詩人。オルソンの「距離」（"The Distances"）、および「マクシマスより、ドッグタウンから――I」（"Maximus From Dogtown—I"）に対する好意的な批評を一九六三年八月の『ポエトリィ』（*Poetry*）誌に載せたが、同時にパウンドの影響が見られることも指摘した。

17　世界の終末に起こる戦争。このときエンヤリオーン（Enyalion）は、手を狼のフェンリス（Fenris）に食われて失う。ゼウスとタイタン族との戦いでもある。エンヤリオーンについては、訳註一三〇〇頁「おまえは、宇宙を曳いた」の注2を参照。

二人の女のうち、一人の女のひざ　***The lap of the one of the two women***　〔六七三～六七四頁〕

1　一九六三年八月十六日にヴァンクーヴァーで朗読された。

2　ステージ・フォート公園を見下ろすステージ・フォート・アヴェニュー二番地に、オルソンの両親は、夏の間コテージを借りていた。少年オルソンは、夏をそこで過ごした。

取り決めた契約は　*a Contract Entered Into...*　〔六七五頁〕

1　執筆時期は不詳だが、一九六三年八月十六日にヴァンクーヴァーで朗読された。

2　この相互保険には一七七〇年に、ベンジャミン・エラリー（Benjamin Ellery）をふくむ十五人の船舶所有者が加入した。

川の図面で、仕事は終わり　*The River Map and we're done*　〔六七六〜六八〇頁〕

1　原稿には、一九五九年秋から一九六三年六月十五日との日付がある。「川の図面」（"The River Map"）は、『易経』（*I Ching*）の伝説的基礎の一つである。龍が川から「川の図面」の魔術的記号を引き出したとされる。賢者たちは「川の図面」に世界秩序の掟を見出したのである。（ユング著『元型および集合的無意識』、二八四―二八五頁より）。オルソンの「川の図面」はまた、一八二二年にウィリアム・サヴィル（William Saville, 一七七〇―一八五三年）が立案した「運河から燈台までのスクォム川の計画」（"Plan of Squam River from the Cut to the Light House"）に基づいている。サヴィルは、グロスターでは良く知られた人物である。はじめは教師をしていたが、次いで商人、最後の二〇年間は町の官吏であった。

2　フォートの図面（his drawing of the Fort）は、一八二二年の図面ではなく、一八一三年五月の「グロスター港計画」（"Plan of Harbour of Gloucester"）を指す。

3　オールド・バス・ロック水路（Old Bass Rock channel）は、アニスクウォム（Annisquam）川を半分ほど上ったところにある。現在のサーストン・ポイント（Thurston Point）の近くである。

4　オバダイア・ブルーエンの島（Obadiah Bruen's Island）とは、アニスクウォム川の西側にある島を指す。現在のピアス島（Pearce Island）である。

5　ロッキー・ヒル（Rocky Hill）は、サヴィルの図面では、運河に向かうアニスクウォム川の東側にある。今ではボストン＝メイン鉄道（the Boston and Maine railroad）の橋がかかっている。

6　サヴィルの図面には、キャッスル・ロック（Castle Rock）という名はない。「スクウォム川計画」に一群の岩が描かれているだけである。川から西側の塩の湿地内で、運河にかかる木の橋の近くに、小さな三つの岩がある。

7　一〇〇頁「手紙11」一―三行目参照。テーブル・ロックとは、ステージ・フォート公園にある銘板《タブレット》のついた岩のこと。

8　嵐と潮の流れによって砂で埋まった運河を再建するため、一八八二年二月にグロスター運河会社（The Gloucester Canal Corporation）が設立された。

9　クン（kun）とは、『易経』では「大地」の意。坤（K'un）には大地の意がある。乾坤《けんこん》は「天と地」の意。ユングによればクンは「天の創造力を自らのうちに取り込む」女性的なる物である。ユング著『元型および集合的無意識』、三五八頁参照。

10　ミル川は、アニスクウォム川の入り江の一つ。詩中では、"Mill Stream" と表記されているが、一般的には "The Mill

River”と表記される。

11　アレグザンダー・ベイカー（Alexander Baker）は、一六三五年にグロスターへ入植した人物。五三九頁「土地の景観を見はるかす」一行目参照。

12　学名はスペクラリア・スペクルム（*specularia speculum*）である。英語名は「ヴィーナスの鏡」（Venus’s Looking Glass）。

13　ウィリアム・サージェント（William Sargent）とその息子たちは、アニスクウォム川西側の、ダン・ファジング（Done Fudging）近くの土地を与えられた。

14　アップル通り《ロー》（Apple Row）は、エセックス・アヴェニュー（Essex Avenue）の高台にある果樹園にそった古い道。ここから、アニスウォム川の西にある湿地を眼下に見おろせる。ほぼ現在のボンド・ストリート（Bond Street）に当たる。二九九頁「手紙、一九五九年、五月二日」二三七行目、五三九頁「土地の景観を見はるかす」三行目参照。

15　潮に満たされる川と、ダン・ファジング近くの水浸しになる湿地を、オルソンは塩の大洋（a salt Ocean）と呼んだ。イースタン・ポイントのナイルズ池（Niles Pond）を大洋池（Ocean Pond）と呼ぶのにちなんだ。

16　ボンズ・ヒル（Bonds Hill）は、アニスクウォム川を見下ろす一八〇フィートくらいの丘。オルソンは少年時代の夏をウェスタン・アヴェニュー（Western Avenue）の西にあるこの丘で過ごした。ボンド・ヒル（Bond’s Hill）ともつづる。

17　ともにサヴィルの図面にある。「古い船体」はホイーラーズ・ポイント（Wheelers Point）の先の川にあり、「岩がちの湿地」はグース入り江（Goose Cove）近くにある。

さあ、出発だ　*I set out now*［六八一頁］

1　執筆時期は不詳。英雄が「箱」（box）もしくは箱舟（ark）に乗る神話は多い。オデュッセウス（Odysseus）やヘラクレス＝メルカート（Herakles-Melkaart）は筏（raft）に乗り、オシリス（Osiris）とペルセウス（Perseus）は箱に乗る。一五七頁「初めてファン・デ・ラ・コーサの眼で世界を見て」三一―三八行、および五一〇頁「サヌンクシオンが生きていたのは」一五一―一六行参照。

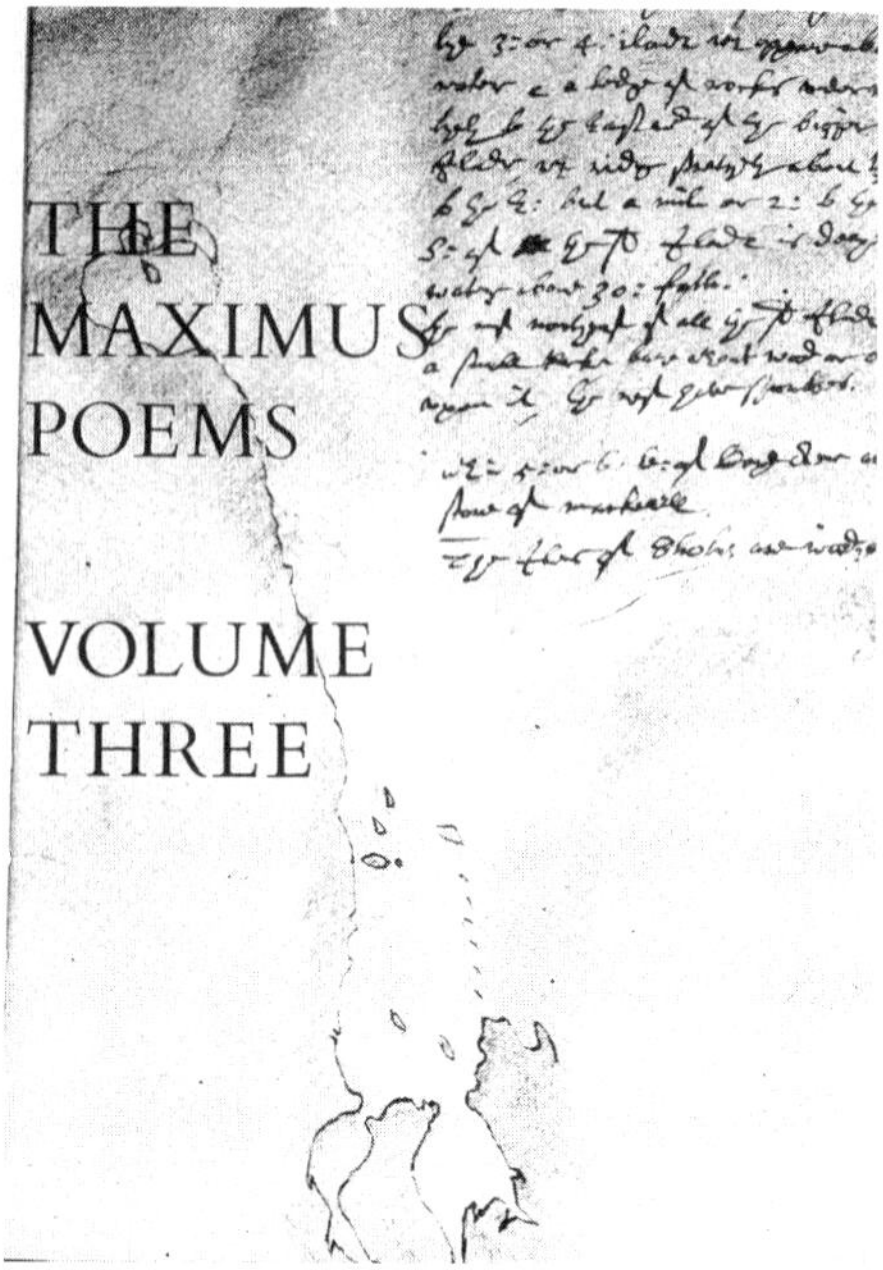

原書第三巻の中扉より。
上図は、1630年6月にジョン・ウィンスロップ自身が、アーベラ号の甲板で描いたアン岬の地図と考えられている。訳註1337頁の注 11 を参照。グロスター内港のあたりが、おおよそ上図と一致している。図の右上の文字の中にイースタン・ポイントという語が読み取れる。

国家を望み見たものだ　***having descried the nation***　［六八五頁］

1　一九六三年六月に執筆された。

2　ウォッチ＝ハウス・ポイント（Watch-House Point）は、現在のフォート・ポイント（Fort Point）である。"Watchhouse Point" ともつづる。

タランティーノ夫人が言った　***Said Mrs Tarantino***　［六八六頁］

1　一九六三年六月頃に書かれた。「フォート」（Fort）は、「フォート・スクエア」（Fort Square）を指す。

2　タランティーノ夫人（Mrs Tarantino）を、六三五頁「マクシマスより、グロスターへ、手紙157」一八行の「タレンティン族」（the Tarentines）や同六三六頁二七行の「タランティーノ族」（the Tarantinos）と関連させて考えることもできる。しかし、単にフォート・スクエアの住人と考えることもできる。

善き女神《ボナ・デア》が　***Bona Dea***　［六八七〜六八八頁］

1　この詩と、続く三篇の詩は、一九六三年春に執筆されたと考えられる。善き女神は、ローマの神で、大地の豊饒と女性の多産をつかさどる。アテーナ・ポライス（Athena Polais）は、都市を守るギリシャの女神で、特にアテネの守護女神である。この女神と善き女神とは、伝統的には無関係である。

2　「善の女神」（"The goddess of the good"）は、善き女神《ボナ・デア》の英訳。

最後の人で　*The last man...*　［六八九〜六九〇頁］

1　一九六三年三月後半もしくは四月に書かれた。

2　毛沢東（一八九三—一九七六年）は、中華人民共和国の指導者。陝西《さんせい》省北部の山岳地帯にある延安《えんあん》村から、蒋介石の軍隊に対する闘争を指揮した。闘争は一九三六年から、勝利をおさめて北京に入城する一九四九年まで続いた。毛沢東と彼の支持者が住んだ洞窟は、国の記念物になっている。

3　イギリス人の入植地を攻撃した指導者は実は、後にオルソンも認めたようにリシュリュー（Richelieu）ではなく、フロンテナック伯爵（Count Frontenac）である。

4　ホワイト川（the White River）は、ヴァーモント州シャンプラン湖（Lake Champlain）の南東を流れる。

5　「三つの無防備なイギリス人の入植地」を以下に記す。フロンテナックの部隊は、（一）ニューヨーク州シェネクタディ（Schenectady）で虐殺を行い、（二）サーモン川（the Salmon River）河畔サーモン・フォールズ（Salmon Falls）のイギリス人入植地を攻撃した。サーモン川はメイン州とニュー・ハンプシャー州の州境を流れ、ポーツマス港で大西洋に注ぐ。（三）最後にメイン州ポートランドのフォート・ロイヤル（Fort Loyall）を攻撃した。フォート・ロイヤルでは、かつてのグロスターの住人ジョージ・インガーソル（George Ingersoll）が、陸軍将校長（the chief military officer）として働いていた。

6　アン岬のグロスターから、メイン州でカスコ（Casco）やファルマス（Falmouth）として知られていた所へ移ってきた人々を指す。したがって、メイン・ストリートは、カスコもしくはファルマスのメイン・ストリート。

7　メイン州で、カスコや、ファルマスとして知られていた場所は、ポートランド（Portland）と呼ばれるようになった。ジョージ・インガーソルを含む、ポートランドへの入植者については、三七一—三七六頁「一九六〇年十二月」参照。

神を信じられる　*I believe in God*　［六九一頁］

1　一九六三年三月もしくは四月に執筆された。

2　パジェドモースト（Předmost）は、チェコ共和国（Czech Republic）のモラヴィア（Moravia）中央にある村。象牙に描かれた女性像などの旧石器時代の遺物がある。ノイマン著『グレート・マザー』（Erich Neumann, *The Great Mother*, Ralph Manheim による英訳一九五五年）、図版四参照。

おれはその女《ひと》に話をした　*I told the woman*　［六九二頁］

1　一九六三年の春に執筆された。「その女《ひと》」とはイルゼ（あるいはエルザ）・フォン・エカツベルク（Ilse or Elsa von

Eckartsberg）のこと。彼女はティモシー・リアリー（Timothy Leary）をはじめとする「内的自由の国際連邦」（the International Federation for Internal Freedom）のメンバーと、研究所を作るべくグロスターを訪れた。

2　フレッシュウォーター入り江（Freshwater Cove）は、ステージ・ヘッド（Stage Head）とドリヴァー・ネック（Dolliver Neck）の間にある。ステージ・ヘッドは、グロスター港西岸の海に突き出た岩の崖。背後には、ステージ・フォート公園がある。

3　ドリヴァー・ネックは、グロスター港の西岸、フレッシュウォーター入り江の南にある。

メイン・ストリートはさびれ　*Main Street is deserted*　［六九三〜六九九頁］

1　一九六三年の春に書かれた。

2　メリマック川（the Merrimac）は、ニューハンプシャー州からマサチューセッツ州北東部を流れ、大西洋に注ぐ川。アン岬から北西へ二〇マイル行ったところにある。

3　三五六頁「川――2」三行の「両極岩《ザ・ポールズ》」（the Poles）参照。花崗岩が斑岩になるところもあれば、両極岩《ザ・ポールズ》のように閃緑岩が斑岩になっているところもある。カイガラムシ（貝殻虫）は、半翅目カイガラムシ上科の昆虫の総称。体長数ミリメートル。二歳以降の幼虫は植物に固着し、多量の分泌物に覆われ、貝殻のように見えるものもある。成虫の雄は翅《はね》があり飛ぶが、雌は翅がなく、多くは脚もなく寄生植物に固着し、分泌物で覆われる。

4　一九–二一行は、シェーラー著「アン岬の地質」（『米国地質調査第九回年次報告』所収）、五四八–五四九頁にある言葉。ケイム堆積物は、島の東側より西側斜面（versant）でより多く見られる、と書いてある。シェーラーが「斜面」の意味で用いている"versant"を、オルソンは「親密な」の意で用いている。氷礫丘《ケイム》（kame）とは、氷河が後退するときに堆積した砕岩質、特に砂礫層から成る丘陵地形のことである。三九九頁「ロバート・ダンカンのために」二行を参照。

5　グレート・ヒル（Great Hill）は、グロスターからロックポート（Rockport）へ行く途中にある坂のこと。

6　未亡人ジェーン・デー（The widow Jane Day）。「デーおばあちゃん」（"Granny" Day）として知られ、ドッグタウン・ロード北東の端に住んでいた。彼女の「貯蔵室」（cellar）とは、住居とは別の場所にある「貯蔵用の穴蔵」（cellar hole）のことで、二〇番と記されている。

7　漂礫土《ドリフト》（drift）は、氷礫土とも言い、大陸氷河によって運ばれ堆積した、さまざまな大きさの堆積物のこと。

8　七四–七八行は、シェーラー著「アン岬の地質」（『米国地質調査第九回年次報告』）、六〇七頁に基づく。

9　プラーナ（prana）は、サンスクリット語で、生命を与える「息」（breath）、「生気」（vital air）。R・ヴィルヘルムとユングの共著『黄金の華の秘密』（C. C. Jung and Richard Wilhelm, *The Secret of the Golden Flower*, 一九三一年初版、一九六二年改訂版）、一三三頁では、「力」（power）の意である。

10 ここで「両極岩《ザ・ポールズ》」（the Poles）は、ドッグタウンの両極岩を指すだけではなく、ブルガリア人（the Bulgar）のいる北極をも指す。「ブルガリア人」については、七四一頁「怒りで激昂する」六七行参照。

11 斜長石（plagioclase）は、長石（feldspar）の一つ。岩石を構成する鉱物中もっとも広く、かつ多量に産する。シェーラーは、アニスクウォム川流域の閃緑岩に、斜長石が含まれていると言う。「アン岬の地質」（『地質調査第九回年次報告』）、六〇六頁参照。

光をたっぷりふくんだ　*Imbued with the light* ［七〇〇頁］

1 一九六二年十二月に草稿が書かれ、一九六三年一月下旬に書き直された。

2 C・G・ユングとリヒャルト・ヴィルヘルムの共著『黄金の華の秘密』、二一頁に基づく黄金の華のイメージである。「本質と生命は見えず、天国の光に含まれている。天国の花は見えない。黄金の華はこの光である」。このイメージを描いている詩だと考えられる。

顔を上げると　*I looked up* ［七〇一頁］

1 一九六三年の初めに書かれたと考えられる。

ウェイマス港はどんな形だったのか　*The shape of Weymouth* ［七〇二〜七〇三頁］

1 ウェイマス（Weymouth）港は、英国南部ドーセット（Dorset）州の海港。この港からの出航記録がロンドンの公立文書館（the Public Office）に保存されている。オルソンは、イギリスの詩人ジェレミー・プリン（Jeremy Prynne）から一六二一年の出航記録が入ったマイクロフィルムを送ってもらい、それを参考にした。

2 九一頁「手紙９」六九行に登場した「アッシュダウンのアルフレッド大王」（Alfred at Ashdown）のこと。

3 オンフルール（Honfleur）は、フランス北部カルヴァドス（Calvados）県の町。英仏海峡に面し、セーヌ川の河口に近い。一六世紀から一七世紀には、アメリカやアジアに向けて出航する船舶の基地であった。

4 ターン（Thaon）は、フランス北部の都市カン（Caen）の北西にある町。カンは、カルヴァドス県（Calvados department）の県都である。

5 ブラッチフォーズ（Blatchfords）について、歴史家ローズ＝トループ（Rose-Troup）は、ウィリアム・ブラッチフォード（William Blachford）よりも、ジョン・ブラッチフォード（John Blachford）と解釈する方がふさわしいと考える。ジョン・

ブラッチフォードは、毛織物商人で、ドーチェスター・カンパニーの株を持っていた。フランセズ・ローズ゠トループ著『ジョン・ホワイト伝』、四五〇頁参照。

6　ジョン・ラーセン（John Larsen）は、グロスターのドラッグストアで働いていた高校生。ウェイマス港記録に出てくる名前ではない。オルソンは彼の働くドラッグストアの客だったが、ラーセンもソーヤー図書館でオルソンを見かけることがあった。「例の」（the said）と書いてあるが、ジョン・ラーセンが『マクシマス詩篇』に登場するのは初めてである。

7　オルソンがマイクロフィルム読み取り機で読んでいる十七世紀英語が、ラーセンにはアラビア語に見えたのである。

アミティ号が出航した、と記録にある　*it says the Amitie sailed*［七〇四頁］

1　執筆時期は不詳。ウェイマス港出航記録を読み取るオルソン自身の姿が描かれている。

郵便鞄へ逆戻りだ　*The Return to the Mail-Bag*［七〇五頁］

1　一九六二年十二月二十七日から一九六三年十二月二十六日の間に書かれた。

2　郵便配達員の制服を着た父の郵便鞄に赤ん坊のオルソンを入れて撮った写真がある。口絵参照。この写真は、オルソン著『郵便局』（*The Post Office*, 一九七五年）の表紙になっている。「郵便連合」（The Postal Union）は、一八七四年に結成され、一九四七年に国連の専門機関となった「万国郵便連合」（the Universal Postal Union）に関係すると思われるが、より象徴的な意味で用いられている。

自分の雌豚についていくと、リンゴが　*followed his sow to apples*［七〇六～七〇七頁］

1　一九六三年十二月下旬に書かれたと考えられる。イングランドのグラストンベリー（Glastonbury）設立を語る箇所。探していた雌豚をリンゴの木の下で発見したグラステイング（Glasteing）が、その地で家族と住み始めたのがグラストンベリー設立の始めとされる。イングランドについては、四七八頁「オロンテス川からの――『眺め』」三四行、および訳註一二六〇頁の注12を参照。

2　原文は“crabbed apples”である。小粒で酸味が強いクラブアップル（crab apple）を示唆していると考えられる。“crab”には、台無しにするの意味がある。

3　三九九頁「ロバート・ダンカンのために」六－七行参照。詩の語り手は、木の切り株を我が「ライティング」スタンドと呼んでいる。訳註一二三八頁の注5を併せて参照。

4　グラストンベリーは、イングランドの西部地方《ウェストカントリー》サマセット（Somerset）にある町。伝説のアーサー王（Arthur, the legendary king of England）が埋葬された地として知られる。伝説によれば、アリマテアのジョーゼフ（Joseph of Arimathea）によってイングランド最初のキリスト教教会が建てられた場所である。アリマテアのジョーゼフは富裕なユダヤ人で、キリストを埋葬した。彼の杖をグラストンベリーに立てると、杖は花咲くサンザシになったという。

5　モーガン・ル・フェイ（Morgan le Fay）のこと。アーサー王の妖精の妹で、王の遺体をグラストンベリーに安置した。

6　デーン人オジール（Osier [Ogier] the Dane）とモーガン・ル・フェイのロマンスについては、元来は妖精であったモーガンが、中世になると魔力を持った妖しい女性に変容したことと関わりがある。シャルルマーニュ伝説（the legends of Charlemagne）では、モーガンはデーン人オジールを神秘の島へ連れて行き、恋人にしようとする。

7　オベロン（Oberon）は、ウィリアム・シェイクスピア作『真夏の夜の夢』（William Shakespeare, *Midsummer Night's Dream*）の妖精王。アーサー王伝説とのつながりは、ふつうはないとされるが、中世フランスの武勲詩（chanson de geste）の中には、妖精王オベロンの母親がモーガンだと語るものもある。その際のモーガンの相手はジュリアス・シーザー（Julius Caesar）だという。

8　元の原稿が明瞭ではなく、マラブロン（Mallabron）は、マラブラン（Mallabran）あるいはマラ・ブラン（Malla bran）とも読める。他の断片によると、オルソンは、マラブラン（Mallabran）を海の精霊と考えていたらしい。

アン岬の権威　***the authority of Cape Ann***［七〇八頁］

1　初稿は一九六三年十二月刊の雑誌『合計』（*Sum*）の頁上に書かれていた。『合計』はニューメキシコ州のアルバカーキ（Albuquerque）で、フレッド・ワー（Fred Wah）が出していた雑誌。

2　オルソンの詩「図書館員」（"The Librarian"）には、「ラフキン（Lufkin）の食堂の裏に埋められているのは何」という詩句がある。詩人ヴィンセント・フェリーニ宛ての手紙で、オルソンは自分の見た夢をこう語る。「おれの育てている子どもが二人死んだ。ラフキンの食堂の裏で」、と。

3　愛の一族《ラヴキン》（the lovekin）は、ラフキンの食堂（Lufkin's Diner）を暗示する。ラフキンの食堂は、メイン・ストリートの西端にあったが、四〇年ほど前に東端の現在の場所に移った。火事で閉店するまでアンドルー・ラフキン（Andrew Lufkin）とその妻メアリー（Mary）、その子アンドルー・ジュニア（Andrew Junior）が経営していた。

4　ミクマク族（the Micmacs）は、アブナキ族（the Abnaki）同様メイン州のインディアンの部族である。

5　エックストーム著『老ジョン・ネプチューンおよびその他のメイン州インディアンのシャーマンたち』中のシャーマン（m'teolin）の説明を参照。

6　「ブリストー」は、イギリスのブリストル（Bristol）を指すが、ここではジョン・スミスが現在のセーレム（Salem）やベヴァリー（Beverly）、それにアン岬の大きな湾を「ブリストー」（"Bristowe"）と呼んだことに基づいている。

7　ブリッジ・ストリート（Bridge Street）は、マサチューセッツ州マンチェスター（Manchester）のメイン・ストリートである。「こちら側の」（on this side）は、イギリスではなく「アメリカの」の意。

西インド諸島行きの船は　***Ships for the West Indies***　〔七〇九～七一一頁〕

1　一九六四年一月頃に執筆された。バブソン著『グロスター史』三八四頁に、早くも一七二三年にグロスターは南の植民地との交易を始めた、と書いてある。西インド諸島行きの船の積荷は、魚その他の物品で、これを砂糖、糖蜜、ラム、コーヒーと交換した。

2　チャールストン（Charleston）は、サウス・カロライナ（South Carolina）州の有力な港。

3　ウォーカー入り江（Walker's Creek）は、西グロスター北部にあるエセックス湾（Essex Bay）の入り江。ヘンリー・ウォーカー（Henry Walker）に因んで名付けられた。口絵に掲載したアン岬の地図より更に二マイル西にある。

4　セーブル岬（Cape Sable）は、ノヴァスコシア（Nova Scotia）南端の岬。

5　ハスケル・ストリート（Haskell Street）は、おそらく、ウィリアム・ハスケル（William Haskell）とその子孫が住んでいた西グロスターにある通り。現在のハスケル・ストリートは東グロスターにある。

6　大工のリチャード・ウィンドー（Richard Window）は、ウォーカー入り江近くに家と一〇エーカーの土地をもっていた。これを彼はウィリアム・ハスケルに売却した。

7　ウィリアム・ハスケルは一六二〇年頃に生まれた。初めてグロスターに姿を現わしたのは、一六四三年である。一六五六年にはアニスクウォム川の西側に住み、ウォーカー入り江西の一〇エーカーの土地と家と納屋を、リチャード・ウィンドーから買い取った。

8　ベイワード（Bayward）は「そこの泉」と関係づけられて、「そこの泉のベイワード」（Bayward of the spring there）と表現されているが、場所は不明。

9　ヘンリー・ウォーカーは、一六六二年に寡婦のメアリー・ブラウン（Widow Mary Brown）と結婚した。メアリー・ブラウンは、エイブラハム・ロビンソン（Abraham Robinson）の妻であったが、死別し、一六四六年にウィリアム・ブラウン（William Brown）の妻となった。一六六二年にはウィリアム・ブラウンも他界し、同年ヘンリー・ウォーカーの妻となった。

10　このメアリー・ブラウンは、ヘンリー・ウォーカーの妻メアリーが、先立った夫ウィリアム・ブラウンとの間にもうけていた娘。

11　バブソン著『グロスター史』、二〇九頁には、一六八八年にハスケル家の人々とヘンリー・ウォーカーを含む入植者に対して割り当てられた運河西側の三十一区画が記されている。

ウォッチ＝ハウス・ポイントで　***Watch-house Point***［七一二～七一三頁］

1　一九六四年一月頃に書かれた。「ウォッチ＝ハウス」（Watch-House）は、「見張り番＝小屋」の意。フォート・ポイントの古名。四六二頁「マクシマスが、港にて」二四行および六八五頁「共和国を描くために」三行を参照。

2　ホワイトヘッド著『過程と実在』、一三六頁に、「現在の宇宙時代は、ある『電磁』（'electromagnetic'）社会によって形成される」と書いてある。

3　ウトガード（Ut gard あるいはUtgard）は、古代スカンディナヴィアの宇宙像において、神々のすみかの外側を指す。「外＝庭」（"Out-Yard"）は、その文字通りの訳語。

4　ブルーノ・スネル著『精神の発見』（Bruno Snell, *The Discovery of the Mind: The Greek Origins of European Thought*, 一九六〇年）、一二三〇頁にはアイスキュロス（Aeschylus）の語法に関して書いてある。アイスキュロスは以下の名詞に冠詞を付けなかったという。「これらの名詞は固有名詞のように一度だけ存在するものを指す。地球、太陽、天、月など。あるいは、話者が一つの例しか知らぬもの、家、都市、父、母など」と。

西グロスター　***West Gloucester***［七一四～七一七頁］

1　一九六四年一月頃に書かれた。

2　西グロスター（West Gloucester）とは、アニスクウォム川の西で、北はエセックスへ向かうあたりを指す。口絵に掲載したアン岬の地図を参照。

3　アトランティック・ストリート（Atlantic Street）は、西グロスターのコンコード・ストリート（Concord Street）から、アトランティック・アヴェニュー（Atlantic Avenue）を通って、ウィンガーシーク・ビーチ（Wingaersheek Beech）へ向かう通り。

4　ホシバナモグラ（Condylura cristata）は、一般には"the star-nosed mole"として知られる小さなモグラで、カナダの東部や米国北東部の湿った低地にのみ見られる珍種である。全身を黒褐色の水を通さない毛で覆われている。鼻のまわりには、花弁のように開いた、明るいピンク色の二十二本の肉の触角があり、それらが敏活によく動く。多くの時間を水中で過ごす。

5　スノーボール（snow-ball）は、（一）白いシャーベットのような氷菓子、あるいは（二）ココナッツ入りのチョコレートをかけたボール状のアイスクリーム。

6　アトランティック・ストリートが、ウォーカー入り江（Walker's Creek）の湿地の縁を通るように書かれているが、正しくはジョーンズ入り江（Jones Creek）の縁を通る。ジョーンズ入り江は、口絵に掲載したアン岬の地図のジョーンズ川（Jones River）に当たる。

ウィリアム・スティーヴンズは、最初に乗り出した　***William Stevens first to venture***［七一八〜七二一頁］

1　一九六四年の初めに書かれた。

2　セーレム・ネック（Salem Neck）は、マサチューセッツ州セーレムの初期入植地。

3　マーブルヘッド（Marble head または Marblehead）については、三七一頁「一九六〇年、十二月」一六行参照。マーブルヘッドは、マサチューセッツ湾に面する町。グロスターの南東で、セーレムの東に位置する。

4　バブソン著『グロスター史』、一六四–一六六頁に初期入植者の中でのウィリアム・スティーヴンズ（William Stevens）の位置や、町の繁栄に貢献した度合いが記してある。与えられた土地の広さから、町の発展に貢献するよう大いに期待されたことが分かる。何よりも造船の腕には定評があった。

5　海岸通りとは、ステイシー海岸通り（Stacey Boulevard）を指す。二九八頁「手紙、一九五九年、五月二日」二二〇行の「海岸通り《ブールバール》」と同じである。

6　「A&P社」は、「太平洋・大西洋茶会社」（the Atlantic and Pacific Tea Company）の支店で後に小さな食料品のチェーン店になった。ワシントン・ストリート（Washington Street）四九番地にあったもので、メイン・ストリートの大型スーパーマーケット「A&P」とは異なる。

7　ステージ・フォート・アパート（Stage Fort Apartments）は、ウェスタン・アヴェニュー（Western Avenue）がミドル・ストリート（Middle Street）にさしかかるあたりにある。「盲人」とは第二次世界大戦で視力を失ったダニエル・コーヴィス（Daniel Corveth）のこと。

8　ビリー・ウィン（Billie Wynn）が勤めていたウェスタン・アヴェニュー四九番地の海岸通り食料品店のこと。店主はニコラス・S・ココタス（Nycholas S. Cocotas）。

9　これはオルソンの誤解。アニスクウォム川の通行権を持ち、「運河」のスティーヴンズと呼ばれていたのはウィリアム・スティーヴンズの曾孫である。

10　グロスターは初めのうちは緑の木々で覆われていたが入植の開始とともに伐採が始まり、ついに木が見当たらなくなるまでになった。家庭や造船で使用するばかりでなく、ボストンにも木を運んだためである。

11　ジョン・ホーキンズ（John Hawkins, 一五三二–一五九五年）は、イギリスの海軍指揮官で、奴隷商人。一二〇頁「マクシマスより、グロスターへ、手紙14」第一行参照。

12　デットフォード（Deptford）は、ロンドンのテムズ河畔南東の自治区。サミュエル・ピープス（Samuel Pepys, 一六三三―一七〇三年）の時代には王立造船所（the royal dockyard）があった。ウィリアム・スティーヴンズの生年は定かではない。バブソンの『グロスター史』によれば、スティーヴンズは「一六三二年以前にニューイングランドへ渡ってきた」（一六四頁）。そして、「一六三六年以前には、セーレムにいた」（一六五頁）。バブソンの記述を見ると、スティーヴンズの方がピープスより十五歳ほど年上に思える。

13　サミュエル・ピープスは、「彼の二人の子供は、そこで一九三九年に洗礼を受け、一九四一年には、末娘が洗礼を受けた」バグウェル（Bagwell）という船の営繕係にもっと良い船で航海させてやると約束し、バグウェルが航海に出ると、デットフォードで彼の美しい妻を手に入れた。

14　ダヴィデ（David）王はウリヤ（Uriah）を最も危険な戦地に派遣して死なせ、その妻バテシバ（Bathsheba）を手に入れた。『サムエル記・下』十一章参照。

15　オルソンの誤解。ウィリアム・スティーヴンズはロンドンの自治区ステプニー（Stepney）からニューイングランドへやってきた。セント・スウィンジンズ（St. Swinthins）からやってきたのは、マサチューセッツ湾植民地（Massachusetts Bay Colony）のチャールズタウン（Charlestown）へ入植したラルフ・ウォーレイ（Ralph Worley）である。

16　丸木舟に乗って（in the trunk of a tree）海へ乗り出したのは、フェニキア伝説の狩人ウースース（Ousoos）である。また、最初の船大工をも指す。

17　スティーヴンズが造ったのは「王の船」（the Bark Royal）ではなく、「ロイヤル・マーチャント号」（the *Royal Merchant*）である。前者なら、"bark"に木の皮の意があるので、「王の木の皮（の船）」となり、前行と意味がつながりやすい。

スティーヴンズの歌　*Stevens song*　［七二二～七三三頁］

1　一九六四年二月に書かれたと考えられる。スティーヴンズとは、船大工ウィリアム・スティーヴンズ（William Stevens）を指す。

2　ウィリアム・スティーヴンズの没年、あるいはスティーヴンズが姿を消した年。

3　スティーヴンズの妻フィリパ・スティーヴンズ（Phillipa Stevens）は、地方集会（the General Court）でこう訴えた。「夫が姿を消してから三週間になります。役人が罰金を取りに来ましたが、夫は帰っていないのです」、と。

4　マサチューセッツ州ウースター（Worcester）郵便局で働いていたオルソンの父親カール（Karl）は、上司のパディ・ヒア（Paddy Hehir）、もしくはブロッキー・シーアン（Blocky Sheehan）を「糞ったれ」（a son of a bitch）と罵ったために減俸になった。オルソン著『郵便局』（*The Post Office*, 一九七五年）、五二頁参照。当時、ヒアは郵便配達主任で、シーアンは郵便局長だった。

5　オルソン著『郵便局』、五二頁参照。オルソンの父親は、通いなれた配達順路から外され、袖の赤い三つ星章（the three red stars）を剥ぎ取られて、一番下の位に降格された。オルソンの父が回された夜間回収係は、郵便配達員を補佐する、新米の仕事だった。

6　オルソンの父親は、休暇願いをめぐる郵便局の上司との闘いにアメリカ政府が助力してくれないと悟ってからは、協力してくれたスウェーデン・アメリカ友好協会の機関紙「スヴェア」（"Svea"）の編集者カール・フレディン（Karl Fredin）と親しくなっていった。オルソンの父親は、故国スウェーデンの言葉をまた使うようになった。つまり、アメリカではなく、スウェーデンを興味の対象とするようになったのである。

7　上院議員デーヴィッド・I・ウォルシュ（David I. Walsh, 一八七二―一九〇七年）は、一九一九年から一九三九年までほぼ連続して上院議員を務めた。この人物にオルソンの父親は会おうとした。

8　ホッブズ（Hobbs）とは、ジョージ・R・ストッブズ（George R. Stobbs, 一八七七―一九五一年）のこと。一九二五年から一九三一年まで、ウースター選出の下院議員。この人物の後を受け継いだのはペア・ホームズ（Pehr Holmes）である。

9　ペア・グスタフ・ホームズ（Pehr Gustav Holmes, 一八八一―一九五二年）は、一九一七年から一九一九年まで、ウースター市長。一九三一年から一九四七年まで、下院議員。

10　狼とはフェンリス（Fenris）のこと。古代スカンディナヴィア神話の狼である。

11　「パラダイス」の原義は「壁で囲われた場所」である。

12　ジェームズ・B・プリチャード編『古代近東文書』（James B. Prichard, ed., *Ancient Near Eastern Texts Relating to the Old Testament*, 第二版、一九五五年）、二二七頁に「四〇隻の船で杉材を運んだ」と書いてある。また、オルソンのメモに「一五四〇年には依然として沿岸近くを航行する船があった。テュロス年二七五〇年の出荷記録によると、第四王朝ファラオのスネフェルー（Sneferu）が、船造りのためにテュロスからナイルの河口まで杉材を四〇隻分運んだ」と記されている。

13　キーオプス（Kheops or Cheops）は、紀元前二九〇〇年から紀元前二七五〇年まで続いた、エジプト第四王朝の二番目の王である。一九五四年五月に、ギザ（Giza）の大ピラミッドでカマル・エル・マラク（Kamal el-Malakh）が太陽の船を発見した。

14　エリック・A・ハヴロック著『プラトン序説』（Eric A. Havelock, *Preface to Plato*, 一九六三年）、一二〇―一二一頁には、三つのレベルで行なわれる口頭での伝達が記されている。（一）、法的、政治的やりとりの領域では、命令によって先例を作っていく。（二）、支配階級は必要なことを口頭で述べるとともに、民族の歴史を語りなおす責任をもつ。先祖がどのように行動したかを範とするためである。これは吟遊詩人の領域である。（三）、最後に話と歌によって若者を持続的に教育すること。

15　一九五〇年にオルソンがある夜見た夢の記述にこういうものがある。「警官がマントを着た女に手錠をかけようとしていた。女が逃げると警官は女を撃った。倒れて血を流している女に三頭か四頭の犬が近づいてきて、マントを脚で触ったり持ち上げたりした」。この夢についてオルソンはユングとケレーニーの共著『神話の科学』（Carl Gustav Jung and C. Kerenyi, *Essays on a Science of Mythology: The Myth of the Divine Child and the Mysteries of Eleusis*, R. F. C. Hullによる英訳一九四九年）、一三一頁の余白に「犬どもに破かれた黄金のマントの夢を参照せよ」と書き込んでいる。

16　ティール（Tyr）は、古代スカンディナヴィア神話の戦いの神。誓約のしるしに、手をフェンリスという狼の口中に差し入れた。その結果ティールは手を失う事になったが、フェンリスを拘束することにもなった。

カボット断層をまたぐ　*Astride the Cabot fault*［七三四〜七三五頁］

1　一九六四年二月から三月にかけて書かれた。「カボット断層」（the Cabot Fault）は、ニューファンドランドの北からボストンへ達する断層で、アン岬を含む。オルソンは大西洋に断層があることを知って驚いた。

2　シェイクスピア作『アントニーとクレオパトラ』（William Shakespeare, *Anthony and Cleopatra*）の五幕二場八二–八三行に、クレオパトラがアントニーを称えて言うセリフがある。「あの方の両脚は、大洋をまたいでいました／振り上げた腕はこの世の頂きになりました」である。

3　アムピオン（Amphion）は、ゼウス（Zeus）の子で、ニオベ（Niobe）の夫。楽音でテーベ（Thebes）の城壁を築いた。

4　J・ツーゾ・ウィルソン著「大陸移動」（J. Tuzo Wilson, “Continent Drift”）『サイエンティフィック・アメリカン』二〇八号、一九六三年四月』（*Scientific American*, CCVIII, April 1963）、八六–一〇〇頁参照。正しくは「一〇〇年に六・五フィート」あるいは「一年に二センチ」である。

5　ジョン・カボット（John Cabot）は、一四九七年にニューファンドランドを目指して船出した。

6　アゾレス諸島（the Azores）は、大西洋の中央海嶺の東にある諸島。

7　大陸移動によって二つに裂かれた陸地は、ツールの聖マルタン（St. Martin of Tours）のマントを思わせるため、サンマルタン島と名づけられた。ツールの聖マルタンは、ローマの軍人であった時、温かさを分かち合うため自分のマントを裂いて乞食に与えた。彼がキリストを見たのは翌日の夜だった。

8　フランセズ・ローズ＝トループは、イギリスの歴史家で、代表作は『ジョン・ホワイト伝』（一九三〇年）。ドーチェスター・カンパニーがアン岬に入植する際の努力を描いた。二九二頁「手紙、一九五九年、五月二日」一一四–一一五行参照。ローズ＝トループの島とは「アン岬」のこと。

9　ノヴォイエ　シベルスキー　スロヴォ（novoye Sibersky slovo）とは「新しいシベリアの島々」の意。

10　アニスクウォム川のこと。

11　ヒッタイトの神話（the Hittite myth）では、巨人ウベルリ（Ubelluri）の右肩から閃緑岩男《せんりょくがんおとこ》ウリクミ（Ullikummi）が出てくる。

怒りで激昂するタルタロスの犬は　*rages strain Dog of Tartarus*［七三六～七四一頁］

1　一九六四年二月に執筆されたと考えられる。

2　雷を轟かすゼウス（Zeus）の誉れ高い同盟者、コットス（Cottus）、ギュゲス（Gyes）、ブリアレウス（Briareus）のこと。ゼウスに反逆し、タルタロス（Tartarus）に閉じ込められているタイタン族（the Titans）の番をする者たちである。六〇二頁マクシマスより、ドッグタウンから──Ⅳ／八-一一行および訳註一二九六頁の注5を参照。

3　オルソン著『神話学』（*Muthologos*）、第一巻七六頁には、クレタ島と古代ギリシャのミュケナイなどでは、軍神アレース（Ares）はエンヤリオス（Enyalios）と呼ばれていたと書かれている。リドル＝スコット共著の『ギリシャ語・英語辞典』は、「エンヤリオス」を「戦い」あるいは「戦いの叫び声」と定義している。

4　「高貴な王」（the High King）とは、ミュケナイの王「ワナクス」（Wanax）のこと。

5　文字通りには「ヘラの栄光」という名の「ヘラクレス」（Heracles）を指す。ヘラ（Hera）はゼウスの妃。

6　アイルランドのクーフリン（Cuchulainn）もこのようにする。

7　オルソン著『神話学』、一巻一三二頁の「バークリーでの朗読会」中で、オルソンはアフロディテ（Aphrodite）と軍神アレースの深い関わりに言及している。戦いは美だと言いたいのである。しかしまた一方では、戦いを止めさせることも美なのである。

8　ハヴロック著『プラトン序説』、一一二頁には、ヘシオドスが以下のように主張していると書いてある。「自分の役目は吟遊詩人の詩歌に歌われるゼウスの理性《ヌース》（*noos*）は、ミューズによって『教えられた』ものだと説くことにある。理性は現在の航海の掟であるが、ミューズとアポロの楽師やハープ奏者は『この世界のどこにでもいる』」のだと。

9　五〇八頁「年代記」五三行参照。ウスース（Ousoos）は、航海者の原型である。六八一頁「さあ、出発だ」を、あわせて参照。

10　『マクシマス詩篇』の七三三頁と七三四頁の間、すなわち「スティーヴンズの歌」（七二二-七三三頁）と「カボット断層をまたぐ」（七三四-七三五頁）の間に原書で二頁分の欠落がある。その欠落箇所の内容は、以下の通りである。ブルガリア人の運ぶ色は虹の色とされるが、色についての議論は、「人間の階級を知るのは簡単である。階級によってまとう色の数が限定されているからである。奴隷は一色、第四階級は二色、そうして王と王妃は六色となる」とされている。バタリック編『マクシマス詩篇案内』、五三六-五三八頁参照。

11　古代ギリシャの美の概念。ジェラルド・フランク・エルスの「アリストテレスの悲劇の美」『ハーヴァード古典研究』、四九巻（Gerald Frank Else, "Aristotle on the Beauty of Tragedy", *Harvard Studies in Classical Philology*, XLIX, 一九三八年）、一八四–一八五頁では、美しく欠けるところのない完全体においては、部分部分が互いにしかるべき均衡を保っている、と書かれている。

七年たったら、おまえは自分の手で灰を運べるだろう　***7 years & you cld carry cinders in yr hand***　［七四二〜七四四頁］

1　一九六四年二月に執筆されたと考えられる。

2　ワナックス（Wanax）はミュケナイの「高貴な王」である。

3　「カナーンの地」（Canaan）は、元来は、パレスチナ（Palestine）に相当する古代の地域で、神がアブラハム（Abraham）とその子孫に約束した土地。旧約聖書「創世記」一二章五節–七節参照。ここから、広く、「約束の地」「理想郷」「楽園」の意となった。

ウォニス　クワム　***wonis kvam***　［七四五〜七四六頁］

1　一九六四年二月頃にニューヨーク州バッファローで書かれた。「ウォニス　クアム」（wonis kvam）はアニスクウォム川を表わす「古代スカンディナヴィア＝アルゴンキン族の言語」かもしれない。ライダー・T・シャーウィン著『ヴァイキングと赤い人間』（Reider T. Sherwin, *The Viking and The Red Man: The Old Norse Origin of the Algonquin Language*, 一九四〇年）、一巻三〇四–三〇五頁には、「ワナスクウォム」（Wannasquam）は「ウォネスクウォム」（Wonnesquam）とも綴られ、元は古代スカンディナヴィア語で「川の入り江」を意味する「ヴァンス　クワム」（vans-kvam）だったと書いてある。

2　ロブスター入り江（Lobster Cove）は、アニスクウォム港からアニスクウォム川を南下すると、東岸にある最初の大きな突起（bump）もしくは湾入《わんにゅう》。湾入《わんにゅう》（indentation）とは、海や湖が、弓形に陸地に入り込んでいることをいう。口絵に掲載したアン岬の地図を参照。

3　グース入り江（Goose Cove）は、ロブスター入り江の南にある入り江。

4　ミル川（the Mill River）は、アニスクウォム港からグロスター港へ向かって、アニスクウォム川を南下すると、東岸の三番目にある大きな湾入《わんにゅう》。口絵に掲載したグロスター市市街図を参照。

5　エールワイフ川（the Alewife Brook）は、ミル川下方のミル池（Mill Pond）に注ぐ、アニスクウォム川東岸の第四の湾入と考えられる。四八頁「手紙5」一一八行参照。バブソン貯水池の西端から、エールワイフ川がポプラ・ストリートにそって、西へ流れることについては、ジョーゼフ・E・ガーランド著『グロスター案内』（Joseph E. Garland, *The Gloucester*

Guide : A Stroll through Place and Time, 一九九〇年）、五八頁参照。

6　三三九頁「マクシマスより、ドッグタウンから—Ⅱ」一二行参照。アニスクウォム川河口とエセックス川の入り口の間にあるウィンガーシーク・ビーチ（Wingaersheek Beach）について、ジェームズ・R・プリングル著『グロスター史』（James R. Pringle, *History of the Town and City of Gloucester, Cape Ann, Massachusetts*, 一八九二年）、一七頁にこう記してある。ウィンガーシークはアン岬のインディアン名と考えられてきたが、そうではないと言う学者が現われた。だが、古代スカンディナヴィア学者のE・N・ホースフォード（E. N. Horsford）は「ウィンガーシーク」は疑いなくドイツ、および低地オランダの名「ウィンガールツ・フーク」（Wyngaerts Hoeck）の崩れたもので、その名は一六三〇年から一六七〇年の地図、とりわけオーギルビーの「アメリカ」（Ogilby's "America"）にはよく見られると主張した。「ウィンガールト・フーク」は「ウィンガルテン」（Wyngaerten）に由来する語だから北方人の「ヴァインランド」（Vineland）と等しいのだ、と。

太陽がはなつ光の状態　***The Condition of the Light from the Sun***［七四七～七四八頁］

1　イギリスの詩人チャールズ・トムリンソン（Charles Tomlinson）に送ったこの詩のタイプ原稿の日付は、一九六四年二月十四日となっている。

2　ジョン・A・ウェルズ（John A. Wells, 一九〇八–一九八〇年）は、ウェスリアン大学（Wesleyan University）でのオルソンのクラスメート。成績優秀な学生からなる米国最古の学生友愛会ファイ・ベータ・カッパ（Phi Beta Kappa）の一員で、バスケット・ボール部のキャプテンであった。オックスフォード大学へ行くためのローズ奨学金（Rhodes Scholarship）を勝ち得た（オルソンも候補者だった）。後に法律家となり、共和党のキャンペーンを指揮した。

3　アラン・クランストン（Alan Cranston, 一九一〇年生まれ）は、カリフォルニア代表の上院議員。オルソンは一九四一年に移民の利益を守る組織アメリカン・ユニティ（American Unity）で働いていた時、クランストンと知り合った。第二次世界大戦勃発後、クランストンが外国情報局局長に任命された時、オルソンを次長として雇った。この詩が書かれた頃、クランストンはカリフォルニア州を支配していた人物である。ジョン・ウェルズとクランストンは、オルソンにとって「有力者」の象徴になっている。

4　「主の祈り」（the Lord's Prayer）の文句「なぜなら王国はあなたのものです、力も、栄光も、永遠に」（For thine is the kingdom, and the power, and the glory, for ever）の影響が覗われる詩句である。「主の祈り」は、イエスが弟子に教えた祈り。「天にまします我らが父よ……」（Our Father which art in heaven...）で始まる。「マタイによる福音書」六章九節–一三節、「ルカによる福音書」一一章二節–四節参照。

請願書への署名　***Signature to Petition***　［七四九〜七五一頁］

1　一九六四年二月十日頃に、ニューヨーク州バッファローあるいは同州のワイオミングで書かれた。グロスター市議会が商業目的でテン・パウンド島（Ten Pound Island）を再区分しようとしたのに反対して、詩人のヴィンセント・フェリーニ（Vincent Ferrini）がオルソンに署名を求めた。だが、オルソンは署名を断り、「おれは自分で請願書を書く」と言った。

2　小型帆船《シャロップ》（shallop）は、二本マストの帆船。浅瀬で用いる小型の船である。五一三頁「ジョン・ワッツは塩を盗んだ」五–六行、および訳註一一七二頁の注2を参照。

3　二二六頁「情況」九行および訳註一一八八頁「情況」への注5を参照。ワッツは使うことを許された塩を使っている気でいた。盗んでいるという意識は薄かった。

4　フランセズ・ローズ＝トロープ著『ジョン・ホワイト伝』、九九–一〇一頁によれば、ワッツが盗んだのは、漁船と小型帆船を合わせて十一艘、それに大樽一七一個分の塩である。だが、ワッツの証言によれば、塩は魚の保存には効かず、魚はすべて腐ったという。

5　ジョン・ホワイトは、塩を盗んだ一味の代表として訴えられた。フランセズ・ローズ＝トロープ著『ジョン・ホワイト伝』、一〇一頁参照。

6　クァハメネク（Quahamenec）は、シャンプラン（Champlain）がアン岬を訪れた時に会ったインディアンの酋長の名。

7　シセリー島（Cicely）とは、シチリア（Sicily）島のこと。

8　グロスター港南東は、「パンケーキの地面」（Pan Cake Ground）として知られていた。船を容易に停泊できたからである。

9　コロンブスは地球を「女の乳首のような突起」と表現した。一六〇–一六一頁「初めてファン・デ・ラ・コーサの眼で世界を見て」八三–八四行参照。

10　ジョン・バートレット・ブレブナー著『北アメリカ探検家』（John Bartlet Brebner, *The Explorers of North America 1492-1806*, 一九三三年）、一三頁にコロンブスは、オリノコ川（the Orinoco River）河口の水量を見て、大陸の存在を確信した、と書いてある。

11　コロンブスに関係のある船の意。

12　「輝く航路」（"the shining course"）は、コロンブスの航海によって、新大陸が発見され、輝かしい未来が開けたことへの言及だと考えられる。

13　コロンブスの名「クリストファー」（Christopher）は「キリストを運ぶ者」（Christ-bearer）の意。聖クリストファー（St. Christopher）が、キリストをかついで増水した川を渡った伝説に由来する。

14　鳩は、精霊（Holy Ghost）の伝統的シンボルである。「コロンブス」（Columbus）はラテン語では「雄鳩」（a male dove）の意。
15　アジャスタ（Agyasta）は超人的な力を持つインドの聖者。一四六頁「手紙16」二二行参照。

空間と時間　唾液は　*Space and Time the saliva*［七五二頁］

1　一九六四年三月初めに書かれた。
2　「おまえ」とは、古代スカンディナヴィアの戦の神ティール（Tyr）を指す。ティールは、狼フェンリスの口に差し入れた手を失ったが、その代償に狼をつなぎ止めることに成功した。

アリゲーター　*the Alligator*［七五三頁］

1　一九六四年三月初めに書かれた。
2　アリゲーター（alligator）は、ミシシッピーワニ、ヨウスコウワニなどを指す。クロコダイル（crocodile）はナイルワニ、アメリカワニなどである。「クロコダイルのぱっくり開いた口」はリドル＝スコットの『ギリシャ語・英語辞典』によれば「混沌」を表わす。その箇所にオルソンは、しるしを付けた。

太陽が真っ逆さまに落下して　*Sun upside down*［七五四頁］

1　ロバート・グレーヴズ著『ギリシャ神話』、第一巻八六–八八頁によれば、鍛冶の神ヘパイストス（Hephaestus）は、生まれた時たいそう虚弱だったので、いとわしく思った母ヘラ（Hera）は、ヘパイストスをオリンポス山から突き落とした。ヘパイストスは海に落ちたため怪我もせず、テテュス（Thetis）女神とユーリノーム（Eurynome）女神に助けられた。海底の洞窟で初めて炉を造り、女神たちへの返礼としてヘパイストスは様々な飾りや役立つ物を造った。詩中のヘパイストスは、太陽や女神として表わされている。
2　「コーリュキオンの洞窟」（Corycian Cave）は、パルナッソス（Parnassus）山にある洞窟で、パーン（Pan）とニンフたちの遊び場とされていた。ただし、この洞窟は、オルソンが書き加えたもので、グレーヴズがヘパイストスを記述している箇所にはない。
3　「輝く者」とは、太陽のこと。

「故郷へ」、岸辺へ　***"home", to the shore***［七五五～七五六頁］

1　「ブー=テ」以下の記述は、一九六四年三月五日にサイラス・ゴードン（Cyrus Gordon）がブランディス大学（Brandeis University）で行なった、古代象形文字の解読に倣ったもの。

2　ファイストース（Phaistos）は、古代ミノアの都市。ファイストースで紀元前一七〇〇年頃の象形文字の記された粘土板が発見された。ゴードンによれば、その象形文字は、ファイストースのバール神殿（a shrine of Baal）と関係のある祭祀文であるらしい。

町の岬は　***Her Headland***［七五七頁］

1　一九六四年三月二十日ころに書かれた。「クルク」（krk）「クル-クー」（kr-ku）は、前の詩「故郷へ」と同じく古代象形文字の解読に基づいている。

セックスと愛の輝く身体になるために　***To have the bright body of sex and love***［七五八頁］

1　一九六四年三月二八日に、二番目の妻ベティ（Betty）が自動車事故で死んだ。この詩は、その頃オルソン夫妻が住んでいたニューヨーク州ワイオミング（Wyoming, N. Y.）で書かれた。

マクシマスの独り言、一九六四年六月　***Maximus to himself June 1964***［七五九～七六〇頁］

1　一九六四年六月四日に書かれた。

2　感潮河川（the tidal river）とは、潮の干満の影響を受ける河川。満潮時には、海水が遡上する。アニスクウォム川を指していると思われる。

わが魂を公表しよう　***Publish my own soul August***［七六一頁］

1　オルソンの父カール（Karl）が死んだのは、一九三五年八月である。「魂を公表しよう」（Publish my own soul）は、「出生を明らかにしよう」の意であろう。

2　一本の傘は二人の心が一つになったことを象徴する。オルソン著『郵便局』、二五頁参照。

3　ローマ数字で年号が"XLIV"と記されている。六十四年八月一日の誤りだと考えられる。

魔術や科学でなく、おれは宗教を信じる　*I believe in religion not magic or science*［七六二頁］

1　一九六四年八月頃に書かれた。

2　ジェームズ・ジョージ・フレイザー著『金枝篇』（James George Frazer, *The Golden Bough: A Study in Magic and Religion*, 一九四七年）では、人は、魔術段階、宗教段階、科学段階の順に進化するとされている。オルソンは『神話学』の中で魔術段階の存在を否定している。魔術、宗教、科学について詳しくは、ブロニスラフ・マリノウスキー著『魔術、科学、宗教』（Bronislaw Malinowski, *Magic, Science and Religion, and Other Essays*, Robert Redfield編、一九四八年）参照。

アメリカ本土に反撃の砲弾を放て　*fire it back into the continent*［七六二頁］

1　一九六四年八月頃に書かれた。

グロスターの空は　*the sky, of Gloucester*［七六四頁］

1　一九六四年八月六日に初稿が作成されたと考えられる。

頭＝の＝上＝に＝家＝を＝載＝せ＝て＝い＝る＝男は　*The-Man-With-The-House-On-His-Head*［七六五〜七六六頁］

1　カワウソ池（the Otter Pond）は、グロスターからドッグタウンへいたる「下の道」近くにある。三九五頁「マクシマスより、一九六一年三月――2」一一四行参照。

2　ベンジャミン・キニカム（Benjamin Kinnicum）はグロスターへの入植者で、一七一一年にマーガレット・ジョスリン（Margaret Josline or Josselyn）と結婚した。四〇〇頁「ロバート・ダンカンのために」二六－二七行参照。カワウソ池が、なぜ「ベンジャミン・キニカムに与えられた」ことになるのかは、不明。

3　カニンガム（Cunningham）は、キニカムと同一人物と考えられる。

4　ウィリアム・スモールマンズ（William Smallmans）は、ドッグタウンへの入植者。四〇二頁「ロバート・ダンカンのために」六四行、および四一六頁「わたしが上の道と呼んでいるジー・アヴェニューは」五行参照。

5　峡谷（Canyon）とは、ジョージズ浅瀬の南側にある海底のこと。

6　「怒れる」（furens）は、ジュピター（ゼウス）に冠せられる形容辞《エピセット》。

7　なにゆえ、ジュピターを大洋の子（Ocean's Child）と呼ぶのか不明である。しかし、海から生まれたマクシマスと、ジュピターが重ねられていると考えられる。

8　ラウンド・ロック浅瀬（Round Rock Shoal）は、グロスター港へ、ドッグバー防波堤からまっすぐ入る線上にある浅瀬。

9　クーレットたち（the Kouretes）はゼウスの護り手。ゼウスがイダ山で生まれた時、ゼウスの父クロノスの怒りからゼウスを護った。揺りかごを囲み、槍と盾を打ち鳴らしてゼウスの泣き声が聞こえないようにしたのである。

グロスター港の翼ある鳥　***The Feathered Bird of the Harbor of Gloucester***［七六七〜七七〇頁］

1　ジョン・ビーチ船長（Captain John Beach）のスケッチ以外は、イルマ・カーマン（Irma Kierman）が「海蛇のアン岬来訪に関する驚くべき真実の物語」（*An Exciting and Authentic Narrative of the Visits of the Sea Serpent to Cape Ann...*）と題した小型フォルダー内の資料に基づく。

2　リンネ協会（the Linnéan Society）は、ロンドンを本拠地とし、生物の分類と命名を行なう協会。生物学者・植物学者であったカール・フォン・リンネ（Carl von Linné）の業績を受け継ぎ、発展させることを目的とする。ここでは「ケンブリッジにあるリンネ協会」とされているが、ハーヴァード大学のあるケンブリッジ地区にも、イギリスのケンブリッジ大学にも、リンネ協会はない。おそらく、ばくぜんと大学関係者のリンネ協会会員という意味で「ケンブリッジにあるリンネ協会」と記したと推測される。そして、ここでのケンブリッジは、ハーヴァード大学のあるケンブリッジ地区だと考えられる。

3　長さは、四〇フィートから一〇〇フィートあったとも、少なくとも八〇フィートはあったとも言われている。

組織のすみずみまで、巻きついていた　***Coiled, throughout the system***［七七一頁］

1　グロスターの海蛇に関する詩。この海蛇はテュポン（Typhon）でもあり、アルゴンキン族伝説の蛇でもあり、古代スカンディナヴィア神話のミッドガルド蛇（the Midgard serpent）でもある。

まさに運河のあたり　***Right at the Cut***［七七二頁］

1　一九六四年八月初めに書かれた。

2　グロスターの海蛇を指す。

狼はそっと歩み去る　***The Wolf slinks off***［七七三頁］

1　一九六四年八月十一日に書かれた。「狼」とはフェンリス（Fenris）のこと。この詩中でのフェンリル（Fenrir）と同じ。

ステージ・フォートには製塩所があった　***There was a salt-works at Stage Fort***［七七四〜七七七頁］

1　一六五七年に、エライアス・パークマン（Elias Parkman）は、クリストファー・エイヴリー（Christopher Avery）から、フィッシャマンズ・フィールド（Fisherman's field）の家と土地を購入した。この土地は一六五三年に、エドマンド・ブロードウェー（Edmund Brodway）が、ジャイルズ・バージ（Giles Barge）に売却し、バージが、一六五五年にクリストファー・エイヴリーに売り渡したものである。

2　トマス・ミルワード（Thomas Millward）は、初期入植者で、漁師。一六四三年には、町会理事となった。

3　トムプソン（Thompson）あるいはトムソン（Thomson）は、釣り用フレームを造った。この釣り用フレームの中に入った人は、漁業の中心にいると感じる。三一四頁「四月のきょう、メイン・ストリートは」一〇二―一〇三行参照。

4　オズマンド・ダッチ（Osmund Dutch）が、妻グレース（Grace）へ宛てた手紙によれば、パートナーのミルワードはノドル島（Noddle's Island）にいた。ノドル島は現在の東ボストン（East Boston）である。三一五―三一七頁「四月のきょう、メイン・ストリートは」一一三―一一四行参照。

5　トラピアーノ（Trapiano）は、シチリア島西部の港で、ここから塩が輸出された。正しくは、トラパニ（Trapani）。

6　マーブルヘッドは、マサチューセッツ湾に面する町。グロスターから南東へ約一〇マイル行ったところにあり、セーレムの東に位置する。

7　マサチューセッツ湾植民地は一六五二年に造幣所を造り、松の図柄を印した銀貨を発行した。後に「松ノ木シリング」（pine-tree shillings）と呼ばれた。

8　トマス・ロバート・マルサス（Thomas Robert Malthus, 一七七六―一八三四年）は、『人口論』（*An Essay on the Principle of Population*, 一七九八年）の著者。マサチューセッツ湾植民地を念頭において、有名な命題「人口は抑制しなければ、幾何学的な割合で増加するが、食糧供給は数学的な割合でしか増加しない」を立てた。一四五頁「手紙16」九行参照。

9　カスティン（Castine）は、ペノブスコット湾（Penobscot Bay）東側のメイン州の町。セント・カスティン男爵（Baron de St. Castin）にちなんで命名された。

10　エンディコット（Endecott）とダウニング（Downing）がマサチューセッツ湾植民地集会の委員であった時、最初の居住地と土地分配を決めた。これによってグロスターが誕生することになった。

11　セーブル岬（Cape Sable）は、ノヴァスコシア（Nova Scotia）南端にある。ブレトン岬（Cape Breton）を除いたこの地域は、フランス軍とインディアンを相手に戦った後、一七一三年に結ばれたユトレヒト条約（Treaty of Utrecht）によってイギリスのものとなった。

12　ブラウンズ浅瀬（Browns Bank）は、ブラウン浅瀬（Brown's Bank）とも言う。ノヴァスコシアのセーブル岬から南にある大西洋の大漁場である。二一二頁「マクシマスより、グロスターへ　手紙2」六八行および訳註一一四三頁の注22を参照。

13　双潮《そうちょう》（double tide）とは、（一）満潮時にいったん引いた水がまた上がるものと、（二）干潮時にいったん少し上がった水がまた引くもの、の二種がある。

新しい帝国 ***The NEW Empire*** ［七七八～七八〇頁］

1　タイトルは、ブルックス・アダムズ著『新しい帝国』（Brooks Adams, *The New Empire*, 一九〇二年）より。この本は、一九世紀末に、新しい世界的な力を持った国としてアメリカ合衆国が出現したことを描いたもの。

2　「運河の向こう」は、アニスクウォム川より西に住む人を呼ぶ言葉であった。

3　ホーマー・バレット（Homer Barrett）は、グロスター市長（一九一五－一九一六年）を務めた。ホーミー（Homey）は、ホーマーの愛称。二一六頁「それで、サッサフラスが」二四行の「B親父」と同一人物である。ホーマーは、一九一八年から一九二四年まで、幹線道路の管理人を務めた。「古いルネサンス劇の作者」（"a play-maker of the Old Renaissance"）は、ホーマーが市庁舎の汚職に関係したことへの言及らしいが、はっきりしない。

4　アンジェロ・ポリツィアーノ（Angelo Poliziano, 一四五四－一四九四年）は、イタリアの人文主義者で、ロレンツォ・デ・メディチ（Lorenzo de Medici）の友人。「おれは彼のポリツィアーノではなかった」（"not I his Poliziano"）は、ホーマーの汚職に語り手マクシマスも書き手オルソンも関係していないことの表明だと考えられる。

5　九八四頁「わがポルトガル人たちへ」三－五行参照。グロスターは、北アメリカ同様、大陸移動の結果できたものである。大陸移動以前の北アメリカは、カナリア諸島が沖合いにあるあたりでアフリカの海岸と結ばれた一つの大陸だった。「新石器時代の」（Neolithic）は、「大陸移動後の」の意。

6　オットー・ランク（Otto Rank, 一八八四－一九三九年）は、精神分析学者。著書に『芸術と芸術家』（*Art and Artist*）がある。選集『英雄誕生の神話』（*Myth of the Birth of Hero*, 一九五九年）、三〇〇－三〇一頁に、子ども（the child）は、集合的存在（母）、（父の）後継ぎ、私的存在（自己）という三段階の理念的発達を遂げると書いてある。

7　社会学がまだ咀嚼されていないために、ランクのような精神分析偏重の考えが出て来る、の意。

8　二一七頁「それで、サッサフラスが」三三行、および五五八頁「発端」五九行参照。美女ドッティをグロスターから、さらって行ったマット・スカリンズあるいはスコリンズとその兄弟を指す。

9　禁止令（Prohibition）は、上級裁判所から下級裁判所に出す、事件処理を禁ずる令状。

10　アリゾナ州がアメリカに認可されるのは一九一二年である。

11　ランク著『英雄誕生の神話』、三〇四頁参照。

12　ホーマー・バレットの妻ヴァイオラ・バレット（Viola Barrett）は、インディアンの血筋にある。オルソンがある夜の夢を描いた詩「死者がわれわれを食らう時」（"As the Dead Prey Upon Us"）に、インディアンの女性として登場する。その詩の中に「インディアンの女とおれは、青い鹿が歩けるようにしてやった」と書いてある。
13 ドーチェスター・カンパニーの入植者たちが一六二三年にグロスター建設をはじめてから三〇〇年たった一九二三年、ということ。
14 フィレンツェ（Firenze）は、メディチ家の拠点。イタリア・ルネサンスの中心である。イタリア最大の詩人ダンテ・アリギエリ（Dante Alighieri、一二六五–一三二一年）生誕の地。
15 「一九六四年八月二十日木曜」の意。

鵜と危険標が　***The Cormorant and the Spindle***［七八一頁］

1 タイプ原稿は、一九六四年八月に作成されたと考えられる。
2 危険標（the Spindle）は、尖端に角灯《ランタン》または球のついた鉄の棒。岩や暗礁に立てられ、航海に際して目印の役目を果たす。この尖端に鵜が止まっているのをオルソンは見た。
3 ブラック・ロック（Black Rock）は、ロッキー・ネックの西端から一〇〇ヤード（約九〇メートル）沖にある。

コールズ島　***COLE'S ISLAND***［七八二～七八五頁］

1 コールズ島（Cole's Island）はウィンガーシーク・ビーチ（Wingaersheek Beach）の西で、コフィン・ビーチ（Coffin Beach）の南にある。「コフィン」は「棺おけ」の意。コールズ島は、島ではなく、半島であり、湿地と一本の道で本土に繋がっている。このあたりは奥まっていて草木に覆われている。標識には「私有地につき、立ち入り禁止」と書いてある。
2 エセックス川（the Essex River）は、マサチューセッツ州エセックスに発し、エセックス湾（Essex Bay）に流れ込む。エセックス湾は、コールズ島の西に広がる。エセックス川の全体とエセックス湾は、口絵に掲載したアン岬の地図にはない。それらは、コールズ島から、さらに西へ行った所にある。
3 ゲートル（gaiters）はズボンの裾を押さえて、膝または足首まで覆う布または皮。脇でとめるもの、小幅の布を巻きつけるものなどがある。

わが海岸、わが入江、わが大地　***My shore, my sounds, my earth***［七八六頁］

1 執筆時期は、不詳。

ヘクトールの身体　*Hector-body*［七八七〜七八八頁］

1　初稿は、一九六四年三月十四日から同年三月二十八日までの間に書かれた。T・B・L・ウェブスター著『ミュケナイ人からホメロスへ』（T. B. L. Webster, *From Mycenae to Homer*, 一九六〇年）の九四頁では、ヘクトール（Hektor）の動きのある防御と、身体につける盾を装備したアイアース（Ajax）の動きの少ない防御を比較している。ヘクトールは取っ手のついた盾を使った。「女神の盾」（"Goddess-shield"）は、雌牛の皮でできた8字形の（女神の形をした）盾で、ミュケナイ人が用いた。この盾は後にブロンズの円形の盾に取って代わられる。

2　ウェブスター著『ミュケナイ人からホメロスへ』の一〇五頁には、猪の牙のついた兜を使う、クレタ（Crete）島のメリオネース（Meriones）が常に「人殺しのエンヤリオース（Enyalios）に匹敵する者」と言われたと書かれている。また、メリオネースは猪の牙のついた兜に加えて、盾をも装備していたという（一一七頁）。クノッソス（Knossos）は、エーゲ文明の中心として栄えたクレタ島の古都である。したがって、「クノッソス人」（"the Knossian"）とは、メリオネースのこと。

3　ヘラドス文化期（Helladic）は、紀元前三〇〇〇年から紀元前一一〇〇年頃の、ギリシャ本土における青銅器時代の文化をいう。

4　オルソンが一九六三年九月以来教鞭を取っていたニューヨーク州立大学バッファロー校から、グロスターへ向かったという意味。八行目の「トロイ」は歴史上名高いトロイ（Troy）と、ニューヨーク州のオールバニー（Albany）の北にあるトロイ（Troy）との両方を指していると考えられる。

5　「一九六五年一月二〇日水曜日」は、オルソンがニューヨーク州の勤務先バッファローもしくは自宅のあったワイオミングで、この詩をタイプ原稿にした時の日付である。

美味な鮭が　*Sweet Salmon*［七八九頁］

1　美味な鮭（Sweet Salmon）は、ケルトの智恵の鮭。その身を食べるとあらゆる智恵が得られる。ジェシー・L・ウェストン著『祭祀からロマンスへ』（Jessie L. Weston, *From Ritual to Romance*, Doubleday社版、一九五七年）、一二四頁参照。

2　旧石器時代の骨彫刻を指す。

3　「その流れ」（"the stream"）は、五六九頁「その流れに入ることは、入口へ入ること」一行目の「グロスターの内港へ向かう流れ」（"the stream or Entrance to the Inner Harbor"）を指すと考えられる。

詩一四三番。祭りの相。　*Poem 143. The Festival Aspect.*［七九〇〜七九五頁］

1　三つの町（The Three Towns）については、ハインリッヒ・ツィンマー著『神話と象徴』（Heinrich Zimmer, *Myths and*

Symbols in Indian Art and Civilization, Joseph Campbell編、一九五三年）、一八五—一八七頁参照。バラモン教の聖典ヴェーダによれば、宇宙は三つの世界から成り立っている。（一）大地、（二）中空、（三）空 である。これが「三つの町《トリプラ》」（*tripura*）と呼ばれるもので、シヴァ（Shiva）がこの三つの町を終わらせる。まず、正しい治世者の敵である、「悪鬼、巨人、反＝神ら」（"the demons, titans, or anti-gods"）が、政権を奪う。彼らの首領は専制君主で、名をマヤ（Maya）という。マヤは、宇宙を支配下に入れるや、大地、中空、空にそれぞれ砦をつくる。この三つの砦を、マヤは魔力によって一つの砦に統合する。この砦を一本の矢で打ち壊すのがシヴァの役目である。

2　絶対者（the Absolute）については、ツィンマー著『神話と象徴』、一二三頁参照。「絶対者」とは、あらゆる差異、限界、個別化をこえるもの。ありとあらゆる力と形態を含む超越的な源泉である。絶対者であるブラフマン（Brahman）から「自然」（Nature）の力が出て来てはじめて、限界、両極性、闘争、協調によって特徴づけられる、われわれの個別化された経験世界が生じる。

3　デルタとリンガについては、ツィンマー著『神話と象徴』、一四七頁参照。下向きの三角形は、女性の象徴で、ヒンドゥー教の女陰像と対応し、シャクティ（shakti）と呼ばれる。また、ギリシャ文字のデルタ（Δ）は、上向きであるが、女性を表すとされる。上向きの三角形であるリンガ（the lingam）は男性をあらわす。リンガとは、インドでシヴァ神の象徴として人々が礼拝する男根像である。

4　蓮（the Lotus）については、ツィンマー著『神話と象徴』、九〇頁参照。聖なる生命物質が宇宙を生むとき、宇宙の海から千の花弁を持つ黄金の蓮が育ち、太陽のように輝く。これが戸、あるいは門で、宇宙の胎の開口部である。ここからデミウルゴスである創造者、（demiurge-creator）、ブラーマ（Brahma）もしくはブラフマン（Brahman）が生まれる。その果皮からは、創り出された世界が無数に出てくる。ヒンドゥー教によれば、海は女性であり、絶対者の物質的、生殖的相である。そして宇宙の蓮は、その生殖器であり「大地の最高相（最高形態）」、「湿気の女神」、「女神の大地」と呼ばれる。

5　燃焼点（burning point; fire point）とは、試料を加熱して小さな炎を油面に近づけた時、油蒸気と空気の混合気体が連続して五秒以上燃焼する最低の試料温度のこと。ツィンマー著『神話と象徴』、一四七頁では、絶対者は消失点（a vanishing point）として視覚化されるという。その点は、不可視の力の中心である。

6　宇宙花。蓮。また、黄金の華。この詩の九六—九七行も逆立ちした蓮への言及である。

7　象の頭をした神ガネーシャ（Ganesha）のこと。ツィンマー著『神話と象徴』、七〇頁参照。「ガネーシャは障害物を乗り越えて進む。ちょうど象が密林をかき分けて進むように。荒野を通り、潅木を踏み越えていく」と書いてある。

8　ツィンマー著『神話と象徴』、一四五頁参照。金剛石（the adamantine）は、完全に肯定できる涅槃の啓示を表わす。唯一の真に実在する状態もしくは本質で、破壊されたり分解されたりすることはない。

ジョージ・デッカー　*George Decker*［七九六〜七九九頁］

1　一九六五年三月二十九日ころに書かれた。

2　ヘルゲ・イングスタッド（Helge Ingstad）の論文「ヴィンランド（Vinland）の廃墟はヴァイキング（Viking）が新世界を発見したことの証拠である」（"Vinland Ruins Prove Vikings Found the New World"）は、『ナショナル・ジオグラフィック』、一二六巻五号（*National Geographic*, CXXVI, 5, 一九六四年十一月）の七〇八–七三四頁所収。イングスタッドは「ヴィンランドがヴァイキングの最初の基地だから、ニューファンドランドの北部にあるはずだ」と考えた。イングスタッドがある日、漁師に最初の入植地に関わる問いをすると、漁師は頭を掻きながら、「ジョージ・デッカー（George Dekker）は少し前にランス・オ・メドウ（L'Anse au Meadow）で、そこにある廃墟の話をしていた」と答えた。

3　黒鴨《ブラックダック》ビーチ（Black Duck Beach）は、イングスタッドの論文中では黒鴨川《ブラックダック・ブルック》（Black Duck Brook）となっている。それは、ニューファンドランド北部にあるらしいが、詳しくは分からない。

4　スクレーリングズ（Skraelings）は古代スカンディナヴィア語で、アメリカ原住民を表す。一行前の「アメリカ人たち《ロス・アメリカンズ》」（"Los Americans"）は、英語の"The Americans"の冠詞だけをスペイン語の"Los"にしたもの。

5　ラス人（Rus）は五世紀から十世紀にスウェーデンへ入植した。入植地が後にロシア（Russia）として知られるようになった。

6　ヨーゼフ・ストルツィゴウスキー（Josef Strzygowski, 一八六二–一九四一年）は、オーストリアの美術史家。著書に『キリスト教教会芸術の起源』（*Origin of Christian Church Art*, 英訳版、一九二三年）がある。これは、近代の概念である東洋と西洋の区別を取り払って、キリスト教美術史を広く考察する本である。

7　この詩が書かれた一九六五年の時点から見ると、「キリスト紀元の時代を二分した後半の時期に」（"in the 2nd half of the Christian Era"）とは、九八〇年頃を指すことになる。

飛びかかる姿勢をとれ　*ramp*［八〇〇頁］

1　神の食物（God's food）とは、聖なる幻覚をおこすキノコ、テオナナカトル（*teonanacatl*）のこと。テオナナカトルはアステカ語（the Aztec）で「神の肉体」の意。オルソン著『神話学』、第一巻（Charles Olson, *Muthologos*, vol.I）に収められたエッセー「キノコの下で」（"Under the Mushroom"）の中で、オルソンは、「アステカ人がキノコを『神の肉体』と呼んだ」と言っている。これにしたがえば、キノコを食べている時には、神を食べている事になる。また、ラテン語のカロー（caro 肉）と英語のロー（raw 生で）は語源が同じである。

彼は夜をつれてやって来た　***He came accompanied by the night***　［八〇一～八〇二頁］

1　執筆時期は不詳。クロノスが、父である天《ウラノス》の陰部を大鎌で切り取った話（ヘシオドス著『神統記』一七五－二〇〇行）を軸に、詩は展開している。『神統記』は、廣川洋一訳（岩波文庫）を用いる。

2　天《ウラノス》の陰部を海へ投げ捨てると、その泡からアフロディテ（Aphrodite）が生まれた。アフロディテのローマ名は、ヴィーナス（Venus）である。

3　エンヤリオース（Enyalios）は、既に出てきた戦の神エンヤリオーン（Enyalion）と同じである。六四五頁「おまえは、宇宙を曳いた」四行、およびその詩に関する訳註一三〇〇頁の注2を参照。

毎日やって来る夜は損失ではなく、太陽の蝕なのだ　***Each Night is No Loss, It is a daily eclipse***　［八〇三～八〇四頁］

1　執筆時期は不詳。

2　怠惰（sloth）は、キリスト教で七つの大罪（the seven deadly sins）の一つ。残る六つは、傲慢（pride）、強欲（covetousness）、色欲（lust）、怒り（anger）、貪欲（gluttony）、嫉妬（envy）である。「かの人」（He）は、ガネーシャとも、キリストとも考えられる。

3　原詩の“gaja”を「ガヤ」と読んだが、スペイン語でもイタリア語でもない。何語か不明である。

マクシマスより、グロスターにて、一九六五年、日曜日　***Maximus, in Gloucester Sunday, LXV***　［八〇五～八〇八頁］

1　オズマンド・ダッチ（Osmund Dutch. 一六〇三－一六八四年）は、グロスター港の東側に住み、ジョン・ギャロップ（John Gallop）と共に沿岸で活躍した。三一五頁「四月のきょう、メイン・ストリートは」九五行、一一三行、および訳註一二一四頁の注27を参照。

2　ジョン・ギャロップ（一六七五年没）は、沿岸で活躍した漁師であり、水先案内人。四五三頁「始まりの（事実」二行目を参照。

3　エイブラハム・ロビンソン（Abraham Robinson）については、三一七頁「四月のきょう、メイン・ストリートは」一四一行、四四二頁「一九六一年九月十四日、木曜日」八九行、および四五三頁「始まりの（事実」五行目参照。

4　ベヴァリー（Beverley）はセーレムの隣の市。バス・リヴァー（Bass River）は、ロジャー・コナント（Roger Conant）が初めに住んだベヴァリーの地域の名である。その名はセーレムとベヴァリーを分かつバス川（the Bass River）に因む。

5　ジョン・ティリー（John Tilley）は漁業を監督し、トマス・ガードナー（Thomas Gardner）が陸地の開墾《プランティング》を指導した。

ティリーは、一六三六年に、コネティカット川でインディアンに捕まり惨殺された。一九七頁「手紙23」六–七行参照。
6　スルーズ（Slews）は、「沼地、湿地」（slough）の意。オルソンはダッチの「沼地」が「入り江」でもあると考えている。五六九頁「内港へ向かう流れに入ることは」五行目参照。
7　一九六三年の九月から、オルソンは、客員教授（Visiting Professor）としてニューヨーク州立大学バッファロー校で現代詩、神話、文学を教えていた。妻のベティが自動車事故で死んだのは、一九六四年三月のことである。オルソンは、一九六五年六月末から七月初めにかけてイタリアのスポレート（Spoleto）での「二世界祭」（the Festival of the Two Worlds）で朗読をし、その夏のバークリー・ポエトリー・カンファレンス（the Berkeley Poetry Conference）でセミナーを行なってから、グロスターへ戻った。
8　これは、フォート・スクエア（Fort Square）二十八番地の間違い。ステージ・フォート大通り（Stage Fort Avenue）は、オルソンが少年の頃、両親とグロスターで夏を過ごした場所である。

おお、カドリーガが　*O Quadriga*［八〇九〜八一〇頁］

1　執筆時期は不詳。カドリーガ（Quadriga）は、古代ローマの並列四頭立て二輪戦車。四頭の馬の力で走るカドリーガ戦車である。妻ベティの交通事故死が、この詩の背景にあると考えられる。

空中を泳いでいく、群れをなして幹線道路をいく　*Swimming through the air, in shoals upon the highways*［八一一頁］

1　執筆時期は不詳。

野蛮人たち、あるいは、ブルアージュのサミュエル・ド・シャンプランの航海　*The Savages, or Voyages of Samuel de Champlain of Brouage*［八一二〜八一七頁］

1　一六〇三年に、サミュエル・ド・シャンプラン（Samuel de Champlain）は、北アメリカ沿岸を航海し、新世界の地図を作った。この詩の題名は、彼の航海報告書のタイトルから取られている。野蛮人（the Savages）とはアメリカ先住民を指す。
2　一九六五年九月二十四日ころに書かれた。
3　リビエロについては、マーシャル・H・サヴィル著『シャンプランのアン岬上陸』（Marshall H. Saville, *Champlain and his Landing at Cape Ann, 1605, 1606*）、五–六頁参照。そこで、サヴィルは、歴史家J・G・コール（J. G. Kohl）のことばを引用している。コールは、「ケープ・コッド（Cape Cod）より北方ではアン岬が最も高く、したがって航海者の目にとまりやすい。私は、アン岬こそ、後にスペイン人が『カボー・デ・サンタ・マリア』（Cabo de Sta. Maria）すなわち、『聖マリア岬』と呼んだ岬だと信ずる」と言う。サヴィルは、コールが「オヴィエドー（Oviedo）の著作（一五三七年）から引用しているのであり、オヴィエドーは海岸を描写するに当たって、今は失われたシェーヴズ（Shaves）の地図（一五三六年）や、リビエロ（Ribiero）の地図（一五二九年）に依拠している」と言う。

4　ゴメスについては、サヴィル著『シャンプランのアン岬上陸』、六頁参照。シャンプランが訪れる八十年前に、スペインの探検家エステヴァン・ゴメス（Estevan Gomez）は、一五二五年にアン岬を訪れ、そこを聖マリア岬と名付けた。

5　一五〇六年については、サヴィル著『シャンプランのアン岬上陸』、七頁参照。十六世紀には、地理上の発見とは別に、すでに一五〇〇年代の初めから、フランス、スペイン、ポルトガルの漁師が、ニューファンドランドの浅瀬で漁をしていた。そして、早くも一五〇六年にはポルトガル王は、以下のように命じていた。ポルトガル人の漁師がニューファンドランドから帰還した際には、利益の十分の一を税関で支払うべし、と。

6　九月二十三日に、オルソンがバッファローからボストンのローガン空港（Logan Airport）へ着陸したことへの言及。

7　サヴィル著『シャンプランのアン岬上陸』、四頁によれば、ニューファンドランド大陸がカボットの上陸した場所である。そこは、初期の地図ではバカラオ（スペイン語で「鱈」の意）とされている。ジョン・カボット（John Cabot, 一四五〇–一四九八年？）は、ブリストルの英国商人につかえたベテランの探検家。一四九七年にニューファンドランドを発見したが、翌年の一四九八年には、航海中に死去した。息子のセバスチャン（Sebastian）も船乗りになった。ジョン・カボットの航海については、一六〇頁「初めてファン・デ・ラ・コーサの眼で世界を見て」七七行参照。

8　三七–五二行の語り手が誰かは、不明。サヴィル著『シャンプランのアン岬上陸』、五頁をもとに、オルソンがマクシマスに語らせたとも考えられる。

9　ポルトガルの船乗りファン・ゴメス（Juan Gomez）あるいはエステヴァン・ゴメスは、スペイン王の命令で、ニューイングランドの至る所を探検した。当時北アメリカ南部の海岸はよく知られていたが、北部は知られていなかった。スペイン政府により公の機関がフロリダ（Florida）と鱈《バカラオス》の地（アメリカ北東部の海岸）との間の通路を探した。それは中国や東洋への通路となるはずだった。だが、この公の機関は、前年のヴェラツァーノ（Verrazano）の失敗を繰り返しただけであった。ゴメスは、自分が探検したラブラドルの海岸（the shores of Labrador）へ船で行き、ゆっくりとレース岬（Cape Race）からフロリダへ向かったと伝えられる。その途中でニューイングランド海岸の様々な湾や港に入り、名前を付けたという。ニューイングランドは、初期のスペインの地図では「ゴメスの土地」（The Land of Gomez）と呼ばれた。

おれの身体は、家に帰ってきた　磨くのだ　***Physically, I am home. Polish it***　［八一八～八二四頁］

1　ネッコ・ウエハース（Necco Wafers）は、マサチューセッツ州ケンブリッジにあるニューイングランド製菓で製造されている甘いウエハース。

2 『ウェブスター大学生用辞典・第五版』の「必要な」（“necessary”）の項より。そこには、ラテン語の *necessaries* が語源で、*necesse* から “necessary” が出来たとされている。*necesse* は、*ne-* not + *cedere* to go away と記してあるので、「必要な」＝「去って行かない」が、成り立つ。また、語義の四には、「欠くことのできない親密な種類の務めを果たす」の意が挙げてあり──今では「必要な女」という成句でのみ用いられる、と説明されている。

3 ヒプシシムス（hypsissimus）は、ギリシャ語「ヒュプス（高い）」（ὕψος）とラテン語の最上級語尾「イシムス」（*-issimus*）の合成語である。

4 ジグラット山については、ガートルード・レイチェル・リーヴィ著『角の門』、一七〇頁の注を参照。バビロンのジグラット（Ziggurat）山の塔の階段は、様々な世界を表わす色に塗られていた。

5 ヒプシストス（hypsistos）は、ギリシャ語で「最も高い」の意。

6 ラテン語では、本文に示した意味であるが、キリスト教では、“saecula saeculorum” は「終わりのない時」の意である。

7 八百二十億年は、地球の年齢を表わす。

8 オルソンがリーヴィ著『角の門』に書き込んだ図形。

9 エンディコットは、ジョン・ウィンスロップ（John Winthrop）の船団のマストをセーレムから見た、とオルソンは書いているが（九〇〇頁「わが家についた」一〇‐一二行参照）、これはオルソンの想像らしい。

10 父ピーター・ブリューゲル（Pieter Brueghel the Elder）の、「スケートをしている人がいる冬景色と鳥の罠」（“Winter Landscape with Skaters and Birdstrap”）、「雪の中の狩人」（“Hunters in Snow”）、「ベツレヘムでの人口調査」（“Numbering of the People at Bethlehem”）には氷上でスケートをする人が描かれている。「ディディムス」（“Didimus”）は、ギリシャ語で「睾丸」を意味するが、「二重」「双子」の意味もある。「双子」ならば、ブリューゲルの息子で画家のピーター（Pieter, 一五六四‐一六三七年）とやはり画家のヤン（Jan, 一五六九‐一六四二年頃）を指すと考えられるが、生年にずれがある。父ピーターと息子のどちらかが比喩的に「双子」だというのだろうか。

11 『マクシマス詩篇』第三巻中扉の図を参照。訳註一三〇八頁に掲載した。この地図は、一六三〇年の六月十一日もしくは十二日に、アーベラ号（the *Arbella*）の甲板で、ジョン・ウィンスロップ自身が描いたと言われている。

12 完璧ゆえに恐ろしい神の顔については、一七六頁「マクシマスより、グロスターへ、手紙19」五六‐五八行参照。

13 「果て《デ・ブ》」は “de bout” の訳語。フランス語で “de” は「〜の」、“bout” は「端」。

14 ストロークス（stlocus）は、ロークス（locus）すなわち「場所」と同じ意味である。六〇四頁　マクシマスより、ドッグタウンから──Ⅳ／三一行参照。

北の、氷の中には　*North, in the ice* ［八二五頁］

1　一九六五年九月二十九日に、グロスターで執筆された。

2　ブルガリア人（the Bulgar）たちは騎馬民族である。タタール人（the Tatars）やフン族（the Huns）と同じく、紀元七世紀に黒海の東、ドナウ川（the Danube）の下流に現われた。ブルガリア人は文明の周辺からの移民を表わしており、新しい文明を運び来る者である。

3　ノヴォイ・シベルスキー・スロヴォ（Novoye Sibersky Slovo）は「新シベリア諸島」の意。北極海の新たな群島で、ロシアの領土である。二九八頁「手紙、一九五九年、五月二日」二一三行参照。二九八頁では「ノヴォイ」でなく「ノヴォ」（novo）となっている

引き船をなくして途方にくれた　*Lost from the loss of her dragger* ［八二六頁］

1　一九六五年九月二十九日ころにグロスターで書かれた。

2　ソールト島（Salt Island）は、アン岬の東海岸、グッド・ハーバー・ビーチ（Good Harbor Beach）の沖にある島。

大洋　*The Ocean* ［八二七～八三〇頁］

1　ガネーシャ（Ganesha）については、七九三頁「詩一四三番。祭りの相」七四-七七行参照。

2　聖セバスチャン（St. Sebastian. 二八八年頃没）は、キリスト教の殉教者。ディオクレチアヌス（Diocletian）帝により杭に縛り付けられ弓矢を射られて死んだ。アンドレア・マンテーニャ（Andrea Mantegna. 一四三一-一五〇六年）とティントレットー（Tintoretto. 一五一八-九四年）による肖像画がある。

3　「変容した／力」（"Energy / transformed"）については、フレイザー『金枝篇』冒頭参照。祭司である王は、後継者が金の枝を折った後、王を殺し、代わって祭司になるまで王の職を保つ。しかし、グレーヴズ著『ギリシャ神話』の古代暦と太陽年の記述を参照すると、太陽が衰微する時、太陽と同一視される王は、犠牲にされた、と書いてある（一巻十二-十三頁及び十八-十九頁）。

4　オルソンのエッセイ「同一、すなわち実在との一致」("Equal. That Is, to the Real Itself")で、オルソンは実在を「間断のないこと」としている。また、「実在の構造は柔軟で、量は振動に溶解し、万物は流れるが、在り、手段が等しければ永遠になる」と『人間の宇宙』（*Human Universe*）、一一八-一一九頁、および一二一頁で述べている。

5　グレーヴズ著『ギリシャ神話』、一巻一六頁には、ユリウス暦が採用された後も、十三ヶ月を一年とする暦はヨーロッ

パの農民の間で千年以上も生き残っていた。これによれば、太陽は冬至に始まる十三の段階を過ごさなければならない。一日とはうるう年の一日を指す、と書いてある。

ドッグタウン──アン・ロビンソン・デーヴィス　*Dogtown—Ann Robinson Davis*［八三一〜八三六頁］

1　一九六五年十月三日の日曜日ころに書かれた。

2　アン・ロビンソン（Ann Robinson）は、アンドルー・ロビンソン大尉（Captain Andrew Robinson）の女きょうだい。サミュエル・デーヴィス（Samuel Davis）の妻となった。

3　グッドウーマン（Goodwoman）は、元々は高い地位の人に対して用いられた習慣的な形容詞「良い」（"good"）を地位の高くない人にもつけて敬意を表わしたもの。高い地位の人に対しては、「良きわが殿」（"good my lord"）、「良きわがお妃様」（"good your ladyship"）などのように用いられた。地位の高くない人に対しては、「良き人」（"goodman"）、「良き奥方」（"goodwife"）、「良き女性」（"good woman"）などのように用いられた。「良き女性」が、「その家の良き女性」（"the good woman of the house"）のように用いられる場合は、その家の女主人を指すと考えられる。

4　ブラック・ポイント（Black Point）は、メイン州ポートランド（Portland）の南、すなわち現在のスカーバラ（Scarborough）にあった入植地。ポイントという名だが、岬ではない。一六七六年にインディアンに襲われた。

5　メイン州ブラック・ポイントへ入植したトマス・カモック（Thomas Cammock）には、妻マーガレット（Margaret）と親友ヘンリー・ジョスリン（Henry Josselyn）がいた。カモックは西インド諸島への航海に出る前に、財産をヘンリー・ジョスリンに譲り、妻には五〇〇エーカーの土地を与えた。一六四三年にカモックがバルバドス（Barbadoes）海峡で没した後、ジョスリンはマーガレット・カモックと結婚した。ヘンリー・ジョスリンは、親友の妻と、全財産を手中に収める結果となった。

6　カスコ湾（Casco Bay）は、メイン州沿岸、エリザベス岬の北にある。

7　ジャン・ヴァンサン、サン・キャスタン男爵（Jean Vincent, Baron de Saint-Castin, 一六三六–一七〇一年より後）は、紳士で冒険家。一六六七年にペノブスコット湾地域（the Penobscot Bay region）に到着し、有利な商売を始めた。一六九〇年代にはアブナキ族を率いて、何度かイギリス人の入植地を襲った。一七〇一年にフランスへ帰国。

8　ジョージズ卿とは、メイン州を設立したファーディナンド・ジョージズ卿（Sir Ferdinando Georges）のこと。三七四頁「一九六〇年、十二月」六九行参照。

9　セント・ジョー（St Joe）は、ミズーリ州セント・ジョーゼフ（St. Joseph, Missouri）のこと。そこは、一八四〇年代から一八五〇年代にかけて、オレゴン州やカリフォルニア州へ移民する人たちが必需品を調達する中心地だった。移民のなかにはモルモン教徒もいた。
10　エセックス（Essex）は、グロスターから約一〇マイル西に位置する町。一六三四年に入植が始まり、一九世紀初頭に経済的隆盛を見た。エセックス湾（Essex Bay）からイプスウィッチ川（the Ipswich River）への運河ができたため、ニュー・ハンプシャー（New Hampshire）からの船材輸送が容易になり、この町の造船が盛んになった。
11　エリザベスとは、イギリス女王エリザベス一世（Elizabeth I）であろうか。エリザベス女王は、エセックス伯爵（Earl of Essex）との恋愛が取りざたされた。
12　一七四五年二月に、町の人は「マザー・ジョスリン（Mother Josselyn）の葬儀のために」、四ポンドの砂糖と二オンスのオールスパイス（allspice）に八シリング一〇ペンスを支払い、四組の手袋に二六シリングを支払った。オールスパイスは、西インド諸島に産するフトモモ科の常緑樹、またその果実。この果実を乾燥させた香辛料のこと。
13　下の道とは、チェリー・ストリート（Cherry Street）を指す。

あの押し黙った船たちを進ませるために　***To make those silent vessels go***　［八三七〜八三八頁］

1　一九六五年九月末もしくは十月初めに書かれた。
2　ハワード・I・チャペル著『アメリカ帆船史』（Howard I. Chapelle, *The History of American Sailing Ships*, 出版年不明）の一五頁によれば、小艇《ピンク》（pink）が、後の漁業用小艇《ピンキー》（pinkie）と類似している点は、船尾が尖っていることと、船首か船尾に似たデザインの張り出しがあることくらいで、別物である。なお、小型船《ディンギー》（dinky）は、正しくはディンギー（dinghy）とつづる。
3　小型帆船《シャロップ》（shallop）は、二本マストの帆船。浅瀬で用いる小型の船である。七四九頁「請願書への署名」二行、および訳註一三二三頁の注2を参照。
4　ジョーゼフ・コリンズ（Joseph Collins, 一八三九―一九〇四年）は、様々な権限を与えられて合衆国水産（the U. S. Fish Commission）に雇われた漁業用スクーナーの船長。共著に「北アメリカ東海岸の漁場」（"The Sea Fishing Grounds of the Eastern Coast of North America"）がある。スクーナー（schooner）については、訳註一二〇一頁を参照。
5　オルソンがよく知っていたグロスターの漁師ジェームズ・B・コノリー（James B. Connolly, 一八六八―一九五七年）のこと。「ジョーゼフ」は間違い。
6　質量（Mass）は、次行の「ミサ（Mass）」と同音で綴りも同じである。
7　スループ船（sloop）は、スループ型帆船のことで、一本マストの縦帆《じゅうはん》装船をいう。三一七頁「四月のきょう、メイン・ストリートは」一四五行、五三二頁「さあ、船をみんな入港させてやろう」三行を参照。

8　ジェームズ・B・コノリー著『グロスター漁師の書』(James B. Connolly, *The Book of Gloucester Fishermen*, 一九二八年)の一〇章で、コノリーは、スクーナー(schooner)を「貴婦人」(lady)と呼んでいる。

9　その結果については、ハーマン・メルヴィル著『タイピー』(Herman Melville, *Typee*, 一九二二年)、三十四章「ポリネシアの生活」参照。D・H・ロレンスは『アメリカ古典文学研究』(D. H. Lawrence, *Studies in Classic American Literature*, 一九二三年初版、一九五三年版)、一四一―一四八頁で、こう言っている。メルヴィルは「故郷」と「母」に憧れており、いかに遠くへ航海しても、この二つから逃れられなかった。「故郷」と「母」は呪いだった、と。

10　ホイットマン(Walt Whitman, 一八一九―一八九二年)は、「ある女性がわたしを待つ」("A Woman Waits for Me")という詩の性的な本質を隠そうとして、書き換えた。メルヴィルも「楽しいパーティの後」("After the Pleasure Party")という詩の性的な本質を隠そうとして、別のヴァージョンを作った。

11　ミケランジェロ(Michelangelo, 一四七五―一五六四年)は、フィレンツェの貧しい紳士ルドヴィコ・ブオナロッティ(Ludovico Buonarroti)の息子で、ルネサンス期フィレンツェ最大の画家。ミケランジェロの名声が高かった時、彼の家系とカノッサ(Canossa)公爵家とのつながりが想像され、根拠がなかったにもかかわらず、両者ともこれを認めた。

12　ジェームズ・B・コノリー著『グロスター港』(James B. Connolly, *The Port of Gloucester*, 一九四〇年)、一八六頁参照。レイキャヴィク(Reykjavik)を訪れたパッツィ・ヴェール船長(Captain Patsy Vail)の行状が書かれている。ヴェールは、船をいかに高速で走らせ続けられるかを住民に語ったのである。

13　ジョージズ浅瀬(Georges [Bank])については、一二三六頁「吉報」一九行および訳註一一九二頁の注8を参照。

コーネリー　*Cornély*［八三九〜八四一頁］

1　一九六五年九月末もしくは十月初めに書かれた。

ガートルード・レイチェル・リーヴィ著『角の門』(Gertrude Rachel Levy, *Gate of Horn*, 一九四八年)の一四六頁に、フランス北西部カルナック(Carnac)付近の巨石モニュメントに関する記述がある。これによると、聖コーネリー(S. Cornély)は二頭の雄牛の背に乗ってローマ軍から逃げ、海に行く手をはばまれた時、追っ手のローマ軍を列石に変えた、とされる。

2　リーヴィ著『角の門』、一一四頁に、リビア人(the Libyans)との交流がエジプトの将来に影響を与えたと書いてある。また同書一七六―一七七頁には、エジプトの王冠の図解があり、その王冠の前面から羽根が突き出ている。古代エジプト王エパポス(Epaphus)の娘リビュエー(Libya)は、頭飾りに羽根を使った。その名残りとも考えられる。五一一頁「サヌンクシオンが生きていたのは」一二五行および訳註一二七一頁の注8を参照。

3　アン岬水産(the Cape Ann Fisheries)は、フォート・スクエアにあり、オルソンの自宅から通りを渡ったところにあった。

4　マダム島（Isle Madame）は、大西洋上の島であり、ノヴァスコシア東部のケープブリトン島（Cape Breton Island）からすぐ南にある。

5　五〇三頁「レーンの目に映るグロスターの風景」一行目参照。

6　リーヴィ著『角の門』、一六四頁注は、聖コーネリーに関するものである。そこに、土地の人々は「しばしばこれらの並木道を亡霊が徘徊する」と信じている、と書いてある。オルソンは英語の「亡霊《レヴナンツ》」（revenants）をフランス語の「夢《レーヴ》」（rêves）と取りちがえた。

7　実りある航海を見守る聖母マリア教会（The Church of Our Lady of Good Voyage）のこと。

8　リーヴィ著『角の門』、一〇五頁より。詩中で「海岸沿いに」とされているところは、リーヴィでは「カルナック付近の平原に時には一マイルも伸びる」となっている。

「環状列石《クロムレック》」もちろんそれは　***"cromlech" of course it is***［八四二～八四四頁］

1　四八四頁「セトルメント入り江では」二行目参照。

2　フィッシャマンズ・フィールド（Fisherman's Field）に入植したジェフリー・パーソンズ（Jeffrey Parsons）とその子孫。息子ナサニエル（Nathaniel）は商業を営み、没年の一七二二年には幾隻もの船と、一つの店と波止場の持主になっていた。

3　シャンプラン（Champlain）については、二九九頁「手紙、一九五九年、五月二日」二三四行および、五五六頁「発端」一行目参照。

4　ドーリー（dory）は、ニューイングランドで鱈漁に用いられる小舟。二二頁「手紙2」六三行、および訳註一一四三頁の注21を参照。

5　おそらく一九三四年に他界したフレッド・パーソンズ（Fred Parsons）のこと。オルソンが少年時代に夏を過ごしたステージ・フォート公園に通じるオールド・セーレム・ロード（Old Salem Road）に家を持っていた漁師。オルソンが知った頃にはウェスタン通り（Western Avenue）一一〇番地に住み、ブリンマン橋（the Blynman Bridge）の開閉助手だった。

6　「スカルで漕ぐ」（"sculling"）とは、両手にオールを持ってこぐことを言う。ドーリーは普通、一本のオールで操るが、フレッド・パーソンズは、二本のオールを使ってドーリーを操ったのである。

7　正しくは、ククルー（Cucurru）ではなく、カークル（Curcuru）である。ベニー・カークル（Benney Curcuru）はフォート・スクエアの魚卸し業者。コマーシャル通りでカークル兄弟商会を営んでいた。

8　スキフ（skiff）は、かいでこぐ小船。一本マストで三角帆の短艇をスキフと呼ぶ。しかし、一般には軽舟を指す。娯楽用、一人こぎのレース用（scull）、艦船付属の雑用艇などいろいろある。

9　五五八頁「発端」五二行、および四五〇頁「パーソンズ家のこと」三二行参照。オルソンが少年時代にグロスターへ夏の「キャンプ」に行っていた頃、ローランド・ストロング（Roland Strong）はウェスタン通り一六五番地にガソリンスタンドを持っていた。市からの盗品を入れた倉庫は、ストロングの友人ホーマー・バレットが関わったスキャンダルと関係する。二一六頁「それで、サッサフラスが」二四行には、一九一五年から一九一六年までグロスター市長だったホーマー・バレットが「B親父」として登場している。

10　オルソンがどの方角を向いて書いていたか定かではないが、右手の「入り江」は、ハーバー入り江か、フレッシュウォーター入り江のいずれかを指すと思われる。

11　おそらく「グロスター港からステージ・フォート公園のハーフ・ムーン・ビーチを望む」（"View of Half Moon Beach in Stage Fort Park from Gloucester Harbor" 油彩一八四八年頃の作）のこと。その大きさと題材は、「グロスター外港のステージ岩と西の海岸」（"Stage Rocks and Western Shore of Gloucester Outer Harbor" 一八五七年作）と同じである。三二—三三行の「二つ目の半月《ハーフ・ムーン》」（"a 2nd half-moon"）は、フィッツ・ヒュー・レーンの絵を、一つ目のハーフ・ムーン・ビーチとすれば、オルソンが見ている実際の半月浜《ハーフ・ムーン・ビーチ》は二つ目となる。それで実際のハーフ・ムーン・ビーチを「二つ目の半月」と呼んだと考えられる。

12　一リーグ＝約三マイル。一マイル＝一・六キロ。だから半リーグは約二・四キロになる。

13　ストーンヘンジ（Stonehenge）あるいは他の巨石時代の環状列石の神殿（Megalithic circular stone temples）を指す。

14　ここでの「尾根」（Ridge）は、三五〇頁「手紙27」の姉妹篇として書かれた詩「尾根」（"The Ridge"）である。そして、「尾根」はドッグタウンではなく港を扱っている、と注釈者バタリックは言う（『マクシマス詩篇案内』、六〇四頁）。しかし、詩「尾根」は、バタリック編『チャールズ・オルソン全詩集』（George F. Butterick ed., *The Collected Poems of Charles Olsen*, 一九八七年）にも、これを補完するバタリック編チャールズオルソン作『詩だけの国家』（Charles Olsen, *A Nation of Nothing but Poetry*, ed. George F. Butterick, 一九八九年）にも収められていないため、その内容を確認するのは困難である。

エキドナは、コブラの一噛み　***echidna is the bite of the asp***　［八四五頁］

1　一九六五年十月十二日に書かれた。

エキドナ（Echidona）は、ラテン語で「コブラ」または「蛇」の意。ギリシャ神話では、エキドナの半身は「輝く眼」のニンフ（nymph）であり、半身は、蛇。テュポン（Typhon）と交わり、レルナのヒュドラ（Lernean Hydra）を産んだ。

2　ドーチェスター・カンパニーの入植者たちが初めてアン岬に上陸したと考えられる場所を、オルソンが「セトルメント入り江」（Settlement Cove）と命名した。セトルメント（settlement）は、入植、定住の意。グロスター港西岸の曲線を描くところを指し、現在のステージ・フォート公園付近にあたる。

3　古代エジプト王の頭飾りにつけた王の表象。聖なるエジプトコブラをかたどってあった。

4　ツノクサリヘビ（the Horned Viper）は、クレオパトラが自殺に用いたと考えられている蛇。

5　四八三頁「第二巻三十七章」一六−一七行参照。ヒュドラすなわち水蛇は、テュポンとエキドナの子で、レルナの湿地に住んでいた。

6　武装した処女（the Armed Virgin）とは、アテナ女神（Athena）のこと。

7　怪物（The Monster）とは、おそらくグロスターの海蛇である。また、古代スカンディナヴィア神話の蛇ミドガルド（the Midgard Serpent）でもある。ティール（Tyr）が手を失い、この世が終わる時に現われる。

8　武装した男（the Armed Man）とは、古代スカンディナヴィア神話の戦いの神ティールのこと。エンヤリオーンと重なる。

川は「運河入り江《カット・クリーク》」とされている　*"Cut Creek," the River is*［八四六〜八四七頁］

1　サヴィル（Saville）は、アニスクウォム川を「運河《カット》入り江」（"Cut Creek"）と記している。六六頁「手紙7」八行目参照。

2　ルベローサ（ruberosa）は正式には"Passiflora ruberosa"という小さな花。つぼみの長さは四ミリで、花は開いても二〇ミリ程度である。

3　フォート・ポイント（Fort Point）のフォート（Fort）は砦、ポイント（Point）は海や広い川に突き出た突端もしくは岬の意。その古名がウォッチ・ハウス・ポイント（Watch House Point）である。

4　アルフレッド・マンスフィールド・ブルックス著「一八〇〇年当時のグロスターの景観」（Alfred Mansfield Brooks, "A Picture of Gloucester About 1800"）、『エセックス歴史協会論文集』（*Essex Institute Historical Collections*）八七巻四号（一九五一年、十月）、三三二−三三八頁に収録。その三三五頁に、こういう記述がある。港に入ってきた船は、険しい岬を眼にする。一七四三年には、町が敵に対して無防備であるため、岬に胸壁が設けられ、十二ポンド砲が八門据えられた。それで岬はウォッチハウス・ネック（Watchhouse Neck）と呼ばれた。ウォッチハウス（Watchhouse）は見張り番小屋、ネック（Neck）は首状部、地峡、岬の意である。一七九〇年になると、外港、内港、港内の潮流を防備するために、合衆国政府は本物の砦（fort）を作った。砦はなくなって久しいが、グロスターのこの地帯には砦を表わす名前が残っている、と。

5　「ウォッチ＝ハウス・ポイント」（"Watch-House Point"）は、ウォッチハウス・ネックの呼び名が変わったもの。

グロスターのマクシマス　***Maximus of Gloucester***［八四八～八四九頁］

1　ブルックス・アダムズ著『文明と衰退の法則』（Brooks Adams, *The Law of Civilization and Decay: An Essay on History*, 一九四三年）、一三三頁に出てくる「修道士」（the conventual）の語にオルソンは下線を引いている。この頃アメリカの詩人エドワード・ドーン（Edward Dorn, 一九二九年生まれ）に書いた手紙には、「わたしは社会より魂のほうが好きだ、修道士だけが想像力云々」と認められている。

2　ブルックス・アダムズ著『文明と衰退の法則』、三四七頁には、修道士たちの生活は保証されており、衣服とパン（robe and bread）は与えられた、と書かれている。

3　ギリシャ語のアレーテー（ἀρετή）は、「善、男性的美質」（goodness, manly excellence）の意味である。

カール・オールセンの死　***The Death of Carl Olsen***［八五〇～八五四頁］

1　下の船室から甲板へ出る昇降階段（companionway）のこと。

2　七九－六五＝一四は、カール・オールセンが一九六五年に七十九歳で他界した（一七－一八行参照）ことに関連する数式である。しかし、数式の意味は不明。

3　ブラウン浅瀬（Brown's Bank）は、ブラウンズ浅瀬（Browns Bank）とも表記する。一二一頁「手紙２」六八行、および訳註一一四三頁の注22を参照。

フォートののっぽ　***Tall in the Fort***［八五五頁］

1　一九六五年十一月十八日に、詩人ロバート・ケリー（Robert Kelly）の夫人ジョーン・ハート（Joan Hart）が伝えてくれた「神託」（"oracle"）への返答として書かれた。

2　フォート（the Fort）とは、フォート・ポイント（Fort Point）あるいはフォート・スクエア（Fort Square）のこと。オルソンの家のあるところである。

3　五四〇頁「土地の景観を見はるかす」一二一－一二三行の「予知は／絶対」および訳註一一七九頁の注7を参照。

ここフォートにいると、心は固まる　***Here in the Fort my heart doth harden***［八五六頁］

1　一九六五年十一月の終わりころに書かれた。フォートとはフォート・ポイントのこと。

2　『易経』の八つの基本図形の一つ、あるいは七九一頁「詩一四三番。祭りの相」一七行の「燃焼点」と関係のある図形と考えられる。訳註一三三二頁の注5「燃焼点」を参照。

移住の実際　***Migration in fact***［八五七頁］

1　アサ神族（The Aesir）は、アスガルド（Asgard）に住んだ古代スカンディナヴィア神話の神々。この神々の中にオディン（Odin）やトール（Thor）がいる。元来はアジアに住み、トロイから北西へ旅したことが、スノーリ（Snorri）の『エッダ』（*Edda*）序文に書かれている。

2　ヴァニル神族（The Vanir）は、古代スカンディナヴィア神話でニヨルズ（Njord）、フロイ（Frey）、フロイア（Freya）などの豊穣神を含む神々。ニヨルズは、フロイとフロイアの父で、風と航海と繁栄の神。フロイは、豊穣と作物と平和と繁栄の神。フロイアは、フロイの妹で、愛と美と豊穣の女神である。南から移住してきた。アサ神族とは、ライバル関係にある。

3　アメリカの詩人・小説家ガートルード・スタイン（Gertrude Stein, 一八七四–一九四六年）は、自著『世界はまるい』（*The World is Round*, 一九三九年）の中で「バラはバラでバラでバラである」（"Rose is a Rose is a Rose is a Rose"）と木の幹の周りに刻んだ。また、『地理と劇』（*Geography and Plays*, 一九二二年）中の「聖なるエミリー」（"Sacred Emily"）の中に「バラはバラでバラでバラである」（"Rose is a rose is a rose a rose"）という特徴的なフレーズの最初の例が見られる。スタインは、これを円形にデザインし、レターヘッド（便箋《びんせん》上部や、便箋そのもの）に印刷したりした。そのフレーズがこの「移住の実際」にも記されている。ただしオルソンは、不定冠詞を定冠詞に変えている。ユングは、（この世の）バラを、黄金の華と同一視した。W・B・イェイツにも「この世のバラ」という詩があり、オルソンは若いときにこれを読んでいた。

4　隣人の妻や、召し使いなど隣人のものを一切欲してはならない、というモーセの十戒より。「出エジプト記」二〇章参照。

ジェネラル・スタークス号が航行不能になった冬　***The winter the Gen. Starks was stuck***［八五八〜八六一頁］

1　氷に閉じ込められた私掠船ジェネラル・スタークス号（the *General Starks*）については、バブソン著『グロスター史』四二二頁参照。私掠船（privateer）とは、戦時において、敵船を攻撃・捕獲することを政府から許可された民間の武装船のことである。

2　地球の大圏（the Great Circle）の弧は地球上の二点を最短距離で結ぶ。

3　黄道（the ecliptic）は、地球から見て一年間の太陽の軌道を表わす、天球上の大円。

4　ブラック・ベス・ポイント（Black Bess Point）は、口絵に掲載したアン岬の地図の地図には記していないがバタリックによれば、イースタン・ポイント（Eastern Point）からグロスター港へ突き出ている突端もしくは岬である。フレッシュウォーター入り江（Freshwater Cove）の南からグロスター港西岸に突き出るドリヴァー・ネック（Dolliver Neck, or Dolliver's Neck）と向かい合っている。

5　バブソン著『グロスター史』によれば、一七七九年から一八〇〇年の冬は寒さが厳しく、ジェネラル・スターク号は十二月半ばから三月二十日まで、港の湾内で氷に閉じ込められた。乗組員はテン・パウンド島まで氷の上を歩き、測深マークをつけて、位置を確かめた。

6　テン・パウンド島の岩棚（Ten Pound Island Ledge）は、テン・パウンド島の南西にある。

7　八五七頁「移住の実際」の中央部参照。だがここでは、「バラ」は「羅針盤《コンパス・ローズ》（a compass rose）」でもある。

8　一七五頁「マクシマスより、グロスターへ、手紙19（牧師書簡）」三五行、八一二頁「おれの身体は、家に帰ってきた」七八－七九行、および八九九頁「何日も瓶の中に閉じ込められていた」五行を参照。

十二月二十二日　***December 22nd***［八六二～八六三頁］

1　一九六五年十二月二十二日にグロスターで執筆された。

2　四九二頁「鵜岩《シャグ・ロック》は」一行目参照。

3　テン・パウンド島（Ten Pound Island）のこと。

4　モニトル艦（Monitor）は、船べりが低く、巨大な旋回砲塔を備えた十九世紀末の砲艦。南北戦争中の一八六二年に、南部のメリマック号（the *Merrimack*）と戦った北部のモニトル号（the *Monitor*）が最初のモデルである。あるいは、喫水の浅い沿岸航海用の戦艦を指す。喫水とは、船が浮かんでいる時の水面から船体最下部までの距離のこと。

すべてが、あまりにも早く逃げ去ったため　***The whole thing has run so fast away***［八六四頁］

まるで山脈のようだ　***like mountains***［八六五頁］

1　一九六五年一月ころに書かれた。

2　ステージ・フォート公園にある高さ十三フィートの岩。ブロンズの記念銘板がついている。

3　ジョン・スミス著『入植初心者への宣伝』（*Advertisements fot he Unexperienced Planters*）の中に「建造物の中でも最も見事なのは、船だ」と書いてある。

4　ソネチナ（Sonnetina）は、十四行詩《ソネット》（sonnet）と小規模なソナタ《ソナチネ》（sonatina）からの造語で、「小歌」の意。

一九六六年、一月十六日、日曜日　*Sunday, January 16, 1966*［八六六〜八六七頁］

1　遊び場（Playground）はフォート・ポイントの西の岸、パヴィリオン・ビーチ（Pavilion Beach）近くにある。

2　メイソン・A・ウォールトン（Mason A. Walton, 一八三八年頃–一九一七年）は、『隠者の野生の友、あるいは森の中での十八年』（*A Hermit's Wild Friends, or Eighteen Years in the Wood*, 一九〇三年）の著者。本は未完である。ウォールトンが、この本に注をつけたのは一九〇三年四月五日のことである。グロスターのボンズ・ヒル（Bond's Hill）を住居に選んだ理由が一三一四頁に書いてある。

3　両極岩《ザ・ポールズ》（The Poles）については、三五六頁「川——2」三行目、および訳註一二二七頁の「川——2」への注2を参照。

4　「十八年前」とは、ウォールトンが自分の本に「注」をつけた一九〇三年から「十八年前」、すなわち「一八八五年」を指す。一八八五年にウォールトンは、隠者としての暮らしを始めたのである。

この人たちも、わが家の窓から見える所に座っていた　*These people sat right out my window too*［八六八頁］

1　執筆時期は不詳。

大地の端に立つことだけが　*On the Earth's Edge is alone the way to stand*［八六九頁］

1　執筆時期は不詳。

2　小さなボートやカブトムシ（Little Spun Boat or Beetle）は、おそらく星座のこと。

夕暮れ時の雪　*Snow At Evening*［八七〇頁］

1　聖ルチア（Santa Lucia）は、親切と愛により聖者となった。四世紀のシチリアに生きたイタリアのキリスト教徒である。彼女に恋した男がいたが、その男を彼女は好まなかった。その男が彼女の眼を最も好んだので、彼女は男に自分の両眼を与えた。奇跡によりルチアには再び両眼が生じたが、以前の眼より美しかったという。新たに生じたルチアの眼を、同じ男が求めたが、ルチアに拒絶されると、彼女を刺し殺した。憐れみの聖女聖ルチアは、ベアトリーチェ、聖母マリアとともに、ダンテの地獄巡りと、煉獄をへて天国へ至る旅を助ける。『神曲』「地獄篇」第二歌参照。

2　スルバブラン（Zurbubran）ではなく、スルバラン（Zurbaran）が正しい。フランシスコ・デ・スルバラン（Francisco de Zurbaran, 一五九八–一六六四年）は、スペインの画家。宗教画と修道士の肖像画で知られる。

もし、死が留まるところを知らないなら　*IF THE DEATHS DO NOT STOP* ［八七一～八七二頁］

1　かつて三月は「聖なる月」であった（五九九頁「大いなる大地の果てに」九六行参照）。オルソンの妻ベティが交通事故で死んだのは一九六四年三月である。

2　春の始まりを告げる春分が三月にあることから、古いローマ暦では三月が一年の始まりだった。それに従えば、第二月は現在の暦の四月に当る。六〇一頁 マクシマスより、ドッグタウンから――Ⅳ／ 三－五行参照。

3　古代スカンディナヴィアの詩『ハヴァマル』（*Havamal*）の中で、神オーディン（Odin）は詩の秘密を知るために、九日九晩世界樹（the World Tree）にぶら下がった。

4　われわれ自身の犬（our Own Dog）とは、世界の終わりにオーディンを喰らった、フェンリス（Fenris）のような狼のこと。

5　ハリー・マーティン（Harry Martin, 一九二七年生まれ）は、グロスターの画家で、オルソン夫妻の友人。

6　ケンワード・エルムズリー（Kenward Elmslie, 一九二九年生まれ）は、ニューヨークの詩人。ハリー・マーティンの友人である。

7　ルース・ランドショフ・ヨーク（Ruth Landshoff Yorck）はニューヨーク在住の小説家兼詩人だったが、一九六六年一月十九日に急死した。ハリーとケンワードの悲しみを慰めようとして、この詩を書いた、とオルソンはノートブックに記している。

一九六六年二月三日　高潮　*February 3rd 1966 High Tide* ［八七三～八七四頁］

1　カップ・ケーキの島（Cup Cake Island）は、雪でおおわれたテン・パウンド島（Ten Pound Island）をカップケーキに見立てたもの。

2　鵜岩《シャグ・ロック》については、八六二頁「十二月二十二日」六行目を参照。テン・パウンド島の沖にある。

3　エスキモー・パイは、棒にさしたアイスクリームをチョコレートでくるんだお菓子。

ハイスブーとしての陸地　*The Land as Haithbu* ［八七五～八七六頁］

1　「ハイスブー」（Haithbu）は、誤りで、「ハイサブー」（Haithabu）が正しい。ハイサブーは、バルト海に臨む旧西ドイツの港町シュレスヴィヒ（Schleswig）近くにあるキャンプ地。

2　執筆時期は、不詳。

三日目の朝はうつくしい　*a 3rd morning it's beautiful*［八七七～八八三頁］

1　テン・パウンド島のこと。

2　「鵜岩《シャグ・ロック》」（Shag Rock）は、八七四頁「一九六六年二月三日　高潮」八行に登場した岩で、テン・パウンド島西端の沖にある。

3　ジェームズ・ジョイスがエズラ・パウンドにこう語った。「詩のつややかな頭が、君の作品の中に現われているよ」と。シーリー編『チャールズ・オルソンとエズラ・パウンド』（Catherine Seelye ed., *Charles Olson & Ezra Pound: An Encounter at St. Elizabeths*, 一九七五年）、一〇四頁参照。したがって、次行の「彼」とはジョイスのこと。また、エズラ・パウンドの『詩選集』（*Selected Poems*, 一九五七年）中の「メダリオン」（"Medallion"）に「黄金のフロックから／つややかな頭が現われる」（The sleek head emerges / From the gold-yellow frock）という詩句が見られる。

4　この海蛇は、「グロスターの海蛇」である。三九三頁「マクシマスより、一九六一年三月――I」二行目、五三三頁「ヘピト・ナガ・アトシス」四行目、七六七–七七〇頁「グロスター港の翼ある島」に登場する。

5　クィーン・メアリー号（the *Queen Mary*）は、豪華客船。一九三六年にイギリスで建造され、一九六七年まで使用された。世界最大の船の一つだった。

6　海底の「陸地」（the 'Land' Below）は、エドワード・ドーンの詩集『手を上げろ』（*Hands Up*, 一九六四年）中の詩「海底の陸地」（"The Land Below"）の題名を用いたものか。

7　輝き《アグライア》（Aglaia）は、美の三女神（the three Graces）の一人。あとの二人は、喜びの女神エウプロシュネ（Euphrosyne）と、花盛りを象徴するタレイア（Thalia）で、三人ともゼウスとエウリュノメ（Eurynome）の娘である。ここでは "aglaia" となっているので「輝き《アグライア》」としたが、四六行、五四行、および七二行では "Aglaia" となっているので「輝きの女神《アグライア》」とした。

8　七七一頁「組織のすみずみまで」三–四行参照。そこに「やつの瞳に宿る宝石」という詩句がある。

9　ラウンド・ロック浅瀬（Round Rock Shoal）は、グロスター港の入り口にあるドッグバー防波堤（Dog Bar Breakwater）の真向かいにある浅瀬。

10　当時、合衆国水産・野生動物社（the U. S. Fish and Wildlife Service）の建物と埠頭が、テン・パウンド島の北端にあった。円錐形の燈台には燈台守の家が付属していた。家はブロック壁で、屋根は木製だった。さらに、古い霧笛を入れた物置があった。

11　鵜岩《シャグ・ロック》を指す。テン・パウンド島を胴体と見て、鵜岩《シャグ・ロック》をテン・パウンド島の頭と見なすのである。

12　鵜岩《シャグ・ロック》を指す。三九行の「島の岩でできた頭」と同じである。

13　オケアノス（Okeanos）とテテュス（Tethys）の娘エウリュノメのこと。ゼウスの第三夫人となり、美の三女神（the

Graces）の母となった。訳註一三五〇頁の注7を参照。

14　ジョン・テンプル（John Temple）は、一九四三年生まれのイギリスの詩人。一九六六年当時ニューヨーク州立大学バッファロー校で学んでいた。

15　ブラック・ロックス（Black Rocks）は、ブラック・ロック（Black Rock）と同じである。ロッキー・ネックの西端から一〇〇ヤード沖にある。七八一頁「内港へ向かう流れに入ることは」三行目に既出。

16　五六九頁「鵜と危険標が」一行目参照。

17　アメリカの詩人ウィリアム・カーロス・ウィリアムズ（William Carlos Williams, 一八八三–一九六三年）の『パタソン』（*Paterson*, 一九五六年）、第一巻（Book I）第一部に、「事物の中以外に観念はない」（no ideas but in things）という考えが提示されている。

18　ユング著『心理学と錬金術』、二五四頁に"Liber Platonis quartorum"という名で知られる錬金術文献からの引用がある。そこに「私は三つの天国を歩き回った、すなわち混成された性質の天国、区別された性質の天国、魂の天国である。だが、知性の天国を歩き回りたいと願った時、魂が私に言った。「それはお前の行く道ではない」と。

19　七九〇–七九五頁「詩一四三番。祭りの相」参照。その詩に関する訳註一三三一–一三三二頁の注1には、（一）大地、（二）中空、（三）空、を三つの都市（トリプラ）と呼ぶ、と書いてある。「トリムルタ」（"trimurta"）は「トリプラ」（"*tripura*"）の誤記と考えられる。

20　「牢獄」（"prison"）とは、十六世紀の錬金術師ゲルハルト・ドーン（Gerhard Dorn）が言う「くびき」（"fetters"）のこと。ユング著『心理学と錬金術』、二五六頁に引用されている。魂を閉じこめる肉体を「くびき」と見なす考えである。

わたしは一つの能力だった——一つの機械だった　***I have been an ability— a machine***　［八八四〜八九三頁］

1　一九六六年二月九日に書かれた。

2　詩人ジョン・ウィーナーズ（John Wieners, 一九三四–二〇〇二年）は、ブラック・マウンテン大学（Black Mountain College）でのオルソンの学生であった。また、一九六四年から一九六五年までニューヨーク州立大学バッファロー（Buffalo）校でもオルソンの教え子。ウィーナーズは、一九七〇年に『神経』（*Nerves*）という題の詩を出そうと計画していた。

3　ステージ・フォート公園の向かいにあるウェスタン・アヴェニュー（Western Avenue）二一五番地の家。所有者のベネディクト・カー（Benedict Kerr）はグロスターで家具屋を営んでいた。

4　ジェフリー・パーソンズ（Jeffrey Parsons）の居住地記録は、セーレムのエセックス郡遺言検認裁判所に保存されている。バス・ロック岬（the Bass Rock point）の南側にあるジェームズ（James Parsons）の土地とエビニーザー家（Ebenezers）の土地との間の土地をジョン（John Parsons）は持っていた。魚を「洗い岩」（"the Washing Rock"）から運ぶための道がついていた、という。「大洗岩」（"Great Washing Rock"）については、一〇四一頁「大洗岩《グレート・ウォッシング・ロック》」一行目を参照。

5　ステージ・ポイント（Stage Point）は、ステージ・ヘッド（Stage Head）と同じと思われる。ステージ・ヘッドについては二〇三頁「入植開始」一一行参照。

6　今は絶滅したオオウミガラス（the Great Auk）は、かつてマサチューセッツ州の海岸に多く見られた。ジャスティン・ウィンザー編『ボストン記念誌』（Justin Winsor ed., *The Memorial History of Boston, Including Suffolk County, Massachusetts, 1630-1880*, 一八八〇年）、一巻一一–一四頁を参照。そこにジョエル・A・アレン著「マサチューセッツ東部の動物誌」（Joel A. Allen, "The Fauna of Eastern Massachusetts"）が載っている。

7　ドリヴァーズ・ネック（Dollivers Neck）とは、ドリヴァー・ネック（Dolliver Neck）のこと。グロスター港の西岸で、フレッシュウォーター入り江の南にある。そこはアメリカ沿岸警備所の所在地である。

8　ヘスペラス・アヴェニュー（Hesperus Avenue）は、ドリヴァー・ネック近くでウェスタン・アヴェニューから分岐し、海岸沿いにマグノリアへ至る道。ノーマンズ・ウォー（ノルマンの嘆き）近くでヘスペラス号が難破し、ロングフェローの詩「ヘスペラス号の難破」（"Wreck of the Hesperus"）にうたわれたところから、この名がついた。

9　レイフ峡谷（Rafe's Chasm）とは、ノーマンズ・ウォーからケトル入り江（Kettle Cove）に至る海岸の岩棚に走る驚くべき裂け目のこと。ケトル入り江は、マグノリア港よりさらに西にある入り江なので、口絵に掲載したアン岬の地図には載っていない。

10　画家のフィッツ・ヒュー・レーン（Fitz Hugh Lane）のこと。レーン作の絵画「グロスター港からステージ・フォート公園のハーフ・ムーン・ビーチを臨む」（"View of Half Moon Beach in Stage Fort Park from Gloucester Harbor" 一八四八年頃）参照。彼の描くグロスターの光景については、五〇三頁「レーンの眼に映るグロスターの光景」（Lane's eye-view of Gloucester）を参照。

11　オルソンの父カール（Karl）は、休暇申請が受理されるのを待たずにプリマス三百年祭に行ったために、勤務していた郵便局内での立場が悪くなった。不利な立場に立たされたことが父の死にもつながった。詳しくはオルソンの回想記『郵便局』参照。また、七二頁「手紙7」一〇一–一〇二行、および七二一–七三三頁「スティーヴンズの歌」参照。

12　ウィリアム・C・ドハーティ（William C. Doherty, 一九〇二年生まれ）は、一九四一年から全米郵便配達員連盟会長。カール・オルソンへのいやがらせが始まった時の郵政長官は、アルバート・S・バールソン（Albert S. Burleson）だ、と『郵便局』（四四頁以下）に書いてある。

13　オルソンの父は、一八八二年にスウェーデンのオレブロ（Orebro）で生まれた。生後数か月の時、母親に連れられてアメリカにやって来た。『郵便局』序文八頁参照。父カールの父親については、書かれていない。

14 ルロイ・ジョーンズ（LeRoi Jones, 一九三四年生まれ）はアメリカの詩人で、黒人ナショナリストの指導者である。後にスワヒリ語名イマム・アミリ・バラカ（Imamu Amiri Baraka）を名乗る。一九五〇年代後半から六〇年代にかけてオルソンの友人となった。彼の父コイェッテ（Coyette）は、郵便局長である。

15 マルカムX（Malcolm X, 一九二五―一九六五年）は、アフリカ系アメリカ人の指導者。一九六五年に暗殺された。

16 コッラド・カーリ（Corrado Cagli, 一九一〇年生まれ）は、イタリア人の画家でオルソンの友人。一九四〇年七月、カーリがグロスターを訪れた時に知り合い、以後親交を結んだ。一九四六年にグロスターで二人が写っている写真はエンリコ・クリスポルティとジュゼッペ・マルキオーリの共著『コッラド・カーリ』（Enrico Crispolti and Giuseppe Marchiori, *Corrado Cagli*, 一九六四年）に掲載されている。

17 オルソンとカーリが会った一九四〇年の夏に、グロスターでアマチュア野球のナイター戦が開かれた。これにイーグルス（the Eagles）というチームも参加している。試合はステージ・フォート公園で行なわれた。

18 オルソンの父カールがある夜の夢に出てきて、カーリとの交際を問いただしたことが、オルソンのノートブックに記されている。

19 オルソンは一九六五年六月に、スポレート・フェスティヴァル（Spoleto Festival）で朗読するために、ローマへ行った。

20 メンフィス期（Memphis-time）は、メンフィスの神学が盛んだった古代エジプトの都市と関係がある。

21 オルソンの父カールは一九三五年八月に、脳内出血で他界した。享年五十三であった。

22 バブソンは、オバダイア・ブルーエン（Obadiah Bruen）がストロベリー・バンク（Strawberry Bank）からというよりは、プリマス（Plymouth）からグロスターへ来たと考えている。

23 ストロベリー・バンクは、ニューハンプシャー州（New Hampshire）ポーツマス（Portsmouth）の初期の名。ピカタクァ川（the Piscataqua River）河口にあり、そこに育つ野生イチゴに因んでこの名がつけられた。

24 アララト山（Ararat Mountain）は、ノアの箱舟が着いた東トルコの山。トルコで最も高い山である。マサチューセッツ州ウースターにも同名の山があるが、その山はオルソンの育った地区から遥か北に位置する。

25 オルソンが一九五二年に書いた詩「そいつは動いていた」（"The Thing was Moving"）にネズミを撃つ記述がある。

26 ビーバー川（the Beaver Brook）は、マサチューセッツ州ウースター（Worcester）の川。ビーバー川公園から、南ウースターのミドル川（the Middle River）に注ぐ。ビーバー川は、ノーマン・アヴェニュー（Norman Avenue）にあったオルソンの少年時代の家の裏手の野を通る。また、イギリスの新聞王ビーヴァーブルック卿ウィリアム・マクスウェル・エートキン（William Maxwell Aitken, Lord Beaverbrook, 一八七九―一九六四年）との語呂合わせもある。

27　「この地上に天国を創り出すために」は、エズラ・パウンド作『詩篇』（*The Cantos*, 一九六九年）の創作動機である。「私は、この世の天国をつくろうとした」（"I tried to make a paradiso / terrestre"）という詩句が、「詩篇百十七番とそれ以後のための覚え書き」（Notes for CXVII et seq.）にある。

あの島は海を漂いはじめる　***That island floating in the sea***［八九四頁］

1　テン・パウンド島のこと。一九六六年頃に書かれた。

違いのない山　***the Mountain of no difference***［八九五〜八九八頁］

1　アンリ・コルバン著『アビセンナと幻視のリサイタル』（Henry Corbin, *Avicenna and the Visionary Recital*, Willard R. Trask の英訳一九六〇年）、一四八頁に「今の風土を離れることに成功した者は、天使の風土に入っていく。天使は二種類に分かれ、右にいるのは知識を持ち、命令する天使たちで、左にいるのは従い行動する天使たちである。人間が託されるのは『守護天使と高貴な書記』（'Guardians and Noble Scribes'）であって、一方は右に、他方は左にいる。右にいる者は命令する天使に属し、口述する。左にいる者は行動する天使に属し、書く」と書いてある。

2　ホワイトヘッド著『過程と実在』、四七一頁の「基準」の章参照。「基準は現代の宇宙時代の主たる社会に依拠する組織的手続きを……」と書いてある。また五三三頁「ヘピト・ナガ・アトシス」一—三行、七七一頁「組織のすみずみまで巻きついている」一—二行参照。

3　ホワイトヘッド著『過程と実在』、四六五頁からの引用。

4　「すべての韻がぴたりと合う」（All does rhyme）には、ヘラクレイトスの「万物は流転する」（All does flow）の影響が見られる。ヘラクレイトスの言葉は、『過程と実在』、四三七頁に引用されている。

5　ユング著『心理学と錬金術』、二五五頁に「事物は似通ったものによって完成する」という原理が述べられている。ユングはまた、同書の三一五頁で似通ったもの同士を対にする行為を、ヘラクレイトスがよく行うと言う。

6　オルソンの詩「かわせみ」（"The Kingfishers"）に類似した文がある。「伝達内容とは何か？　伝達内容とは、時の中に配置された計測可能な、別個であり、かつ連続した、一連の出来事である」。

何日も瓶の中に閉じ込められていた　***Bottled up for days***［八九九頁］

1　一九六六年二月ころに書かれた。

2　「欲する《ペテーレ》」"petere"は、ラテン語で「努力する」「求める」「乞う」「欲する」の意。

3　一〇四八頁「*共和国をつくることに加えて」七行参照。知とイメージとは等しいと書かれている。

4　一七五頁「マクシマスよりグロスターへ、手紙19」三五行参照。「出エジプト記」三十三章二十節で神はモーセに言った。「あなたは私の顔を見ることはできない。人はわたしを見て、なお生きていることはできないからである」。また、同じ章の二十一-二十三節では、「わたしが通り過ぎるまで、わたしの手であなたを覆う。わたしが手を離すとき、あなたは私の後ろ姿は見えるが、私の顔は見えない」と。さらにメルヴィル著『白鯨』八十六章「尾」の「いかにして彼の顔を理解したらよいのか、顔など持たない彼の？　おまえは私の後ろ姿しか、尾しか、見ることはないであろう、と彼は言っているようだ」がこの箇所に関連する。

5　理性の速度（the rate reason has）については、九〇六頁「価値《ワローレム》とは」一-二行参照。「価値《ワローレム》とは基準（valorem is / rate）」と書かれている。

わが家についた。降りしきる雪で、空気が明るく　***Got me home the light snow gives the air falling***［九〇〇～九〇一頁］

1　セーレムからマグノリアを経てグロスターへ至る幹線道路。

2　ルックアウト・ヒル（Lookout Hill）は、「見晴し台の丘」の意。セーレムからグロスターへ行く途中の、ウェスタン・アヴェニューを外れた所にあり、大西洋を見下ろせる。かつてジョン・ヘイズ・ハモンド・シニア（John Hays Hammond, Senior）が住んでいた。今ではカーディナル・クッシング・ヴィラ（Cardinal Cushing Villa）という私立の養護施設になっている。ハモンド城は、ヘスペラス・アヴェニューをマグノリアへ向かうところに立っており、ノーマンズ・ウォーを見おろす。

3　八二〇頁「おれの身体は、家に帰ってきた」三七-三八行参照。

4　「羅針儀台」（"The Binnacle"）は、一九五八年十二月ころにオルソンが書いた詩。

同じ思い――2　***same thought――2***［九〇二頁］

1　一九六六年に執筆されたと考えられる。

この生きている手は　***This living hand***［九〇三頁］

1　一九六六年ころに書かれた。

2　イギリス・ロマン派詩人のジョン・キーツ（John Keats, 一七九五-一八二一年）が書いた未完の詩「帽子と鈴」（"The Cap and Bells,"一八一九-一八二〇頃）の草稿冒頭と同一である。オルソンはイギリスの作家ロナルド・メイソン（Ronald Mason）に対して、この詩行はキーツの手になるものではなく、エリザベス女王（一五五八-一六〇三年）に次いでイギリス王になったジェームズ一世（一六〇三―一六二五年）時代の劇作家フィリップ・マッシンジャー（Philip Massinger, 一五八三―一六四〇年）か、ジョン・ウェブスター（John Webster, 一五八〇年頃―一六二五年頃）が書いたものだ、と主張している。だが、読者は詩中の「手」をフェンリスに食わせたティールの手だと考えることができる。マクシマスがティールと自らを同一視しているのであり、「手」は次第に回復してくる、と。

一日のはじまり　***The Day's Beginning***［九〇四〜九〇五頁］

1　チャズ・O（Chas. O.）は、チャールズ・オルソンを略記したもの。

2　年号がローマ数字で記してある。"LXVI"は「六十六」を表わし、一九六六年のこと。

価値《ワローレム》とは、基準　***valorem is rate***［九〇六頁］

1　一九六六年三月十一日に書かれたと考えられる。

2　ルーン文字（the rune）とは、古代スカンディナヴィア文字。神秘的な記号・文字の意味でも用いられる。

パーソンズ家、またはフィッシャマンズ・フィールド、あるいはクレッシーの浜辺　***As of Parsonses or Fishermans Field or Cressys Beach...***［九〇七〜九一一頁］

1　オター（Otter）は、古代スカンディナヴィア神話に登場する人物でフレイドマール（Hreidmar）の息子。滝のそばで鮭を食べている時、ロキ（Loki）に殺された。

2　ガシール（Gassire）は、アフリカ民話の英雄。老いた父王が死ぬことを拒んだため、王になれぬと知り、ガシールはリュートを奏でて英雄譚を歌う歌人となった。ガシールにリュートを作ってくれた人は言った。「これは木で出来たものだが、心がなければ歌えない。おまえは、心をこのリュートに与えるのだ。戦いに赴く時は、このリュートを担いでいけ。おまえが剣を振り下ろせばリュートは鳴る。リュートはお前の血を吸い、お前の息を吸う。お前の痛みはリュートの痛みとなり、お前の誉れがリュートの誉れとなる。リュートはもはやただの木であることを止め、お前の民の一部となる。だから、リュートは、お前だけでなく、お前の息子たちとも生きるだろう。その時、お前の心から出た調べは、お前の息子の耳に響き、お前の民の中に生きつづける」と。レオ・フロベニウス＝ダグラス・C・フォックス共著『アフリカの誕生』（Leo Frobenius and Douglas C. Fox, *African Genesis*, 一九三七年）、一〇三頁より。

3　ファ「FA」は、ラテン語（fatum）の語根である。"fatum"は、「発言、予言、運命」の意。

4　ミミルの泉（the well of Mimir）のこと。智恵を生むこの泉は、古代スカンディナヴィア神話の世界樹イグドラシル

（Yggdrasill）の根もとにある。オーディン（Odin）は、この尊い水を一口飲んで自分の運命を知る代償として、自分の片目を与えた。

5　詩の力を授ける魔法の食べ物。オーディンは鷲に姿を変えて、巨人ストゥング（Suttung）からこれを盗んだ。ストゥングから逃れて飛ぶうちに、鷲に変身したオーディンの口から、その液体が漏れた。こうして、人間にも詩の力が与えられたという。

6　テオナナカトル（teonanacatl）は、ナワトル語（Nahuatl）で、「神の肉（体）」の意である。ナワトル語は、メキシコ南部から中米にわたる地方の先住民、ナワトル族の使うことば。

7　イミル（Ymir）は、古代スカンディナヴィア神話の原初の巨人。この巨人の身体から世界が出来た。

8　ミミル（Mimir）は、オーディンが片目を与えた世界樹の下にある泉の守護神。ミミルの頭は戦いの最中に切り落とされたが、オーディンがこれを保存し、困難な事態が起こったときには相談相手にしたという。

9　ポセイドン（Poseidon）は、ギリシャ神話の海と泉の神。ここではガシールをポセイドンの息子ととらえている。

10　アメリカの政治指導者とジェフリー・チョーサー作『名声の館』（Geoffrey Chaucer, *House of Fame*, 一三七四年頃–一三八二年）に登場する鷲を連結したもの。ジョン・ピーター・アルトゲルド（John Peter Altgeld, 一八四七–一九〇二年）は、一八九二年から一八九六年までイリノイ州の知事で、急進派に同情的だった。彼はアメリカの民主主義を象徴する「アメリカ鷲」（the American eagle）として引き起こした三人の無政府主義者を許した。彼はアメリカの民主主義を象徴する「アメリカ鷲」（the American eagle）として詩中に登場している。アルトゲルドは、ドイツ語で「古い金」の意であり、黄金の鷲はアメリカの国鳥である。また、チョーサー作『名声の館』に登場する鷲は「黄金に輝き」、「老いて」いる。

11　『名声の館』第二書の夢を幻視する箇所で、チョーサーは鷲の「厳めしく逞しい足」（the "grymme pawes stronge"）に捕えられて天へ昇る。

12　ガシールに英雄譚を歌ったヤマウズラ。フロベニウス＝フォックス共著『アフリカの創世』、一〇一–一〇二頁参照。

13　一九四〇年から五〇年にかけて、オルソンはワシントンＤＣのランドルフ・プレース（Randolph Place）に住んでいた。

14　「千九百六十六年」と表記したのは、年号がローマ数字で "MDCCCCLXVI"（一九六六の意）と記してあり、アラビア数字による通常の表記と違っているためである。以下、ローマ数字で年号を記してある箇所は同様にした。九一九頁「光の信号と質量の点」一二行参照。

すっかり氷に覆われた幾隻もの白い船が　*white ships all covered with ice* ［九一二頁］

1　一九六六年三月二十九日に書かれた。

2　テセウス（Theseus）は、クレタ島の迷路（the Cretan labyrinth）での任務を果たして帰るときには、伝統的な黒い帆ではなく、白い帆を張るようにと、父アイゲウス（Aegeus）に白い帆をもらった。しかし、ミノタウルス（Minotaur）を首尾よく退治して、ギリシャへ帰るとき、テセウスは父との約束を忘れてしまった。アクロポリス（Acropolis）から船の黒い帆を見た父は悲しみ、海に身を投げた。エーゲ海（the Aegean Sea）の名は、溺死したアイゲウスに由来する。

3　「白い塗料」（"white paint"）とは、朝陽を指すと思われる。

4　「ブルー・ピーター号」（"Blue Peter"）は、おそらく、トロール船の名。

移動する者は、北西の針路をとり　*The northwest course of shifting man*［九一三頁］

1　執筆時期は、不詳。

月が基準だ――人が基準だ　*The moon is the measure— man is the measure*［九一四頁］

1　執筆時期は、不詳。

唸りブイが揺れて吼《ほ》え、霧笛《ホイッスル》ブイが大声を張り上げる　*The Groaner shakes louder the Whistling Buoy louder what rouses*［九一五～九一六頁］

1　執筆時期は、不詳。

2　グズルーン（Gudrun）は、古代スカンディナヴィア伝説に登場するシグルズ（Sigurd）の妻。

3　グンナル（Gunnar）は、シグルズの義兄弟。ドイツの作曲家ヴィルヘルム・リヒャルト・ヴァーグナー（Wilhelm Richard Wagner, 一八一三―一八八三年）作の楽劇『ニーベルンゲンの指輪』のバーガンディ王で、ブリュンヒルト（Brynhild）の夫グンター（Gunther）にあたる。シグルズは、ジークムンド（Sigmund）の息子で、グズルーンの夫。巨龍のファーヴニル（Fafnir）を退治した英雄である。彼は財産を手に入れたが、かつての許婚者ブリュンヒルトの指図で殺された。

4　ホグニ（Hogni）は、デンマーク王ハールフダーン（Halfdan）の長男である。ノルウェー王アーリング（Earling）の長男ソーリ（Sorli）に父と弟を殺されたので、ノルウェー王とソーリを殺した。また、ホグニは、海の王（a Sea-king）となり、スペイン、ギリシャをはじめとする広大な領地を治めるヘディン（Hedinn）と義兄弟となった。互いの力を認めたためである。ヘディンは、サークランド（Serkland）王の息子であった。しかし、ヘディンが魔女の呪いにかかり、ホグニの妃を殺し、娘を奪い去ると、ホグニはヘディンの詫びを聞き入れず、闘うことを選ぶが、イーヴァー（Ivar）の加勢を得たヘディンに敗れる。『ホグニとヘディンの物語』（*The Tale of Hogni and Hedinn*, Eiríkr Magnússon と William Morris による英訳、二〇〇〇年）、四

–一一頁。

陸地の果て——*Land's End*——［九一七頁］

光の信号と質量の点　*light signals & mass points*［九一八〜九一九頁］

1　ヘルマン・ヴァイル著『数学と自然科学の哲学』（Hermann Weyl, *Philosophy of Mathematics and Natural Science*, 一九四九年）、一〇八–一〇九頁に、「宇宙空間は有限でしかも境界がないともいえる。宇宙空間は球体の二次元表面のように、閉じた多様体なのである。ダンテがアリストテレスの感覚しうる空間概念の正しさを否定することなく、現実の創造空間は限界づけられているというより、閉じていると考えた、というスパイザ（A. Speiser）の意見は興味深い」と書かれている。

2　訳註一三五七頁の注14を参照。

差異を開拓してきたのだった　*having developed the differences*［九二〇〜九二七頁］

1　エイブラハム・ロビンソン（Abraham Robinson）については、三一七頁「四月のきょう、メイン・ストリートは」一四一行、および四四二頁「一九六一年九月十四日、木曜日」八九行参照。

2　魚を獲ろうとしてロビンソンやブラウン（William Brown）と共にスループ船を借りたのはジェームズ・バブソン（James Babson）ではなく、トマス・アシュレー（Thomas Ashley）である。

3　ジェームズ・バブソンの母イザベル・バブソン（Isabel Babson）は、一六六一年に八十四歳で他界した。

4　エリナー・ヒル（Elinor Hill）は、一七一四年三月十四日に八十三歳で他界。

5　バブソン著『グロスター史』、一三五頁によれば、エイブラハム・ロビンソンは一六四五年二月二十三日に自宅で息をひきとった。

6　マーブルヘッド（Marblehead）は、マサチューセッツ湾（Massachusetts Bay）に面する町。グロスターの南東で、セーレムの東に位置する。

7　ジョン・コイト（John Coit）を含む十三人の初期入植者は、グロスターに数年間住んだ後、コネティカット州ニュー・ロンドン（New London）に移住した。そこはピークォット・インディアン（Pequot Indian）がミスティック川（the Mystic River）沿いに住んでいるところだったが、インディアンの勢力は一六三六年の植民者たちによって奪われていた。

8　息子のほうのジョン・コイト（John Coit）は、ニュー・ロンドンに居住地を与えられた。一六五二年に、ウィリアム・スティーヴンズの娘メアリー（Mary）と結婚。

9　ヘンリー・ウォーカー（Henry Walker）が他界したのは、一六九三年で、大きな家屋敷は九二一ポンド一〇シリングと見積もられた。

10　ジョン・デーヴィス（John Davis）とその子孫については、四一〇頁「土地図面の補完」二二行、およびバブソン著『グロスター史』、七五―七九頁参照。

11　四四九―四五〇頁「パーソンズ家のこと」、および「発端」五五六頁八―一〇行、五五九頁六五―七一行参照。

12　バブソン著『グロスター史』、二四一頁によれば、トマス・サンダーズ（Thomas Sanders）は、他界した時三一六〇ポンドを残した。

13　サミュエル・エリオット・モリソン著『マサチューセッツ海事記録、一七八三～一八六〇年』（Samuel Eliot Morison, *The Maritime History of Massachusetts 1783-1860*, 第七刷一九三〇年）の一七頁に、エドワード・ランドルフ（Edward Randolph）が行なった一六七六年当時のマサチューセッツに関する報告が記されている。

14　スクウォム川（the Squam River）は、アニスクウォム川（the Annisquam River）の古い呼び名。

15　ロブスター入り江（Lobster Cove）は、アニスクウォム川北端の東側にある入り江。七四五頁「ウォニス　クワム」四行目参照。

16　バブソンによれば、アニスクウォム川東岸やドッグタウンからすぐ下のミル川近辺はスクウォムあるいはアニスクウォムとして知られていた。エドワード・ハラダン（Edward Harraden）がそこへ着いたのは一六五七年である。フランシス・ノーウッド（Francis Norwood）は一六六三年にグロスターに着き、グース入り江（Goose Cove）に住み着いた。

17　プランターズ・ネック（Planters Neck）とは、アニスクウォムの半島部で、ロブスター入り江の西を指す。プランター（Planter）は入植者、ネック（Neck）は首状部、地峡、岬の意。したがって、プランターズ・ネックは入植者岬の意である。そこからミル川やアニスクウォム川、そしてイプスウィッチ（Ipswich Bay）湾に近づくのは容易である。コープランドとロジャーズは、「一六三一年に、ピルグリムの一団がマサチューセッツ湾からこのプランターズ・ネックへやってきて、漁場を作った。エイブラハム・ロビンソンとその一行はこの中にいただろう」と推測している。『アン岬のサーガ』（Melvin T. Copeland and Elliott C. Rogers, *The Saga of Cape Ann*, 一九六〇年）、一一頁。

18　エイブラハム・ロビンソンは、牧師のジョン・ロビンソン（Rev. John Robinson）の息子である。ジョン・ロビンソンは、ピルグリムの一団の中でも敬虔な牧師として有名であった。イギリスで厳しい迫害に遭い、オランダのアムステルダムやライデンをさ迷い、魂のすみかをニューイングランドのプリマスに見出した人物である。

19　牧師イーライ・フォーブズ（Eli Forbes）については、四五三頁「始まりの〈事実〉」七行参照。

20　フェリー・ストリート（Ferry Street）は、ルート一二八の北で、ワシントン・ストリートから西へ走る通り。ウルフ・

ヒル（Wolf Hill）やサミュエル・ホジキンズ（Samuel Hodgkins）の家（アニスクウォム川を渡るフェリーがある）に通じる。

21　この時、アン岬の土地の分配が行われた。三〇九–三一〇頁「四月のきょう、メイン・ストリートは」三七–四二行参照。

22　エルウェルとは、ドッグタウンのジョシュア・エルウェル（Joshua Elwell）の祖父ロバート・エルウェル（Robert Elwell）のこと。

23　オズマンド・ダッチ（Osmund Dutch）については、「四月のきょう、メイン・ストリートは」三一三頁九五行、および三一五–三一七頁一一三–一四一行を参照。また、「トムソン漁場」（"Thomson's fishery"）については、同じ詩の三一四頁一〇二–一〇七行、および訳註一二一五頁の注31を参照。

24　ロバート・ダッチ（Robert Dutch）は、オズマンド・ダッチの息子である。漁業の足場（his stage）と家を持っていた。「漁業の足場」（"fishing stage"）については、一九八頁「手紙23」一六–一七行、および六七頁「手紙7」一七行を参照。

25　スクウォー岩（Squaw Rock）は、ライトハウス・ビーチ（Lighthouse Beach）を見下ろす古い牧場にある高い岩。スクウォーは「アメリカインディアンの女」の意。口絵に掲載したアン岬の地図にはない。参照した地図になかったためである。

26　アルゴンキン族の彫刻。背負い革（tumpline）とは、背負った荷物などを支えるのに胸や額に掛ける革ひものこと。

27　芝地は、一七二八年にトマス・ゴス船長（Captain Thomas Goss）がアニスクウォムのレナード・ストリート四七番地に建てた家の裏にある。数年後リチャード・ゴス（Richard Goss）が家屋敷の所有者となり、エリザベス・ハラダン（Elizabeth Harraden）と結婚した。エリザベス・ゴス（Elizabeth Goss）がマダム・ゴス（Madame Goss）である。

28　土地を購入する場合は、金貨もしくは銀貨で支払うべしとするアンドルー・ジャクソン（Andrew Jackson）の法案も悪影響を及ぼして、アメリカは経済恐慌と不況に陥った。

29　これらの家族は、十七世紀から十八世紀にかけてロブスター入り江付近に住んでいた。初期入植者ジョン・レーン（John Lane）、サミュエル・ヨーク（Samuel York）、エイブラハム・ロビンソン（Abraham Robinson）、トマス・ゴス（Thomas Goss）、ウィリアム・ジー（William Gee）、ジョージ・デニソン（George Dennison）、エドワード・ハラダン（Edward Harraden）の子孫である。

30　グロスターの貿易商人がヴァージニアや西インド諸島へ向かったことが、コープランド＝ロジャーズ共著『アン岬のサーガ』、一六一頁に書いてある。

31　橋とは、ワシントン・ストリートからロブスター入り江を横切り、アニスクウォムへ行く時に渡る古い木製の橋。長い間、使われていない。下流とは、ロブスター入り江から、ミル川やアニスクウォム川に向かう南向きの流れのことである。

32　「こちら側」(“on this side”)とは、詩の語り手がいるマダム・ゴスの芝地を指す。そこは橋の少し北にあたる。この詩の九〇–九三行参照。

33　シャンプランはグロスター港を描いた。マーク・レスカーボ(Marc Lescarbot, 一五九〇年頃–一六三〇年頃)は、法律家で詩人。アカディア(Acadia)やポート・ロイヤル(Port Royal)を訪れ、ド・ポートランクール(de Poutrincourt)、シャンプランと共に沿岸を旅した。レスカーボは、後にこの時のことを『新しいフランスの歴史』(*History of New France*, 一六〇九年)に書き、グロスター港についても記述している。オルソンはこの書物を讃えている。

黎明の時　*JUST AS MORNING TWILIGHT* …〔九二八〜九三〇頁〕

1　「存在の充実した三つの力」(“three solid powers of being”)とは、月、太陽、地球上の自分の家の三つを指すと考えられる。

2　非=原因の原理(principle acausal)とは、奇跡のこと。ジョーゼフ・キャンベル編『人間と時間』(Joseph Campbell ed., *Man and Time: Papers from the Eranos Yearbooks*, 一九五七年)、二一〇–二一一頁に収められたユング著「同時性」(Carl Gustav Jung, “Synchronicity”)参照。

3　太陽の発するプロトン・イオン(solar proton ion)については、ジョーゼフ・キャンベル編『人間と時間』、二〇七頁参照。そこでは、太陽のプロトン放射物(the solar proton radiation)が惑星の影響を受けることが論証されている。

4　ヴィンセント・フェリーニ(Vincent Ferrini)とその妻メアリー・ショア(Mary Shore)のこと。メアリー・ショアの旧姓がハインズ(Hynes)で、オルソンの母の旧姓ハインズ(Hines)と似ていることから、オルソンはメアリー・ショアを「妹」と呼んでいた。

ティ女王に関するエッセイ　*ESSAY ON QUEEN TIY*〔九三一〜九四四頁〕

1　アーイーア・トリアーダー(Hagia Triada)は、ギリシャのクレタ島南部に位置するメサラ湾(Bay of Messara)の海岸にある。ティンパキオン(Tympákion)近くにある古代都市の廃墟である。このアーイーア・トリアーダーの墓室(a chamber tomb)で、ティ女王(QUEEN TIY)の印章とスカラベが発見された。ティ女王の夫は、アメノフィス三世(Amenophis III)である。スカラベ(scarab)は、古代エジプトにおいて、コガネムシの形に彫刻した宝石・陶器で、底平面に記号を刻んで護符または装飾品とした。

2　五〇六頁「年代記」二八行参照。五一〇頁「サヌンクシオンが生きていたのは」一五行参照。フェニキア人については、三二九頁、「マクシマスより、ドッグタウンから——II」一三行、および訳註一二二一頁の注12を参照。

3　五〇六頁「年代記」一五行参照。
4　ゴルティナ（Gortyna）は、クレタ島の南側にあった古代都市。
5　ミノス（Minos）とその兄弟の名がセム語源だというオルソンの考えは、一九六二年のサイラス・ゴードン（Cyrus Gordon）の発見に基づいている。それによれば、「クレタ島のリニアA」（the Cretan Linear A）は、中近東から北アフリカのセム語が紀元前二千年より前にセム族の入植者たちによってクレタ島にもたらされたものなのである。
6　J・ツーゾ・ウィルソン「大陸移動」（J. Tuzo Wilson, "Continental Drift"）、『サイエンティフィック・アメリカン』二〇八号（*Scientific American*, CCVIII, 一九六三年、春）、九三頁参照。「海嶺は、対流がマントルで湧き上がる時に形成され、地溝はこれらの対流が瓦解しマントルに下降する時に形成される。中間地帯の海流が横へ動いた可能性は、かすかな可塑的層――岩流圏――の存在によって支持される。対流が高まり、分岐する場所では、その緊張によって岩の表面が砕け、引き裂かれることは十分考えられるのである」、と書いてある。
7　トロント大学の地球物理学者J・ツーゾ・ウィルソン（一九〇八－一九九三年）は、一億五千万年前には、あらゆる大陸が一つだったと言う。
8　ウィルソンは、海嶺を大陸が互いに離れていくときの動きの記録と考えている。
9　モザンビーク（Mozambique）は、アフリカ南東岸にあり、マダガスカル島（the Island of Madagascar）の対岸に当たる。海嶺の多い区域である。
10　テテュス（Tethys）は、オケアノス（Okeanos）の妻。六一五頁　マクシマスより、ドッグタウンから――Ⅳ／一四六行参照。
11　オルソンの典拠は不明。エヴァーツ・B・グリーンとヴァージニア・D・ハリントンの共著『連邦調査以前のアメリカの人口』（Evarts B. Greene and Virginia D. Harrington, *American Population Before the Federal Census of 1790*, 一九三二年）によれば、一六四一年のアメリカにおけるイギリス人居住者は五万人。一六三七年では、女性と子どもを含み、ニューイングランドだけでも二万千二百人。ある算定者によれば、一六三七年のマサチューセッツ州で七千九百十二人、一六三九年では八千五百九十二人である。
12　一六四〇年にスコットランドの軍隊がイングランドへ侵入し、議会の召集と改革を要求した。内乱（English Civil War）は、一六四二年から一六五二年まで行なわれたチャールズ一世と国会との戦争を表わす。これはまた、清教徒革命（Puritan Revolution）でもあった。
13　ドーチェスター・カンパニーがアン岬に漁業プランテーションを設立した年である。「北東」（"NE"）と書いてあるが、「北西」（"NW"）の間違いではないかと思われる。

14　ジョン・ウィンスロップによる清教徒のアメリカへの移住は、ボストン建設につながった。

15　マイコープ（Maikop）は、黒海付近に位置するロシア南方の村。初期クバン文明（Early Kuban culture）の王の墓がある。インド＝ヨーロッパ語族は、紀元前二一〇〇年頃マイコープ経由で、あるいはマイコープから姿を現わした。

16　アイア（Aia）すなわちコルキス（Colchis）は、ジェーソン（Jason）とアルゴー船の一行（the Argonauts）が探す金羊毛（the Golden Fleece）のある所である。

17　ブリストル（Bristol）は、北アメリカ探検を鼓舞したジョン・ジェイ（John Jay）のような冒険商人の本拠地である。一六二頁「初めてファン・デ・ラ・コーサの眼で世界を見て」一〇一行参照。

18　プリマス（Plymouth）は、イギリスの海港。アメリカのプリマス植民地の名は、ここに由来する。

19　ウェイマス（Weymouth）は、ドーチェスター・カンパニーの入植者たちが船出したイギリスの港。

20　五一〇頁「サヌンクシオンが生きていたのは」九―一二行参照。

21　ジェームズ・W・メイヴァー・ジュニアの「青銅器時代の火山噴火」（James W. Mavor Jr., "A Mighty Bronze Age Volcanic Explosion"）、『オケアノス』十二巻三号（*Oceanus*, XII, 3, 一九六六年四月）所収、にサントリーン島（the island of Santorin）、すなわち古代のテーラ（Thera）の噴火の記述があり、オルソンは以下一〇三行までこれに拠っている。

22　メイヴァーによれば、青銅器時代のサントリーンの噴火は、紀元前一四〇五年の前後百年の間に起こった。ミノス文明の崩壊は紀元前一四〇〇年のことである。

23　ティリンス（Tiryns）、テーベ（Thebes）、ミュケナイ（Mycenae）はギリシャ本土の都市で、ミュケナイ文明の中心地。ミノアのクレタ文明が亡んだ後に興った。

24　ヴァイキングの時代（the Age of Viking）である。スカンディナヴィア人がアイスランドに入植したのは八七〇年。九八二年から九八六年にエリック・ザ・レッド（Eric the Red）がグリーンランド沿岸を探検し、入植地を作った。一〇〇二年、エリックの息子レイヴ（Leif）は、北アメリカ海岸の「ヴィンランド」（"Vinland"）を探検した。

25　ヴァインランダ（Vinelanda）は、一〇〇〇年頃、レイヴ・エリクソン（Leif Erickson）などのスカンディナヴィア人が訪ね、葡萄が豊かに実っていたので、「ヴァインランド」（Vineland）あるいは「ヴィンランド」（Vinland）と呼んだ北米海岸のこと。ニューイングランド、ラブラドール、或いはニューファンドランドとされる。

26　小型帆船《シャロップ》（shallop）は、二本マストの帆船。浅瀬で用いる小型の船である。八三七頁「あの押し黙った船たちを進ませるために」六行、および訳註一三四〇頁の注3を参照。

27　サントリーンの崩壊について、メイヴァーは言う。「東地中海の人々にとって、この大爆発は雷のような轟音と大気の振動を伴ったに違いない。それに続いて、サントリーンに降りかかった火山灰には、家くらい大きな丸石も含まれていた。耐えがたい煙、闇、稲妻、地震、途方もなく大きな津波が続き、最初の津波は三〇分後にはクレタ島に着くという具合だった」のだ、と。

28　ワイヴァンホー公園とその評＝論（Wivenhoe Park its Re-View）については、九五七頁「実用性」一五六–一五七行のアンドルー・クロージャーと、訳註一三六九頁の注47を参照。

実用性　*The usefulness*［九四五〜九六七頁］

1　一九六六年六月初めに書かれたと考えられる。

2　ホワイトヘッドがエディンバラ大学で『過程と実在』の連続講演を行った年。

3　マサチューセッツ湾植民地の総督ウィンスロップは、自分の日誌を基礎にして将来『ニューイングランドの歴史』（John Winthrop, *The History of New England from 1630 to 1649*, 一八五三年）を著わそうと考えた。

4　トマス・ダドリー（Thomas Dudley, 一五七六–一六五三年）は、マサチューセッツ湾植民地の副総督で、後に総督となった。この人物のことばは引用されていない。一四行目の「踏み越え段《スタイル》」については、訳註一二八一頁の注7を参照。

5　マーブルヘッド（Marblehead）は、マサチューセッツ湾に面する町。グロスターの南東で、セーレム（Salem）の東に位置する。七一八頁「ウィリアムは最初に乗り出した」八行、および訳註一三一六頁の注3を参照。

6　セーレム・ネック（Salem Neck）は、マサチューセッツ州セーレムの初期入植地。七一八頁「ウィリアムは最初に乗り出した」七行、および訳註一三一六頁の注2を参照。

7　リチャード・ホリングワース（Richard Hollingsworth）は、ジェームズ・ダンカン・フィリップス著『十七世紀のセーレム』（James Duncan Phillips, *Salem in the Seventeenth Century*, 一九三三年）、九六–九七頁に腕の良い船大工として名を挙げられている。

8　ウィンスロップ著『ニューイングランドの歴史』、第一巻三〇五頁に書いてある。

9　九三八頁「ティ女王に関するエッセイ」六六–六八行参照。

10　スミス諸島（Smith's Isles）のことであろう。浅瀬諸島（the Isles of Shoals）の古名である。

11　上方平原岩《アパー・プラット》（the rock Upper Platte）は、ワイオミングとネブラスカを流れるノース・プラット川（the North Platte river）のこと。スー族は「浅い川」の意味で命名した。そこにはいくつもの奇岩がある。

12　地の果て《ランズ・エンド》（Land's End）は、イギリスのコーンウォール州南端の名。また、アン岬の東端にあるエマソン・ポイント南端の名でもある。

13　浅　瀬　島《アイル・オヴ・ショールズ》（Isle of Shoals）は、アン岬から十マイル北にある岩棚。一六一四年に、ここを訪れたジョン・スミスは、

「スミス諸島」と呼んだ。

14　岩棚に囲まれた大岩グレート・ヘイスト（Great Haste）と、干潮に姿を現わす、すぐそばのリトル・ヘイスト（Little Haste）は、セーレム港の入港路にある。

15　イギリス西部地方のブリストルやデヴォンシャーを初めとする海港は、イギリスにおける海上交通の中心である。

16　リトル・グッド・ハーバー・ビーチ（Little Good Harbor Beach）の「リトル・グッド」（"little good"）は、インディアンにとって「全く駄目」（"not good"）という意味である。しかし、インディアンが「全く駄目」と言ったのはビーチではなく、ビーチの外側の港についてであった。

17　東グロスターとロックポートの間にブライアー岬（Brier Neck）があり、その先に浅い入り江がある。ロング・ビーチ（Long Beach）の始まるところである。ここは、海からよく守られていない。スターク＝ノート港（Stark-Naught Harbor）とは、そこを指す。

18　マティニカス島（Matinicus Island）は、メイン州ペノブスコット湾にあり、そこにグロスターとは別のテン・パウンド島がある。島民は、テン・パウンド島を無価値な島と考えている。

19　アン岬最北端ハリバット・ポイント（Halibut Point）の西にあるフォリー入り江（Folly Cove）を指す。フォリー（folly）とは、「愚行」の意。大型スループ船の水先案内責任者だったボストンのジョン・ギャロップ（John Gallop）が、一六三五年に愚かな判断により、フォリー入り江で大型船を座礁させたことへの言及である。

20　ウィンスロップ著『ニューイングランドの歴史』、第一巻三六九–三七〇頁参照。スペインから貴重な物品を入手したウェストミンスター・カンパニー（the Westminster Company）の船が帰ってきた。ジャクソン船長（Captain Jackson）は、貨幣や皿やインディゴや砂糖などの財貨を持ち帰り、インディゴと砂糖を一四〇〇ポンドで売ったと記してある。

21　マサチューセッツ湾植民地地方集会の記録には、ジョン・ホワイトのことは記載されていない。「一六三九年」という記述は誤りかもしれない。一六二九年なら、セーレム教会設立と符合する。

22　ヒュー・ピーター（Hugh Peter）は、一六三五年アビゲイル号（the *Abigail*）でニューイングランドへやって来た。一六三六年十二月にセーレム教会の四代目牧師に就任。一六四一年八月にイギリスへ戻り、清教徒革命中は、クロムウェル側について活動した。チャールズ二世復位と同時に処刑された。

23　ペリー・ミラー著『マサチューセッツの正統派』（Perry Miller, *Orthodoxy in Massachusetts, 1630-1650*, 一九五九年）、一二三–一二四頁によれば、ピーターはジョン・ホワイトを「頼りになるわが良き友」（"my dear firm friend"）と呼んでいた。ジョン・ホワイトの影響で、ピーターはニューイングランドに来たと考えられる。しかしまた、ジョン・エンディコットの影響も大きかったようだ（同書、一二九頁）。

24　ペリー・ミラー著『マサチューセッツの正統派』、一二三―一二四頁によれば、ピーターの組合教会主義への熱意は、当時周知のことであった。彼のニューイングランド・カンパニーへの加入は、組合教会主義参加の条件であったらしい。

25　二〇三頁「入植開始」四―八行参照。ペリー・ミラーは『マサチューセッツの正統派』、一四〇―一四一頁で、清教徒の新大陸移住が、英国国教会からの分離を主張する一派によって鼓舞されたものだ、という噂を鎮めるために「入植者の嘆願書」が書かれたと解釈している。

26　ホワイトは長老派で、ニューイングランドに主教位階制ができるのを何よりも嫌い、次いで組合教会主義の誕生を嫌った。しかし、イギリスの東部地方から来た人々が指導権を握ると、マサチューセッツ湾会社の宗教的態度は根本的に変わった。以後、牧師たちは一人残らず、組合教会主義者か、そうなる途上にある者となった。

27　ノーフォーク（Norfolk）は、イギリス東部海岸の州。

28　ヨーク（York）は、イギリス北東部の都市で、州の名でもある。新大陸への移住者ウィリアム・ブラッドフォード（William Bradford）や、リチャード・ソルトンストール（Richard Saltonstall）の故郷。

29　インクリース・ノウエル（Increase Nowell, 一五六〇―一六五五年）は、マサチューセッツ湾会社で特許状を初めに付与された者の一人。

30　リチャード・ソルトンストール卿（Sir Richard Saltonstall）のこと。

31　ジョン・「ワナックス」・ウィンスロップ（John "Wanax" Winthrop）。七四二―七四三頁「七年たったら」九―一九行参照。「ワナックス」は「高貴な王」の意である。

32　マシュー・クラドック（Matthew Craddock）については四五五頁「始まりの〈事実〉」三〇行参照。イギリス東部地方から来た金持ちたちが、ドーチェスター・カンパニーの漁業と交易をマサチューセッツ湾会社の宗教対立に変えてしまったことへの言及。ペリー・ミラーは『マサチューセッツの正統派』、一〇四頁で言う。ウィンスロップ、ダドリー、ピンチョン、ジョンソン、一名から二名のロンドン人、ソルトンストール及びインクリース・ノウエルなどの新しく来た人たちの支持で、マサチューセッツ湾会社の特許状をニューイングランドへ移すというクラドックの提案が実行に移され、大移民に拍車がかかった、と。クラドックは、マサチューセッツ湾会社（the Massachusetts Bay Company）の初代総督となり、二代目の総督にはウィンスロップが就任した。

33　チャールズ一世（Charles I, 一六〇〇―一六四九年）。一六二五年よりイギリス王の座にあった。清教徒革命の最中に、クロムウェルによって処刑された。

34　ウィンスロップ著『ニューイングランドの歴史』、第二巻二九八―三〇〇頁。ギニアから黒人を連れてきたキャプテン・スミス（Captain Smith）とカイザー氏（Mr. Keyser）の処罰を、ソルトンストールは地方集会に要請し、受け入れられた。スミスは、探検家のキャプテン・ジョン・スミスと思われる。

35　リチャード・ソルトンストール卿（Sir Richard Saltonstall, 一五八六–一六五八年）は、マサチューセッツ湾会社で初めに特許状を与えられた。一六三〇年にニューイングランドに到着したが、翌年にはイギリスへ帰国した。一六四四年に、オランダへ大使として派遣された。彼の肖像画をレンブラントが描いた。

36　その同じオランダ（that same Holland）については、この詩の五五行目参照。ヒュー・ピーターが活動していたハーグかロッテルダムと「同じオランダ」という意味である。

37　ジョン・ロビンソン（John Robinson, 一五七六年頃–一六二五年）は、ピルグリム・ファーザーズの一員である牧師。一六〇八年に、アムステルダム（Amsterdam）に身を落ち着けた。翌年にはライデン（Leiden）へ移動させられ、非国教徒の集団を教化する任務についたが、プリマスへ行く前に死亡した。この人物の位置についてはペリー・ミラーの『マサチューセッツの正統派』で議論されている。

38　『ウィンスロップ文書』（*Winthrop Papers*）、第二巻二四一頁の注参照。リチャード・ソルトンストールがニューイングランドにいたのは、一年にも満たない。一六四四年に、大使としてオランダへ派遣された時に、レンブラントが彼の肖像画を描いた。一八五八年に、この肖像画の複製をレヴェレット・ソルトンストール（Leverett Saltonstall）がマサチューセッツ歴史協会に提供した。これはモリソン著『湾植民地建設者』（Samuel Eliot Morison, *Builders of the Bay Colony*, 一九三〇年）、六八頁の右頁に掲載されている。六八頁が左頁になり、肖像画の載った頁が右頁になるのである。

39　ジョン・ウィンスロップ著「キリスト者としての体験」参照。「一六三六年十一月十二日」のノートにこうある。「四十九歳の年が終わろうとするとき、私はキリストと近しくなった。キリストは、しばしば私を愛していると言い、私はキリストを疑った事はなかった。私が外へ出かけると、彼は私と一緒に出かけたし、帰宅すると彼も帰宅していた。道すがら彼とよく話をした。私と一緒に横になり、たいてい私は彼とともに目覚めた。もう、誰と一緒でも、彼を失うことはない」。『ウィンスロップ文書』、第一巻五九頁より。

40　例の会社（that Company）とは、この詩の六四行に出てきたマサチューセッツ湾会社のこと。

41　フランセズ・ローズ＝トロープ著『ジョン・ホワイト伝』、二十三章には、ドーチェスターにあるホワイトの牧師館が一六三五年に襲われたことが記されている。非国教徒の陰謀に加担していることを示唆する書類がないかどうかを調べられたのである。八年後の一六四三年にも、ホワイトの書斎は王党派の兵士に荒らされた。

42　ウィリアム・エイムズ（William Ames, 一五七六–一六三三年）は、オランダに入植した指導的なピューリタンの牧師。マサチューセッツ湾植民地に行きたかったが、その機会が来る前に没した。ペリー・ミラーによれば、「一六三七年、彼の家族は海を渡り、大学図書館の『最初の備品』にしようと、彼の蔵書を携えて」新大陸へ行った。

43　ボストンのケンブリッジ地区を指す。したがって、大学はハーヴァード大学のこと。

44　マサチューセッツ湾会社の許可状には、通例に反して会社の本拠地を特定する条項が削られていた。

45　ジェレミー・プリン（Jeremy Prynne, 一九三六年生まれ）。イギリスの詩人。この当時、ケンブリッジ大学、ゴンヴィルおよびカイアス・カレッジ（Gonville and Caius College）の研究主任であった。「マクシマス詩篇Ⅳ、Ⅴ、Ⅵ」に関するプリンの書評がアンドルー・クロージャー（Andrew Crozier）の雑誌に掲載された。

46　アメリカの詩人エドワード・ドーン（Edward Dorn, 一九二九―一九九九年）は、ブラック・マウンテン・カレッジでオルソンの学生だった。『マクシマス詩篇に見るもの』（*What I see in the Maximus Poems*, 一九六〇年）の著者。『グロスターから出て』（*From Gloucester Out*, 一九六四年）はオルソンを描き、詩集『地理』（*Geography*, 一九六五年）はオルソンに捧げられている。この頃フルブライト講師（Fulbright lecturer）として、エセックス大学（the University of Essex）でアメリカ文学を講義していた。一九八九年に、長篇詩『早撃ちの名手』（*Gunslinger*）を発表。フルブライト法（the Fulbright Act）は、米国民主党上院議員のジェームズ・ウィリアム・フルブライト（James William Fulbright）が提案した法で、一九四六年に成立した。アメリカと他国との文化交流を目指す法で、この法により、アメリカへの留学生受け入れや、教授交換が可能になった。エドワード・ドーンがエセックス大学でアメリカ文学を講義したのは、英米間の文化・交流を図ったものであると考えられる。

47　アンドルー・クロージャー（Andrew Crozier, 一九四三年生まれ）は、一九六四年から一九六五年にニューヨーク州立大学バッファロー校でオルソンの教えを受けたイギリスの詩人。『ワイヴァンホー公園評論』（*Wivenhoe Park Review*）の編集者で、ロンドンのフェリー出版（Ferry Press）の社主である。

48　トム・ピカード（Tom Pickard, 一九四六年生まれ）は、イギリスの詩人。雑誌『アイダ王の時計鎖』（*King Ida's Watch Chain*）を編集していた。

49　ジェレミー・プリンの詩「未解決の氷河の問題」（"The Glacial Question, Unsolved"）からの詩句である。『白い石』（*The White Stones*）所収。（文学的成果）に関する訳註一三八五頁の注1を参照。

50　一五三―一六三行は、意味がとりにくい。その理由は、ウィンスロップがアン岬に漁業プランテーションを構築しようとした初めの意図と、一九六六年現在においてオルソンが考える新大陸の意味とが、ないまぜになっているからである。一六二行目の「半島」はアン岬を指し、「大陸」はアメリカ本土を指す。「橋」は、アン岬と本土をルート一二八で結ぶためにアニスクウォム川に架けたA・ピアット・アンドルー橋（A. Piatt Andrew Bridge）を指す。

51　イギリスの詩人ジョン・キーツ（John Keats）が一八一七年十一月二十二日ベンジャミン・ベイリー（Benjamin Bailey）に宛てた手紙（『詩と手紙』*Poems and Letters*, 二七四頁）で、「天才はニュートラルな知性を持つ大衆を導く、霊妙な化学物質のように偉大である――が天才は個性を持たないし、決まった性格もない――正しい自己をもつ人々の最高位の人（the top and head）を、私は力ある人間たちと呼ぶのである」と言っている。

52　マサチューセッツ州ベヴァリー（Beverly）近郊のリゾート村のこと。一九六三年から一九六四年と一九六五年から一九六七年に南ベトナムへ遣わされた米国大使ヘンリー・カボット・ロッジ（Henry Cabot Lodge, 一九〇二年生まれ）などのような、政治的影響力のある人々の故郷である。「蚊」を正しい"mosquitoes"でなく、"moskitoes"と綴ることによって「ワスプ」（WASP=White Anglo-Saxon Protestant の略。白人で、アングロサクソン系で、プロテスタント）を嘲ったものか。

53　第二次世界大戦末期に、イギリスがギリシャへ政治的に介入したことへの言及。ギリシャ内乱時に共産主義ゲリラに対して、イギリスが干渉した。当時の首相はウィンストン・チャーチル（Winston Churchill）であった。しかし、イギリスの干渉は、一九四七年のトルーマン・ドクトリン（Truman Doctrine）によって挫かれる。自由主義諸国に対する共産主義の脅威に対して、力で対抗するため、アメリカが経済的軍事的援助をするというこのドクトリンによって、一九六〇年代に東南アジアへの干渉が泥沼化するのである。

54　ナハント・ヘッド（Nahant Head）は、リン（Lynn）近くにあるマサチューセッツ州の海岸の岩の多い半島。ヨットクラブ専用のリゾート地である。

55　マンチェスター港は（Manchestor Harbor）、グロスター港の西へ約五マイル行った所にあり、高級なヨットクラブがある。

56　チャタム（Chatham）は、大西洋岸のコッド岬（Cape Cod）にあるリゾート地。

57　ボストンの地理的形状を描く一八三―一八八行は、エドワード・ジョンソン著『奇跡をもたらす摂理』（Edward Johnson, *Johnson's Wonder-Working Providence 1628-1651*, J. Franklin Jameson編、一九一〇年）、七〇―七一頁からの抜粋である。

58　あの会社（the Company）とは、マサチューセッツ湾会社のこと。

59　「心臓」や「眉間」は、故国イギリスの「心臓」や「眉間」を指すと思われる。

60　会社（Company）とは、一六〇七年ジェームズ・タウンを創設した初期のロンドン・カンパニー（London Company）ではなく、イギリス西部地方のドーチェスター・カンパニーから成長したニューイングランド・カンパニー（New England Company）を指す。最終的にはマサチューセッツ湾会社（the Massachusetts Bay Company）となった。

61　ボストン・ネック（Boston Neck）とは、ロックスベリー・ネック（Roxbury Neck）とも言う地峡で、創設当時は半島であったボストン市を本土のロックスベリー市と結んでいた。ボストン市は次第に大きくなり、ロックスベリーは、今はボストンの一区域になった。

62　ジョンソン著『奇跡をもたらす摂理』、七一頁参照。

63　ジョン・スミス著「ヴァージニアの地図、日用品、人々、政治、宗教、（一六一二年）」（Captain John Smith, "A Map of

Virginia, with a Description of its Commodities, People, Government, and Relition," 1612）の当該箇所は『旅と著作』（Captain John Smith, *Travels and Works*）、第一巻一六五頁参照。そこには、以下のような記述がある。「一六〇九年九月初め、船が二日早く着いたのでボートで寝ていると、間違えて一人が火薬袋を撃った。そのせいで、彼の太ももは九インチから十インチ剥がれて、見るも無残な有様になった。着ている服を焼き焦がし責めさいなむ炎を消そうとして、彼は深い川に飛び込み、溺死しかけた」。

64　「逐電《ちくでん》し」（"absconding"）の主語は、清教徒たちであろう。

65　四三五頁「一六四六年と一六四七年のダンフォース年鑑にとじこまれた書きつけには」三行目参照。

66　ムルマンスク（Murmansk）は、ロシアのコラ半島（the Kola Peninsula）にある北極海の海港。レイモンド・H・フィッシャー著『ロシアの毛皮貿易』（Raymond H. Fisher, *The Russian Fur Trade 1550-1700*, カリフォルニア大学出版局一九四三年）、二四頁には、「十六世紀最後の四分の一世紀および十七世紀初めの十年間、毛皮貿易はコラ半島のムルマンスク海岸を通って行われた」と書いてある。

67　白海（the White Sea）は、バレンツ海（the Barents Sea）の入り江。

68　フィッシャー著『ロシアの毛皮貿易』、一九八頁には、「一五五三年にイギリスとロシアの交易が始まり、一五五五年には共同出資の会社ができた。これがモスクワ会社で、メアリー女王とその後継者からロシア貿易の独占権を獲得した。ロシア皇帝からは様々な特権を得たが、なかでも重要なのは白海ルートを独占したことだった」と書いてある。

69　三〇九頁「四月のきょう、メインストリートは」三七–三八行参照。副知事エンディコットと、セーレムからの代議士ダウニングおよびホーソンは、アン岬のあらゆる土地の処分権を与えられた。エンディコットとダウニングは土地を区画し、入植者に分け与える仕事を託された。

70　ジョン・ホワイトが新大陸から、イギリスのウィンスロップに宛てた手紙の内容。四五四頁「始まりの（事実」一一–二五行参照。

71　二六六頁「（ヨーク出身の）クリストファー・レヴィット船長」七一–七五行参照。および同じ詩の二六七頁九一–九三行参照。

72　ウォルト・ホイットマン作『草の葉』（Walt Whitman, *Leaves of Grass*）一八五五年版の序文に「政治のダニども」（"lice of politics"）という語がある。

73　ペリー・ミラーは、著書『マサチューセッツの正統派』、七七–七八頁で、清教徒である著者ヘンリー・ジェイコブ（Henry Jacob）とウィリアム・ブラッドショー（William Bradshaw）を引用して、教会が越権行為をするべきではない、と説いている。

オセアニア　*OCEANIA*［九六八〜九八二頁］

1　橋の台座（the bridge abutment）とは、橋台のこと。橋梁《きょうりょう》の下部構造の一つで、アーチや橋桁《はしげた》などを受ける橋の両端。ここでは、その一方の端の橋台の上で、詩を書いている様が描かれている。

2　六七九頁「川の図面で、仕事は終わり」四五行に、「川は塩のオーシャナ湖と化す」と書かれている。

3　ロバート・ホッグ（Robert Hogg, 一九四二年生まれ）は、カナダの詩人。ニューヨーク州立大学バッファロー校でオルソンの学生だった。

4　ダン・ライス（Dan Rice, 一九二六年生まれ）は、アメリカの画家。オルソンがブラック・マウンテン大学にいたとき、そこで学んだ。一九五三年に、アメリカの抽象表現主義の画家フランツ・クライン（Franz Kline, 一九一〇–一九六二年）の指導を受け、絵画で学位をもらった。一七八頁「手紙20」一八行目に登場したレッド・ライス（Red Rice）の兄弟。

5　ジェレミー・プリン（Jeremy Prynne, 一九三六年生まれ）は、イギリスの詩人で、ケンブリッジ大学教師。一九六一年以来オルソンと文通していた。九五七頁「実用性」一五五行、および一〇三五頁「（文学的成果）」二行目参照。

6　「嘆き」（"moan"）は、同じ発音の「刈り取られた」（mown）と掛け言葉になっている。

7　淡水湖（a fresh water lake）は、グロスターにいくつかある湖の一つを指すのであろうが、特定されていない。ことによるとフレッシュ・ウォーター入り江（Fresh Water Cove）を湖に見たてているのかもしれない。

8　刺し網（gillnet）は、海中に張って、網目に頭をさし込ませたり体をからめさせたりして、魚を捕獲する網。刺し網船（gillnetter）は、刺し網を使って漁をする船のこと。

9　「リッグズ」（riggs）は、「索具」の意。刺し網船エリザ・リッグズ号（the *Eliza Riggs*）は、ウィリアム・ラフォンド船長（Captain William Lafond）の持ち船である。七四頁「手紙7」一二七行にはラフォンド号（"the Lafond"）として登場。

10　「バーンとやれ」（bang）は、イギリスに帰化したアメリカ生まれの詩人T・S・エリオット（T. S. Eliot, 一八八八–一九六五年）の『空ろなひとびと』（*The Hollow Men,* 一九二五年）最終行を意識して書かれたと考えられる。「空ろなひとびと」は、激しい行動を一切せずに輝きのない一生を終える。その様子をエリオットは、最終行で「バーンとではなく、めそめそと」（*Not with a bang but a whimper*）と表現している。エズラ・パウンドは『ピサ詩篇』（*The Pisan Cautos LXXIV-LXXXIV,* 一九四八年）の「詩篇第七十四番」冒頭で、エリオットの『空ろなひとびと』に言及している。「ポッサムに言ってやれ。めそめそとではなく、バーンとやれ、と」（say this to the Possum : a bang, not a whimper）ポッサムはエリオットの仇名である。

11　ウェスタン・アヴェニューの海に沿ったところにある漁師の像。三〇一頁「マクシマスより、グロスターへ、七月十九日、日曜日」一行目参照。

12　ハーバー入り江（Harbor Cove）とは、グロスター港内港にある入り江。「ハーバー入り江の奥」は、この入り江の一番奥まったところの意である。
13　フォート（Fort）とは、オルソンの家のあるフォート・スクエア（Fort Square）やフォート・ポイント（Fort Point）の一帯を指すと思われる。

マレオケアヌム　*MAREOCEANUM* ［九八三頁］
1　一九六六年から一九六八年頃、『マクシマス詩篇・第二巻』中扉の図（訳註一二一六頁参照）を準備していた時に書かれたと思われる。タイトルの「マレオケアヌム」は、ラテン語の「マレ（海）」と「オケアヌス（大洋）」との合成語である。
2　北大西洋の海底はブルース・C・ヒーゼンとマリー・サープ共著の『地理学のダイアグラム』「図一」（Bruce C. Heezen and Marie Tharp, *Physiographic Diagram: Atlantic Ocean [Sheet 1]*, 一九五七年頃刊）に描かれている。ここでは、訳註一二一六頁の図を参照。「外側」とは「北側」の意。
3　テチス海（Tethys Sea）は、アフリカ大陸とユーラシア大陸を分離していたと考えられる大海。訳註一二一六頁の世界図を参照。また、テテュス（Tethys）については九三六頁「ティ女王に関するエッセイ」五一行参照。
4　トリポリターニア（Tripolitania）とは、北アフリカのことである。
5　ニューファンドランド（Newfoundland）はカナダ東端の島。半島ではなく島なのであるが、二巻中扉（訳註一二一六頁に掲載）の地図では大きな半島として描かれている。
6　ビスケー湾（the Bay of Biscay）は、フランス西岸とスペイン北岸の間にある大西洋の入り江。
7　レース岬（Cape Race）は、ニューファンドランドにある岬。一五六頁「初めてファン・デ・ラ・コーサの眼で世界を見て」二一行のラズ岬（Cap Raz）と同じである。
8　フィニステレ岬（Cape Finisterre）は、スペインの北端にあって、大西洋に突き出ている岬。
9　三二四頁「手紙#41［中断したもの］」二〇行参照。また訳註一二一六頁に掲げた世界図を参照。

わがポルトガル人たちへ　*To my Portuguese* ［九八四〜九八九頁］
1　一九六六年六月十五日に草稿が執筆された。
2　グアンチェ族（the Guanches）は、アフリカ北西沖のカナリア諸島にいた原住民だが、十六世紀までに絶滅した。クロマニヨン人のような骨格を持つ。十五世紀初めにスペイン人によって征服される時まで、カナリア諸島のテネリフ（Tenerife）島においては、はっきりした特徴と習慣を維持していた。ヘンリー・フェアフィールド・オズボーン著『旧石器時代の人々』

(Henry Fairfield Osborn, *Men of the Old Stone Age: Their Environment, Life and Art*, 第二版、一九一六年)、五〇七頁参照。そこにグアンチェ族の頭部が五角形であるという特徴が記してある。

3　四七七頁「オロンテス川からの——『眺め』」二一-二四行参照。グロスターも、北アメリカ大陸と同じく、大陸移動の産物である。大陸移動以前の北アメリカ大陸は、カナリア諸島を沖に持つアフリカの海岸とつながっていた。訳註一二一六頁に掲げた世界図を参照。

4　ヘシオドス著『神統記』、一一六-一二二行参照。「四つの物」とは、カオス、大地《ガイア》、タルタロス、エロスの四つである。

5　「マスピリ」(muspilli) は、「火の領域」(ムスペルヘイム "Muspellheim") の語根の「火」、あるいは「この世の終わり」を意味する。マレー・ファウラー著「古代スカンディナヴィアの宗教」(Murray Fowler, "Old Norse Religion")、ヴァージリアス・ファーム編『古代宗教』(Vergilius Ferm ed., *Ancient Religions*, 一九五〇年)、二三七-二五〇頁所収。二四七頁参照。およびH・R・エリス・デヴィッドソン著『北ヨーロッパの神々と神話』(H. R. Ellis Davidson, *Gods and Myths of Northern Europe*, 一九六四年)、二〇六-二〇七頁参照。

6　ファウラー著「古代スカンディナヴィアの宗教」、『古代宗教』、二四七頁参照。「ニヴルヘイム "Niflheim"」(古代スカンディナヴィア語のニヴル "nifl" とドイツ語のネーベル "Nebel" は「雲」の意) は後に「死者の家」("the home of the dead") の意となったと書いてある。

7　ムスペルスヘイム (Muspelsheim) は、ムスペルヘイム (Muspelheim) とも言う。古代スカンディナヴィア神話では、北のニヴルヘイムに対して、南の端にある炎熱の世界を表わす。その熱でニヴルヘイムの氷を溶かしてイミル (Ymir) を生じさせたという。イミルは巨人族の祖で、彼の死体で世界は造られた。

8　地格 (locative) は、所格とも言い、位置を表わす。

9　ニヴルスヘイム (Niflesheim) は、ニヴルヘイム (Niflheim) ともいう。氷寒・暗黒の地獄界。

10　二四-二六行目までは、十九世紀後半に米国西部に住んだインディアンのオグララ (Oglala) 族と米国中部・南西部に住んだスー (Sioux) 族の酋長と戦士の名である。「小さい狼」("Little Wolf") 以外のすべての名は、ハイド著『赤雲の民』(George E. Hyde, *Red Cloud's Folk: A History of the Oglala Sioux Indians*, 一九三七年) に出てくる。「小さい狼」は、サンドスの『狂った馬』(Mari Sandoz, *Crazy Horse: The Strange man of the Oglalas*, 一九六一年)、三九七頁に登場する。「高い背骨」(High Backbone) は「狂った馬」の教師で、背が低いために「こぶ」(Hump) とも呼ばれる。「自分の＝馬を＝恐れる男」(Man-Afraid- of-His-Horses) のフルネームは「敵どもが＝その男の＝馬を＝恐れる＝男」(Man Whose Enemies Are Afraid of His Horses) である。

11　ジェーン・エレン・ハリソン著『テミス』(Jane Ellen Harrison, *Themis: A Study of the Social Origins of Greek Religion*, 第二

版、一九二七年)、四五七頁の注に、大洋は、周囲を意味するアカイアナス(acayanas)と関係がある、と書いてある。詩中では「アキアナス」(acyanas)となっており、"a"が一文字欠落しているが、「アカイアナス」(acayanas)の意だと解した。また、『ブリタニカ』第十一版十九巻、九六七頁には、ギリシャ語の「オケアノス」(ὠκεανός)は、サンスクリット語で取り囲むを意味する「アシャーヤナス(açāyanas)」の縁語だと書いてある。

12　古代スカンディナヴィア神話によると、ギンヌンガガップ(Ginnungagap)は、ニヴルヘイムとムスペルヘイムとの間にある、霧の立ち込めた太古の巨大な空隙。六〇四頁　マスシマスより、ドッグタウンから―Ⅳ/二九行では、「飢え」となっている。ギンヌンガガップは、大地誕生以前の破壊と創造。詩中では"Ginunga Gap"と綴られている。また、Gは、飢えを表わす「開いた口」でもあると、オルソンは言う。

13　訳註一二一六頁に掲げた第二巻中扉の世界図参照。

14　六〇六頁　マクシマスより、ドッグタウンから―Ⅳ/五二−五六行参照。そこには「タルタロスは/神々より向こう、飢えよりも向こうにある。/大地の起点と終点の/天と大洋の流れの/外側にあるのだ」と書いてある。

15　中生代(the Mesozoic)は古生代に続く時代。二億年ないし三億年前に始まり、七千年前に終わる。三畳紀、ジュラ紀、白亜紀に分けられる。

16　「当の諸島」とは、大西洋北部にあるアゾレス諸島のこと。

17　テルセイラ(Terceira)は、アゾレス諸島中央の島。

18　ジュビー岬(Cape Juby)は、モロッコ海岸の岬。カナリア諸島のフエルテヴェントゥーラ(Fuerteventura)島から七十五マイルほど離れている。

19　アトラス山脈(the Atlas Mountains)は、モロッコからアルジェリアの一部にかけて、アフリカ北岸に横たわる山脈。

20　三三九頁「マクシマスより、ドッグタウンから――Ⅱ」四行目を参照。水瓶座時代は占星術の用語でキリスト教時代の終わりを表わす。魚はキリストのシンボルである。

21　「四十六年」と表記したのは、原文がローマ数字で"XLVI"と記してあるからである。一九四六年という意味である。しかし、正しくは、一九四六年ではなく、一九六六年。

同じ日に、後で　*Same day, Later*［九九〇〜九九一頁］

1　一九六六年六月十五日に書かれた。

2　一つ前の詩「わがポルトガル人たちへ」の二行目に登場する「グアンチェ族」参照。

3　マーシャル・D・サーリーンズの「社会の起源」(Marshall D. Sahlins, "The Origin of Society")、『サイエンティフィッ

ク・アメリカン』（*Scientific American*）、二〇三巻三号（一九六〇年、九月）、七六–八七頁参照。霊長類の群れが人間的集団を形づくるに際しては、性的欲望を集団の必要に服従させることが必要である、と論じている。

4　九三四頁「ティ女王に関するエッセイ」三一–五一行参照。訳註一一一六頁に掲げた第二巻中扉の地図もあわせて参照。

けしの花が咲くのはいつかと　*When do poppies bloom*［九九二～九九三頁］

1　一九六六年六月十五日に執筆された。

2　庭は、当時キャサリン・フロンティエロ夫人（Mrs. Catherine Frontiero）が住んでいたフォート・スクエア近くのコマーシャル・ストリート四七番地の家の脇にあった。家はその後、オドネル＝ユーセン（O'Donell-Usen）のトラックを駐車する場所が必要となったため、取り壊された。

3　バーズアイズ（Birdseyes）は、コマーシャル通り《ストリート》八十八番地の建物の名。魚の加工工場がある。十九世紀から二十世紀に変わるときにシルヴェスター・カニンガム（Sylvester Cunningham）とウィリアム・トンプソン（William Thompson）の所有になっていた。一九二〇年代にクラレンス・バーズアイズ（Clarence Birdseyes）の所有になると、バーズアイズは魚の冷凍保存加工技術を発展させた。現在はオドネル＝ユーセンの「海の味覚」水産（“Taste O'Sea” Fisheries）の支店になっている。

4　マサチューセッツ州フラミンガム（Framingham）にデニソン社（the Dennison Manufacturing Company）があり、そこでクレープ紙を作っている。

5　大地の王（the King of the Earth）とは、ハーデス（Hades 死者の国の支配者を意味する）、あるいはプルートー（Pluto 冥府の神を意味する）のこと。

6　オデュッセウスの妻ペネロペイア（Penelope）ではなく、ペルセポネ（Persephone）の誤り。ペルセポネはゼウスとデーメーテール（Demeter）の娘であるが、ハーデスにさらわれ、その妃となった。ゼウスの仲立ちにより、一年の半分は地上で暮らせるが、半分は冥界ですごす定めになった。誘拐されたとき、ペルセポネが摘んでいた花は、けしの花であったと言われる。

7　一九六六年が正しい。表記については、訳註一三七五頁の注21を参照。

ゴソニックと呼ばれる芸術　*AN ART CALLED GOTHONIC*［九九四～一〇〇三頁］

1　ゴソニック（Gothonic）は、民俗学者グドムント・シュッテ（Gudmund Schütte）が提案した用語で、「ジャーマニック」（Germanic）、すなわち「ゲルマン的な」の代わりに用いる。

2　「アルメニアの」（Armenian）は、広く「北方の」（“nothern”）の意。また、非ギリシャ的な（non-Greek）の意でもある。

アルメニアは西アジアの黒海の南、コーカサスの西にあって、インド=ヨーロッパ語族の移動経路に当たっていた。「アルメニアの計量法」（"ARMENIAN MEASURE"）は、理想の基準（an Ideal Scale）のこと。ヴァン湖の計量法（Lake Van measure）と同義である。

3　デニソン一家（Dennisons）については、四〇三頁「ロバート・ダンカンのために」七四行のジョージ・デニソンの店を参照。ロジャー・W・バブソンとフォスター・H・サヴィルの共著『アン岬旅行案内』（Roger W. Babson and Foster H. Saville, *Cape Ann Tourist's Guide, with comments on Business Cycles*, 第四版、一九五二―五四年）、八〇頁によれば、デニソンの家はロブスター入り江より北東のリヴィア・ストリート（Revere Street）にある。一七二七年の建築である。

4　ジョン・メイソンが一八三一年に作製した「アン岬内のグロスター地図」（John Mason, "*Map of Gloucester, Cape Ann*"）には、ロブスター入り江付近にある「サンディ湾（Sandy Bay）から森をぬけてスクウォムの教会堂へ行く道」と、現在のワシントン・ストリートへ至る道が描いてあり、後者は「わが教区へ」と記してあった。ハーバー入り江のタウン・ランディングから、アニスクウォム川河畔のホィーラー・ポイントまで伸びる道である。前者は、リヴィア・ストリートと一致する。タウン・ランディング（Town Landing）については、訳註一一四五頁の注11を参照。

5　「ヴァン湖」（Lake Van）は、トルコ最大の湖で、海洋に直接通じる河流がない湖としては、世界最大級である。オルソンの『散文集』（Charles Olson, *Collected Prose*, Ed. Donald Allen and Benjamin Friedlander, 一九九七年）、三三〇頁には、「ヴァン湖の計量〔宇宙の状態を／再現するためには〕」（the Lake Van measure〔for repro, of / cosmic condition〕）と書いてある。この詩「ゴソニックと呼ばれる芸術」の注2を参照。

6　「基準」（"rate"）は、オルソンのテクストやノートに散見する。九〇六頁「価値《ワローレム》とは」一―二行には、「価値《ワローレム》とは基準」（"valorem is / rate"）と書いてある。「基準（rate）」は「尺度」「理性」などの意。

7　四〇三頁「ロバート・ダンカンのために」七四行参照。オルソンはアン岬歴史協会（Cape Ann Historical Society）所蔵の帳簿を調べた。その結果、デニソン商会（Dennison store）が、船の所有者ハラダン一家（the Harradens）との共同経営会社であるとの結論に至った。もう一軒のハラダンの店は、アニスクウォムの南端付近でリヴァー・ロード（River Road）とレナード・ストリート（Leonard Street）が出会うあたりにジョーゼフ・ハラダン（Joseph Harraden）が建てた宿屋で、ジョン（John）とマーサ・ハラダン（Martha Harraden）が経営していた。リヴァー・ロードは、口絵に掲載したアン岬の地図には示されていない。「アニスクウォム」という文字の下に隠れており、「ウォム」の下あたりにある。

8　三九六頁「B・エラリーの会計簿」参照。次行の「バック・ロード」は、"Back road"とも"Back Road"とも表記される。この箇所では、前者になっている。

9　六七五頁「グロスター港内の」七―九行参照。ドルフィン号とブリタニア号が、確かにB・エラリーの所有物だと書いである。

10　この詩の考え方によれば、ドッグタウンの森の中へ入っていくことは、インド＝ヨーロッパ語族の移動に匹敵する（ゲルマン民族やケルト民族は、原インド＝ヨーロッパ語族から枝分かれしたものだ）。少なくとも後のゴート族やゲルマン民族の移動に匹敵している。

11　チャールズ・スプレイグ・サージェント（Charles Sprague Sargent, 一八四一－一九二七年）の『北アメリカの森』（*The Silva of North America*, 十四巻、一八九三－一九〇二年）への言及。オルソンは混同しているが、この本の著者は、アメリカ画家ジョン・シンガー・サージェント（John Singer Sargent, 一八五六－一九二五年）ではない。ただし、二人ともグロスターのエプス・サージェント（Epes Sargent）の子孫である。

12　ジェームズ・オーデュボン（James Audubon, 一七八五－一八五一年）は、芸術家兼鳥類学者。『アメリカの鳥類』（*The Birds of America*, 一八二七－一八三八年）の著者である。

13　ヘンリー・ウォレス（Henry Wallace, 一八八八－一九六五年）は、アイオワ州出身の農学者。農業省長官（一九三三－一九四〇年）を務め、フランクリン・ローズヴェルト大統領下のアメリカで副大統領（一九四一－一九四五年）に就任した。

14　六一頁「手紙6」六三行および訳註一一五二頁の注11参照。エズラ・パウンド（Ezra Pound）はアイダホ州生まれ。著書『ヒュー・セルウィン・モーバリー』（*Hugh Selwyn Mauberley*, 一九二〇年）の中で「半ば野蛮な国」（"a half savage country"）と呼んだアメリカを後にして、ヨーロッパへ渡った。

15　大プリニウス（Pliny the Elder, 紀元二三年頃－七九年）は、ローマの政治家、博物学者・百科辞典編集者で、『博物誌』（*Naturalis historia*）の著者。これをオルソンは「極めて興味深い、前＝科学的書物」と語った。大プリニウスの『ゲルマン戦記』（*History of the German Wars*）は、タキトゥス（Tacitus）の『ゲルマーニア』（*Germania*）の基となったと言われている。なお、『ゲルマン戦記』は現在では存在していない。

16　サクス（Saxus）ではなく、サクソー・グラマティクス（Saxo Grammaticus, 一一五〇年頃－一二一六年頃）は、デンマークの歴史家。一一八六年までのデンマークの歴史を扱った書物『ゲスタ・ダノールム』（*Gesta Danorum*）の著者である。サクソーはギリシャ・ローマ神話の軍神マルスには言及しているが、古代スカンディナヴィア神話の戦の神ティス（Tys）あるいはティール（Tyr）には言及していない。

17　ドナルド・アレンおよびベンジャミン・フリードランダー編『チャールズ・オルソン散文全集』（Donald Allen and Benjamin Friedlander eds., *Charles Olson: Collected Proses*, 一九九七年）、三二六－三三五頁に「ヴィンランド・マップ・レヴュー」（"Vinland Map Review"）が収められている。その中でオルソンは、アメリカとは何かについて、アルフレッド大王の没年（九〇〇年）を射程に入れた歴史的考察を展開している。ゴシックという概念も、その文脈の中で様々に考えられている。しかし本来ゴシックとは、十二世紀から十六世紀、西欧に広く行われた建築様式を指し、高い尖塔や尖頭アーチ、それに多くの縦長の窓を構成要素とする。それらの垂直線から生じる強い上昇効果が特徴である。

18　古代イタリア語（Italic）は、インド・ヨーロッパ語族のヨーロッパ系の言語。ラテン語の原型である。ウィリアム・フォックスウェル・オルブライトとT・O・ラムディン共著『言語の証拠』（William Foxwell Albright and T. O. Lamdin, *The Evidence of Language*, 一九六六年）、一九頁参照。

19　ヒッタイト語（Hittitic）とインド・ヨーロッパ語族との関係については、オルブライトとラムディン共著『言語の証拠』、二二頁参照。

20　フルリ語（Hurrian）は、紀元前二四〇〇年にまで遡る初期アナトリア語（Anatolian language）の一つ。フルリ語のテクストの一つは、クマルビ神話（the Kumarbi myth）である。これに「ウリクミの歌」（"Song of Ullikummi"）が含まれる。「ウリクミの歌」の一部をオルソンは翻訳した。フルリ語、フルリ族については、五〇一頁「海岸は、フルリ語で言うハジ山」一行目および、五一二頁「サヌンクシオンが生きていたのは」四四行参照。フルリ人とは紀元前二〇〇〇年から紀元前一二〇〇年にかけて中東に住んでいた非セム系の古代民族である。

21　ケルト語（Keltic or Celtic）は、インド・ヨーロッパ語族の言語の一つ。一〇六六年のノルマン人の征服（Norman Conquest）以前のブリテンの言語である。

22　ヴィオル（viol）は、十六世紀から十七世紀に流行した通例六弦の擦弦楽器で、ヴァイオリンの前身。

23　サッフォー（Sappho）は、紀元前六一〇年から紀元前五八〇年に活躍したギリシャの抒情詩人。ここでは「自己中心的な」、「個人主義的な」の意。

24　ソロン（Solon, 紀元前六四〇年頃–紀元前五六〇年頃）は政治家だったが、詩人でもあった。神話を廃し、醒めた眼で現実を見ていた。

25　ジョン・スミスは「一組の帆（a suit of sayles）」と言っている。

26　『未経験な入植者たちへの広告』（*Advertisements for the Unexperienced Planters*）の中でジョン・スミスは、「あらゆる建造物のうちで、船は最も素晴らしく、造船、装備、釣り合い、防備、停泊術等において多大なる技術を要する」と言っている。ジョン・スミス著『旅と著作』、二巻一五〇頁参照。スミス著『若き船乗りのための航海初歩』（*Accidence for Young Sea-men*）を『海の文法』（*Sea Grammar*）と呼んでいることについては、一〇四頁「マクシマスより、グロスターへ、手紙11」七一行参照。

27　デニソン家については、この詩「ゴソニックと呼ばれる芸術」の注3を参照。

28　グース入り江（Goose Cove）については、七四五頁「ウォニス　クワム」（"wonis kvam"）五行目参照。ロブスター入り江の南にあり、アニスクウォム川に沿って南下するとグロスター市街に至る。グース入り江や次行のロブスター入り江については、口絵に掲載したアン岬の地図を参照。

29 ロブスター入り江（Lobster Cove）については七四五頁「ウォニス クワム」四行目参照。アニスクウォム川北端の東岸にある大きな入り江。

30 「四隅」（"corners"）は、オランダ語の "hoeck" の訳語。「入り江」もしくは「隅」の意。四九七頁「嵐が去った後」一七行目参照。「ぶどう蔓の片隅《グレープ・ヴァイン・コーナー》」は、アン岬全体あるいはアメリカを意味するが、特にアニスクウォム川北端の西岸にあるウインガーシーク・ビーチを指す。

31 氷礫丘《ケイム》（kame）は、氷河が後退するときに堆積した砕岩質、特に砂礫層から成る丘陵地形。三九九頁「ロバート・ダンカンのために」二行、五七九頁「ドッグタウンの雌牛」五七行を参照。

［その儀式をはっきりと理解するために［***to get the rituals straight***［一〇〇四〜一〇〇八頁］

1 一九六六年六月十九日に書かれた。

2 インティチューマ（Intichuma）は、中央オーストラリア部族の聖なる儀式を指す。食べ物ではない。ハリソン著『テミス』、一二四頁参照。

3 ジョン・ウィーナーズ（John Wieners, 一九三四–二〇〇二年）は詩人。ブラック・マウンテン大学と、ニューヨーク州立大学バッファロー校でオルソンの学生だった。夏の間、ミル川（the Mill River）とミル池（Mill Pond）の間あたりにあるリヴァーデイル（Riverdale）に住んでいた。パナは、しばらくの間オルソンの援助をしようと申し出た女性、パナ・グラディ（Panna Grady）のこと。

4 水車小屋は、ミル川（the Mill River）の南端にある。今ではワシントン・ストリートが、ミル川をミル池（Mill Pond）と分けている。ここに製材所と製粉所があった。

5 インド諸島（the Indies）は、インド、インドシナ、東インド諸島の総括的名称。

6 船長（captain）とは、中国貿易をしていた船長、ジェームズ・A・クラークソン（James A. Clarkson, 一八一六年頃–一八四九年）のこと。ミル川を見下ろすワシントン通り三九四番地に住んでいた。中国の船とは、クラークソン船長の持っていたミニチュアのジャンク（junk）すなわち、三本マストの平底帆船のこと。

7 コルバン著「シバ人とイスラエル人の儀式」（Henry Corbin, "Rituel sabéen et exégèse smaélienne"）より。この論文は、コルバン著「ゾロアスター教とイスマーイール派における円環時間」（Henry Corbin, "Cyclical Time in Mazdaism and Ismailism"）、ジョーゼフ・キャンベル編『人間と時間』（Joseph Campbell ed., *Man and Time*, 一九五七年）、一一五–一七二頁所収、一三九頁の脚注で言及されている。シバ人（The Sabaeans）とは、アラビア人のこと。シバ（Saba or Sheba）は、金・宝石・香料を商って栄えた南アラビアの王国。現在のイエメン（Yemen）と考えられる。

8　イスマーイール派（the Ismailians）とは「イスマーイール派の信徒（イスラム教シーア派中の一分派）」の意。

9　エラ（Ella）は、パナ・グラディの娘である。

10　ジョン・ウィーナーズについては、この詩の注3を参照。

11　九五七頁「実用性」一五六行参照。エドワード・ドーン（Edward Dorn, 一九二九―一九九九年）はアメリカ詩の人。ブラック・マウンテン大学でオルソンの学生だった。

12　アレン・ギンズバーグ（Allen Ginsberg, 一九二六―一九九七年）は、アメリカの詩人。一九五〇年代後半からオルソンと知り合いになった。一九六三年には共にヴァンクーヴァー詩人会議（the Vancouver Poetry Conference）に出席、一九六五年七月に行なわれたバークリーでの朗読会にも共に参加した。

13　おそらく「おれは電話の犠牲者だ」（"I am a Victim of Telephone"）という詩のこと。一九六五年七月バークリー詩人会議でギンズバーグが朗読した。

14　『マクシマス詩篇』はロバート・クリーリー（Robert Creeley）に献じられている。一頁の献辞を参照。

15　ギリシャ語の"lusimeles"は、愛の力の結果であり、「四肢をゆったりさせる」（"limb-relaxing"）の意である。

16　ジョイス・ベンソン（Joyce Benson, 一九二七年生まれ）は、女流詩人。当時オハイオ州オックスフォードで教師をしていた。

17　「精神の水準」（"mental level"）という語句は、「精神の水準を低くすること」（*l'abaissment de mental niveau*）というフランス語に基づく。出典はピエール・ジャネの『神経症患者たち』（Pierre Janet, *Les Névroses*, 一九〇九年）より。ユングの著作に散見するが、そこでは「落胆」（『分析心理学に関する二論文』）や「疲労」（『変容の象徴』）と定義されている。

18　「神秘に感応する」（participation mystique）は、フランスの哲学者・文化人類学者のルシアン・レヴィ＝ブリュールが『未開社会における精神機能』（Lucian Lévy-Bruhl, *Fonctions mentales dans les societes inferieures*, 一九一二年）で初めて使った用語。ユングは、これを『精神障害の類型』（*Psychological Types or The Psycology of Individuation*, H. Godwin Baynes による英訳、一九四六年）で応用した。

19　「千九百六十六年」と表記したのは、原文がローマ数字で"MDCCCCLXVI"と記してあるためである。同じ例は、九八九頁「わがポルトガル人たちへ」五九行、および訳註一三七五頁の注21を参照。

この町が動き出すのは、明け方　***This town works at dawn***　［一〇〇九頁］

1　一九六六年六月二十日に書かれたと考えられる。

2　海馬（hippocampus）は、前半身が馬で、後半身がイルカまたは魚の怪獣。海神の車を引く。

3　「半ば出来上がった、魚の土地で」（"halfish set & halfish land"）には、「半ば…の」（half + ish）と「半ば魚の」（half + fish）の言葉遊びが含まれている、と解した。

4　リーヴィ著『角の門』、一七四頁。古代エジプトの墳墓の壁には「女神である舟が水路を通って、再生の門に入っていく。それは割れた二つの丘で、神が誕生するところだ。その向こうでは、死んだばかりの者が母なる雌牛に呑み込まれ、その魂は朝の水盤の中で清められて、永遠の肉体をもらう」と書いてある。

夕暮れ時――近隣の人々には夕餉の時刻――静まり返り　***The hour of evening — supper hour, for my neighbors — quietness***　［一〇一〇～一〇一七頁］

1　執筆時期は不詳。

2　天（ウラノス）が、大地（ガイア）を愛そうと降りて来たとき、クロノスが父なる天（ウラノス）の陰部を切り取ったことへの言及であろう。ヘシオドス著『神統記』、一六八―一八一行参照。

3　ガンマ。天文学では、ガンマ星（Gamma）、すなわち星座の中で明るさが第三位の星のこと。物理学では、ガンマ（gamma）は質量の単位で一〇〇万分の一グラム。また、磁束密度の単位をあらわす。磁束密度とは、磁場の強弱を示す量である。磁場の中を運動する荷電粒子は、磁場から力を受ける。この力によって磁気の場の状態を決めた量が磁束密度である。

4　『エッダ』（*Edda*）は、古アイスランド語で書かれた詩歌集または、詩論の書である。「エッダの吸収される先はガンマ」（七八―七九行）は、詩歌・詩論は星に吸収されるという意味になる。

大地の歴史　***The history of Earth***　［一〇一八～一〇一九頁］

1　執筆時期は不詳。

2　プラタフォルマ（plataforma）は、スペイン語で、「プラットフォーム」の意。

3　コンディキオ（condicio）は、ラテン語で、「状態」、「協定、条約」などの意。先行する「状態《コンディション》」（a condition）、後続する「共に言ったこと」（said with）と意味がつながっている。ラテン語で"con"は"com"や"cum"と同じく、「と一緒に」「と共に」の意だからである。

4　六二六頁「わたしが顔を上げると」一―六行参照。

移住の実際（それはおそらく　*Migration in fact (which is probably...* ［一〇二〇頁］

1　この詩は、八五七頁でバラの形に書かれた詩を整理して二行連句の形に書き直したものである。主題は同じであるが、削除された詩句がいくつかあるため、同一ではない。一九六六年八月八日に書かれた。

2　アサ神族（the Aesir）は、古代スカンディナヴィアの空の神々。

3　ヴァニル神族（the Vanirs）は、古代スカンディナヴィアの神々で、平和と繁栄、土地の豊饒を司る。

4　「これが／この世界の　バラでありバラでありバラなのだ」については、八五七頁「移住の実際」の中央部と、その詩に関する訳註一三四六頁の注3を参照。

今、夜が明けると船の明かりは速やかに消えて　*The boats' lights in the dawn now going so swiftly* ［一〇二一～一〇二二頁］

1　執筆時期は不詳。

2　『オックスフォード英語辞典』（*Oxford English Dictionary*）では「ニフト」（"nift"）に「姪」（"niece"）の意が挙げてあるが、ここでは小型船の名称だと考えられる。

天の光の中から　*Out of the light of Heaven* ［一〇二四頁］

1　七〇〇頁「光をたっぷりふくんだ」一－六行の変奏。一九六六年十二月二十四日頃にベルリンで書かれた。芸術アカデミーで講演するよう招かれたオルソンは、ホテル・シュタインプラッツ（Hotel Steinplatz）の便箋にこれを書いた。

ホテル・シュタインプラッツ、ベルリン、十二月二十五日（一九六六年）　*Hotel Steinplatz, Berlin, December 25 (1966)* ［一〇二五～一〇二八頁］

1　ベルリンで書かれた。芸術アカデミー（the Akademie der Kunstes）から講演を依頼されて、出向いたのである。講演後軽い心臓発作に襲われた。この詩は、H・R・エリス・デヴィッドソン著『北ヨーロッパの神々と神話』（H. R. Ellis Davidson, *Gods and Myths of Northern Europe*, 一九六四年）に基づいている。トム・クラークは『チャールズ・オルソン伝』（Tom Clark, *Charles Olson*, 一九九一）、三三四頁で、この詩は個人の苦しみを神話次元にまで高めた力作だと評価している。

2　世界樹（the Tree of the World）とは、古代スカンディナヴィア世界の中心をなす樹、イグドラシル（Yggdrasill）のこと。その根元には神々、巨人、死者の領域がある。イグドラシルは、足元を蛇に襲われ、枝を雄鹿に食べられるが、それに耐えている。

3　この槍（the lance）は、キリストの脇腹を貫いた槍を思わせる（ヨハネによる福音書一九章三四節参照）。

4　雌の獣（the female animal）は、イグドラシルの枝を食べる雄鹿のことである。その乳は輝く食物となる。

5　ラグナロック（Ragnarok）すなわち「世界の終焉」が来ると、イグドラシルは震えるといわれている。

6　九世紀ノルマンのルーン文字で書かれた詩がヴォルクスケールとフォン・デア・ライエン（Wolfskehl and von der Leyen）によるドイツ語訳を添えて『最古のドイツ詩』（*Älteste deutsche Dichtungen*）として刊行された。これを一九六六年十二月十四日にライヒェルト（Reichert）という人物が、ベルリンへ来たオルソンへのプレゼントとした。この一行は、『最古のドイツ詩』に基づく。アプヴェアの指の爪（fingernail of Abwehr）について、フォン・デア・ライエンはこう説明している。ルーン文字の「必要」“*Not*”を指の爪に描くのは、防御（*Abwehr*）のためなのだ、と。貧窮や不幸を避ける、おまじないである。

7　三本の棹（the three staves）は、フォン・デア・ライエンによれば雹《ひょう》、必要もしくは困難、および氷のシンボルである。

8　ティウビルカ（TiuBirkaまたはTiubirka）は、フォン・デア・ライエンの読解によれば「聖なる樺の木」。ティウ神（the god Tiu）に捧げられた木で、ティビルケ（TiBirke）は、ティウ神の聖域の名である。

9　オランダの神話学者ヤン・デ・フリース（Jan de Vries）はアウル（*aurr*）を「輝く水」と解する。樹から露が出る。露のついた枝から養分を摂取する雄鹿の乳は「輝く食物」となり、尽きる事がなく、ヴァルハラ（Valhalla）の戦士の飲料となった。ヴァルハラは、古代スカンディナヴィア神話の最高神オーディン（Odin）の殿堂。戦死した英雄の霊を招いて祀《まつ》る所である。

10　デヴィッドソン著『北ヨーロッパの神々と神話』、一四六頁。オーディンは死者と対話することによって、知識を得ようとする。『バルダーの夢』（*Baldrs Draumar*［*Balder's Dream*］）によれば、オーディンは冥界へ至る道を馬で進み、自分の数々の質問に答えるまで、死んで墓に横たわる女預言者を呼び続ける。

大地の、塩と鉱物が戻ってくると――エンヤリオーンが　*the salt, & minerals, of the Earth return――Enyalion*［一〇二九頁］

1　執筆時期は不詳。エンヤリオーンについては、七三六-七四一頁「怒りで激昂する」参照。

2　一〇六六頁「おれはこの地上楽園を」八四-九〇行参照。トリピューラは三つの町（大地、大気、空）である。

夜の十一時　*11 o'clock at night*［一〇三〇～一〇三一頁］

1　一九六七年七月二十四日頃に書かれた。

天界の夕暮れ、一九六七年十月 ***Celestial evening, October 1967*** ［一〇三二～一〇三四頁］

1　一九六七年十月三日に書かれたと考えられる。

2　オルソンの住むフォート・スクエアのこと。

3　大洋《オケアノス》の環。ヘシオドス著『神統記』、廣川洋一訳には、「（大洋は）白銀《しろがね》の渦を巻く　九つの流れとなって／大地と　海の広い背のまわりをうねりながら　内海へと流れこむ」（七九〇–七九一行）と書いてある。十番目の環は、大洋《オケアノス》の長女ステュクス（Styx）の館へ流れ込む。

4　ヘシオドス著『神統記』、七七五–八〇四行参照。そこには大洋《オケアノス》の長女ステュクスの館や、「白銀《しろがね》の渦を巻く九つの流れ」、偽りの誓いを立てた神々への恐ろしい罰が描かれている。

5　アモーガシディ（Amoghasiddi）は、チベット仏教における冥想する仏陀である。その特徴的姿勢は、両手を膝の上にのせて冥想する姿、あるいは右手を挙げて「恐れなくてよい」と語りかける姿勢である。

（文学的成果）（***LITERARY RESULT***）［一〇三五～一〇三六頁］

1　イギリスの詩人ジェレミー・プリン（Jeremy Prynne, 一九三六年生まれ）のこと。プリンは、一九七四年九月九日付けのオルソン宛ての手紙の中で、フォート・スクエアのオルソン宅滞在中に書いた「十三日　金曜日」（"FRI 13"）に眼を通してくれるよう要請している。オルソンはこの時、バークリー詩人会議（the Berkeley Poetry Conference）での朗読のため西海岸に行っていた。その詩の中でプリンは、「時の知識を持って鳴くカモメ」（"gulls, squarking / in the knowledge / of time"）がいることや「緻密で希望に満ちた眼によって計られる」（"to be gauged / by the most / specific & / hopeful / eye"）生のあり方について書いている。また、一九六七年十月十五日の手紙ではプリンは、イギリスの詩人とアメリカの詩人とのコミュニティを提唱し、「仮に船を造らなければならないとしても」、大西洋を越えた「家」と「土地」を見つけよう、と言っている。「十三日　金曜日」は、プリン著『白い石』（*The White Stone*, 一九六九年）に所収。

2　ラリー・アイグナー（Larry Eigner, 一九二七年生まれ）は、マサチューセッツ州スワンプスコット（Swampscott）に住む詩人。オルソンは一九五四年九月三十日付けのクリーリー宛ての手紙で、この詩人に強烈な印象を受けたと報告している。

3　"eye-view"で「眼に映る風景」や「視点」を表わすのは、既に何度か出た表現。画家フィッツ・ヒュー・レーンに関して最もよく用いられている。五〇三頁「レーンの眼に映るグロスターの風景」（Lane's eye-view of Gloucester）一行目、八八七頁「わたしは一つの能力だった」六七行参照。

電送圏　***The Telesphere***　［一〇三七頁］

太陽がまともにおれの眼に入る　***Sun right in my eye***　［一〇三八〜一〇四〇頁］

1　執筆時期は不詳。

2　以下四八行まで、太陽が語り手に送るメッセージ。したがって、「私」は「太陽」、「お前」は「語り手」である。

大洗岩《グレート・ウォッシング・ロック》　***Great Washing Rock***　［一〇四一〜一〇四二頁］

1　この光景は、フォート・スクエア二八番地にあるオルソンの家から、港の西岸にあるフィッシャマンズ・フィールド（ステージ・フォート公園）を望んだものである。フィッシャマンズ・フィールドには、パーソンズ家（the Parsons family）が始めに入植した。パーソンズ家の「大洗岩」（"Great Washing Rock"）では、水揚げした魚を塩漬けにしたり、干したりする前に、臓物を抜き取った。

2　オルソンは一九一〇年十二月二十七日生まれである。

3　正しくは一七一七年。

海が沸きかえっている　***The sea's boiling***　［一〇四三頁］

1　アン岬が零度以下になった日のこと。

智恵の鮭　***the salmon of wisdom***　［一〇四四頁］

1　一九六八年六月二十九日に書かれたと考えられる。この鮭は、七八九頁「美味な鮭」一行目では、ケルトの智恵の鮭である。

これこそが組み合わせ　***That's the combination***　［一〇四五頁］

1　自己同形（automorphism）は、ヴァイルの『数学および自然科学の哲学』（Hermann Weyl, *Philosophy of Mathematics and Natural Science*, 一九四九年）、七二頁では、$p \to p'$ 写像における一対一の対応をいう。すなわち、ある事物の集合が、他の集合上で写像となるのではなく、それ自身の集合上で写像となるとき、「自己同型」（*automorphism*）の概念に至る。そこでは、点（p）が写像の点（p'）に一対一で対応する。

グロスターに一人の女がいた　***That There was a woman in Gloucester***　〔一〇四六〜一〇四七頁〕

1　一九六八年二月十八日に執筆された。

2　E・F・グリーンマンは『現代人類学』（E. F. Greenman, *Current Anthropology*, 四巻一号、一九六三年二月）、四一–六六頁で、ニューファンドランドのインディアンであるベオサック（Beothuk）族の航海用カヌーが上部旧石器時代（Upper Paleolithic）のカヌーに由来し、その原型は紀元前一万五千年頃かそれ以前の後期石器時代（Late Stone Age）にビスケー湾（the Bay of Biscay）で使われていたものだ、という。これまで説明のつかなかった、ビスケー湾から遠くないスペインのカスティリョ洞窟（the Cave of Castillo）の上部旧石器時代の壁画は、ベオサック族のカヌーの原型を描いたものだ、とグリーンマンは論じている。ビスケー湾は、フランス西岸とスペイン北岸にはさまれた大西洋の入り江である。

3　船首楼《フォクスル》（forecastle or fo'c'sle）は、フォアマストより前の上甲板を指すが、訳註一二〇一頁にあげたスクーナーの各部名称図などでは、前の方の甲板下の船首部屋なども船首楼《フォクスル》という。

4　更新世（Pleistocene）とは、新生代第四紀の前期。約二百万年前から一万年前までで、氷河の発達と人類の出現が特徴である。

5　小型帆船《シャロップ》（shallop）は、二本マストの帆船。浅瀬で用いる小型の船である。八三七頁「あの押し黙った船たちを進ませるために」六行参照。

6　ビスキー島（Biskie Island）は、現在では、アニスクウォム川の西側にあるラスト島（Rust Island）として知られている。三一七頁「四月のきょう、メイン・ストリートは」一四九行参照。

7　スペックとは、メイン州のインディアン文化研究の第一人者フランク・G・スペック（Frank G. Speck, 一八八一–一九五〇年）のこと。

8　ローマ数字で年号が"['LXVIII]"と大きく記されていたので、このように表記した。以下、この種の年号表記は原文がローマ数字で書かれていることを示す。多くは、この場合のように千九百六十八年"CDCCCCLXVIII"を省略した"'LXVIII"のように書かれているので「六十八年」と表記した。

共和国をつくることに加えて**　****Added to making a Republic　〔一〇四八〜一〇四九頁〕

1　ウォッチハウス・ポイント（Watchhouse Point）は、見張り番小屋突端ないしは岬の意。フォート・ポイントの古名である。四六二頁「マクシマスが、港にて」二四行、および六八五頁「共和国を描くために」三行参照。

2　六八五頁「共和国を描くために」一–三行参照。オルソンが自宅の暗がりで共和国の構想を練ることを意味する。

3　『黄金の華の秘密』三七頁に「あらゆる聖者は、これを互いに言い遺した。冥想をしなければ、何事もかなわないということを。孔子が、知ることによって、人は目標に達すると言うとき、仏陀が心の光景と言うとき、老子が霊の視力と言うとき、言っている内容は同一である」と書いてある。

4　「にもかかわらず」の意のフランス語 "malgré" が使われている。

すっかり吸い込まれてしまい　***Wholly absorbed***［一〇五〇頁］

一回の観察で大地を見て取りたまえ　***Take the earth in under a single review***［一〇五一〜一〇五二頁］

1　一九六八年六月十七日ごろに執筆された。「一回の観察で大地を見て取りたまえ」は、『ウェブスター大学生用辞典・第五版』の「風景」（landscape）の定義に基づく。

2　エラトステネス（Eratosthenes）は、紀元前二七六年頃から紀元前一九四年頃のギリシャの地理学者で、アレキサンドリアの図書館長。地球の円周を科学的に計算しようと試みた。

3　プトレマイオス（Ptolemy）は、紀元二世紀のアレキサンドリアの数学者・天文学者・地理学者。当時知られていた世界を概観した『ゲオグラフィケー・シンタキス』（*Geographikē syntaxis*）を著わした。

4　テュロスのマリヌス（Marinus of Tyre）のこと。紀元二世紀のギリシャの地理学者である。

5　ジョン・ギャロップ（John Gallop）、オズマン・ダッチ（Osman Dutch）あるいはオズマンド・ダッチ（Osmand Dutch）、およびジョン・ティリー（John Tilley）については「始まりの（事実」四五三頁一–二行、四五五頁二八–二九行、および、「マクシマスより、グロスターにて、一九六五年、日曜日」八〇五頁一行、八〇六頁一五行参照。ラルフ・グリーン（Ralph Green）の名が出て来るのは、ここが初めてである。

6　フィッシャマンズ・フィールド（Fisherman's Field）は、ドーチェスター・カンパニーが一六二三年にアン岬で居住しようとした場所の名。一九九頁「手紙23」一一行参照。訳註一一八一頁の注12を参照。

7　地中海一帯の音節文字表とは、フェニキア語のこと。もしくは、サイラス・ゴードンが『忘れられた文字』（Cyrus Gordon, *Forgotten Scripts*, 一九六八年）で言うエーゲ海の音節文字表を指す。

8　ピシアス（Pytheas あるいは Pytheus）は、紀元前四世紀のギリシャの探検家。一二六頁「マクシマスより、グロスターへ、手紙14」八七行、および四九三頁「タ・ペリ・トウ・エケアノウ」一行目参照。エラトステネスは、地球の円周を科学的に計算しようとしたが、それ以前にピシアスは地球をめぐる探検に出ていた、の意。

9　メアンダー川（the Meander River）は、小アジアを蛇行して流れ、古代のカリア（Caria）あたりでエーゲ海に注ぐ。

10　ピリン（Piryne）とは、どこだろうか。オリンポス山近くでミューズが生まれた区域に「ピエリアの泉」（the Pierian spring）がある。また、古代コリントス（Corinth）の城アクロコリントス（the Acrocorinth）からの流れによって出来たピレーネ（Pirene）という泉もある。だが、ここではメアンダー川との関連から、カリア（Caria）海岸の都市プリエネ（Priene）を指すと考えられる。ピリン（Piryne）は、綴り字の間違いである。

11　アルフェウス川（the Alpheus River）は、イオニア海に注ぐギリシャの川。伝説によれば、地中海の下を通って、シチリア島南東部の市シラクーサ（Syracuse）のアレトゥーサ（Arethusa）に現われる。

12　ラティヌム（Latinum）とは、古代ラティウム（Latium）のこと。ラテン人の土地の意。アエネイアスに征服されたローマを含む中央イタリアを指す。

13　「フェニキア語」（“Phoenician”）は、「フェニキア人」とも解せる。五〇三頁「レーンの眼に映るグロスターの風景」二行、五〇四頁「ビュブロスより古く」一-四行、五一〇頁「サヌンクシオンが生きていたのは」七行および一五行を参照。

白昼に降りて来る大いなる光　***That great descending light of day***　［一〇五三頁］

1　一九六八年七月二十一日に執筆された。この「大いなる光」は「黄金の華」である。七〇〇頁「光をたっぷりふくんだ花が」一-三行参照。

2　「ふさのついたリンドウ」（the fringed gentian）はオルソンの好んだ花。花弁のへりがギザギザに裂けている種類。北米東部産のリンドウ。現在は絶滅危惧種である。「野生ゼラニウム」は赤紫色の花を咲かせ、メイン州からカナダ中部にかけ、またジョージア、アーカンソー、カンザス州にも見られる。園芸種とは属が異なる。「ふさ」（fringe）はヴァイルの『数学と自然科学の哲学』一〇九頁では、閉じた空間と開いた空間の位相的違いを述べるときに用いられている。一九六一年から一九六二年にオルソンが書いた詩に「わたしは大地に身体を伸ばした。野生ゼラニウムが／わたしの顔を見下ろすように／野生ゼラニウムを見ているわたしの顔を」という箇所がある。

3　「魂」、「霊魂」の綴りを、通常の “soul” ではなく、“sawol” としてあるので、「霊魂《タマシヒ》」とした。

4　九九四頁「ゴソニックと呼ばれる芸術」タイトルと二行目、および訳註一三七六-一三七七頁の注2を参照。草稿では「ゴソニック」（“Gothonic”）が消され「アルメニアの」（“Armenian”）とされている。「アルメニアの」とは「北方の」、あるいは「非ギリシャの」の意。すなわち、非西洋様式を示す。また、黒海の南で、コーカサスの西に位置するアジア西方のアルメニアは、インド＝ヨーロッパ語族の移動の経路だった。アルメニア語はインド＝ヨーロッパ語族の中に入っていないが、アルメニアはインド＝ヨーロッパ語族の本拠地だったかもしれないのである。

そしてメランコリー　***And melancholy***［一〇五四頁］

1　葛洪（Ko Hung, 二八三–三六三年）は、「クーホン」あるいは「かっこう」と読む。中国晋代の道士。号は抱朴子（パオプーツー）。その号を書名とした道教の古典『抱朴子』の著者として知られ、その中で仙道の根本を述べ（内篇二〇巻）、また儒家思想を取り入れて一種の社会評論を行なった（外篇五〇巻）。

外の暗闇　内部スクーディック　***Outer Darkness Inner Schoodic***［一〇五五〜一〇五六頁］

1　一九六八年七月三日ころに書かれたと考えられる。

2　内部スクーディック海嶺（Inner Schoodic Ridge）は、その対である外部スクーディック海嶺（Outer Schoodic Ridge）と同様に、メイン州海岸沖のマウント・デザート島（Mount Desert Island）近くにある、海岸の浅瀬で漁場。オルソンは内部スクーディックを心の中の精神的浅瀬としてとらえ、外部スクーディックと結びつけようとしている。「スクーディック」とはインディアンの言葉で「水が急激に流れ込むところ」の意である。

3　ブルーノ・スネル著『精神の発見』（Bruno Snell, *The Discovery of the Mind: The Greek Origins of European Thought*, T. G. Rosenmeyer による英訳、一九六〇年）、一三頁には、ギリシャ語で「理性」を意味する「ヌース」（*Noos*）が、「知る」、「本当の色を見る」を意味する「ノエイーン」（νοεῖν）と類似している、と書いてある。

4　前頁「そしてメランコリー」六–八行参照。

5　シェイクスピア作『リチャード二世』三幕二場一六〇–一七〇行参照。小さな針が王冠を貫き、王の首をはねるという発想が同一である。

ジョン・デーの牧草地が終わると　***above the head of John Day's pasture land***［一〇五七〜一〇六一頁］

1　マーガレット・ジョスリン（Margaret Josselyn）の身元を割り出して、ドッグタウンの最初の入植者を確定しようとする詩である。マーガレット・ジョスリンについては八三二頁「ドッグタウン――アン」一一行参照。マーガレット・ジョスリンは最初、メイン州ブラック・ポイント（Black Point）に入植していたトマス・カモック（Thomas Cammock）の妻となったが、トマス・カモックが一六四三年にバルバドス（Barbados）で死ぬと、その親友ヘンリー・ジョスリン（Henry Josselyn）と結婚した。二番目の夫ヘンリー・ジョスリンは、ペマクイド（Pemaquid）で一六八三年に没した。ジョン・ジョスリン（John Josselyn）はその兄弟である。ヘンリー・ジョスリンとマーガレットの間にできた子どもはヘンリーと名付けられた。

2　ブラック・ポイントは、メイン州ポートランド（Portland）の南にある居住地。現在はスカーバラ（Scarborough）という名である。一六七一年頃、ジョン・ジョスリンはブラック・ポイントを訪れていた。

3　チェリー・ストリート（Cherry Street）のこと。ドッグタウンの「下の道」である。

4　ジー・アヴェニュー（Gee Avenue）は、ドッグタウンの「上の道」である。

5　マーガレットの最初の夫トマス・カモックの没年。

6　マーガレットがトマス・カモックと結婚した年を算出している。結婚生活が二十年続いたとすれば、結婚した年は一六二三年頃と計算されている。

7　七十七は、一七〇〇年から一六二三年を引いて得られた七十七年間を表わす。七は、二番目の夫ヘンリー・ジョスリンが死んだ年を一七〇七年とすると、一七〇〇年より七年多いことを示す。それで、七十七年に七年を足している。この計算によって得られるのは、マーガレットがヘンリー・ジョスリンと最初から結婚していたとすれば、何年間結婚生活を送ったことになるかであり、求められる答えは、八十四年間である。

8　ジョン・ジョスリン（一六三八－一六七五年に活躍）が、メイン州ブラック・ポイントにいる兄弟のヘンリーを訪ねた時のこと。ジョン・ジョスリンについては、四〇〇頁「ロバート・ダンカンのために」三〇行参照。また、訳註一二三九頁の注16を参照

9　ジョンの甥ヘンリー・ジョスリン・ジュニア（二代目ヘンリー）は、インディアンの襲撃に遭い、一六七五年にジョン・ウォリス（John Wallis）とともにファルマス（Falmouth）から追い出された。グロスターからメイン州へ移住する動きが初めて鈍ったのは、この時期である。

10　マーガレットと二番目の夫ヘンリー・ジョスリンとの間にできた子の名は、父と同じヘンリーであった。

おれはこの地上楽園を去るのが嫌になるだろう　*I'm going to hate to leave this Earthly Paradise*　［一〇六二～一〇七二頁］

1　「地上楽園」（Earthly Paradise）は、ダンテ作『神曲』（Dante Alighieri, *The Divine Commedy*, 一三二〇年）では天国（Paradiso）と煉獄（Purgatorio）の中間にある。地上でありながら、天国を思わせるところ。『神曲』「煉獄篇」第二十八歌から第三十三歌を参照。

2　モーフ・チャンク（Mauch Chunk）は、ペンシルヴェニア州東部のリーハイ谷（the Lehigh Valley）にある炭鉱の町の名。インディアンの言語では「熊の山」の意。この名は、アメリカ・インディアンの子孫であるフットボールの大スター、ジム・ソープ（Jim Thorpe, 一八八六－一九五三年）にちなんで、一九五四年にジム・ソープと改名された。

3　モリー・マグワイアーズ（Mollie McGuires）は、一八六〇年代から一八七〇年代に、ペンシルヴェニア州東部の炭鉱で働いていた戦闘的鉱夫の集団の名前。その多くがモーフ・チャンクで裁判にかけられ、処刑された。この事件が映画化され『モリー・マガイアーズ』（*The Molly Maguires*）という題名がつけられた。ハーヴェイ・ブラウン（Harvey Brown）によると、

オルソンとの長電話で話題にしたのはこの映画だったらしい。映画『モリー・マガイアーズ』は、一九六九年に公開されたが、一九六八年六月には新聞記事に書かれていたという。日本公開の題名は『男の闘い』。マーティン・リット（Martin Ritt）監督、主演は「007」シリーズで好評のショーン・コネリー（Sean Connery）と、アイルランド出身のリチャード・ハリス（Richard Harris）。背景は一八七六年のペンシルヴェニアの無煙炭坑。鉱夫はアイルランド系カトリックが主で、雇用主はプロテスタントが多い。労働条件の改善を望んだストも効果がなく、テロ行為も辞さぬ秘密結社「モリー・マガイアーズ」のリーダー（コネリー）と、不満を持ちながら自分の利害を考えないスパイ役のハリスとの間に生じる奇異な関係がこの映画のテーマである。

4　画家のフィッツ・ヒュー・レーン（Fitz Hugh Lane, 一八〇四―一八六五年）。五〇三頁「レーンの眼に映るグロスターの風景」一行目参照。

5　レーンの「湾を照らす月光」（"Moonlight on a Bay"）の前景。あるいはロッキー・ネックから見たダンカン・ポイント（Duncan's Point）の絵「グロスター鉄道の三本マストの船」（"Three Master on the Gloucester Railway"）参照。ポイント（Point）は、海や広い川に突き出した突端、岬の意。

6　ダンカムズ・ポイント（Dunkums Point）は、グロスター港内のダンカン・ポイントのこと。この土地を所有していた初期入植者ピーター・ダンカン（Peter Duncan）に由来する名。この岬近くの岩々（Rocks）は、後に堤防の一部になった。

7　ハーヴェイ・ブラウン（Harvey Brown）。訳註一三九一頁の注3および一五〇行参照。

8　ハーバー入り江（Harbor Cove）は、グロスター港内港の西岸にある。フォート・ポイントとダンカン・ポイントの間である。

9　鉄道線路（the railway）とは、当時ダンカン・ポイントにあった二本の海岸鉄道のどちらかである。

10　大西洋オヒョウ社（the Atlantic Halibut）の波止場は、ダンカン・ポイントの海岸鉄道の西にあった。現在は沿岸警備隊が所有している。

11　都市破壊公社（urban destruction）は、一九六〇年代に始まったグロスター都市再開発計画（Gloucester's Urban Renewal Program）への批判的な言及。これにより、海岸地区の様子が一変した。

12　ダンカン・ポイント（Duncan Point）は、既に見たように "Duncan's Point" とも綴る。

13　アン岬マイケルズ・レストラン（Michel's Cape Ann Diner）のこと。メインストリートとチェスナット通りの角にある。ダンカン・ポイントから徒歩で楽に行ける。

14　ラギッド・アース・ロック（Rugged Arse Rock）は、「ゴツゴツ尻岩」の意。メイン州の沖にあるラギッド島（Pagged Island）のことである。ペノブスコット湾（Penobscot Bay）内にあるマティニカス島（Matinicus Island）の南にある。グロスター港の岩をラギッド島に見立てていると思われる。

15　レーンは小児麻痺にかかり、生涯を通して松葉杖をつかなければならなかった。原因はペルーのリンゴ（つまり、トマト）を食べたことだと信じられていた。

16　アメリカを代表する小説家の一人ナサニエル・ホーソーン（Nathaniel Hawthorne, 一八〇四−一八六四年）は、セーレムの生まれである。画家レーンは、ホーソーンと同年の生まれである（一八〇四−一八六五年）。

17　ノア・ウェブスター（Noah Webster, 一七五八−一八四三年）は、アメリカの辞書編纂者。彼の『ウェブスター英語辞典』は一八二八年が初版である。

18　シヴァ（Shiva）神がトリプランタカ（Tripurantaka）として現われるときは、全世界の征服者にして解放者となる。トリプランタカは、三つの都市トリピューラ（大地、大気、空）の息の根を止める。

19　オルソンはハインリッヒ・ツィンマー著『インドの芸術と文明における神話と象徴』（Heinrich Zimmer, *Myths and Symbols in Indian Art and Civilization*, 一九五三年）、一三七頁以下から、五つの対話の主題を書き出した。それは、①創造、②諸世界の戦争、③神々を崇拝すること、④超人的な力の獲得、⑤至高の精神との四つの結合様式、である。これは宇宙の踊り手（Cosmic Dancer）としてのシヴァ神の五つの活動でもある。「第四の段階」（"4th condition"）は、④の段階を指すと思われる。

20　預言者イドリス（holy Idris）は、『旧約聖書』のエノク（Enoch）であり、博学なヘルメス・トリスメギストス（Hermes Trismegistus）と同一視されることもある。イスラム世界では天国の科学および哲学の創始者である。また智恵と哲学および技芸と科学の創始者ともされる。

21　トリスメギストスは、ギリシャ語で「三倍偉大な」の意。神秘説、神智学、占星術、錬金術に関するいろいろな書物（ヘルメス文書）の著者とされる。

22　「コーヒーの人間存在」（"coffee human being"）は、T・S・エリオット（T. S. Eliot）作「プルーフロックの恋歌」（"The Love Song of J. Alfred Prufrock," 一九一五年）中の「私は自分の一生をコーヒースプーンで計りつくした」（"I have measured out my life with coffee spoons"）への言及かと思われる。予測可能な、日々の繰り返しで一生を終える人間存在を指している。

23　エノク（Enoch）は、ヘルメス・トリスメギストスが創始した伝統に連なる人物であり、この人物ゆえに旧約聖書の外典は『エノクの書』（the Books of Enoch）と呼ばれる。エノクは、イドリス（Idris）である。

24　セイイッド・ホサイン・ナスル著『イスラムの科学と文明』（Seyyid Hossein Nasr, *Science and Civilization in Islam*, 一九六八年）、三一−三二頁参照。そこには、こう書いてある。イスラムには中国の科学と似た要素がある。錬金術については、

「アルケミー」の基となった「アル＝キミヤ」という語が、古代中国の「チン＝イ」のアラビア語化であると主張するものさえいる。「チン＝イ」が、ある方言では「キム＝ラ」となり、その意は「金を精製するエキス」であるというのである。

25 ヨハン・セバスチャン・バッハ（Johann Sebastian Bach, 一六八五―一七五〇年）。ピエール・ブーレーズ（Pierre Boulez）の第二ソナタを聞いた後で、オルソンは、バッハ以後これほどのものを聞いた事がない、と語った。

26 神についてのこの表現には、マルチン・ルターの賛美歌からの影響がある。バッハが「カンタータ八〇番」でこれを音楽にした。

27 ヴェーゲナー断層（Wegener Fault）は、グリーンランド北西部とエルスメア島（Ellesmere Island）の間にあることが分かった。

28 ロブソン海峡（Robeson Channel）は、ヴェーゲナー断層の上にある。

29 オルソンの友人兼保護者。フロンティア出版（Frontier Press）の社主である。マサチューセッツ州ウェスト・ニューベリー（West Newbury）に住む。三五行に「友だち」として登場している。訳註一三九一頁の注3参照。

30 ナタリー・ハモンド（Natalie Hammond, 一九〇四年生まれ）は、ハモンド城を建てた発明家ジョン・ヘイズ・ハモンド・ジュニア（John Hays Hammond, Jr. 一八八八―一九六五年）の姉か妹で、ドリヴァー・ネック（Dolliver's Neck）を見下ろす父の地所に住んでいた。鉱山技師である父ジョン・ヘイズ・ハモンド（John Hays Hammond）の地所にはチューダー様式のコテージがいくつもあった。後に彼女は、ニューヨーク州北セーレムに自分のミュージアムを建てた。

31 ドリヴァーズ・ネック（Dollivers Neck）は、ドリヴァー・ネック（Dolliver or Dolliver's Neck）と同じ。フレッシュウォーター入り江の南にある。

32 ソーサリート（Sausalito）は、カリフォルニア州南部にあり、サンフランシスコ湾（San Francisco Bay）に臨む郊外の住宅地。サンフランシスコから北西へ三マイル離れたところにある市。

33 一八五一年にプラム・ストリート（Plum Street）にできた学校、ポイント・グラマースクール（Point Grammar School）の鐘。プラム・ストリートは、ロッキー・ネックから西のスミス入り江（Smith's Cove）を越えたあたりにある通りである。

34 ウォンソンズ塗料製造所（Wonsons Paint Manufactory）とは、ロッキー・ネックの端にあるタール＆ウォンソン社（Tarr and Wonson's）のこと。一八六三年創業で、船腹用の銅塗料を製造する。

35 ベヴァリー空港（Beverly Air Port）は、マサチューセッツ州ベヴァリーにある小さな飛行場。海岸から十二マイル離れたところにある。

36 ハンズカム空軍基地（Hanscom Air Force Base）は、ボストンから西へ十五マイル離れたベッドフォード（Bedford）にある。

37 「フランク・ムーア（Frank Moore）の顔」は、オルソンが夢で見た内容。オルソンの別の詩「図書館員」（"The Librarian"）にもフランク・ムーアは「歪んだ顔」（"with his face twisted"）で登場する。フランク・ムーアとは、一九四〇年代後半から一九五〇年代はじめ、ワシントンでオルソンと親交のあった作曲家。一九二三年生まれである。

十二月十八日 ***December 18th*** ［一〇七三～一〇七八頁］

1 一九六八年十二月十八日に書かれた。

2 「バラの赤」とは、アルフレッド・マンスフィールド・ブルックス（Alfred Mansfield Brooks）の生家を指す。この界隈はウェスト・エンドと呼ばれている。一八三〇年に火事にあった後、ブルックスの母の結婚に際して、建てられた。ワシントン・ストリートを北へ行き、ミドル・ストリートの角を左へ曲がった所にある。アングル・ストリート（Angle Street）とロワー・ミドル・ストリート（Lower Middle Street）、と旧市庁舎をもふくむ建物である。連邦時代様式、あるいはコロニアル様式を遺す。煉瓦造りの三階建てで一階にオールド・タイマーズ酒場（the Old Timers' Tavern）があった。シェル石油のガソリンスタンド（the Shell Station）を入れるために、ウェスト・エンドからブルックスの家を撤去しようという案が市議会で決まった。これに対してオルソンは反対しているのである。尚、ロワー・ミドル・ストリートは、口絵に掲載した地図にはない。いくつかの地図を参照したが、載っていなかったためである。

3 ボンドの丘（Bond's Hill）は、グロスターの西部、ウェスタン・アヴェニューの近くで、オルソンが少年時代に夏をすごした地帯にある一八〇フィート程の丘。丘の頂上付近にポール一家（the Poles）あるいはプール一族（the Pool's）が住んでいた。グロスターの両極岩《ザ・ポールズ》とは異なる。三二一―三五行には、北極（North Pole）との言葉あそびがある。両極岩《ザ・ポールズ》については、三五六頁「川――2」一―三行を参照。

4 オルソンは『グロスター・タイムズ』（the *Gloucester Times*）に宛ててグロスター破壊に対する弾劾文を書き、その追伸を一九六九年四月一日に書いた。「メイン・ストリートはA＆Pプラザまで、日を浴びている蛇のようであるが――今やこういう場所まで消されようとしている」と。

5 ハーマン・メルヴィル著『レッドバーン、初航海』（Herman Melville, *Redburn, His First Voyage*, 一八四九年）、三十三章より。アメリカは出身国を最上とする狭量でヘブライ的な部族主義に陥ることなく、全世界の民の国であることを望んでいる、という意味である。

地下世界の花 ***flower of the underworld*** ［一〇七九頁］

1 一九六八年に書かれたと考えられる。タイトルの「花」については、以下の箇所の「黒い黄金の華」および「花」を参照。三四四頁「マクシマスより、ドッグタウンから――Ⅱ」八五行、七〇〇頁「光をたっぷりふくんだ花が」一―三行、および七九一頁「詩一四三番。祭りの相」三三―三六行。

クルーザーとプラトンの間を　***Between Cruiser & Plato***［一〇八〇頁］

1　クルーザー（Cruiser）とプラトン（Plato）は、北大西洋海底の山々。

2　アトランティス（Atlantis）は、海底の山。プラトンの北西にある。

3　九八四頁「わがポルトガル人へ」四行参照。

カヴェサ・デ・ヴァーカは　***As Cabeza de Vaca was***［一〇八一頁］

1　執筆時期は不詳。カヴェサ・デ・ヴァーカ（Cabeza de Vaca, 一四九〇年頃―一五六〇年頃）は、スペインの探検家。難破したり、インディアンに捕らえられたりしながら、フロリダ、メキシコ、およびパラグアイを探検。後に著書『難破』（*Naufragios*, 一五四二年）の中で黄金郷《エルドラド》のことを語った。

2　グアンチェ族は、モロッコ（Morocco）の沖にあるカナリア諸島にいた原住民。九八四頁「わがポルトガル人たちへ」二行目参照。

3　コラソーネ（Corazone）は、ニュー・メキシコ州の州都サンタ・フェ（Santa Fe）にある保養地。

4　フエルテヴェントゥーラ（Fuerteventura）は、カナリア諸島の一つ。

5　グラン・カナリア島（Gran Canaria Island）は、カナリア諸島の主島。

船尾が箱のような　***her stern like a box***［一〇八二頁］

1　執筆時期は不詳。ホーズ号（the *Haws*）、すなわちドリス・M・ホーズ号（The *Doris M. Hawes*）については、八三頁「テュロス人の仕事」一〇一行、および一八二頁「手紙 20」七七行参照。

2　ブラウン浅瀬（Brown's Bank）を指すと思われる。ブラウンズ浅瀬（Browns Bank）ともいう。四三頁「手紙５」五五行、二四八頁「古報」二三一行、および訳註一一九五頁の注37を参照。

満月が〔…窓から外を見ると〕　***Full moon*〔*staring out window...*〕**［一〇八三頁］

1　「片目で……雪の丘」は、満月を比喩で表現したもの。

朝一番は　***The first of morning...***　［一〇八四〜一〇八六頁］

1　一九三一年から一九三六年の夏、オルソンはグロスター郵便局で臨時の郵便配達員をした。

2　芸者印（Geisha）は、アメリカで流通している日本製海産物のブランド。蟹の缶詰への言及だと思われる。

3　年号がローマ数字で記してある場合、このようにしてアラビア数字で記される通常の年号表記と区別した。以下、同様である。

左手はあの花の萼で　***the left hand is the calyx of the Flower***　［一〇八七頁］

1　花は「黄金の華」である。また仏教の蓮（lotus）すなわち仏の御座であり、仏を生むパドマ（padma）である。七〇〇頁「光をたっぷりふくんだ」一–三行、「詩一四三番。祭りの相」七九一頁三三–三六行、七九四–七九五頁九六–九九行、一〇二四頁「天の光の中から」一–三行参照。

あの島、あの川、あの岸辺　***The Island, the River, the shore***　［一〇八八〜一〇八九頁］

1　ステージ・ヘッズ（the Stage Heads）となっているが、ステージ・ヘッド（the Stage Head）のこと。ステージ・ヘッドは、グロスター港に突き出る絶壁。その後ろにステージ・フォート公園がある。先行する「あの島」はテン・パウンド島、「あの川」はアニスクウォム川、「あの岸辺」はグロスター港を指していると思われる。

2　イースタン・ポイント（Eastern Point）は、グロスター港を囲む腕状の地形。その先端が東から港へ入る入り口である。

3　エンヤリオーンは戦いを止めさせるため、自分の手を失った。六四五頁「宇宙に網をかけて曳いた」四行、七三六頁「怒りで激昂する」六行以下を参照。

4　シャンプランの水路（Champlain's channel）については、三〇〇頁「手紙、一九五九年、五月二日」二四六–二七八行参照。彼は、イースタン・ポイントからグロスター港への水深を測り、数字で水路を示した。これを「シャンプランの水路」と呼んでいる。サミュエル・ド・シャンプラン（Samuel de Champlain）は、一六〇六年に「美しい港」（グロスターのこと）の地図を描いた。

5　ブレース入り江（Brace's Cove）は、グロスターの大西洋岸イースタン・ポイントの北にある。多くの海難事故があった。悪天候の際、グロスター港への入港路と間違えられたためである。

6　ケルプ（kelp）は、コンブ科で冷水産の大形褐藻の総称。漂着して塊や漂着床になることがある。

7　「ひずみの場所」（strain locus）については、ホワイトヘッド著『過程と実在』の第四部四章「ひずみ」（Strains）参照。

ただ彼女の身体をおれの心の中に留めておくために　***Just to have her body in my mind***［一〇九〇頁］

1　娘《コレー》（Kore）とは、ゼウスとデーメーテール（Demeter）の娘ペルセポネ（Persephone）のこと。冥府の王プルートー（Pluto）にさらわれ、その妻となった。

2　デーメーテールは、農業・豊饒・結婚・社会秩序の女神。

水際をずかずかと歩いていった　***Strod the water's edge...***［一〇九一頁］

1　一九六九年六月二十三日の意。

褐色の大地エンヤリオーンは　***Enyalion of brown earth***［一〇九二頁］

1　一九六九年六月二十二日から七月十日にかけて書かれた。

2　エンヤリオーンと「赤褐色の」（brown-red）大地については、七三八頁「怒りで激昂する」三六行参照。鳥のような声については北西セム族の「クルク」（krk）が「町」を表す語であることに注意。七五七頁「町の岬は」四–七行参照。

ゆっくりやることがつみ重なって、一つの価値になる　***slownesses which are an amount***［一〇九三〜一〇九四頁］

1　三九五頁「マクシマスより、一九六一年三月——2」一行目参照。ドッグタウンへ至る「上の道」、すなわちジー・アヴェニュー（Gee Avenue）を指す。

2　カワウソ池（an otter pond）については、同頁二–四行参照。ドッグタウンへ至る「下の道」、すなわちチェリー・ストリート（Cherry Street）から少し離れたところにある。

3　一九六九年六月二十三日、月曜日の意。

おれは大胆で、勇気があった　***I was bold, I had courage***［一〇九五〜一〇九六頁］

1　一九六九年六月二十六日から二十七日の間に書かれたと考えられる。

2　五〇頁「手紙5」一五六–一五七行参照。船用の蠟燭を作っていたアトランティック・サプライ社の埠頭は、ハーバー入り江から見て東側のロジャー・ストリートにあった。この埠頭は、後に「パイニー埠頭」（Piney's wharf）として、知られるようになった。

3　ホメロスは、最期の日、魚釣りをする二人の少年を午後中見つめていた。毛布のようなものにくるまって寝たが、明け方に道ばたで、死んでいるのを発見された。この話の出典は不明で、オルソンの創作かもしれない。

4　ボスポラス海峡（the Bosporus Strait）は、ヨーロッパとアジアを分ける海峡。黒海（Black Sea）とマルマラ海（the Sea of Marmara）との間にある。

5　サマルカンド（Samarkand）は、中央アジア最古の都市。カスピ海から東方のウズベキスタン（Uzbekistan）にあり、交易路をさらに東へ向かえば中国の絹に至った。

アガメンティカス台地の背後からヴェネツィアの黄金の光が　***Golden Venetian Light From Back of Agamenticus Height...***［一一〇七頁］

1　アガメンティカス台地（Agamenticus Height）については、二九九頁「手紙、一九五九年、五月二日」一三八行参照。アニスクウォム川の西岸にあり、湿地や泥の川床を見下ろす。ボンド・ストリート（Bond Street）の北にあり、かつて教会堂の丘（Meeting House Hill）であったところと向かい合っている。

2　ダナエ（Danaë）は、アルゴス王アクリシオス（Acrisius）の娘であったが、塔の中に閉じ込められていた。アクリシオスは、ダナエの産む子によって生命を奪われるという神託をうけていたからである。ゼウスは、黄金の雨となって塔の中にいるダナエに降り注ぎ、ペルセウス（Perseus）をもうけた。黄金の雨は「ゼウスの塵（Zeus' dust）」と呼ばれている。

3　イスラム教徒は、日没と一日の終わりの祈りをいれて、一日五回祈りを捧げる。ムアッジン（muezzin）すなわち「勤行時報係」は、モスクの光塔などから、一日に五回、礼拝の時刻を大声で告げ、信徒を礼拝に召集する人のことである。

4　おそらくエズラ・パウンドの「父《パテール》ヘリオス」より。エズラ・パウンド作『詩篇』「第百十三篇」四行目参照。

5　コーラン（The Koran）は、太陽崇拝も、月崇拝も禁じ、それらを創ったアラーを讃えよ、と命じる。

6　ラー（Ra）はエジプトの太陽神。毎朝、舟に乗って空を旅し、日没に戻ってくる。

7　磨き上げた銘標。四フィート×五フィート。橋から百ヤード付近の堤防に置かれている。堤防の出来た日と当時の市の役人たちの名が記されている。

8　ニューエル・スタジアム（Newell Stadium）は、グロスター高校の運動場のこと。運動場の中に野球場もある。

9　ジャック・クラーク（Jack Clarke, 一九三三年生まれ）は、オルソンにイギリスの詩人ウィリアム・ブレイク（William Blake, 一七五七–一八二七年）の本をプレゼントしてくれた人である。ニューヨーク州立大学バッファロー校の教師で、ブレイク研究家。メアリー・レアリー（Mary Leary）とこの日、ニューヨーク州オックスフォードで結婚した。

10　アニスクウォム川に関するオルソンの最初の詩集あるいは詩群（"my 1st poems"）が、何を指すのかが分かりにくい。したがって「家々」（"homes"）も特定できない。しかし「屋根屋根」（"the roofs"）なら分かる。一〇頁「ぼく、グロスターのマクシマスより、きみへ」一四行以下の「屋根」、「つらなる屋根」、「屋根屋根」などの『マクシマス詩篇』の最初の詩に出てくる複数の屋根（roofs）を指すのではないかと思われる。あるいは、グロスターのケント環状道路沿いの家々を指す。「ケント環状道路」については、五五二頁「ケント・サークル・ソング」参照。アニスクウォム川についての「最初の詩」に関しては、一六五頁「トゥイスト」二一-二八行参照。

11　フレージャー・フェデラル館（the Frazier Federal House）は、ケント環状道路沿いのエセックス・アヴェニュー三番地にある家。「馬券屋シュウォーツ」の義理の母の家である。一六八頁「トゥイスト」七〇-七二行参照。

12　ブルックシー（Brooksie）は、アン岬歴史協会（Cape Ann Historical Scoiety）の前会長アルフレッド・マンスフィールド・ブルックス（Alfred Mansfield Brooks）にオルソンがつけた愛称。

13　五五二頁「ケント・サークル・ソング」参照。ヴァンドラ伯母は甲状腺腫で、首のところに瘤ができていた。それを隠すために彼女は、襟の高い服を着ていた。少年時代にオルソンは、このヴァンドラ伯母に「玩具の村」をもらった。一七〇頁「トゥイスト」九七-一〇〇行参照。

14　腰折れ屋根（gambrel）は、上部の傾斜はゆるくし、軒に近い方で急にした屋根。五五二頁「ケント・サークル・ソング」四行目参照。腰折れ屋根と寄せ棟造りのイラストは、『小学館ランダムハウス英和大辞典・第2版』（一九九四年）、"roof"の項より。

腰折れ屋根

15　オルソンの息子、チャールズ・ピーター・オルソン（Charles Peter Olson, 一九五五年生まれ）のこと。

16　待合所（the Waiting Station）は、グロスターのメイン・ストリートにあるウェイド（Wade）の文具店。新聞、雑誌、煙草などを扱っている。二八頁「手紙3」五七行参照。

17　チンカピン（chincapin=chinquapin）は、アメリカの太平洋岸産のブナ科の常緑樹。葉は深緑色の槍の形をしている。

18　寄せ棟の屋根（hip roof）は、大棟から四方に屋根をふきおろしたもの

寄せ棟の屋根

19　アニスクウォム川は感潮河川で、両端が海に開いている。グロスター港から流入する潮は、「もう一つの川」すなわちアニスクウォム川北端のイプスウィッチ湾（Ipswich Bay）から流入する潮と、ある地点でぶつかる。

20　アニスクウォム川にかかるボストン＝メイン鉄道橋のすぐ北にダン・ファジング（Done Fudging）がある。「そこ」とはダン・ファジングを指す。バブソンはこう記している。「反対向きの流れがダン・ファジングでぶつかる。だから、船は潮の流れが変わるまで、停まらなければならない。この変わった名は、流れに逆らって舟や筏を棹で進めてきた人が、ここで良い潮に会い、『棹で舟を進める必要がなくなる（ダン・ファッジ）』からだ、と言われている」。

21　おそらくアル・アラビ著『メッカの啓示』（Ibn Al' Arabi, *Meccan Revelations*）の題名に影響を受けた言葉遣いである。

22　イシス（Isis）の兄である夫オシリス（Osiris）は、弟セト（Set）に殺された。イシスはエジプト全土に散乱したオシリ

スの屍を、パピルスの舟に乗って探し集め、蘇生させた。

続くの詩になるかもしれない短詩　*Short Possible Poem To Follow* ［一一〇八～一一〇九頁］

1　沿岸警備隊長フレッチャー・W・ブラウン（Coast Guard Captain Fletcher W. Brown）のこと。その任務には、前年の夏テン・パウンド島に備え付けられた二音霧笛《ダイアフォン》の操作も含まれていた。オルソンは、この霧笛の音がうるさいと、ブラウンに対して苦情を言ったことがある。

2　「犬人間たち」（"Human Dogs"）とは、明確な目的がないのに、夜になると戸外をぶらつく人間たちの行動を犬の行動に見たてて言ったものであろう。

彼の健康、彼の詩、そして彼の愛は　*His health, his poetry, and his love* ［一一一〇～一一一四頁］

1　一九六九年七月十六日に執筆された。

2　グロスター（Gloucester）の商業地域全体に設置された水銀灯によって町の色が変わってしまったことを嘆く文である。水銀灯の緑の「輝き」（glow）を強調するためにグロスターを「グラオウシースタア」（Glaowceastre）という綴りにしてある。四八九頁「中国人の都市の見方にさからって」二二―二三行に「メイン・ストリートの街灯の色で／照らされた女たちの唇が青く染まり」と書いてある。

3　ヴィルヘルム・ライヒ（Wilhelm Reich, 一八九七―一九五七年）は、オーストリアの心理学者である。宇宙に充満する生命力をオルゴン（orgone）と仮定し、オルゴン集積箱（orgone box）の中にすわると人体内にそのエネルギーを吸収でき、社会の抑圧による諸病が治ると考えた。合衆国のオルゴン集積箱販売禁止令に従わなかったために投獄された。

4　聖フランシス（St Francis, 一一八二―一二二六年）は、貧窮の聖者。フランシスコ会（the Franciscan order）の創設者である。

5　聖クララ（St. Clara, 一一九四―一二五三年）は、フランシスコ尼僧会の創設者である。彼女の遺体はアッシジの聖クララ教会のガラスケース内に保存されていて、観光客が近づくことが出来た。ガラスケースからは、両手だけが出ていて、信仰心の篤い者はこれに接吻する。オルソンがこの教会を訪れたのは一九六五年の夏、イタリアのスポレート・フェスティヴァルで詩を朗読した時のことである。

6　ケンワード・エルムズリー（Kenward Elmslie）は、アメリカの詩人。八七二頁「もし、死が留まるところを知らないなら」一〇行参照。エルムズリーは、スポレート（Spoleto）で行われた「二つの世界のフェスティヴァル」（the Festival of the Two Worlds）に、ビル・バークソン（Bill Berkson）、バーバラ・ゲスト（Barbara Guest）らの詩人と共に参加した。一九六五年七月、オルソンがスポレートにいた時のことである。

7　カルピーニ教父（Father Carpini）のフルネームは、フラ・ジョヴァンニ・デ・ピアノ・カルピーニ（Fra Giovanni de Piano Carpini）。アッシジの聖フランシスの盟友である。一二四五年から四七年の間、中央アジアに派遣された。オルソンの『神話学』（*Muthologos*）、二巻四七–四八頁に、聖フランシスの同時代人であったカルピーニは、教皇によってカラコルムに派遣された、と書いてある。彼は三年間を、市場での情報収集にあて、一二四八年にポーランドに戻って、モンゴル人の襲撃はないと報告した。

8　ドーチェスター・カンパニーの入植者たちが、アン岬に初めて上陸した場所だと、オルソンが考えているところ。グロスター港西岸の曲線になっているところで、ステージ・ヘッド（Stage Head）の断崖に覆われている場所。セトルメント（settlement）は「入植」の意。四八四頁「セトルメント入り江では」一行目参照。

9　ジャック・ミシュリン（Jack Micheline）は、プロレタリアの詩人。一九二九年、ブロンクスで生まれた。生まれたときの名は、ハワード・シルヴァー（Howard Silver）である。

10　ブリソン人（the Brythonic）とは、ブリテン人を指す。

11　ステージ・フォート公園（Stage Fort Park）のこと。

12　「愛される女」（"the Woman Who Is Loved"）は、前夜書いた、長い混乱した内容の私的な詩。

ありがたい、選んだのがプロテスタントの　***Thank God I chose a Protestant...***　［一一一五頁］

1　連邦主義者（Federalist）は、独立戦争（一七七五–一七八三年）後、連邦憲法の批准を支持した人々。連邦党（the Federalist party, 一七八九–一八一六年）は、合衆国初期に強力な中央政府の確立を主張した。対する民主共和党（the Democratic-Republican party）は、一九世紀初期、連邦政府の権限拡大を否定し、連邦党と対立した政党で、現在の民主党の前身である。

単位　***the unit***　［一一一六頁］

父なる空　母なる大地　***Father Sky　Mother Earth***　［一一一七〜一一二〇頁］

1　アン岬を探検し、グロスター港の地図を描いたサミュエル・ド・シャンプラン（Samuel de Champlain, 一五六七–一六三五年）のことである。二九九頁「手紙、一九五九年、五月二日」二三四行、五五六頁「発端」一行目、八二〇頁「おれの身体は、家に帰ってきた」四六行参照。

2 グロッセスター（Glossester）と書いてあるが、グロスター（Cloucester）のこと。

3 父の泉（father's spring）は、どこを指すのか不明。「父」がオルソンの父なのか、グロスターの父祖か、聖職者を指すのかが不明なのである。

4 ドリヴァーズ・ネック（Dollivers neck）は、ドリヴァー・ネック（Dolliver Neck）のこと。グロスター港の西、フレッシュウォーター入り江の南にある。

5 キャット・ボート（cat boat）は、船首に立てた一本マストに縦帆をつけた幅の広い小型ボート。

6 黄金の三角地帯（the Golden Triangle）は、世界のヘロインの大部分を生産するインドシナ北部のミャンマー・タイ・ラオス・中国が国境を接する地帯。一般に生産性の高い地域をも言う。しかし、ここでは、肩甲骨のこと。

7 クラレンス・バーズアイズ（Clarence Birdseyes）は、水産加工業者。九九二頁「けしの花が咲くのは」二行目参照。彼は、ナイルズ池の北に館を構えていた。

8 快速帆船《クリッパー》（clipper）。細長い船体、大きく前に傾斜した船首、高いマスト、大きな帆面積を特長とする十九世紀の帆船。

9 ナイルズ・ビーチ（Niles Beach）は、イースタン・ポイントの西側の海岸。グロスター港をまっすぐ横切って、フレッシュウォーター入り江と向かい合う。

10 尼ブイ（Nun Buoy）については、五五一頁「港には」二―三行目参照。

11 小型帆船《シャロップ》（shallop）は、二本マストの帆船。浅瀬で用いる小型の船である。九四四頁「ティ女王に関するエッセイ」一一九行、および訳註一三六四頁の注26参照。

12 オークス入り江（Oakes Cove）は、ロッキー・ネック西側の小さな入り江。口絵に掲載した地図には記していない。いくつかの地図を参照したが載っていなかったためである。

13 オルソンはベン・ウィダーシンズ（Ben Widdershins）とベン・シャーン（Ben Shahn）を混同している。ベン・シャーンは、画家であり、オルソンの友人であった。一九四〇年には、戦時情報局で、五〇年代初めには、ブラックマウンテン大学での同僚である。ベン・ウィダーシンズは、一九六九年頃、オルソンが見たある夜の夢に出て来る名前。オルソンのノートブックでは、ウィダーシンズという名の前にシャーンの名が括弧書きにされている。

14 「アルゴンキン族の穀物倉」（"Algonquin corn houses"）が、シャンプランのグロスター港地図に描かれていた。

15 冷凍工場は、フォート・ポイントにある。港からフォート・ポイントを見ると、新しい冷凍工場は、オドネル＝ユーセン社本社（the main O'Donnell-Usen plant）の右にある。

16 市庁舎（City Hall）は、デール・アヴェニュー（Dale Avenue）にある。デール・アヴェニューは、ハンコック・ストリートから北へほぼ真っ直ぐに走り、プロスペクト・ストリートに至る通りである。市庁舎のキューポラのある高い塔は、フレッシュウォーター入り江（Freshwater Cove）から見える。

17 タバーン亭（The Tavern）は、ウェスタン・アヴェニューの起点にあるパブ。店のあるパヴィリオン・ビーチから、港を見渡せる。二八一頁「ジョン・バーク」三六行参照。

18 フィッツ・ヒュー・レーン（Fitz Hugh Lane, 一八〇四―一八六五年）は、フレッシュウオーター入り江付近の絵を何枚も描いた。

19 当時オルソンは、髪を後ろで結んでいた。

死とは母、われわれをわれらの終わりに縛りつける ***Death is the mother binding us to our end***［一一二一～一一二七頁］

1 クン（kun）は、昆（kūn）であるなら「兄」、「子孫」の意。

2 シェン（shên）は、神（shén）であるなら「神」、「神性」の意。生（shēn）であるなら「存在」、「人生」、「生命」であり、身（shēn）であるなら「身体」の意である。オルソンが『マクシマス詩篇』を執筆している時期においては、中国語のローマ字表記につけるトーンは“¯”、“ˊ”、“ˇ”と“ˋ”の四種類であって、“ˆ”はない。

3 リ（Li）は「理」（ly）か。

4 ロゴス（logos）とは、言葉、意味、論理を表わすギリシャ語。言葉を通して表わされた理性的活動や、万物の変化流転の中に存在する調和・秩序の根本原理を指す。キリスト教においては神の言葉である。

5 ケン（Kēn）は、墾（kěn）で「荒地を開く」の意。あるいは「賢」ならば、『論語』巻第三　雍也第六に「子の曰く、知者は水を楽しみ、仁者は山を楽しむ」と関連する。この詩の注2を参照。

川の図面の一部 ***a part of the River Map***［一一二八頁］

1 執筆時期は不詳。

2 サヴィル氏が「グロスター港計画図」を描いたのは、一八一三年であって、一八二二年ではない。八二〇頁「おれの身体は、家に帰ってきた」四四行参照。

潮流の母（父、太陽）が ***Mother of the tides***（***father, sun***）［一一二九頁］

テュロスのメルカルト―― ***Melkarth of Tyre***――［一一三〇頁］

1 テュロスのメルカルト（Melkarth of Tyre）は、フェニキアのヘラクレス（the Phoenician Hercules）に当たる。五一〇頁

「サヌンクシオンが生きていたのは」一五-一六行および訳註一二七〇頁の注6参照。

2　「グロスターのレバノン人」(“Lebanese of Gloucester”)とは、レバノン系アメリカ人の小集団ではなく、古代フェニキア人(the ancient Phoenicians)を指す。「レバノンの海から／グロスターにやって来た」イギリス人については、二九〇頁「手紙、一九五九年、五月二日」の八五-八六行参照。

3　伝えられていることの証拠を自分で探す歴史家ヘロドトスについては、二〇一頁「手紙23」三七-三八行参照。

4　プラトン著『ティマイオス』(Plato, *Timaeus*)に、エジプトの神官たちがソロンと話をした時のことが記されている。神官たちは、小アジアとリビアを一緒にしたものより大きな島のことを語った。その島アトランティス(Atlantis)は、ヘラクレスの柱(the Pillars of Hercules)、すなわちジブラルタル海峡(Straits of Gibralter)の向こうにあり、ソロンが誕生する九千年前には強大な国家であったという。その軍隊は地中海沿岸の国々を支配下におさめ、これに抵抗しえたのはアテネだけだったとされている。

5　ヘラクレイトスの「万物は流れる」(“All does flow”)の反響が、八九七頁「わたしが登ってきたのは」二一行の「すべての韻がぴたりと合う」(“all does rhyme”)に聴き取れよう。「万物は流れる」は、ホワイトヘッド著『過程と実在』四三七頁に引用されている。

6　「強度」(intensity)はホワイトヘッドが『過程と実在』一三七頁で使った用語である。また、八九六頁「わたしが登ってきたのは」一五-一八行の「基準」(modus)を参照。

7　「この川」とはアニスクウォム川のこと。四八二頁「第二巻三十七章」四行参照。

8　グロスターが自律性を失い、アメリカの一部となることを記念する碑。現在のグロスターへの皮肉。

9　ルート一二八を指す。四七五頁「ルート一二八は、隠れた幹線」参照。

キンレンカは　いまもおれの花　*Nasturtium is still my flower*　［一一三一頁］

1　一九六九年十一月二十三日より後に書かれた。キンレンカ(nasturium)は、八〇頁「テュロス人の仕事」四九行に「ハナマガリ」(“my nose-twist”)として登場。一八六頁「マクシマスより、テュロスとボストンにて」四-五行では「もし、キンレンカが／おれの盾なら」(“if the nasturtium / is my shield”)と、書かれている。

わたしが住むのは　日の光の射さないところ　*I live underneath the light of day*　［一一三二～一一三三頁］

1　一九六九年十一月二十三日以後に書かれた。

2　石板に書かれたルーン文字への言及。ヨハネス・ブレンステッズ著『ヴァイキング』(Johannes Brøndsted, *The Vikings* の英訳、一九六〇年)、一九五–一九六頁参照。ルーン文字は、「墓に被せる石板の裏側に記され、石もルーン文字も太陽の光に触れる事はない。(中略)換言すれば、石もルーン文字も密かに死者にのみ献じられた」のである。邦訳ヨハネス・ブレンステッズ著『ヴァイキング』荒川明久・牧野正憲訳(人文書院、一九八八年)、二四四頁参照。

3　タルタロス(Tartarus)は、地獄。

4　エロス(Eros)は、愛。

5　ガイア(Gaea)は、大地。

6　ウラヌス(Uranus)は、天である。

その一撃こそが創造　***the Blow is Creation***［一一三四頁］

1　一九六九年十一月二十六日ころに書かれた。

2　一六四頁–一七二頁「トゥイスト」は、詩の出処をめぐる詩である。その詩への言及。

3　八〇頁「テュロス人の仕事」四九行に現われた花「ハナマガリ」は「キンレンカ」であった。訳註一四〇五頁「キンレンカは　いまもおれの花」への注1を参照。

わたしの妻　わたしの自動車　***my wife my car...***［一一三五頁］

1　一九六四年三月に自動車事故で死んだ妻のベティを指す。

2　オルソンが晩年使用していたポンティアックのビーチワゴン。

3　様々に解釈できる。(一)オルソンが書いた「ウィリアム・ドーン」("William Dorn")という詩の中では、「色」が「真実の証拠」とされている。(二)戦の神エンヤリオーンの色は「美」である(七三九頁「怒りで激昂する」五二–五四行)。(三)精神あるいは理性《ヌース》の機能は、物を「本当の色」で見ることである。(四)バタリックによれば、チャールズ・ボア(Charles Boer)は、「わたしの色」を肝臓ガンにかかったオルソン自身の顔色と見ている。ジョージ・F・バタリック著『マクシマス詩篇案内』(George F. Butterick, *A Guide to The Maximus Poems of Charles Olson*, 一九七八年)、七五二頁参照。オルソンの最期については、チャールズ・ボア著『コネティカットのチャールズ・オルソン』(Charles Boer, *Charles Olson in Connecticut*, 一九七五年)、一二〇–一二三頁参照。

解説

本書は、チャールズ・オルソン作『マクシマス詩篇・第一巻』(Charles Olson, *The Maximus Poems*, 一九六〇年)、『マクシマス詩篇・第二巻』(*Maximus Poems IV, V, VI*, 一九六八年)、『マクシマス詩篇・第三巻』(*The Maximus Poems: Volume Three*, 一九七五年) の全訳である。もともと、第一巻はニューヨークのジャーゴン／コリンス社 (New York: Jargon/ Corinth) から、第二巻は、ロンドンのケープ・ゴリアード社 (London: Cape Goliard) から、第三巻はニューヨークのヴァイキング／グロスマン社 (New York: Viking/ Grossman) から出たものを、コネティカット大学とカリフォルニア大学が提携して合本とし、現行版『マクシマス詩篇』(Charles Olson, *The Maximus Poems*, Ed. George F. Butterick, 一九八三年) となった。だから、原書の頁表記について言えば、［二〇三／二巻三三頁］という表示は、合本となった現行版の二〇三頁であり、第二巻の中では三三頁であることを示す。［五六〇／　］は、現行版の五六〇頁であるが、何巻の何頁であるかについては、未確定だという意味である。第三巻は、オルソンが一九七〇年に他界した後の一九七五年に出たこともあって、頁の組み方が順序通りになっていないところがある。〔六三一／三巻二二五頁〕、〔六三二／三巻二二七頁〕、〔六三三／三巻二二八頁〕、〔六三四／三巻二二六頁〕、〔六三五／三巻二二九頁〕となっているのが、その例である。しかし、この表示は、翻訳書の頁数とはなじまず錯綜した印象を与えるため、削除することにした。興味のある方は、原書をご覧いただければ幸いである。

　ところで、何よりも先にお断わりしておかなければならないことが二つある。一つは、空白の頁についてである。何も書いてない頁が二巻の中ほどから終わりにかけて頻出し、空白の頁が二頁続くこともあるが、これは印刷ミスではない。こうした空白の頁は、そこに至るまでの動きをいったん消し去り、次の始まりへ向けて動きが芽ぐむまでの時間を視覚化したものだと考えられる。

　もう一つは、節の番号である。「手紙　6」では、2から始まっている。「テュロス人の仕事」では、1、2、3、4、5の後にⅡ、1、2、3、4、5、6と突然Ⅱの系列が入り、「手紙　14」ではⅠ、2、Ⅱ、2、Ⅲなどとなっていて付番の方針が一貫していない。そのため印刷ミスと思われるかもしれないが、そうではない。ものごとも、人間の思考も順序通りには進まないことを詩作過程で示しているのだと、訳者は考えている。また、訳書の主語は、一篇一篇の詩にふさわしいように適宜、「ぼく」「おれ」「わたし」を用いたが、『マクシマス詩篇』の鑑賞に資すれば、幸いである。「手紙、一九五九年、五月二日」（二八七頁、三〇〇頁）や、バラ型で手書きの「移住の実際」（八五七頁）、巻き貝型や花と茎型などのタイポグラフィーが特殊な箇所（八九二頁、八九三頁）については、原文の様子を伝えるため、横書きにした。原文の一行と訳文の一行が、できるだけ対応するようにしたが、そうできなかった箇所があることも、お断わりしておきたい。最後になるが、マクシマス詩篇第一巻、第二巻、第三巻という大きな目次はつけたが、一つ一つの詩のタイトルを目次とともに載せることはしなかった。原書に頁の順序に従った詩のタイトルがなかったせいであるが、いきなり詩本文の海に飛び込むことが最良の読み方だと、オルソンとともに、信じているからである。一つ一つの詩のタイトルが必要な場合には、訳註に掲げた詩のタイトルと頁の表示によってある程度、タイトルを順に示す一般的な目次の機能が果たせるよう工夫したつもりである。また、原書にならって、巻末に詩のタイトル一覧を示す索引を付した。ただし、原書とはちがって、詩のタイトルをアルファベット順ではなく、五十音順で示した。以下につづくのは、詩人の紹介、『マクシマス詩篇』解説、およびオルソン年譜である。

1　詩人チャールズ・オルソンについて

チャールズ・オルソン（Charles Olson, 一九一〇–一九七〇年）は、スウェーデン系アメリカ人の父カール（Karl）とアイルランド系アメリカ人の母メアリー（Mary）との間に生まれた移民の第三世代である。育ったところは、マサチューセッツ州ウースター（Worcester, Massachusetts）で、高校卒業までをオルソンはこの地で過ごした。父カールが勤めていたのはウースター郵便局である。オルソンは、夏を、母メアリーとともにアン岬（Cape Ann）のグロスター（Gloucester）で過ごすのが常だった。父は週末にウースターからやって来て、一人息子のチャールズと妻に合流した。だから、グロスターは、オルソンにとって第二の故郷なのである。

詩人オルソンは、十九世紀アメリカの文豪ハーマン・メルヴィル（Herman Melville, 一八一九–一八九一年）

の研究者でもあった。ウェスリアン大学（Wesleyan University）に提出した修士論文名は「散文家にして詩的思索家ハーマン・メルヴィルの成長」（"The Growth of Herman Melville, Prose Writer and Poetic Thinker"）である。ハーヴァード大学（Harvard University）大学院のアメリカ文化研究博士号取得コース入学後も、メルヴィル研究は続けられた。大学院修了後、グッゲンハイム奨学金（Guggenheim Fellowship）を得てメルヴィル研究を続行した。第二次世界大戦中はワシントンで民主国民委員会の外国籍所持者担当部部長（Director of Foreign Nationalities Division of the Democratic National Committee）として働いた。その功績に対して、戦後、財務長官補佐官や、郵政大臣の地位が期待できると言われたが、断った。支持していたローズベルト（Franklin Delano Roosevelt, 一八八二–一九四五年）が急死し、政権がトルーマン（Harry S. Truman, 一八八四–一九七二年）の手に渡ったこともあって、政治に失望したのである。オルソンは、詩人となる道を選び、メルヴィル研究の成果『わが名はイシュマエル』（*Call Me Ishmael*, 一九四七年）を出版する。

翌一九四八年、オルソンは、ジョーゼフ・アルバース（Josef Albers, 一八八八–一九七六年）学長に招かれ、ノース・カロライナ（North Carolina）州にあるブラック・マウンテン大学（Black Mountain College）の講師となった。学生と教師双方の創造性を伸ばそうとするこの実験的な大学には、音楽家ジョン・ケージ（John Cage, 一九一二–一九九二年）、舞踊家マース・カニングハム（Merce Cunningham, 一九一九年生まれ）、建築家バックミンスター・フラー（Buckminster Fuller, 一八九五–一九八三年）を始めとする革新的な芸術家、科学者、哲学者がやってきていた。さらに詩人では、後にロバート・クリーリー（Robert Creeley, 一九二六–二〇〇五年）やロバート・ダンカン（Robert Duncan, 一九一九–一九八八年）がセミナーを開くことになる。

この地で、一九五〇年に書き始めた長篇詩が『マクシマス詩篇』（一九七五年、死後出版）である。およそ二十年にわたって書きつづけられたが、未完に終わった。三巻からなる『マクシマス詩篇』の第一巻と第二巻まではオルソン自身の手で校正できたが、第三巻はできなかった。他界したオルソンに代わって第三巻を編集したのは、オルソンが最後に勤めたコネティカット大学の上司で親友のチャールズ・ボア（Charles Boer）と、オルソンがニューヨーク州立大学バッファロー校で教えた優秀な学生ジョージ・F・バタリック（Goerge F.

Butterick）の二人である。第一巻から第三巻を合本にした現行版の編集と出版、そして『マクシマス詩篇案内』（*A Guide to the Maximus Poems of Charles Olson*, 一九七八年）の出版によって、『マクシマス詩篇』を近づきやすいものにしたのは、バタリックであった。彼の努力がなかったなら、オルソンの仕事の全容は闇に包まれたままであったにちがいない。

2　作品『マクシマス詩篇』解説

（一）投射詩論

原文で六三五頁にわたるこの長大な詩篇は、オルソンの画期的な「投射詩論」（"Projective Verse," 一九五〇年）を実践したものである。「投射詩」とは、詩人が頭の中で作った観念を文字によって読者に伝達するのではなく、「喉の奥でおこる息《ブレス》のドラマ」を詩人から読者に直接伝達しようとする詩である。この詩作法に従うとき、頭で作る伝統的な統語法は破棄され、ブレス（息）によって詩人の直感の動きを即座に伝える独得の文体が生まれる。その実例を見ておこう。『マクシマス詩篇』巻頭の「ぼく、グロスターのマクシマスより、きみへ」六節冒頭（一五−一六頁九八−一〇四行）である。

中へ！　中へ！　船首斜檣《バウスプリット》を中へ、鳥よ、嘴《くちばし》を差し
込め、湾曲部が、差し込め、次第に形になってくる
これがおまえの作るもの、持ちこたえるもの、それが
物体の法則、一つまた一つと筋交《すじか》いを運ぶ、今のおまえと、おまえがなるべきもの、
この力から生まれるものによってこそ、即座に立つのだ、
下文のような、マストが、あのマストが、優美な
マストが！

この引用は、鳥の巣作りを哲学的に考察した（一三頁五八–六九行）後に、巣作りの実際を描いている箇所である。巣作りに関する考察は、（一）人が愛すのは形だけであり、形があらわれるのは、ものが生まれるときだけであるという洞察から始まる。（二）ものは、おまえ自身から生まれなければならない（傍点は訳者）。おまえが運ぶ干し草や、綿毛の筋交《すじか》いから、道や波止場で拾ったものから、生まれなければならない。（三）引き裂かれた魚の骨や、藁や意志から、色彩や、鐘の音から、おまえ自身も引き裂かれて、巣を作るのだとされている。この三点を見るとき、「おまえ自身」とは、もちろん巣を作る鳥なのだが、『マクシマス詩篇』の読者も、鳥のように巣作りをするよう誘われていることが分かる。何かを自分自身で生み出すよう、読者も促されているのだ。つまり、「おまえ自身」とは鳥であり、かつ、読者なのである。では、巣を作るとは、具体的にはどういうことなのか？　この疑問に答えるのが、右に引用した六節冒頭なのである。

　文が意味をなすことを「中へ！」「中へ！」のかけ声や、「差し込め」という命令文が、妨げていることが分かるだろう。しかも、「中へ！」「差し込む」のは、呼びかけられている「鳥」の「嘴《くちばし》」であるとともに、船首から前へ突き出た円錐形の柱、船首斜檣《バウスプリット》でもある。だから、鳥が嘴を差し込んで巣を作る行為と、船が船首《バウス》斜檣《ブリット》を突き刺すように力強く航海に出ることが、重ねられていることも分かるだろう。鳥でもあり、読者でもあり、また、グロスターの漁師でもある人に向かって、なるべき者になるよう、この引用箇所は励ましているのだ。「マストが立つ」は、漁師が船出する準備を整えるの意味であるが、性的な意味合いも含まれている。鳥は巣を作り、漁師は船出の準備を整え、読者は、あるべき自分になる努力を怠らない。そういう状態を作り出そうというのが、引用部分の意味なのである。

　こういう息遣いの荒い詩行には、そぐわないかに見える「下文のような」（“hereinafter”）に注目していただきたい。もともと文書用語で、少々長い語である。その長い、なじみのない語を読んでいる時の読者は、「今のおまえと、おまえがなるべきもの、／この力から生まれるものによってこそ、即座に立つ」ものは、何であるのかを知りたいと思っている。この「即座に立つもの」は何であるか知りたい、という読者の欲求を満足させないためにだけ「下文のような」という文書用語が挿入されているのである。「マスト」が立つ感動は、先送りにされたからこそ、「下文のような」の後に噴出する。これは、文の成立に読者を感情的に、また肉体的に引き入れるタイプの文である。文の意味を成立させるためには、読者は、語り手マクシマスと息を合わせて、文を読まなければならない。異様に多いコンマ、容易には読み取れない主語と述語と修飾語の関係、意味の層の混在、詩を頭脳的に読み理知的な意味を探すよりは、語り手の伝達形式に身をゆだねることが、最も実り豊かな体験をもたらすこと。これが「投射詩」の特徴であると私は思う。

引用箇所について付け加えておきたい。「おまえ」は、鳥であり、グロスターの漁師であり、読者であると言ったが、「おまえ」の中に語り手マクシマスも含まれているということだ。巣作りの哲学的考察の（三）の、魚の骨や、藁や意志から、鐘の音から、巣を作るとは、グロスターから巣を作ると言っているのに等しい。だから、「おまえ」には、『マクシマス詩篇』という巣を作ろうとする語り手が含まれる。

「投射詩」に話を戻そう。「投射詩」という詩作法は詩を書き出したが最後、詩の意図する道以外のどんな道もとりえないとする「場の詩作」（"composition of the field"）と同一であり、詩人ロバート・ダンカンの熱烈な賛同を得た。ダンカンは、元来カリフォルニアの詩人であるが、オルソンの招きに応じて、ノース・カロライナ州のブラック・マウンテン大学まで、やってきたのである。だがしかし、「場の詩作」という理念は同じでも、ダンカンが創り出した世界は、オルソンの世界とは異なる。ダンカンが結実させたのは、現在の中に永遠を取り込もうとする野心的な作品群だ。五つの主要な詩集に「韻律の構造」（The Structure of Rime）詩群と「パセッジズ」（Passages）詩群の二つの詩群を配して、詩集によって星座を作ろうとしたのである。ダンカンの想像力は天空を侵犯し、地球の内部に下降してそこに宝石を見つけた。イギリス生まれの女性詩人デニーズ・レヴァトフ（Denise Levertov, 一九二三–一九九七年）も、オルソンに発する「開かれた形式」（open form）の影響を受けた。『生き続けるために』（*To Stay Alive*, 一九七一年）には、ヴェトナム戦争への抵抗が、自らの内面を見つめる形で、描かれている。

「投射詩」の詩人ではないが、二〇〇五年に他界するまでニューヨーク州立大学バッファロー校で教えていた詩人ロバート・クリーリーは、ブラック・マウンテン大学の同僚となる以前からのオルソンの理解者であり盟友である。二人の間で交わされた膨大な量の書簡は着々と出版されている。

（二）ブラック・マウンテン大学

ここでブラック・マウンテン大学について、簡単に説明しておきたい。参考にするのは、マーティン・デューバーマン著『ブラック・マウンテン――共同体の探求』（Martin Duberman, *Black Mountain: An Exploration in Community*, 一九八八年）である。

芸術、教育、ライフスタイルにおいて革新的であったこの大学は、一九三三年に開校し、一九五六年に閉校となった。その二十三年間に、大学の敷地内に滞在して、学生を指導した教師たちの中には、後に有名になった者が多かった。ジョン・ケージ、マース・カニングハム、バックミンスター・フラー、オランダ生まれの米国抽象表現主義[1]の画家ウィレム・デ・クーニング（Willem de Kooning, 一九〇四―一九九七年）、やはり、米国抽象表現主義の画家フランツ・クライン（Franz Kline, 一九一〇―一九六二年）、チャールズ・オルソン、ジョーゼフ・アルバース、都市計画や精神療法に携わった文筆家ポール・グッドマン（Paul Goodman, 一九一一―一九七二年）、絵画と物体を組み合わせたコンバインペインティングの創始者で、後のポップ・アートに影響を与えたロバート・ラウシェンバーグ（Robert Rauschenberg, 一九二五年生まれ）たちである。つまり、ブラック・マウンテン大学は、時代の革新的な形成者たちの共同体だった。そして同時に、ブラック・マウンテン大学の歴史は、理想と生活との間に何らかの調和を見出そうとする男女の、小さな集団の物語でもあった（一一頁）。

この大学を訪れた人々の中にも刺激的な人は多かった。フランスの画家フェルナン・レジェ（Fernand Leger, 一八八一―一九五五年）、イギリスの実験的小説家オルダス・ハクスリー（Aldous Huxley, 一八九四―一九六三年）、人間に対する洞察の深さと大胆な性描写で知られるヘンリー・ミラー（Henry Miller, 一八九一―一九八〇年）、プラグマティズムを大成させたアメリカの哲学者・教育学者ジョン・デューイ（John Dewey, 一八五九―一九五二年）、そしてアメリカ現代文学に特異の位置を占める劇作家・小説家のソーントン・ワイルダー（Thornton

Wilder, 一八九七–一九七五年）などである（一〇二–一〇五頁）。以上は、ブラック・マウンテン大学のきわめて大まかな紹介にすぎない。デューバーマンに従ってもう少し、踏み込んだ説明をしておこう。

まず第一に、ブラック・マウンテン大学（Black Mountain College）は、「大学」という名前がついているものの、正規の大学ではなかった。というのは、大学の所在地であるノース・カロライナ州の大学設置基準を満たしていないため、大学としての認可が下りていなかったのである。認可が下りなかった最大の理由は、教員の給与が基準に達していなかったことと、図書館に科学分野の蔵書が不足していたためである。学生に対する指導体制も確立していたとは言えなかった。わずかなスタッフで、各々の学生にとって最適の教育を提供しようと努力していたが、その努力が実ることもあれば、実らないこともあった。決まったコースはなく、唯一学生が受ける試験といえば、三年生（the junior）から専門課程の四年生（the senior）に進学するときの試験と、卒業試験だけであった。ハーヴァード大学やその一部をなす名門の女子大学ラドクリフ・カレッジ（Radcliffe College）では、ブラック・マウンテン大学が推薦する卒業生を大学院に受け入れることになってはいたものの、認定された単位を持たない学生は、就職に際しても、大学院に進学するに際しても、不利益をこうむったのである（一〇八–一〇九頁）。

第二に、ブラック・マウンテン大学は、「生活すること」と「学ぶこと」を一致させようという理想を持ち、その理念を実践に移していた（四一頁）。大学の敷地内に学生も教師も共に住んで、授業以外でも、自由に互いの考えを交換しあった。だが、プライバシーがない、このような環境に適応できない者は、学生にもいたし、教師の側にもいた。大学の創設者ジョン・アンドルー・ライス（John Andrew Rice）は、「人間は、誰しも、生まれながらにして芸術家なのであって、自分の生きたいと考える世界を創り出す自由をもっている」と確信していた。大学は、この信念に基づいて運営されていたため、学生に課せられる責任は大きかった。どのような教育を受けたいかを自分で決めなければならなかったし、三年生で学ぶべきことを学んだと学生自身が判断した時はじめて、四年の専門課程に進む試験を受けたので、いつまでも三年に留まる者もいた。卒業する準備が出来た学生には、外部の試験官による卒業試験が課されたが、受験する者はまれだった。卒業試験を受けるのは畏れ多い事だ、と学生は感じていた。(四八-五〇頁、および一〇八頁)。

第三に、ブラック・マウンテン大学は、通常は隅に追いやられる芸術系の科目、つまり、音楽、美術、演劇などの科目をカリキュラムの中心に置くという、アメリカ教育の革新を行なっていた(五二-五三頁)。だから、適応できた学生は、大学の授業に熱心に取り組んだ。そういう学生は、「何か興味を引かれるものがあるから」、ブラック・マウンテン大学にいるのであった(一〇八頁)。ブラック・マウンテン大学の目的は、二代目の学長ジョーゼフ・アルバースによれば、学生も教員も「成長すること」だった(六一頁)。

そして、これらの特徴から導き出される欠点は、実験的である分だけ、安定性に欠け、学生中心である分だけ、学生本人には履修課程が見えにくいことである。さらに、教授陣への給与がノース・カロライナ州の基準に満たないことや、学生が卒業しにくいシステムなどから推察されるように、ブラック・マウンテン大学は、入学者、卒業生が共に少なく、その結果、常に経済的に逼迫していたのである。経済的問題以外にも、学内派閥の問題、ホモセクシュアルを巡る問題、黒人差別に対する対応の問題、学生の質の問題、など大学を巡るありとあらゆる問題が噴出していた。しかし、一九五三年の入学者が二十四名(三六六頁)、翌一九五四年の入学者は、若干名(三九八頁)となるに及んで、ブラック・マウンテン大学は一九五六年、ついに閉校するにいたった。以下、オルソンの果たした役割を概観しておこう。

オルソンは、エドワード・ダールバーグ(Edward Dahlberg, 一九〇〇-一九七七年)の後任としてアルバースに招聘され、一九四八年にブラック・マウンテン大学へ赴いた。数週間のコースを担当すると、圧倒的なエネルギーと人柄の魅力で学生と教員たちの双方に大きな影響力を及ぼすことになった。一九五一年の夏の講座には、高名な画家で図案作家のベン・シャーン(Ben Shahn, 一八九八-一九六九年)や、抽象表現主義の画家ロバート・マザウェル(Robert Motherwell, 一九一五-一九九一年)が、招かれて学生を指導したので、大学も魅力的なはずだったが、学生から見ると大学は、「焦点」を欠いているように見えた。それは「行動の原理を教える人がいない」という意味である(三四六頁)。こういう事情があったため、オルソンは、たちまちブラック・マウンテン大学最後の五年間の活力源となった(三三七頁)のである。

オルソンは、一九五一年には学長となり、一九五二年までにブラック・マウンテン大学を芸術センターに変えた（三三六頁）。音楽家ジョン・ケージや、舞踊家マース・カニングハム、画家フランツ・クラインをブラック・マウンテン大学に招いたのは、オルソンである。すでに学生であったロバート・ラウシェンバーグが一九五二年に行なった最初の個展は、世界の美術界を驚かせた。また、オルソンは、教員スタッフのロバート・クリーリー、ロバート・ダンカンとの共同作業によって、書くことをカリキュラムの中心に据え、視覚芸術を周辺に置いたのである。『ブラック・マウンテン・レヴュー』（*Black Mountain Review*）の発行が、書くことに重心が移ったことを印象づけた（三三三頁）。そして、一九五三年から一九五六年の間に、一握りの優れた教員と学生の手によって、ブラック・マウンテン大学は、革新的な試みを完遂する歴史上まれな場所となった（三六六–三六七頁）。その教員とは、ロバート・クリーリー、ロバート・ダンカン、それにチャールズ・オルソンを指し、少数の優れた学生たちとは、画家となったダン・ライス（Dan Rice, 一九二六年生まれ）と、詩人や作家となった、ジョエル・オッペンハイマー（Joel Oppenheimer, 一九三〇–一九八八年）、マイケル・ルメイカー（Michael Rumaker, 一九三二年生まれ）、ジョン・ウィーナーズ（John Wieners, 一九三四–二〇〇二年）、ジョナサン・ウィリアムズ（Jonathan Williams, 一九二九–二〇〇八年）、エドワード・ドーン（Edward Dorn, 一九二九–一九九九年）である。詩人となったジョエル・オッペンハイマーは、こう回想している。「大学では、みんなが、正式な詩行の使い方について興味をもっていた。その興味の強さは、ニューヨーク派の詩人たちにも、ビートの詩人達にも勝るものだ。（中略）みんなが、自分自身の声を探していた」（三九〇–三九一頁）。こうして、一九五四年に創刊された『ブラック・マウンテン・レヴュー』は、ブラック・マウンテン派の詩人たちの拠点となったのだが、一九五六年に経営が破綻し、やむなく大学が閉校すると、翌年の一九五七年には、その活動を終える。閉校の時、それぞれが、それぞれの道に向かって進んでいった。自分の方法で、自分の成長の道を探す方法を、学生たちも教師たちも身につけていたのである。

（三）エズラ・パウンド、T・S・エリオット、W・C・ウィリアムズとオルソン

エズラ・パウンド（Ezra Pound, 一八八五―一九七二年）やT・S・エリオット（T. S. Eliot, 一八八八―一九六五年）ら、一世代上の偉大な詩人たちとオルソンの関係について一言しておく。頭で書く詩に反対したオルソンは、伝統の中に自己を滅却すべきだとするエリオットの詩論「伝統と個人の才能」（"Tradition and the Individual Talent," 一九一九年）も、「プルーフロックの恋歌」（"The Love Song of J. Alfred Prufrock," 一九一七年）から『荒地』（*The Waste Land*, 一九二二年）をへて『四つの四重奏』（*Four Quartets*, 一九四二年）に至るエリオットの一連の詩作も激しく嫌った。

他方、パウンドに対するオルソンの敬意は『マクシマス詩篇』の至るところに現われている。オルソンはパウンドを「ただ文学のためにだけ生きた人であり」、その結果「ことばの煌きは素晴らしいが、根が乾いてしまっている」と批判してはいたが（Beech 九一―九二頁）、[2] オルソンにとってパウンドが偉大な師であることに変わりはないのである。

パウンドは、『詩篇《キャントーズ》』（*The Cantos*, 一九六九年）で、健全な文化国家を創り出すためには何が必要なのかを探るべく、自らがオデュッセウスを始めとする様々な人物に変身しながら、中世から第二次世界大戦にいたるヨーロッパ、建国期のアメリカ、それに古代中国を旅する。これは、地獄、煉獄、天国をめぐる旅でもある。『読書のABC』（*A B C of Reading*, 一九三四年）中のパウンドのことばで言えば、『詩篇』は「歴史を含む詩」（"a poem including history," 四六頁）、つまり叙事詩なのだ。『詩篇』前半は、オデュッセウスとその一行の意気軒昂たる船出に始まって（「詩篇第一篇」）、国家反逆罪の嫌疑でピサの重罪犯収容所へ幽閉されるパウンドを描く（『ピサ詩篇』*The Pisan Cantos LXXIV-LXXXIII*, 一九四八年）。第二次世界大戦中にパウンドがローマからアメリカに向けて行なったラジオ放送が、国家反逆罪を構成すると見なされたのだ。この時点までの自らの行為を歴史の審判に照らして厳しく顧みたパウンドは、ピサの地獄のような牢獄から自らの精神を救い出す。崇拝していたムッソリーニが惨殺された衝撃をどう乗り越えるのか。その方法を模索していたパウンドを救う鍵となったのは、ピサの収容所で彼の眼に入ってきた「みどりの世界」の論理である。それは、スズメバチが泥の

家を作り、幼虫を産み、育てる営みこそ本物の価値ある創造であるという厳粛な自然の理法に他ならない。

パウンドは、ピサの山々の美や、孔子の比類ない美徳を手がかりにして、地獄のような収容所から精神的に脱出するが、肉体は捕らわれの身として地上に残されたままである。刑を確定するためにピサから、ワシントンDCに移送されたパウンドは、精神病のため裁判に耐えないとして、聖エリザベス病院に収容された。しかし、この病院内でパウンドは、『鑿岩機詩篇』（*Section : Rock-Drill De Los Cantares LXXXV-XCV*, 一九五五年）と『玉座詩篇』（*Thrones de los Cantares XCVI-CIX*, 一九五九年）を書くのである。パウンドは、天国を構築しようとしたのだ。それは、地上に残された自らの肉体を救うために、地上を天国にするプログラムであったことは言うまでもない。その後、わずか八編の清冽な詩からなる『草稿と断片』（*Drafts and Fragments of Cantos CX-CXVII*, 一九六九年）を書いたことを除けば、パウンドは一九七二年に没するまで、十三年間沈黙していたことになる。

こう見てくると、パウンドとオルソンの間には、あまり接点はなさそうである。だが、自然から自らの投射サイズを学べという「投射詩論」でのオルソンの主張は、パウンドの『ピサ詩篇』から生まれたと考えられる。また、第二次世界大戦後、ワシントンDCの聖エリザベス病院に幽閉されていたパウンドを、誰よりも足しげく訪れたのはオルソンだった。ただし、オルソンはパウンドの弟子になったのではない。オルソンが行なった事は、パウンドが詩作を終えた地点から詩作を始めることだった。「最終目的《テロス》」（telos）へ向かって激しく動くパウンドの『詩篇《キャントーズ》』に対して、『マクシマス詩篇』は常に「始まり《アルケー》」（arche）へ向かおうとするのである。

ところで、特定の土地を舞台にして詩を書くという点では、オルソンがマサチューセッツ州グロスターをアメリカの始源の地として『マクシマス詩篇』を書くのも、ウィリアム・カーロス・ウィリアムズ（William Carlos Williams, 一八八三―一九六三年）が、住居に近いニュージャージー州パタソン（Paterson, New Jersey）を舞台として長篇詩『パタソン』（*Paterson*, 一九六三年）を書くのも、同じである。だが、『マクシマス詩篇』と『パタソン』は、詩の構成法が全くと言っていいほど違う。詩の向かう場《フィールド》も、詩がどこかへ向かって動く時の動き方も、詩に対する考え方も、何もかもが違うように私には思える。なるほど、ウィリアムズが『自伝』

の中でオルソンの「投射詩論」を大きく取り上げている（Williams, *Authobiography* 三二九−三三二頁）ことは事実であるにせよ、私にはこの二人の違いの方が類似より大きく見えるのだ。

『リアリティの詩人たち』（*Poets of Reality*, 一九六五年）の著者J・ヒリス・ミラー（J. Hillis Miller, 一九二八年生まれ）のように、ウィリアムズをエリオットやウォレス・スティーヴンズ（Wallace Stevens, 一八七九−一九五五年）よりも現実に近づいた詩人、現実の中の詩を作り出した詩人として称揚する気持ちには（Miller 三五八−三五九頁）、私はなれないのだ。その理由は、江田孝臣が「ウィリアムズの牧歌」で明らかにしてくれているように思える。まず、ウィリアムズが「産業主義と田園主義の間で引き裂かれた『中間的景観』」の矛盾を引き受ける詩人であり、その矛盾が詩人の「内奥では個人的な焦慮や挫折感と結びついて」いたこと。そして「『パタソン』では、全巻を貫く、未決定と宙吊りの状態、試行錯誤と堂々巡りの感覚、失敗と再出発の果てしない繰り返し、そして、詩そのものの円環的構造が」ウィリアムズの「分裂したパストラル的精神を、はるかに大きな規模で体現する」（江田　二〇一）とすれば、「始まり」へ向かうオルソンの『マクシマス詩篇』との違いは、明らかなのではなかろうか。「メルヴィルとアメリカ現代詩」の中で、江田は、オルソンとウィリアムズを比較して言う。オルソンは、「すでに自らのパストラル・メンタリティー克服に向かうとば口に立っている」（江田　二八）と。

現時点で、確実にいえることは、パウンドの『詩篇《キャントーズ》』、ウィリアムズの『パタソン』、そしてオルソンの『マクシマス詩篇』が、二十世紀のアメリカ長篇詩の三本柱であり、これらの長篇詩がすべて叙事詩《エピック》（epic）であろうとしていることである。叙事詩とは、パウンドの定義によれば「歴史を含む詩」のことである。文化の源流を求めてヨーロッパに迷い出たパウンドが紡ぐ歴史もあれば、ニュージャージー州ラザフォード（Rutherford, New Jersey）で開業医として働きながらウィリアムズが紡ぐ歴史もある。そして、パウンドやウィリアムズが紡いだ歴史とは異なる、新しいアメリカの歴史を紡ぐオルソンがいる。

（四）『マクシマス詩篇』概略

新しいアメリカの歴史とは、従来のアメリカ建国史観とは異なる見方でアメリカ建国を語るということである。常識的なアメリカ建国史観とは、政治と宗教の一致を求めた清教徒たちが、イギリスから新大陸アメリカにやってきて、政教一致の理想国家を創ろうとした、というものである。だが、オルソンはまず、この点に異を唱える。アメリカを建設するエネルギーとなったのは、漁業プランテーションとしてアメリカを開発しようとしたイギリスのドーチェスター・カンパニー（Dorchester Company）の力だ、というのである。アメリカは、陸地としてよりも海の資源を捕獲し活用する土地として、イギリス人の脳裏に焼きつくことになった。政教一致のためではなく、漁業のためにアメリカは植民地とされたのである。始まりはマサチューセッツ州アン岬のグロスター（Gloucester, Cape Ann, Massachusetts）である。そこで船が造られ、漁業が開始された。第一巻におさめられた詩が繰り返し語るのは、この事実である。そしてまた、漁業の地であった始源の町グロスターが、アメリカ本土の商業主義によって堕落していく様子も語られずにはいない。始源の地が堕落し果てているのだ。第一巻を閉じる「四月のきょう、メイン・ストリートは」（三〇七―三一八頁）をごらんいただきたい。そこには、アメリカ本土からアニスクウォム川（the Annisquam River）によって隔てられ、島としての自律性を持っていたグロスターが、ルート一二八の開通によって、堕落の地アメリカと結ばれ、始源の無垢を失う運命であることが、大きな不安をもって歌われている。だから、「四月のきょう、メイン・ストリートは」は、グロスターの挽歌なのだ。

グロスターに失望したマクシマスは、海辺を捨てて奥地へ向かう。第二巻は、未だ堕落していない無垢の土地ドッグタウン（Dogtown）を描こうとする試みである。語り手は、第一巻でグロスターの始まりを記述したときと同じように、様々な記録から過去の事実を拾い集める粘り強い努力によって、ドッグタウンのどこに誰が、いつ住み始めたかを確かめ、小規模な歴史地図を作ろうとするのである。だが、事実だけでは、過去は甦らない。神話の層を導入することによって、生硬な過去の記録は、永遠性に触れ、現在と接続されるはずなのである。「マクシマスより、ドッグタウンから――I」（三二五―三三六頁）に登場する美男の船乗りジェームズ・メリー（James Merry）は、酒に酔って仔牛と戦い、角で刺されて絶命する。しかし、メリーの死体を地虫が食べ終えた時、「大地は初めて自分の衣を解き、陰部へメリーを受け入れた」と表現されると、メリーの愚かしい行為も、大らかな神話の中ではところを得て、肯定されることが分る。第二巻は、様々な方法で過去のドッグタウンを甦らせようとするが、これに成功したかどうかは、読者の判断に委ねる他はない。ただ、第二巻最後の詩が、箱の舟に乗って海へ乗り出す行為の記述であることは、興味深い。奥地に留まりつづけるわけにはいかないという、マクシマスの真情を伝えるとともに、『マクシマス詩篇』の原型的行為が船出だということを再確認しているように思われるからだ。

第三巻は、具体的な場所というよりは、オルソンのいる場所と宇宙の関係を中心とした、思索と神話作成の連続である。神話や歴史上の事実への言及は第一巻にも第二巻にも既にあった。第一巻ではグロスターの場所や人物を神話化する方向で詩篇は生み出された。第二巻ではジェームズ・メリーの死やドッグタウン自体が神話化されるとともに、大蛇や山と性交するアルゴンキン族インディアン女性の民話が語られる。また、白人入植によって被害を受けた先住民（北米インディアン）という見方でなく、白人を利用し殺しもする狡猾な民としてのインディアンの姿が描かれる「一九六〇年、十二月」（三七一–三八九頁）など、興味深い神話や民話に満ちている。

だが、第三巻のオルソンは、思索と神話作成によって、グロスターやドッグタウンとともに、自分の居場所を果てしない宇宙的時間の中で定めようとしているように思える。たとえば、一人で夜通しグロスターを徘徊する語り手の魂の暗夜を描く「オセアニア」（九六八–九八二頁）は場所を描き、自己を描くとはどういうことかを教えてくれる。魂の最下点をさ迷う際の死と隣り合わせの意識が、体力の限界まで掘り下げられているのだ。同じ語り手が、ユーモラスに自己の体験を語ると「コールズ島」（七八二–七八五頁）のような詩ができる。この島で、語り手は死に神と出会うのである。この二篇の詩は、魂の暗い闇を抱えたまま夜明けまでグロスターを彷徨する道と、死に対しても凛とした誇り高い態度を取る道との両方を描いている。この両者が興味深いのは、自分の足元から生ずる神話を記述しているからである。詩人の生活と語り手の語る内容が直結して、神話が生まれているのだ。

先行する第一巻、第二巻に比べて第三巻では、時間的枠組みも空間的枠組みも格段に広がりながら、広がった時空がそのままマクシマスの精神の中にあるような詩作が行なわれている。「おれはこの地上楽園を去るのが嫌になるだろう」(一〇六一―一〇七二頁)は、その好例で、語り手と詩人との区別がなく、したがって虚構と現実との区別がなくなっている。このような第三巻の詩篇を私は比類なく美しいと思う。もともと『マクシマス詩篇』に嘘はないが、ここまで真実そのものである詩が、成立可能であることに感動を覚えるのである。だが、これは、あくまでも訳者による一つの読みである。読者は、これに捕らわれることなく、自由に、それぞれの読み方で『マクシマス詩篇』を味わっていただきたい。

(五)『マクシマス詩篇』――読みの実際

形式的な特徴を言えば、『マクシマス詩篇』には、文字のつまった頁と、文字がわずかしかない頁との二種類がある。文字のつまった頁は、一つの方向に向かって文が積み重ねられていくのに対して、文字のわずかしかない頁は、分解しそうな主語と述語が、頼りなげに広大な一頁の空間の中に置かれているように見える。事実の記述に向く文字のつまった頁と、神話や、抒情性の高い文の記述に向く文字のわずかな頁は、おおむねリズムをなすように交互に現われる。ただし、この中間の、文字は少なくはないが、行間の空白が大きく取られていることによって、風通しのよい紙面になっている頁が、最も多い。『マクシマス詩篇』が、事実と神話と抒情を区別することよりも、それらの融合を目指していることの証左である。

内容については概略で述べたが、細部に関して、ここで一言しておきたい。それは、『マクシマス詩篇』に収められたどの詩も、読者が、すでに知っている意味や道徳や倫理、あるいは体験済みの感覚や情緒の中に、たぶん、すっきりとは収まらないだろうということである。つまり、詩ということばから予想される様々な期待や予想が、裏切られる可能性が高いということだ。そういう詩のあり方に苛立ちを覚える人もいるかもしれない。しかし、あらかじめ知っている意味の彼方へ向かおうとする時、詩は、すでに知られている世界を突破する。したがって、読者は、そのような途方もない試みをしている詩を拒否するよりは、むしろその動きに身を委ねて、共に『マクシマス詩篇』を作る心地良さを味わう方が得策なのではないかと思う。冒頭の「ぼく、グロスターのマクシマスより、きみへ」で、語り手が読者をいざなっているのは、読むことによって作品づくりに参加することなのだから。

　原文について、少々述べておく。形式的な特徴のところで触れたが、空間に語らせる詩作の方法が端的に示されているのは、たとえば冒頭の詩「ぼく、グロスターのマクシマスより、きみへ」（一一頁三一―三二行）の「優美なマストは、船首斜檣《バウスプリット》同様／　前進するため」（"a delicate mast, as bowsprit for/ forwarding"）である。苦労の果てに立ったマスト（これについては、投射詩論の解説一四一一―一四一四頁をごらんいただきたい）は、一体何のために存在するのかという根本的な問いに答えた箇所である。その答えが、「前進するため」（"forwarding"）という一語で示され、その一語が頁の広々とした空間の中に置かれると、この語は、グロスター港から海へ漁に出て行く船の動きを示しながら、かつ、この語自体が、広々とした頁の中を永遠に進みつづけるように見えるのである。頁の空白が海になるのだ。こういう空間の文法とでもいうべきものがしばしば目に付くと思うが、その都度、文字と頁上の空白の関係を味わっていただきたい。

　スペースは、テクストに従うことを原則とした。しかし、厳密に原文の空き、特に詩の冒頭部分の空きに従うと、一頁におさまっていた詩が二頁以上にわたる場合が出てきた。そうなると、スペースを厳密に守ることによって、作者の意図を正確に反映できるかどうかが疑問になってくる。原文の空きを守ると、かえって作者の意図が伝えにくくなると判断した場合、冒頭部分の空きを小さくして、原文で一頁の詩を訳文で一頁、あるいは見開きで一頁に収まるようにした。「こんな具合だ」（三六三頁）、「一九六一年七月一七日」（四二六―四二七頁）、「テュポンを旅立たせよう」（四九八頁）、「階段をのぼり、ポーチに沿って」（四九九頁）、「取り決めた契約は」（六七五頁）、「郵便鞄へ逆戻りだ」（七〇五頁）などがそうである。原文の空きに忠実であることを断念して、紙面全体の中でのまとまりを優先した例は、他にもあることをお断りしておく。

　話をもとに戻そう。既に述べたように、空間に語らせる詩作の方法が取られている箇所は、文法的には無理なく読めるのだが、そういう箇所ばかりではない。同じ一つの語が、形容詞にも動詞にもどちらにでも取れることがある。やはり冒頭の詩の一五頁八六‐八八行「アメリカンの上で／日乾しになった魚干し棚の上の／糞を清めるのだ」の「糞を清めるのだ」がそれだ。原文は、“clean shit upon racks/ sunned on / American”であるから、冒頭の“clean shit”は、「清らかな糞」とも「糞を清めよ」とも読めるのである。さらに言えば、最後に来る“American”（「アメリカン」）は、後に修飾される名詞が来ないため、修飾される語を持たない修飾語として宙吊りになっていることも見て取れるだろう。翻訳では、こういう箇所を、決定不能だとして残すわけにいかないので、意味が豊かになると思われるほうをとった。

最後に解釈の困難な箇所、つまり英語として文が成り立っていない箇所の例を一つ挙げておく。「差異を開拓してきたのだった」（九二一頁一九行目）である。その状態を確かめるために、原文の一八‐二〇行目を引用する。

with him seems to have come direct from
Marblehead *the man who or life* Steven's children would doubly or
triply marry, John Coit　（イタリックスは訳者）

グロスターを代表する船大工であり、最初のマクシマスとされるウィリアム・スティーヴンズに焦点を当てている箇所である。おおよその意味は、①「彼（スティーヴンズ）と一緒に直接マーブルヘッドからやって来たと思われる人物がいる」②「その人物とスティーヴンズの（Steven'sはStevens'の誤り）子らが二重、三重に結婚することになったが、その人物こそジョン・コイトである」。この引用の後、叙述の中心は、スティーヴンズからコイトに移っていく。だが、その前にイタリック体にした箇所に注目していただきたい。“*the man*”がコイトを指すことは明白だが、つづく“*who or life*”は、どう解釈すればよいだろう。辞書によれば意味は、「コイトあるいはその生命」だと分かっても、後続する「スティーヴンズの子らが二重、三重に結婚することになった」とどう繋がるのだろうか。ここは、後続するスティーヴンズの子らとの結婚から、親としてのコイトの感情を推察しなければならない。「コイトあるいはその生命」を、「（コイトにとって）コイト自身、あるいは（コイトの）生命（ともいえる子ら）」と解釈すれば、意味がとおり、文法的にも最も無理がない。その結果、最終的な訳は次のようになった。

> スティーヴンズと共にやはりマーブルヘッドから直接やって来たと思われる人物がいる。この人物の大切な子ども達とスティーヴンズの子ども達が二組も三組も夫婦になった。その人物とは、ジョン・コイト　（傍点は訳者）

こうした解釈の困難な箇所は、読みにくさをそのまま日本語にする方が、翻訳としては原文に忠実であるのかもしれない。ただ、翻訳も読み物である限り、訳者としては、読者に過剰な負担をかけたくはなかった。だから、類似した箇所でも、意味が通り、文法的に最も無理がない解釈をとった。

解釈が困難な箇所は、文法体系に収まらない事柄を、ことばによって伝達しようとする時に文が軋《きし》んでいる大切な箇所だと思う。つまり、「投射詩論」で言う「文法など叩き壊せ」（"bang against grammar"）という文法破壊に至る表現が突出している箇所だと考えられるのだ。こういう箇所をじっと見ていると、詩的言語とは、ことばが透明な光となって伝達内容を指し示す散文のことばとは違って、ことばそれ自体が物となって、その物質性を露わにし、伝達内容をむしろ遮る、というサルトルの『文学とは何か』の一節を思い出す。「投射詩論」の用語で言えば、「詩とは喉の奥で起こる息のドラマを、はるばる読者のいるところまでとどけるもの」なのであるから、意味は、詩人の息のドラマを経て初めて姿を表わすことになる。いや、意味に到達するよりも、息のドラマを経ることの方に詩の重点があることになるだろう。息のドラマは、速やかな意味伝達をあえて妨げるのである。文字として読者の眼に映る頁上の語が、意味を伝えるより先に、語り手の息を伝えるのが「投射詩」なのだ。速やかな意味伝達は妨げられなければならない。あるいはこうも言えよう。解釈の困難な箇所とは、ある伝達内容から次の伝達内容に移る速度に、ことばが追いつかず、舌足らずな語の群れが並んでいる箇所である、と。ここでわれわれは、「投射詩論」のもう一つの要が「プロセス」（"process"）であったことを思い出さなければならない。それは、「一つの感覚は即座に、じかに次の感覚へ移行しなければならない」（"ONE PERCEPTION MUST IMMEDIATELY LEAD TO A FURTHER PERCEPTION"）というものである。これを詩作で実践した場合、感覚が移っていく速度に、追いつかないことばが、文法的であることすらできないまま、二重、三重の意味を担わされて、頁上に置き去りにされるのだ。そうすると、解釈の困難な箇所こそ、プロセスによる詩作の痕跡が露呈し、「投射詩」の醍醐味が発揮されていることになる。

最後にバタリックが『マクシマス詩篇』のテクストに付した編纂ノートの要点を記しておく。

(六) バタリックの『マクシマス詩篇』編纂ノート

『マクシマス詩篇』原書巻末の六三七頁から六四五頁までが、バタリックによる編纂ノートである。その中で決定版といえるテクストにするために、すでに出ていた『第一巻』と『第二巻』の文字上の誤りだけでなく、文字の配列の誤りをも正したと第一にバタリックは、語っている。それは、「読者の見ているものと詩人の書いたものを一致させる」(六三八頁) 努力に他ならない。第二の点は、読者自らに詩の流れを掴んで欲しいという理由で、オルソン自身は詩集に頁番号を入れるのを好まなかったが、詩集全体の使いよさを考えて頁数を入れたという点である (六四二頁)。第三は、『第三巻』にかつては収録されていなかった詩を付け加えたこと、またかつては収録されていたが、削除したものもあるという断り書きである (六四三頁)。これら三点は、詩人が他界した後、最終的にこれでよいと保証してくれる人物がいない中で、『第三巻』を『第一巻』『第二巻』の精神を引き継いだものにしようとするバタリックの苦心を雄弁に物語っている。第四の点は、語や行や連の間の空きをどうするか、それぞれの詩を頁のどこに置くかという空間的配置の問題に注意をはらったことである。『第二巻』の準備段階でオルソンの主張を聞いてきたバタリックは、頁上の空間をオルソンがどう使いたいかを理解していた。何も書かれていない空白の頁は、その白さによって他の頁とのバランスを取る、あるいは他の頁を反響する効果を持つのである。それぞれの頁に詩を配置するときに、バタリックは詩作の最初の瞬間が目に見えるようにしようとした。オルソンは、先達である詩人エズラ・パウンドやウィリアム・カーロス・ウィリアムズよりも、こうした詩の空間的配置に関して、意識的だったかもしれない (六四五頁)。

以上がバタリックの編纂ノートの要点である。バタリックはこの編纂ノートで、われわれ読者に『マクシマス詩篇』の空間と空白の読み方の最も大切な部分を教えているように思える。それは、オルソンにとって詩とは空間体験であり空間の処理であったという一事である。『マクシマス詩篇』を読む上での大きなヒントがここにある。

バタリックはまた、『マクシマス詩篇案内』の序文に詳細なオルソン年譜を付している。以下のオルソン年譜は、これを基にしつつ、トム・クラークの『チャールズ・オルソン伝』（Tom Clark, *Charles Olson: The Allegory of a Poet's Life*, 一九九一年）、とエニコ・ボロバスの『チャールズ・オルソン』（Enikő Bollobás, *Charles Olson*, 一九九二年）を参考にして、作成したものである。

1　抽象表現主義の誕生には、第二次世界大戦中にヨーロッパから多くの芸術家がアメリカへ亡命したことが関連している。シャガール、モンドリアン、レジェ、バウハウスの校長だったグロピウス、そのメンバーで、幾何学的な「方形頌」シリーズで知られるアルバース、マン・レイ、それにダリ、エルンスト、マッタ、タンギー、ブルトンといったシュルレアリストたちが戦中戦後のアメリカ美術を活性化した。特にシュルレアリスムの自動記述の技法、夢や無意識の世界の渉猟は抽象表現主義の誕生に貢献している。ニューヨークを拠点としたためにニューヨーク派とも呼ばれた抽象表現主義は、フロイトの理論に加え、精神分析学者ユングのアーキタイプ（原型）、集合的無意識の理論なども参考にして、人間の内面にひそむ本能的、原初的、心霊的なものを、言い換えれば、論理的、理性的に割り切れない世界を追求した。

抽象表現主義を代表するジャクソン・ポロックにとって、制作とはまず何よりアクション（行為）でありジェスチャー（身振り）であり、重要なのは結果よりもそれに至るまでのプロセス（過程）であった。ポロックは、一九四七年頃から、床においた大きなカンヴァスのまわりを動きながら絵の具をたらし（ドリッピング）、叩きつけるように制作したので、彼の絵はアクション・ペインティングとも呼ばれる。この時の、画家の手の動きは、計算や予測とは関係のない無意識的かつ自動的なものであった。それまでの絵画のような中心も軸も持たず、あらゆる方向に広がるかのようなポロックの構図は「オール・オーヴァー」（全面的な、全方向の）と呼ばれ、こうした芸術は真にアメリカ的な精神と感性を形象化したものとして高く評価された。

他にも抽象表現主義の画家は多い。グロテスクな「女」シリーズで知られるデ・クーニング、東洋の書の力強い筆跡を思わせるロバート・マザーウェルなどである。以上の記述は、千足伸行監修『新西洋美術史』（西村書店、一九九九年）四三九–四四〇頁に基づく。

2　クリストファー・ビーチ（Christopher Beach）は、『影響のＡＢＣ——エズラ・パウンドとアメリカ詩の伝統の再構築』

(*ABC of Influence: Ezra Pound and the Remaking of American Poetic Tradition*, 一九九二年) の中で、オルソンのことばを、キャサリン・シーリー編『チャールズ・オルソンとエズラ・パウンド――聖エリザベス病院での出会い』(Catherine Seelye ed., *Charles Olson and Ezra Pound: An Encounter at St. Elizabeths*, 一九七五年) の九七頁、一〇一頁から引用したと述べている。だが、正しくはどちらも九九頁からの引用である。

チャールズ・オルソン年譜

一九一〇（〇歳）

オルソンは、十二月二十七日、マサチューセッツ州ウースター（Worcester, Massachusetts）で生まれた。父は、スウェーデン系アメリカ人の郵便配達員カール・ジョーゼフ・オルソン（Karl Joseph Olson）で、母はアイルランド系アメリカ人メアリー・テレーザ・オルソン（Mary Theresa Olson）である。母の旧姓はハインズ（Hines）だった。父カールは、後に名をアメリカで通りやすいチャールズ（Charles）に変える。オルソンは、ウースターのノーマン・アヴェニュー（Norman Avenue）に面したアパートで育った。

一九一五頃（五歳頃）

マサチューセッツ州アン岬の漁港グロスターで夏を過ごす習慣が始まる。遅くとも一九二三年には、ステージ・フォート・アヴェニュー（Stage Fort Avenue）の「オーシャンウッド」コテージ（"Oceanwood" cottage）を毎年借りるようになった。そこは、チャールズ・ホーマー・バレット（Charles Homer Barrett, 一八九八–一九五九年）のキャンプ地として知られたところで、ステージ・フォート公園（Stage Fort Park）を見下ろす場所にあった。バレットは一九一五年から一九一六年にグロスター市長を務めた人物である。一九一八年から一九二四年は、高速道路監督者であった。

一九一七–二四（七歳–十四歳）

ウースターのアボット・ストリート・グラマー・スクール（Abbot Street Grammar School）に通う。

一九二四–二八（十四歳–十八歳）

ウースターのクラシカル・ハイスクール（Classical High School）に通う。優等学生（honor student）で弁論チームのキャプテン。クラス委員長だった。

一九二八（十八歳）

春に米国北東部弁論大会で優勝した。五月二十六日にワシントンDCで開催された全米弁論大会では三位入賞。

副賞はヨーロッパ十週間の旅だった。ヨーロッパから帰国し、コネティカット州ミドルタウン（Middletown, Connecticut）にあるウェスリアン大学（Wesleyan University）へ入学。ここでも優等学生で、成績優秀な学生からなる米国最古の学生友愛会ファイ・ベータ・カッパ（Phi Beta Kappa）の一員となった。大学新聞の編集にたずさわり、ローズ奨学金（Rhodes scholarship）候補生であった。ローズ奨学金とは、セシル・ローズ（Cecil Rhodes, 一八五三―一九〇二年）の遺志によって設けられたオックスフォード大学（Oxford University）の奨学金。英連邦諸国・米国・ドイツから選ばれたローズ奨学生（Rhodes scholar）に与えられる。

一九二九（十九歳）

グロスターの夏季小劇場講習（the Gloucester School of the Little Theatre for the summer）に参加。

一九三〇（二〇歳）

七月、グロスターで短期間、C&R建設会社（the C and R Construction Company）で働き、貯水池造りに従事。

一九三一（二十一歳）

グロスターの郵便局で、夏の間、郵便配達員のアルバイトをする。これは、一九三四年の夏まで続いた。

一九三二（二十二歳）

六月、ウェスリアン大学から学士号（BA）を取得した。この夏、グロスターで、ムーアランド・プレイヤーズ（the Moorland Players）に加わって劇を上演。秋になると、ウェスリアン大学での学業を続けるとともにイェール大学（Yale University）でアメリカ文学を学ぶ。

一九三三（二十三歳）

六月、ウェスリアン大学から英語英文学の修士号（MA）を取得。修士論文題目は「散文作家にして詩的思索家ハーマン・メルヴィルの成長」（"The Growth of Herman Melville, Prose Writer and Poetic Thinker"）。修士号取得後の秋もウェスリアン大学で研究を続ける。メルヴィルの蔵書を調べるためにマサチューセッツ州ケンブリッジ（Cambridge）へ行き、メルヴィルの一族が持っている文書や記録類を調べた。一九三四年の年頭までに、オルソンの研究が十分進展したと見た教師ウィルバート・スノー（Wilbert Snow）は、オルソンが経済学部門でオリン研究奨励金（Olin Fellowship）を受けられるよう取り計らってくれた。

一九三四―三六（二十四歳―二十六歳）

ウースターのクラーク・カレッジ（Clark College）で英語教師となる。一九三五年八月に、父カールが脳出血で他界する。

一九三六（二十六歳）

七月七日、スクーナー「ドリス・M・ホーズ号」（the *Doris M. Hawes*）に乗り、ブラウン浅瀬（Brown's Bankで、三週間メカジキ漁をする。八月はじめ、グロスターで、作家のエドワード・ダールバーグ（Edward Dahlberg, 一九〇〇―一九七七年）に会う。秋に英米文化学科の大学院生兼助手としてハーヴァード大学（Harvard University）に入学。受講した科目の中に歴史学者フレデリック・マーク（Frederick Merk）の「西への動き」（"The Western Movement"）がある。

一九三七（二十七歳）

ハーヴァード大学の教師兼チューターとなる。ジョン・ウィンスロップ館（John Winthrop House）のスタッフとなった。ラドクリフ・カレッジ（Radcliffe College）の教師兼チューターでもあった。

一九三八（二十八歳）

七月一日、初の西部旅行に出発。カンザス・シティ（Kansas City）からサンフランシスコ（San Francisco）までのヒッチハイクである。帰りはグレイハウンドバスでゆっくり戻り、秋からハーヴァード大学での仕事を続けた。仕事とはウィンスロップ館で、アメリカ文明専攻学生の相談相手（counselor）になることである。博士号（Ph. D.）取得のためのコースワークを一九三九年春に修了。アメリカ文明プログラムで博士号を取得しようとする候補者三名のうち、コースワークの修了は一番早かった。「リア王と白鯨」（"Lear and Moby-Dick"）が、ダールバーグの援助によって出版される。F・O・マシーセン（F. O. Matthiessen）に提出するために、オルソンが書いた長いレポートから、ダールバーグの選び出した部分が出版されたのである。このころオルソンは、ボストンのチャールズ・ストリート（Charles Street）に住んでいた。

一九三九（二十九歳）
三月、メルヴィル研究により、第一回グッゲンハイム研究奨励金（Guggenheim Fellowship）を授与される。秋と冬を母とともにグロスターで過ごし、メルヴィル論の草稿を書く。しかし、このメルヴィル論は、オルソンの本領が発揮されておらず稚拙だから、出版しない方がよいとダールバーグは助言する。この年一九三九年に、第二次世界大戦が勃発し、一九四五年まで続く。

一九四〇（三〇歳）
二月、グロスターで、最初の詩を数篇と神話に関するエッセイを書く。その翌日、ニューヨークに向かって旅立つ。五月、画家コッラド・カーリ（Corrado Cagli, 一九一〇–一九七六年）と、後にオルソンの妻となるコンスタンス・ウィルコック（Constance Wilcock, 一九一九–一九七五年）に出会う。コンスタンスの愛称はコニー（Connie）である。六月、グロスターに戻る。

一九四一（三十一歳）
一九四〇年十月から翌一九四一年四月まで、ニューヨークのグレニッチヴィレッジ（Greenwich Village）のクリストファー・ストリート（Christopher Street）八六番地に住む。五月から七月、アメリカ市民自由連盟（the American Civil Liberties Union）の広報部長を務める。十一月より、ニューヨークにある、アメリカが統一性を持つための市議会（Common Council for American Unity）で、外国語情報部主任（chief of the Foreign Language Information Service）を務める（一九四二年九月まで）。

一九四二–四四（三十二歳–三十四歳）
コンスタンス・ウィルコックと結婚。九月、ワシントンの戦時情報局（the Office of War Information）への勤務が始まる。外国語部門次長（Associate Chief, Foreign Language Division）として勤めることになっていたが、一九四四年五月、商業主義に染まる情報局に反対を表明して辞任する。

一九四四（三十四歳）
民主国民委員会（Democratic National Committee）、外国籍所持者担当部部長（director of the Foreign Nationalities

Division）の職を得る。フロリダ州キー・ウェスト（Key West）で冬を過ごす。

一九四五（三十五歳）

一月、民主党（the Democrats）へ貢献したことにより、キー・ウェストの党役員から、財務長官補佐官（Assistant Secretary of the Treasury）か、郵政大臣（the Post Office Generalship）の地位に就けるだろうとほのめかされる。政治に失望していたオルソンは、これを断る。詩「K」（"The K"）を書き、『わが名はイシュマエル』（*Call Me Ishmael*）を書き始める。四月十三日に執筆を開始し、八月六日にはほぼ書き終えた。広島への原爆投下の日である。この年一九四五年五月には、ドイツの無条件降伏によって第二次世界大戦は休戦になっている。日本が無条件降伏するのは、八月六日の広島への原爆投下に続く、八月九日の長崎への原爆投下を経た八月十五日のことである。この夏は、友人アダム・クリコウスキー（Adam Kulikowski）が、ヴァージニア州シャーロッツヴィル（Charlottesville, Virginia）近くのエニスコーシー（Enniscorthy）に所有していた館に滞在した後、ワシントンの自宅ランドルフ・プレース（Randolph Place）二二七番地に帰った。十一月、「イェイツ語る」（"This is Yeats Speaking"）を完成させる。

一九四六（三十六歳）

一月四日、聖エリザベス病院のエズラ・パウンド（Ezra Pound, 一八八五—一九七二年）を見舞う。パウンド訪問は、一九四八年の春まで続いた。『ハーパーズ・バザール』（the *Harper's Bazaar*）、『アトランティック・マンスリー』（the *Atlantic Monthly*）、『ハーパーズ』（the *Harper's*）にオルソンの初期の詩が発表される。この年の春、ニューヨークで行なわれた米国安全保障委員会（the United Nations Security Council）の初期会合で、ポーランド人が有利になるよう活動した。六月二十六日から二十九日にかけて、米国国民政治活動委員会（the National Citizens Political Action Committee）がスポンサーとなった講座「政治活動技術講習会」（the School of Political Action Techniques）で講義をする。

一九四七（三十七歳）

三月、エズラ・パウンドと出版社社主カレス・クロスビー（Caresse Crosby）の助力によって『わが名はイシュマエル』が出版される。六月、グロスターを訪れ、アン岬歴史協会（the Cape Ann Historical Society）会長アルフレッド・マンスフィールド・ブルックス（Alfred Mansfield Brooks）と昼食を共にする。『マクシマス詩篇』（the *Maximus Poems*）の構想を練り始める。七月二日、西海岸に向かって旅立つ。シアトル（Seattle）のワシントン大学（the University of Washington）において開催される太平洋北西部作家会議（the Pacific Northwest Writers' Conference）で八月八日に詩の講義をする。ワシントン大学からサクラメント（Sacramento）へ、そしてカルフォルニア州立大学（University of California）バークリー（Berkeley）校のバンクロフト図書館（The Bancroft Library）を訪れる。ゴールド・ラッシュを起こしたジョン・サター（John Sutter）とジェームズ・マーシャル（James Marshall）に関連する資料と、イリノイからカリフォルニアへ向かうに際して、グレート・ソルト湖（the Great Salt Lake）をまわる道を取ったために想像を絶する苦難に陥ったドナー部隊（Donner Party）に関する資料を収集。詩人ロバート・ダンカンや、地質学者カール・サウアー（Carl Sauer）に会う。

一九四八（三十八歳）

カリフォルニアからワシントンDCへ、早春までに戻る。父親に関する本『郵便局』（*The Post Office*）を執筆する。アメリカ文化の形態に関する研究書「赤、白、そして黒」（"Red, White & Black"）の執筆に対して、二度目のグッゲンハイム研究奨励金を受ける。インディアンと、白人の入植者と、黒人がアメリカ西部で社会を形成する諸形態を探る研究である。『白鯨』（*Moby-Dick*）に基づく舞踏劇「炎の追跡」（"The Fiery Hunt"）を執筆。七月、最後の政治活動を行なう。フロリダの上院議員クロード・ペッパー（Claude Pepper）を、全米民主党大会（the Democratic National Convention）で大統領に指名するよう運動したのである。七月二十九日、ワシントンのアメリカン・ユニヴァーシティ（American University）で、芸術の講義をする。九月、ジョーゼフ・アルバース（Josef Albers, 一八八八―一九七六年）からエドワード・ダールバーグの後任として、ブラック・マウンテン大学へ招聘される。

一九四九（三十九歳）

二月、カレス・クロスビーのブラック・サン出版（Black Sun Press）から最初の詩集『Y & X』（*Y & X*）を出版。

二月から三月にかけてワシントンで「かわせみ」（"The Kingfishers"）を書く。最終稿は、七月二十日ブラック・マウンテン大学で執筆した。ワシントンの現代芸術協会（the Institute of Contemporary Art）で朗読。夏はブラック・マウンテン大学で過ごし、八月二十八日から二十九日にかけて「舞台でのエクササイズ」（"Exercises in Theatre"）を指導した。秋に入ると、ワシントンで執筆。オルソンは、雑誌『イメージ群』（*Imagi*）に載ったヴィンセント・フェリーニ（Vincent Ferrini, 一九一三年生まれ）の詩に感銘を受けていた。グロスターへ行ったとき、フェリーニの住居を捜し当てて、会談した。十二月十五日、アメリカン・ユニヴァーシティのワトキンス・ギャラリー（the Watkins Gallery）で講演を行う。尊敬するイタリア人画家コッラド・カーリの「四次元絵画」（"Drawings in the 4th Dimension"）展開催を応援するためである。

一九五〇（四〇歳）

五月、ヴィンセント・フェリーニへの手紙として『マクシマス詩篇』第一歌「ぼく、グロスターのマクシマスより、きみへ」をワシントンで書く。フェリーニはオルソンの詩を何篇かロバート・クリーリー（Robert Creeley, 一九二六—二〇〇五年）に送った。クリーリーがその頃ニュー・ハンプシャー（New Hampshire）でリトル・マガジン（版型の小さい同人雑誌）を出そうと考えていたからである。だが、クリーリーはオルソンの詩を拒絶し、フェリーニにこう書き送った。「オルソンは言葉を捜しているが、力の無駄遣いに終わっている」と。クリーリーの拒絶に対してオルソンが応じ、二人の千通におよぶ手紙のやり取りが始まる。四月から五月、カーリの絵画展をブラック・マウンテン大学まで移動させ、ワシントンで行なったのと同じ講演と朗読をした。十月、『ポエトリー・ニューヨーク』（*Poetry New York*）にオルソンの「投射詩論」（"Projective Verse"）が掲載される。クリスマスの日に母メアリーがウースターで他界した。

一九五一（四十一歳）

二月から七月まで、ユカタン半島（the Yucatan peninsula）カンペチェ（Campeche）郡レルマ（Lerma）で過ごす。四月、オルソンを特集した『オリジン 創刊号』（*Origin* 1）が出た。学生たちの希望で、ブラック・マウンテン大学に戻り、八月中ずっと教鞭をとる。オルソンは、この年、教授会メンバーになり、そして学長となった。

十月二十三日、妻コニーとの間に娘キャサリン・メアリー（Katherine Mary）が生まれる。

一九五二（四十二歳）

春、ウェナー＝グレン人類学研究財団（the Wenner-Gren Foundation for Anthropological Research）からマヤ古代文字（Mayan glyphs）研究の奨励金を受ける。秋は、ブラック・マウンテン大学から休暇をとり、ワシントンで過ごす。

一九五三（四十三歳）

三月、スペインのマリョルカ（Mallorca）島で、クリーリーがオルソンの『冷たい地獄、藪のなかで』（*In Cold Hell, In Thicket*）を出版。三月七日から二十八日、ブラック・マウンテン大学で「人間の新しい科学講習会」（an Institute of the New Sciences of Man）を企画運営する。三月、「手紙　5」から『マクシマス詩篇』最初の大規模な連詩が始まる。八月、「ぼく、グロスターのマクシマスより、きみへ」から「手紙　10」、そして「手紙　11」から「手紙　22」を、初めてブラック・マウンテン大学で朗読する。十月、『マクシマス詩篇／1–10』（*The Maximus Poems/ 1-10*）が、ジョナサン・ウィリアムズ（Jonathan Williams）の手によって、シュトゥットガルト（Stuttgart）で出版される。

一九五四（四十四歳）

一月、オルソン作『マヤ書簡』（*Mayan Letters*）が出版される。ブラック・マウンテン大学の学生エリザベス・カイザー（Elizabeth Kaiser）に会う。オルソンの第二の妻となる女性である。愛称はベティ（Betty）。九月十一日、ボストンのチャールズ・ストリート公会堂（the Charles Street Meeting House）で朗読。

一九五五（四十五歳）

五月十二日、ベティとの間に息子チャールズ・ピーター（Charles Peter）が生まれる。

一九五六（四十六歳）

「死者がわれわれを食らう時」（"As the Dead Prey Upon Us"）、「王者のようで、孤独なサテュロスたち」（"The Lordly and Isolate Satyrs"）、「ジェラルド・ファン・デ・ヴィールのための変奏」（"Variations Done for Gerald Van

De Wiele")執筆。この頃までに、最初の妻コニーと別れる。十月、学長を務めてきたブラック・マウンテン大学を閉校にする。妻ベティ、息子ピーターと共に大学にとどまり、残務整理をする。秋、『マクシマス詩篇／11–22』（*The Maximus Poems/ 11-22*）を出版。

一九五七（四十七歳）

「図書館員」("The Librarian")執筆。二月、サンフランシスコ美術館（the San Francisco Museum of Art）、サンフランシスコ州立大学ポエトリー・センター（the Poetry Center of San Francisco State College）、カルメル・ハイランズ（Carmel Highlands）で朗読会を催す。「特殊な歴史観」("Special View of History")を五回に分けて講演。ブラック・マウンテン大学に戻り、六月までに、残務整理を完了する。

七月、家族と共にグロスターのフォート・スクエア二八番地（Fort Square 28）に引っ越す。晩秋、『マクシマス詩篇』二番目の大規模な連詩が「入植開始」("a Plantation a beginning")から始まる。

一九五八（四十八歳）

六月から十一月にかけて休暇でプロヴィンスタウン（Provincetown）へ行った期間を除いて、グロスターで過ごす。

一九五九（四十九歳）

秋、「マクシマスより、ドッグタウンから——I」("Maximus from Dogtown——I")を執筆。

一九六〇（五〇歳）

四月十九日、ウェスリアン大学春のポエトリー・フェスティヴァル（Wesleyan Spring Poetry Festival）で、朗読。四月三十日、トロントのアートギャラリーで朗読。五月、最初のセクションにオルソンを取り上げたドナルド・アレン編『新しいアメリカ詩』（Donald Allen ed., *The New American Poetry*）が出版される。十一月、オルソンの『マクシマス詩篇・第一巻』（*The Maximus Poems*）と『距離』（*The Distances*）が出版される。九月三日、グロスターのハモンド城（Hammond's Castle）で朗読。十一月の終りと翌一九六一年一月、マサチューセッツ州ケンブリッジにて、ティモシー・レアリー（Timothy Leary）の薬物による意識変革研究プログラムに参加する。

一九六一（五十一歳）

『マクシマス詩篇・第一巻』（*The Maximus Poems*）に対して、ロングヴュー財団（Longview Foundation）賞を受賞する。

一九六二（五十二歳）

二月、マサチューセッツ州マグノリア（Magnolia）で朗読。ハーヴァード大学でも朗読を行なう。トロントで二度目の朗読。夏の六週間をニューヨークで過ごし、ルロイ・ジョーンズ（LeRoi Jones, 一九三四年生まれ）や、エドワード・ドーン（Edward Dorn, 一九二九―一九九九年）を訪ねる。

一九六三（五十三歳）

七月二十九日から八月十六日まで、ヴァンクーヴァー詩人会議（the Vancouver Poetry Conference）に出席し、『マクシマス詩篇・第二巻』（*Maximus Poems IV, V, VI*）の全てを朗読する。九月、ニューヨーク州立大学バッファロー校（State University of New York at Buffalo）の英文科客員教授となり、現代詩、神話、文学を教える。この間、バッファローの南東四〇マイルにあるニューヨーク州ワイオミング（Wyoming, New York）に住んだ。

一九六四（五十四歳）

三月二十八日、妻エリザベスがニューヨーク州バタヴィア（Batavia, New York）で交通事故に遭い死亡。オルソンは、夏をグロスターで過ごす。九月にバッファローに戻り、一九六五年五月まで授業をする。

一九六五（五十五歳）

六月二十六日から七月二日、イタリアのスポレート（Spoleto）で開催された「両世界フェスティヴァル」（the Festival of the Two Worlds）で朗読する。ユーゴスラヴィアのブレド（Bled）で行なわれたペンクラブ会議（PEN conference）に参加。七月二十日から二十三日、バークリー詩人会議（the Berkeley Poetry Conference）で朗読をし、セミナーを開いた。八月、オルソンの『人間の宇宙その他のエッセイ』（*Human Universe and Other Essays*）が部数を限定して出版される。『ポエトリー』（*Poetry*）誌のオスカー・ブルーメンタール＝チャールズ・レヴィトン賞（Oscar Blumenthal-Charles Leviton Prize）受賞。九月、授業をするためバッファローに戻ったが、二週間後にはグロスターへ引き上げてしまう。

一九六六（五十六歳）

十月、グロスターからロンドンへ向けて発つ。十二月、ベルリンの芸術アカデミー文学討論集会（the Literarisches Colloqium at the Akademie der Kunstes）で朗読。数日後、軽い心臓発作に襲われる。

一九六七（五十七歳）

三月、『選集』（*Selected Writings*）出版。同月、ロンドンを発ち、イギリスのドーチェスター（Dorchester）を訪ねた。グロスターへの初期入植者について、ウェイマス港記録（the Weymouth Port Books）を調べるためである。ロンドンに戻り、七月十二日、国際ポエトリー・フェスティヴァル（the International Poetry Festival）で朗読。グロスターに帰る。十月二十日から二十二日、ニューヨーク州コートランド（Cortland, New York）で開かれたニューヨーク州立大学芸術科総会（the State University of New York Convocation in the Arts）で、演説。

一九六八（五十八歳）

三月二十五日から二十九日まで、ウィスコンシン州のベロイト大学（Beloit College, Wisconsin）で講演と朗読。サンフランシスコのドナルド・アレンを訪問し、アリゾナ州トゥーソン（Tucson, Arizona）の若い友人ドラマンド・ハドリー（Drummond Hadley）を訪ねた。五月、グロスターに戻る。十一月二十八日、『マクシマス詩篇・第二巻』（*The Maximus Poems IV, V, VI*）がロンドンで出版される。

一九六九（五十九歳）

九月、オルソンの『オリジンへの手紙』（*Letters for Origin*）が出版される。同月、コネティカット大学文学部の教授チャールズ・ボア（Charles Boer）を訪ねる。十月、コネティカット大学客員教授となった。感謝祭の数日後、コネティカット州マンチェスター病院（Manchester Hospital）に入院。十二月、ニューヨーク病院（the New York Hospital）に移される。

一九七〇（六〇歳）

一月十日、肝臓ガンで死去。

一九七一

『朝の考古学者』（*Archeologist of Morning*）出版される。

一九七五

『マクシマス詩篇・第三巻』（*The Maximus Poems: Volume Three*）出版。

一九八三

ジョージ・F・バタリック編チャールズ・オルソン作『マクシマス詩篇』合本（Charles Olson, *The Maximus Poems*. Ed. George F. Butterick）出版。

一九八七

ジョージ・F・バタリック編『チャールズ・オルソン全詩集』（*The Collected Poems of Charles Olson*. Ed. George F. Butterick）出版。

主要な参考書目

オルソンの著作

Olson, Charles. *Additional Prose: A Bibliography on America, Proprioception, & Other Notes & Essays*. Ed. George F. Butterick. Bolinas, California: Four Seasons Foundation, 1974.

—. *Archeologist of Morning*. London: Cape Golliard Press, 1970.

—. *Call Me Ishmael: A Study of Melville*. San Francisco: City Lights Books, 1947.

—. *Charles Olson and Ezra Pound: An Encounter at St. Elizabeths*. Ed. Chatherine Seelye. New York: Grossman Publishers, 1975.

—. *The Collected Poems of Charles Olson*. Ed. George F. Butterick. Berkeley: University of California Press, 1987.

—. *Collected Prose*. Eds. Donald Allen and Benjamin Friedlander. Berkeley: University of California Press, 1997.

—. *The Fiery Hunt and Other Plays*. Bolinas, California: Four Seasons Foundation, 1977.

—. *Letters for Origin 1950-1955*. Ed. Albert Glover. London: Cape Golliard Press, 1969.

—. *The Maximus Poems of Charles Olson*. Ed. George F. Butterick. Berkeley: University of California Press, 1983.

—. *Muthologos: The Collected Lectures & Interviews*. Ed. George F. Butterick, 2 vols. Bolinas, California: Four Seasons Foundation, 1979.

—. *A Nation of Nothing but Poetry: Supplementary Poems*. Ed. George F. Butterick. Santa Rosa, California: Black Spassow Press, 1989.

—. *The Post Office: A Memoir of His Father*. San Francisco: Grey Fox Press, 1975.

—. *Selected Writings*. Ed. Robert Creeley. New York: New Directions, 1966.

チャールズ・オルソン「キリスト」島田太郎訳、大橋健三郎編『鯨とテキスト—メルヴィルの世界』（国書刊行会、一九八三年）、一九〇-二一四頁〔『わが名はイシュメイル』（一九四七年）第四部の全訳〕

『チャールズ・オルスン詩集』北村太郎・原成吉訳（思潮社、一九九二年）
D・W・ライト編『アメリカ現代詩101人集』（思潮社、一九九九年）〔江田孝臣訳を二篇収録〕

オルソン評伝

Boer, Charles. *Charles Olson in Connecticut*. Rocky Mount, North Carolina: North Carolina Wesleyan College Press, 1991.

Clark, Tom. *Charles Olson: The Allegory of a Poet's Life*. New York: W. W. Norton & Company, 1991.

オルソン関連研究書

Bollobás, Enikő. *Charles Olson*. New York: Twayne Publishers, 1992.

Butterick, George F. *A Guide to the Maximus Poems of Charles Olson*. Berkley: University of California, Press, 1978.

Byrd, Don. *Charles Olson's Maximus*. Urbana: University of Illinois Press, 1980.

Charters, Ann. *Olson/ Melville: A Study in Affinity*. Berkeley: Oyez, 1968.

Charters, Samuel. *Some Poems/ Poets: Studies in American Underground Poetry Since 1945*. Berkeley: Oyez, 1971.

Christensen, Paul. *Charles Olson: Call Him Ishmael*. Austin: University of Texas Press, 1975.

Fredman, Stephen. *The Grounding of American Poetry: Charles Olson and the Emersonian Tradition*. Cambridge: Cambridge University Press, 1993.

Hallberg, Robert von. *Charles Olson: The Scholar's Art*. Cambridge, Mass.: Harvard University Press, 1978.

Maud, Ralph. *Charles Olson's Reading: A Biography*. Carbondale: Southern Illinois University Press, 1996.

Merrill, Thomas F. *The Poetry of Charles Olson: A Primer*. Newark: University of Delaware Press, 1982.

Ross, Andrew. *The Failure of Modernism: Symptoms of American Poetry*. New York: Columbia University Press, 1986.

Paul, Sherman. *Olson's Push: Origin, Black Mountain, and Recent American Poetry*. Baton Rouge: Louisiana State University

Press, 1978.

モダニズム関連・テクスト

Eliot, T. S. *The Complete Poems and Plays of T. S. Eliot*. London: Faber and Faber, 1969.
—. *For Lancelot Andrewes: Essays on Style and Order*. 1928. London: Faber and Faber, 1970.
—. *The Idea of a Christian Society*. New York: Harcourt Brace & Company, 1940.
—. *Inventions of the March Hare: Poems 1909-1917*. Ed. Christopher Ricks. New York: Harcourt Brace & Company, 1996.
—. *The Letters of T. S. Eliot. Volume I. 1898-1922*. Ed. Valerie Eliot. London : Harcourt Brace Jovanovich, 1988.
—. *On Poetry and Poets*. London: Faber and Faber, 1957.
—. *The Sacred Wood*. 1920. London : Methuen, 1960.
—. *Notes towards the Definition of Culture*. London: Faber and Faber, 1948.
—. *Old Possum's Book of Practical Cats*. London: Faber and Faber, 1940.
—. *Selected Essays*. London: Faber and Faber, 1951.
—. *Selected Prose*. Ed. Frank Kermode. London: Faber and Faber, 1975.
—. *The Waste Land: A Facsimile and Transcript of the Original Draft*. Ed. Valerie Eliot. London: Faber and Faber, 1971.
Pound, Ezra. *A B C of Reading*. 1934. New York: New Directions, 1960.
—. *The Cantos of Ezra Pound*. New York : New Directions, 1969.（同社の一九九八年版が最新版）
—. *Collected Shorter Poems*. London: Faber and Faber, 1968. Rpt. of *Personae*. 1952.
—. *Guide to Kulchur*. New York: New Directions, 1970.
—. *Literary Essays of Ezra Pound*. New York: New Directions, 1968.
—. *The Selected Letters of Ezra Pound 1971-1941*. Ed. D. D. Paige. New York: New Directions, 1971.
—. *Selected Prose 1909-1965*. London: Faber and Faber, 1973.

—. *The Spirit of Romance*. New York: New Directions, 1952.
—. *Translations*. New York: New Directions, 1963.
Pound, Ezra, and Ernest Fenollosa. *The Classic Noh Theatre of Japan*. New York: New Directions, 1959. Rpt. of *'Noh' or Accomplishment, a Study of the classical stage of Japan*. 1917.
Stevens, Wallace. *The Collected Poems of Wallace Stevens*. New York: Alfred Knopf, 1954.
—. *The Necessary Angel: Essays on Reality and the Imagination*. New York: Vintage Books, 1951.
—. *Letters of Wallace Stevens*. Ed. Holly Stevens. New York: Alfred Knopf, 1966.
—. *Opus Postumous*. Revised, Enlarged, Corrected. Ed. Milton J. Bates. 1957. New York: Alfred A Knopf, 1989.
Williams, William Carlos. *The Autobiography of William Carlos Williams*. 1951. New York: New Directions, 1967.
—. *The Collected Earlier Poems*. New York: New Directions, 1951.
—. *The Collected Later Poems*. New York: New Directions, 1950; revised edition, 1963.
—. *Imaginations*. New York: New Directions, 1970.
—. *In the American Grain*. 1925. New York: New Directions, 1956.
—. *Many Loves and Other Plays*. 1942. New York: New Directions, 1961.
—. *Pictures from Brueghel and Other Poems*. New York: New Directions, 1962.
—. *Selected Essays*. 1954. New York: New Directions, 1969.
—. *The Selected Letters of William Carlos Williams*. Ed. John C. Thirlwall. New York: New Directions, 1957.
—. *Paterson*. New York: New Directions, 1963.
—. *A Voyage to Pagany*. 1928. New York: New Directions, 1970.
『エリオット全集』全五巻（中央公論社、一九七一―一九七六年）
T・S・エリオット『四つの四重奏』岩崎宗治訳（国文社、二〇〇九年）
『エズラ・パウンド詩集』新倉俊一訳（角川書店、一九七六年）

エズラ・パウンド『消えた微光』小野正和・岩原康夫訳（書肆山田、一九八七年）
エズラ・パウンド『ピサ詩篇』新倉俊一訳（みすず書房、二〇〇四年）
『エズラ・パウンド長詩集成』城戸朱理訳編（思潮社、二〇〇六年）
『ウォレス・スティーヴンズ詩集・場所のない描写』加藤文彦・酒井信雄訳（国文社、一九八六年）
ウィリアム・カーロス・ウィリアムズ『パタソン』田島伸悟訳（沖積社、一九八八年）
ウィリアム・カーロス・ウィリアムズ『パターソン』沢崎順之助訳（思潮社、一九九四年）

モダニズム関連・研究書

Ackroyd, Peter. *T. S. Eliot.* Hamish Hamilton, 1984. Collins, Glasgow: Abacus-Sphere Books, 1985.
Beach, Chrsitopher. *ABC of Influence: Ezra Pound and the Remaking of American Poetic Tradition.* Berkeley: University of California Press, 1992.
Blamires, Harry. *Word Unheard: A Guide thorough Eliot's Four Quartets.* London: Methuen, 1969.
Browne, E. Martin. *The Making of T. S. Eliot's Plays.* Cambridge: Cambridge University Press, 1969.
Bush, Ronald. *The Genesis of Ezra Pound's Cantos.* Princeton: Princeton University Press, 1976.
—. *T. S. Eliot: A Study in Character and Style.* New York: Oxford University Press, 1983.
Calinescu, Matei. *Five Faces of Modernity: Modernism, Avant-Garde, Decadence, Kitsch, Postmodernism.* Durham: Duke University Press, 1987.
Carpenter, Humphrey. *A Serious Character: The Life of Ezra Pound.* London: Faber and Faber, 1988.
Conarroe, Joel. *William Carlos Willaims' Paterson: Language and Landscape.* Philadelphia: University of Pennsylvania Press, 1970.
Drew, Elizabeth. *T. S. Eliot: The Design of His Poetry.* New York: Charles Scribner's Sons, 1949.
Ellmann, Maud. *The Poetics of Impersonality: T. S. Eliot and Ezra Pound.* Brighton, Sussex: The Harvester Press, 1987.

Gordon, Lyndall. *Eliot's Early Years*. Oxford: Oxford University Press, 1977.

—. *T. S. Eliot : An Imperfect Life*. New York: W. W. Norton & Company, 1988.

Hesse, Eva. ed. *New Approaches to Ezra Pound*. Berkeley: University of California Press, 1969.

Kenner, Hugh. *The Invisible Poet: T. S. Eliot*. London: Methuen, 1960.

—. *The Poetry of Ezra Pound*. London : Faber and Faber, 1951. Lincoln: Unicersity of Nebraska Press, 1985.

—. *The Pound Era*. Berkeley: University of California Press, 1971.

Kermode, Frank. *Wallace Stevens*. London: Faber and Faber, 1960.

Levenson, Michael H. *A Genealogy of Modernism : A Study of English Literary Doctrine 1908-1922*. Cambridge: Cambridge University Press, 1984.

Makin, Peter. *Pound's Cantos*. London: George Allen and Unwin, 1985.

Mariani, Paul. *William Carlos Williams: A New World Naked*. New York: McGraw-Hill Book Company, 1981.

Miller, J. Hillis, *Poets of Reality: Six Twentieth-Century Writers*. Cambridge, Mass.: Belknap-Harvard University Press, 1965.

Miller Jr., James E. *T. S. Eliot's Personal Waste Land: Exorcism of the Demons*. University Park: The Pennsylvania State University Press, 1978.

Moody. A. D. *Thomas Sterns Eliot: Poet*. Cambridge: Cambridge University Press, 1979.

Pearce, Roy Harvey. *The Continuity of American Poetry*. Princeton: Princeton University Press, 1961.

Perkins, David. *A History of Modern Poetry: Modernism and After*. Cambridge, Mass.: Harvard University Press, 1987.

Perloff, Marjorie. *The Dance of the Intellect: Studies in the Poetry of the Pound Tradition*. Cambridge: Cambridge University Press, 1985.

—. *The Poetics of Indeterminacy: Rimbaud to Cage*. Princeton: Princeton University Press, 1981.

Peterson, Walter Scott. *An Approach to Paterson*. New Haven: Yale University Press, 1967.

Pinsky, Robert. *The Situation of Poetry: Contemporary Poetry and Its Traditions*. Princeton: Princeton University Press, 1976.

Plimpton, George ed., *Poets at Work: The Paris Review Interviews*. New York: Viking Penguin, 1989.

Poggioli, Renato. *The Theory of the Avante-Garde*. Tr. Gerald Fitzgerald. Cambridge, Mass.: Belknap-Harvard University Press, 1968.

Riddel, Joseph N. *The Clairvoyant Eye: The Poetry and Poetics of Wallace Stevens*. Baton Rouge: Louisiana State University Press, 1965.

—. *The Inverted Bell: Modernism and the Counterpoetics of William Carlos Williams*. Baton Rouge: Louisiana State University Press, 1974.

Sankey, Benjamin. *A Companion to William Carlos Williams's Paterson*. Berkeley: University of California Press, 1971.

Schwartz, Sanford. *The Matrix of Modernism: Pound, Eliot, and Early 20th-Century Thought*. Princeton: Princeton University Press, 1985.

Smith, Grover. *T. S. Eliot's Poetry and Plays : A study in Sources and Meaning*. Chicago : The University of Chicago Press, 1960.

Stock, Noel. *The Life of Ezra Pound*. Routledge & Kegan Paul. 1970. Hammondsworth : Penguin Books, 1985.

Terrell, Carol F. *A Companion to the Cantos of Ezra Pound*. 2vols. Berkeley: University of California Press, 1980（Vol. 1）, 1984（Vol. 2）.

Vendler, Helen. *On Extended Wings: Wallace Stevens' Longer Poems*. Cambridge, Mass.: Harvard University Press, 1969.

—. *Wallace Stevens: Words Chosen Out of Desire*. Cambridge, Mass.: Harvard University Press, 1984.

荒木映子『生と死のレトリック——自己を書くエリオットとイェイツ——』（英宝社、一九九六年）

江田孝臣「ウィリアムズの牧歌」。富山英俊編『アメリカン・モダニズム』（せりか書房、二〇〇二年）、一八五—二〇六頁。

江田孝臣「メルヴィルとアメリカ現代詩——ウィリアムズとオルソンの場合」。中央大学人文科学研究所編『メルヴィル後期を読む』（中央大学出版部、二〇〇八年）、九九-一二二頁。

金関寿夫『アメリカ現代詩ノート』（研究社、一九七七年）
金関寿夫『ナヴァホの砂絵――詩的アメリカ』（小沢書店、一九八〇年）
金関寿夫、ノーマン・ホームズ・ピアソンとの共編、*Sixteen Modern American Poets*,（英宝社、一九七六年）
栩澤厚生『無人の誕生』（影書房、一九八九年）
古賀哲男『ウォレス・スティーヴンズ〔生存のための詩〕』（世界思想社、二〇〇七年）
沢崎順之助、金関寿夫、新倉俊一、鍵谷幸信共著『シンポジウム英米文学⑤現代詩』（学生社、一九七五年）
スペンダー、スティーヴン『エリオット伝』和田旦訳（みすず書房、一九七九年）
田中久子『E・パウンドとT・S・エリオット――技法と神秘主義』（編集工房ノア、一九九九年）
高柳俊一・佐藤亨・野谷啓二・山口均編『モダンにしてアンチモダン――T・S・エリオットの肖像』（研究社、二〇一〇年）
富山英俊編、富山俊英、三宅昭良、長畑明利、江田孝臣共著『アメリカン・モダニズム――パウンド・エリオット・ウィリアムズ・スティーヴンズ』（せりか書房、二〇〇二年）
トリフォノポウロス／アダムズ共編『エズラ・パウンド事典』江田孝臣訳（雄松堂、二〇〇九年）
二宮尊道『T・S・エリオット「四つの四重奏」――T・S・エリオット詩の研究』（南雲堂、一九六六年、改装一九七五年）
土岐恒二・児玉実英監修『記憶の宿る場所――エズラ・パウンドと二〇世紀の詩』（思潮社、二〇〇五年）
福田陸太郎・安川昱編『エズラ・パウンド研究――エズラ・パウンド生誕百年記念論文集――』（山口書店、一九八六年）
安田章一郎編『エリオットと伝統』（研究社、一九七七年）
安田章一郎『エリオットの昼』（山口書店、一九八四年）
山田祥一『T・S・エリオット論考』（鳳書房、二〇〇七年）

ブラック・マウンテン派作品

Allen, Donald M. ed , *The New American Poetry*. New York: Grove Press, 1960.

Creeley, Robert. *The Collected Essays of Robert Creeley*. Berkeley: University of California Press, 1989.

—. *The Collected Poems of Robert Creeley 1945-1975*. Berkley: University of California Press, 1982.

—. *The Collected Poems of Robert Creeley 1975-2005*. Berkley: University of California Press, 2006.

—. *The Collected Prose of Robert Creeley*. New York: Marion Boyars, 1984.

—. *A Day Book*. New York: Charles Scribner's Sons, 1972.

—. *A Quick Graph: Collected Notes and Essays*. San Francisco: Four Seasons Foundation, 1970.

Duncan, Robert. *Bending the Bow*. New York: New Directions, 1968.

—. *Faust Foutu: A Comic Masque*. Barrytown, New York: Station Hill Press, 1985.

—. *Fictive Certainties: Essays by Robert Duncan*. New York: New Directions, 1985.

—. *Ground Work: Before the War*. New York: New Directions, 1984.

—. *Ground Work II: In the Dark*. New York: New Directions, 1987.

—. *The Opening of the Field*. New York: New Directions, 1960.

—. *Roots and Branches*. New York: New Directions, 1964.

—. *A Selected Prose*. Ed. Robert J. Bertholf. New York: New Directions, 1995.

—. *Stein Imitations*. 1964. Portland, Oregon: Trask House, 1971.

—. *The Years As Catches: First poems (1939-1946) of Robert Duncan*. Berkeley: Oyez, 1966.

ブラック・マウンテン派関連研究書

Antin, David. "Modernism and Postmodernism: Approaching the Present in American Poetry." in *Boundary* 2（1972）. 98-133.

Bertholf, Robert J., and Ian W. Reid eds. *Robert Duncan: Scales of the Marvelous*. New York: New Directions, 1979.

Clark, Tom. *Robert Creeley and the Genius of the American Common Place*. New York: New Directions, 1993.

Conte, Joseph M. *Unending Design : The Forms of Postmodern Poetry*. Ithaca: Cornell University Press, 1991.

Dawson, Fielding. *The Black Mountain Book: A New Edition*. Rocky Mount, North Carolina: North Carolina Wesleyan College Press, 1991.

Dewey, Anne Day. *Beyond Maximus: The Construction of Public Voice in Black Mountain Poetry*. Stanford, California : Stanford University Press, 2007.

Duberman, Martin. *Black Mountain: An Exploration in Community*. Gloucester, Mass.: Peter Smith, 1988.

Faas, Ekbert. ed. *Towards A New American Poetics: Essays and Interviews*. Santa Barbara, California: Black Sparrow Press, 1978.

—.*Young Robert Duncan: Portrait of the Poet as Homosexual in Society*. Santa Barbara, California: Black Sparrow Press, 1983.

Foster, Edward Halsey. *Understanding the Black Mountain Poets*. Columbia, South Carolina: University of South Carolina Press, 1995.

Lane, Mervin ed., *Black Mountain College: Sprouted Seeds*. Knoxville: The University of Tennessee Press, 1990.

Paul, Sherman. *The Lost America of Love: Rereading Robert Creeley, Edward Dorn, and Robert Duncan*. Baton Rouge: Louisiana State University Press, 1981.

Rumaker, Michael. *Robert Duncan in San Francisco*. San Francisco: Grey Fox Press, 1996.

Terrell, Carroll F. ed. *Robert Creeley: The Poet's Workshop*. Orono, Maine: National Poetry Foundation, 1984.

Thurley, Geoffrey. *The American Moment: American Poetry in Mid-Century*. London: Edward Arnold, 1977.

Wilson, John. ed. *Robert Creeley's Life and Work: A Sense of Increment*. Ann Arbor: The University of Michigan Press, 1987.

訳者あとがき

英語を母国語とする人にとってさえ読みやすいとは言えない長大な詩を、なぜ訳そうと思い立ったのかを記しておきたい。

一九八〇年代の終わりころ、ようやく『マクシマス詩篇』（Charles Olson, *The Maximus Poems*, 一九八三年）を読み終えた私は、勤務先の紀要論文に二年がかりでオルソン論を書いた。それを、神戸大学の風呂本武敏先生と、工学院大学の岩原康夫先生に見ていただいた。風呂本先生はアイルランド文学研究の大家であり、岩原先生は著名なエズラ・パウンド研究家である。両先生の意見は図らずも一致していて、「オルソンの翻訳をまとめて出したほうがいい」と慫慂されたのである。関西と関東の敬愛する先生に同じことを示唆されて、私は非力を承知の上で『マクシマス詩篇』全訳に挑戦することになった。一九九二年初めのことである。同年、北村太郎・原成吉共訳の『チャールズ・オルスン詩集』が思潮社から出た。これには、「三月のニューイングランド」（"New England March"）、「あなた、E・Pのための大祓《おおはらい》」（"A Lustrum for You, E. P."）、「カワセミ」（"The Kingfishers"）、「冷たい地獄、藪のなかで」（"In Cold Hell, in Thicket"）と『マクシマス詩篇』はじめの十篇の詩、すなわち「わたし、グロスターのマクシマスから、きみへ」から「レター10」までが収録されている。これも励みになった。

それから、十二年が過ぎ、自分としては最善を尽くした訳稿もようやくできた。亀井俊介先生を囲む夏の読書会に同席していた南雲堂の原信雄さんに、思い切って相談してみた。須山静夫氏の翻訳と解説で千頁に近いメルヴィルの『クラレル』を出しているので、興味を持ってくれるかもしれないと思ったからだ。オルソンは、メルヴィル学者でもあって、『わが名はイシュマエル』（*Call Me Ishmael*, 一九四七年）という本も出している。原さんは、興味を持ってくれたようだった。夏から秋にかけて訳稿を送り、電話で連絡をとる段階で、出版に必要な事をすべて教えてくれた。二〇〇四年のことである。

訳稿を更に推敲し、地図を付し、読みやすくなるように心がけた。地図に関しては、一九九二年の夏に初めてグロスターを訪れたとき、グロスター商工会（Gloucester Chamber of Commerce）で入手したものを、拡大および縮小し、通りの名が分かり、かつアン岬の全体がつかめるよう工夫した。これは、妻、平野尚美の手作業が元になっている。訳註で示したスクーナーや鎧などの図解についても同様である。一九九六年から一九九七年にかけて、コネティカット大学に客員研究員（Visiting Scholar）として受け入れていただいた。その間、オルソン・アーカイヴのある大学附属トマス・J・ドッド・リサーチセンター（Thomas J. Dodd Research Center）で、オルソンのノートブックや『マクシマス詩篇』の初稿、および関連資料に当たることができた。それが、この翻訳作業の基礎になっている。オルソンに関する資料の使い方について懇切丁寧に指導してくれたリチャード・ファイフ（Richard Fyffe）氏の穏やかな声が、今でも耳の奥に残っている。ファイフ氏とドッド・リサーチセンターのスタッフに感謝したい。オルソンの写真を載せるに当たっては、オルソン・アーカイヴ主任メリッサ・ウォタワース（Melissa Watterworth）さんのお世話になった。写真を送ってくれたニコラ・シェイヤー（Nicola Shayer）さんにも感謝したい。また、詩人のジョナサン・ウィリアムズ（Jonathan Williams）が撮影した、『マクシマス詩篇』執筆中のオルソンの写真を載せることができたのは、トマス・メイヤー（Thomas Meyer）さんのご好意による。取次ぎをしてくれたアリス・セブレル（Alice Sebrell）さんにも感謝している。

滞米中の一年間に、グロスターやドッグタウンを何度も訪れる機会に恵まれたこと、オルソン出生の地ウースターを始めとする、詩に関連する土地に行くことができたことは、『マクシマス詩篇』の理解に大いに役立った。この機会を与えてくれた勤務先の椙山女学園大学にお礼を申し上げたい。コネティカット大学へ招聘してくれたビート研究の第一人者アン・チャーターズ（Ann Charters）先生には、とりわけ深く感謝している。一九五〇年代末から六〇年代の文化状況を知らずに行なう文学研究の危うさを彼女から指摘され、暗澹たる思いをしたことが、色々な意味で、その後の私の研究態度に影響を与えているからである。チャーターズ先生は、「私には、オルソンの詩は難しくて分かりません。オルソンが書くこまごまとした事実に私は興味が持てないからです。もっとも、バタリックのような頭のいい人なら、オルソンの詩を理解できるでしょうが」と口では言いながら、その実、オルソンをメルヴィルと比較して論じた研究書『オルソン／メルヴィル――類似性の研究』（*Olson / Melville: A Study in Affinity*, 一九六八年）の著者であり、また現行版『マクシマス詩篇』と、バタリックの『マクシマス詩篇案内』（George F. Butterick, *A Guide to The Maximus Poems of Charles Olson*, 一九七八年）の表紙となる写真を撮影した人である。函の装幀に同じ写真を使う許可を戴いた。

さて、話は遡るが、この翻訳を出すにあたって、訳者を英詩の世界に導いてくださった先生方にここで謝辞を述べておきたい。京都府立大学の学部学生の頃、床尾辰男先生は、キーツやバイロンなどの第二期イギリスロマン派の世界へ私を導いてくれた。その時、京都大学から出講されていた御輿員三先生は、「二十世紀の批評」というタイトルの講義で、I・A・リチャーズの『文学批評の原理』や、ウィリアム・エンプソンの『曖昧の七つの型』などを批判的に紹介しながら、批評家の説を鵜呑みにせず、批評対象となっている詩に必ず自分で当たってみる態度を教えてくれた。詩のことばが鼓動しながら迫ってくる気がしたのは、この時である。

大阪市立大学大学院では、イギリスロマン派について、さらに緻密な指導を受けることになった。栗山稔先生は、第一期ロマン派の詩人、ワーズワースの『序曲』やコールリッジの『詩集』などをテクストにして、詩を粘り強く一歩一歩読み進むことの大切さを教えてくれた。アメリカ文学の岩瀬悉有先生には、小説における隠喩表現の重要性を教えていただいた。そして、ここでも御輿先生に、英詩の父ジェフリー・チョーサーの『トロイルスとクリセイデ』を味わい深く教えていただく機会を得た。それは、シェイクスピア学者として高名な笹山隆先生が、皆の信頼していたある翻訳書に「致命的な誤訳が少なくとも五百ヶ所はあるよ」と、怖い指摘をして関西学院大学に移られた後のことだった。

卒業論文でも修士論文でも訳者が対象にしたのは、T・S・エリオットである。対象にしたといっても、硬質な美の世界に魅せられていただけで、何も分かっていなかった。そのくせ、修士課程にいた頃は、エリオットさえいればいいと思っていた。そういう偏った頭に風穴を開けてくれたのは、東京都立大学（現首都大学東京）から集中講義でいらしていた金関寿夫先生だった。ご自身が編纂した *Sixteen Modern American Poets*（一九七六年）というアンソロジーを用いて、一九六〇年代のアメリカ詩の情況を教えてくれたのだ。集中講義が行われたのは一九七〇年代後半だったから、新鮮だった。その本の序文にエリオットを正面から批判した詩人としてオルソンが、大きく取り上げられていた。私の頭にチャールズ・オルソンという名前が深く刻み込まれたのは、この集中講義の時である。

エリオット研究を持続するために、名古屋大学大学院で川崎寿彦先生の指導を受けることになった。高名な形而上詩研究者で、エリオットについては最高の指導者だった。神尾美津雄先生は、ロマン派を中核とした十八世紀から二十世紀に及ぶ深く広範な文学研究を構築しておられた。シェイクスピア研究の岩崎宗治先生、十八世紀小説研究の泰斗榎本太先生といった先生方から、色々な作品の面白さを教わるようになった私の中に、エリオットを正確に理解したいという思いと、別の詩人の作品を読みたいという二つの思いが育っていった。

『マクシマス詩篇』の翻訳は、エリオットと正反対の立場をとった詩人オルソンの限界を見てやろうと思って始めた研究が、いつの間にかエリオットに対する尊敬とは別種の親しい敬意に変わっていった結果である。京都府立大学、大阪市立大学大学院、名古屋大学大学院の先生方と先輩諸氏、それに安田章一郎先生を中心とする「エリオットの会」の方々と、日本エズラ・パウンド協会の方々に感謝する。「エリオットの会」では、文構造を厳密に追い、テクストが本質的に何を言っているのかを鋭く問う風呂本武敏先生に教えられるところが大きかった。パウンド協会の三宅晶子先生、児玉実英先生、新倉俊一先生、土岐恒二先生、岩原康夫先生に教えて頂いた内容は計りしれない。なかでも岩原先生からは、お会いするたびに温かいコメントを頂戴し、励まされている。この翻訳は、風呂本先生と岩原先生の示唆がなければ存在しなかったことは間違いないのである。

話を滞米中の訳者の体験に戻そう。直接は教えないという形で『マクシマス詩篇』について教えてくれたチャーターズ先生のような人もいれば、詩の舞台となった現地で、直接テクストの読みについて教えてくれた人たちもいる。私が質問した箇所を読んで、「なるほど、詩に書かれているとおりだ」と、オルソンの正確な描写に驚嘆する人もいたが、そういう例はまれで、大抵は「これを書いた男は、英語が分かるのか？」と聞き返す人の方が多かった。しかし、それも懐かしい想い出である。

最後になったが、この翻訳を南雲堂の原信雄さんに編集していただいたことは、大変な幸運であった。二〇〇四年の夏から七年にわたって、細心かつ大らかに、たゆみなく訳者を導いてくださった原さんに心からお礼を申し上げる。こうして、曲がりなりにも形が整った今、訳者としては、このささやかな仕事を、過去の詩人と現在の詩人、そして、すべての来たるべき読者に捧げたい。

訳者

二〇一一年　夏

ルート一二八は隠れた幹線　128 a mole 475（1259）

黎明の時　JUST AS MORNING TWILIGHT...　928（1362）
歴史は時の記憶　*History is the Memory of Time*　221（1189）
レーンの眼に映るグロスターの風景　Lane's eye-view of Gloucester　503（1268）
連中が往来でわめき立て　They brawled in the streets...　536（1278）

円形建物《ロタンダム》　rotundum...　658（1302）

わ行
わが海岸、わが入り江、わが大地...　My shore, my sounds, my earth...　786（1330）
わが魂を公表しよう　Publish my own soul...　761（1325）
わが船大工の息子の息子の遺言　*My Carpenter's Son's Son's Will...*　459（1256）
わがポルトガル人たちへ　To my Portuguese...　984（1373）
わが家についた。降りしきる雪で、空気が明るく　Got me home, the light snow gives the air, falling　900（1355）
わたしが上の道と呼んでいるジー・アヴェニューは　Gee, what I call the upper road...　416（1244）
わたしが顔を上げると見えた　I looked up and saw　626（1298）
わたしが住むのは　日の光の射さないところ　I live underneath / the light of day　1132（1405）
わたしの記憶は　my memory is　485（1263）
わたしの妻　わたしの自動車　my wife my car...　1135（1406）
わたしは一つの能力だった――一つの機械だった　I have been an ability ― a machine...　884（1351）
価値《ワローレム》とは、基準　valorem is / rate...　906（1356）

高台の向こうから　off-upland　528（1276）
ただ彼女の身体を心の中に留めておくために　Just to have her body in my mind...　1090（1398）
タ・ペリ・トウ・オーケアノウ　Tὰ Περι Toῦ 'Ωκεανοῦ　493（1265）
タランティーノ夫人が言った　Said Mrs Tarantino...　686（1308）
天体《タ・メテウラ》　ta meteura　437（1250）
単位　the unit　1116（1402）
書物狂い《タントリスト》が腰を下ろすと、眼に入ったのは　Tantrist / sat saw　656（1302）

智恵の鮭　the salmon / of wisdom...　1044（1386）
違いのない山　the Mountain of no difference　895（1354）
地下世界の花　flower of the underworld　1079（1395）
父なる空　母なる大地　Father Sky Mother Earth...　1117（1402）
中国人の都市の見方にさからって　*In the Face of a Chinese View the City*　487（1263）
潮流の母（父、太陽）が　Mother of the tides（father, sun）　1129（1404）

月が基準だ——人が基準だ　The moon is the measure—man is the measure　914（1358）
続く詩になるかもしれない短詩...　Short Possible Poem to Follow...　1108（1401）

ティ女王に関するエッセイ　ESSAY ON QUEEN TIY　931（1362）
手紙、一九五九年、五月二日　*Letter, May 2, 1959*　286（1205）
手紙 3　Letter 3　25（1144）
手紙 5　Letter 5　40（1147）
手紙 6　Letter 6　58（1151）
手紙 7　Letter 7　66（1152）
手紙 9　Letter 9　87（1157）
手紙10　Letter 10　94　（1158）
手紙15への後になってつけた注　A Later Note on Letter #15　473（1258）
手紙16　Letter 16　145（1169）
手紙 20——牧師書簡ではないもの　Letter 20: not a pastoral letter　177（1178）
手紙22　Letter 22　191（1180）
手紙23　*Letter 23*　197（1181）
手紙＃41[中断したもの]　*Letter # 41* [broken off]　323（1216）
手紙72　Letter 72　428（1248）
デカルトは一兵士　Descartes soldier　433（1249）
嵌石《テッセレ》　tesserae　502（1268）
テュポンを旅立たせよう　to travel Typhon　498（1266）
テュロス人の仕事　*Tyrian Businesses*　76（1155）
テュロスのメルカルト——　Melkarth of Tyre—　1130（1404）
天界の夕暮れ、一九六七年十月　Celestial evening, October 1967　1032（1385）
電送圏　The Telesphere　1037（1386）
天の光の中から　Out of the light of Heaven...　1024（1383）

トゥイスト　*The Twist*　164（1175）
都市の災難　Civic Disaster　646（1301）
土地図面の補完　Further Completion of Plat　409（1242）
土地図面の補完（人々が沈める前の）　Further Completion of Plat（before they drown...）　585（1291）
土地の景観を見はるかす　out over the land skope...　539（1279）
ドッグタウン——アン　ロビンソン　デーヴィス　Dogtwon—Ann / Robinson Davis　831（1339）
ドッグタウン　犬の町は　Dogtwon　the dog　town　359（1227）
ドッグタウンの雌牛　The Cow of Dogtown　576（1289）

583（1290）
ステージ・フォートには精塩所があった There was a salt-works in Stage Fort 774（1327）
素晴らしいもの the winning thing 418（1245）
すべてが、あまりにも早く逃げ去ったため The whole thing has run so fast away 864（1347）

請願書への署名 Signature to Petition... 749（1323）
続き《セクエンティオール》 Sequentior 587（1292）
セックスと愛の輝く身体になるために To have the bright body of sex and love 758（1325）
セトルメント入り江では、岩々が the rocks in Settlement Cove 484（1262）
一六四六年と一六四七年のダンフォース年鑑にとじこまれた書きつけには *In the interleaved Almanacks for 1646 and 1647 of Danforth* 435（1250）
一九六〇年、十二月 DECEMBER, 1960 371（1230）
一九六一年七月十七日 Jl 17 1961 426（1248）
一九六一年九月十四日、木曜日 Thurs Sept 14th 1961 438（1251）
一九六二年、十一月二十六日、月曜日 Monday, November 26th, 1962 563（1287）
一九六三年、六月六日 June 6th, 1963 649（1301）
一九六六年、一月十六日、日曜日 Sunday, January 16, 1966 866（1348）
一九六六年二月三日 高潮 February 3rd 1966 High Tide... 873（1349）
前頭部 THE FRONTLET 570（1288）
船尾が箱のような her stern like a box... 1082（1396）

組織のすみずみまで、巻きついていた Coiled, / throughout the system 771（1327）
そしてメランコリー And melancholy 1054（1390）
外の暗闇 内部スクーディック Outer Darkness Inner Schoodic... 1055（1390）
そのあたり一帯に凸凹をつけておくこと the distances / up and down 654（1302）
その一撃こそが 創造 the Blow is Creation 1134（1406）
[その儀式をはっきりと理解するために [to get the rituals straight... 1004（1380）
その世紀からじかに出て *Going Right out of the Century* 467（1258）
その流れに入ることは、入口へ入ること into the Stream or Entrance... 569（1287）
空をなす天は石から成り Heaven as sky is made of stone... 590（1293）
それで、サッサフラスが *So Sassafras* 215（1185）

た行
大地の髪の中にひとつの都市が The earth with a city in her hair 531（1277）
大地の、塩と鉱物が戻ってくると―エンヤリオーンが the salt, & minerals, of the Earth return—Enyalion 1029（1384）
大地の端に立つことだけが On the Earth's Edge is alone the Way to Stand 869（1348）
大地の歴史… The history / of Earth... 1018（1382）
第二巻三十七章 Bk ii chapter 37 482（1262）
大洋 The Ocean 827（1338）
太陽がはなつ光の状態 The Condition of the Light from the Sun 747（1322）
太陽が真っ逆さまに落下して Sun / upside down 754（1324）
太陽がまともにおれの眼に入る Sun / right in my eye 1038（1386）

座っていた　These people sat right out my window too　868（1348）
この町が動き出すのは、明け方　This town / works at / dawn...　1009（1382）
コールズ島　COLE'S ISLAND　782（1330）
これこそが組み合わせ　That's / the combination...　1045（1386）
こんな具合だ　罪深さを認めてペスター氏は　like　Mr. Pester acknowledges his sinfulness...　363（1228）

さ行
さあ、出発だ　I set out now　681（1307）
さあ、船をみんな入港させてやろう　And now let all the ships come in　532（1277）
最後の人で　The last man　689（1309）
差異を開拓してきたのだった　having developed the differences...　920（1359）
サヌンクシオンが生きていたのは　Sanuncthion lived　510（1270）

JWは（デーンロウの地から）語る　JW（from the Danelaw）says...　554（1283）
ジェネラル・スタークス号が航行不能になった冬　The winter the Gen. Starks was stuck　858（1346）
四月のきょう、メイン・ストリートは　*April Today Main Street*　307（1212）
沈み彫り様式でもなく not the intaglio method...　561（1286）
実用性　The usefulness　945（1365）
死とは母、われわれをわれらの終わりに縛り付ける　Death is the mother binding us to our end　1121（1404）
詩一四三番。祭りの相。　Poem 143. The Festival Aspect　790（1331）
主に祈りをささげよう　A Prayer, to the Lord...　412（1243）
自分たちの体内へ入るために　to enter into their bodies　573（1288）
自分の雌豚についていくと、リンゴが followed his sow to apples　706（1312）
十三隻の船の中に　13 vessels...　666（1303）
十二月十八日　Decebmer 18th　1073（1395）
十二月二十二日　December 22nd　862（1347）
生涯おれは、多くのことを聞いてきた　ALL MY LIFE I'VE HEARD ABOUT MANY　337（1220）
情況　*The Picture*　226（1190）
ジョージズ浅瀬に関する第一の手紙　*1st Letter on Georges*　268（1200）
[ジョージズ浅瀬に関する第二の手紙]　[*2nd Letter on Geroges*]　273（1200）
ジョージズ浅瀬に関する、書かれなかった第三の手紙　*3rd Letter on Georges, unwritten*　514（1272）
ジョージ・デッカー　George Dekker...　796（1333）
ジョン・デーの牧草地が終わると　above the head of John Day's pasture land　1057（1390）
ジョン・バーク　*John Burke*　280（1203）
ジョン・ワッツは塩を盗んだ　John Watts took / salt... 513（1272）
鵜岩《シャグ・ロック》は　Shag Rock... 492（1264）
天狼星《シリウス》の環が　the diadem of the Dog, 535（1278）

スクール・ストリート二三番地とコロンビア・ストリート一六番地には　23 School and 16 Columbia...　423（1247）
スケリエー――？　Scheria―？　458（1256）
すっかり氷に覆われた幾隻もの白い船が white ships all covered with ice　912（1357）
すっかり吸い込まれてしまい　Wholly absorbed　1050（1388）
スティーヴンズの歌　Stevens song　722（1317）
ステージ・フォート公園　Stage Fort Park

カボット断層をまたぐ　Astride / the Cabot / fault... 734（1319）
神を信じられる　I believe in God　691（1309）
カール・オールセンの死　The Death of Carl Olsen　850（1345）
彼の健康、彼の詩、そして彼の愛は　His health, his poetry, and his love...　1110（1401）
彼は夜をつれてやって来た　He came / accompanied by / the night...　801（1334）
川——1　*The River—1*　355（1226）
川——2　*The River—2*　356（1226）
川の図面で、仕事は終わり　The River Map and we're done　676（1306）
川の図面の一部　a part of the / River Map（訳者の補足）　1128（1404）
川は「運河入り江《カット・クリーク》」とされている　"Cut Creek," the River is...　846（1344）

紀元前三〇〇〇年には存在していたのか？　existed / 3000 / BC?　522（1274）
北の、氷の中には　North, / in the ice　825（1338）
吉報　*Some Good News*　235（1192）
キプロス島で絞め殺されたアフロディテ　Cyprus / the strangled / Aphrodite…　495（1265）
キャッシェズ浅瀬　Cashes　360（1227）
＊共和国をつくることに加えて　*Added to / making a Republic　1048（1387）
漁場に関する手紙　A Letter, on FISHING GROUNDS　628（1298）
ギルフィの慰め　Ⅵ　Gylfaginning VI　589（1293）
記録　*The Record*　230（1191）
キンレンカは　いまもおれの花　Nasturtium / is still my flower　1131（1405）

空間と時間　唾液は　Space and Time the saliva　752（1324）
空中を泳いでいく、群れをなして幹線道路をいく　Swimming through the air, in schools upon the highways　811（1335）
クルーザーとプラトンの間を　Between Cruiser & Plato...　1080（1396）
大　洗　岩《グレート・ウォッシング・ロック》　Great Washing Rock...　1041（1386）
グロスター港の翼ある鳥　The Feathered Bird of the Harbor of Gloucester　767（1327）
グロスターに一人の女がいた　That there was a woman in Gloucester　1046（1387）
グロスターの空は　the sky, / of Gloucester　764（1326）
グロスターの花の一部　Part of the Flower of Gloucester　542（1279）
グロスターのマクシマス　Maximus of Gloucester　848（1345）
「環状列石《クロムレック》」もちろんそれは　"cromlech" of course it is　842（1342）

けしの花が咲くのはいつかと　When do poppies bloom...　992（1376）
ケント・サークル・ソング　Kent Circle Song　552（1282）

光景——一九六一年、七月二十九日　The View—July 29, 1961,　432（1249）
後方の水底　the bottom / backward　424（1247）
「故郷へ」、岸辺へ　"home," to the shore　755（1325）
ここフォートにいると、心は固まる　Here in the Fort my heart doth / harden　856（1345）
ゴソニックと呼ばれる芸術　AN ART CALLED GOTHONIC　994（1376）
国家を望み見たものだ　having descried the nation　685（1308）
コーネリー　Cornély　839（1341）
この生きている手は　This living hand...　903（1335）
この人たちもわが家の窓から見える所に

ウェイマス港はどんな形だったのか　The shape of Weymouth　702（1311）
ヴェーダ　ウパニシャッド　Veda upanishad...　544（1280）
ウォッチ＝ハウス・ポイントで　Watch-house / Point...　712（1315）
ウォニス　クワム　wonis kvam　745（1321）
歌と舞踏 *The Song and Dance of*　111（1161）
鵜と危険標が　The Cormorant / and the Spindle　781（1330）
唸りブイが揺れて吼《ほ》え、霧笛《ホイッスル》ブイが大声を張り上げる The Groaner shakes louder the Whistling Buoy louder what rouses　915（1358）
海が沸きかえっている　The sea's / boiling...　1043（1386）
噂によると、その女は抱かれに行ったという　They said she went off fucking...　367（1228）
運河　THE CUT　457（1255）
運河から最初の区画　the 1st lot from the Cutt　548（1281）

永遠なるいつくしみの腕を　広げてください　turn out your / ever-loving arms...　593（1294）
エキドナは、コブラの一噛み　echidona is the bite / of the asp... 845（1343）

「大いなる大地の果てに」"at the boundary of the mighty world...　594（1294）
おお、カドリーガが　O Quadriga　809（1335）
狼はそっと歩み去る　The Wolf / slinks off　773（1327）
おお、ジョン・ジョスリン、きみは　o John Josselyn you　404（1241）（「ロバート・ダンカンのために」for Robert Duncan　399 の一部をなす詩。）
丘のほうへ　into the hill...　653（1302）
オセアニア　OCEANIA　968（1372）
男はベモー岩礁に転落した　On Bemo Ledge he fell　456（1255）
男を（その姿のまま）舌でなめて　Licked man(as such) ...　588（1292）
同じ思い——2　same thought—2　902（1355）
同じ日に、後で　Same day, Later　990（1375）
おまえは、宇宙を曳いた　you drew the space...　645（1300）
おれの身体は、家に帰ってきた　磨くのだ　Physically, I am home. Polish it　818（1336）
おれはお前の上に立っている　I stand up on you...　657（1302）
おれはこの地上楽園を去るのが嫌になるだろう　I'm going to hate to leave this Earthly Paradise　1062（1391）
おれはゴールド・マシーン　I am the Gold Machine...　549（1281）
おれはその女《ひと》に話をした　I told the woman　692（1309）
おれは大胆で、勇気があった　I was bold, I had courage...　1095（1398）
おれは飛び起きた　I swung out...　553（1283）
オロンテス川からの——「眺め」"View": fr the Orontes...　476（1259）

か行

海岸はフルリ語でいうハジ山から始まり　the coast goes from Hurrian Hazzi　501（1268）
階段をのぼり、ポーチに沿って　up the steps, along the porch　499（1267）
カヴェサ・デ・ヴァーカは　As Cabeza de Vaca was　1081（1396）
顔を上げると　I looked up　701（1311）
褐色の大地エンヤリオーンは　Enyalion of / brown earth　1092（1398）
かのものを生み出したのだ　brang that thing out...　465（1258）

索　引（五十音順）

無題のものは、原詩の一行目を詩の題とした。（　　）内の数字は、詩に対応する註の頁である。

あ行

愛国心は保護庭園　patriotism / is the preserved park...　480（1261）

アガメンティカス台地の背後からヴェネツィアの黄金の光が　Golden Venetian Light From Back of Agamenticus Height...　1097（1399）

朝一番は　The first of morning　1084（1397）

新しい帝国　The NEW Empire,　778（1329）

頭＝の＝上＝に＝家＝を＝載＝せ＝て＝い＝る＝男は　The-Man-With-The-House-On-His-Head　765（1326）

あの押し黙った船たちを進ませるために　To make those silent vessels go...　837（1340）

あの島、あの川、あの岸辺　The Island, the River, the shore　1088（1397）

あの島は海を漂いはじめる　That island / floating in the sea　894（1354）

アミティ号が出航した、と記録にある　it says the Amitie sailed　704（1312）

アメリカ本土に反撃の砲弾を放て　fire it back into the continent　763（1326）

嵐が去った後　after the storm was over　496（1266）

ありがたい、選んだのがプロテスタントの　Thank God / I chose a Protestant　1115（1402）

アリゲーター　the Alligator　753（1324）

アリストテレスとアウグスティヌスは　Aristotle & Augustine　525（1275）

あるいはリンゼーが　Or Lindsay　659（1303）

あるマクシマス　A Maximus 368（1228）

アン岬の権威　the authority of Cape Ann　708（1313）

家を載せて歩く男は　he who walks with his house...　564（1287）

怒りで激昂するタルタロスの犬は　rages / strain / Dog of Tartarus　736（1320）

池の中で蛇と会った女　she who met the serpent in the pond...　565（1287）

移住の実際　Migration in fact...　857（1346）

移住の実際（それはおそらく　Migration in fact（which is probably　1020（1383）

偉大な創始者たちの意志がこわばって　*Stiffening, in the Master Founders' Wills*　252（1175）

一日のはじまり　The Day's Beginnings　904（1356）

一回の観察で大地を見て取りたまえ　Take the earth in under a single review　1051（1388）

一方　オバダイア・ブルーエンの島では　while on / Obadiah Bruen's Island...　491（1264）

移動する者は北西の針路をとり　The / Northwest course of shifting man,... 913（1358）

今、夜が明けると、船の明かりは速やかに消えて　The boats' lights in the dawn now going so swiftly...　1021（1383）

ウィリアム・スティーヴンズは、最初に乗り出した　William Stevens, / first to venture　718（1316）

訳者について

平野順雄（ひらの・よりお）

一九五二年、新潟県生まれ。京都府立大学文学部文学科卒業、大阪市立大学大学院文学研究科英文学専攻前期博士課程修了、名古屋大学大学院文学研究科英文学専攻後期博士課程単位取得満期退学、現在、椙山女学園大学人間関係学部教授。二〇世紀アメリカ詩専攻。

著書：アメリカ文学の古典を読む会編『亀井俊介と読む古典アメリカ小説12』〈共著〉（南雲堂、二〇〇一年）

文学と評論社編『未来へのヴィジョン―英米文学の視点から』〈共著〉（英潮社、二〇〇三年）

土岐恒二・児玉実英監修『記憶の宿る場所―エズラ・パウンドと20世紀の詩』〈共著〉（思潮社、二〇〇五年）

アメリカ文学の古典を読む会編『語り明かすアメリカ古典文学12』〈共著〉（南雲堂、二〇〇七年）

Mutsumu Takikawa et. al. ed., *Ivy Never Sere: The Fiftieth Anniversary Publication of The Society of English Literature and Linguistics, Nagoya University.* (Otowa-Shobo Tsurumi-shoten, 2009)

訳書：ジュディス&ニール・モーガン著、坂本季詩雄・平野順雄訳『ドクター・スースの素顔―世界で愛されるアメリカの絵本作家』（彩流社、二〇〇七年）

マクシマス詩篇

二〇一二年二月二十日　第一刷発行

訳　者　平野順雄
発行者　南雲一範
装幀者　岡孝治
発行所　株式会社南雲堂
東京都新宿区山吹町三六一　郵便番号一六二-〇八〇一
電話東京 （〇三）三二六八-二三八四（営業部）
　　　　 （〇三）三二六八-二三八七（編集部）
振替口座　東京〇〇一六〇-〇-四六八六三
ファクシミリ　東京（〇三）三二六〇-五四二五
印刷所　壮光舎
製本所　株式会社長山製本

乱丁・落丁本は御面倒ですが、小社通販係宛御送付下さい。送料小社負担にて御取替え致します。

〈IB-314〉　〈検印廃止〉

ISBN978-4-523-29314-9 C3098